袁庚

时间就是金钱，效率就是生命

——袁 庚

袁庚传

改革现场 1978—1984

涂 俏 / 著

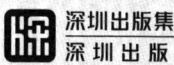
深圳出版集团
深圳出版社

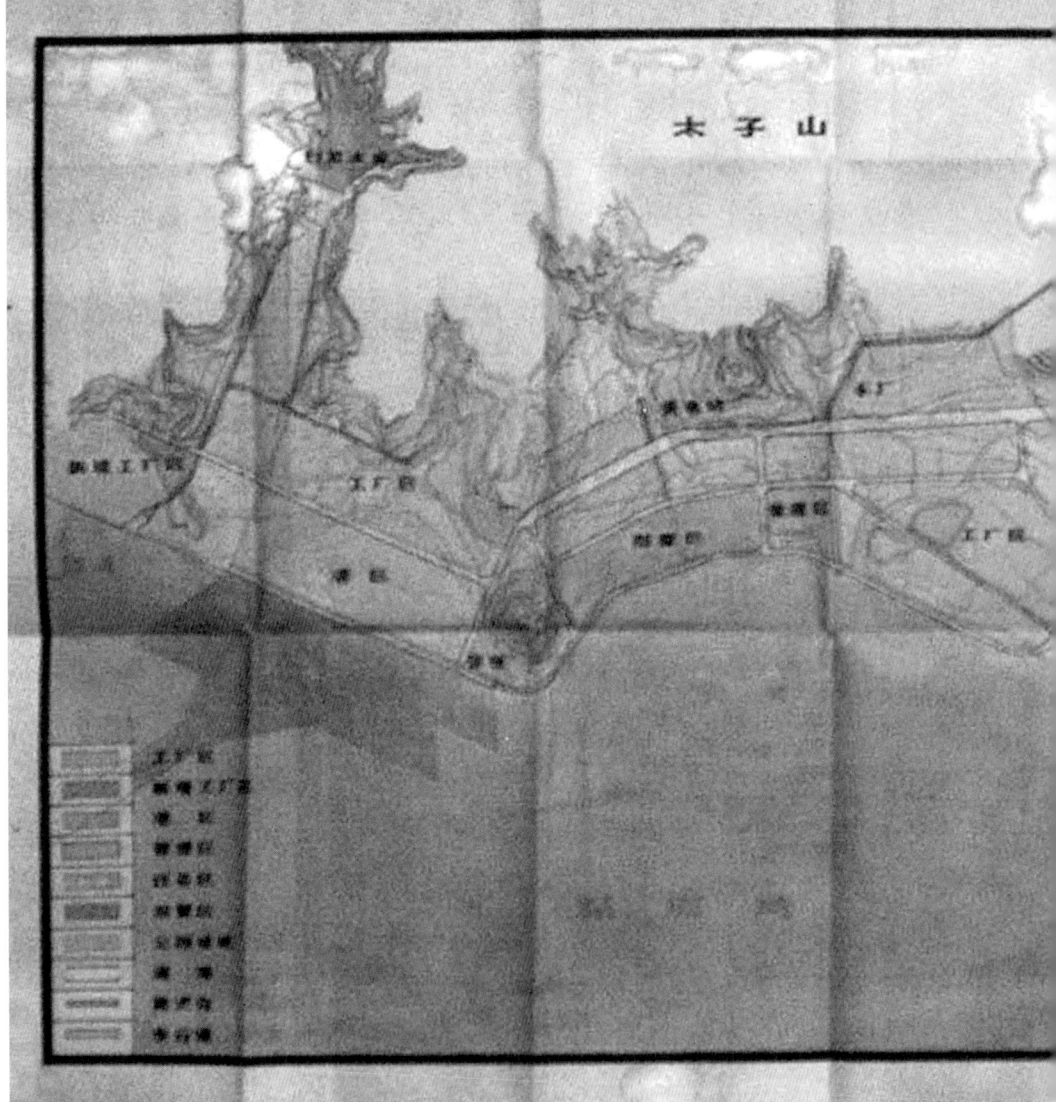

招商局蛇口工

C.M.S.N. SHEKOU INDUSTRIAL Z

太子山

这是最早的一份蛇口工业区的规划图，
该图的制作时间为1980年4月。

区平面规划图
GENERAL LAYOUTPLAN 1:3000

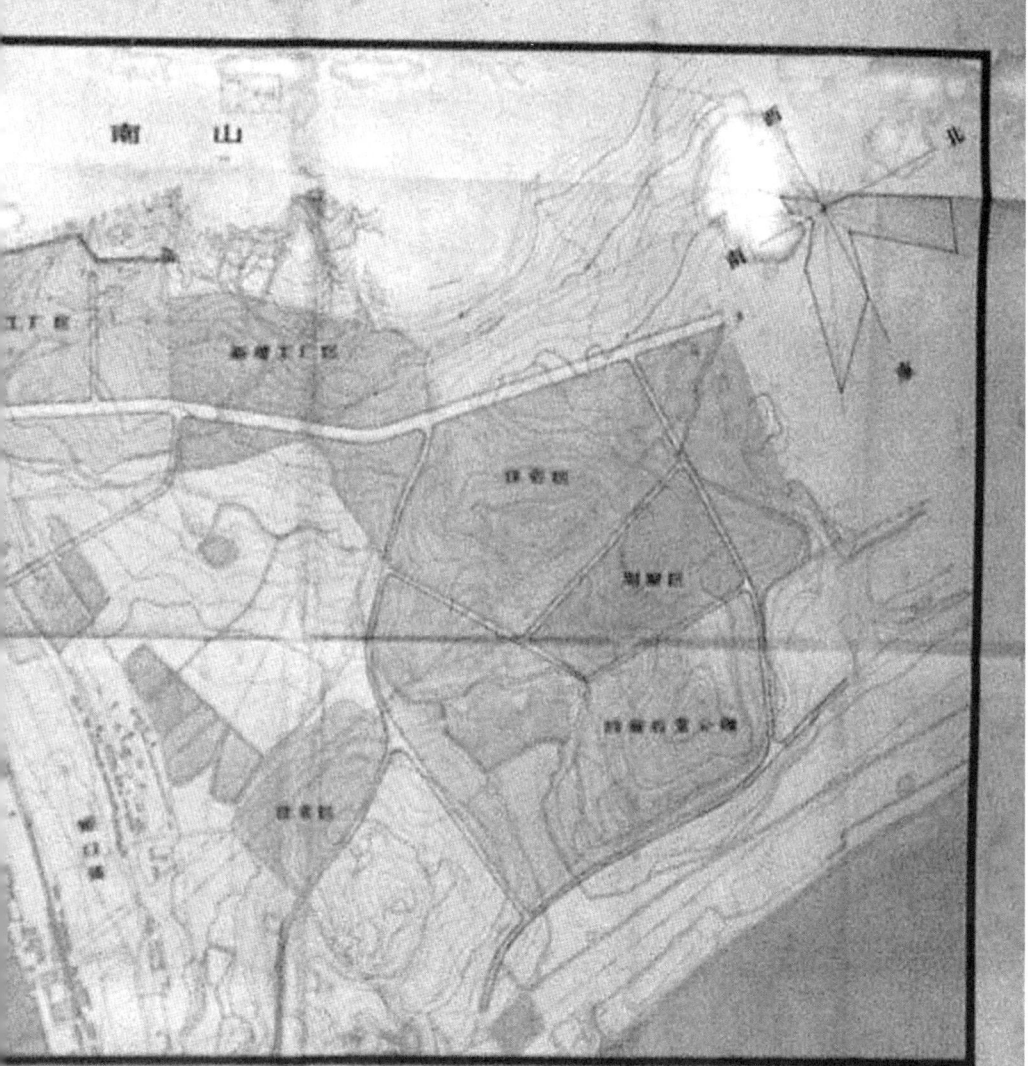

珠江南の海酒満俦伦去

色敝舍鳞排帆樯隙列

似神蛇添翼中华崛

起英雄豪杰此辈出

时维甲子序度清明雨

後登蛇口濒海楼有清新

生机焕之所至填会如妖乃

格律二君此彤计也一取其

义耳

宝安老康

登澂波樓

澂波樓之雨初晴水浸苔

空濛碧極目縱橫宇宙

小探手銀河可摘檐掠浮

雲臨糊煞浪何憚風雷

滿掀天揭地方量男兒眼

識棲桐山抱摩宇峯君

遊龍直趨杏門西地滾々

台灣石油基地二十周年誌慶

與時俱進日新月異

袁庚敬賀

甲申之年小雪之日

1978年10月18日，袁庚赴香港
招商局主持工作。图为招商局
领导班子在香港办公室开会，
商讨冲出困局的举措。

1981年10月，香港超级富豪团造访蛇口。图为袁庚（右六）陪同富豪团部分人士在临时码头上合影。

　1982年3月22日，海军司令员叶飞（原交
通部部长）出国访问归来途经广州时，
专程到深圳蛇口工业区看望老部下袁
庚，并视察了工业区。

一场"倒春寒"不期而至，旷日持久的"旧租界风波"尚未平息，1982年3月28日，国务院副总理谷牧再次视察蛇口工业区，以实际行动表示对经济特区的支持。

1983年2月9日，中共中央总书记胡耀邦视察蛇口工业区。（江式高 摄）

1984年1月26日，中共中央政治局常委、中共中央顾问委员会主任邓小平视察蛇口工业区。（江式高 摄）

邓小平、王震、杨尚昆等中央领导听取袁庚
汇报蛇口工业区的建设情况。

"首长同志，请再给我五分钟！"袁庚向
小平同志请求道，他的汇报时间，远远超
过预定时限。（江式高摄）

目录

第一章　临老受命挂帅香江

第一章　临老受命挂帅香江

要讲述当代中国改革开放实际运作第一人袁庚的故事，不能不说到"蛇口工业开发区"这一支中国改革的"试管"，也就不能不提到主持实施"蛇口工业开发区"规划建设任务的香港招商局。

在尖沙咀天星码头隔着维多利亚港眺望港岛的中环，紧靠海滨矗立着两幢一模一样的天蓝色大厦。大厦的顶部、腰部和底座的框架为红色。东头一幢大厦的顶端，横着一块蓝底白字的巨大招牌，"招商局"三个白色大字在蓝天、白云、阳光下，格外醒目。

这就是坐落在中环干诺道200号信德中心的招商局大厦。1998年5月中旬，也就是袁庚从招商局常务副董事长的职务上退下来的五年后，香港招商局集团有限公司总部迁至这座大厦的37层至40层内。招商局大厦南望港岛，北瞰九龙，一年四季美不胜收。

在香港有不少中资企业，目前以中银、华润、招商局、中旅实力最为雄厚，号称四大驻港中资企业。

招商局董事长秦晓博士在2002年12月纪念招商局创立130周年时说：招商局在创立初期创造了第一次辉煌，开创了近代民族航运业及诸多新兴经济领域，成为中国民族工商业的先驱。改革开放以来，招商局创造了第二次辉煌，为中国改革开放事业探索并提供了许多有益经验，并使招商局实现了跨越式的发展。进入新的世纪，招商局有信心再创第三次辉煌。

从2004年冬季到2006年冬季，我除了在蛇口追寻改革者的足迹，还多次经罗湖、皇岗等口岸从深圳市区进入香港，走访散居在香港各处的袁庚的战友或同事，在香港招商局、香港"中央图书馆"查找、复印、抄录资料。在头尾三年的季节轮回里，在香港，紫荆花开满了一条又一条街，接着，一树繁花变成满地落英，随后，再一次蓄芳待来年，开满枝头。在花开花落又花开中，在人事更迭、世事沧桑里，为了印证、补充袁庚本人的自述，我多次寻访当年与袁庚一道创造招商局第二次辉煌，开创"蛇口模式"，提供中国改革开放成功经验的参与者、实践者，那些当代改革历史的书写者及其见证人。

一、"他什么都想知道！"

20多年前在招商局及蛇口工业区与袁庚并肩作战的同事及其员工，大多已经离休或者退休，也有的先走了。听说袁庚接受了我的采访并同意为他写本传记，他们一个个都表示欢迎，欣然接受我的约见和采访，帮助我广泛搜集袁庚的素材。

招商局原办公室副主任朱士秀老人，在向我介绍袁庚初到招商局情况以后，还用颤抖的手写了三页纸的材料回忆袁庚，送给我作为参考。

当然也有例外。今年73岁的梁鸿坤是广东新会人，20世纪60年代为广州铁路局干部，"文革"时期下放到基层工作。1973年，铁道部与交通部合并为交通部，交通部从原铁道部中抽调了梁鸿坤和另一位干部外驻香港招商局工作，不久，任命梁为招商局办公室副主任。这是一个和善、精明而又谨慎的小老头，我去拜访他的时候，刚说明来意，他极不信任地询问道："请问，你是写真实的袁庚，还是因为宣传的需要拔高他？"

我告诉他，我除了多次采访袁庚本人及其家人之外，在找他之前，已经采访了36个袁庚同事，包括至今还在反对袁庚的人，目的就是实现我的"回到现场，力求真实，客观公正，有血有肉"十六个字的为人立传方针。我特别强调蛇口老同志都很帮我。蛇口工业区管委会委员、总工孙绍先叮嘱我到香港找你们这些老人谈谈。已定居上海的原《蛇口通讯报》总编辑韩耀根特意飞回深圳，接受我的采访。

"那好。"梁鸿坤说完又沉默了一会，接着突然反问我，"他带我看三级片，你写不写？"

我大吃一惊，猛地站起来追问："说什么？"

"他在香港看三级片。"梁鸿坤几乎是一字一顿地说。

1973年9月30日，被康生罗织罪名而关押在秦城监狱长达五年半的袁庚，终于被释放回家，总算是呼吸到了自由的空气。袁庚心里清楚，如果不是周恩来总理的亲自过问，说不定会把他关押到地老天荒。他不想回原单位中央调查部工作，在人大常委会副委员长廖承志的帮助下，他找到交通部部长叶飞，被安排到交通部任职，先是外事局负责人，不久被正式任命为外事局副局长。他珍惜新职位，以"拼命三郎"的精神工作。在这段时间里，中英海事协定、中巴海事协定……中华人民共和国与有关国家的11个海事协定，都是袁庚组织签署的。他多次陪同叶飞或者单独出国考察，善于在比较中进行鉴别，对中国经济体制的弊端有所认识，对当时中国经济秩序存在的问题有着深刻的思考。1976年到交通部工作的孙绍先不仅认为他思想开放，思路开阔，还认为他开明而有胆识。

他的胆识和开放意识，得到叶飞的赏识。

1978年，已经61岁的袁庚，正思谋着"船到码头车到站"回家养老，突然受命被交通部党组委派赴港参与招商局的领导工作。

那天，叶飞找他谈话，问他愿不愿到香港招商局去打开局面。袁庚是个喜欢挑战的人，对"打开局面"几个字怦然心动，当即答应可以，但要先过去看看，做点调查研究，有了发言权再说。叶飞即派他赴港调研，要求他在招商局调查两三个月后，拿出一套让招商局走出困境的办法来，供部党组研究定夺。

1978年6月，袁庚赶到香港招商局那天，没有立即走进位于香港干诺道西15号那幢14层高的大厦，他在楼前看了看，一时默然无语。以往，每回出国公干途经香港，他会到交通部属下的这个招商局来歇歇脚。那时，他只是一名过客。现在，他可能要常驻这里了。"文革"期间，京剧《红灯记》中，李铁梅有一段"我家的表叔数不清，没有大事不登门"的唱腔，香港人因而把进入香港的内地干部，统称为"表叔"。部里来的"表叔"不走了，他无法预料，这对他意味着什么；也无法预测，他的人生在60岁以后会来一个大转折；更没有想到，他推行的众多变革竟然会对渴望革故鼎新的当代中国产生一道道冲击波。

袁庚在招商局集体宿舍安顿下来之后，立即找干部谈话，一天安排两个，上午一个，下午一个。办公室副主任梁鸿坤想不到安排谈话的第一个人竟然是他。梁鸿坤走进袁庚的临时办公室，没有在袁庚身边的椅子上坐下来，选了稍远一点的位子，半欠着身子坐下去。看上去，袁庚要比实际年龄年轻20岁，身板硬朗，说话中气很足，沉稳而干练。梁鸿坤不清楚这个人的底细，更不明白他来调研的目的，也就没有多说什么。现在"钦差大臣"满天飞，你满怀改变现状的热情对他说了一大堆情况，他也很认真地记录了一大本笔记，然后呢，他说回去汇报、研究，拍拍屁股就走了，然后就"泥牛入海"没有下文。更可怕的是，这种人把你反映的情况泄露出去，他走了，你只能留在原地"吃不了兜着走"。

袁庚浅浅一笑，看穿了他的矛盾心理，知道他有话要说，却没有催他，适时地结束了谈话。其实，他走进来的时候，袁庚也在打量他，觉察出这位小个子干部是个精明而又谨慎的角色。

袁庚工作讲究效率，你愿谈，他很欢迎；你不说，他也不勉强。你不要以为你不说，他就掌握不到情况。最让人闹不明白的是，和他相处的时间一长，你就对他心服口服，愿意把心里话通通告诉他。

袁庚第一次找张振声谈话的时候，快人快语的张振声就来了个"竹筒倒豆子"。张振声是香港远洋公司总经理。交通部在香港的益丰公司与远洋公司不属招商局，却由招商局代管，属一个党委。张振声是党委委员。他说，不论是招商局，还是远洋公司，业务都没有什么发展，基本上是看守性质。招商局更惨，清朝洋务运动中靠船队起家的船务公司，现在连一条船都没有！袁庚大吃一惊。还有这等事？真是不可思议，请你再详细说说。张振声带点牢骚地说：国家对派来香港工作的干部限制很多，出门也必须有两个人同行。不仅思想上限制，业务上也管得死死的，凡是业务上的事，必须报北京批准，几千元的开支都必须北京同意才行。部里对派驻香港企业不放心，不放权。记得20世纪60年代，招商局的办公室非常小，只有一座四层小木楼，旁边的房主想把自己1000平方米的房子卖掉，招商局想买下来，但是没有自主权，必须报请部里审批，我去北京跑了两次，结果没有获批。我请示的时候，领导说，香港都是我们的，为什么要买呢？好像香港就要解放似的。眼看着香港飞速发展，我们啥事都不能做，大家都觉得非常压抑。我在这样的情况下干了20年，心里憋了一股气。

几天以后，袁庚找到梁鸿坤："老梁，你带我到各处走走。"

梁鸿坤以为袁庚要到各个科室转一转，哪知道他要上街。梁鸿坤试探着问："还找人谈话吗？"袁庚说："要啊，也想实地看一看。"

袁庚走起路来，嗵嗵作响，步幅很大，比他矮一个头的梁鸿坤往往会跟不上。

袁庚一到香港，像一头灵敏的猎豹一样，翕动着鼻翼，广泛地搜集各种资讯，尽可能多地掌握香港政治、经济、文化动态。让朱士秀他们大吃一惊的是，总部楼底下的士多店（杂货店）、水果摊老板的姓名、经营状况、每月盈利情况，袁庚都能一一说出来，甚至还与招商局干部的收入进行对比分析。朱士秀在这幢楼内进出好几年了，他就不知道这些情况，对袁庚很佩服。袁庚听人家夸他"厉害"，心里有几分得意，脸上漾出笑意，说："你们忘了我是搞什么出身的吗？"

多年的情报工作，还让袁庚养成了读报的习惯，从报纸的字里行间获取信息。

香港招商局订了三份报纸，全是左翼的《文汇报》《大公报》《新晚报》。其他报纸不是没有经费订阅，而是按照相关纪律，禁止外派干部阅读非左派报刊，以免上当、受骗、中毒。袁庚翻阅这三份报纸，总体印象是比北京报纸要开放、开明很多，但消息面还是比较狭窄，总觉得不过瘾、不解渴。他立即跑下楼去，在街头报摊上买回来一大堆各式各样的报纸，既有亲大陆的，也有右翼势力的，甚至还有反华报纸。在这段时期，袁庚特别重视港澳台以及外电对5月间《光明日报》发表的《实践是检验真理的唯一标准》文章的分析和评论，以便及时了解国内政治动向。

几天下来，袁庚在阅读中比较，在比较中鉴别，开始喜欢上了《信报》，觉得这家报纸的言论及新闻，相对来说比较客观、公允，也就是维持了一个"信"字。若要人信，实事求是是基本原则。后来，当他正式掌控招商局以后，以及他在深圳蛇口挂帅改革甚至离休赋闲在家的时候，都是《信报》的忠实读者。

这一天，袁庚戴着老花镜，手指头在《明报》分类广告栏内献映影片上一一划过。有"功夫片""枪战片""喜剧片"，最多的是起源于20世纪60年代的"风月片"，什么《洞房趣闻》《金瓶双艳》《七擒七纵七色狼》，标明"风月无边，少儿不宜""怨妇思春，不容错过"等等字样。他便放下报纸，走出办公室。

他找到梁鸿坤，劈头就问："你看过风月片吗？"

梁鸿坤心跳骤然加快。他想，我就像南京路上的好八连，我人在香港，不论资产阶级刮什么香风都不会让我迷失无产阶级政治方向，我怎么会去看黄色下流影片？这一定是有什么人乱告状，诬陷我！

他刚要分辩，袁庚接着说道："老梁，你带我看看风月片好不好？"

原来如此！梁鸿坤放下心来，但是，他根本不敢挪动一步。梁鸿坤内心的恐惧立即让袁庚感觉到了，一股无名火蹿上脑门，将他训了一顿："有什么问题？我带你去！"袁庚转头就走，梁鸿坤不得不跟出门去。

走在街上，梁鸿坤还不时回头，唯恐有人跟踪，更怕在影院内被熟人发现。他七弯八绕领着袁庚钻进湾仔利舞台电影院坐了下来。

这是一部拳头加枕头的烂片，还没看到一半，袁庚拉起梁鸿坤就走，在电影院门外，冲着梁鸿坤说："有什么了不起的，结婚也就是这样子！"

在香港太古城广场五楼太平洋咖啡厅，背景音乐柔柔的、软软的，是一首谈情说爱的粤语歌曲。我与梁鸿坤坐在落地花架背后的僻静处。

梁鸿坤说到这里，大概回忆起袁庚走出电影院时那种"不过如此"的神态，竟然开怀大乐。

很快，老人收起笑容，严肃地告诉我："袁庚后来对我说，有些东西，要敢于接触，你才敢于批评嘛，老是说那个东西坏，你不了解，你怎么知道那个东西坏？"

因为暴露出老领导的一桩秘事，梁鸿坤显得有些不安甚至歉疚，紧张地注视着我，看我有什么表情。然后，又补充了一句："他什么都想知道。"

目前，内地还没有电影分级制度。党政干部因看三级片（在20世纪70年代到80年代初，香港称之为"风月片"，国内笼统地定性为"黄片"）而受到处分甚至丢官的，大有人在。袁庚胆子也太大了！回到深圳，我就到袁庚家核实这件事，老头子笑而不答，一副装聋作哑的样子。被我问急了，他反问我的思维是不是还是小时候听大人所教的那样，不是好人就是坏人？难道世间的事只有非对即错、非好即坏的两个极端？

袁庚走出电影院，回想电影院内的观众，发现上了年纪的人居多。这些老人为什么想看风月片呢？钱锺书先生说过，年轻时找对象，喜欢找年纪大一些的，是希望自己尽快地成熟；上了年纪时找对象，喜欢找比自己年轻的，是渴望回复青春。风月片除了迎合少部分观众不健康心理之外，也符合老年观众的生理需要，这是这类影片存在的一种理由。

一年后，邵氏电影公司老板邀请袁庚去看电影，从片名上看就是三级片，袁庚不仅自己去，还带上招商局几个老头一同去观看。

散场后，袁庚发现这几位老同志脸上漾起少有的红晕。袁庚乐了。

老家伙，是不是想起自己年轻的时候了？

袁庚奉命到招商局调研，不仅对招商局本身的工作和人事进行调查了解，还对招商局所处的社会环境进行多方面的考察。考察中，袁庚开始对"不是东风压倒西风，就是西风压倒东风""不是社会主义就是资本主义""不是革命就是反动"的理论产生了怀疑，认为这种说法绝对化了，是不符合实事求是原则的。他在香港感受到，资本主义社会里的一些东西，对其他社会制度的国家来说，也是有用有益的，也是可供借鉴的。他不是说三级片，本着好奇心看了不到半部三级片以后，他就不喜欢这种类型的影片。他的视觉、触觉所指向的是香港的工商贸易、典章制度，主要是经济管理体制和经济管理方法，还有勤政廉政、新闻媒体的自由运作等等，兴趣十分广泛。

二、想在香港买块地

下午2点，招商局总部12楼一间办公室的门虚掩着。这是一间窄小的办公室，安排了三张办公桌，梁鸿坤坐在最里头。他不是刚上班，而是从上午忙到现在，还没下班，一直在紧张地算账。

新中国成立之初，西方国家对新生的中华人民共和国实行禁运和封锁政策，招商局奉命利用身处香港之便，为内地办理买船业务，迅速扩大了新中国远洋运输能力，促进了外贸发展。从1978年起，招商局承担了为国内购买旧船与订造新船的任务。梁鸿坤1973年调到招商局，负责为招商局贷款购买二手船舶。在袁庚到来之前，招商局已经购买了总吨位100多万吨的船。袁庚来的这几天，经梁鸿坤的手，招商局已经买了两条船，都是两万吨的级别。

忙过这一两天，梁鸿坤就没有什么事了，"守摊"的招商局进入空闲时光，"表叔"们又可以聚在一起闲聊度日了。

梁鸿坤埋头算账，中午泡的一碗公仔牌方便面也忘了吃。此时，涨成一团面糊的方便面，混合着面条与海鲜调味包的味道，从门缝里钻出去，飘到走廊上。

袁庚走出电梯间，闻到这股熟悉的面条气味，沿着楼道寻到虚掩的门，发现梁鸿坤还在忙工作。他轻轻推开门，大嗓门叫了起来："忙什么？老梁，还没吃饭哪？"

在袁庚推门之前，准确一点说，当袁庚走出电梯，脚步在楼道的另一端响起的时候，梁鸿坤就知道袁大人已经驾到。他来招商局工作已有五年，能辨识出大部分同事的足音。外驻干部大多消磨了锐气，和本地雇员一样，脚步声像懒猫一样缺少生机。唯独这位新来的老兄不同凡响，落脚干脆，绝不拖拉，匀速前行，皮鞋钉撞击釉面砖的清脆声总会预先宣布他的到达。

梁鸿坤把粘在标明"绝密"买船合同书上的视线扯开，朝袁庚投去一瞥："袁局，有什么要我帮忙的？"后者正倚在不到一人高的银灰色屏风的卡位外，一只胳膊搁在屏风上边随意晃动。

袁庚吸了吸鼻子，随即像个军人似的发号施令："帮个忙，下楼，将你的肚子填饱。"

在底楼的茶餐厅里，用餐高峰已过，食客不多，地方虽然不大，倒也清净。袁庚根据梁鸿坤的意思，给他要了一份烧鹅与叉烧的双拼饭，给自己要了一份速溶咖啡，不加糖。老梁饿狠了，也不讲客气，三下五除二把饭吃完，端起一杯冻奶茶，一脸茫然地看着袁庚："袁局，你找我不会仅仅是为了请我吃顿饭吧？"

"这又不是饭，不过是一顿快餐！"袁庚暗自佩服这位小老弟的精明。

第一次见面，你并没有说什么，我来一个星期了，大家也熟了，你也该贡献点意见吧？袁庚将杯中的速溶咖啡一饮而尽说："老梁，你陪我逛街，我们也算是朋友了，我这次来，倒真有个问题请教你。你说，你怎么看招商局这么个大摊子的？"

梁鸿坤深深吸了口气："我认为招商局没有什么出息，根本干不了事情！也发挥不了什么作用。"一口气说完这句话的时候，连他自己都听出了话里的怨气、恼怒与悲凉，"我们这里是包吃包住，把你包起来，一个月再发你几百元钱，大家都在吃公家的，上班没事可干，你看我我看你，这个状态很糟糕。"

当然，梁鸿坤对眼前的这个人是信任的。这一个星期的接触，让他对袁庚抱有好感。从他的步履可以推断他的个性，他不是一个前怕狼后怕虎的人，而是一个对前途充满了信心，也知道自己目前的处境、位置及重要性的人物。

"接着讲！"袁庚催促他。

"我来了五年多，觉得很悲观。"梁鸿坤忧形于色，"这里什么事情都是北京管，什么权都没有。只能这样可怜地守摊子。守摊子有什么用？"

袁庚右手食指轻叩桌面，双唇紧抿，内心波涛汹涌。"老梁啊，招商局是一定要变的，不变不行啊！这样下去，我觉得，对国家一点好处都没有，真是的……"他顿了顿，将手中的空杯举过头顶，示意服务生续水，"我来这里一个星期，我看你们的人，这里所有的外派干部，都是从国内千挑万选出来的，尽是工程师、轮机长，都是很有经验的，可是，你们在香港什么事也不能干，这不是浪费人才嘛！"袁庚越说越急，语速明显加快。邓小平1977年8月提出"尊重知识、尊重人才"，而今把人才闲置不用，怎样去实现"十一大"提出的"建设社会主义现代化强国"的目标呢？

"这些年来，我们眼睁睁地看着董浩云、包玉刚靠买船起家搞航运，不断发展，成了船王，我们怎么就不能发展自己的船队？"

袁庚很有兴味地听老梁"诉苦"。是的，"文革"十年，我们不但停滞不前，到香港来一看，反而落后了一大截。香港、台湾地区，还有东南亚国家和日本，正是抓住这十年大踏步地向前，繁荣了经济。甚至，台湾来了个咸鱼翻身，也上去了。实力政策，实力地位，总是要讲实力的。现在的问题是，怎样才能提高我们的实力？

袁庚又向服务生招手，给梁鸿坤要了一杯冰冻雪梨水，说："老梁，你觉得应该怎么办？"

梁鸿坤因受到垂询而士气大增，说话也一改先前的小心翼翼："我说，招商局一定要独立自主，一定要扩大，一定要发挥作用。"他用了三个"一定"来强调语气，"既然我们在外边，外边就有外边的作用，我相信，国家也是想让我们发挥身在外边的作用的。"

袁庚看着小个子梁鸿坤被热情点燃的样子，咧嘴一笑："你觉得究竟应该如何发挥外边的作用呢？"

梁鸿坤又一次抬高了声调，引来几位就餐者的注视。"我们自己就有一个友联船厂，可是，我却送过不少内地的船到外边修理。如果将友联船厂扩大，这一大笔钱就可以省下来了嘛！还有，大的干不了，我们可以干小的，可以做拖头

（拖船），拖船靠岸的拖头。"一个谨慎平和的人，把压在心底的话倾吐出来的时候，显得很急，两只手在空中乱抓，反复地说："经我的手，每年都送100多条拖头给别人做，我们自己可以做，为什么要给人家做呢？船上用的铁缆，友联厂修了好多条了，为什么不可以让我们自己做呢？"他摇摇头，就像一个小学生明明知道一加一等于二却说不出来那样委屈和难受，"我是铁路系统调过来的，铁路都可以做，招商局为什么不可以做呢？油漆，每年花费好多油漆，怎么不能做呢？"他接着告诉袁庚，"东九龙那一带的工厂，全部是香港人靠拆船起家的，就是这几年的事，为什么我们不可以拆船呢？"他自己都不知道说到哪些地方了，总之他很激动，"不管怎么说，招商局可以做的事情太多了，问题是可不可以干，能不能让你干？"

听到这里，袁庚脸色凝重起来。张振声提出过许多关于航运、修船、制造方面的意见，刚才老梁讲的这些也都是可以做的啊！现在面对的，正如老梁所忧虑的是"可不可以干，能不能让你干"的问题。

袁庚很清楚，"十一大"提出在"阶级斗争推动下"，深入持续地开展"工业学大庆，农业学大寨"运动。按照这个方针，老梁提出的办法要不是给你扣上搞"独立王国"的帽子，就说是"阶级斗争新动向"，是要冒风险的呀！

还是在京城的时候，他反复阅读了5月11日《光明日报》"本报特约评论员"7000多字的长文《实践是检验真理的唯一标准》。读着读着，他觉得，阵阵清风把长期压在眼前的阴霾吹开一道裂缝，露出一缕缕真理的阳光。

"'四人帮'加在人们身上的精神枷锁，还远没有完全粉碎。毛主席在第二次国内革命战争时期曾经批评过的'圣经上载了才是对的'这种倾向依然存在。无论在理论上或实际工作中，'四人帮'都设置了不少禁锢人们思想的'禁区'。对于这些'禁区'，我们要敢于去触及，敢于去弄清是非。科学无禁区。凡是有超越实践并自奉为绝对的'禁区'的地方，就没有科学，就没有真正的马列主义、毛泽东思想，而只有蒙昧主义、唯心主义、文化专制主义。"（《实践是检验真理的唯一标准》）

这篇文章发表的第二天，《人民日报》《解放军报》全文转载，新华社发通稿。但是，《红旗》杂志按兵不动，拒绝转载。有高层人物放出话来说，这篇文章是"砍旗子"的。紧接着，6月2日，邓小平在全军政治工作会议上号召"打破精神枷锁，使我们的思想来个大解放"，极大地支持了《实践是检验真理的唯一标准》一文。第二天的《人民日报》《解放军报》在第一版刊登通栏标题："邓副主席讲话阐述毛主席实事求是光辉思想"，对邓小平讲话作了报道。几天后，两报又在第一版全文发表了这个讲话。"文革"中惯用的"两报一刊"只剩"两报"了，老共产党员袁庚一看这种宣传阵势，就猜测到党内高层斗争已经白热化了。

"一慢二看三通过"是行人在铁道口的行走原则，也是多年来干部在工作中的保险守则。还等吗？还要等到什么时候？我们已经白白丢失了十年大好时光了，我也过了耳顺之年，难道还要等下去，难道只能在等待中浪费时间，空耗生命吗？

袁庚在反复思量中，感受到坐在对面的梁鸿坤探询的目光。他没有说话，默默想心思，老梁也就不敢开口，唯恐扰乱了他的思考，只是不时地望他一眼。

袁庚终于说话了，他轻轻敲击着桌面："招商局可以做的事太多了，先干吧，下决心干起来！"

袁庚来香港一个多月，办公室副主任朱士秀协助袁庚查阅招商局文档，搜集、整理一些文字资料，从中猜测到袁庚来这里想干点事情，具体是什么事却猜不出来。朱士秀认为，他的嘴太严了，不愧是搞情报工作的。

袁庚的血型为AB型，这种血型的人既具A型的沉稳与冷静，又蕴含B型的热情与冲动。与梁鸿坤在茶餐厅晤谈的第三天，他就领着梁鸿坤朝着他心中的梦想出发了。这一次，他不是去渔港摊档了解市井民俗，而是驱车去了新界与大屿山等地进行实地考察。

袁庚简直有些急如星火。在大屿山的时候，袁庚说，这个地方很不错嘛。梁鸿坤说当然不错，可这里没水没电，路也不行哪。再说，也太贵了。

梁鸿坤试探着问他看地的用意，袁庚终于吐露出自己的心思："找地，在香港弄块小地方先搞起来也行啊。"

这就泄露了他的"天机",想在香港买一块地,弄一块井冈山、延安那样的根据地,作为招商局重铸辉煌的基地。

他们马不停蹄地连续看了几块地,都因地价高昂而打了退堂鼓。他们到一个叫西坪洲的地方去考察,一问价钱,立即驱车返程,买不起哟,就是把招商局所有的家当都卖掉,在那里也买不到5000平方米地皮。

编印于2003年的《招商局史》是这样简述20世纪70年代后期香港地价的:

> 1978年的香港,经历六七十年代的大发展之后,已由一个消费城市变为工贸城市,从一个转口港成为远东金融中心和贸易中心。市区用地已达饱和,地少人多,寸土寸金。香港中区地价之高,仅次于日本东京银座。70年代末期,中区每平方英尺地价已涨至1.5万港元,郊区工业用地也在每平方英尺500港元之上。此外,劳动力不足,工资高昂。作为一个后来者,如在香港兴办工业企业,困难必多,产品成本必高,对市场竞争不利,对用户不利。

8月上旬,就在袁庚飞返北京汇报之前,招商局总经理金石和朱士秀陪同袁庚坐船赶赴澳门考察。香港贵为天价的地价让袁庚望而却步,只有将目光转向一海之隔的澳门。

澳门南光公司总经理柯平接待了袁庚一行,柯平为交通部副部长曾生的老友,早在东纵时期他们就已相熟。三日之旅,袁庚探望了后来澳门回归后担任澳门特首的何厚铧的父亲何贤。何贤先生(1908—1983),番禺人。1943年,日军侵占广州,何贤随难民涌入澳门避难。袁庚在东纵时期,因情报工作多次与在澳门的何贤接触,得到他的大力帮助。后来,何贤以大丰银号起家,成了"澳门王",从1950年至1983年,一直任澳门中华总商会会长。何贤是个热心的爱国者,当袁庚联络上他,表明招商局想在澳门买一块地兴办工业区时,他立即表示大力支持。老友相见,分外高兴,他带袁庚一行参观了一个倒闭的爆竹厂和一个码头，介绍他们买下来。袁庚颇有兴趣。金石搞过工业，比袁庚更懂业务，认为爆竹厂在山上，必须平掉山头，经济上不合算。至于那个码头，水很浅，一米不到，根本不能作业。袁庚听后点头称是，婉言谢绝了何贤的好意，一行人便打道回府。

袁庚不得不放弃在港澳买地的念头，转而寻求利用招商局现有资源实行变革，谋求发展。

三、中央批准《请示》

8月中旬，袁庚完成了在香港的调研工作，飞回北京向交通部党组和部长叶飞汇报，并急切地了解离京两个月来关于真理标准讨论的理论动态和经济工作拨乱反正的现状。

1978年5月，新中国第一个赴西欧考察的国家级经济代表团，由国务院副总理谷牧率领，历时一个多月，在法国、联邦德国、丹麦、比利时、瑞士五国进行考察，考察报告向中央提供了大量的信息与建议。7月至9月，国务院召开务虚会，专题研究加快中国四个现代化建设进度的问题。这次会议产生了一些过去从来没有过的理念，比如强调要放手利用外国资金，大量引进国外先进技术与设备。同时，会议还讨论了经济管理体制改革的问题。

到了8月份，各省（市）、自治区和军队各大单位负责人纷纷表态，公开支持实践是检验真理的唯一标准，表达的不只是学术观点，而是对重大政治原则问题的立场。中国政治力量的天平倒向了坚持实践这一边。

在这些日子里，袁庚越来越感到春风扑面，荒芜多年的田地里，到处散发着泥土的芳香，使他这头憋足了劲的老黄牛，迅速进入"不待扬鞭自奋蹄"的亢奋状态。

交通部的气氛非常活跃，这批皇城根下的官员也都渴望解放思想，冲破束缚，大干快上。部领导的情绪影响了袁庚，袁庚的大胆设想又感染了部领导，他的构想得到部领导层的广泛支持。部领导根据袁庚的调研和建议，决定让招商局

"放手大干"，同意"放权"，"授予招商局就地独立处理问题的机动权"。根据部党组对招商局工作所制定的方针和措施，袁庚以交通部党组的名义执笔起草了一份请示报告，经党组讨论修订后，于10月9日上报给中共中央、国务院。

关于充分利用香港招商局问题的请示

党中央、国务院：

为了贯彻中央对港澳"长期打算，充分利用"的方针，根据国务院务虚会的精神，我们认为：充分利用交通部香港招商局，以加强我在港澳的经济力量与发展远洋运输事业，是极为有利的。

根据过去的经验和今后的要求，我们认为今后的经营方针应当是"立足港澳，背靠国内，面向海外，多种经营，买卖结合，工商结合"，争取五至八年内将招商局发展成为能控制香港航运业的综合性大企业。我们应当冲破束缚，放手大干，争取时间，加快速度，适应国际市场的特点，走出门去搞调查、做买卖，凡是投资少、收效快、盈利多、适应性强的企业可以争取多办。如：进一步发展一批中小型现代化交通工业和其他工业企业；接受来料加工、装配业务；就地引进新技术、新设备和装配线，聘请专家、技师，为国内培训技术和管理人员；兴办现代化建筑公司，承包港澳、国内基建工程与建港任务；抓住船价大跌时机，增添一批新船或半新船，开辟班轮航线，承办旅游联运，开展对外揽载业务；收购超龄轮船，发展拆船业，把废钢重炼重轧为各种钢材；增设浮船坞，修造国内外船只；兴建集装箱码头；积累经验，购进或卖出与航运有关的港湾、房地产、仓储等。

经营这些企业的资金来源，我们本着自力更生的精神，不向国家要投资。主要是就地筹集资金，依靠扩大发展业务，采取"滚雪球"的办法；或向银行贷款（包括向外资银行抵押贷款）；也可试行发行股票和有价证券，多方设法吸收港澳与海外的游资；并建议允许香港招商局的中转代理、仓储、驳运等业务每年约500万港币的净收入，从1979年起

16

留用五年，不上交财政，用以扩大业务。

对这些企业，要加强管理，实行独立核算、自负盈亏。经营形式应根据市场情况灵活多样……同当地爱国华侨或外商合办；有的可在国外设分支机构，跨国经营等等，路子要宽广，做到越办越活，越办越好。

为了完成上述任务，必须加强领导。拟采取以下措施：

一、……

二、鉴于港澳的资本主义竞争激烈，情况瞬息万变，一定要改革上层建筑，简化审批手续。应该确定就地独立处理问题的机动权。建议授权可以一次批准招商局动用当地贷款500万美元的权限，从事业务活动；可以批准从港澳派去海外进行业务活动的人员，不必再报经国家审批。

三、招商局要抓紧内部整顿，充实干部。为了发展业务的需要，我们拟增派一些得力干部，特别是熟悉经济、技术，懂得外语和广东话的干部，去加强招商局及其所属企业机构。

…………

交通部党组

1978年10月9日

这份《请示》报告基本上没有阐述与分析，全是一件件一桩桩渴望要做的工作，就像一份请战书，行文也朴实无华，充满了激情和男人的血性。后来，当袁庚开创的"蛇口模式"获得成功，袁庚率先锐意改革而名满天下以后，《人民日报》记者鞠天相在其《争议与启示——袁庚在蛇口》一书中，称赞这份《请示》在"字里行间弥漫着一股不可遏制的跃跃欲试的渴望情绪"。

仅仅三日后，也就是1978年10月12日，这份《请示》就获得党中央和国务院的批准。中共中央副主席、国务院副总理李先念批示："只要加强领导，抓紧内部整顿……手脚可以放开些，眼光可以放远些，可能比报告所说的要大有作为！"中共中央主席华国锋和副主席叶剑英、邓小平、汪东兴以及国务院副总理纪登奎、余秋里、谷牧、康世恩阅批同意。

"好了，好了！"袁庚拿到批文，喜形于色，像趴伏在战壕里的小战士，肢体语言紧张而活跃，全身充满了跃跃欲试冲锋陷阵的渴望。

四、跳出香港到宝安求发展

1978年10月，招商局董事会改组，袁庚以副董事长身份来香港主持工作。

袁庚上任后的第一件事是召开党委会，传达中央指示和交通部党组的《请示》报告，研究贯彻落实办法。会后，将两份文件交朱士秀安排打印，油印出几十份以便传达贯彻。

10月18日，上午9时，袁庚穿一身铁灰色的簇新西服，系蓝白相间的真丝领带，站在香港招商局12楼会议室门口，迎候前来开会的其他董事与部门经理。

会议原定上午9时30分举行，还有半个小时，当老板的袁庚早早就来到会议室门口恭候，大家有点受宠若惊的样子，也有人认为袁庚在作秀，很不以为然。与他共事时间一长，人们就明白这是一个视时间为生命的人，珍重自己生命中的每一个日子，也珍重别人的时间。每每开会，他作为召集人或者领导，一定准时到达，甚至往往比其他与会者还要早一点坐在那里。袁庚认为，这里面不仅有时间概念，还有对别人的尊重。尊重别人，也是尊重自己。作为领导人先行进场，这用不着去作秀，他已经养成了这种习惯。

"欢迎你，袁董。"招商局总经理金石说，"你的那份《请示》很精彩。"金石比袁庚大两岁，安徽人，来香港招商局任职已经四年了。

袁庚笑容可掬地答谢："谢谢你的支持。金总，我希望，精彩的在后面！"

梁鸿坤因接了一个买船的电话耽误了一点时间，朱士秀为了处理公务最后一个进入会议室。等他俩甫一落座，金石就敲敲铁灰色会议桌面，让大家安静下来，随即宣布："今天开会最重要的一件事，交通部派袁庚同志担任招商局副董事长，主持招商局工作，现在，我们欢迎新来的袁庚同志给我们讲话。"

"谢谢你，金总。"袁庚清了清嗓子，他的嗓音一贯有点沙哑，像个慢性咽炎患者，但又不乏温和与亲切——考虑到外派干部较多，他选择了普通话来表达他的思维。他坐在椅子里的身躯微微前倾，发言时的神情照例是自信而刚毅。

"各位，大家好，其实，在三个月之前，我和诸位都见过面的。我曾经浪费过诸位的时间，也很感谢诸位的帮助和支持，使我完成了对香港的调研。"会议桌四周一阵纸页翻动的窸窣声——对于招商局的干部来说，记录老板的讲话是再正常不过的事情。"各位，上次调研你们谈的一些问题，比如单一经营、困守一隅、没有经营自主权、大锅饭等等，我都向部里汇报过了。我将调研的成果写成了一份《请示》，由交通部党组呈递给党中央和国务院，现在的好消息是，中央非常及时地批复了我们的请示报告。"

会议桌四周出现一阵骚动，还有一阵喃喃低语。袁庚扫了一眼正在长椭圆形会议桌旁就座的几位董事与部门经理。对于袁庚来说，他的目标是要改变招商局现状，蹚出一条崭新之路，让这里不再是一个混日子的地方。

"现在的国际环境不一样了，各个国家都在大搞经济，唯独中国还是老一套，怎么行呢？"袁庚严肃的脸上掠过一丝沉重，思路像海潮一般绵延。他的才华无疑是多方面的，其中之一便是能使自己犀利的头脑完全专注于某一问题。这个时候，他所陈述的话语便拥有了非凡的煽动力。"70年代中期，我国恢复了在联合国的合法席位。中日恢复了邦交，通过基辛格的穿梭外交，中美也相继建交，本来封锁了这么多年，可以打开窗户呼吸一下新鲜空气了，但是，'四人帮'这些人打肿脸充胖子，说什么既无内债，又无外债，自吹自擂，一个国家这样下去，没有出路。今天，我们招商局为什么要改革一些东西？是因为受香港的影响。香港的发展如此之快，我们国内有充足的土地和人力资源，为什么别人能干我们不能干呢？"

"可是，我们一没有钱二没有权，就是想干也不行啊。"张振声炮筒子脾气一点燃，就炸开了。梁鸿坤、朱士秀等人也抱怨束缚太多，浑身有劲使不上，不知怎么办才好。

"现在，时候到了！"袁庚的声调高扬，"中央批准了交通部的《请示》。"他扬了扬手上《请示》的油印件，"我们在香港，要充分发挥这个窗口的作用。"

"有中央支持很好啊，我们要拿出办法来。"招商局副总经理郭玉骏说，他是来自"广州远洋"的老干部，是个老资格。

袁庚召开见面会，除了例行公事，主要想开成一个动员会，看到张振声等人情绪逐渐高涨起来，决定再添一把火："前不久，我来香港调研，打开电视一看，每天都有这样的镜头：偷渡逃港过来的人，被这边遣送回内地，男男女女戴着手铐，都是一些年轻力壮的，那种画面看了叫你欲哭无泪。"他有些激动，额头竟然冒出细密的汗珠，"很多同志看到这里，'叭'——就把电视机关上了。我们住在香港，想想内地同胞为什么逃港？十几年前，香港人却想到内地谋生，为什么有这么大的变化？请大家晚上看看电视新闻，看看每天有多少人背井离乡，甘愿冒着生命危险偷渡？"

会场上，立时叽叽喳喳小声议论起来。有爱国心的人，共产党员们，更感到压抑、气闷。有人分析内地人逃港原因是太穷了；更有人认为是对天天高唱"社会主义就是好"不务实为民的现状失掉了信心；有人思路更宽泛一些，嘀咕国内为什么把好的、美的，比如花鸟虫鱼、时装靓衣喇叭裤、富裕生活统统打成资本主义资产阶级思想？为什么老百姓喜欢的上头就要反对、批评？一个个表示想不通。

袁庚认为有些事是扯不清的，他没有过多地牵扯理论、政策等敏感问题，而是启发大家如何大干快上，把被"四人帮"耽误的时间抢回来。接着，不少人提出拆船、航运等方面的办法。会议开到这会儿，大多数人都发了言，表了态。也有一些人，包括总经理金石、副总经理陈广轮惜话如金，一声不吭。

袁庚心里清楚，由于历史的原因，特别是经过十年"文革"的动乱，香港招商局内部派性很严重。这里的外派干部，大部分来自"长江航运"和"广州远洋"两个地方，自然分成两派，形成颇为严重的"山头主义"。这一次赴港任职之前，交通部一位副部长建议袁庚多带一些人来，以利于把中央批下来的《请示》精神尽快地贯彻下去。

到一个陌生地方任职，没有一班得力人马辅佐，工作是很难开展的。袁庚考虑了很久，决定一个干部都不带，单枪匹马来上任。

面对实际存在的"山头主义"，袁庚打定主意当着全体人员的面挑开来说，来一次彻底的摊牌。"我上次来香港调查，了解到招商局的派性很严重。"他环顾四周，淡淡一笑。"我不管你们是哪个山头的，我说，假如有人同我一块来搞改革开放，我们一同干点事情，我就叫他为'同志'，志同道合！这样的同志，就是好样的！"

会议室内突然出现一阵短暂的静默，随后又扬起一阵议论声。张振声用左手敲击着桌面，向会议桌旁的总经理与副总经理挨个扫了一眼。他是一个体形高大的山东大汉，有话就说："袁董，其实，你说不管哪个山头的，积极肯干就是好的，这话说得好。如果要算旧账，永远也扯不清，越算越不团结。"他略为停顿了一下说，"大家都有顾虑，我们一怕干不好，二怕赔钱。"

"要干就干跟航运有关的事情，"梁鸿坤提出建议，"这样入手快一些。"

新一轮的七嘴八舌的议论声又响起来了。在这种群情激奋的态势下，原先抱定主意不说话的分管航运业务的副总经理陈广轮也发表了意见："还可以修船。远洋公司和益丰公司有100多条船。"

受派性影响，原本打算在会上当泥菩萨的干部在融洽的气氛中，也都先后表了态。

招商局的外派干部，包括一些董事先生，对于束缚他们手脚，不让他们发挥专长的种种限制早就憋了一口气。多年极左路线的影响，招商局已经形成万马齐喑的局面。今天，这位叫袁庚的胆大包天者公开站出来挑头，他们才敢说说心里话。否则，要他们在这样一个公共场合公然抱怨国内政策，就是借他们一百个胆子也不敢。

"现在，中央吹起了改革之风，我们为什么不乘着东风好好做一些有益的事情呢？还在调查时，我就和部分同志交换过意见。我们的本行是航运，就要搞跟航运有关的业务。能不能先把拆船、修船、轧钢等工业搞起来？这就需要弄一块地皮来施展拳脚。接下来，我们去四处看地，找一块风水宝地来开工厂。"袁庚言犹未尽，又补上一句："可能，接下来招商局要进军内地了，要在宝安县附近搞一个后勤服务基地，大家以为如何呢？我想听听大家的意见。"

这是袁庚第一次在公开场合亮出在内地筹建后勤服务基地的设想，勾勒出蛇口工业区构想的最初轮廓。三个多月前，在总部底楼茶餐厅请梁鸿坤吃快餐的时候，袁庚说他一直考虑建立一个后勤服务基地或是加工区。梁鸿坤立即想到一水之隔的宝安县，当即激动得脑袋直晃，向袁庚提出自己的设想："我熟悉宝安，我们可以在边境线上，找块地方来干！"袁庚哈哈一乐，英雄所见略同！他曾经考虑过，既然招商局总部在香港，在香港没有发展空间，就应该跳出香港求发展，在就近的仅隔着海湾的广东宝安找块地方做根据地。现在，梁的想法与他不谋而合，他立即兴奋地说："很好！"

"袁董，你可以去找广东省革委会的刘田夫啊！他是副主任，专门分管工业的。"梁鸿坤提出建议。

"我和他还是老相识呢！"袁庚的思绪一下跳得很远，"解放战争时，我是两广纵队司令部的炮兵团长，他是两广纵队政治部副主任，工作上还多有往来……"

"说不定他能帮你。"

"依照他的个性，我想他会的。"袁庚说，"招商局是该做出点贡献了。"

此刻，在动员会上，袁庚提出到宝安发展的构想，自然得到梁鸿坤的热烈回应："好啊，我们可以去宝安看看！"

会场上叽叽喳喳，又热闹起来了。

袁庚紧紧抓住工业区话题说下去，告诉大家前些日子他在香港、澳门找地困难重重的情况，希望大家的思路能够跳出香港，寻求一个更大的空间。

副总经理郭玉骏很冷静，认为到宝安找地是一个不错的想法，但这事招商局无权做主，只有中央支持才能实施起来。

这次见面会，总经理金石除了几句开场白，一直没有说话。袁庚明白，此人原任长江航运局副局长，1974年任招商局总经理，工作辛辛苦苦，是个没有功劳也有苦劳的好人。自己是广东人，在交通部无根无底，到招商局没有带一兵一卒，在老"长江航运"的同志们看来，我一定是依靠和重用来自广州远洋公司的干部，亲不亲故乡人嘛！老金同志，你错了，谁有能力我就用谁。开会期间，袁庚有意无意地把目光投向金石，希望他金口笑开。在招商局挂帅，没有这位仁兄的支持，那是很麻烦的事。等等吧，袁庚想，等他看清我的用人路线、施政主张，这次不发言，下次一定会贡献意见的。有趣的是，他刚说完在港澳买地受阻的事，金石就说话了。

金石说："我看，假如要搞工业区的话，香港和澳门还是止步吧！到宝安发展是个好办法，不过，要听听广东省的意见。"

袁庚看见一丝微笑在金石的脸上划过，心里也笑了起来，是一种欣慰的快乐。

"金总的想法和我一样，"袁庚瞟了众人一眼，"大家可以回去消化一下这份《请示》，让办公室将文件下发到各个科室学习，毕竟束缚了几十年嘛，现在中央放权、放手，让我们自己走，总要走得潇洒一点啦！"他咯咯一笑，然后挥一挥手，转向金石，"金总，我的讲话完了，现在把总结交给你啦。"

五、袁庚登台亮相

袁庚走马上任，特别是见面会上的举止言谈，在招商局内形成一道冲击力，全局弥漫着一股大干快上的求战情绪。但袁庚很清楚，他就这样上任，在香港各界并不会有什么动静。

他琢磨着举办一场活动，向香港公开宣告新任常务副董事长的到来，目的是把香港招商局这块百年老牌子打出去，打响亮，从中传递国内的重要信息，向海内外展示中国决心打破闭关自守的开放姿态。

这些日子里，在国内，已是"春到人间草木知"（宋·张栻《立春偶得》）了。

在1978年9月的一次会议上，邓小平指出：经过几年的努力，有了今天这样的、比过去好得多的国际条件，使我们能够吸收国际先进技术和经营管理经验，吸收他们的资金。

1978年9月11日，在"文革"中被迫停刊的《中国青年》杂志复刊第一期出版。这一期杂志有童怀周编辑的一组《天安门诗抄》。刊物一出来，中央下令：发出去的刊物要收回封存。当时在北京的袁庚没有看到这一期《中国青年》杂志，但是，通过其他渠道阅读到了《天安门诗抄》。他一边读诗，一边怀念敬爱的周总理，禁不住热泪流淌。袁庚相信，《中国青年》刊登《天安门诗抄》，以及歌颂"四五"运动的话剧《于无声处》的公演，昭示着为"天安门事件"平反的日子已经为期不远了。

袁庚更为期待的是，何时能为自己平反昭雪？他已经知道了，是康生陷害他，把他关押了五年又六个月。现在，也该有个说法了！

进入金秋十月，袁庚感到欢欣鼓舞。真理标准的讨论越来越深入。他还听说，在11月中旬将举行至关重要的中共中央工作会议，为十一届三中全会的顺利举行准备充分的条件。他不知道中央工作会议的具体内容，但他知道，这次工作会议将是在重大的理论和实践问题上解放思想、拨乱反正的会议。他期待着会议的胜利召开。

所有的信息都表明：长期封闭的中国将要向世界打开大门。

袁庚找到金石商议，决定以招商局的名义在香港举办一场盛大的招待会。

袁庚笑着说："让我这张老脸到前台去亮相。"

袁庚策划的这次亮相很成功。

袁庚把相关情况向我讲述之后，言犹未尽，手掌挥一挥说："这件事，可以找某某去问一问。"

今年63岁的时清是袁庚所说的"某某"之一。当年他不过36岁，为招商局行政部职员，后为办公室主任。他说，20世纪六七十年代，香港招商局在香港默默无闻。很多香港人都误以为招商局是照相局，因为广东话中的"招商"与"照相"语音相似。"刚来香港的袁董，有一种很强烈的招牌意识，他总想把招商局的名声打出去。"这位文质彬彬的上海人是与袁庚同时外派至香港招商局工作的，回忆往事，声音温润而饱满。

对于1978年11月1日的那场盛会，也就是招商局董事、总经理金石假香港富丽华酒店，介绍袁庚与中外人士见面的那次盛大招待会，时清记忆犹新。他说：那次盛会在招商局的历史上绝对是"亘古未见"。

招商局招待会拟邀请的嘉宾，是袁庚自己挑选的，囊括了香港各界名流，共有200多人。袁庚请办公室买来200多张请柬，然后，整整花了一个下午的时间，亲笔挥毫，在每张请柬上用毛笔签署自己的名字。

袁庚的毛笔字很不错，遒劲有力，这得归功于私塾凤围堂老师的启蒙与中学时蓝老师的影响。战争期间，他在沙地上与泥地上练。坐牢狱时，他用食指在墙上比画。他的一生，最大的兴趣莫过于读书与练字。对于书法他有自己独到的见解。他喜欢王羲之的行书，也钟情颜真卿的颜体，所以，懂得书法的人说，他的书法博采众长，有一种综合后的奇丽。

在中央调查部一局当副局长的时候，他曾着力培养手下干部练字。有个干部字写得不太好，袁庚交给他的任务是每天写一千个字，由他来圈哪个字好，"逼"得这个干部练就一手好书法。

袁庚的亮相会在11月的第一天在香港富丽华酒店举行。

下午5时30分，穿着夫人汪宗谦置办的全套崭新黑色西服，身高一米七六的袁庚站在酒店宴会厅前的走廊上，神采逼人。这套购自大华国货的西服，叫不出品牌，却是他衣橱里最贵的一套。除了西服崭新让他略感不适外，脸上照例透出一贯的自信与从容。

他的位置很醒目，"堵"在距离扶手电梯一两米的走廊旁，热情地迎候各方来宾。夫人汪宗谦临时从北京飞来参加这次见面会。一袭白色西裙，秀丽端庄，站在夫君右手边不远处。她的旁边站着总经理金石、副总经理郭玉骏以及两三位部门经理。这一天，袁庚的"肢体语言"传递着一种尊重与友好，明白无误地向与会的香港各界人士展示了一位中国国营企业负责官员的风范与礼仪。

霍英东来了。船王包玉刚来了。船王董浩云也来了。中华总商会会长王宽诚携商会诸多成员一同驾到。他们都收到了袁庚本人亲笔签名的请柬。握手的时候，嘉宾们的感觉很明显：这位精神矍铄的董事长的双手很有力度。袁庚与霍英东老友相见，来了个热情的拥抱。1945年，袁庚代表中共出任"东纵"驻港办事处主任时，就认识了霍英东。"袁上校，唔，袁董，你越活越年轻了。"霍英东说。袁庚摇着他的手，热切地表达着自己的愿望："招商局搞开放，你一定要支持啊！"

影星石慧与丈夫傅奇被扶手电梯缓缓送到袁庚眼前，袁庚立即认出了这位冰雪聪明的女士是《巴士奇遇结良缘》的女主角。石慧着一身灰绿色西裙，上身披一条同色带穗的披肩，手挽一个缀着五彩珠片的黑底真丝刺绣手袋。她步出扶手电梯，朱士秀抢先一步走了过来，向袁庚介绍："这是……"袁庚早已伸出双手："不用介绍了，著名影星，《巴士奇遇结良缘》。谁人不识？"他笑着将脸转向傅奇，"我说也包括你呀！"他爽朗的笑声和激情的穿透力，刹那间缩短了初次见面的距离。

"袁董，恭喜你。"石慧那双遮掩在琥珀色太阳镜下的大眼睛呈现灰绿色，说的虽然是客套话，但语音糯软，令人受用。

"记得用你的号召力给我们招商局招招商啊！"袁庚礼貌性地握了握石慧伸过来的手，"有机会我们可以合作啊！"

寒暄的话语，礼貌的客套。两年后，招商局下属的明华船务公司果真与傅奇、石慧夫妻合作，以45亿港币的天价夺得香港机场免税店8年的经营权，虽然后来业绩不够理想，合作总还算愉快的。

香港永康国际旅行社总经理马灿洪与太太陈惠娟远远地向袁庚招手。日后，陈惠娟在袁庚的鼓动与支持下，加盟蛇口工业区，与工业区合资成立了内地第一家免税购物中心。

当富丽华酒店可容纳四五百人的大堂几乎全被挤满后，袁庚随着招商局总经理金石健步走向台前。这是属于袁庚的见面会。金石主持见面会，向香港各界名流隆重介绍袁庚，袁庚的内心泛起温热的伤感。以往与香港的关联像默片一样在璀璨的灯影里慢慢呈现：童年时代随母亲来香港，与做海员的父亲会面；青年时期参加华南抗日游击队，与亲密战友黄作梅一同负责港九地区的情报工作；日本投降之后，代表华南游击队与英军代表夏悫将军在香港谈判关于东江纵队港九大队撤出港九地区的问题。"文革"中五年半牢狱之灾的起因，也跟香港颇有关系。现在，他又重新踏上这片熟悉的土地，不是当过客，而是有所作为来了！轮到他说话时，激情无可遏止地飞迸出来。

"女士们，先生们，朋友们，同志们。"袁庚的开场秀，像一个百味杂陈的串烧，面面俱到地迎合了不同身份者的称谓心理。在此番正式的场合下，为了表明来自内地的"表叔"身份，他用普通话来表达思维。"久违了！我是袁庚。在座的人，有些是我的熟人或朋友。我曾经是华南抗日游击队中的一员，在1945年时，我代表华南游击队与英军代表夏悫将军在这里谈判，帮助夏悫将军一同维持过香港的治安。现在，交通部派我来到招商局，出任常务副董事长，希望大家多多关照，多多支持！"

袁庚的目光环视着大堂，在嘉宾的脸上掠过，在热情而又谨慎地介绍中央坚决拨乱反正、坚持对外开放的信息之后说："现在，中央批准了招商局的'二十四字'方针：立足港澳、背靠国内、面向海外、多种经营、买卖结合、工商结合。招商局要在五年至八年内发展成为综合性大企业。这就是说，中央政府授权给我们，希望招商局能够大力发展。换一句话就是：我们招商局要大干一场了。现在，我们和香港同行业界之间不是竞争，而是要共同发展，共同繁荣香港经济。"

袁庚将手中的葡萄酒杯高举过头顶，醇美的酒液在灯光下晶亮闪烁："我首先感谢香港各界老友一贯以来对我的支持，当年，为了维持香港的治安，我们曾经并肩战斗，同担风雨。现在，我更加感谢在座的各界名流人士赏脸参加这个见面会。新老朋友欢聚一堂，共商招商局未来发展之大计，我和我的同仁都非常感谢诸位。招商局的发展，仰赖各位的支持与帮助。我提议，为了招商局的明天更灿烂，为了香港的明天更繁荣，让我们举杯同饮。干杯！"

掌声响起来，接着是酒杯相碰声、絮絮低语声。袁庚在金石的导引下，一桌桌地敬酒、寒暄、致礼，这个历来滴酒不沾的客家男人的脸上，升腾起一片红晕。

觥筹交错中，袁庚与来宾交谈，用得最多的是不咸不淡的广东话，又带客家音，还有他老家大鹏腔，甚至还蹦出几个北京语汇。他用广东话与嘉宾交流，更加强化了与客人在地域和心理上的认同。

袁庚的亮相轰动香港。

翌日，香港各大报刊对袁庚莅港迅速做出积极反应。有媒体称袁庚的亮相标志着招商局"开放改革提上议程"。有的媒体称穿西装带夫人的袁庚在公众场合露面，是中国正在酝酿重大变革的一个信号，传递着让香港人欢欣鼓舞的中国从此打开大门的信息。1978年11月2日的香港《文汇报》在题为《袁庚副董事长到港 招商局作酒会欢迎》的新闻报道中指出：为了配合中国加速实现四个现代化，香港招商局正拟大力拓展业务。除继续经营已有的船舶代理、远洋货运和本地仓库码头业务外，还将直接经营船舶买卖，以及大力开展同交通运输有关的各项工业、商业和服务业。这些业务主要为中国服务，也乐意为国外服务。

这次酒会之后，招商局职员惊喜地觉察到，他们在香港办事，比先前顺利多了。

主角登场，袁庚亮相，人们倒要看看他主演的大剧在序幕过后如何发展下去？

六、香港第一课

中午，袁庚准备上13层的饭堂吃午饭之前，来到梁鸿坤办公室，小声交代梁鸿坤，叫他到银行放风，就说招商局要买楼，准备修整门面大干一场。总部目前所用的干诺道15号楼，是在1966年招商局投资150万港元，将原4层办公楼改建而成的14层楼，已经不适应发展需要了。

"是不是真的啊？"梁鸿坤不相信，在袁庚来之前，前后也有几位老板想买楼，几经请示都未修成正果。

"你到底有办法没有？"袁庚没有正面回答他的问题，只是告诉他买楼的理由，"老梁，招商局的写字楼太破太旧了，再说，我们要扩大发展，必须注重形象，换一个写字楼已迫在眉睫。"袁庚有两层意思没有说出来：第一是，总经理金石早就建议买一个写字楼，提议搁浅多年。现今在他的力争下，交通部已经批准了这个请求。第二是，如果内地把工作重心转移到经济建设上来，香港的地价楼价肯定会快速上扬，他要买一栋楼等它升值。

好吧，梁鸿坤点点头，仍旧呆呆地说不出话来。眼前的袁庚难道是个通天的人物吗？那边刚鼓动大家建一个想都不敢想的后勤基地，这边立刻要替没有多少银行信誉可言的招商局贷款买一栋写字楼！

"我想一想，看一看，到几个银行去放放风，看看有办法没有？"梁鸿坤勉强答应下来。

"去吧，越快越好。"

梁鸿坤从事买船业务，与金融界有过交往。他把招商局打算买楼的消息放了出去，竟然有许多反馈信息，让梁鸿坤很是高兴。他挑了几家愿意为招商局贷款的银行上报给袁庚，让领导去斟酌、去选择。差不多与此同时，袁庚率领几个人到处看楼论价，最后选中距离总部近，处于闹市区，价格较低的干诺道上一幢24层的商业大厦。

艰苦的谈判开始了。袁庚不愧为谈判老手，看起来对方急他不急，不慌不忙，气定神闲，太极推手。其实，他外表不急内心急，讨价还价中，巴不得早一刻成交。这一天谈来谈去，已是临近中午，让袁庚诧异的是，他发觉卖主开始显得有些不耐烦起来了。

这种不耐烦，不是卖主奇货可居对压价很不耐烦，而是卖主急于出手，希望早一点，哪怕仅仅早一分钟变现。袁庚看准了对方的软肋，虽然自己也希望早一分钟成交，因为事关国家资产，依旧是一个坚定的杀价主义者。这一个上午，楼价从6500万元（港币）一路压低到6200万元，袁庚对这么低的价格很满意，立即见好就收，说："既然你们诚心要卖，我们招商局也是诚心要买的，这样吧，就6180万元，6180，一路（6）要（1）发（8）！你不要再争了，这个数字对双方都很吉利的嘛！"

对方老板犹豫了一下，立刻从沙发上站起来："你真厉害，袁董，就这样吧！"说着急切地就要上律师楼把手续办下来。

袁庚很高兴，为了庆祝买卖成功，合作愉快，希望对方赏脸，大家一块吃个午饭庆贺一下。这是很有人情味的请求吧？但是，不管袁庚怎么说，对方就是不去酒楼吃饭，坚决要求尽快到律师楼去把相关手续办好，尽早拿到订金。袁庚说这怎么行呢？酒不喝，饭总要吃吧？对方无奈地表示，那就吃快餐吧，越简便越快就越好。袁庚只得依了他们。快餐送上来的时候，他们也不讲客套，拿起来就吃，把河粉、面条之类的东西胡乱地往嘴巴里塞，还不停地看看手表，仿佛追兵随时会扑上来似的，吃完了就走，和袁庚约定，下午2点"一定""准点""无论如何"要赶到某律师楼，双方把手续办妥。袁庚不知道对方为什么这样强调时间，为了不失约，催促财务及时把2000万元的转账支票填好盖上章，一行人带上支票，准时赶到了律师楼。对方老板和相关人员早到了那里，正站在门口等他们。袁庚发现，老板的小车停在楼前，没有熄火，司机还在驾驶座上随时待命。在律师楼里办完各项手续，对方送过来楼书等一应文件，这边把第一笔款子的支票递了过去，"验明正身"后，双方签字。对方拿到支票后，留下一个人与袁庚他们商谈善后事宜，只见其他人立即起身，左右护卫着一个拿支票的人快步下楼，迅速钻进了轿车，只听"嗖"的一声，轿车拐上马路，箭一样地冲向远方。

这天是星期五。对方带着支票离开律师楼赶往银行的时间，是在下午2时30分左右。

当国内还只是星期天为休息日的时候，香港已经实行双休日制度。星期五下午3时，香港各家银行停止营业，要到两天之后的星期一上午9时才开门营业。这就是说，如果星期五下午3点钟之前不把支票交到银行自家账上的话，他们就要白白损失2000万元港币在3天之中的活期利息。这有多少钱呢？当时的浮动利率是14厘，三天就有28000元！

袁庚被这个紧张的场面感动了。真的哦，香港人把时间当做了金钱！

看看我们国内的同志吧，有谁会争分夺秒地及时把企业的资金存进银行的账户上去呢？这次买楼之后，袁庚及时开展财务检查，发现不少子公司不及时进账，有人把支票搁在家里过夜根本不当一回事。袁庚毫不手软地把这种不负责任的财务人员换掉了。仅仅抓紧及时进账这一项，就使全局的收益状况大为改观！

袁庚把这次买楼所受到的教育，称为"香港第一课"。香港第一课以及后来在蛇口发生的一件事，引发袁庚勇敢地喊出了"时间就是金钱，效率就是生命"的振聋发聩的口号，冲击并影响了全中国。

几十年间，袁庚常常回放"香港第一课"的情景。

"我们中国古人说，一寸光阴一寸金。香港人呢，在激烈的竞争环境里，真正把时间当做了金钱。我给大家讲一讲我亲身经历的故事，也是我的'香港第一课'……"

在20世纪70年代后期招商局的工作会议上，在80年代蛇口工业区干部大会上，在80年代至90年代各届蛇口培训中心学员班开学典礼上，在21世纪初面对人民日报《大地》杂志社记者采访的时候，袁庚差不多都是这样开始讲述香港人是如何教育他懂得"时间就是金钱"的。在讲港人卖楼故事中，袁庚只讲港人争取到了2000万元三天的利息，却"贪污"了两个内容：一是他如何把原本就比较低的6500万元价格压低到6180万元的；二是买这幢楼，赶在香港楼市在国内全面改革开放前夕涨幅还不大的时候，使招商局捡了一个大元宝，占了很大的便宜。

快到年底，北国已经是雪飘冰封了，袁庚站在港岛西环海滨，无时无刻不感受到从内地掀起的春潮正一阵阵地拍打着海岸。

中央工作会议从1978年11月10日到12月15日，开了36天。如此长的中央工作会议，在中国共产党的历史上是绝无仅有的。闭幕会上，邓小平作了题为《解放思想，实事求是，团结一致向前看》的重要讲话。

紧接着，1978年12月18日至22日，只开了5天的中共十一届三中全会取得丰硕成果。中共中央党史研究室著《中国共产党的七十年》指出：十一届三中全会，"是建国以后党的历史上具有深远意义的伟大转折"[1]。

十一届三中全会公报宣布："全国范围的大规模的揭批林彪、'四人帮'的群众运动已经基本上胜利完成。全党工作的重点应该从1979年转移到社会主义现代化建设上来。"

全会毅然抛弃了"以阶级斗争为纲"的"左"的错误方针，否定了"无产阶级专政下继续革命"的"左"倾错误理论。

全会号召全党解放思想，实事求是。

十一届三中全会讨论了李先念在国务院务虚会上的讲话和《一九七九、一九八〇年两年计划经济的安排》，对如何改革开放进行了探讨。全会还印发了苏联、南斯拉夫、罗马尼亚实行开放、引进的专题材料，作为参考。在这个基础上，全会明确提出了改革、开放、搞活的重大战略方针，把中国这艘航船从封闭、保守、落后的浅水岸边，引领到开放、改革、风光无限的广阔洋面上。

---

① 中共中央党史研究室著、胡绳主编：《中国共产党的七十年》，中共党史出版社1991年版，第471页。

实行改革、开放与搞活，是中共高层领导经过历史阵痛后的一次集体抉择，是全体中国共产党人顺应潮流、与时俱进的智慧结晶。

袁庚从电台、电视、报刊上得知十一届三中全会拨正航向的消息，显得兴奋而又活跃。这天，香港《文汇报》全文刊载了十一届三中全会公报，袁庚仔细阅读着，把认为重要的地方用红铅笔画了又圈，圈了又画。

"多方面地改变同生产力发展不相适应的生产关系和上层建筑，改变一切不适应的管理方式、活动方式和思想方式。"

袁庚一边念着，一边将这些重要论述抄写在笔记本上。

总经理金石敲门走了进来，手里拿着十一届三中全会公报，显然已经读了一遍，脸上洋溢着兴奋和欣慰的笑容。

袁庚放下笔记本，与金石会心地一笑，高声地喊叫："解——放——了！"

是的，解放了。这是精神枷锁的被打破，这是思维理念的自由放飞，这是思想的大解放！

西环北部的海面上，轮船和渡船来来往往。

节令已经进入12月份，圣诞节与新年还没有来到，与北京、广州相比，香港市面上已经开始热闹起来了，各商家忙着打折促销，引来一阵阵购物狂潮。夫人早已回北京上班了。忙累了一天的袁庚独自来到轮渡码头，欣赏港口风光。难得有闲工夫，他想到对岸尖沙咀、旺角去走一走，看看天色不早，也就算了。这些天，他正在主持起草在蛇口兴办工业区给中央的报告。他在岸边这里看看，那里望望，有时目光望着远处，仿佛在等着什么，又不明白想看什么。直到后来，他在蛇口创办股份制企业的时候，才突然想到1978年岁末的这一天，他在西环望海，颇有点诗家情怀，也许是想越过历史烟云，看看招商局成立的第二年1873年（清同治十二年），悬挂着红底黄色圆月旗的招商局轮船，从上海港出发，傲然地开进全是外轮停泊的香港海面的情景……

李鸿章（1823—1901），清末洋务派代表。1872年6月，经办海运十多年的朱其昂受直隶总督兼北洋大臣李鸿章之命创办招商局。8月间拟就招商局第一个正式章程《轮船招商节略并各项条程》。1872年12月23日（同治十一年十一月二十三日），李鸿章致函清廷总理衙门，转呈朱其昂等所拟条规。同在这一天，李鸿章向清廷奏呈《试办招商轮船折》，内容与致总理衙门信函大致相同，论述试办招商局的必要。12月26日，清廷批准李鸿章奏折，成立轮船招商局。1873年1月17日（清同治十一年十二月十九日），招商局在上海洋泾浜南永安街正式对外开局营业。

招商局的开局，成为清末洋务运动由"求强"向"求富"转型的产物。袁庚原先并不了解招商局，当他到招商局进行调研了解招商局的历史之后，当他正式成为招商局第29代实际掌门人之后，他才知道，招商局是"设局招募商股"的意思，是近代中国第一家股份制企业，也是中国近代创办的第一家民族工业企业，是在潮起潮落中，洋务运动至今仅存的唯一硕果。不管专家学者对李鸿章及其洋务运动作何评价，袁庚始终认为，招商局的诞生在中国近代经济史上是一次重大的制度创新。

在1978年与1979年新旧交替将要到来的时刻，在北京刚刚吹响改革开放号角的时候，萦绕在袁庚心头的是，我能把李鸿章在106年前下的那盘棋，重新走得风生水起吗？

第二章 蛇口惊雷

第二章 蛇口惊雷

一、蛇口镇上的"港客"

今日蛇口，并没有像袁庚最初所期望的那样成为以工业为主的类似于英国阿伯丁的海港城市，而是以她的美丽、繁华、喧闹、拥挤逐渐成为深圳特区内的一个城区。甚至，急功近利的房地产商们继续随意地涂写着，以至于大型商业中心或是购物广场至今还没有找到宽裕落脚的地方。即便如此，滨海花园楼盘、海涛小筑、鲸山别墅、背山望海的半山居住区，这一大批袁庚时代留下来的，充满欧洲风情的幽雅居住地，依旧是深圳人、香港人，甚至是外籍人士十分中意喜爱的居住生活区。

袁庚欣赏的明华轮"海上世界"还在，不远处由蛇口人在1989年投票产生的海滨浴场已悄然关闭，填海后修了停车场，以缓解越来越严重的停车难。当我穿越大叶榕和荫香树的绿荫，从工业大道缓缓走过，我总会盯着左边的那艘明华轮出神。中国改革开放总设计师邓小平在袁庚的陪同下视察并题词过的这艘邮轮至今完整无损。倘若没有那些悬挂在桅杆上具21世纪时代气息的广告和缤纷的小彩旗，我还以为又回到了20世纪80年代袁庚的鼎盛时代。走着走着，我仿佛能够与年过六旬还挂帅出征的袁庚迎面相遇，总是看见他穿着西服，踏着矫健的步伐走来，带着脸上那招牌式亲切随意的笑容。在类似"工业大道"和"兴工路"

这种缺乏人文和地域色彩的诸多路牌上，似乎还依稀能触摸到袁庚的理念，感受当年燃情岁月的沸腾。

历史无疑是由无数个偶然构成的。如果说1949年10月，作为两广纵队炮兵团长率部队攻打大铲岛、小铲岛与伶仃岛，是袁庚率兵参与"第一次解放"了蛇口等周边地区，那么，在29年后的1978年，时任香港招商局常务副董事长的袁庚再一次选址蛇口，致力于一个海港的开发和开放，则可看成是这位热血男儿对这片土地的"第二次解放"。

我从湖、桥、亭、林四景俱美的四海公园慢慢走到蛇口海滨，来到"女娲补天"的巨大雕像下。这是2005年秋季一个周末的下午，我赶到蛇口与当年蛇口工业区一位老同志见面，他临时有事无法接受我的采访，我趁机"放逐"自己，到海边来走走。水光山色中，对岸香港元朗的高层建筑在下午的阳光下，远远地现出固有的媚态。这边，四海公园内的铜牛雕像为世界最高铜牛雕塑，艺术家韩美林设计，剧作家魏明伦撰写《蛇口盖世金牛赋》，书法家沈鹏题写"盖世金牛"。海岸上矗立的"女娲补天"，雕塑家傅天仇、曹春生、唐大禧联手创制，谢华撰写《女娲赋》。拓荒牛、补天女，正是深圳人、蛇口人的精神及其情怀的写照。

当我悠闲地享受当下的时候，想起袁庚对我说过的一段话。

袁庚告诉我，当年选定蛇口开办工业区，就想在变革中打开富裕之门，后来才考虑到最终还是要淡化工业回归生活，使蛇口成为最宜于人类居住的地方。

其实，类似这样的话，早在1988年那个夏天，他就说过了。

1988年夏日，在蛇口五星级南海酒店的总统套房，袁庚会晤专程前来拜会他的美籍华人、诺贝尔化学奖获得者李远哲先生。当被问及建设蛇口的初衷时，袁庚有一段精彩的告白：

为什么不迟不早，恰好是在这个时候想要开发这样一个港口城市呢？你看那边是伶仃洋，旁边有一个山叫左炮台，这是鸦片战争打响第一炮的地方，从那时起中国100多年翻不了身。几十年来，我们没有真正解决好富国强民的问题。香港抓住了机会，经济飞速发展。对共产党人来说，我们能不能借助香港，利用资本主义，利用国际资本发展区域经济？能不能用我们的双手，依靠我们的智慧，在这么小的一块地方，也是面对香港和澳门，在离资本主义最近的地方，搞得比他们更高明一点？所以，最早应该从1978年年底开始，我们聚集了一大批有志之士，在"振兴中华"口号的鼓舞下，在这里实行开放政策，从事一项探索性的工作，把它作为"试管"，寻求一条有中国特色的社会主义道路，使得这个地方成为人类最适宜居住的地方。

1978年11月22日，袁庚领着香港远洋轮船公司总经理张振声、招商局发展部经理梁鸿坤等人坐车北上来到深圳河，走上架设在河面上的木头桥——罗湖桥。桥面上，用红色油漆画上的一条粗线，便是中英分界线。袁庚越走心情越沉重。张振声、梁鸿坤也面色铁青。在香港这边，山头的岗楼上飘着英国米字旗，英国兵如临大敌般地面朝北边的边陲墟镇深圳。在九龙海关验证进入深圳地界，走到罗湖车站的五星红旗下，他们感到气氛紧张得随时都可能发生爆裂。车站内外、边境线上、深圳河畔，到处都是边防军，一队一队牵着军犬、荷枪实弹的巡逻队伍走来走去，还有众多持枪带棍的民兵、戴红袖章的干部，三步一岗，五步一哨，戒备森严。

临近年底，逃港风潮有愈演愈烈之势。

有一则谣言说，因纪念伊丽莎白女王登基，凡在1978年年底非法进入香港的内地人都将获得大赦。

袁庚掌握的情况是，据宝安县不完全统计，1978年1月至11月20日，全县共外逃1.38万人，逃出7037人。其中，8月份以后外逃1万多人，逃出5400多人。全县逃出大队、小队干部121人，党员29人，团员161人。另据有关方面不完全统计，这一年在宝安一地堵截收容了外逃人员4.6万多人。

袁庚望着张、梁诸人说："我们这次到广州，一定要争取省委、省政府的大力支持！"

袁庚带领张振声、梁鸿坤等人到达广州，和广东省革命委员会副主任刘田夫等人，在省革委会小会议室开会商议建立工业区一事。参加会议的有省革委副秘书长陆荧、办公厅副主任杨青山、省外贸局长冯学彦、省计委加工装配办公室副主任王奇等。

袁庚是前些日子才与刘田夫在电话里联络上的。互道姓名后，一对久违了的老战友开怀大笑，都很开心。这次见面，在经历了"文革"动乱，"十年生死两茫茫"后，两双手紧紧地握在了一起。能完整地活到今天，能继续为党为人民做点工作，真是不容易啊！袁庚百感交集中，直奔主题，当即汇报说，中央批准了交通部关于香港招商局的请示报告，招商局致力于发展工业，同时进行多种经营，苦于香港地价奇贵，成本不菲，想在广东沿海选个地方发展与航运相关的工业与后勤服务项目。

刘田夫分管全省工业建设工作，立即乐呵呵地表示了赞同："太好啦！太好啦！"他感到十分振奋，袁庚的点子很有胆识，很有气魄，竟然与广东省创办出口加工区的想法不谋而合。这个时候，广东省正在酝酿如何利用毗邻港澳优势发展广东经济，开始计划在宝安县和珠海县树立样板搞试验。听完袁庚的汇报，刘田夫高兴地表态："你们搞吧，你们搞！我同意就是了。"

得到刘田夫热情支持，袁庚咧嘴一笑，不无狡黠地说："曾生同志曾经向我交代，在广东宝安筹建工业区之事，如果刘田夫同志支持就干，不支持就不干。"

刘田夫笑道："这是大好事，有利于国家和广东的现代化建设，我当然支持！"

袁庚问道："刘主任，你觉得在哪里搞好？"

"你还问我？"刘田夫笑指袁庚，"你是两广纵队的啊，搞的就是情报，你清楚就是了！"

"在哪里搞？"张振声有点迫不及待。

"就在宝安搞嘛！"刘田夫直言不讳地亮出自己的看法。袁庚心里呵呵地笑了起来，不谋而合，英雄所见略同！

袁庚左手向前挥了挥，这是他惯常的手势，大凡打定主意或下定决心时，他都喜欢用这个动作来表态。"刘主任，我们招商局会择日选址，下次再商议具体落实地点。"

"好，很好！"刘田夫点头赞许，"你们写个东西好了，我马上签个字，我们上报中央。"

袁庚立即说："我写了个东西给部里，基本上同意了。我们和广东省联合写一个报告，好不好？"

张振声和梁鸿坤都盯着刘田夫的表情，心里多少有些惴惴不安。作为一个企业，招商局竟然和省革委会合写一个报告，史上所见不多。他们没有听明白，刘田夫所说的"我们"在前，指的是广东省革委会与袁庚所代表的交通部；袁庚随后所说的"我们"，单指交通部而并非袁庚所在的招商局。官场用语，有时口头上相对含混不清，但在成文时非常慎重，免得横生歧义。

"好吧！"刘田夫爽快地回答。

会上，双方原则上同意在广东省沿海附近选择适当地方作为招商局发展工业用地，为招商局工业区，将由招商局参考香港的做法进行管理。双方商定，在交通部部长叶飞下个月出国考察经香港到广州时，就此事再作进一步商讨和决定。

12月下旬，趁着叶飞途经香港的机会，袁庚抓紧时间当面向部长汇报了与广东省商谈的情况。叶飞支持他的构想，表示到广州将会正式建议以交通部的名义与广东省联合上报中央。12月18日，叶飞与副部长曾生、国家经委副主任郭洪涛、招商局总经理金石与刘田夫等人商谈筹建工业区问题。叶飞建议根据商谈情况，联合向中央写报告。12月21日至23日，袁庚派金石率领张振声、朱士秀和香港友联船厂总经理陈松等人组成考察组，在广东省和宝安县相关领导陪同下，前往蛇口、沙头角、大鹏湾三个公社实地考察。24日，金石一到广州，即向刘田夫等领导汇报在宝安县三个地方实地考察的情况，正式提出选择蛇口公社兴建工业区。刘田夫同意招商局意见："招商局是交通部驻港机构，不是资本家。对充分利用香港招商局问题，交通部已有文件，且经中央批准。应放手让招商局干，先干起来再说，然后总结经验，进一步发展。招商局干起来了，对地方也是一个很好的促进。"

两天后，1978年12月26日上午。云淡风轻。招商局的"海燕八号"交通艇自香港中环码头驶向蛇口公社。袁庚赴港任职不久，就注意到一个奇怪的现象，就是招商局的船不经过任何检查，也不用办任何手续，可以直接进出香港码头。他觉得这是一个非常便利的条件，有利于在靠近香港的地方搞个基地，一来引进香港的资金、技术，二来发挥国内的有利条件。自由往来于粤港两地的招商局船队，将是编织两地繁华的金梭银梭。

今天，他要到蛇口进行实地考察。

几排破旧的房屋展现在海平面上，袁庚以老侦察兵的眼光打量远处影影绰绰的房屋。他掏出军用望远镜，定睛观察了几分钟后，发现这些房屋全为平房，陈旧而杂乱。

"怎么搞的？"袁庚喃喃自语。他又将望远镜移向距离平房不远处的一幢大厂房，然后转身向旁边的梁鸿坤问道："你能告诉我那厂房是干什么的吗？"

"那是一间破破烂烂的修船厂。"梁鸿坤答道，"这里与香港新界西北部隔海相望，据说是非法越境者游水偷渡到香港的出发地。"他停了停，稍加思索后说，"听说常有溺水者的尸体被潮水冲上沙滩，变作孤魂野鬼……"

交通艇在蛇口渔民码头靠岸。所谓码头不过是半截残旧的突堤，艇上的人必须攀爬三四格铁梯才能上岸。袁庚大步跨上铁梯站在突堤上，与前来接站的海关关员李发辉握手。李发辉身穿海关制服，为船上人办理入境手续。他左手拎着一个黑色公文包，这个公文包就是五脏俱全的"边防检查站"：验证，盖章，放行。袁庚、张振声、朱士秀、梁鸿坤、陈松、许康乐等人被一一验行进关，踏上蛇口公社的土地。

袁庚一行顺着码头往西走，被带到蛇口公社办公楼。蛇口公社党委书记郑锦平和两位办事员热烈欢迎袁庚一行，寒暄过后，随即带领他们四处看看。

蛇口公社所在地是蛇口镇，坐落在荒寂的海湾边。不远处有一片晒鱼场，海风一路泄露着晒鱼场上难以遮掩的秘密，老街上两排曲折、破败的红砖瓦房也挡不住阵阵腥臭。绿头苍蝇嗡嗡作响，在人群的头顶盘旋、骚扰。

袁庚走在老街的土路上，感到蛮奇怪的，怎么到处关门闭户呢？街上不见男人，偶或看到三三两两老弱妇孺，瑟缩在门前或墙角里，脸上的表情木木的。如果说有表情的话，只是撩开眼皮望望袁庚这帮"港客"。

1978年之前的蛇口是农民、渔民和蚝民共居的小镇，全镇人口不足千人。镇上只有十多家杂货小商店和几家为流动渔民服务的简陋场所，有一间渔民小学。小学操场上堆放着一箱箱从香港北角电厂拆下后运过来的旧机器，原本是买下来兴建发电厂的，终因迟迟没有动工，机器日晒雨淋，变成一堆废铁。

逛完老街，郑锦平又领着他们抄近路走到白坭湾，也叫五湾。这是一个周末，修船厂空无一人。对岸新界的群山近在眼前，上白坭一带的房屋历历在目。修船厂两侧沙滩旁，有一条台湾相思林、木麻黄树和蓬草杂生的地带，微风吹拂，发出瑟瑟声响。海滩上到处是垃圾和养蚝人丢弃的蚝房。

"郑书记，"袁庚问，"你们公社有多少人？"

郑锦平掏出一包美国三五牌香烟递给袁庚，袁庚笑笑推辞不受："我早就戒了。"五年半的牢狱之灾，戒烟是坐牢时一个重要收获。

"这里没人啦！"郑锦平吸了一口烟，轻轻地吁出一口气，"这里是荒滩，只有一条泥巴路通向深圳。后生仔都跑到对面香港去了。"

"那你呢？你怎么没跑？"袁庚笑着问他。

"总得有人在这里干呀！"郑锦平的脸上浮起解嘲的神情，"袁董，我不想瞒你，前日沙滩上又浮上来一具尸体，让我们掩埋了。"他将手里的香烟狠命吸了两口，扔在沙滩上，用穿着旧回力鞋的脚踩灭了。这两口烟，让他把后边要说的话咽了回去。

1969年外逃风盛的时候，郑锦平任公社革委会副主任兼蛇口养蚝场场长。一个300多人的养殖场，一天偷渡者竟有30余人。1973年，郑锦平每天早晨五六点钟例行巡视海岸线，从后海海岸到赤湾沿线，七八公里的路程，最多时一次曾经发现8具尸体。他原本想告诉袁庚，每年夏秋时节，都会迎来内地客偷渡香港的高潮。有时一天要埋好几具尸体。让人哭笑不得的是，晚上睡觉，镇上人得把门关得死死的，经常有从蛇口下水的偷渡者，昏头昏脑地游了好几个小时，看到有灯光，便跑过来敲门，以为已经偷渡成功了。村民隔着门缝喊：这里是大陆，你们还没有游过去呢！"宁要社会主义的草，不要资本主义的苗"这一类说教只能是自欺欺人。这边劳动一天的工分值只有几角钱，香港那边打零工一个月赚2000多元港币，差距实在太大。

"怪不得家家户户都没有人了。"袁庚摆摆手，不让郑锦平再说下去。如果这是噩梦的话，就让它赶快过去吧！我们如果用"经济边防"代替"政治边防"，等蛇口的经济搞上去，外流偷渡的人自然就会回来的。他回过头去看着身后的海湾，堤岸上荆棘丛生。他将目光从郑锦平移向朱士秀，把话题引开说："我同意你们几个的观点，这地方不错，容易开发，收效快。"

其实，总经理金石在广州向刘田夫汇报选址意见前后，就向袁庚征询了意见。今天，他再次提出同意在蛇口搞建设，实在是害怕郑锦平继续唠叨伤心事。金石向刘田夫汇报蛇口的五个有利条件是：一、靠近电网，有用电之便；二、有白坭水库供应食水；三、占用农田不多；四、靠近蛇口镇，便于生活供应；五、水陆交通都还方便。朱士秀听袁庚夸蛇口不错，趋前一步说："袁董，三地比较，工作组初步认定蛇口。盐田水深港宽，宜建深水港，大亚湾海域辽阔，环境也佳，这两处淡水与电力都比较缺乏，交通不便，开发工程艰巨，投资巨大。"他清了清嗓子，略微放开了声音，"这里的白坭湾与虎地（即六湾）两处海滩较易开发，蛇口还计划兴建发电厂，可望就近供电——"

"这个海岸边还可以兴建码头，利于船舶通航。"袁庚一踏上这个码头，就看出这里蕴含的商机。想到这里，他的内心忽然有一种欣慰，一种众里寻他千百度之后，遇上知音般的心灵熨帖。"这里不是有个修船厂吗？我们要让这里活过来。"他转头看看郑锦平，"郑书记，你觉得怎么样？"

"袁董，这真是太好了！"郑锦平的语气中有一种难掩的激动，"你们来这里搞建设，是给我们做好事，我们当然支持。就算搞不成，你们留下来的码头，不也可以给我们用吗？"

袁庚转过脸望着郑锦平，郑锦平突然意识到自己乐昏了头。工业区还没有搞，怎么就说"就算搞不成"了呢？呸，不吉利！袁庚望着他，是在想，这个郑书记想的跟我一样！港督麦理浩希望袁庚能够在香港大揽角兴建货运码头，袁庚想拿下那个地方，但商谈的条件并不优惠，也就迟迟没有表态。他同意选择隔海相望的蛇口，还有一个原因是，万一不成功，万一政策有了变动，不允许搞下去，也是肉烂在锅里，码头呀设备呀什么的都还在内地，在蛇口，从国家的角度看，损失也不会太大。他接着郑锦平的话说："对的，失败了，招商局的东西都留给你们。"

"袁董，"陈松汇报说，"我们上次测算过了，用招商局的交通艇测算的，蛇口和香港的距离为27海里。我们开船从招商局码头出来，一个多小时就能到蛇口。"

袁庚等人应郑锦平邀请，在公社食堂共进午餐。食堂既脏又乱，烟雾腾腾。袁庚只瞄了一眼，立即看清在食堂用膳的一共有七八个人，都是典型的广东佬，个子不高，体型大多一样，面色稍微黝黑一些。由于椅子不够，有的坐在条凳上，有的坐在旧木箱上，还有的倚靠窗前。郑锦平陪着袁庚走到相邻的一桌，正坐着吃饭的干部立即起身把椅子送过来。"不好意思，"郑锦平真诚地说，"只能委屈袁董了。在蛇口镇，有钱也办不下酒宴。"袁庚一只手不断驱赶在头顶、桌前轰炸的绿头大苍蝇，一只手夹起一块咸鱼干，笑呵呵地说："客气什么？以后大家都是兄弟了，共同做一件事情，同甘共苦，同捞同煲，我相信能收到效果的。"

郑锦平满怀希冀地说："袁董，你在蛇口办工业，等于给我们栽了一棵很值钱的大树，日后，我们蛇口好遮阴哪！"

下午，这帮"港客"在各处看了看，然后沿着海滩走向渔民码头，准备回香港。袁庚挽起裤脚，走向海边，海风轻梳他纷飞的思绪，激情在风中渐渐平复下来，考虑得更细致、更具体了。他在想，他们的报告中央会不会同意？原先叫后勤供应基地，现在改为工业区，字面不同，性质也不完全一致，上马后会不会半途而废？他不是多虑。他当然明白，在中国，改革家有几个有好下场的呢？从商鞅变法到康梁维新，都没有好下场。袁庚相信，大战在即，作为挂帅的大将，他更多地考虑负面因素，不是他缺乏自信，而是自己更加成熟起来了。令他始料不及的是，日后在蛇口蓬勃展开的一场前所未有、闻所未闻的工业区实验，或多或少、或近或远地对中国现存的经济体制带来颠覆性的反叛与影响……

二、李先念："就给你这个半岛吧！"

招商局代广东省革委会和交通部起草的联名向国务院请示的报告，袁庚请朱士秀写了第一稿。1979年新年期间，袁庚把自己关在职工宿舍，在金石修改的基础上，绞尽脑汁修改、补充、推敲这个报告。元月3日，在招商局领导班子会议上，几经讨论通过后，袁庚说要快，要抓紧时间送广东省、交通部修改、审定，越快越好。

这份《关于我驻香港招商局在广东宝安建立工业区的报告》提出：招商局初步选定在宝安县蛇口公社境内建立工业区，以便利用国内较廉价的土地和劳动力，利用国外的资金、先进技术和原材料，把两者的有利条件充分利用并结合起来，对实现我国交通航运现代化和促进宝安边防城市工业建设，以及对广东省的建设都将起积极作用。工业区的建设项目初期有集装箱制造厂、钢丝绳厂、拆船厂、氧气厂、玻璃纤维厂等；基础工程的建设也由招商局负责投资。报告提出，工业区可作为宝安县的一部分，但其建设和经营管理体制则由招商局负责。招商局将按照"参照香港特点，照顾国内情况"的原则进行管理。此外，还提出工业区有关人员的出入边境签证手续应从简，有关建设、生产上使用的物资进口及产品出口应参照国务院有关规定免税放行等。

在对报告反复斟酌的这几天，袁庚简直有点焦虑不安。他心里清楚：不是我迫不及待，是时不我待。一年之计在于春，新年刚过，春天就要来了。他交代把报告带到省、部去送审的张振声、梁鸿坤必须注意的各种事项，嘱他们马不停蹄，祝他们马到成功。

元月4日：张振声、梁鸿坤赶至广州，与广东省革委会副秘书长陆荧以及杨青山等领导商谈修改意见，随即飞往北京。

元月5日：上午，张、梁向交通部副部长兼招商局董事长曾生汇报，曾生审阅修改后交给二人飞回广州。下午，文件送到省革委会，刘田夫当即审阅签批："拟同意，请全国同志、定石同志阅示。"

元月6日：广东省革委会副主任王全国、曾定石先后审阅该文件草稿，签批"同意"。当日，广东省革委会予以签发。

元月8日至18日：招商局在香港雇请建筑技术人员赶往蛇口，对陆地的地形、水文、地质状况进行勘测，同时派员对海域的水深、流向、海床地质进行探测，并绘制出工业区布局的草图。

元月9日：广东省革委会将《关于我驻香港招商局在广东宝安建立工业区的报告》正式打印成文。

元月10日：招商局派专人将《报告》送交通部部长叶飞签发后呈送国务院，并报党中央。

元月12日：袁庚在招商局扩大会议上宣布：即将成立蛇口工业区建设指挥部，负责蛇口工业区筹建工作。

果真是紧锣密鼓，马不停蹄。果真是急性子，甚至全然不顾"一慢二看三通过"的官场规则，在中央还没有批下报告，也不知道会不会批下来的情况下，袁庚就敲敲打打地开始了前期准备工作。

孙绍先是交通部基本建设司的技术骨干，1955年就是基建司的工程师，资历很老的。1981年夏天正式调入蛇口工业区，为蛇口码头、赤湾码头及后来的集装箱码头建设立下过汗马功劳。先后任蛇口工业区管委会委员、总工程师室副主任、总工程师，兼任过好几个公司的领导职务。1997年退休，现为深圳市政协常委、市科协常委。

2005年4月间，在他位于深圳南山区后海一间装修得很有品位的商品房里，孙老向我谈起陈年往事。

孙绍先劈头第一句话就说："我秘密调查过袁庚。到今天都没有说过，不知道他现在知不知道？"稍后，又说，"我之所以告诉你这些事，是想让年轻人知道，袁庚能走到今天，是多么不容易！"

当我向袁庚求证时，袁庚略微有些意外，说他一直被蒙在鼓里。他没有责怪任何人的意思。往事如烟随风散去了，他已经没有震惊和埋怨。

袁中印（袁庚之子）看得很透彻："对他来说，这是很平常的事。"

1978年12月初，袁庚向叶飞呈报招商局发展计划，提出在广东设后勤基地。为了了解袁庚本人及其计划是否可行，招商局能不能发展，叶飞迅速派出一个四人工作组赶赴香港招商局进行调查。组长王大勇，是个局级干部，延安整风时挨过整，办事异常慎重。副组长孙绍先，基建司工程师。这个小组对外名义是技术交流小组，事实上是来秘密调查袁庚和招商局新班子的，与叶飞单线联系；之所以如此神秘，是因为关于袁庚的告状信不断飞往北京，有人告他经营"独立王国""里通外国""胆大妄为""独断专行"等等。告状信很管用。有个别副部长对他已经很"感冒"了。根据袁庚的设想，交通部与广东省联合作战的重大战略打响在即，这无疑是交通部改革开放的重大举措，叶飞不希望事关改革的大事有丝毫闪失。叶飞爱才惜才，用人原则是"用人不疑，疑人不用"，他是信任袁庚的。但由于"小报告"不断，何况"将在外君命有所不受"，万一他有什么差池呢？

袁庚真诚地欢迎技术小组抵港，几天后，请他们在刚买下的新楼附近的海鲜馆吃了一顿饭，以尽地主之谊。小组中，有两个人怕中了袁庚的"糖衣炮弹"不敢去，王大勇与孙绍先因盛情难却还是去了。席间，王大勇只是点头，吃饭，不发表任何看法。

闲谈中，孙绍先说起袁庚在外事局那时候的事，对袁庚说："过去我们出来都是你批的，这次出来不是你批了。"

袁庚支棱起耳朵听，对过去他在力所能及的范围内帮助别人的事并不想多说。

"听招商局的人说，你有很多很大胆的想法。"

这下袁庚来劲了。他说，招商局要发展，首先要发展航运，发展工业。孙绍先认为招商局在香港没有工业，袁庚说他准备买下友联船厂，还想在对面划一块地方搞个基地，主要是航运的后勤供应，说着扳起指头数了八大项目。

"你真开放！"孙绍先由衷地说，"搞得起来吗？"

袁庚盯视着被煮得通体透红的盛在盘里的基围虾，表达心中的忧虑："难说。我可以告诉二位，自我袁庚到达香港之日，也就是告状信飞到北京之时。我不得不横着站，瞻前顾后，格外费力。"

原本也将目光望着盘中虾的孙绍先，迅速抬起头来望着袁庚，心里想：这个搞情报的老家伙，难道已经知道我们此行的目的了？转而又想：他不可能知道！

大约一个月后，孙绍先一个人独自返回北京，在叶飞的安排下，向党组汇报了关于招商局新班子的调查情况，主要是两条：一是招商局可以而且应该发展，发展航运以及与航运有关的工业；二是香港无地可用，只有在国内，在广东发展。

汇报到这里，叶飞询问究竟广东什么地方为好，孙绍先回答说，袁庚认为在蛇口或者大鹏湾比较好，已经派人去考察了。叶飞立即委派他一个人先到蛇口去看看，尽快向部里汇报。

在"揭发"袁庚的告状信中，有一封信说他不顾招商局大多数干部的意见，不在广州选址而要在宝安他老家搞，是狭隘的地方主义、家乡观念。孙绍先清楚，这个所谓"多数"是招商局内大多数来自广州远洋公司的干部。这些同志中有个别人有自己的考虑，反对袁庚在宝安县选址。

孙绍先在蛇口镇老街上碰到梁鸿坤，什么也没有说，打个招呼就分手了。蛇口是水上交通的咽喉，孙绍先考察后认为不错，立即向交通部作了汇报。

交通部党组手头既有袁庚的报告，又有"技术交流小组"的报告，能够迅速做出符合实际的判断。一向雷厉风行、作风硬朗的叶飞很快签发了交通部与广东省的联合报告，上报给党中央、国务院。

为了让国务院领导同志了解香港招商局建立蛇口工业区的意图和计划，争取国家领导人的支持，交通部党组决定让袁庚进京当面汇报。袁庚接到部里的通知，比预定时间早了一个星期飞赴北京，在述职汇报后，焦虑地等待中央领导的垂询。

1979年1月26日，叶飞以急切的心情给李先念副主席去信，请他抽空听取袁庚汇报并给予指示。叶飞写道：

李副主席：

　　去年十一月至十二月我访问西欧荷、比、西德三国结束后，在返国时经过香港，在香港停留了五天，看了一下在香港的招商局所属单位，并听取了航委同志汇报，他们的工作正在开展，局面已开始打开，正如您的批示所说的，确实是大有可为，大有希望。袁庚同志（招商局副董事长、港澳工委航委书记）现已由香港回京度春节并汇报招商局工作情况，知道您对香港招商局工作很关心，希望您能抽一个空听取袁庚同志汇报并给予指示。我由香港回国经广州时，已与广东省委商妥在广东宝安地区建立一个招商局的工业区，我部已和广东省革委会联名写了一个报告呈国务院，请您审阅，如可行，望即批示，就可以动手去干了。顺致敬礼，并贺春节！

叶　飞

1月26日

　　1979年1月26日，是戊午年马年十二月二十八日，第二天是除夕，距己未年羊年还有一天。叶飞部长在信中，向李先念拜了个早年。年前年后的日子，中央领导都很忙，袁庚数着日子，邓小平副主席应美国总统卡特邀请赴美国正式访问，叶剑英副主席可能去了南方。他猜测，至少要到十天半个月以后，才可能安排他去汇报。春节三天假期，袁庚与妻儿在西苑南二院中央调查部宿舍楼里过了一个团圆年。这一年，首都节日市场的供应并不像报纸上夸的那样充裕，但是，比起"四人帮"时期要好得多了。

　　席间，袁庚向儿女们宣布："经过我的争取，你们的妈妈年后要调到香港去上班，同我在一起。把你们留在北京，你们要好好照顾自己，好好学习和工作。来，为你们的父母不当老牛郎老织女，来干一杯！"

　　袁庚在香港上任，不带一兵一卒，却多次向部里要求带夫人去。他的理由很简单也很充足：我年纪大了，生活起居需要照顾，老婆比我小9岁，希望调她过去对我有个照顾。叶飞对他的要求左右为难。历史上，交通部派往香港的干部，包括领导同志，没有一个携带夫人上任的。不是不想带，是不让带，他们也不敢提出来。袁庚却理直气壮地提了出来。部党组一研究，一致同意他的请求。经过多方运作，袁庚夫人年后可以同袁庚一块去香港，安排在招商局研究室管理资料。

袁庚过了六十，一个人跑到香港工作，汪宗谦原本就不放心，这下好了，年后在香港上班，就可以照顾到老头子。可是，这边又不放心儿女。这个春节，她同两个女儿铺陈了一大箩儿女骨肉情的唠叨。让她高兴的是，她原先喜欢听的革命抒情歌曲，诸如《洪湖水浪打浪》《花儿为什么这样红》都已经"解禁"了，她可以尽情欣赏。中印和两个妹妹在音乐欣赏上与母亲有"代沟"，谈论的是和"革命歌曲"完全不一样的来自台湾邓丽君的《甜蜜蜜》《小城故事》，还有朱逢博的歌……

春节前后，袁庚接到中调部几个老同事老上级的电话，他算了算，一共有6个。这6个电话有问候他的，通报各中央机关平反信息的，告诉他某个方面可能要放开的，也有祝贺他在羊年当"领头羊"的，让他感到异常温暖。

按国务院春节放假通知，1月31日，大年初四，结束春节假期，各机关单位上班。就在这天，袁庚接到通知让他进中南海汇报。

1979年1月31日上午，袁庚早早来到交通部大楼，将准备好的资料收进一个两年前从荷兰鹿特丹买来的灰色文件夹里，看了看时间，9时整。他内心有点紧张，却又被渴望所填满。

9时30分，一辆交通部的黑色红旗牌小轿车载着交通部副部长彭德清和袁庚两人，穿过长安街，向中南海方向飞奔。他原以为是曾生副部长领他去见中央首长的。曾生在"文革"前是广东省副省长兼广州市市长，"文革"后任交通部副部长。现今他兼任香港招商局董事长，由他带队汇报，原本是顺理成章的事。现在由彭副部长领着，袁庚也很高兴。

10时整，袁庚和彭德清一起走进了中南海李先念办公室。穿越走廊时，袁庚留意到，李先念办公室门前的一株腊梅树已含苞吐蕊，空气中漾起一丝清甜的气息。在李先念办公室，李先念正与先到的谷牧谈论着什么，彭、袁二人立即趋前向二位首长拜年。袁庚略显拘谨。

李先念首先询问招商局的情况，袁庚的汇报就从招商局的百年沧桑开始。他说，从1872年12月23日李鸿章向清廷奏呈《试办招商轮船折》到招商局创办一批中国近代意义上的工交金融企业，从1950年香港招商局全体员工率在港的13艘船舶起义，到如今全部资产仅剩1.3亿元，已到了非变革不能图生存的地步。袁庚建议，要把香港有利条件如资金、技术和国内条件如土地、劳动力结合起来。李先念连连点头："现在就是要把香港外汇和国内结合起来用，不仅要结合广东，而且要和福建、上海等连起来考虑。"

袁庚从灰色的文件夹中拿出一张香港出版的香港地图展开来，细心地指着地图请李先念副主席看，说："我们想请中央大力支持，在宝安县的蛇口划出一块地段，作为招商局工业区用地。"

李先念仔细审视着地图，目光顺着袁庚手指的移动，从香港地面移到了西北角上广东省宝安县新安地界上，说："给你一块地也可以。"当他抬起头来在身边寻找什么的时候，袁庚立即起身，从李先念办公桌上的笔筒里抽出一支削好的铅笔送过去，李先念接过铅笔在地图上一画："就给你这个半岛吧！"

袁庚紧张而兴奋地看着李先念手中的铅笔，在地图的左上角，宝安县南头半岛的根部，用力地画了两根线条。啊，好大的一块地方，足足有30平方公里！那一瞬间，他的脑子分裂成两半：一半在飞速地计算开发那一大片土地所需要的资金，那是天文数字！而高雄、巴丹、裕廊等工业区，面积均为几平方公里，基础条件都优于蛇口。一半在盘算着万一出现闪失，对整个国家改革开放所造成的不利影响。最后，他嗫嚅着，只要了南头半岛南端的蛇口，面积也有300亩。

李先念继续说道：你要赚外汇，要向国家交税，要和海关、财政、银行研究一下，不然你这一块地区搞特殊，他们是要管的。"普天之下，莫非王土"嘛！

袁庚解释说，《报告》中关于免税进出口问题是根据国务院颁发的《开展对外加工装配业务试行办法》第四条规定而提出来的，现在只要中央点个头，在《报告》上面签个字，这块地皮的价值就大大提高了。

李先念说：剩下的就是要缴税的问题。广东拿了30%，其实就是缴税。

李先念翻阅着交通部与广东省的《报告》，问谷牧道：对招商局这个报告你看怎么办？

谷牧说：你批原则同意，我去征求有关部门的意见好了。

李先念爽快地表态："好。我批。"说着，他用袁庚原先递给他的铅笔在《报告》上做出批示：

> 拟同意。请谷牧同志召集有关同志议一下，就照此办理。
>
> 先　念
>
> 1979年1月31日

接着，李先念说：交通部就是要同香港结合起来……可以创收外汇……我想不给你们钱买船、建港，你们自己去解决，生死存亡你们自己管，你们自己去奋斗。

向中央领导汇报标志着袁庚进入了一个崭新世界。11时50分，回程的车上，袁庚一直看着李先念划过的那张地图，原先勾勒出南头半岛的铅笔印已经用橡皮擦擦浅了一些，但仍可清晰地看出"圈地"的痕迹。重新在蛇口南部所划的粗短线条，就像决战时的总攻命令，非常激动人心。袁庚的心情既惊喜又愉快。车窗外，冬日的阳光正酽。

彭德清副部长也很兴奋。不过，这位原则性很强的老领导还是严厉地批评了袁庚："你刚才主动把铅笔递给首长，你这不是逼首长表态吗？你怎么能这样做？"

袁庚原本想解释，作为侦察兵，当时他看出了首长意图是在找铅笔，那么，他就应该主动为首长办好。但是，已经用不着解释了，他只对彭德清笑了笑，一句话也没有说。

十年以后，1989年3月，在成都举办的一次经济研讨会上，国务院发展研究中心青年学者丁宁宁批评袁庚：在李先念给他整个南头半岛一事上，袁庚犯了一个不可饶恕的错误。

2004年一个初夏午后，我和袁庚坐在一块神聊，谈及蛇口工业区早期用地，我清晰地感觉到，有一种遗憾穿透他的骨髓。这一天，他再一次提起他此生最大的遗憾——李先念给他整个南头半岛，他只敢要蛇口2.14平方公里、开发用地约300亩这一个范围。

"我当时怎么敢要整个南头半岛呢？我要这么一小块蛇口，也是蛮大的一块土地了。国家能够给予一个企业这么大的自主权，作为一个领头人，我是要负责任的。"直到他离休之后，万事都能放得下的时候，他还能感受到当年的压力。开发1平方公里土地，时价将近1亿元，国家不给投资，全靠企业自筹，对一个资产仅有1.3亿元的驻港企业来说，并非易事。"这不是我们想不想要的问题，而是一个敢不敢要的问题。"袁庚坦承："我没那么大的胆量。"

晚年袁庚回忆当年，检讨自己有"三大遗憾"，不敢吃下约36平方公里的南头半岛，为其第一大遗憾。2004年5月，在纪念深圳经济特区创立25周年前夕，我公开报道了袁老改革中的"三大遗憾"，发表在2004年5月28日的香港《文汇报》上。那时，我还在香港《文汇报》出任珠三角新闻中心助理总编辑，后出任香港《文汇报》专题新闻首席记者。后来，我为集中时间和精力撰写袁庚传记，不得不于2005年1月8日正式向《文汇报》提出辞呈，回深圳家中，开始有系统地采访和艰苦的素材梳理工作。

"先念批下来了！"喜讯在交通部高层领导间迅速传播开来！羊年真是吉祥，开了个好头啊！

李先念做出批示的48个小时后，2月2日上午9时30分，在西皇城根一个大院内，工作雷厉风行的谷牧召集国务院有关部委领导人商谈具体落实招商局建立工业区的问题。参加会议的有：计委段云、顾明，建委彭敏，外贸部刘希文，人民银行乔培新、卜明及财政部王丙乾。交通部有彭德清、袁庚、江波。人员刚到齐，谷牧便开了腔："香港招商局原来想在香港建厂，受条件限制，他们已经和广东省委商量好，要在靠近香港一边的蛇口地区开设工厂。在这里建工厂当然要得到特殊待遇，除地方行政按国内一套办，在经济上要闹点'特殊化'，就是要享受香港待遇，进出自由。他们的分红办法是给广东省三成，给资本家三成，招商局得四成。就是我们合起来占七成。根据邓小平同志的意见，广东、福建可以更开放一些。先念同志1月31日听了交通部汇报后做了批示：'拟同意。请谷牧同志召集有关同志议一下，就照此办理。'会议的结果要写个报告。"

谷牧将目光转向袁庚："下面由交通部的袁庚同志作个说明。"

袁庚向众人简略地介绍了前天向李先念和谷牧汇报的情况，接着说："我们香港招商局已有107年的历史，对比英国香港财团、华人财团的发展来看，我们已经错过了发展时机。目前，香港地价之贵仅次于日本银座，以中环地区为例，一平方英尺要1.5万港币，郊区工业用地也要500元以上，银行利息高，劳动力贵。因此要按中央《关于充分利用香港招商局问题的请示》批示来做还有不少困难。经过反复分析和研究，我们认为要充分利用我广东省的土地和劳力，利用香港及外国的资金、技术、专利、全套设备，两者结合起来，这样我们就有了内地和香港的有利因素，排除了在香港办厂的不利因素，这是任何香港财团都不能和我们竞争的。这个问题后来经过叶飞部长和广东省委共同商定了方案，即《报告》的内容。进出口免税问题要中央定才行。"

谷牧插了一句话："也就是要'自由化'嘛！"

袁庚接着说："土地、行政、企业主权全是国家的，广东省派行政管理人员，以企业利润分红来说，我们和广东省合共可以控制70%。工厂的管理完全用香港的办法办，由招商局管理，产品从香港出口偿还外债和外商投资。劳动力由广东省解决。工人工资，原则上参照香港照顾内地，不超过200元人民币（包括职工公共福利等）。这个工业区的建设不用财政部一个钱，我们要求财政部10—15年免税，以后全部交给国家。"

谷牧说："袁庚，你把想要办的工厂先和大家介绍一下。"

袁庚点了点头说："我们第一期上马的有五六个厂，如拆船厂、钢丝绳厂、集装箱厂、油漆厂、无线电导航设备厂及玻璃钢厂等。目前用地300亩，在960多万平方公里国土上，这是微不足道的。"

最后，袁庚表示："我们希望各个部委给予我们相应的支持，让我们能够享受一些特殊的待遇，支持我们尽快搞起来！"

袁庚的话音未落，激起一片议论之声。有关负责人从各自分管工作的角度出发，纷纷提出问题。有些谷牧做了解释，有些袁庚做了回答。会议热烈、活跃，充溢着少见的激情。当然，在这项全新的议题中，有些问题一时无从解答，无法说清。

主持会议的谷牧挥了挥手，果断地打断了议论之声："不要再议了，原则已定了。大家都要支持。总共就300亩这样一块地方，交通部先走一步，试一下，现在就'照此办理'起来。"

谷牧将头转向袁庚交代说："你回去和习仲勋、刘田夫同志商量，继续搞。"他向众人晃晃手中的报告和李先念的批示，"不要说按香港的办法办，实际上也不能按内地的办法办。要给你们方便，不怕你们多赚钱。小平同志认为不仅宝安、珠海县可以搞，广东、福建的其他地方也可以搞。"

会上，谷牧先后三次提到邓小平关于广东、福建可以更开放一些的意见，这使袁庚认识到，党中央、国务院对香港招商局在蛇口创办工业区，不仅仅是他在会上所说的解决招商局本身的问题，而是在全国改革开放的大棋盘上让招商局先走一步，做一枚过河卒子，探探路子，打一场侦察战。在这以后，一直到他从招商局领导岗位退下来之前，每每想到这一层，便有责任重于大山的感觉。

袁庚是个说干就干的人，会议一结束，他就邀请交通部有关局及科研、设计单位于2月4日在交通部座谈蛇口工业区基础工程的承包问题，并请各单位派专家组成考察组赴蛇口现场考察。这个时候国营企业还在津津有味地吃着"大锅饭"，头头们还没有认识到"承包"对搞活企业的重要性，但已经多少意识到这个老头的一些大动作，可能会影响到他们在计划经济体制下原有的经营运作模式。

交通部迅速组建了一个34人的工作组前往蛇口。从2月11日开始，张振声、招商局办公室副主任许智明陪同工作组在蛇口实地勘察，规划基建项目。同时，交通部第四航务工程局也派出以设计室主任陈金星为首的工程技术小组进驻蛇口，工程勘测、设计工作有条不紊地渐渐展开。

让袁庚心情激荡的是，就在他用了四个月的时间（从1978年10月中旬到1979年2月中下旬），将"蛇口工业开发区"从构想到筹建的各项准备基本就绪的时候，一场前所未有的改革开放的春潮开始从南海之滨聚集力量，汹涌澎湃地冲击着闭关守旧的中国。

1978年年底和1979年年初，中共广东省委第一书记习仲勋提出，要利用临近港澳的有利条件，在广东搞一个出口加工区。袁庚欣喜地获悉，1月23日，广东省委决定将宝安县改为深圳市，成立深圳市委，张勋甫为书记，方苞为副书记。3月初，国务院批复同意宝安县改为深圳市。4月，中央经济工作会议上，广东省提出将"深圳、珠海和汕头划为对外加工贸易区"的提议，有一位副总理当场大泼冷水。他担心国门一旦打开，万恶的资本主义会如洪水猛兽般涌进来。

但是，广东省的建议得到了邓小平的赞成和支持。就在广东提出建议的当天下午，邓小平即与习仲勋等谈话，高瞻远瞩地指出："可以划出一块地方，叫做特区。过去陕甘宁就是特区嘛，中央没有钱，你们自己去搞，杀出一条'血路'来！"

中央工作会议讨论了这一重大议题，形成了《关于大力发展对外贸易增加外汇收入若干问题的规定》。会后，中央书记处书记、国务院副总理谷牧带领工作组在广东、福建调研，推动两省制订"试办出口特区"方案。1980年3月，谷牧赴广东主持会议，与广东、福建两省负责人具体落实特区建设方案。这次会议，将"出口特区"更名为"经济特区"。

1980年8月26日，五届全国人大常委会第十五次会议批准建立深圳、珠海、汕头、厦门四个经济特区。

经济特区——中国改革开放的"试验田"正式宣告诞生。

20世纪70年代末到80年代初，中国从"文革"进入"改革"，一字之差，天壤之别。袁庚多次谈到，这一个字的变化，是非常不容易的。这一字之变，说明我们的党真正成熟了，促成中国当代历史的伟大转折。

1998年，有位学者在一篇探讨蛇口改革的文章里说："多年来有一个观点：中国近20年的改革，是一场自上而下，由最高领导发动的自我改良运动。然而，真正的事实似乎并非如此。"作者说，1978年10月9日，袁庚代交通部起草的《关于充分利用香港招商局问题的请示》第一次提出了"适应国际市场的特点，走出门去搞调查，做买卖"的对外开放的建议。1978年11月下旬，袁庚正式向叶飞提出了在宝安蛇口筹建"蛇口工业开发区"的构想，叶飞支持这一对外开放的第一试验，请袁庚马上起草报告，与广东省联名上报中央。1979年1月31日李先念批复同意广东省革委会、交通部《关于我驻香港招商局在广东宝安建立工业区的报告》。作者由此得出结论："这一史实表明，70年代末中国改革开放实际运作的最早计划，来自中央一个副局级干部袁庚，最早的对外开放具体方案来自'蛇口工业开发区'（一年后，1980年8月，深圳经济特区才开始建立）；中国20世纪80年代的改革开放，并非从上而下，而是由下及上再自上而下。"

袁庚本人对这篇题为《"蛇口维新"20周年祭》的文章，有不少意见。对夸大他个人在中国整体改革中的作用，也深感不安。

袁庚多次告诫我，做事以及写文章，一定要实事求是。

被人誉为时代"弄潮儿"，中国改革的实践者，晚年的袁庚却是决绝地，甚至是不留情面地淡化自己在这一伟大历史进程中的作用。"人类社会的发展，不是靠某一个人的脑袋，而是要靠群体的智慧和群体的力量。"他说，"千万不要夸大个人的作用。"

他喜欢举例说明自己的观点："毛泽东讲过，他这一生做了两件大事：其一是把蒋介石赶到台湾去，全国人民都会赞同；其二是发动'文化大革命'，赞成的人不多，反对的人不少。看来毛泽东已知道错了。

邓小平也讲过，毛泽东曾批评斯大林破坏法制，目无法纪，杀了多少人，制造了多少冤案，这种事情在美国、英国与法国都不可能发生。没想到晚年的毛泽东犯了和斯大林一样的错误。毛泽东评价斯大林，邓小平评价毛泽东，而我们改革开放的历史，谁来评价？这个问题每一个共产党人都值得思考，不进行反思总结，要走得更稳更快就很困难。"

对于"中国改革开放第一炮"在蛇口打响的事实，袁庚的说法更加内敛与低调。2004年的冬天，他穿着羽绒背心，深陷在紫檀木质沙发里，不时习惯地打着招牌手势——用右手食指指点前方，加重语气，或是用左手掌在空中顺时针画着小小的圈子。

"不要老是强调蛇口，一说到蛇口，好像什么都从这里开始的，这是不客观的。我们是在一个偶然的机会里从蛇口这个地方打开了国门，在过去来讲，这是犯了天条大罪。

"这里面有三个因素。

"第一因素是适逢其时。当时'文革'浩劫，中国的经济已经到了崩溃的边缘，全国人民渴望变革图强。与此同时，十一届三中全会做出了把全党的工作重心转移到经济建设上来的重大决定。所以，蛇口工业区的出现可以说是占尽天时。

"第二因素是适逢其人。一大批从中央到省市的深受'文革'迫害的领导者，都想改变中国的面貌，如果没有这批人，中国就不可能进行改革开放。这批人中，邓小平是'刘邓陶'中的'邓'，杨尚昆是'彭罗陆杨'的'杨'，胡耀邦、赵紫阳、万里都在'文革'中深受其苦，我现在还有一张任仲夷戴着最长的高帽子，在辽宁被批斗时的照片。

"第三因素是适逢其地。蛇口与香港毗邻而居，一水之隔。香港又是世界上市场经济发展得最佳的地区之一，政府奉行积极不干预政策。所以，香港是一个很好的参照系，一个好样板。我们可以照搬一些香港的成功东西过来。而其他特区就没有这么好的样板。"

谈及李先念那么爽快，乐意给他这么一块地方冒险之事，袁庚是这样总结当时气候的：那时小平已经发话了，说要吸收国际资金和先进技术，三中全会又正式提出将工作重心转移到经济建设上来；国务院已经派出经济代表团出国考察；大家都在寻找打开局面的机会。我们的报告恰好在这个时候递上去，中央看到有一个驻外企业愿意积极试验，又有广东省的支持，而且不要财政部拨款，认为可以试一下，因此事情很快就定下来了。

蛇口工业区的开发，可以说是一场有计划的大胆的冒险行动。这不仅因为招商局作为一个企业来单独开发一个经济区，无论在国内还是国外都是罕见的；而且还因为建设者在实践中越来越认识到：经济发展的同时必须进行政治和社会改革，因而尝试并推动着政治体制的改革。

三、夜访罗青长

就在袁庚回京度假、等待中央首长召见的时候，他意外地收到胡耀邦秘书写来的一封信。

袁庚同志：

据中央组织部编的《康生在文化大革命中点名诬陷的人名册》中有你的名字，耀邦同志着我摘抄给你。原文如下：

1968年3月28日在调查部业务领导小组报告上的批示"此人问题极为严重，立即逮捕与曾生案一并审讯"。调查部报告上要求"停职接受审查"。

敬礼！

元月二十日

胡耀邦都关注我的问题，那就快解决了，我等着。

袁庚相信，为他彻底平反的日子也就是这一两天。解铃还须系铃人。调查部既然让他"停职接受审查"送他进监狱，到现在应该甄别了吧？

在北京的日子里，几乎天天都有拨乱反正、平反昭雪的消息。

十一届三中全会之后，党和国家大规模平反冤假错案。从1978年12月起，中央、北京市及各地方先后为薄一波等61人所谓叛徒案平反，为彭罗陆杨"反党集团"平反，为"二月逆流"平反，为"三家村"平反……

1979年1月11日，中共中央做出《关于地主、富农分子摘帽问题和地富子女成分问题的决定》。

1979年1月17日，中共中央批转统战部等六个部门的《关于落实对国民党起义、投诚人员政策的请示报告》。随后，还释放了在押的原国民党县团级以下党政军及特工人员。

共产党的特工人员袁庚等待他无比热爱的党为他彻底平反。

2月5日，农历正月初九，下午3时30分，他接到了中央调查部一个老友的电话，告诉他，部里对一大堆冤假错案进行了平反昭雪。就在不久前，在调查部大礼堂里开了一个会，很隆重的，诸多干部喜气洋洋接过了平反文件。仅剩三个人没有平反，你袁庚竟然是其中之一。末了，老友为袁庚抱不平，表示了同情："老兄，你蹲了五年半牢狱总不能不给个说法吧？"

然而，给人平反的人正是当年整自己的人，能够平反吗？

从交通部办公室到西苑南二院的途中，一路上袁庚怒火中烧，愈烧愈旺。他很少发火，属于少发作、慢发作的一类人，可是，一旦发作，往往难以遏制。现在，他正在火头上了。

他说不上这肚子火是冲着谁的。他觉得很窝火。都平反了，只剩下三个人还不清不白地"挂"着，他恰恰"恭列"其中。自己属于百分之百的反革命营垒了吗？"地富反坏"四类分子都摘帽，我的政策就不能落实吗？

走进西苑南二院中央调查部宿舍大院内，袁庚没碰到一个他所认识的人。他希望碰到熟人跟他讲话，不管跟他说些什么，袁庚一定要连怒带嚷地请人家帮他好好评评理。

回到家里，他脱下挡风大衣。客厅墙上的钟显示的时间是下午5时整。妻子汪宗谦正在厨房里准备晚饭。回家过年的儿子中印躲在自己的小房间里。自袁庚坐牢之后直到今天，中印再也没有当面叫他一声"爸爸"了。曾在农村插队落户的小青年正处在一个茫然与躁动的青春期，他沉默、内向，内心对纷乱繁复的外界有一种难以言说的抗拒。

黄昏变成夜晚。袁庚坐在客厅沙发上，一脸土灰地想着今晚无论如何要去找调查部部长罗青长谈一谈，要一个说法。他的火气慢慢地蔓延、燃烧，只要两块石头撞出来的火花就能把自己点燃。

袁庚也不知道是如何吃完晚饭的，反正是毫无胃口。放下饭碗，晚上7时30分，袁庚拨通了罗青长家里的电话，说话时情绪激动，也不管老领导如何看他。电话那头，罗青长同意见面谈一谈。

"天很冷！"袁庚出门时，中印不知何时站在身后提醒他，"别那么激动。要有理、有利和有节。"

"对，对，对！"袁庚凝视着儿子的眼睛，这是儿子多年来第一次和他谈心。

"刘少奇、彭德怀那样的大人物都被斗死了，"中印劝着父亲，"我同学的父母们，好多人家破人亡，现在还没缓过劲来。"他顿了顿，声音小了下去，"你能熬过来，已经是万幸啦！"

这样一劝，袁庚心里舒缓了许多。不错，真是万幸啊！袁庚说："我只想要一个说法，他们怎么也要给我一个说法！"他的气头已经过去，但眼睛里依然冒着火。

"所谓平反，无非就是一种形式。重要的是，你有事情可以干，"中印眼里闪动着聪慧而豁达的光亮，"你在香港招商局，正好可以大干一场啊！"

"对，对，对！"袁庚再次表示了赞赏。没什么比有具体的工作要做更令人愉快的。他感激地看着儿子，不免心生感慨：这个独自挨过青春期的小子已长大成人，并指教起他的老子来了。

"别谈得时间太长，太累。"中印停了一下，接着叮嘱，"不要激动。"

大约半小时后，坐在罗青长家中沙发上的袁庚，不再是一颗随时即可点燃的炸弹，而是一位走亲访客的老友。不再在调查部拿工资养家糊口，与调查部领导的关系不再是上下级关系，他觉得，他可以用平等的口吻与老领导开诚布公地交换意见了。

"你是我的老领导，长期在总理身边工作，总理力保干部，竭尽所能，他在临终前给你写下了三个字'托、托、托'，你应该知道是什么意思吧？"袁庚的开场白不谈应酬话，直接切入主题，"有人借我过去的历史整我，你也去掺和？"

这是袁庚平生第一次当面批评他的上级领导。

罗青长真是好涵养，听任袁庚发牢骚，只是一脸铁青，低头无语。

袁庚的态度变得咄咄逼人："我今天来不是和你讨价还价的，平反大会已经开过，是否给我平反并不重要，我只想和你交一交心……"

袁庚盯着罗青长的眼睛。他不提站在背后恶毒地打倒一切的康生，而是直指政治风暴来临时个人的良知："'文革'中，你被人整得很惨，但你也整了人。大家都不容易，但是，我们就不能不去整人吗？……"

屋里暖气很足，闷热得令人窒息，仅有的两个人几乎都能感到空气的凝固。

"这么多的情报干部出生入死，生时隐姓埋名，没有任何荣耀，死后也不能留下任何名声。总理总在尽其所能地保护情报干部，我们怎么就不能学学总理的风范？"

罗青长还是一语不发，盯着自己上衣的下摆。

"我这一生，上头只有两个领导。一个是东江纵队的司令曾生，一个就是你了。"袁庚继续说着，挥动手臂。"1949年，我就在你的手下工作，每个脚印你都看得见，每一步都是跟着你走的。"

罗青长向后仰靠在沙发上，陷入了沉思。

"60年代起，我跟你接触最多，我干点什么你都知道，假如说，我有问题的话，你早就出问题了！"袁庚往前欠一欠身，"你看得见我所做的一切！我记得1962年，我们一同去广州出差，那时党内正杜绝拉帮结伙，怕我这个广东人与广东人接触，在广东当领导的曾生请我吃饭，我还向你请了两小时的假。你让我两小时回来，我一分钟都没延误就回来了。"

稍后，袁庚又说："你再想一想，假如我真是有问题的话，我怎么能被派到香港去工作？"

袁庚还想说下去，终究于心不忍，停止了讲话，望着罗青长，他在心里说：我的老领导，你一辈子为党为人民做了大量工作，你永远是我的领导啊！可是，长期憋在我心里的话，我是不吐不快，请你海谅！正是因为敬重你，相信你，我才一吐为快啊！

"太晚了。非常抱歉。"罗青长的妻子走进客厅，委婉地给袁庚下达了逐客令。

"不关你的事！"罗青长站了起来，脸色凝重，对着妻子摆了摆手，"你先睡吧，很难得的，我们要好好谈一谈。"

"我对过去、对你的事情很抱歉，"罗青长第一次面对下属承认了错误，他尽量不看袁庚的眼睛，诚恳地说，"你别走，机会太难得，我们俩要好好谈一谈。"

他重新沏了一壶碧螺春，给袁庚换了一杯茶，接着，他们进行了一场长达一个半小时的谈心。这以后，袁庚在香港任职，继续替国家做一些统战工作；罗青长两次抵达蛇口，都受到袁庚热情接待，每次都很尽兴；袁庚在各个节骨眼上力保蛇口工业区的干部，一有问题都自己扛着。凡此种种，不能说与这次春夜长谈没有关联。

回到家里已经很晚了，天又冷，估计家里人都睡了。他想不到的是，中印还没睡，一直在等他，听到脚步声，赶紧打开门扶他进屋，催促道："爸爸，时候不早了，你早点睡！"

袁庚一愣。啊，叫我"爸爸"，整整十年零八个月没有叫我"爸爸"了！一股暖流便往心里涌！

当晚，袁庚连夜给中共中央组织部部长宋任穷写信，以书面形式向组织上提出了彻底平反的要求，同时亦"希望对涉及当年抗战华南游击队和地方党的假案、冤案、错案能一一予以平反"。

任穷同志：

　　我名叫袁庚，1938年参加工作，1939年入党。抗战时在华南游击队东江纵队工作；解放战争在三野（后来在四野）工作；解放后在中央调查部工作。1968年4月被捕入狱审讯，罪名为特务、汉奸（详见我致总理的第三封信）。1973年9月我出狱，恢复自由。1975年10月由调查部调交通部任专职工作，现任港澳工委常委、香港航委书记。对外名义为招商局副董事长，长驻香港，主持香港招商局工作（董事长曾生同志）。

最近，我从中央组织部编的《康生在文化大革命中点名诬陷的人名册》中得悉：康生在1968年3月28日在调查部业务领导小组的报告上批示"此人问题极为严重，立即逮捕与曾生案一并审讯"。至此我才恍然大悟，当时诬陷我的报告是中央调查部领导搞的。而我的"罪名"正好是执行了当时总理在重庆主持南方局所领导下的具体任务。调查部领导的这种做法，实无异于向康生提供了攻击总理的炮弹，我在狱中所受审讯正是要逼我供出"抗战后期勾结美帝、出卖香港的主使人"。

我出狱后，三办在调查部的协助下，为我做出了四条结论。虽然他们不能不承认我不是美国特务和出卖祖国，但硬塞上我曾是国民党员、蒋军校学生（其实我入党时和个人档案中早有详尽交代）和"文化大革命"初期说过调查部"荣宁二府"而加上政治错误罪名。当时我为了争取早日恢复工作，被迫一面保留意见，一面在结论上签名。但多年以来，调查部始终讳莫如深，不向群众说明真相，对我和我的家属一直欺骗说："这是中央搞的。与调查部无关。"使我蒙在鼓里十年之久，百思不得其解。

1979年1月25日，调查部罗青长同志亲自召开平反大会，为数十人平反（包括孔原同志，还有罗青长同志自己）。虽然大会只是把应平反的人名一念而过，但就是这样的"平反"竟连我的名字也不附带提及。我这次从香港回交通部述职，为此我曾找过罗青长同志，我将摘抄的中组部编的材料给罗青长同志看了，并问他上报康生的材料是否调查部报的？罗青长同志说："是的。"这真使人震惊，我被欺骗十年之久。我对罗青长同志说："我被捕前问过你，美军观察组和香港谈判的事你当时在延安社会部是否清楚。你说你知道东纵当时情报和情况是由电台发至重庆总理处再转延安的，并要我对这历史真相不要随便对红卫兵讲。"而想不到事隔不到半月，调查部领导竟据此为罪名上报康生，要将我"停职审查"（见中组部所编材料）。

谈话后，罗青长同志说要为我平反，初步承认了调查部领导有错误，说要在党组扩大会议上平反。

我要求：（1）在什么范围搞错的，在什么范围平反（当时逮捕我是开全部大会公布的）。（2）领导上将诬陷我的真相向群众说明。（3）承认当时部领导上报材料是错误的（可以不提为康生提供攻击总理的炮弹）。（4）在我的档案中将三办结论及其他塞进去的一切诬陷不实之词一律撤销销毁。

罗青长同志已初步同意我的要求。由于我对调查部领导班子一贯正确信心不强，因此将事件前后大致经过向你报告，并希望组织部在中调部进行有关我的问题平反时予以关注（我即将返港，不可能等待参加大会）。同时希望对涉及抗战华南游击队和地方党的假案、冤案、错案能一一予以平反。以上不仅是我个人昭雪问题，而主要是为党拨乱反正，恢复党的优良传统，树立正气。当否请批示。

袁 庚
1979年2月

罗青长说要为袁庚平反的话是算数的，不久，也就是袁庚离京前，他收到了中共中央调查部委员会对他的复查结论。

关于袁庚同志的复查结论

袁庚同志，原我部一局副局长，现任港澳工委常委、航委书记，以副董事长名义主持香港招商局工作。

在林彪、"四人帮"反革命修正主义路线干扰下，1968年3月27日部业务领导小组根据当时社会上的诬陷不实之词，向中央报告对袁庚同志拟停职审查，而康生于1968年3月28日却批了"此人问题极为严重，立即逮捕，与曾生案一并审讯"。1973年9月经中央批准释放，1974年11月经中央专案审查小组第三办公室做了四条结论，其本人在结论第三、四条持保留意见情况下签了字。

经复查，所谓曾生案纯属林彪、"四人帮"制造的一个假案、冤案。袁庚同志的历史、工作是清楚的，政治上无问题。所强加给袁庚同志"与美军观察组进行秘密勾结出卖情报""同香港英军谈判中出卖我党利益"的问题，纯属诬陷不实之词，应予推倒、彻底平反、恢复名誉。全部撤销1974年11月27日中央专案审查小组第三办公室"关于袁庚同志的审查结论"。

在袁庚同志的档案中，一切有关诬陷不实之词的材料予以销毁。

中共中央调查部委员会

一九七九年二月

袁庚拿着这份"平反书"，既激动又感动。激动的是，组织上对他的问题终于有个公正的说法了；感动的是，罗青长这么一个老同志，自己跑到他家里去当面指责他，他不但不记恨，反而这么快就办好了相关文件，说明他气度很大，体现了共产党人实事求是的原则。

京城二月，柳芽初发，色如鹅黄，果真如诗人杨巨源所说的，"绿柳才黄半未匀"（《城东早春》）。

袁庚偕汪宗谦一路上春风相伴，来到了首都机场。和他同机飞往广州再转道香港的，还有刚刚由交通部外派香港招商局工作的时清，此前，两人并不认识。

首都机场的主楼里一片忙碌。候机区挤满了熙熙攘攘的旅客。机场喇叭一遍遍地播送着各次航班因故延迟而致歉的声音。没有人知道航班晚点的真实原因。时清身材高挑，精力充沛。和众多引颈张望的旅客一样，他隔着落地玻璃窗望去，突然间，5分钟前还一片静寂的巨大停机坪已是人头熙攘。这一天的下午，

1979年2月8日，邓小平访美归来，他的专机刚刚降落首都机场。两分钟后，时清看见，在女儿邓楠的陪同下，邓小平从飞机扶梯上缓缓走下，一把抱起手拿鲜花迎接他的小外孙女。

搞清了飞机误点的真实原因，时清赶紧走到不远处候机区的长椅旁，想告诉他的老板袁庚，看见袁庚正和他的三个孩子聊天，只好打住话头。

袁庚像朋友似的拍了拍儿子袁中印的肩膀："我和你妈走了，你要保护两个妹妹啊！"中印已24岁了，他期望儿子能够挑起看护两个妹妹的担子。

袁中印点了点头。"可是我要告诉你，"他讲得稍快一点，信心不是太足，"她们两个要是听我的话就好了，你看看，周末的时候，她们总是跟同学出去玩，我连她们的影子都捞不着。"

"你听我说，中印。"袁庚用他的大手抓住中印的胳膊，"你现在，是这个家中唯一的男子汉了，我和你妈妈都相信你，你能管好这个家。"

"你放心。"中印抬起头来，他长着一双和他母亲一样明亮的大眼睛，身材足足比袁庚高出四五厘米，"我会照看好两个妹妹的。"他用眼角的余光瞟了一眼尼亚和小夏。两个妹妹相差两岁，在去年同一年考取了两所名牌大学：北京第二外国语学院与北京外国语学院。不像自己早生了几年，下放插队，延误了读书的大好时光。此刻，小夏正在和母亲聊天，尼亚正捧着一本小说读得津津有味。

不到20分钟，机场广播里发出通知，袁庚所乘坐的班机开始检票。

袁庚站起身，算了算三人的行李件数，脱下身上厚厚的黑呢大衣，交给中印带回家。告别的时候到了，他习惯用自己的方式和孩子们告别，向面前的三个孩子伸出手臂："来，拥抱一下。"

这是袁庚最爱的方式。

他将小女儿小夏搂在怀里。这个1960年夏天生的孩子，也是家中最任性的孩子。"听哥哥的话，好好读书。"袁庚再次叮咛一遍。

接下来是尼亚，最后是中印。然后，就像每次要去执行任务一样，他头也不回地走了。

三个孩子站在候机厅前，目送着他们的父亲和母亲身影消失在走廊的尽头。

这样的告别方式，对他们而言，是最为平常不过的事情。在儿子中印的眼里，父亲从来就不太称职。小时候，他与父亲的关系只建立在两件事情上，一次是小学三年级，父亲平生第一次参加他班上的家长会，会后为了犒赏儿子，特地带他吃了一顿红烧肉。再一次是带着中印去前门换主席纪念章。习惯兼麻木，就是他和父亲分离时的感觉。这次兄妹三人倾巢而出的浩大送别，不是替他们的父亲送行，而是因为他们的母亲要离开他们了。

四、让野鬼都能魂归故里

飞机抵达广州，袁庚安顿好妻子和时清，晚上赶到广东省革委会，向刘田夫、李建安及陆荧、杨青山等有关负责人传达李先念副主席的批示及国务院副总理谷牧在研究落实批示会议上的指示精神。刘田夫在听完袁庚的传达后说："中央批了就好办了，可以先筹备。一定要把香港的办法与我们的人力和地利结合起来。先实践，从实践中定出具体办法来。招商局办事很快，希望把工业区搞成功。"

袁庚说，交通部将派出一名总工程师率队到蛇口实地考察，会很快搞出总体规划和"三通一平"①工程的方案，希望省里也有个专门班子抓工业区。他还提出可否立即把党中央批示的精神向已经撤县改市的深圳市负责同志传达。刘田夫同意把中央批示的精神先向深圳市委和各县县委传达。中央文件正式下发后，省革委会将召开会议传达和贯彻落实，同时发个文件为工业区解决劳动力问题。

第二天，袁庚一行三人抵达香港。翌日，招商局召开所属单位部门副经理以上干部会议，一共50多人，由袁庚传达李先念批示和谷牧讲话精神，动员全体干部带动广大职工大力支持蛇口工业区的建设，为建设工业区贡献力量。

袁庚说："你们知道蛇口吗？那是中国的夏威夷。"

到过蛇口的人立即哄笑起来，嗤之以鼻："袁董在讲大话！"

---

① "三通一平"指通水、通电、通车和平整土地。到1980年提出"五通一平"，指的是除上述"三通一平"外，还有通航、通信。

袁庚继续介绍："蛇口坐落在宝安的南头半岛上，上颚有座山，下颚有座山，中间是个湾，看上去就像一条蛇昂着头，张着个大口。可不要被这个名字吓着了，蛇口是个好地方，那里有绵绵细沙的海滩，海滩上有风吹瑟瑟的树林，你们有谁去过夏威夷吗？蛇口，美得像夏威夷一样……"

为了煽动招商局同仁对蛇口的狂热，1979年6月底至7月初，在招商局顶楼饭堂，袁庚给梁宪他们做形势报告，专门介绍蛇口，说"大话"。此后，在香港招商局引资恳谈会上，袁庚都说过类似的"大话"，总是引来讪笑和议论之声。

多年后，为袁庚的人格魅力所折服而真心辅佐袁庚，被别人誉为袁庚"智囊"的梁宪才读懂袁庚心中的这个蛇口情结。某次，他与袁庚同船从香港赶赴蛇口，袁庚颇为得意地说："世界上美的地方也见得多了，还是觉得蛇口最美。"接着又告诉他，"梁宪，你知道吗？每次我从海外回来，第一脚踏上蛇口这块土地的时候，总有一种说不出的兴奋和冲动。"

招商局在蛇口建立工业开发区的消息很快传播开去，有眼光的商家从中发现巨大的商机，纷纷向招商局打探消息，寻求合作的机会。袁庚决定带一些人过去看看，现场听听他们的意见。2月16日，袁庚与招商局副总经理郭玉骏率一个小组以及爱国华侨商人罗新权、施惠堂等乘坐交通艇自香港到达蛇口，与深圳市委副书记方苞和革委会主任贾华、工交办主任杨克、蛇口公社负责人以及交通部四航局工程技术人员共同实地勘察，一起商讨有关工业区应占地面积及如何进行"三通一平"的工程方案。罗新权等人也从投资方的角度提出了一些建议。

此后，招商局张振声、梁鸿坤、许智明、时清、何建华等人先后与广东省革委会、深圳市委以及香港海事处等负责人就工业区总面积、出租方法、供水供电、劳动力招聘以及出入境等具体问题进行了大量的沟通和商谈工作，得到广东省与深圳市和香港方面的大力支持。

这个时期，也就是前期筹备的各项工作，依旧可以用"紧锣密鼓、马不停蹄"来形容。

蛇口工业区提上招商局董事会议事日程之始，袁庚就有意把远洋公司总经理张振声推向前台,让他参与筹备和策划工作。1978年年底,张振声单枪匹马从香港进入蛇口打前站,后来,派司机小魏开车,载着他东奔西跑,两个人历尽千辛万苦。从蛇口公社到深圳墟镇,仅有一条崎岖小路相通,往返异常麻烦。从1979年2月开始,袁庚把在蛇口坐镇指挥的重担交给张振声,张振声什么要求也没有提,只希望增派人手。袁庚在会上动员,在会后找人谈话,说了很多次,招商局总部没有一个干部主动提出愿意离开香港到蛇口创业。不得已,袁庚从招商局下属的益丰公司抽调严华,从远洋公司抽调林远生、张鸣赶往蛇口协助张振声工作。

张振声敢说敢干,也很有工作经验,袁庚信任他,让他实际上去挑起蛇口工业区建设总指挥的重担。张振声有些犹豫,怕干不好,也怕出问题。袁庚说:"你先去,大胆干,希望你干出成绩来。有什么问题,出了什么状况,由我来扛着!"

1979年4月1日,招商局正式成立蛇口工业区筹建指挥部(不久改称建设指挥部),袁庚非常"吝啬",仅宣布张振声为负责人,什么职务也不给。他对张振声说:"先干起来吧,试试看。"潜台词是:"干得好,才任命你为总指挥。"

也就在4月1日这一天,张振声、许智明率领先遣人员进驻蛇口,把征购的蚝民小屋和随后搭建的铁皮房当做指挥部办公室和住宿地,像拓荒牛一样,开始了披荆斩棘、筚路蓝缕的创业之路。

交通部水运规划设计院审查认为,在蛇口五湾建码头影响当地养蚝场生产,建议另选地点。4月20日,袁庚从香港赶至蛇口,与张振声等再一次在蛇口沿岸各海湾进行详细考察。在五湾西边的一湾测量时,快步走至最前端的袁庚,脱下了米白色的夹克衫,在擦汗中,张振声紧走几步,跟上袁庚,抓紧时间汇报工作。袁庚问这几天在干什么,张振声直言相告:"唉,当拉尸佬。"

这个时候,逃港风正盛,不少外逃者从蛇口下海,借助气枕等东西游向海那边的香港,风浪一起,不少人葬身海底,尸体被潮水送回蛇口海滩。海上派出所委托几个上了年纪的人掩埋尸体。他们把尸体从海边甚至海水里拉到埋尸之地,当地人称他们为"拉尸佬"。每埋好一具尸体,凭海上派出所的证明到蛇口公社领取15元劳务费,如尸体腐烂、恶臭,可增至20元。大风过后,张振声不得不和同事们加入"拉尸佬"的行列。他们学着那几个老人的样子,先喝上一口酒,对无名尸鞠上一个躬，说声"对不起，打扰了"，再挖个坑埋葬。

张振声说到这里，其他几个人也跟过来了，袁庚转过身去，面向烟波诡秘的海湾，久久没有吱声。众人从他骨架高瘦的背影上，也能感受到他粗重的呼吸和凝重的心情。

在五湾勘察，在一湾进行挖土作业，时不时会从沙滩里翻出溺海者的尸骸，张振声不得不又去当"殡葬工"。司机小魏是广东人，特别忌讳碰见死尸、白骨，向张振声建议在掩埋白骨时无论如何要祭奠一下，送他们一程，请他们走远一点，不要骚扰新兴工业区。张振声无可奈何地说，要办你去操办吧。小魏赶往深圳东门老街，买来香烛冥纸等物品，每逢掩埋白骨时，他会预先焚香烧纸，打躬作揖："今天惊动你了，不要怪罪我们，不是我们要到这里来打扰你，你要找就找到香港去，去找小个子梁鸿坤，去找他……"

这话传到梁鸿坤耳朵里，把个梁鸿坤气得半死，骂骂咧咧地嘟哝："该死的小魏，又不是我要你去蛇口，有本事叫那些野鬼都去找袁董袁庚呀！"

过了些时候，有招商局的干部望望袁庚，问袁庚这几天晚上是不是在做噩梦，袁庚回答说，每天两眼一睁，忙到熄灯，倒在床上一觉睡到大天亮，梦都没有一个。说到这里，袁庚有些奇怪："你怎么问这个问题？"那人大笑不止："没有鬼来找你吗？"便把小魏、梁鸿坤的话说给他听。袁庚笑嘻嘻地："行，告诉蛇口的同志，叫那些鬼都来找我，我是不信鬼，不怕鬼的！"

筹建工作中，先要征购一些农民的土地，个别人趁机"狮子大开口"。袁庚完全懂得农民对土地的依赖性以及深厚感情，苦于招商局不可能一下子满足这些要求，指示张振声寻求深圳市的帮助。袁庚说："我们借助深圳市的一块风水宝地落脚谋生，一定要寻求深圳市领导的帮助和支持。没有他们相帮，我们寸步难行！"事实上，无论是宝安县委还是新成立的深圳市委，一直把支持招商局开发蛇口当作自己分内的工作，尽可能地给予最大的帮助。新到任的市委书记张勋甫和市长贾华多次到蛇口调研。贾华还到水湾头给农民做报告，说服他们支持招商局的建设。蚝民们有8栋连成一片的两层小楼，适合做指挥部，招商局与蚝民协商征购事宜，贾华专程赶来做蚝民工作，很快以每栋3万元的价格买了下来，作为指挥部办公用房。

这天，袁庚被领着走进蚝民小楼，小魏开玩笑告诉他，这几栋小房子是蛇口数一数二的"小别墅"，袁庚笑了起来："这是什么破别墅！……不过，你们一到蛇口就有了别墅，这话要是传到北京，你们准备写检讨吧！"

指挥部小楼内外，处处留存着蚝民们生活与劳作的气息，袁庚感到很亲切。

在会议室里，袁庚听取指挥部同志的意见后，同意将原定在五湾建码头改为在一湾进行，建议四航局和航道局在一湾进行勘探、测量。他站起来想说什么，却什么也没有说。他脑子里波翻浪涌：码头建起来了，外商和货物进入蛇口，蛇口工业区建起来了，工厂林立，成千上万的人涌进工厂劳动，生活安定富裕，闲暇时下海钓鱼，游泳，嬉浪……

"袁董……"张振声询问他还有什么吩咐，他愣了一下，回过神来，挥挥手，说："快，我希望快点干起来！"

在返回香港前，袁庚把张振声、许智明招至身边，司机小魏也被叫到跟前，袁庚说："你们工作很辛苦，生活很艰苦，这是值得的。我们把蛇口建设好了，生活富裕了，就不会有人冒死偷渡去香港。那个时候，我们应该有资格告慰那些孤魂野鬼，请他们不要乱跑乱窜，让他们安安心心地魂归故里，还是回家吧，回家，不要做野鬼！"

袁庚说得很动情，小魏听得很动容，鼻头有点酸涩起来。

"海燕八号"交通艇驶离了渔民码头，袁庚返身注视着暮霭沉沉的蛇口，在他理想主义的精神高地，跳出5个大字——"东方夏威夷"！

五、改革开放第一声"开山炮"

招商局拓荒者们在蛇口的生活，比袁庚预计的还要艰辛。

先行者在移师蛇口之前，袁庚叮嘱张振声、许智明，一定要注意安全，注意健康，注意身体。袁庚说，大庆人"先生产后生活"的举措令人敬佩，我们要学习他们艰苦创业的精神。现在，转眼就到了80年代了，不会把你们的生活放在生产后面考虑，招商局一定会，也有条件帮助大家解决生活中的困难。记住，身体是革命的本钱。

这个时候，内地的粮油还需凭票证供应，深圳市本身并不宽裕，却无私地支援香港过来的这批建设者，只是肉类和食油供应比较困难，差不多天天是清水煮白菜。袁庚分给梁鸿坤一个硬任务：保证在蛇口工作的人员炒菜有油、锅里有饭、碗里有肉。香港人一般不吃猪油，梁鸿坤买下好几大铁桶熟猪油，由运送器材物资的"海燕八号"交通艇捎带到蛇口，食堂的铁锅里开始飘起猪油的香味。香港市面上的猪肉比较贵，冻鸡翅相当便宜，梁鸿坤每星期上一次超市，买一盒约10公斤的冻鸡翅带到蛇口。

后来人多了，梁鸿坤一星期要送两三次共二三十公斤，除了鸡翅还有鸡骨架、鸡腿等等。在刚刚建市的深圳，餐桌上有"港货"鸡翅，算是很奢侈的了。但对于张振声、许智明、陈金星等人的肠胃而言，时间一长，便味同嚼蜡，以至于在以后很长一段岁月里，张、许、陈等人闻鸡色变，引发一阵阵胃痉挛。

从张振声、许智明到技术人员和工人，背着水壶、冒着酷暑，跋山涉水，勘测地形，经过近4个月的艰苦努力，到7月份，工业区第一期基础工程的勘测设计工作基本结束。

6月，各地赶来的基建工程施工队相继抵达蛇口，在荒滩野地上搭起一座座工棚，沉寂的海滨，呈现出人欢车叫的热闹情景。

1979年7月2日，为了打通五湾至六湾间的通道，开始炸山填海，蛇口工业区基础工程正式破土动工。轰隆隆的开山炮炸醒了沉睡的蛇口，宣告一个崭新的外向型工业区在改革开放的前沿阵地深圳诞生了。让袁庚想不到的是，蛇口这一声炮响，后来，被誉为中国改革开放的第一声"开山炮"。中国改革开放的第一幕，是在深圳蛇口，一个寂寂无闻的海滨小镇正式拉开的。蛇口，开始书写当代中国改革开放史册上极其重要的篇章。

袁庚在香港，对蛇口的一举一动甚为关注。进入7月以后，他多次询问金石总经理以及招商局其他领导对张振声的意见与看法，在大家都认可的情况下，袁庚认为可以组建蛇口临时指挥部党委了，并需尽快报深圳市委批复。7月20

日，金石总经理率招商局有关部门和蛇口工业区建设指挥部负责人专程赶到深圳市，向深圳市委书记张勋甫、副书记贾华等汇报工业区建设指挥部临时党委人选事宜，获深圳市委批准：由张振声出任工业区建设指挥部临时党委书记兼总指挥，许智明任副书记兼副总指挥，郑锦平、林运生为副总指挥。

六、对不起，我的大鹏！

1980年春节转眼间就要来到，袁庚夫妇在香港工作也有一年了。袁中印领着两个妹妹乘火车到达广州，袁庚夫妇也从香港赶了过来，在副省长刘田夫的安排下，一家人在广州过了一个团圆年。初一上午，袁庚率领全家人乘坐一辆面包车，一路上颠簸摇摆，好不容易才来到蛇口，住进了铁皮搭建的临时招待所。袁庚很兴奋，对儿女们说："你们终于回到祖辈生活的地方了，过两天去大鹏，回老家！"袁庚始终认为，一个人即便身在异乡，也不要忘记祖辈生长、劳动的地方，那里有我们的根。

初一下午，袁庚叫上袁中印走到招待所附近的海湾村，挨门挨户给蚝民们拜年。

几乎所有蚝民的祖屋内都贴着一幅毛边纸印制的妈祖像。蚝民们相信，她正殷勤地探看人间苦难，保佑蚝民的今生与来世。袁庚站在一户蚝民家里，海风从板壁的裂缝中呼啸穿行，吹得他不由得打了一个寒战。

蚝民目光呆滞，看上去了无生机。门内仅有一张看不清颜色的木桌，几张木条凳子，一架木梯靠在阁楼上，顺着木梯爬上去就是床。对于年复一年在海边养蚝的蚝民来说，这就是他们在世上寒酸而温暖的窝。

"你是……是……团长？"当袁庚的眼睛刚刚适应了房内的黯淡后，房中央一位50多岁的蚝民突然试探性地趋身向前，他的身高足足矮袁庚一头，一双大眼却清澈闪亮。

"我是开发建设这里的招商局袁庚，来给你们拜年了。"袁庚嗓门很大，中气十足，却不洪亮，略带沙哑。他说的粤语夹杂着大鹏半岛客家话的口音，本地蚝民都能听得出来。

"没错。就是你，你是……团长，是解放我们的团长啊！"小个子男人兴奋起来了，声音颤抖着，像海底被惊醒的石斑鱼。"好多年了。你……你怎么又回来啦？！"

"你……你是……"袁庚一时想不起来此人是谁。

"你忘记了？"小个子男人似乎很得意自己的非凡记忆力。他激动起来，脖子上的青筋兴奋地蹦着。"四九年的时候，解放军攻打这里的大铲岛，是我驾的船运过兵。打完仗，你开了放行条让我返家，还送给我一包美国香烟哩。"

"我想起了，是你啊！"被回忆迅速点燃的袁庚兴奋不已，大步上前抓住小个子男人的手，热烈地摇晃着。31年前的深秋，两广纵队炮兵团团长袁庚奉命带领部队攻打大铲岛，解放了这块土地。

"团长，我是……屈椿华啊……"当年的船工和解放军团长执手相看，感慨无语。

袁庚双眼再次缓缓地扫视土屋全景，内心有什么在坍塌，有什么在撕裂，回忆顽固地拉着他回到他打天下时许下的诺言，逼迫着他去看解放多年后的现实。

自从选址蛇口以来，从去年忙到今天，袁庚忙碌不堪，一直没有机会拜会当地的蚝民与渔民。他趁春节假期给蚝民拜年，撞入眼帘的竟是如此的荒凉与贫瘠。蛇口的原居民充其量不超过3000人，在家的已属凤毛麟角。村支书告诉他，十四五岁到四十岁的青壮年都偷跑到香港谋生去了。本地人熟门熟路，外逃的成功率极高。留下的，不过是老弱病残，妇女儿童。

他拉着当年为解放军驾船的屈椿华的手，久久没有放下，鼻头有点发酸……

初三，广东人的返家日，袁庚偕妻子汪宗谦、儿子袁中印、大女儿袁尼亚及小女袁小夏举家探亲，同行的还有侄子欧阳建平（袁庚二弟欧阳汝川之子）。他在逃港19年后，带着妻子和两个女儿跟着大伯首次返乡。

离家50多年的袁庚尽管有心理准备，老家大鹏城水贝村的残景依旧对他造成巨大冲击：巷弄狭窄破落，排水沟流淌着墨绿黏液，低矮土屋东倒西歪，垃圾堆积得到处都是，牲畜无精打采，树木沾满灰尘……中和里爷爷留下的那栋祖屋已经破烂不堪。天气寒冷，老家的亲戚和同乡们拱起肩膀，垂着头，脸色苍白地蜷缩在阴暗的小屋里。

日产丰田中巴被堵在窄如田埂的村口，通往水贝村的羊肠小道尘土飞扬。袁庚小时还有的村口石牌坊已经被串联的红卫兵砸烂，了无痕迹。

"叔公，你又回来了，1949年你攻打大、小铲岛时，我还见过你，你骑着马儿回来过呢！"在村口的老樟树下，袁庚的远房侄子欧阳国财笑嘻嘻地和袁庚打了声招呼。那一年，因考虑到国财是独生子，袁庚坚决拒绝了他参加部队的要求。

走进祖屋，二弟媳叶金妹噙着眼泪接待了这支省亲大队，藏匿不住的笑容绽开在深深的皱纹里。

在水贝村，欧阳家早已家道中落。1945年中秋节前夕，父亲欧阳亨和袁庚妻子陈碧仙、二弟欧阳汝川及其8岁的儿子欧阳天羽，搭海船至香港途中被水雷炸死。留守老家的母亲袁燕妹熬到解放了，在三年生活困难时期苦熬苦撑到第三个年头，还是活活饿死了。三弟欧阳汝航在50年代逃到香港，后转赴荷兰阿姆斯特丹做海员，几年前客死异乡。汝航的大儿子欧阳观雄在"文革"期间被斗成精神病。小儿子欧阳志坚在70年代末期逃港，雇佣海上摩托艇从香港海面过大鹏，冒险接走了哥哥和姐姐，三兄妹从此不敢返乡。苦守祖屋的只有二弟媳叶金妹，靠着果园的微薄收入维持生计。

"想吃点什么？"午饭时分，叶金妹再也坐不住了，她的声音像脸色一样苍白。新春佳节，来了久违的大伯一家人，分别19年的儿子领着没有见过的儿媳妇和两个孙女也都来了，竟然拿不出一点像样的东西招待亲人。更揪心的是，家中存粮不多，恐怕无法让这么多人吃饱。

"有没有番薯？"袁庚提出建议。建平将一沓钱和一包包香港食品掏出来放在母亲身边。

"番薯是有，不可能让你吃番薯的。"叶金妹叹息着，搓着一双皱纹满布的老手。村里没有通电。土屋狭小，白天来了客人必须点灯才能进屋。小小的油灯光线昏暗，照得叶金妹脸色惨白。

"我喜欢吃番薯！"

拗不过大伯的坚持，叶金妹只好去洗番薯下锅。

几块番薯下肚后，袁庚信步走进自家的果园。

"大哥，这些荔枝树是我奋力保下的，你不知，当年阿婆留下的荔枝树，还包括远处那一些，喏，你看，"袁庚顺着二弟媳扬起的手臂望去，果园东北角的小山包像害了疥癣似的，一片光秃。"起码叫红卫兵和村民砍掉十几二十棵啦……"叶金妹不堪回首话当年。

面对母亲栽植的树木，仿佛看见母亲忙碌的身影，袁庚微笑着说："我看到这些，我好开心。"

下午3时，在王母圩镇上找到一家小餐馆，袁庚这一大帮人总算填饱了肚子。袁庚还饶有兴致地带领大家去参观30年代他曾担任过校长的大鹏镇新民小学。他和几个孩子聚少离多，本想趁这次返回故里的机会，说说自己的过去，看到几个孩子没有兴趣的样子，也就不再饶舌。算了，陈芝麻烂谷子的事情不说也罢。

丰田面包车顺着公路往海边缓慢行驶，远处湛蓝的海水一路逼近，几个女孩抢先"哇哇"地狂呼起来。25岁的袁中印不是头一回看海。他喜欢北戴河的渤海，具有北方恢弘的诗意，也钟情海南岛的南海，妖媚而湛蓝，但他不得不承认，父亲家乡大鹏湾的海水透亮诱人。远处，还在大学读书的尼亚与小夏都脱了鞋，光脚在沙滩上嬉戏，建平的两个十来岁的女儿也学着堂姨们的样子，在沙滩上赤足奔跑。

凭着依稀的印象，袁庚往西走了50多米，找到了一个有50多年泊船历史的小海湾。50多年前，这里是大鹏人赴港的首发站。那时候，袁庚还叫欧阳汝山，每年有一两次，拉着母亲的衣角，和两个弟弟一起，来到这个小海湾，坐渔民的小船到大埔，再转乘火车去香港见父亲。父亲欧阳亨和伯父欧阳肪云，都曾是世界上最大的两艘邮轮——美国"总统号"和英国"皇后号"上的海员。每次父子相聚，父亲总会用那一双嵌满油垢长满老茧的手，摩挲着汝山的脸，或者用久未刮掉的胡子将他的小脸扎得生疼。告别时，父亲总会将折叠得整齐的港币，用灰色的道林纸包好，交给母亲维持家计。

这个小海湾，在日军侵占华南及香港期间，还是东江纵队在内地与香港之间传送情报的重要驿站。可是，在70年代末的"逃港风潮"中，这里还因是大鹏人偷渡香港的出发地而臭名远扬。

与纷扬的思绪和情感纠缠在一起的，是他那不能言说，无法细数的重返故乡后的莫名伤感。蛇口海湾村的贫困再一次和水贝村的惨景叠印起来，纠结成一团无法分开，屈椿华的脸顽强地浮出海面，和二弟媳叶金妹的脸不停地更替转换。

就在刚才，在水贝村原先的大牌坊下，欧阳国财向他询问招商局在蛇口搞建设的事，责问他为什么不在水贝搞工厂，哪怕是投资建一间小工厂，村里青少年进厂当工人，每月有薪水拿回家，青壮年也不会抛妻别子往外跑呀！言语中，对他有很深的责怪。

说实话，袁庚原本想选定家乡大鹏搞建设，以期报效乡梓，也曾把这个意思向参与选址的下属透露过，无奈的是，香港过大鹏没有便捷通道，他不得不抛弃这种私心，放弃这个想法。现在，面对亲人的诘问，袁庚不得不解释为什么选南山半岛的蛇口而不选大鹏，即便选大鹏半岛也可能不选水贝村的道理。

欧阳国财直率地告诉他，你把蛇口搞起来了，不管外边的人怎样夸你赞你，家乡人也是不会为你敲锣打鼓的！

说完，国财走了。望着他远去的背影，站在当年的大牌坊下，袁庚只能在心里说：对不起，我的父老乡亲！

"爸爸，我可能会来蛇口，我们单位承接了你们蛇口的培训，我到时再来看你……"儿子袁中印的声音从他的后背传过来，打断了他涌起来的对老家的愧疚。

"好啊！欢迎你来蛇口。"

"爸爸，还有我呢！"小夏也拽着他的胳膊。

"欢迎，欢迎。"袁庚这时才开心起来。

第三章　让老夫冲锋陷阵

第三章 让老夫冲锋陷阵

一、"荒山野岭有什么看头？"

袁庚的办公室与招商局会议室在同一层楼，设在招商局大厦23层内。袁庚办公室有一排窗户面向大海，透过窗户，一片蔚蓝色的海湾映入眼底，远处水天一色，近处海港交通繁忙，桥梁、铁路和公路犬牙交错，组成立体网络。从这里并不能望见远处的蛇口，只有心存那片热土的人，才能在一片影影绰绰的迷雾中感觉到它的具体位置。

袁庚站在窗前，目光越过大屿山，看到海湾对岸蛇口工地上人欢车叫的喧闹景象，目睹张振声说干就干的忙碌身影。

袁庚牵挂着蛇口开发的进度，关注着张振声能否有所作为。

创办蛇口工业区是袁庚的光荣与梦想，他不能亲自披挂上阵，原因是多方面的。首先，香港招商局百废待兴，亟待扩张与运作，他作为中军主帅自然是无法脱身；再者，他自认为还肩负着极其隐秘的统战工作，亟须在香港为祖国的统一大业尽一点绵薄之力。

袁庚希望有一位敢想敢干敢负责的干部顶替他在蛇口打开局面。应该说，袁庚对于选将工作是异常急切又非常慎重的。

袁庚深切感受到国内的经济体制僵化。鲁迅先生说过："没有冲破一切传统思想和手法的闯将，中国是不会有真的新文艺的。"①鲁迅说的是开创新文艺，当前，经济领域的艰难掘进，更需要冲破一切传统思想和手法的闯将。在袁庚眼里，这个与自己素昧平生的张振声敢想敢说敢干敢当，是可以在蛇口工业区担当重任的。事实证明，张振声在蛇口的开创性工作卓有成效，袁庚选用他在蛇口担纲是完全正确的，是可以放心的。1979年9月21日，蛇口工业区成立党委，张振声任党委书记，许智明、李新庭（深圳市委副秘书长兼）任副书记。

1979年5月1日，交通部副部长彭德清莅临香港招商局视察。

"彭部长，去看看蛇口吧，张振声率领先遣人员在那里安营扎寨。"袁庚将整个招商局工作汇报完之后，适时地向彭德清发出了邀请。

翌日上午9时30分，交通艇"海燕八号"驶离香港中环码头，朝西驶往蛇口。袁庚请彭部长上到船头看看风景，部长不感兴趣，摇了摇头。行至半路，临近香港踏石角附近，彭德清突然站了起来，不看袁庚，冲着梁鸿坤大叫："小梁，船开到这里干什么？回去，回去！"他挥着手，神色中有明显的不耐烦，袁庚赔着小心说，船开往蛇口，请部长前去视察，指导工作。彭德清瞪着袁庚说："荒山野岭有什么看头？"

随同彭德清视察的交通部官员看看彭部长，又望望袁庚，一时没有说话。落在尴尬中的袁庚没有回避部长恼怒的目光，尽量保持内心镇定和外表的微笑。不错，现在蛇口无疑是荒山野岭，但它已被中央和部里定为工业区，是即将打响开山炮的经济战场，现在请您去看看，是想请您做点指示，出点主意，请您做一次战前动员，鼓舞士气！工业区的开发，对于我们拿过枪、搞过政治运动的人来说，都是全新的一课！

袁庚眼里满含期待："彭部长，还是去看看吧！"

梁鸿坤偷偷地打量着彭德清，见他皱着眉头，再也不说什么话，心中便凉了半截。袁庚脸上依旧挂着微笑，极力掩饰内心的惶惑与疑惧。梁鸿坤想起上个月华润老总正经八百地让自己提醒袁庚的那段话——你告诉袁庚，他搞蛇口干什

---

① 《论睁了眼看》，选自《坟》，《鲁迅全集》第一卷，人民文学出版社1980年版第241页。

么？在招商局好好待着不是很舒服吗？香港还有那么多事情要干，为什么偏偏要去蛇口？后来，梁鸿坤才知道这位老总的苦衷——为了在深圳搞一个养猪场，他连命都快送掉了，现在拿刀架在他脖子上，他都不搞了。

在朱士秀看来，彭部长平时不是这样子的，他是个可亲可敬的好领导。他猜测一定有人抢先告了袁庚的恶状，也有可能袁庚确实犯下什么大错，惹得部长不高兴。

一个多小时后，交通艇靠上蛇口边检口岸。突然间，岸上鼓乐声大作，一支小型民间乐队奏响了喜庆的迎宾曲调。要是在往日，袁庚早在心里骂了：你张振声搞这一套迎来送往干什么？这是共产党的作风吗？！但在今天，此时此刻，他不但不骂，还有些感激张振声帮他解围。他希望在鼓乐声中，领导同志能高兴起来，与民同乐。但是，彭德清还是皱眉，不发一言。张振声迎上来时，与袁庚的目光对接，两人相视一笑。这是志同道合者间相互鼓励与取暖的目光，让袁庚的心头一热。他突然记起来，张振声至少在蛇口待了两三个月，他爱喝的酒早该断顿了，梁鸿坤不知道替他置办了没有？他转念又一想：管他有酒没有酒，反正，今天为感谢彭部长亲临蛇口，大家来个一醉方休！

在蛇口指挥部里，袁庚请张振声简略地介绍工业区第一期码头、港池、航道工程的勘察及测量情况。报告结束后，袁庚率先起身，走到屋外，执拗而热情地引领着彭德清到一湾工地察看。他早就注意到彭德清不耐烦的神情，但他很自信，这位领着他向李先念汇报、受命的领导同志，如果在实地考察、了解工程进展情况，心里必然会有一团火焰燃烧起来。党的十一届三中全会以后，当我们睁开眼睛看世界，我们才痛感"闭关锁国"使我们丧失了20年宝贵时光，在经济、科技等方面远远地落后于世界。当党中央实行对内改革、对外开放的伟大决策之后，你看看，招商局上下是怎样地闻风而动，日夜苦干，力争把失去的时间抢回来啊！

袁庚在一湾的沙地上铺了张地图，弯下腰去，刚刚要向领导汇报规划情况，彭德清说："不看了，回香港吧！"

阳光下，袁庚的脸色终于阴沉起来。

15分钟。这就是彭德清在蛇口从上岸视察到离岸的全部时间。交通艇回港离岸前，袁庚瞥了一眼张振声，张振声垂手，沉默，神色黯然，情绪低落。袁庚快步走近他，低声说："这是冲着我来的，不是对蛇口，你不要有顾虑，大胆干！"

彭德清副部长比袁庚年长6岁，入党比袁庚早9年，新四军老战士，在三野参加过莱芜、孟良崮和淮海等著名战役，曾入朝作战，到交通部之前是海军少将。彭德清原则性很强，一向疾恶如仇。袁庚心里清楚，他一定在什么地方闯了祸，才惹得彭将军大为光火。唉，是福不是祸，是祸躲不过！

二、都是"伊丽莎白"惹的祸

船回香港，已是午后，袁庚估计彭德清会找他个别谈话，或者召集相关会议，对他的工作提出批评意见。下午4时左右，彭德清突然提议大伙儿一块上袁庚家的"别墅"坐坐。

"听说你早就搬出去住了，"彭德清说，"我们打算上你的别墅坐一坐。"

我的"别墅"？袁庚立即意识到大事不好，祸事降临了，仓促中，用一句玩笑话来掩饰内心的不安："也许我的庙太小了，容不下诸位啊！"

当夫人正式调到香港招商局三个月后，袁庚向办公室提出不住招商局集体宿舍，在外面租房子住。在个人住房问题上，袁庚是有个人考虑的。早些年，他在驻外使馆工作，就不住集体宿舍。现今官大了，已经担任招商局事实上的一把手，年纪也大了，何况带了家眷，他觉得挤住在招商局集体宿舍楼里既不方便，也有失他的身份，就向办公室提出了个人要求。办公室总务人员很为难，因为在此之前，任何一位从交通部派驻到招商局的头头脑脑，不管什么级别，也不管个人什么情况，都按照部里的要求，安排在集体宿舍楼里居住。这个袁董竟然破坏规矩要住到外面去，让他们左右为难。有关同志权衡之下，遵从"县官不如现管"原则，何况他也是招商局解放后破天荒第一个偕夫人上任的领导，只得依了他，在铜锣湾维园路的伊丽莎白大厦租了一间公寓房，两室一厅一卫，面积为57.95平方米。地段很好，每月租金达8000港币，由招商局支付。

这个时候，"文革"虽然结束了，闹派性、搞"地震"的人还在。袁庚并不是圣人，头上的"小辫子"很多。有人向部里报告袁庚集体宿舍不住，住进"伊丽莎白"大厦，有人从大厦的洋名称断定袁庚住上了"豪华别墅"，已经完全地"蜕化变质"了。彭德清副部长莅港的目的之一，就是在众声聒噪中，想亲眼看看袁庚腐化堕落到了什么程度？这位老干部眼睛里容不得一点沙子，尤其是对受到重用的干部更希望他们自尊、自爱，不希望他们自毁前程。他建议大家一同赴袁庚的"别墅"小坐参观。总务处即刻派了两部车，七八个人浩浩荡荡地出发了。

伊丽莎白大厦似乎白白辜负了一个漂亮名字，是一幢八成新、楼高20余层的大楼。由老式电梯送上狭窄的过道，进屋以后，七八双眼睛好奇地朝四下打量着。

"坐吧。"袁庚指着厅内唯一一张布艺长沙发说。在众人眼中，客厅显得过于局促，两边都是书橱，另一边是放杂志和报纸的架子。书橱和架子上都堆满了书报杂志。卧室内除了一张双人床就摆不下其他东西，书房里仅有一张小型简易书桌，上面也都高高地堆着文件、书籍和卷宗，桌上装有打字机。"有时候夫人要加班打材料，"袁庚解释说，"我就干脆到客厅里去看报纸。"

招商局研究部某负责同志是最后一个踏进客厅的，袁庚正在尽地主之谊招呼大家"坐一坐"，事实上，至少还有两三个人没有落座之位，要挤过来插一只脚都困难了。他认为，如果这套住房都成"别墅"了，那么真要成为其他中资机构老总的笑柄了。他想笑，但实在笑不出来。许多中资机构老总一级的干部都在外面租房，多为四房一厅，面积很大，还有一名菲佣。

彭德清环顾四周，显然不知道说什么是好，过了一会儿他才实事求是地说："什么豪华别墅？就是两间小屋子。"他是个正直的人，很为自己的偏听偏信不安，"部里的人不了解情况，老袁，你应该知道，大家都以为你在香港被腐蚀了！"

袁庚感到异常震惊。他猜到告他状的人不少，但想不到的是，竟然选择住房问题作为突破口。这些人想干什么呢？还想搞"四人帮"那一套吗？招商局的工作才刚刚开始，今后还会"闹地震"吗？他非常感激彭德清前来实地考察，用事实化解谣传。他望着彭德清说："是啊！房子只有这么大，怎么会是豪华别墅？"最后气愤不过，又补充了一句，"吃饱了无事生非的人，怎么能乱告状呢？"

84

彭德清笑笑，带头离开"别墅"，嘟哝着说："住在外面也挺好的啊！"

翌日上午10时，彭德清在招商局大厦23层会议室接见招商局各部门副经理以上和下属各公司负责人。

"还有一点得说一说，"在接见快要结束时，彭德清强调说，"招商局要发展船队，要把工业区建设起来，船队发展起来了，工业区建立起来了，招商局才有实力。"

袁庚看了一眼他的老上级，希望听到对蛇口工业区的批评意见，也希望对他个人提出公开批评。然而，彭德清并没有对蛇口工业区提出任何批评和指责。

"你们要认真贯彻党中央和国务院对交通部党组和对交通部与广东省革委会的报告的两个批示。建工业区就要多赚外汇，为实现四化多做贡献。"最后，彭德清说得很原则，也很准确。

袁庚悬着的一颗心终于落了下来。创办蛇口工业区，不论彭德清本人还是交通部其他领导都是支持的。彭德清对蛇口工业区的建设也没有提出批评或者反对的意见，只是含蓄地提醒袁庚必须分清什么是交通部的主业和副业。彭德清在讲话中巧妙地把交通部的主业"船队"放在副业"工业区"之前，其目的袁庚到后来才明白。彭德清一以贯之的理念是交通部必须主抓航运，离开交通运输的老本行，把兴建工业区作为头等大事，在他看来，这种做法不论怎样说，都是"不务正业"。交通部老同志都有一种"深刻的教训"，那就是多年费尽心血和财力在地方上建立起来的工业，甚至港口、码头，说不定什么时候就被地方政府收走了。招商局今后五年利润都不上交用来投资蛇口，说不定明天转眼间就划给地方管辖。条条与块块的利益之争，不仅交通部，其他部委也是有的，但好像交通部特别"受委屈"，动不动就把部办企业移交给地方，所以交通部人自称是"老交老交"，老是把自己的东西交出去嘛。彭德清对工业区的看法，代表了交通部的大多数，坚持创办工业区的袁庚属于少数派。

袁庚是个极聪明的人。他不在任何场合任何会议上"纠正""澄清"彭德清副部长的指示，而是在贯彻落实彭德清副部长指示精神的时候，继续宣讲李先念的批示和谷牧的讲话精神，在主抓航运事业的同时，号召和组织广大干部员工积极贯彻落实部党组的决定，大力兴办蛇口工业区。对彭德清副部长仅有15分钟的视察，他把责任揽在自己身上，对张振声等同志解释说，由于他没有安排好领导的休息，加上对他住"别墅"很不满，造成领导同志没有好心情到实地多看一看。他强调，彭德清副部长一直是支持蛇口工业区建设的。

张振声早就看出彭副部长的态度，也清楚袁庚在极力消除一切不利因素，设法安定人心，鼓舞斗志。经过袁庚积极的工作，所谓"视察风波"在人们心中引起的猜疑、惶惑很快随着初夏的清风而烟消云散，蛇口工地上又可以看见奔忙的人群。

后来，袁庚听人谣传，彭德清此番来港原本是想"整一整"他的，对一些人说过"我来敲锣，你们唱戏说说他"一类的话。袁庚听了只是笑笑，一切随风而去，多说就没有意思了。1992年，招商局为庆祝成立120周年，举办纪念活动，邀请历任交通部部长出席盛会。彭德清1981年担任过交通部部长、招商局董事长，离任后也应邀参加庆贺活动。在视察蛇口工业区后，彭德清和孙大光、李清等部长一同坐上了主席台。这个时候，荒山野岭的蛇口已经发生了翻天覆地的变化。彭德清在蛇口各地看了看，恳切地对袁庚说："老袁，看起来，你这样搞是正确的。"十多年过去了，老领导以这样的方式，对十几年前"15分钟视察"的行为以及背后所隐藏的对袁庚的不甚信任做一种自我批评，让袁庚心头热乎乎的。

三、袁庚买船抓航运

袁庚是一个多欲型的男人，这种类型的人注定了一辈子贪心，注定了一辈子永不满足。

早在1978年年底，袁庚就干了两件石破天惊的大事：一是替招商局买了一栋新楼，二是替中国远洋总公司（下称中远）下了订购11艘滚装船的大订单，总计10.5万载重吨。这是新中国第一批向发达国家订造的新船，为国际航运界及造船工业界所瞩目。

这单大合同是由中远总公司委托给香港招商局下属的香港远洋公司，以香港远洋公司的名义贷款订制，总金额逾1亿2000万元。这个时候，正是国际航运业异常低迷，日本造船业陷入危机之际，这笔大单交给日本川崎重工去做，拯救了这家濒临破产的日本大型造船厂。

买卖合同文本搁到袁庚的办公桌上，中方签字贷款的公司是香港远洋公司，袁庚一看就觉得不妥，把负责此事的香港远洋公司总经理张振声叫过来说："我来了，不能老把香港远洋打出去，要打招商局这块牌子。"袁庚心里很清楚，招商局虽为交通部所属航运企业在香港的总代理，但近年来的知名度远远不如麾下的香港远洋公司。

这个时候，张振声开始在蛇口挑大梁，把负责和日本人洽谈的事宜交给香港远洋的张敬华。为了更换合同，作为大买家，张敬华领着袁庚，不得不亲自登门拜访日本川崎重工，解释"招商局"是"香港远洋"的总公司，希望以招商局的名义重签买卖合同，费了半天口舌才将此事办妥。

招商局订购滚装船的新闻在香港掀起轩然大波，袁庚风头出尽，不仅令香港航运业刮目，更让香港工商业界啧啧称奇，业界开始私下打探这个从北京派来的老头子究竟有什么背景。

翌年至1985年期间，国际航运业处于衰退及缓慢复苏的复杂形势。由于香港的经济支柱是对外贸易，为外贸服务的航运业，则成为香港经济的主要血脉。虽然饱受国际航运危机的冲击，香港航运业仍然维持了一个相对较好的局面。也就是说，在全球航运市场严重萧条的情况下，香港海运量并未出现明显的颓势。

1979年年初，招商局原有的远洋船队统统划归中远总公司，招商局这个百多年前靠航运起家的老牌航运公司竟然没有一条船了，袁庚决心另起炉灶，重建自己的远洋船队。这年1月底，他在招商局成立了船务部，作为负责航运的职能部门，负责筹建远洋船队及开辟远洋业务的任务。

这一年，由于一个偶然的机缘，让袁庚抓住机遇，回归了航运主业。日后，在世界四大洋的海面上，香港招商局船队飘扬着明华公司的旗帜，跨越100多年前悬挂红底黄色圆月旗的招商局轮船航行的海域，劈波斩浪，续写一个民族的强国之梦。

1979年5月上旬，有130多年历史的美国轮船公司，想开辟一条从香港到广州黄埔港的支线，向香港招商局询问有关事宜。袁庚立即指示船务部以招商局的名义向交通部呈送报告，看看中国远洋总公司能否拿下这条支线。从内心来说，袁庚希望招商局能够开辟这条支线，但是，一条船都没有，只能眼睁睁地看着机会的丧失。

5月17日上午，招商局各部门主任、下属各公司经理都来开一天一次的碰头会。这个时候，正是招商局策动总攻的前夜，总部每天都要召开一小时的例会。这种例会，也就是碰头会，从9时30分开到10时30分，袁庚只要在香港，一定准点到达会议室，不清谈，不扯皮，也就是不走过场，抓紧时间交流情况，分析问题，拿出决策。在这天的会上，张振声、梁鸿坤等人提出商人与工作人员往来于香港与蛇口的出入境签证、工业区所需劳动力等问题，袁庚立即提出意见和要求，安排相关人员到香港移民局和广东省革委会办公厅进行协商，请求给予便利。劳动力的事，眼光要放到全国去，由工业区聘请，现在就要筹办一个劳动服务公司。

会议结束后，袁庚回到办公室，准备就蛇口工业区的机构编制、工资待遇等问题与张振声等人进行详谈，刚刚研究了15分钟，办公室就送来了一份交通部的要件。彭德清副部长就招商局呈报的美国轮船公司在我近海开辟支线的问题，建议将报告转呈中远总公司考虑。中远总公司答复很干脆：中远是大公司，不跑支线。袁庚这时才明白，这是很小的一笔业务，估计是一桩亏本的买卖，中远是不会干的。

"今天就谈到这里。"袁庚把张振声等人打发走后，立即给郭玉骏打了个电话，请他过来一趟，然后，深陷于黑皮转角沙发内，仰头，闭目，沉思。

这是他思考问题时的习惯性动作。或许他实在太专注于所思考的问题了，以至于分管航运的副总经理郭玉骏连敲几次门，他都没有听见。郭玉骏推开虚掩的门，走进袁庚办公室，袁庚还陷在沙发里，仰头、闭目、沉思，仿佛一尊雕塑。

"老袁，你找我？"郭玉骏来到袁庚的面前。他解释说，接到袁庚电话后没有立即来，是因为处理了两个重要业务电话。

袁庚看着郭玉骏，脸部的表情瞬间舒展开来，立刻又被一脸的愁容所淹没了。郭玉骏是他的老战友，早在1967年，赴印度尼西亚接难民回国时，他们就是配合默契的搭档。想不到的是，他到招商局主政，又有机会与郭玉骏合作。在郭玉骏副总经理办公室，让袁庚惊讶不已的是，窗户只是用报纸糊了糊，无法遮挡东晒的太阳。俗话说，烂船也有三斤钉，招商局再不景气，也不至于连老总办公室窗帘都买不起吧？他敬佩老郭，认定他是勤俭持家的一把好手。

袁庚指了指对面的沙发说："坐，老郭，我一直在想美国轮船公司的那件事，我在考虑……"他盯着自己的鞋子，仿佛解决问题的答案就藏在鞋子里面。

郭玉骏为难地看着袁庚说："老袁，这事我也听说了，中远不愿意干，人家是做干线的，不做支线，我们有什么办法？"

"我们一条船都没有了，"袁庚有些失落，少顷，又自言自语地说，"这也许是个机会。"袁庚在心里快速地计算着，假如招商局成立一个全资直属企业，具体经营船舶业务的话，这将是第一单生意，至少，老美看中的支线，就算亏的话也不会亏太多。他决定放水养鱼，同时完全仿效香港企业的做法，让他们自力更生，自筹资金，自主经营，自负盈亏，还要叫他们独立核算。这对外派干部来说，是彻底离开计划经济轨道的做法，能行吗？他相信这条路走得通，毕竟，外派干部是在香港土地上生活，应该能理解这套遵循商品经济规律的做法，就算没吃过猪肉还见过猪跑呢。他问郭玉骏："要是我们接下这单生意，会亏多少？你马上叫人算算看？"

"船舶经纪部的方强工和陆汝明都分别核算过，至少一年要亏60万港币。"

"你们已经算过了？"袁庚感到有些意外，扬起眉毛，微微一笑，"莫非你们早有这个野心？真是英雄所见略同啊！"

袁庚站了起来，在办公室内踱了几步，站定，然后，挥了挥右手说："外国轮船公司就是垂涎我们的沿海货源，想插手中国海运，我想，倒不如我们接受这一挑战，亏就亏一点，"他没有把握，苦笑了一下说，"说不定不会亏呢！招商局就开辟一条香港—黄埔的支线？"

要强调的是，袁庚毕竟是一个老布尔什维克。在他初赴香港时，尤其在1985年之前，他所操作或运营的公司无一不是带着一些政治色彩。严格说来，他在考慮经济问题时，优先考虑的是国家的形象与利益。他想创办香港至黄埔支线，政治上的考虑是为了维护国家沿海航权和支援祖国社会主义建设。

"可以啊，我通知香港远洋的人去筹备。"郭玉骏一向很支持袁庚，当即同意袁庚的设想。"要不要向广州远洋公司借条船？"

"老郭，这都要靠你的老关系了，赶快去借，我们一赚到钱就还。"

袁武（现任香港招商局集团有限公司董事，第八届全国政协委员，第九、第十届港区全国人大代表）1964年在招商局供职时，年龄只有23岁。1979年5月下旬，38岁的袁武被抽调上来负责筹备香港至黄埔的航线，带领船务部几名干部东挪西借，左冲右突，在海面上打天下。

为了减轻运营成本，招商局参照国际"仕租船"的经营方式，决定在广州注册船舶，在内地招聘船员。此举得到了彭德清副部长的大力支持，经交通部批准，在广州成立了海顺船务公司。1979年6月8日，一个在广东人看来很吉利的日子，在中远总公司、外轮代理公司及国内港口的支持配合下，招商局筹办的第一条集装箱支线业务正式投入运营。"家底"是从广州远洋公司借来的一艘叫"临江号"的6000吨小集装箱船。

此后，8月15日及11月1日，香港至青岛航线与香港至上海航线也先后开船，取得了较好的经济效益。

原本一年准备亏60万港币的，这一年不但没亏反而赚了。袁庚信心倍增，在郭玉骏等人的建议下，决定在香港成立专门的船务公司，大家提议由香港远洋的张敬华当老总，由招商局船务部的袁武协助筹备。

"老张啊，现在新组建的船务部缺总经理，我们研究过了，你是一个合适的人选。"

袁庚找香港远洋张敬华谈话，是在6月28日下午，这一天，距离蛇口开山炸岭还有22天。

张敬华连忙推辞："袁董，我实在不是这块料，我又不是什么大学毕业的。"张敬华把所有的顾虑统统亮了出来。他说他是上海人,是1978年4月由上海远洋公司抽调外派香港的。

张敬华显得很脆弱。像其他长年承担工程任务的兢兢业业的工程师一样,张敬华似乎更加习惯处理技术难题和日常事务,缺乏挑起行政重任的自信心。

袁庚在1978年张敬华调来时就认识他,接触不多,没有什么深交。但在为数不多的正面接触和观察中,袁庚已经迅捷地判读出了他的品质:认真,刻苦,忍耐,有恒心。在船务部当老总,组建明华船务公司,他是最佳人选。找到工程师来承担船务部的工作是件容易的事,但找到像张敬华这样熟悉且有能力领导这种工作的人可就难了。

袁庚坐在沙发上弓起身子。"老张,你不要太有压力。"他说,"我现在是61岁,我都做。我原本是交通部搞外事工作的人,不是做买卖的人,我都要重新改行,你已经是一辈子做船的人,你一定要做。"

沉默了好一会。

袁庚期待地望着正襟危坐的张敬华。

"袁董,你一定要叫我干啊,我就干。"张敬华鼓足勇气表态,"我就干半年,好就干下去,不好,你可以随时撤我。"

张敬华用了几分钟时间在脑海里回放船务部组建至今半个月来的艰辛历程。他们要自筹资金,自担风险,自负盈亏,独立经营,这样的公司应该是全国第一家吧!

袁庚热切地看着张敬华,决定把话挑明来说:"我明白这样做会让你冒很大的风险,有很大的压力。"他说,"不错,在国内都是大锅饭、铁交椅,一个经理、厂长搞垮了国营公司、国营企业,是没有关系的,拍拍屁股就走人,到另一家公司、工厂当他的经理、厂长。但是,我们是在香港,在香港就不行。香港人办公司,都是靠拼。组织上信任我们,派我们到香港来工作,难道我们只当'表叔',不像香港人那样拼一拼?香港这么多船务公司都活得下去,难道我们就不行吗?"

事实上,截至1980年年底,在香港注册的船务公司约有350家,其中约100家的船舶管理公司拥有的船舶约1500艘,5000万至5500万载重吨,仅次于利比里亚、日本和希腊，与英国接近，居世界第四位。香港航运业人士有丰富的国际航运经验，有雄厚的实力，在国际航运界有较高地位，尤以环球航运集团2000万载重吨及金山董氏航运集团1000万载重吨的船队，令全球瞩目。

"老张啊，"袁庚几乎是用慈父般的语调对这位书生型的业务人员推心置腹地说道，"你得学，你得到社会上去交朋友。我们有眼睛、耳朵和头脑，可以向熟悉的朋友请教。我们年纪都大了，时间不多了！我们能不能用自己的双手，在我们的有生之年改变我们国家的面貌，缩短和香港的差距呢？"

张敬华浑身热血沸腾，他倾了一下身子，从沙发上站了起来："我试试看，袁董。"

就在张敬华担任船务部总经理半年以后，为了进一步经营管理集装箱支线运输业务，进一步发展远洋运输业务，袁庚在和下属反复商讨后，将船务部正式改组为香港明华船务有限公司，作为招商局的全资直属企业，具体经营船东、船舶代理、船舶买卖、船舶租赁、船舶管理、货运运输、集装箱运输及油田后勤服务等业务。张敬华带领明华公司人员，仅用了一年的时间就实现了第一个兴盛期，随后进入鼎盛期，创造了辉煌的业绩。此是后话，暂且按下不表。

7月间，应日本川崎重工株式会社和日商岩井的邀请，袁庚偕夫人汪宗谦访问日本，去参加订购的第一艘滚装船的下水典礼。随行人员有招商局船舶经纪部经理方强工和副总经理孙旺，还带了一个绝棒的日语翻译——招商局行政部的李炳盛。他是半年前才来的，之前为中央人民广播电台国际部记者，祖籍台湾，毕业于武汉大学。临行前，袁庚让李炳盛印了一盒名片，头衔是招商局轮船有限公司董事会秘书。

袁庚一行先去东京的川崎重工参加了6万吨巴拿马型船舶的下水典礼。后来又转往京都。方强工推荐说，大阪造船厂的社长南景树对中国十分友好，在日本造船界很有影响，可否考虑见一见。袁庚二话没说就率员直奔大阪。

袁庚像很多港商一样，对日本人心烦得很。日本人在商业谈判中很少通过真刀真枪的讨价还价来达成交易的，更多时候，他们往往表现得内敛而不外露，甚至看上去缩头缩脚，态度极其不明朗，磨了半天嘴皮子也不做出丝毫的具体承诺。这种阴柔的策略在日本被称为是美德的体现，但袁庚是个急性子，他没有太多的耐心。

在这趟长途旅行中，袁庚发现日本人很狡猾，他们仅仅愿意卖船，而不愿意转让一部分技术，为的是长期控制买家。这趟日本之行，能不能让他们转让技术呢？

作为这项努力的一个环节，在日本各大商社组织的见面会上，袁庚在受邀演讲中，都强调说：中日关系应友好相处，不要一单生意就完结了，应世世代代万古长青。

见到南景树的时候，袁庚有种似曾相识的感觉。南景树自称为汉人后代，祖籍为山西。他是日本仅次于松下的民族资本家，长期以来对中国友好。在南景树的酒宴上，袁庚举杯把盏，侃侃而谈。

"中国现在正进入一个崭新时代。招商局躬逢盛世，所以我们这次一笔就下了11条船的大订单。正因为中国正在和平发展，也就不能老买你们日本的机器呀，我们希望，日本同行们的目光能够长远些，能教给我们一些技术，让中国的造船工人来实习与交流，或者让中国的船厂与你们结拜姊妹。中国古代诗人王之涣有首诗，正好可以用来寓意中日两国结交应该目光长远：'白日依山尽，黄河入海流……'"

李炳盛的日文很流利，翻到这里猛然卡壳了。天哪，袁董竟然在背唐诗。他的思维正快速地搜寻着，他想起了在台湾读中学时，正好背过这首诗日文版的译稿。李炳盛略一迟疑，在袁庚结束背诵后，用日文优雅地翻译了一遍："'……欲穷千里目，更上一层楼。'"

在座的日本人中，有许多熟悉汉文，尤其是唐诗的，听到李炳盛准确而流畅的日语翻译，感到十分惊讶，立即给予李炳盛热烈的掌声。

袁庚刚刚把他的立场抛在桌面上，恭谦有礼的南景树就站了起来："我同意袁先生的建议，大阪造船厂将承担向招商局技术转让的工作。"他面带微笑，环视屋子的四周，原本嘈杂的宴会厅转瞬静了下来。

"你们是我的朋友。我对你们的关系比对任何顾客都更亲近。因为你们是中国人，而我是中国人的后代。我想再一次对你们说的是，让我们大阪造船厂与中国船厂联动起来，达成袁先生希望看到的结果。我愿意……"他看着袁庚，袁庚微笑着正洗耳恭听，"无条件接受40名见习生在我们船厂实习。同时，也希望袁先生牵线搭桥，与中国某一家大型船厂结成姊妹厂。"

"十分感谢，"袁庚端起酒杯向南景树致意，"我代替那些实习生与船厂，接受你的邀请。"

袁庚饮了一口大阪产的清酒，酒气飞扬，这真是美妙的一天。

四、张振声为何请辞？

就在逆水行舟不容闪失，气可鼓不可泄的关头，突然从蛇口工业区指挥部传出消息：张振声打算辞去总指挥之职，返回远洋公司干他的老本行。

消息传到香港，袁庚只是笑笑，他觉得又有人在无事生非，因为传言并不符合张振声的性格。

这一回是袁庚估计错了。

1979年12月12日，星期三，天气阴冷，袁庚一大早从香港赶到蛇口，会同深圳市委书记张勋甫迎候即将到访的国务院副总理王震。王震是第一位到蛇口工业区现场视察的国家领导人，对那些在"荒山野岭没有什么看头"之处奋战的人是个极大的鼓舞。就在王震将军一行快要抵达的时候，袁庚询问副总指挥许智明为什么不见总指挥张振声的身影，这才知道张振声到宝安县城看病去了。还说，他最近以来不太过问工业区的运作，想辞去总指挥一职。袁庚心里掠过一丝不快：不会吧，这个老张！

王震身穿棉军大衣，围着厚厚的机织羊毛围巾，常常咧开嘴开怀大笑。在听取汇报和视察途中，将军爽朗的笑声，让工业区的同志在严寒的冬日里感觉到了春天的欢笑。

紧接着，1980年1月22日，交通部副部长郭建视察蛇口工业区，她指出：蛇口工业区只能搞好不能搞坏。工业区抓不好不只是招商局的问题，也不只是交通部的问题，而是关系到中华人民共和国声誉的问题。

就在袁庚为了重振士气，多次召集会议，传达贯彻王震副总理、郭建副部长对蛇口工业区的指示精神时，张振声向袁庚当面提出辞呈。

3月间，张振声等人从蛇口回到香港本部，参加招商局各部门副经理以上和下属各公司负责人会议。散会后，梁鸿坤急着请袁庚早日会见香港森发公司管理层，商议在蛇口合资兴办华美钢厂事宜。张振声等几个人在会议室门外想堵住袁庚单独汇报。袁庚一出门就被围上了，他和希望约见他的人一一安排了时间，只对张振声指指旁边不远处自己的办公室，问道："去休息一下怎么样？"

张振声感激地说："好的。"

袁庚那套办公室与其他经理办公室一样，在一个角落里摆放着沙发茶几，以便主宾谈话。袁庚进屋后，即给张振声洗了一个茶杯，泡上新鲜的茶叶。"老张，这是香港朋友送来的铁观音，福建安溪产的好茶。"

"袁董，"张振声呷了一口软香清润的铁观音，慢慢品味道，"这茶真不错。"

"老张，"袁庚指着他的肚子说，"你的肚皮又大了。"

张振声摩挲着肚皮挤出一个勉强的微笑："正所谓压力越大，肚子越大。"

张振声是一个离不开大鱼大肉的山东大汉，喜欢饮酒。每次梁鸿坤给他带些卤肉和鸡翅等熟食时，也一定不忘带酒。不幸得很，他这人也很容易长肉。因此，过了一段时间，他就会嚷嚷着节食，但从未付诸实施。

"要注意身体！"袁庚重提送他们上蛇口时的叮嘱。

"所以，我……"

从张振声欲言又止的神态，袁庚已经明白传言是实了。他感到非常惋惜。

"这个月底码头将要试营业了，华美钢厂还在谈判中，也快要落实了……可是，工业区的起色还是不大，可以说萧条得很……"张振声快要憋不住了，脸渐渐地呈现微红色，他鼓足勇气正式提出辞职："袁董，我请求调离蛇口，我想回到香港远洋公司，继续当我的总经理。"

"最近，你想走的消息，我虽有所耳闻，还是不相信的。"袁庚直率地说，"现在通水、通路、炸山等工程正陆续开工，蛇口最缺人的时候，你老兄不能撒手不管啊！"

"袁董，"张振声强调了他请辞的理由，"交通部开始放权，可以自己组建船队，可以自己经营业务。我搞了几十年的船，对航运业务比较熟悉，"他叹了口气继续道，"我的身体越来越差了。袁董，你是知道的，我到蛇口前，体重90公斤，一年下来，体重一下子掉了9公斤，只有81公斤，几次晕倒在工地现场……我是山东人，吃不惯米饭，就从香港买面条回来下，没有菜吃，司机小魏就到海边，用小网打点小鱼虾炸着吃……我不是表功，这都是应该的，但是，你知道，上面……"

张振声突然打住。好一会儿，两人默不作声地坐着。

袁庚尽量心平气和地回答张振声："老张，谢谢你对我的信任。你为蛇口做了大量的实际工作，蛇口人将来会感谢你的。但是，你答应我，千万不要走，我知道我的工作还做得很不够，但我保证，你有什么困难我都会给你解决。今年夏天就要来了，我已叫他们给你住的地方装上一台空调……"袁庚尽力挽留在他眼里最能吃苦、最能干的张总指挥。

"袁董，我更要谢谢你的信任，你另择他人吧，我是决心已定。"张振声咽了一口唾沫，颇为费力地表白着，"去年春节后，交通部来了一大批干部，蛇口的力量大了，人也多了……"这句话的潜台词是，"嫡系部队"的人多了，他这个"地方部队"来的人，也应该识时务，趁早离开。

"你有什么困难尽管提出来，"袁庚极力挽留他，"我都可以给你解决！"

张振声说："北京总公司也希望我回去搞船队。"

"这个……"袁庚一时语塞。

张振声的突然辞职，完全打乱了袁庚既定的部署，简直让他措手不及。他在心里长叹了一声，以退为守地说："这样吧，老张，你让我考虑一下好不好？"

张振声退出了办公室，一脸愧疚的神情。他明白，从某一种程度上来说，他似乎是一个逃兵，一个在蛇口奉献了一年零三个月却不得不逃回香港的"逃兵"。

袁庚站起来送客，呆呆地望着张振声走向门口。随着张振声"嗵"的关门声响，袁庚跌坐在沙发上，依旧是呆呆的。他想不通，老张为什么要在蛇口的领导岗位上打退堂鼓呢？！

　　　　时间快速地走过十多年，1991年，曾任交通部部长的曾生在其所著的《曾生回忆录》中说："在1979年春，我国对如何对外开放，引进外资来开办工业区还没有现成的经验。在这样的情况下，我们在蛇口开办引进外资的工业区，是要冒很大风险的，没有开拓精神是不敢这样做的……当时，社会上以至交通部内对我们开发蛇口工业区的做法议论纷纷，有的同志认为交通部是搞交通运输的，搞工业区是不务正业。在叶飞同志调离交通部后，这种议论就更多了，主管工业区开发的袁庚同志面临着很大的压力，一度使工业区的筹建工作受到影响。我接任部长职务后，继续执行党组的决定，排除各种议论，坚决支持招商局把工业区办下去，支持袁庚同志的工作。"①

对来自交通部内部部分人的不理解甚至压力，远在香港的袁庚早就感受到了。袁庚心里更清楚的是，压力不仅来自交通部对开发工业区有不同的认识，更大的压力是社会上的"左"倾思想实在是太厉害了。

张振声在负责蛇口工业区筹建工作的一年零三个月期间发生了太多的事情。

从去年到今年，袁庚从港澳的报纸上，感受到了国内包括文化艺术在内的意识形态领域的阵阵波澜：围剿邓丽君的"汉奸歌曲"，批判朱逢博的"靡靡之音"，指责李谷一的《乡恋》是"资产阶级音乐潮流的典型代表"，首都机场大型壁画上的几个裸体女人遭到非议，一些城市又开始诅咒"披肩发""喇叭裤"是"腐朽""颓废"的表现。在经济领域，安徽、四川两省为了解决农民吃饭问题，开始把农业生产的权利下放到农民自己手中，实行"包产到户"等做法，当农民高兴地说"要吃米，找万里，要吃粮，找紫阳"的时候，"左"倾主义在北京的报纸对此展开

① 《曾生回忆录》，解放军出版社1992年2月版，第751、752页。

了批评。一时间，反对改革开放的舆论纷起，说什么"辛辛苦苦三十年，一夜退到解放前！三中全会以来的政策是复辟资本主义！"……

一阵阵波澜一阵阵寒意，让处于蛇口浪尖上的人胆战心惊。蛇口，一个多么霉运十足的地名！在这个地方开辟工业区，引进境外的资金、技术和管理来发展生产，不是预示着会让人随时背上"复辟""倒退"的罪名而葬身大蛇之口吗？

事实上，当有些单位把对外经贸谈判当做"一场特殊的国际阶级斗争"，甚至在谈判桌上设"前沿政委"的时候，袁庚身处香港与外商亲密接触、洽谈，很快成了众矢之的。于是，说他"腐化堕落"的谣传刚刚因彭德清深入实际的调查平息下去，诬陷他领着梁鸿坤"里通外国"的检举揭发又闹得沸沸扬扬。让人不寒而栗的是，给袁、梁戴什么"帽子"，那些人都准备好了，只要有一点风吹草动，就随时准备用"复辟"的罪名把他们送进大牢。

"左"倾主义不仅手里有大棒，袁庚清楚，极左思潮的影响也根深蒂固。多年的政治运动，在干部队伍中普遍存在着"宁左勿右"的思维定式，有独立思考能力的知识分子也深受其害，不少人搞不清方向。

梁宪从交通部科技情报所调派香港招商局，遵袁庚之嘱研究世界各国加工出口区的经验和教训，并随时听从调派赴蛇口工作。刚从北京来香港考察的一小批学者、专家，有的是梁宪的朋友，听说招商局还要在蛇口搞出口加工区，忧心忡忡地对他说："这，这个已经脱离社会主义轨道了。"有人极其严肃地问他："你们准备什么时候跟社会主义接轨？"

梁宪留在京城工作的妻子曾兆惠在信里对他说："你去蛇口工业区我不反对，但是，有一条，你不要后悔。将来搞运动，整你、批斗你的时候，我不希望看到你流泪！将来因为这个事情判你很重，甚至要枪毙的时候，我也不希望看见你流泪！"

说这个话的时候，梁宪仅仅在招商局研究室工作，一只脚还没有伸到蛇口去，贤惠的妻子就这样忧心忡忡，在蛇口工业区坐镇指挥的张振声压力之大也就可想而知了。

袁庚完全理解张振声的顾忌和苦衷，硬按牛头不喝水，还是尊重他个人的选择吧，几天后，便同意了张振声的请辞。

张振声离开蛇口返港的时候，许智明等人送他登上交通艇。临别之际，这位曾经驰骋蛇口的大将，竟然潸然泪下。他是舍不得离开啊！

五、袁庚的"试用期"

谁来接替张振声？

他最先想到的是已经在蛇口干了将近一年的副总指挥许智明。许智明原是曾生司令员的部下，担任过港九情报大队副政委，新中国成立后在一机部办公室工作。这是个敢说敢干的"老广东"，听说袁庚在家乡搞工业区，主动向曾生请缨调到招商局，被袁庚安排在蛇口工业区担任张振声的助手。在张振声离开蛇口的这些日子，是他在蛇口独当一面。他有人品，有能力，已经摸清了门路，是个不错的人选。袁庚找他谈过话，他表示如果没有别的同志愿意挑这副担子，他可以去挑，甚至说他愿意负全责而不把他的"副"字去掉，也就是像袁庚这样头顶"副"字，肩上却压着招商局的全副重担。我的好战友啊！袁庚十分感动，立即上报，可惜的是，有关方面考虑许智明人是不错，但资历还不够，恐难服众，没有批复。

那么好吧，请别的同志出马吧。

袁庚的目光停留在招商局广大干部身上，他先后与几个他认为堪当此任的同志接触，找他们个别谈话，希望他们出马。让袁庚失望的是，这几个人表示不愿当"出头鸟"。在长期的政治运动中，中国人信奉"枪打出头鸟""出头的椽子先烂"等诸如此类老辈人传下来的教训，不出头，不走前，遇事绕着点，一慢二看三通过，求的是明哲保身。正当蛇口需要总指挥的时候，有能力的同志凭着多年的生存智慧，不愿挂帅出征，个别愿意去当头头的人袁庚又看不上，不放心，怕他们搞砸了，对党中央、国务院、交通部都无法交代。说什么"蜀中无大将，廖化为先锋"，自从张振声这员大将走了之后，连"廖化"都难以找到。无奈之中，袁庚考虑的是，我自己去怎么样？想想也不妥。你一个老头子，能兼顾香港招商局和蛇口工业区这两头吗？你又没有三头六臂！再说了，原先有张振声在，蛇口出了什么事，我虽然难逃责任，但毕竟不是直接领导责任，我还可以扛着，或者周旋、疏通一下，先把张振声保下来，日后再图东山再起。现在，要我直接跳上风口浪尖，万一有个闪失，那真是无可挽回、身败名裂的呀！……

袁庚不是什么都想好了才去干的人。事先设计好，为自己留条后路，那不符合袁庚的性格。他前思后想，考虑到了自己"出头露面"的危险性，但绝对没有想到如何明哲保身、全身而退。他觉得他已经被逼上了悬崖，没有退路了。早在20世纪50年代初，袁庚被派往越南，担任胡志明的情报顾问和炮兵团团长。在援越途经云南时，袁庚听人说过，在动物界有一种羚羊，被猎人或者虎豹逼上洞崖的时候，迅速分成一老一少两群，每次一只老公羊与一只半大的羚羊同时后退起步，跑到悬岩边缘，纵身飞跃，朝对面的岩岸跳去。这一老一少起跳有个时间差，形成一前一后，一高一低的组合。按说，羚羊是跃不过眼前这20多米的山涧的，眼见小羚羊身体开始往下跌落，就要粉身碎骨的瞬间，老公羊凭着娴熟的跳跃技巧，正出现在小羚羊的蹄下，让小羚羊把它的身躯作为跳板，在空中二次起跳，轻巧地跃到对面的山崖上，悲愤地咩叫一声，重新获得生命。老公羊呢？坠下了深涧……就这样，羚羊们一老一少结伴飞过山涧，每一只小羊的新生，意味着一只老羊生命的完结，换来了种族生生不息的机会。袁庚想，一个共产党人为什么不能飞越山涧，用生命为下一代打开生存的通道呢？一个人连死都不怕，这世上还有什么可以压倒他的呢？于是，袁庚断然决定：老头子我自己来当这个"出头鸟"，亲自上阵！

袁庚开始全盘掌管蛇口工业区，他像当初任命张振声先搞一段"试用期"那样，决定"试用"自己一段时间，看看怎样来回两边跑才既能领导好招商局的工作又能推动蛇口起航。如果两者关系不能搞好，他相信，部长是会把他骂死的。

更让他猝不及防的是，大战在即的关键时刻，金石突然提出辞呈！

金石是招商局董事、总经理。袁庚排除派性，力图在招商局组织一支"五湖四海"团队。不管是不是交通部的老班底，也不论是长江航运还是广东航运的人马，任人唯贤，特别启用敢打敢拼的闯将，让原有戒心的金石深受感动，开始信任并积极辅佐袁庚工作，成为袁庚的得力助手。正逢招商局扩大经营自主权、开始多元化发展的转变时期，金石为招商局建立完整配套的航运体系，为蛇口工业区的创建以及为中国远洋船队的壮大和现代化做出了很大贡献。就是这样一位好领导，在张振声辞去总指挥之后的1980年5月间，也因身患癌症正式向组织上提出返回武汉治病、养病的请求。知道内情的人说，金石先生确实有病，同时，也害怕在改革中跌进洪流或漩涡中，落个晚节不保。他思前想后，只得用因病请辞来离开袁庚，以保持一个干部在人生最后阶段的尊严和体面。

这样一来，几乎所有的担子都压在袁庚的肩头上了。

金石离开香港招商局回武汉5个月后，1980年10月，在袁庚熟稔了工业区的运作之后，经交通部党组批准，招商局正式向外宣布：改组建设指挥部，袁庚兼任总指挥，刘清林、郭日凤、许智明、杜庭瑞任副总指挥。这一次，许智明的名字不仅没有提前，反而往后靠了一些，但他依旧尽心尽力地做他的本职工作，让袁庚感到欣慰和钦佩。

这一年，袁庚63岁。

在普通人颐养天年的时候，他已经毫无退路，不得不为中国当代的改革，义无反顾地去赴汤蹈火，冲锋陷阵。

六、4分钱奖金风波

袁庚被推上了招商局前台——蛇口工业区执行导演的位置。

台前台后，那真是百业待兴，千头万绪！

忙了这边忙那边，顾了后台又去顾前台，刚刚在香港组建了明华船务有限公司，袁庚又乘交通艇赶到蛇口为航运码头建设殚精竭虑。

"走，看码头去！"1980年2月27日，星期三，农历猴年正月十二日，袁庚到达蛇口，立即召集指挥部人员赶往码头。新建工业区码头上彩旗招展，一派节日情景。由交通部四航局和广州航道局承包建设的600米顺岸式码头中的150米码头以及码头的给水排水、护岸、航道、港池、导标、航灯等工程提前一个月竣工。袁庚把大家带到码头上，立即参与验收工作。经各方负责人与工程技术人员组成的竣工领导小组验收，工程达到优良指标。

还是在勾画工业区雏形之初，袁庚就提出挣脱现行体制中"大锅饭"的设想，得到谷牧、刘田夫等人的赞赏。1979年3月20日，刘田夫明确表示，在工业区里，"不能再搞'大锅饭'这一套了"。600米顺岸码头工程，是蛇口工业区第一批基础设施的重头戏。动工伊始，按习惯了的路子走，还是沿用"大锅饭"的奖励办法：每月在工人中评定一、二、三等奖，按等级分别发给7、6、5元奖金。因为工程进展缓慢，10月间，工业区指挥部对四航局在码头工程中率先实行定额超产奖励制度。袁庚在各工程承包单位负责人会议上做过一个发言。"我说，在经济问题上我是兄弟无情，六亲不认的。"袁庚的开场白照例不讲客套，不说空话，直奔主题。"我们是先礼后兵，一切按经济规律办事，用经济手段去管理经济。诸位一定要记住，你们给我们订立的是工程合同，是招标承包的，提前有奖，大家皆大欢喜，但延期要罚，谁也逃不掉。"

实行定额超产奖励制以后，工程进度明显加快。四航局车队用的全是进口的日本挖土机和翻斗车，原来每天每车只能运20到30车。车队实行定额超产奖励制度，规定每人每个工作日劳动定额为运泥40车，完成这一定额者每车奖励2分钱，超过定额则每超一车奖4分钱。实行奖励制度后，司机的积极性被调动起来了。大家提前上班，天黑不愿下班，车队长不得不赶工人下班。为了少上厕所，司机们连水都不喝，下班以后还主动检修车辆……码头施工开始"提速"，原计划于1980年3月底完工的工程，整整提前一个月，为国家多创产值130万元，工人的奖金只占他们多创产值的2%。

这一段用经济杠杆撬动经济建设的场景，被几位记者记录下来。在1979年题为《蛇口工业区建设者的创业精神——广东深圳、珠海特区见闻》的新华社广州电讯稿件中，记者赵奇、黄越、何云华、丁志坤四人见证了蛇口工业区大胆实行包括奖金制度在内的改革后热火朝天的创业场景：

> 我们发现，（蛇口）工地上一排排活动房屋，一堆堆钢筋和木材，
>
> 还有一些施工设备，都是从香港运来的。这些东西如果都要从内地调拨运

来，就会等这等那，拖延施工时间。招商局根据工程需要使用自己在香港拥有的资金，一个电话打到香港，很快就能把材料、设备运到工地。但是，他们决不浪费外汇，凡是能在内地买到的，就在内地采购……

我们在蛇口工地住了一夜，一觉醒来，听到雨正下个不停。这样的雨天，不会影响施工吧？出乎意料的是，雨天中，工程照样有条不紊地进行。工程指挥告诉我们，在这里，对于工作效率是用不着太操心的。招商局用在香港的某些经营办法建设蛇口，它同施工单位有合同规定，凡提前一个月完成工程任务，就拿出相当该工程费0.5%的钱作为奖金发给职工。

奖金制度促进了工程进度，各项工程提前一个月交付使用，为工业区早日通航争取到了一个月的宝贵光阴。

工业区港口第一次营运，卸下由招商局驳船从日本转运到港的900多吨设备。这一天，1980年3月22日，天气清明，风和日丽，国务院副总理谷牧和国家进出口管委会副主任江泽民等在广东省委书记吴南生、深圳市委书记张勋甫等陪同下，正在蛇口工业区视察。袁庚将工业区的筹建过程、工程进度及目前存在的困难做了简明扼要的口头汇报。谷牧对招商局自筹资金建成的这段码头很感兴趣，长时间在码头上停留，不时地询问袁庚一些问题。3月26日，袁庚赶到广州，参加闽粤两省汇报会。谷牧在会上明确指出："关于特区的基本建设，我看了蛇口工业区，觉得有可取之处。他们基本上是按经济规律办事，比如他们搞计件工资，超过定额后可以增加付酬。所以很快突破原订计划，大大缩短了工期，提前完成任务。他们建的码头，现在已经有几个泊位开始营业，以自己的积累养自己，逐步扩大发展。"说到这里，谷牧强调指出，"这是路数对头。"

在谈到现在需要解决的问题时，趁谷牧讲话停顿的间隙，袁庚插话道："我们要求中央、广东省加强领导，帮助解决一些问题，否则那里就要卡住了。"袁庚当着各位领导的面，把心中的忧戚和盘托了出来。

仿佛为了印证袁庚的忧虑，谷牧副总理按经济规律办事的讲话言犹在耳，甚至袁庚还来不及把谷牧肯定计件工资精神的讲话传达下去，换句话说，也就是袁庚额手称庆得太早了，很快，超额有奖的改革之举被上级有关部门勒令停止。国家劳动总局和交通部相继发出"红头文件"。文件说，为了纠正滥发奖金，规定职工每年奖金不得超过一个半月到两个月的工资。甚至有人指责蛇口"奖金挂帅"是"倒退"。

超额奖励皆无，"大锅饭"又开始了。

工地上冷清寂静，码头建设进度似蚂蚁般爬行。

"乍暖还寒时候，最难将息。"（李清照《声声慢》）。

5月上旬的一天黄昏，袁庚在指挥部办公室假寐，利用晚饭后的一段空闲时间集中思考一些问题，却道是到黄昏点点滴滴，思绪一直无法集中。想起来了，原来还在惦记着大风过后的顺岸式码头工地，他离开办公室，独自走到了海边。

雨后斜阳，海面上夕照万分妖娆。

袁庚的繁杂心绪舒缓了许多。但是，当他来到五湾的时候，眼前的一幕又让他震怒万分。

前些天，一些溺海者的尸骨被冲刷到了海边。沙滩上，四五个20来岁的小伙子围坐着，正在堆砌从海边拣来的骷髅头嬉哈取乐。被海水漂得惨白的七八个骷髅头，堆在那里，两只眼窟窿空洞洞的，茫茫然地"望"着黄昏下的沙滩，让袁庚看了触目惊心。

为首的一位小伙子是通信站刚分来的大学生，袁庚记得他的名字叫武克钢。

袁庚晒黑的瘦脸一下子涨得通红，他的声音颤抖着，用手指着那几个小伙子怒吼："我——命令——你们，把这堆——骨头——给我埋掉！深深地——埋掉！"

然后，他一摇头，转身快速地离开了海滩。

晚上，袁庚下令召集指挥部全体干部紧急会议。蚝房改的会议室里，塞满了人，来得早些的人自己找椅子坐下，多数人依旧站着。工程科科长王今贵给袁庚端来一张椅子让他坐，但被袁庚拒绝了。

袁庚开门见山地谈起了傍晚发生的事情。"我今天看见几个小青年在海边堆尸骨,你们知道那些尸骨是什么人吗?他们都是你的同龄人。只是为了生存,冒死渡向对岸。"他顿了顿,整个会议室里顿时充满了肃穆紧张的气氛。袁庚说,"这些尸骨中,也有辛辛苦苦的赶海人,或者是舟行者。按广东民间说法,就叫游魂野鬼,无主孤魂。他们是落水而死的,民间叫溺死鬼。你们在江岸码头上有时会看到镌刻'南无阿弥陀佛'的石碑,是为了防范和超度溺死鬼用的。过去,河海上的艇户,对溺水者一般不去援救,害怕溺水鬼来找替代的人。当然,那是迷信。我们是社会主义时代的青年,不敬神鬼,但对生命应该有一份敬畏!"

袁庚顿住了,想说说前些日子,梁鸿坤笑骂司机,让他叫赶来赶去的野鬼上门来找他袁庚的故事,但话题又回到"逃港风"上,他脸色忧戚凝重,眼眶渐湿:"我年轻时,率领炮兵部队解放这个地方的时候,好像比现在还富,现在,怎么比那个时候还穷?我们怎么对得起我们的老百姓?如果我们不好好搞好这个工业区,不抓好我们的经济建设,中国怎么能够富强起来?我们怎么能挽留住这块土地上的老百姓?"

武克钢的头低得更厉害了。他第一次听到一个共产党干部喊出心中的声音,有种振聋发聩的感觉。他抬起了眼睛,同会议室里其他人一样,噙着泪水。

　　彩云之南。群山连绵似海。12座的日立牌面包车在山岭间忽隐忽现。

　　昆明市郊金殿后山。云南红酒业董事长武克钢的私人山庄。

　　2005年5月,劳动节假期。春城。阳光透亮。我和袁中印受邀造访武克钢的私人山庄,同行的还有蛇口工业区原党委秘书处的过永鲁。

　　武克钢以善饮和豪爽而闻名朋友圈。他从酒窖里搬出云南红招待大家,觥筹交错之间,干红与干白的醇香如记忆般芬芳。

　　25年前,年轻的武克钢加盟工业区下属的通信公司,成为工业区第36位新兵。32岁那年,他担任了深圳市蛇口工业区管理局副局长。1987年,他赴美国留学,后获美国密歇根州立大学社会经济学博士学位。5年后他回国步入商界,多年折腾,53岁的武克钢现任香港通恒集团有限公司董事长，掌管包括云南红在内的十多家公司。

武克钢感慨：对那天袁庚发火的记忆，历久而弥新。

600米长的顺岸码头工程施工现场，弥漫着懒洋洋的气息。承包这项工程的交通部四航局工程处两位处长以及所有施工工人，并没有意识到此刻走到眼前的这个人，竟然是工业区的头头袁庚。他们并不认识他，但从他威严的目光中读出了一丝讯息——他最初对他们消极怠工就这么慷慨地浪费宝贵时光所产生的愤怒已经减弱，取而代之的是为自己无计可施而暗自恼怒。当袁庚走至码头施工地盘的中央位置时，所有的人都注视着他。

梁鸿坤与许智明跟在袁庚身后，相隔不过三四米，一声不吭。袁庚静静地注视着码头，空气仿佛变得凝滞起来。工程科科长王今贵躲闪着，不敢和袁庚的目光相撞。这些天来，王今贵天天泡在工地上监督工程，但丝毫不起作用。

袁庚径直走向一辆停靠在路边的东风卡车，对身后的许智明说："你先四处转一转，找一找施工队长，我去同开车的谈一谈。"

装满泥沙的车正靠在码头附近。袁庚打开右侧车门，钻进了司机右侧的座位，对光着膀子的司机笑笑："你好——"

驾驶室里闷闷的，一台小小的风扇正在转动，小型无线电收音机播放着袁庚喜欢的粤剧。司机一看见袁庚进来，就把收音机关掉，清新激越的粤曲立刻停了下来。

"不用关，我是来调查工地上奖金制度的。"袁庚擦了擦额头上的汗珠。

"本来都好好的，大家鼓足劲一起干，现在一点积极性都没有，怎么会这样呢？"司机拿起挂在脖颈上的毛巾擦汗，将小风扇转向袁庚对着吹，"假如你是在调查这件事，我同你讲，大锅饭不行啊。"

袁庚点点头，示意他接着往下讲。

"原来大锅饭的奖金还分三等，现在我们都没有兴趣评议，大家统统拿6元钱……大家都磨洋工喽！"

袁庚在他的声音里听出了无奈和困惑。

"如果不实行奖金制度的话，"他毫不隐讳地说，"那我保证没有一个人愿意多干。拖，就是唯一的途径。最后，倒霉的还是你们工业区。"

袁庚离开东风卡车时，已经和司机交上朋友。他随手关上卡车门，对一旁守候的王今贵挥了挥手，朝那些在工地上慢腾腾如蜗牛般行进的卡车比划了一下。

"想办法！奖金制度一定要想办法执行！"

5月7日，蛇口工业区建设指挥部向交通部、国务院进出口管理委员会、广东省委特区管理委员会递呈《关于蛇口工业区特区基本建设按经济规律办事实行定额付酬办法的请示报告》并附上相关调查报告。这份报告陈述：

4月，工业区基础工程建设第一次出现月度计划未完成的现象，是因为施工单位规定职工年奖金额不超过两个月的平均工资和按平均数发奖金给各个工人，以及由于改变奖金制度，挫伤了工人积极性，使工程进度和完成的工作量明显下降，拟采取定额制超额增加付酬方法。报告还列举了两个在工业区的建设和土石方工程施工中的例子来说明按经济规律办事的好处，反映有的单位因执行最近国务院有关部门的文件，改变了奖金制度，职工积极性不能充分调动起来，计划在9月底提前完成二期工程已不可能；认为搞平均主义，吃"大锅饭"的倾向不能调动广大建设者的积极性，已成为加快工业区建设的障碍；主张工业区应根据这里的实际情况，采取灵活措施，实行特殊政策。应坚持和推广前段时间所实行的按经济规律办事，搞"定额制"，超额增加付酬等行之有效的做法，以加快蛇口工业区的建设。

不到两个星期，一份《关于深圳市蛇口工业区码头工程停止实行超产奖，造成延误工期，影响外商投资建厂》的新华社国内动态清样（第20687号），送到了中共中央总书记胡耀邦的案头。

1980年7月30日，胡耀邦亲笔批示：

请谷牧同志过问一下此事。我记得中央讨论奖金时，中央并没有哪位同志同意奖金额不得超过一个半月到两个月工资额的规定。赵紫阳同志是坚决反对这种硬性规定的。我也赞成他的意见。为什么国家劳动总局能这么办，交通部也这么积极？看来我们有些部门并不搞真正的改革，而仍然靠做规定发号施令过日子。这怎么搞四个现代化呢？请你顺便在财经领导小组例会上提一提。

谷牧同日批示请江泽民等人考虑："既实行特殊政策，交通部、劳动总局这些规定在蛇口完全可以不实行。如同意，请通知广东。"

8月1日，蛇口工业区获准实行超产奖励，交通部四航局工程处宣布：恢复定额超产奖。

于是，工地上快马加鞭，一片繁忙景象。

七、200米长的疮疤

蛇口工业区所有道路网络全部由招商局投资，但是，必须按条条管理原则交给交通部门的公路局来承建，且为"不二价"。袁庚决意向垄断性行业挑战，他在一次工业区的干部会上说："刚开工的工业区就碰到了这么多的问题，奇怪不奇怪？并不奇怪，蛇口不是真空地带，内地的一切弊病，在这里都存在。一样的走后门，一样的关系学，一样的'卡脖子'。看来不管你走到哪里，生活好像逼着你要去走那条世俗的路，以致一些有才华而又想改变局面的人，也常常顶不住周围的重重压力。好在我们已经看清，与世俗同流合污是一条十分危险的路，所以才要改革。谁说改革没有硝烟，我们所经历的就是一场又一场战斗。"

广深105国道与蛇口工业区内的干道对接，工业区外7.6公里长的专用公路快要验收前，有人执意在接口处路段设置通行障碍，留下200米路面在很长一段时间不铺设沥青。在进出工业区的"门户"外，一长条巨大疮疤袒露在秋风中。从这块疮疤路到公路局工程处临时工程指挥部之间的直线距离，大约有1000米。其间100多米长的一段路满是泥浆、石子，变成了泥浆沼泽地，附近的农民在干燥一些的地方围上铁丝栅栏喂鸡养鸭，晒一些咸菜类的腌制食品。所有这些障碍都得小心翼翼地跨过或绕过，尽管天气渐寒，又刮着大风，袁庚等几个人却走得大汗淋漓。

他们在途中遇上推着自行车在泥浆中奋力前行的人，两三个结伴而行戴着客家妇女巨大斗笠的妇人，所有的路人都没有去注意袁庚和其余两个人——许智明与梁鸿坤，当然，也就不会发现三个人脸上堆积的怒气。

他们是9点30分上路的，在10点过5分的时候，用了半个小时的时间走完了1000米，终于来到了省交通厅公路工程处设立在此地的临时指挥部的门前。这是一幢临时搭建的平房。一个星期前，许智明来这里协商过，怒气冲冲地和处长邱××吵了一架。他记不清已经吵过多少次了。这一次，邱××私下开列清单，索要电视机与录音机等，不给就不修补200米疮疤。令许智明感到憋气的是，此前，工业区用工程费为其陆续进口了310万港元的设备，并借购买设备之机邀请这位处长去香港，明为访问，实际上是去游玩，由梁鸿坤亲自作陪。前不久，这位处长又以刮台风受损为由头，向招商局索要3万港元补贴，许智明也一一答应了，不料，此公又提出了新的条件。

"看来他们真的是横蛮霸道啊，"袁庚眯起眼睛，示意许智明去敲门，"我会和他们好好谈一谈，然后再决定是不是上报。"

许智明敲了几下门，发现了门上换了一把新锁。他近乎自嘲地苦笑起来："袁董，这帮人不在。他们竟然不在……"

"别敲了，"一位睡眼惺忪的文员从旁边一间小屋探出头来，他的声音充满了霸气与不恭敬，"邱处长上山打猎去了，每天这个时候都在山上，你们下午来找他吧。"

许智明举起双手，做出投降的姿态："头，我真的是没辙了，办一点事情就有这么难。"

"你打算如何对付他？要不要再等一等？"梁鸿坤把目光转向袁庚。

袁庚双臂紧紧抱在胸前，气恼异常："这位处长利用职权向工业区勒索财物，贪赃枉法，他把招商局当成什么啦？我们不是'洋商'，不是'阔佬'，我们的钱是国家的钱，国家的钱是不允许'乱捞'的。老梁老许，你们应该考虑一下，一定要拿出建议来，彻底打破这种垄断型行业。我建议，以后工业区所有的工程都要像香港那样拿出去投标，中了标的单位才可以接工程，要彻底杜绝这种霸王、老爷作风。"

袁庚站在平房门前，因气愤身体微微颤抖着。这一切究竟怎么啦？他从未想过会发生这么多的问题，国内有些单位同招商局打交道时都想多捞一把。征用土地，包括赔偿青苗等，招商局都是如数补偿的。工业区最近要在一个山坡上挖排洪渠，按水渠占用面积内的树木（包括小树苗）——赔款给公社，但是，生产队却额外提出半面山上丝毫未损的12000棵树也都要交付征购费。工业区不同意，就不让开工……

蛇口海滨花园南海小筑A5号楼，是工业区1996年发售的联排别墅。这幢别墅二楼的一个单元，为袁庚离任直到2006年4月初的寓所。朝南面向蛇口五湾的阳台上种满了热带植物，东边远处香港的山岭在晴朗的日子里隐约可见。大约60平方米的客厅里，一整套红木沙发均垫着厚厚的棉布垫，即便在炎夏也不例外。实际情况是，袁庚的身体越来越瘦弱，臀部肌肉所剩无几，在硬木沙发上一坐就会被硌伤。当年转战蛇口创造辉煌的老战士，如今即便在自己家里坐下来，也必须仰赖棉垫的保护。

2005年盛夏，在6月23日的袁庚保健体检表上，记录着如下数据：袁庚，男，88岁，身高1米70，体重57公斤。事实上，连保健医生都有些惊讶袁庚身体机能各项指标的良好。人到老年越来越矮，1980年左右，袁庚的身高达到1米76，体重足足70公斤。

欧洲人把阿拉伯老人称作"无花果树树干"，在法国，人们乐于用"葡萄枝"比喻一个弯腰驼背的干瘪老农。说到袁庚，这位形体上似乎和两种植物均有相似之处的老人，亦像无花果树和葡萄枝一样，在结出丰硕的果实以后枝干日渐枯萎下去。

和他身体肌肉日渐萎缩相衬，袁庚的记忆力有些下降。"现在对他采访非常艰难，有些时候，他记不太清楚，问什么情况都要翻找资料。"儿子袁中印出于对父亲的爱护与保护，挡驾了前来采访的一批又一批记者。这一年是世界反法西斯战争胜利60周年，是深圳经济特区成立25周年，集抗战老兵与改革尖兵于一身的袁庚备受媒体瞩目，却没有一两个记者能够采访到他。

"我可能是老年痴呆症的初期，记忆都快被吃掉了。"袁庚豁达地对我说，听上去有些戏谑和自嘲，但绝不显悲观色彩。"平生塞北江南，归来华发苍颜"（辛弃疾《清平乐·独宿博山王氏庵》），对一个奋斗过、创造过的老人来说，他的记忆在别人的记忆里，他的生平在历史的讲述中，是用不着悲伤的。何况，他并不是什么老年痴呆症，只是岁数大了，记忆力有些衰退而已。很多时候，他的记忆力简直可以用"非凡"来形容。他说他是老年痴呆，我估计，那是他免见记者的"挡箭牌"。

这天，当我们一老一少坐在沙发上聊天，他的讲述非常顺利地随着回忆向20世纪80年代初的方向延展。

"搞工程招标，人家会说，你们这是香港的资本主义那一套，我们说，这是按经济规律办事！"袁庚似乎又回到了那个弥漫着硝烟的改革现场。他告诉我，真正促使他下定决心，彻底实施工程建设改革，与他从秦城监狱释放后被派往上海造船厂的调查有关。

袁庚奉交通部之命赴上海造船厂调查，看到了一幅幅他并不想看到的图景：那么多工人都在晒太阳（上海造船工人戏称夏天上班造"风字号"——即找地方乘风凉，冬天上班造"阳字号"——即找地方晒太阳，而"风字号""阳字号"均为上海造船厂正在建造的万吨远洋货轮的名字），便找来厂问。厂长说，我也没有办法，上面就是让我们厂必须接收这么多的工人，人多了没活干，就只好晒太阳。一个工人每天上班真正干6个小时的电焊，便算得上劳动模范了。袁庚说，那你不可以不要那么多的工人？厂长答，不行，不要也得要，叫我们工厂养活他们（上海造船厂同时还养活从未上过一天班的140多名精神病患者和残疾人，因为工厂要征地，生产队便在征地协议上写明征一亩地必须养活

111

队里的多少个残疾人，工厂想不出别的对策，只得请他们只领工资不上班）。此事对袁庚刺激很大，成了他日后在蛇口工业区要求企业自主权，坚决不养闲人、懒人的一个反面例子。他在蛇口顺岸码头坚决实行工程承包，成为中国改革开放中的第一例工程承包。

八、皇城根下舌战群儒

为了搞好邮电通信服务，工业区向广东省申请专线电话，省里很快就批准下来，呈报谷牧转有关部门，经过多次催促，邮电部同意工业区派人过去谈谈。

这一天，一行三人快步走进北京邮电部大厦，梁鸿坤代替袁庚与许智明在来客登记簿上一一签过名，一名警卫将他们领往邮电部会议室。他们是头天飞到北京的。上午9时，邮电部的有关司长、处长、科长及总工程师、工程技术人员等三四十人正在那里等着他们。

袁庚穿一件铁灰色西服，配一条紫罗兰色条纹领带，拎着印有"香港招商局蛇口工业区"字样的纸袋，袋里塞满了随身携带的文件和一本叫《大趋势》的书。他喜欢拎简易纸袋，这是他的习惯。西装与纸袋在众多蓝色中山装和干部公文皮包的夹击中，不免显得突兀。

会议室内，一位矮胖的负责人站起来宣布开会。他的话音刚落，另一位上了些年纪的总工程师刷地站立，朝着袁庚三人理直气壮地吼叫起来："你们申请专线电话，搞微波，实际就是要开一个出口局，你们知道不知道？当年毛主席、中央军委、国务院只定了北京、上海两个出口局！"他看上去有点不耐烦了，用训人的腔调叫嚷，"你们有什么资格、条件提出这个要求？谁敢负这个责？你们真是吃了豹子胆！胆大包天！我看另想办法吧。"

在危急时刻把握局势对于袁庚而言已经是家常便饭了。在邮电部权威人士的轰炸下，他一直在努力控制自己，耐着性子听听他们的理由，考虑如何说服这帮长期雄踞京城的官员和专家。

"我们现在搞蛇口工业区，外商要打一个长途电话都要跑回香港，这样的投

112

资环境怎么行？"梁鸿坤提高了嗓门，俨然像个教师在讲课，但他忘了解释什么叫"投资环境"。对京城的许多人来说，这是一个新名词。他接着说："我们请示汇报了那么久，为什么还批不下来？你们考虑过蛇口的实际情况吗？"

"我们是按原则办事。"一位处长严厉地说，"邮电是国家专控行业，关系国家安全，你们一个企业怎么能办通信？"他说着指指墙上的国家地图，"你看看，这上面哪有企业办通信的？"

"什么企业？蛇口？连名字都没听过就想申请专线电话！"一个声音叫嚷着，尖厉而刺耳，随即引起一阵哄堂笑声。

对于各种冷嘲热讽，袁庚早就领教过了，不过今天"冷风"的风力大了几级而已，都在意料之中。他正想开口，一位副司长突然发话了："你们一个企业，到邮电部来说这说那，你们不是太过分了吗？"他严厉地说，"就是因为看在你们是特区的份上，才……"

"别来这一套！"许智明长期以来为通信跑得心力交瘁，到这时候已经忍无可忍了，他指着副司长说，"你们他妈的到底还支不支持改革开放？蛇口电话都通不了，还怎么改革开放？！"说着骂着，一个大男人竟然当着那么多的人失声痛哭，所有的委屈和磨难都随着眼泪飞了出来。

"老许，有话好好说。"袁庚厉声打断许智明的叫骂，站了起来，径直走到主持会议的负责人面前，相互对峙地望了几眼，转身朝向全体与会者："我想告诉大家，特区是个新事物。长期以来，我们闭关锁国，作茧自缚，因此，我们想的东西，说的东西都是老框框。旧有的认识，是可以原谅和说服改变的。"这时，会议室里嗡嗡的谈话声渐渐消失，袁庚的声音充溢着整个会议室。"我们办特区，相当困难，我们在通电、通水、通信、公路等方面都遇上了'拦路虎'。今天，我们远道而来，也浪费了诸位的宝贵时间，我们只想申请专线电话，这对我们来说，实在是至关重要。过去我们只说'三通一平'，通水、通电、通车和平整土地，对一个工业园区来说，是不够的，还应该加上通信、通航，实现'五通一平'，这样的梧桐树才能引来凤凰栖。工业区要吸引外商投资，没有电话寸步难行啊！这是我们的改革，也是你们的改革，我们希望，诸位多多支持蛇口工业区，多多支持新鲜事物。"

经过一番激烈争辩，部分人士提出另外方案：由招商局出资3000万元至4000万元，邮电部派人建一座微波站、机楼以及职工宿舍，交给邮电部管理。

"不可能！"梁鸿坤叫苦不迭，"招商局预算只有6000万元，搞通信的钱只有几百万。"他用目光向袁庚求助，看到袁庚再一次站了起来。梁鸿坤与许智明发现，袁庚的手指明显地绷紧了，他一边沉思一边说："我们绝对不能同意这样的方案，假如我们同意了，必然是走旧路，花那么多的钱，办成一个小小的通信站，结果办成小而全的官僚主义企业，谁也无法进行有效管理，这和蛇口工业区的初衷是相违背的。"

"你知道吗？"一位处长告诫袁庚，"还是那句话，你们这叫办一个出口局，现在开会让你办微波站就是看在你们是特区的份上，你还来说这说那，不是太过分了吗？"

另一位处长模样的人物合上笔记本，放下铅笔，以毫无商量余地的口吻下达"最后通牒"："你们必须出钱，由我们管理。没有二话可讲。"

袁庚瞧瞧分坐左右两边的两位副手，向他们做了一个眼神。两位副手立刻明白了他的意思。

"那好吧，"袁庚说，"以后再说，不过，有一点现在就必须说清楚，关于微波站归你们管理之事，这在蛇口工业区来说，是根本不可能的事情。"他起身，站立，走到门口，两个副手紧跟在他身边。然后，他拉开门，返身朝向整个会议室，说了最后的一段话，"蛇口那地方并不大，如果我们有幸能邀请到诸位移驾屈尊到那里去参观指导，到了蛇口工业区，你们就会知道，在那个地方，与香港与外地联络是多么重要，也许就能设身处地为我们基层想一想。不说了，后会有期！"

袁庚不得不越级向谷牧汇报，坚持招商局投资、招商局管理，经过了一段时间，中央负责同志同意和广东邮电部门商议"试验"一下。几番周折后，7月4日，袁庚获准以招商局的名义与香港大东电报公司达成协议：由对方负责供应及安装蛇口工业区的电话交换机，并连接蛇口与深圳两地的微波通信系统。此举与当时国家的通信政策相悖，也触动了既得利益者，激怒了相关管理部门，他们说："这是国家专控专管行业，企业无权擅自与境外联络。"

只能再请示，再汇报，再请中央帮助解决。

新华通讯社《国内动态清样》（1980年第2447期）

新华社广州讯　由香港招商局投资开发的深圳市蛇口工业区，经过10个月的建设，取得了较大的进展。往日荒凉的海滩、杂草丛生的山岭，已经大为改观。"五通一平"（通路、通航、通电、通水、通信和平整建筑用地）工程，已接近完成。工业区内的重工业、轻工业、化工、公园、住宅和商业等六个区的规划，已大体安排就绪。对外资和国外先进技术的引进工作，已经开始。已与港商和外国客商签订了15宗合资开办企业的协议书。今年第四季度，将有两个合资工厂建成投产，还有一批工厂，将于明年开始兴建或投产。

但是，形势喜人的蛇口工业区，目前碰到了一些被称为"拦路虎"的"卡脖子"问题，影响了工程的进展，使建设速度逐渐迟缓下来。据调查，蛇口工业区碰到的"卡脖子"问题主要有以下几个：

一、关于安装通信设备问题。根据蛇口工业区的需要，招商局于1979年10月向邮电部门提出尽快安装通信设备，并要求尽可能搞先进水平的通信设备。邮电部门则提出要用国产的50年代的设备，并且提出由邮电部门"统一设计，统一施工，统一管理"。招商局不同意邮电部门的意见。后来，邮电部派来的工作组，提出四个方案。经过反复协商，招商局同意第一方案，即引进国外先进设备的方案。随后，招商局根据第一方案，直接和香港大东电报公司洽谈，准备引进美国先进的"全自动程序控制（即中心电脑控制）电话"设备。这种设备体积小，投资包括土建工程在内，只需要150万元人民币。比国产设备费用低、性能好，能比较好地适应工业区与外界通信联系的需要。这样做，就必须同时在深圳建一个微波站，以便与市话局接口。但是，邮电部门没有同意。当蛇口工业区和香港大东电报公司谈判，邀请广东省邮电局、深圳市邮电局派人参加，结果被拒绝了。在深圳市建立微波站和与市话局接口问题，两家争来争去，邮电部门始终没有"点头"。通信问题，从提出到现在，前后经八个月的时间，得不到妥善解决。工业区今年年底，将有部分合资工厂建成投产，部分厂商与技术人员进来兴建新厂，通信设备，已成迫在眉睫的问题。现在，工业区指挥部，只有一部30年代的手摇电话机。要一次长途电话，需要等个把小时，有时还要更长的时间才能摇通。工业区负责人对记者说，解决通信问题极为紧迫，希望得到邮电部门的支持，尽快批准在深圳市建立微波站（设备由招商局购买）和微波站与深圳市电话局的接口，使通信及早畅通，以应工业区发展需要。

············

九、江泽民帮助蛇口解困

改革从某种意义来说，是权力和利益的再分配。十一届三中全会以后，中国高层领导与底层群众都思谋改革，在资源的重新配置中解放生产力，发展经济，以期国富民强，振兴中华。可是，相当多的衙门和既得利益集团坚守计划经济的陈规陋习，束缚地方和企业的手脚，人为地割断生产要素的合理流动，形成一段政令不通的"肠梗阻"。在基层实际运作改革举措的袁庚在遭遇阻力时，往往向中央求助。中国高层与底层的心是相通的，袁庚从下而上的情况反映得到及时批示，再自上而下地给予解决。蛇口恢复超产奖，是袁庚向北京"告状"的胜利成果，对待200米的疮疤和通信问题，袁庚只能继续向中央"告状"。后来，在1982年12月关于赤湾问题的讨论会上，袁庚抱怨"蛇口危机四伏，层层卡，办事难，香港有些报纸批评我们效率低，弄不好，有可能垮的"，在座的广东省省长刘田夫给他出主意说："要多写点《内参》清样往上捅，中央同志看了《内参》清样，很有用。"袁庚望着刘田夫笑了起来。是的，是的，下情上达，让中央知道我们的难处，绝不搞报喜不报忧，蛇口就是这样走过来的！

116

立志于将中华民族复兴伟业推向前进的中央领导集体，时刻关注着特区前沿的改革攻坚战。仅在1980年这一年，为了解决蛇口的诸多问题，中央多次派工作组赴蛇口工业区视察。

1980年8月8日，江泽民以国务院进出口管理委员会副主任的身份率领工作组抵蛇口工业区检查工作，这距他3月22日陪同谷牧首次视察蛇口才四五个月时间。袁庚因招商局公务不得不返回香港，无法聆听江泽民的指示，嘱咐许智明等人及时向他传达。

江泽民高度评价从他第一次到蛇口至今的几个月中，"蛇口工业区建设速度快、有章法、效果好"。对招商局碰到的许多困难问题，江泽民深刻地指出：

"第一，我们在四化建设中确实碰到许多问题。我认为有些是认识问题，因为特区是个新事物，而我们长期闭关锁国（也有外国长期对我封锁的影响），对国外新情况缺乏了解，因此，想的，做的，常常是老框框，这些认识问题，我认为是可以原谅和可以说服的；但也有属于封建主义甚至是封建割据的问题，有些单位大权在手，不照他们的旧框框办，怎样说他都不同意，对这种封建割据，则要做必要的斗争。"①

谈及通信问题，江泽民指出：通信问题是个大问题，和外商合作建厂，通信不便是不行的。据了解，香港电话很普及，平均每4个人就有一部电话，而且电话安装费很便宜。我们国家落后，电话太少了，申请安装个电话很困难，而且安装费十分贵。蛇口工业区为了适应和外商合营的需要，自己筹钱建设由蛇口经深圳通香港的微波电话，是件好事，一定要支持。微波电话建设过程中属于要由深圳市邮电局和广东省邮电局帮助解决的问题，江泽民请陪同他的广东省经济特区管理委员会副主任、深圳市委副书记秦文俊回去跟他们谈。属于邮电部解决的问题，他找邮电部部长朱学范帮助解决。

袁庚深感打破封建割据之不易。十多天后，他把邮电部、广东省邮电管理局、深圳市邮电局专家组请到蛇口来，与蛇口工业区进行会谈。这次开始于8月

---

① 转引自内部资料《辑录蛇口》，顾问袁庚等12人，执行主编沈文建，2004年12月第一次印刷，第30、31页。

21日的会谈可以说是袁庚在邮电部舌战群儒的继续。可惜，袁庚又错了。当初，当他走出邮电部会议室时，含蓄地向座上诸君发出邀请，到蛇口去看看。他原以为，这帮京官离开皇城，到四化建设的火热现场来感同身受，就应该知道，他们的旧框框是多么的不可思议。这一回，袁庚不得不承认自己错了。人家才不稀罕你的四化你的改革，人家要的是权益！在一场重新洗牌的博弈中，邮电部代表坚持通信建设由特区花钱自己搞，但收费必须由邮电部门收，长途电话和香港通话必须经长途局，不能直拨。

万般无奈中，袁庚再次设法向上反映情况。

在当代中国，新闻媒体是属于"春江水暖鸭先知"的群体，往往与"东风第一枝"的改革同频共振，甚至率先鼓与呼。袁庚充分认识到新闻媒体的"厉害"，一直与记者保持良好的沟通。

9月3日，胡耀邦总书记看到新华社一份题为《蛇口工业区建设中碰到的几个"卡脖子"问题》的《国内动态清样》（第2447期）。当日，胡耀邦就做了批示：

谷牧同志：

　　中央现在决心坚决反掉各种形形色色的官僚主义，这个特区是否确有卡脖子的官僚主义，是否有拦路打劫的官僚主义，建议你抓住这个麻雀，弄个水落石出，必要时制裁一点人（最好是采取经济制裁），否则不但官僚主义克服不了，四化也遥遥无期。

1980年9月12日，国务院进出口管理委员会召集专题会议，江泽民主持会议，研究解决蛇口工业区建设中碰到的四个"卡脖子"问题。邮电部、外贸部、海关总署、劳动总局、科技局等负责同志齐集一堂，参与"会诊"。

就安装通信设备问题，邮电部"松绑"，确定在深圳市的通信设备解决前，工业区先安装一台进口的专用交换机，可直拨香港，明年三四月份投产，由招商局自己管理，但不能让外商管理。

其他问题，技术工人和技术干部调配问题、施工设备进口问题，都放开了口子。至于200米左右一段公路不给铺沥青问题，在座的人定不了。下午刘田夫到会后，当即表示广东省将积极配合工业区把道路打通。

会上，江泽民多次强调说："请大家支持工业区，开点绿灯。"

几天后，那位"卡、拿、要"的处长被革职。拿掉"卡脖子"的"铁手"之后的24小时内，200米公路铺上了沥青，蛇口工业区向外延伸的公路终于贯通了。

翌年8月13日，蛇口通信微波站竣工，在蛇口通信公司技术人员武克钢的操控下，在香港招商局大楼内的袁庚接到了蛇口打来的第一个越洋电话，这是由蛇口向境外直拨的第一个电话。蛇口微波站成为国内首次由企业以商办的形式建成的新式商用通信系统。

十、胡耀邦问袁庚要多大权力

中央重视蛇口。

继中共中央政治局委员、全国人大常委会委员长叶剑英1980年4月27日视察蛇口工业区之后，中共中央总书记胡耀邦于1980年12月13日在中南海勤政殿接见了袁庚。

2005年3月中旬，招商局档案馆馆长乐俊人让我阅读《胡耀邦接见袁庚同志谈话记录》的复印件。文件的最后一行，有极其慎重的声明："袁庚追记，如有出入本人负责。"那天，袁庚离开中南海返回北京家中以后，立即在纸上留下了这份鲜活的记忆，存留在招商局档案馆里。

现在，我将这份珍贵的追记原封不动地转抄于后：

寒暄后胡耀邦同志首先询问了有关香港的情况，袁将香港现状作了一般性介绍。耀邦同志对照着港九地图从1842年《南京条约》、1856年《北京条约》直谈到1898年英帝强行租借九龙半岛及其235个离岛的历史位置。胡问香港这一小点点地方怎么能容纳下600万人，袁说有人开玩笑说把香港人全从房子赶出来，马路是站不下的。胡问面积多少，袁答为了方便记忆，约为全国总面积万分之一（即1000平方公里），胡问港英对"1997"年有何反应，袁答他们到处试探我方态度，十分关心我方表态。

在袁谈到招商局历史从李鸿章到现在已经108年时，胡耀邦同志翻阅招商局（香港）起义30周年纪念专刊，询问了目前企业的规模，当汇报到蛇口工业区发展情况，谈到蛇口工业区不搞来料加工、不搞补偿贸易、不搞污染（指难于处理）工厂、不欢迎陈旧设备、不引进影响外贸出口的工厂时，胡问搞来料加工有什么不好，袁作了扼要的阐述。胡问哪些国家、企业在蛇口投资，袁详细作了介绍……

袁汇报到耀邦同志两次在有关"蛇口"问题的"内参"清样上批示，使工业区解决了很大难题时，耀邦同志说"处理这些问题是我的职责"，又说那位公路局的什么处长真是可恶之极。袁说这种同志还不是个别，但我们不能什么难题都升级到中央书记处来解决，我深知国家领导同志日理万机。这样的小事不断干扰中央领导，我们心里实在不安。耀邦同志谦虚地说"应办的事还是要办"。

袁谈到工业区还存在各种困难，不好解决。胡详细询问并在纸上一一记下来，当谈到入境签证、海关、边防，特区人员进出境宜简化手续时，耀邦同志说，具体问题我不了解，谷牧同志主管，他清楚，谷牧同志16日回京，我会将你的意见转告他，你可找他解决。

耀邦同志问包玉刚船王究竟有多少船，袁答约2000万吨，胡又问有多少船是属于他自己的，袁答包玉刚的船队和我们国家船队情况不相同，包的船队实际上是银行的，主要是汇丰银行，其次是日本兴业银行。袁汇报了近20年来由于西方航运大国船员工资高（以日美两航运大国为例，其船员工资几乎占管理费51%，而我们约为13%），因此，许多航运发达国家船东不愿直接经营船队，改为挂方便旗或支持香港船东出面经营。这样可以廉价雇佣第三世界的船员，包玉刚就是雇佣韩国、菲律宾等国家，我国"台湾"和香港等地区的船员，然后又将船租给支持他的、与银行有关的船东，这样银行、租方、船东都有利。这是近20年来香港方便旗船队发展的历史条件，同样将来我们有可能在世界航运事业上赶上西方，最有利的条件是我们有工资低素质好的大量船员。苏联之所以能压低运价，把世界公会船冲得不亦乐乎，也就因为它们船员工资低，国家支持的缘故。

袁又汇报了和包玉刚合营船运公司可能上当的问题。耀邦同志都在纸上记下来。

当袁谈到建设蛇口工业区的五点体会（即内外结合，要有相应权利，要有筹措资金来源，要按经济规律办事，要从艰苦的基础工程做起）时，耀邦同志问，你究竟要多大权力，是否把你的要求问题写个报告给我。

当谈到任仲夷、梁灵光同志到广东后的情况时，袁说任、梁同志到任不久就到深圳、蛇口视察，我向他们做了汇报，任仲夷同志说"你有什么麻烦，找我好了，我解决不了的到中央解决"，对我们鼓舞很大。耀邦同志说任仲夷思想很解放，问袁以前是否认识他，袁说以前不认识。袁说那天跟任、梁到蛇口的还有湖南第一把手毛致用同志，耀邦说他自己前天刚从湖南回来。

胡问袁你这次在京停留多久，袁答估计不会太长，主要是部里要我回来参加一个会议，可能是听省长会议精神传达，如有可能，即将召开的第一书记会议的精神我也想听听。看对特区和香港企业有什么新精神和新影响，耀邦同志说这次主要是谈经济问题、调整问题，你们仍旧干你们的，不影响你们特区的工作。

当谈到体制改革、某些企业合并时，耀邦同志说，他们不听中央的话，这件事让紫阳同志去解决吧。当袁谈到读了胡在纪委的讲话（即党风是党的生死存亡问题）中谈到的党内不良作风因而深感不安时，胡耀邦同志说，问题不少，要慢慢来。

最后，袁主动告辞，表示占用他很多宝贵时间，心里不安，胡一再问还有什么问题，袁说没有了。问胡的健康状况，耀邦同志说，还好，就是疲劳一点。

胡嘱，以后你可以写信给我嘛。

（袁庚追记，如有出入本人负责。）

受到胡耀邦总书记召见的一周之后，谷牧在中南海接见袁庚，听取他关于蛇口工业区建设的汇报。

汇报中，袁庚根据梁宪为他准备的各国（地区）加工区资料说：新加坡、菲律宾、韩国等国家以及我国台湾地区的出口加工、自由贸易区都是国家（地区）的政府首脑和行政当局亲自领导的事例说明："一个企业经营一个工业区，是世界上独一无二的。"

谷牧表示已经了解袁庚所说的困难问题。在谈到工业区名称时，谷牧建议加上"深圳特区"几个字："这样更可以使你们放开手脚，按照你们的办法和利用你们在香港的地位和影响，放胆去发展。"

风风雨雨，又将走过一年。

1980年岁末。在蛇口工业区指挥部办公室里，蚝民的小屋挡不住海面上吹来的寒风。袁庚在一定的范围内传达了胡耀邦接见他的情况，使在座的同志又一次感受到党中央对蛇口工业区的关心和重视。散会后，王今贵、陈金星、丁传作等工程人员还不愿散去，看见袁庚心情蛮好的，就围着他闲聊，热热闹闹的也不知道夜幕正悄悄地降临。

这次闲聊，大家聊得最多的话题是，8月间深圳市已正式被辟为经济特区，让大家兴高采烈。有位从广州加盟蛇口工业区的人说，他从广州到深圳，要过两个渡口，路上要走八个小时才到深圳。深圳墟镇又小又破，步行十几分钟就走完了，十分荒凉。站在街边喊一个人，全镇都听得见。

"建成特区后，"这位广州佬预见今后的深圳说，"恐怕要走半个小时才能走完全市区。"

有人反驳道："不可能，最多够走20分钟。"

王今贵转问袁庚的看法，袁庚从沉思中醒来，愕然道："你们说什么？"

袁庚想的是现在。

1980年之前，袁庚处在改革的浪尖上，就像堂吉诃德斗风车一样，孤独地站在改革的十字路口。

现在好了！现在，有了深圳、珠海、汕头、厦门四个经济特区。蛇口有了同盟军，蛇口有了参照系，开始有了学习、仿效的旗帜和榜样。

袁庚欢欣鼓舞！中国的改革，开始多点进攻，全方位地启动起来了！

1980年岁末，袁庚等一群人，在寒风中，在蚝民小屋里，听到春天正带着温暖、萌发和生长的气息，一阵阵地叩响南国的窗棂。

到开饭的时候，一伙人拥着袁庚走出办公室，这时，有人问袁庚，总书记真的问你要多大的权力吗？

有人接嘴说："袁总，你要个副总理吧？有权力把蛇口搞好！"

王今贵说："没有用，没有哪个能说话管用的，除非你搞独立王国。"

立即有人反驳："搞不得，立马要炸开你的'土围子'！"

袁庚作举手状，发出顽童般的笑声："别炸，留我老夫一条命！"

第四章 "蛇口方式"或"蛇口模式"

第四章 "蛇口方式"或"蛇口模式"

一、"请问你搞什么主义？"

袁庚时常告诫自己：你年纪已大，又没从事过经济工作，领导让你掌管招商局，你就必须向懂经济的人学习，向年轻人学习。他常说的一句话是："年轻人，借你的脑袋用一用。"

如果说，早在1979年年初，袁庚创办蛇口工业区的初衷是从招商局本身的业务发展需要出发，准备"自给自用，丰衣足食"的话，那么，到了1980年年初，在与朱士秀、梁鸿坤、李涵清等中青年人一同研讨、碰撞与酝酿后，一个思路在袁庚的脑海里逐渐清晰起来。这就是引进外资，发展工业。到了1980年夏天，更是"野心勃勃"地想走工业化之路。

袁庚知道有些国家和地区开办了工业区，或者叫出口加工区，究竟怎样运作，他手头没有资料，心里也没有底。1979年6月底，他把研究世界各国出口加工区经验与教训的任务交给兼任资料室主任的朱士秀，朱士秀委托从交通部科技情报所外派至香港才一个星期的梁宪去做。1980年年初，梁宪把研究成果交上去，袁庚仔细阅读后问谁写的，朱士秀说是梁宪，袁庚称赞有加："甚好！本文20年之后还具有价值。"

这一年的夏天，1979年7月1日，第五届全国人民代表大会第二次会议通过并颁布了《中华人民共和国中外合资合营企业法》。彭真主持起草了新中国第一部外商投资企业法，以立法的形式，把党的十一届三中全会确立的以经济建设为中心、实行对外开放的总方针作为长远的战略确定下来。

袁庚总认为"空谈误国，实干兴邦"。在现在这个时候，大政方针已定，他知道，对他这一级的干部来说，不再是"坐而论道"的时候了，应该采取实际行动，稳扎稳打，使工业区能够充分发挥香港的优势，利用香港的资金与技术，同时，充分利用内地丰富而廉价的土地与劳动力资源，使两地的优势互补，推动工业化的发展。

思路决定出路。工业区的"五通一平"正在进展中，袁庚便以招商局之名，开始招商引资。

最先嗅出招商局对外招商一鳞半爪信息的是香港汇丰银行。

汇丰银行是香港最大的本地注册银行，也称"香港上海银行"。同治三年（1864年），苏格兰人托马斯·苏泽兰及其他一些主要从事对华贸易的商人在香港筹办开设总行，次年3月3日正式营业。这家百年老店为香港三大发钞银行之一。在1979年的时候，汇丰银行的资产额为220.21亿美元，在世界大银行中位居第76位。

自招商局在深圳建立蛇口工业区的消息见诸媒体后，香港汇丰银行曾先后三次派员垂询工业区的发展规划、投资办法和建设情况。袁庚对汇丰的人说，耳听为虚，眼见为实，欢迎一切有兴趣合作的人士到我们蛇口去考察，我们深表欢迎。翌年1月7日，在袁庚与梁鸿坤的陪同下，汇丰银行执行董事牟诗礼及其儿子、汇丰高级经理蓝礼，获多利有限公司副董事长夏泰来，汇丰贷款部经理刘智杰一行8人，赴蛇口工业区参观、考察。

在蛇口，在热气腾腾的建设工地，牟诗礼大着嗓门主动向袁庚提出了可以考虑合作经营第一期工程地产（包括码头）。谈到优惠贷款问题时，汇丰表示，由于港币贷款条例限制，贷款利息不能低于存款。袁庚直率地表示，这不叫优惠贷款。汇丰人员提出了请港英政府给予特别批准，或者由汇丰银行在欧洲市场寻找优惠的美元贷款，但要等待时机。

袁庚和梁鸿坤陪同汇丰人员回到香港后，梁鸿坤问袁庚："你觉得汇丰会和我们合作吗？"

袁庚反问梁鸿坤："你怎么看呢？"

梁鸿坤答道："我认为，他们是来试探一下的，根本没有拿出诚意来。"

"他们闻到味，来看看，"袁庚点点头说，"让他们看一看也好，等我们全面搞好了，以后再和他们合作。但是，要注意一点，汇丰的钱不是好用的。"

事后，到了1982年8月，汇丰银行向招商局主动示爱，希望贷款给他们，袁庚再一次谢绝了他们的好意。他还是那句话："汇丰的钱不是好用的。"

袁庚选择在1980年1月15日这天，正式扯旗放炮，敲响招商的锣鼓。

30年前，1950年1月15日，香港招商局在汤传篪、陈天骏的指挥下，共有13艘海轮600多名员工在香港海面上鸣笛起义，宣布回到祖国的怀抱。30年后，袁庚筹谋借纪念招待会之机，为蛇口工业区公开招商引资。

袁庚将招待会的地点放在招商局新楼的三楼餐厅，有两个目的。一是为省钱，在1978年袁庚到位时，财政部曾派员来查账，整个招商局总资产仅值1亿3000万港元。在招商局干部外派职工的宿舍里，没有空调，没有电扇。当然，除了节省场租费外，袁庚最重要的目的，还是借新楼来展示招商局形象。

招商局不再是"照相局"了，经过袁庚的鼓噪，在香港已经颇有知名度和人缘。下午4时，招待会正式举行。香港商界同仁们送来的花篮多得放不下。袁庚指挥梁宪等人将花篮从餐厅里挪出去，要求"把人安顿好"。高达1.8米的大型花篮都堆到干诺道马路两旁，让街区的孩子们高兴了好长一段时间。

招待会最后一项节目，是关于蛇口工业区的新闻发布会。招商局常务副董事长袁庚负责为港商答疑解惑。在他旁边，有蛇口工业区的沙盘模型，是发展部经理梁鸿坤刚刚定制的。前两天，袁庚召集朱士秀、梁鸿坤等人站在客商的角度向工业区提出问题，一共有19个，预先草拟了答案，供袁庚应对客商和记者。

第一个发言的港商提出的问题很有代表性："我们赚到钱，可不可以拿回香港？会不会被没收？"

"那是你们的私有财产，受内地的国家法规保护。"袁庚如实回答。巧得很，港商提出的第一道题，也是他们准备的19个问题当中的第一题。袁庚诚心诚意地说，"国家现在改革开放了，工业区希望你们多多赚钱。"

"我们赚到钱，可不可以汇出？"一位亚裔投资者用流利的粤语问。

"当然，能汇出，但要汇入我们指定的银行——中国银行，就得了。"袁庚微微躬一下身。

"税收会不会变呢？你不觉得大陆的政策总是在变吗？"坐在第一排最右边的港商王宽诚问，他是香港中华总商会的会长。

"工业区征税10%，5年不变。"袁庚回答得很果断。但是，王宽诚看来疑虑重重，不太相信他的说法。

"我保证，假如国家的利得税高于10%，我用招商局的利润补给大家。大家要相信，招商局的'牙齿当金使'，讲话算数。"袁庚的话，引爆了一阵笑声，紧接着，又是一阵掌声。

"你们对投资的项目有什么要求呢？"

"我们一开始就明确不搞'三来一补'项目，这些项目的主动权往往掌握在别人手里，也不易引进新技术，因此我们有'五不接受'，"袁庚宣布说，"污染严重无法解决的、设备陈旧落后的、产品外销要占中国出口配额的、补偿贸易的以及来料加工的，一律不予接受。"

"大陆多年来好讨厌资本家，封闭得好死，为什么会开放大门呢？会不会再搞多一次'文化大革命'呢？"有人公开提出了疑问。

"绝对不会再搞'文革'，现在不同了，我们希望香港商人去投资，赚钱，假如你们不放心，我们可以用香港招商局的牌子同你签约，到时你觉得不妥，至少可以在香港告我们。"袁庚环视了一下与会者，他们已经放弃了交头接耳，开始凝神细听他的解答。

"袁总督，"一位看上去蛮年轻的女港商微笑着追问，袁庚认出她是中华总商会的会员，"真的可以在香港签约吗？"

"当然。"袁庚颔首应答，"我知道你们也许会怀疑，是因为我们工业区在内地的蛇口。但请放心，招商局的总部还是在香港，是百年老店，有信誉，假使你们怀疑，我们以招商局的名义同你们签。"他举起手中的《香港招商局深圳市蛇口工业区投资简介》晃了晃。这是招商局发展部根据收集的新加坡、菲律宾、马来西亚、罗马尼亚、南斯拉夫等国家及台湾地区的加工区、自由贸易区有关资料，结合蛇口特点及香港商人的意见，花了四个多月时间制定的。"你们可以仔细研究条例，上面讲得很清楚。"

"如果老板请了工人做工，可不可以炒工人的鱿鱼？"骤然间，一个港商提出的尖锐而敏感的问题，让袁庚愣了一下。这个问题不在19个问题之中。招待会之前，他们从港商的角度左思右想，就是没有想到这一层。工人阶级当家做主的社会主义国家，不仅请资本家进来办厂，还允许资本家辞退我们的工人吗？究竟如何回答这个政策性很强的问题？

在电光石火般的迅速思考中，袁庚突然想起，许智明告诉过他，去年3月20日，他与张振声、梁鸿坤向省革委会代主任刘田夫汇报蛇口工业区与港商合资建厂所遇到的问题时，刘田夫明确表示："在工业区里，工厂和工人应是雇佣关系，不能再搞'铁饭碗'那一套了。因为，工厂和工人是雇佣关系。签了合同，就是契约关系。"

"能炒，当然能炒。"袁庚回答得很肯定。

一阵掌声响起，足足持续了一两分钟。

应和着台下商界名流的掌声，袁庚也笑着鼓起掌来，再次强调说："在蛇口工业区，只要工人做得不妥，老板当然可以行使自己的权力。内地穷了那么多年，现在门户开放了，我们要引进外资，搞活经济，在蛇口建立的是新型的工业区，一切都是效仿与依照香港的模式，总之，我们希望你们多多赚钱，大家都开心就得了。"袁庚双手抱拳，作揖，微笑。

招商局办公室主任朱士秀看了看手表，说："最后一个问题。"

"我是香港明报的记者，我想请问袁先生一个问题，"提问者掏出一个白皮小本，看得出他早有准备，"袁先生，我觉得你的经历令人敬佩，1949年，你带领军队南下深圳，从你的手中解放了蛇口这个地区，将资本家赶跑，建立了一个公有制的社会。但是，现在，你又在蛇口开发了一大片土地，搞了一个工业区，将资本家请回去搞经济。我想请问一下，你在蛇口搞的是资本主义还是社会主义？你究竟所为何来？"

原先还嗡嗡作响的会场突然安静下来。袁庚清楚，所有的人都在等着听他的回答。要命的是，他突然觉得自己脑子"短路"了，不知怎样回答如此尖锐甚至有些挑衅的问题。他说什么？我，我把资本家请进社会主义国家？……资本主义，社会主义。怎样回答？此时，他唯一明白的是，不能停顿太久，不能冷场，更不能不回应。袁庚不愧是在外交场合上东奔西突过的人物，立即笑了起来，用笑声去拓展空间，换取思考的时间。爽朗的笑声在宽敞的大厅里肆意蔓延。他环视四周，碰见许智明信任的目光。袁庚在笑声中激活起思维，顿了顿，恳切地说："共产党有个歌，其中唱的是'他为人民谋幸福'！这就是说，共产党的目标，搞社会主义是为了国富民强。过去，我们没有搞好，内地目前还很穷，所以现在党中央立志搞改革，为的是让老百姓过上好日子。因为穷，劳动力低廉，诸位老板到蛇口那边去开工厂，成本低，你就赚得多，内地也得益，人们生活有了提高，也就不往香港跑，会减少香港这边许多社会问题，对诸位也是一个福音。"说到这里，他在不知不觉中抬高了声调，"要知道，不管是社会主义还是资本主义，争论是无用的，我们不能让人民继续过苦日子。事实上，内地已经打开大门，欢迎各位去考察去投资，希望大家看准机会，一同发财！"

"好啦，今天因为时间关系到此为止，"朱士秀宣布，"谢谢诸位参加我们新闻发布会，有什么不明白的，"他指了指梁鸿坤，"请找招商局发展部的梁先生联系。"

在走向宴会厅的时候，许智明悄然走近袁庚，脸上洋溢着喜色，乐观地估计："看来会成功的。"

"我们封闭了那么多年，外商们、老板们担心、犹豫、恐惧总是会有的，"袁庚说，"过几天看看反应吧，其实他们最关心的就是政策。"

袁庚心中很清楚，中国刚打开大门，商人们的心中还是七上八下，忐忑不安。在他们的眼中，"文革"浩劫带给他们的恐惧感还没有全面退去。说白了，香港人肯定会想，你共产党搞了这么多年，还不如麦理浩，这就产生了信心不足的问题。他们最大的顾虑是：在内地投资办厂，辛辛苦苦赚钱，也许一夜之间就被没收了？！想到这里，袁庚突然心头一惊，不要说外商怕变天，我这样一个革命阵营里的马前卒不也怕变吗？招商引资，政治上的风险实在是太大了……

前两天，有个商人对袁庚说："人家怕你们将来出江青，又出林彪。"

袁庚反问他："奇怪呀，你到德国去，怎么就不怕德国再出个希特勒？你到日本去，说日本怎么好，怎么就不怕日本再出个东条英机呢！日本天皇还没有死，军国主义那么残酷，你怎么不怕，就怕中国再出江青、林彪呢？"

对方哈哈大笑，无法对答。

给别人一个观望与等待的过程，也给自己一点信心。袁庚知道，他已经是过河卒子，不能回头了，自己要做的，就是往前走，向外界最大限度地表达诚意和自信。

我是过河卒子吗？应该是吧，往前走，莫回头！

会前，袁庚就嘱办公室注意搜集反应。会后的信息正如袁庚所期待的那样，香港舆论普遍认为，招商局此举标志着连苍蝇都飞不进去的、封闭已久的中国已敞开大门，欢迎来自世界各地的投资者。袁庚高兴地看到，当晚，香港丽的电视台（"亚洲电视"的前身）、翡翠电视台均在晚间新闻中对中国授权招商局在蛇口设立工业区抢先做了报道。第二天，香港《成报》以较大篇幅与显著位置报道了工业区招商的消息，《南华早报》《星岛日报》《华侨日报》《工商日报》《香港时报》也发了新闻稿。在内地，广东省委机关报《南方日报》及时组织了报道。

香港《文汇报》《大公报》、广东《南方日报》应招商局之请，在召开蛇口新闻发布会的当日，率先向全球发布了"蛇口工业区"的消息。

《大公报》1980年1月15日头版头条消息：国务院批准，香港招商局全权办理，蛇口辟为特区，建立新工业区，供港澳、华侨、外商投资设厂。16日，又刊登了题为《投资设厂的理想地点——深圳蛇口工业区》的通讯。

《文汇报》在15日第四版《喜闻蛇口成为工业区》的文章中评论道："这是

有意同内地合作投资设厂的喜讯，也是中外瞩目的大事。蛇口、深圳等工业区的出现，无异给本港多元化带来一条新途径。"

《南方日报》在15日发表长篇通讯《他们在干四个现代化》，较为详细地介绍了蛇口工业区兴建的目的和规模，描述了建设者干四化的雄心壮志和施工现场的热气腾腾的景象。

超乎袁庚预料的是，长期封闭的中国一旦打开大门，立即吸引了世界的目光。从16日至19日4天时间里，梁鸿坤和发展部所有职员都忙于接待，一个个累得筋疲力尽。到发展部咨询、洽谈、提出投资设厂设想的有14批18人，来电咨询与来人索取简介的多达70人。其中，既有港澳华侨商人，也有美国、法国、日本等国商人，还有一些国家驻香港总领事和商务专员等。那些天，梁鸿坤接电话接到了手软的程度。

18日傍晚，已经下班了，袁庚找梁鸿坤询问这一两天的招商情况。梁刚刚陪一拨港商去蛇口考察归来，告诉袁庚，日本驻港总领事馆经济部翻译戴竞武也到了蛇口。

"记住，一定要邀请他们的总领事白石忍也去蛇口看看。"在袁庚心目中，蛇口是一块迷幻药，谁去了都会迷上它的。"这个戴竞武有什么目的？"

"他们是有备而来的。他们说，日总领事馆将于本月23日召集日本在港大商集团举行讨论会，具体商讨对蛇口工业区投资的有关事宜。日本人表示，今后凡和我们联系合办企业，日方商人首先应向该经济部登记；今后凡是在蛇口投资的，资金要全部通过香港，在蛇口的企业公司要在香港设立办公室；他们还说，中、日有关商业事务的问题，将由日本总领事馆出面和我们交涉，怕影响两国关系。"

"看来，他们准备采取一些保护措施。日本人对在蛇口工业区投资建厂还是存在顾虑的。"袁庚推测道。

"放心，你不是总说日本人是'经济动物'吗？他们还有一个重要目的，这么积极地来找我们，是想接蛇口的基建工程。"梁鸿坤兴奋的声调透出一丝疲惫，"袁董，3000份简介全部发完了。还有——"梁鸿坤欲言又止，"昨天——"

"你讲。"

"前几天，台湾新竹和高雄工业区都偷偷派人到蛇口看了。发展部的人问他们要高雄出口加工区的招商资料，他们昨天给我们送了好多资料来。"

"好哇，"袁庚点点头，"他们有好的经验，我们也要吸收嘛！不怕！"

袁庚的心情没有梁鸿坤那么轻松。直觉告诉他，蛇口的招商之路不会这样平坦。"马上加印，要快。"

二、副部长被拒"国门"外

果然，境外投资者在振奋之余，又顾虑重重，不相信刚刚经历了十年动乱的内地能真诚地敞开双臂欢迎投资者，对长线投资搞工业心存疑虑。他们首先关注的是内地的政策。《工商时报》公开表达了部分投资人的忧虑："政治不稳，言而无信，投资蛇口工业区，商人认为无保障。"告诫投资者"虽然蛇口与香港接邻，对投资者可能较容易适应，但投资者在蛇口投资，不应过分乐观"。

1980年2月1日，星期五，袁庚一上班就注意到了当日《远东经济评论》的一篇题为《一份有些地方不够明确的投资邀请》的文章。作者论点为：（1）蛇口工业区虽然在税收、土地使用费等方面吸引外资，但在劳工工资、个人所得税、外汇管理等方面尚未有明确规定；（2）招商局如果在蛇口开设的每一个企业中都当合资的一方，都有股份，就要拿出许多资金来，怀疑招商局是否能拿出这么多的资金。

袁庚读罢该文，沉思良久，摘录下了文章的主要观点，在当日的例会上，他要求发展部务必把反对蛇口的话、逆耳的话反映上来，作为改进招商局工作的重要参考。

发展部汇报说：美国威姆泰克公司总经理与发展部洽谈在蛇口建立饲料厂时提出了两点疑虑：（1）合资企业中由招商局委派的董事长，是否有能力担负领导工作；（2）担心从中国雇佣的工人缺乏应有的生产积极性。

香港新鸿基（证券）有限公司经理诸立山来洽谈时反映，他从报上了解到中国将公布外商投资设厂的利得税比较高，怀疑蛇口工业区所订的10%税率是否可靠。有的客商说，若利得税过一两年就变了，变高了，蛇口工业区就没有什么优越性了。

"人家有顾虑是很自然的事情，"袁庚设身处地为客户着想，"要让他们知道，把资金投到蛇口是安全的。"

为了吸引外商来蛇口办企业，袁庚和他的部下除进行广泛的宣传和解释之外，还采取了一些实际措施，如按国际商业惯例办事，按经济规律办事，力求避免行政干预；如坚持在香港签约，受香港的法律保障；对外宣布，1980年8月27日前，外商签订工厂、企业合同只交10%利得税，将要公布实施的国家条例，如果低于10%，按国家条例办；如果高于10%，仍按10%征收。人大新条例公布后，国家规定的利得税为15%，招商局信守承诺，5%的差额税款由招商局承担，保证了条例公布前原签约利得税条款的有效性，真正做到言而有信。

说到工业区的税收问题，早在1978年年底，谷牧召集国家计委、外贸部、财政部与国家外事总局等主要负责人开专题研讨会，讨论蛇口的创建问题时，讨论到蛇口工业区的税收政策，财政部部长王秉乾说：蛇口以香港的纳税标准上缴税收。袁庚一直不太发言，此刻高举起双手表示拥护："我举双手同意。"因为香港的税收极低，几乎没有税收。君子一言驷马难追，拍板定案。因此，直到人大新条例公布之前，蛇口的税收一直低于国家税收。

事情远没有这样容易，《工商时报》的担忧并非无事生非。

招待会一个星期后，1月22日，交通部副部长郭建参加在英国伦敦举行的"政府间海事协商组织"会议后，受交通部党组委托，途经香港检查招商局工作。袁庚在汇报完近期工作后，照例热忱地邀请她上蛇口看一看。像一个酷爱献宝的老头，每当交通部领导或同仁出国访问途经香港，袁庚总是邀请他们去蛇口，这是他的"例牌菜"，让你亲口尝一尝，说点好话，争取最广泛的支持。

当袁庚与郭建乘坐的交通艇"海燕八号"在蛇口码头靠岸时，持中国护照的郭建却不能上岸。边检战士照章办事，强调郭建的护照是北京签发的，只能从北京入境，不能从深圳口岸进出。

为什么？袁庚的火气一下子蹿了上来："堂堂中华人民共和国的副部长，持红皮外交护照，却不许在这里踏足国土，这是哪门子法规！"

边防检查人员公事公办，不论你如何据理力争都没有用。

"我——我要起诉你们！如此体制，简直是作茧自缚！"袁庚痛心疾首。

又等了半个小时，慢慢磨去了袁庚的锐气。袁庚说你决定不了，尽快向上反映吧。边检战士终于松了口，同意电话请示广东省边防部队，等候上级指令再做处理。不久，上边又多出一个阻截理由，副部长并非投资者，同时没有事先请示边检部门。

袁庚让陪同前来的时清赶紧给郭建找个坐的地方，许久之后，时清才找来一张破旧椅子让部长大人坐在"国门"前等候。

在露天码头上，在寒风中，袁庚陪着郭建说闲话，不时偷偷地看看腕上的手表。他心里那个急呀！前次，一个副部长到蛇口只停留了15分钟；此番，一个副部长有兴趣到蛇口看看，偏偏又上不了岸！

时间，像冬日冻僵了的蛇，懒懒地蠕动，在袁庚心里缓慢而冰凉地爬着，啊，过了半个小时，爬吧，又是半个小时，爬呀，又半个小时……如果郭副部长稍不耐烦，掉头就走呢？袁庚尽量没话找话地与郭建说东道西，让她不觉得等待的时间太过长久。

足足空耗掉两个小时，经袁庚一再周旋，交通部副部长郭建在经边检多方请示后才被允许踏上蛇口的土地。

袁庚终于松了一口气。

好脾气的郭建深有感触。她设身处地地为袁庚设想，码头被晾两个小时的尴尬让她对袁庚办事之难有了切身的体验。她是支持蛇口工业区的，指示蛇口工业区只能搞好不能搞坏。她担忧蛇口工业区的投资环境，开始为简化出入境手续，为蛇口打开方便之门而奔走呼号。

对袁庚来说，他是招商局的头，这次蛇口被阻事件，使他开始反省招商局自身的制度建设，致力于简化招商局以及蛇口工业区的办事程序，减少办事层次，不断改善投资服务软环境。

三、北欧"海盗"问：101年呢？

1979年的蛇口工业区办公会议上，大家集思广益制订出的初期五大工厂——钢丝绳厂、氧气厂、集装箱厂、炼钢厂与造船厂的招商计划，都与招商局的航运业务有着极大关联，是袁庚工业之梦的现实映象。

在1979年至1980年两年期间，招商局在香港与外商签订的在蛇口合资或独资兴办的企业已经有：1979年9月，中宏制氧厂；1980年1月，中国国际海运集装箱股份有限公司；1980年3月，华美钢厂；1980年7月，华益铝厂；1980年7月，江辉船舶有限公司；1980年8月，海虹船舶油漆公司；1980年8月，远东饼干厂（独资）；1980年8月，远东金钱饲料厂……

在这些企业中，没有造船厂，是基于蛇口环境的考虑。造船厂需要建造够长够大的船坞，蛇口的船坞太小，淤泥太多，海洋土质结构欠佳。在袁庚的梦境中，办一个像模像样的集装箱厂，始终是他考虑的目标之一。

袁庚当过国际海事组织中国代表团团长，代表中国与11个国家或地区签署海事协议以后，袁庚对世界航运发展情况比较了解，对集装箱制造业有相当清醒的认知。国内的集装箱制造业，几乎是关起门来"发明"人家已经发明了好多年的东西，在长江沿岸搞海运集装箱制造，箱子一吊起来就散架。正当招商局发展部在为落实集装箱厂的招商项目发愁时，袁庚授意梁鸿坤与具有丹麦王室背景的宝隆洋行协商、洽谈。

还是在1976年年底，丹麦船厂负责人受交通部之邀赴上海参观造船厂。丹麦人问上海造船厂负责人：你们的员工有多少？造船的周期有多长？得到的回答是：上海造船厂12000多人，每年仅造2条万吨级船。而对比丹麦宝隆洋行，其下属的造船厂仅1700人，每年造12条万吨级船。叶飞听后很震惊，当即找来袁庚商量，拟学习西方的造船经验，将上海造船厂的管理权交给丹麦人。在"以阶级斗争为纲"的年代，在计划经济体制下，我们社会主义的国营工厂竟要交给资本主义国家的专家去管理，这个叶大将军也是够胆大的！

作为负责外事工作的袁庚受命请来上海造船厂的书记与厂长，将叶飞的想法灌输给他们。书记与厂长反问袁庚：如果把给丹麦方面的权力交给我们，上海工厂只用1000多人也可以搞好，为什么不交给我们？裁掉的10000人交到哪里去？丹麦人能够解决这个问题吗？

袁庚只得向叶飞详细汇报并企图说服叶飞，希望他暂时放弃请丹麦人管理的想法。叶飞发火了，这位经历过战争风云的将军脾气很大："没有不可能的，打仗时说不可能行吗？"言语中，责怪袁庚主观努力不够，不会办事。袁庚刚要解释，叶飞更火了，两人竟为此争执了几句。七年以后，1983年7月8日，邓小平说："要利用外国智力，请一些外国人来参加我们的重点建设以及各方面的建设。"①一个多月以后，8月24日，中共中央做出了《关于引进国外智力以利四化建设的决定》。在党中央做出相关决定之前，叶飞让外国专家来管理工厂的设想，很难实现。

当初未能将丹麦的管理经验引进上海造船厂，现在，袁庚热切期望自己属下的蛇口能与丹麦人精诚合作。在他建议梁鸿坤与丹麦宝隆洋行香港分行联络的次月，梁鸿坤即代表招商局与宝隆洋行及美国海洋货箱公司三方就筹建集装箱厂事宜进行了洽谈。10月14日，由袁庚签署的关于申请在蛇口建立集装箱厂的请示报告提交至交通部。为了知己知彼，袁庚不停地催促梁鸿坤尽快组织一些人去丹麦宝隆洋行考察，他反复交代梁鸿坤："最好要宝隆洋行集团接待。"

1979年年底，梁鸿坤随同一位翻译和两位从交通部所属单位借调来的工程师飞赴丹麦。10天后，达成初步协议回程。就在那个产生巨大影响的纪念招待会前一天，1月14日，招商局轮船股份有限公司与中国集装箱财团公司（简称CCC，由丹麦宝隆洋行与美国海洋集装箱公司组成）签订了在蛇口工业区合资经营"中国国际海运集装箱股份有限公司"总协议。合资公司注册资本为300万美元，设计年生产能力5000个标准集装箱。由于中集公司是北欧国家第一个投资内地的"先

---

① 《邓小平文选》第3卷，第32页。

锋"项目，受到国外投资者和商界的广泛关注，成为中国对外开放的一个重点窗口，一个具有开创意义的范本。

工程上马了。填土之时，按照设计，工厂的水平位置比前面码头的海拔要低，丹麦人坚持还要填高75厘米左右，多花60万费用也在所不惜。袁庚把100年的海图资料给他们看，强调100年的海水涨潮没有高过码头前沿的，建议不用加高。丹麦人说：那101年呢？袁庚认为丹麦人太死板，管100年还不够吗？真是岂有此理！差点和丹麦人吵起来。经过协商，袁庚让步了，同意填高，所需费用各方承担一半。真是人算不如天算，袁庚认为100年资料保险系数很大，岂料不到十年，在1987年的一场强台风中，中集厂大门前面全淹了，一直淹到工厂前面的马路上。"老外教育了我，教育了我。"袁庚把这件事引为教训，做计划考虑问题，尽可能考虑得更长远一些。

在1981年1月24日中集公司在蛇口破土动工前夕，袁庚简直到了寝食不安、夜不能寐的地步。经过两年的努力，袁庚认为签署下来的合作协议，至少是蛇口工业区赢得海外投资者信心的证明，是振兴中国工业的组成部分。他个人的一个梦想，也是交通部多年的一个设想，就要到来了！能不能成功呢？他心里清楚，在全国率先与外商合作办企业，在计划经济的国土上，无疑是如临深渊，如履薄冰，仅有勇气是远远不够的，每一步都得有"三心"，第一是小心，第二是小心，第三还是小心。

虽然叶飞想把上海造船厂交给丹麦人去管理，当袁庚与丹麦宝隆真正进行合作后，袁庚本人却对宝隆的管理不是太有信心。他考虑得最多的是，刚刚经历了十年动乱的中国工人会接受来自北欧资本家的剥削吗？他们能够离开意识形态的思考模式，在这个中国最早的中外合资企业中好好干吗？另一方面，外来的管理模式，能适合中国的国情吗？

没有答案，一切都是未知数。

中集的成功，对袁庚来说，是一个伟大而近乎"奢侈"的招商兴办工业的开始，容不得闪失。所以，当梁鸿坤转告袁庚，丹麦人态度明朗要坚持自行管理时，袁庚又一次让步了："让宝隆来管理好了，我们也能积累与储备一些经验。

老实说，他们来管也不一定管得好，但我们要支持他们，实在不行了我们再接管。"袁庚已经做好第二手的准备。

宝隆洋行与招商局的合作，是丹麦企业在中国境内最大的一桩投资，理所当然地受到丹麦女王的关注。

50多岁的丹麦宝隆洋行主席史密斯有张典型的北欧人脸，麻灰色的头发和清亮的眼睛。"密斯特袁，"在一次招待会上，他举杯向袁庚敬酒，借助翻译向他通报了女王希望会见他的意愿。

"非常感谢。"袁庚礼节性地端起酒杯，轻抿了一口产自丹麦的白葡萄酒。

当日下午，梁鸿坤陪同以丹麦外交部次官安德斯·基格为首的丹麦代表团，乘船赴蛇口工业区参观访问，基格通过梁向袁庚发出了正式邀请。丹麦女王在即日访问香港期间，将在招待酒会中会见四位使节或官员。次序是，在会见英联邦专员之后即会晤袁庚。

1981年4月29日晚7时，丹麦宝隆洋行主席史密斯为丹麦女王和亲王访港举行盛大酒会，200多位香港社会名流出席酒会。41岁的玛格丽特二世高贵、端庄，在公众场合总是扬起一张令人激赏的脸。当她仪态万方地祝过酒后，即按预定程序会见显要宾朋。袁庚走过来，甫一落座，女王即指着史密斯对袁庚微笑着说："今后，他就是丹麦和你们合作的照料人，我很高兴你们之间合作得很好。"

袁庚将身体向前倾了倾，棱角分明的嘴边爬上一丝微笑："宝隆洋行有80多年的历史，招商局也有100多年的历史，都是我们两个国家经过历史考验的企业，近年来彼此间业务往来频繁，更促进了两个企业和两国人民之间的友谊。"

女王点点头："我很愉快地听到你关于合作的评价。"

"我们的合作的确很愉快。"袁庚的眼前，又出现了美丽的哥本哈根港，"1976年我访问贵国，承蒙热情款待，至今记忆犹新。"

女王侧耳倾听，再度微笑，她微微扬一扬眉毛说："我一年多前访问过贵国，受到很热烈的欢迎和接待，也有很深刻的印象。"

"您如果有机会到蛇口去访问，一定也会留下很深刻的印象。"袁庚笑笑，推介他的蛇口，并说，"蛇口工业区与丹麦宝隆洋行的合作是愉快的。"

女王对袁庚为丹麦与中国的友谊所付出的努力表示感谢。

这次会晤一年以后，1982年9月，经过双方努力，由招商局与丹麦宝隆洋行合资经营的中国国际海运集装箱股份有限公司正式投产，在国内外集装箱制造业引起极大震动。多年之后，丹麦宝隆洋行由于多方原因，逐渐淡出了中集集团。即便如此，袁庚也认为，集装箱厂一开始招商就引来北欧"海盗"的光顾，无疑是一个近乎"奢侈"的开始，是蛇口工业区的重大胜利。

> 这些天来，袁庚总会想起1976年冬天访问丹麦哥本哈根的那两三天行程。想念哥本哈根港那澄碧而近乎透明的蓝天，略带咸腥而不乏清新的海风，岩石边栖息着银灰色翅膀的海鸥，还有他下榻的那个已经记不起名字的滨海酒店。
>
> 1985年在蛇口五湾岸边建造起深圳市第一家五星级酒店——南海酒店。他惊喜地看到，南海酒店门前的海滩上，总是积聚着大群觅食的海鸥。不过，海鸥的羽衣是白色而不是银灰色的。它们看上去柔弱、飘逸，性格却十分顽强。有一次他带了点肉肠与面包去喂许智明的那只狼狗，刚刚放在草地上，呼啦啦飞来一大群白海鸥，像一片白云轻吻草地，转瞬便飘忽离去，把肉肠和面包席卷一空，不留一点痕迹。
>
> 袁庚眯缝起眼睛，目送自由的白色小精灵越飞越远，消融在海天一色中。

四、超级精明、拼命的日本人

袁庚在蛇口呆了很长一段时间，工作忙、生活苦，他都无所谓，他最不能忍受的是，在这块待开垦的处女地上，竟然信息不畅，没有报刊、渠道供他了解和掌握相关资讯。5月间，他一回到香港，就询问目前港商对蛇口的看法，朱士秀送上刚刚编印好的一份招商局1980年第12期《简报》，编印日期是4月9日，由6页打印纸装订而成。袁庚忙说"好，好"，来不及喝上一口凉茶水，立即仔细阅读起来。

《明报》3月11日发表了一篇社评，认为建立深圳经济特区，使香港增加一个竞争对手，对香港经济的发展是利弊互见，但利多于弊。社评特别提到，"特区的设立虽不能就此疏散香港人口，但在特区居民生活水准提高之后，至少可以减轻来港移民的压力。"袁庚认为说得不错，用红铅笔圈了起来。

《简报》第四条在"攻击我建立特区使香港经济深受威胁，鼓吹厂商与特区开展竞争"的题目之下，援引了《华侨日报》3月25日《蛇口工业区设立与香港》一文中的一段文字为证。袁庚的目光落在"由于蛇口特区具有低地租、低工资、低税率的吸引力，且毗邻本港，在该区设厂的厂商可直接由设在本港的总部管理，势必吸引更多外商及本港厂商前往投资设厂。本港大埔、元朗两工业区势必大受影响"这几行字上，笑了起来，边看边对朱士秀说："这个分析不能说没有道理，说人家'攻击'干什么？香港厂商与蛇口竞争，是时势必然，大可不必用'鼓吹'这种贬义词来说人家。即使是反对我们的意见，听听也无妨。"

在这期《简报》中，袁庚最感兴趣的是《明报》3月9日《对经济特区的若干建议》一文，虽有偏颇，总体是不错的，很有参考价值。不知是不是金庸先生写的。早在1972年，金庸就宣布"封笔"，在《明报》上已经读不到他写的武侠小说，但他明快、犀利的时论、社评，袁庚还是很关注的。

正想到这里，梁鸿坤进来汇报工作，谈到几个香港富商为了表示对招商局兴建蛇口工业区的支持，想联合起来在蛇口投点资。袁庚来了兴致，说好啊，至少表明他们是看好蛇口发展的。梁鸿坤说，但有一个条件，要招商局出面为他们担保，向银行申请贷款，帮他们化解风险。袁庚一听就火冒三丈："又想赚大钱，又想没有一点风险，天下哪有这样便宜的事！为他们担保这步棋万万不能走，太被动了，还不如我们自己来搞，是不是？"

袁庚交代梁鸿坤："你告诉那些富商，招商局欢迎他们投资，但绝不会替他们担保。不过，"他叮嘱道，"你想办法通过中华总商会邀请香港那些顶级富豪参观蛇口，实地看看嘛。"

梁鸿坤不吭声，他觉得中华总商会的那一帮超级富豪最好不要去蛇口，蛇口正在"三通一平",环境较差,万一"露馅"更不好办!他嗫嚅着说:"袁董,还是不要他们去吧?连码头都没有。好多港商去过蛇口,就再也不来问津了。"

袁庚挥了挥手,信心百倍地说:"环境会变的,要对蛇口有信心嘛!你安排一下,如果他们真去蛇口的话,我们一定会搞好接待的。"

梁鸿坤转身要走,袁庚问他这一期《简报》看过了没有,然后,把《简报》翻到最后一页,指着《明报》3月9日文章中的几句话要他看一看。梁鸿坤说他也注意到了这条建议,拿起《简报》开始小声念道:"六,投资者采取有限公司方式,如果投资失败而破产,所损失的以有限公司的全部资产为限。中共当局或工人不能扣押投资人,迫使他从香港汇去资金还清全部债务和所欠工资。"

袁庚"哧"地一笑:"这个老狐狸!他不会武功,偏偏写出迷倒天下的武侠小说。估计他也不懂经济,但开出的药方还是有道理的。"他已经认定《明报》上这篇《对经济特区的若干建议》出自金大侠之手。

袁庚从来也没有搞过经济工作,但他特别好学,也特别虚心。坐上招商局宝座两年之后,对经济工作已经略知一二了。为了增强外商在蛇口投资的信心,尽可能地帮助他们化解风险,招商局不但鼓励在蛇口开设有限公司,还尽可能地参股或者合资经营。

6月下旬,袁庚接到深圳市委第一书记吴南生打来的电话,说他有一位在香港的老乡,想在深圳搞铝制品厂,由于深圳目前还缺水缺电,问袁庚是不是可以在蛇口找一块地用一用?袁庚当即表示感谢和欢迎,指示梁鸿坤迅速与吴书记老乡——香港益大金属厂老板蔡章阁取得联系。经过多次洽商,仅一个星期,双方就各出资50%开办合资铝厂达成了一致协议。这份协议已打印成文,准备在蔡老板到蛇口看了地,实地考察之后签字生效。

1980年7月1日上午10时,正是盛夏时节阳光猛烈的时候,南国骄阳白得让人不敢睁开眼睛,深圳湾海面上白晃晃的一片亮堂。袁庚率领梁鸿坤和郭辉乘坐交通艇"海燕八号"从香港赶到蛇口,来到一块移山造地的土地上。这时候,一直在蛇口的许智明、王今贵和丁传作也从指挥部赶了过来。

袁庚在地头上四处走动，手搭凉棚向远处张望。热辣辣的阳光下，新翻起来的黄褐色泥土散发出潮湿的气息。远远近近的，水汽蒸腾。袁庚没有打伞，指挥部的人也忘了给他弄顶草帽，他光着脑袋在烈日下走来走去，巡视了一遍以后，又捡起一块泥土在手上颠颠，脸上浮现出老农那样憨直、欣慰的笑意。这块旷野荒地即将迎来前所未有的播种和收获的好年景啊！袁庚站在这块两年后将建起一条名叫工业四路的土地上，对指挥部的人说："看上去还不错嘛。"

招商局在100多年后重新竖起招商大旗，闹腾腾的有半年多了，除了中宏制氧厂和集装箱厂外，如果谈判成功，这将是工业区引进的第三家大企业。

天气热得要命，袁庚的情绪也是热腾腾的。虽说闹了半年还只有三家企业，不过，一生二、二生三、三生万物，何况在广东人的眼里，"三"就是"升"的意思，好兆头啊！今日，袁庚特意从香港赶来，在烈日下恭候前来实地考察的蔡先生，是一种姿态，也是一份诚意。

半小时后，蔡章阁乘坐一辆日产面包车来到地头，领着他的三个儿子步出面包车，袁庚等人立即迎了上去，梁鸿坤也拿着合同文本赶了过来。

"蔡老板，你也看见了，这块地是我们整好的地中最大最好的一块，就给你吧！"寒暄过后，袁庚笑着直奔主题。

蔡章阁只附和着说"这块地不错"，却不急于表态。袁庚立即觉察到自己太急了点，说话不够策略，于是把梁鸿坤等人带开，让蔡老板独自看看，给他们充分思考的余地。

蔡章阁和三个儿子边走边看，一路上指东说西。在蛇口办厂，对蔡章阁来说，也是不得已而为之。他原本准备在香港开办一家最先进的铝制品厂，但香港法律严格规定不准工厂装烟囱，他只好改选深圳，找了老乡吴南生帮忙。深圳正在筹办特区，忙得一塌糊涂，地还没有平整好，水与电力条件均不理想。匆忙间，蔡章阁将一大堆进口设备堆在深圳笋岗仓库外的露天野地里，部分设备开始生锈，让蔡章阁好生心疼。后来，听说蛇口正面向海外招商，他们立马就杀过来了。

四人议论了一段时间，发觉还没有指挥部的人跟过来，蔡章阁返身走到袁庚跟前，问道："在蛇口，在野地里签？"

袁庚花了几秒钟时间消化这句话。怎么才能打消港商的顾虑呢？蛇口工业区的事情为什么要招商局出面？很简单，不仅招商局是主管单位，主要因为总部在香港，毕竟是百年老店，是有信誉的。由招商局出面与外商签订合同不仅是可行而且是必须的。袁庚说道："你放心，只要你有诚意，我们在香港签订合同。"

　　"袁老板，"蔡章阁吞吞吐吐地说，"你是从内地来的，我也不把你当外人，共产党不会说变就变吧？！"

　　袁庚坚定地摇了摇头："蔡老板，你放心，共产党的政策绝对不会变。为了减轻你的顾虑，我们才在香港的律师楼签字。以后共产党要是没收你的东西，你可以在香港告我们招商局。"

　　"可是，现在香港商界都有一个看法，大家都怕共产党说话不算数。"蔡章阁把袁庚当做知己，推心置腹地说，"所以啊，袁老板，我们在蛇口办厂，都是胆战心惊的，非得拉上招商局合股经营才算数啊！"

　　两天后，在香港一家蔡章阁要求的资信良好的律师楼里，袁庚与梁鸿坤为一方，蔡章阁父子为一方，双方就拟定的条款逐条反复推敲、协商、修订，几乎把所有关于蛇口工业区的优惠条件都说完了，蔡家三个儿子几乎将手头带来的报纸全部读完了，蔡章阁还没有签字的意思。尽管梁鸿坤很有耐心，此时也不得不催促了，目光望着合同文本问："蔡老板，你看，这个怎么办？"

　　"梁先生，既然是我们双方合作的关系，"蔡章阁很干脆地说，"那么，你先签字吧，你签了我再签。"

　　"袁董，厂房怎么建？你给个建议吧！"蔡章阁并不急于画押。这个时候到内地投资，无疑是第一个敢吃螃蟹的人，有许多问题必须问清楚。

　　袁庚爽快地回答："你想怎么建就怎么建。"

　　"我可不可以请日本人来，日本人是我们的合作伙伴，行不行？"蔡章阁的目光中有恳求的意味。

　　袁庚笑了："这有什么不行的，来呀！"他又像想起什么似的提醒蔡章阁说，"从日本带工人来是很贵的，你可以派日本技工来当师傅，在蛇口请内地工人呀。"

"袁老板,谢谢你!"蔡章阁笑了。

这一天上午,招商局与香港益大金属厂有限公司签订了在蛇口合资开办华益铝厂有限公司的总协议和公司章程。这是蛇口工业区第一个同时签订总协议和公司章程的企业。公司注册资本3000万港元,双方投资1500万港元,各占50%股份。合资公司总投资为5000万港元,其中2000万由合资公司向香港银行贷款投入。

袁庚的脑子转得很快,一回到招商局本部,立即召集发展部全体成员开会。袁庚先是强调招商引资搞工业区政策性很强,既要坚持国家利益,又要尽可能让客商满意,工作要细致、稳重、周到,同时要有一种拼命的精神,要有争分夺秒的态度,对于每一个可能前来投资的项目,必须"咬定青山不放松"。然后,话锋一转:"我要立刻在蛇口工业区成立一个临时服务公司,专门为铝厂请来的日本人服务,为他们准备吃的、喝的、住房与洗衣工。"

袁庚为方便日本人而专门成立服务公司,用意有两个:一是为远道而来的日本人提供服务。蛇口物资相当匮乏,生活条件十分艰苦。本地流行这样一句谚语:"蛇口的苍蝇,南头的蚊,又大又狠吓死人。"二是希望替工业区赚一笔小钱。

这两点,只能是袁庚个人的如意算盘。

袁庚想不到的是日本人超级精明,他们自带方便面、香烟,甚至从日本运来一台洗衣机,由一位日本技工妻子承揽所有日本员工的洗衣活。新成立的蛇口服务公司没有从日本人身上赚到一分钱。

就在华益铝厂动工的一个星期后,蛇口——还有整个西南部——正受到近三年来最厉害的一次强台风袭击。猛烈的暴风雨连续肆虐了三天三夜。在香港,媒体记者不顾个人安危,在风雨中拍录下吹倒房屋、水淹道路的画面,及时传递给广大市民。在港的招商局与内地的通信不便,袁庚无法与许智明取得联系,不知道这场台风给蛇口工业区究竟造成了多大的影响,急得像热锅上的蚂蚁,在办公室转来转去。台风刚过,禁航令刚刚解除,10月19日,袁庚立即通知办公室备船,急忙穿过依旧风大浪急的深圳湾。

袁庚来到蛇口,对前来接他的许智明挥了挥手:"怎么样?台风对华益厂不会造成什么坏影响吧！"

"日本人还在开工哩，听说刮台风时，他们也没有停过工。"许智明钻进一辆七成新的三菱吉普的驾驶座，等袁庚在副驾驶座上坐下之后，绕过积水潭，冲向华益铝厂。

一路上，袁庚看到，开工不久的碧涛苑别墅已经停工，邱德根的远东面粉厂厂房也寂静无人。5分钟后，吉普车开到华益铝厂门口，未等车停稳，袁庚立即下车，顶着暴风雨冲进厂门。"袁董，你等等——"许智明拿着一把长柄雨伞追过去，袁庚已经雨一身、泥一身地拐进厂房刚刚盖了一半的厂区。袁庚用右臂遮挡住头上的雨水，透过雨帘望去，20来个，其实一共是27个日本人，全都在各自的露天岗位上作业。雨水顺着他们的雨衣帽子流到他们的脸上，流到了脚下。

"袁董，你呀，要是感冒了，汪大姐可真要找我麻烦了。"许智明赶过来，撑着伞站在袁庚后面嘀咕着。"日本人就是'拼命三郎'嘛，你又不是不知道？"话刚说完，一阵大风刮过，把许智明手里的雨伞吹得翻转过去，抓也抓不住了，只得奋力收起雨伞，两个人光头光脑地站在风雨中。

袁庚笑着说，这种天气是无法打伞的。淋点雨也没有什么，人没有那么娇贵。他说，拼命三郎这个词用得好。许智明告诉他，蔡老板和日本人签合同，仅给他们23天的厂房安装时间。日本人真是争分夺秒，安装过程中，立柱还没有调正，就开始往上爬。有一次，一个日本技术员不小心从柱顶上摔到地上，一阵惊呼中，他胞弟把他翻过身一看，觉得没什么大事，即刻返回自己的岗位上继续工作去了。工业区的人都很紧张，及时叫来救护车，让医生给伤者进行检查、消毒、敷药，纱布刚缠好，伤者立即站起来，一步一拐地往回走，顽强地顺着立柱往上爬……

日本人并未食言，23天后，厂房安装全面竣工。

多年后，蛇口工业区培训班的学员们跟着满头是汗、提着个大喇叭的袁庚，听袁庚讲述日本人敬业的故事。袁庚站在炽热的阳光下，大声地说：人是要有点精神的。也许我们这些人，凡是在蛇口工业区管理部门工作的人，每隔一个时期，就应该站在雨水中，感受一下日本人的敬业精神。这有助于我们打破"大锅饭"与"铁饭碗",甚至还能清醒我们的头脑。

袁庚说到这里,嗓子有点沙哑,手势频率加快,向着学员们,向着未来的希望大声地疾呼:为了振兴中华,你们,拼命三郎们,努力呀!

五、船王包玉刚的话题

20世纪70年代末,船王包玉刚决定逐步"弃舟登陆",投资于越来越红火的房地产业,兼营酒店和交通运输。为了在陆地上也能取得同海上一样的辉煌成就,他调整经营策略的第一场战役便是收购"九龙仓"。

九龙仓是香港四大洋行之首的怡和洋行旗下的主力,是香港最大的英资企业集团之一。在李嘉诚的帮助下,包玉刚暗中收购大量"九龙仓"股票,遭遇九龙仓大股东——置地公司与怡和联手反收购,包玉刚三天之内贷款调集了21亿现款,两小时内完成增购2000万股,打赢了这场收购战,但账面价格即刻亏损6.1亿港元。目前负债极重,加上环球集团订造诸多新船又遭遇国际航运危机,使船王一度陷入窘境。

8月12日上午,环球集团副主席李伯忠给招商局船舶经纪部打来电话说,包玉刚拟于下午3时来拜访袁庚。船舶经纪部答复说,袁董当天下午的活动已作了安排,如果包先生有急事非于当天下午会见不可,袁可以更改原定的部分安排,以便挤出时间与船王会见。李伯忠在电话那头迟疑片刻,代包定下了次日上午11时会见的安排。

办公室员工从船舶经纪部的只言片语中,推断出包玉刚可能碰到大麻烦了。

听到这个消息,袁庚心中一怔,刚刚打赢"九龙仓"战役的船王急于求见,如此谦恭寻求合作,看来坊间的一切传闻并非空穴来风。

次日上午11时,包玉刚一走进袁庚办公室,袁庚、招商局副总经理王栽兴和办公室主任朱士秀都站了起来。包玉刚给袁庚的印象是,他永远是一个稳重朴实之人。实际上,袁庚早在赴港就任前就认识他,但交情不深。那时,袁庚担当交通部外事局负责人一职,加上统战工作的需要,少不了和港资企业的首脑打交道。

"包先生，"袁庚主动伸出手去，并报以微笑，"祝贺您成功地收购了九龙仓！"他选择用普通话与包玉刚交流，考虑到朱士秀和王栽兴是外派干部，不会粤语。

包玉刚莞尔一笑："感谢你的支持。"接着摇了摇头说，"这是迫不得已。"

包玉刚并不是那种爱聊天的人，也没有兴致谈"今天天气太闷热"一类的话题，刚一落座，他就开门见山地谈起了正题："听说招商局在日本定造多艘巴拿马型油轮，造价60多亿，正好环球集团也定造了几艘，有的还未签合同，希望能够合作。此外，隆丰国际投资有限公司收购了九龙仓，有现成的仓库、码头，有大量地皮可以兴建新仓库、码头和其他建筑物，这些，我们都希望得到招商局的合作。"

"你们在日本定了几艘船？"分管这项业务的王栽兴问。

包玉刚一生大部分时间是在香港度过的，他讲普通话带着浓重的宁波音。在介绍定船的过程中，多次主动向招商局抛出绣球："环球集团在日本定造了4艘船，其中两艘是6万吨油轮，将于1982年7月及9月交货，造价原为57亿日元，拟以60亿日元的卖价与招商局合作。另外两艘船为3.8万吨成品油船，拟于1982年下半年交船，造价50.5亿日元，拟照原价与招商局合作。此外，还有18万吨和13万吨散装船，不知道招商局是否有兴趣？"

"包先生，"袁庚调转话题，关切地问，"您收购的九龙仓怎么样？"

"九龙仓可以和招商局合作的前景比较大，"他答非所问，把话题又绕回到船务合作事宜上来了，补充说，"在香港西区的一家仓库生意很好，与招商局的仓库临近，可考虑合作。九龙仓属下的电车公司，在湾仔有一家修车厂，厂地不小，如港英政府修建轻便铁道，就要使用这块地，会用另外一些地皮来与九龙仓交换。"他看着袁庚和王栽兴，"听说招商局要建货柜码头，如招商局与九龙仓合作建货柜码头或仓库，我可以用九龙仓名义提出适当地点与港府交换用地。此外，包括位于葵涌货柜码头附近一块地皮建冷藏仓库很适合，我亦希望能与你们合作。"

听话听音，袁庚看得出包大人碰到了大麻烦，为了解困，已经到了饥不择食的地步。看来应该伸出援手了。袁庚问："你想怎样合作，包先生？"

"哦，多种形式。"包玉刚回答说，"什么形式都可以，合作的条件请你们提。招商局投资多少都可以，如资金周转有问题，可以找汇丰银行商量。"包玉刚笑了笑，"能得到招商局的合作……对我本人也有面子。"

在后来的交谈里，包玉刚回答了袁庚关于中国造船及船舶出口的一些问题。他认为，中国一些船厂的规模都很大，设备很好，但经营管理尚欠妥善，扯皮多。在国内造船就不像在国外造船那么放心。他认为通过港商向国内定造船舶，有助于中国打进国际船舶市场。他还聊起弟弟包玉星最近在国内定了两艘船。

袁庚插了一句："包先生在国内也定造了6艘船是吗？"

"只签订了意向书，"包玉刚清了一下喉咙，"在国内造船就是担心质量。"

谈话又进行了几分钟。袁庚诚恳地表明，招商局愿意与包先生合作，并率先表示，关于环球集团在日本定造的4艘船是否合作抑或转让的问题，待看了船的具体资料后再商谈。当谈到全部都以日元计价的时候，袁庚立即说对日元前景没有把握，可能有风险。后来，双方又谈到货柜码头的合作事宜。

会谈结束了，包玉刚起身握别，与走进来时的凝重表情大不一样，开始谈笑风生。他传递的信息在座的人都看得出来：他对与招商局合作的可靠性及其前景充满了乐观情绪。

　　包玉刚比袁庚小一岁，生于1918年，浙江宁波人。早年在上海求学、谋生。1949年初至香港，与人合资开设华人行，经营进口贸易。1955年创设环球有限公司，继而与日本造船业、金融业、香港汇丰银行等合作，在航运界渐有名声。1967年在中东石油危机中扩大船队，1970年改为环球航运集团有限股份公司，1972年创设环球国际金融有限公司，任董事会主席。至1981年年底，拥有船只210艘，总载重吨位2100万吨，人称"东方船王"。1963年加入英国籍，1976年英国女王授予爵士爵位，比利时国王、巴拿马总统及日本天皇授予勋章、奖章。他热爱祖国、拥护"一国两制"政策，曾任香港特别行政区基本法起草委员会副主任委员。1991年9月23日病逝于香港。

包玉刚亲自出马造访招商局，原本是秘密进行的，保密了6天之后，终于从船舶经纪部渗漏到各部门各科室。招商局的干部们很兴奋，连船王都希望和招商局合作了！

这几天，袁庚办公桌上摊满了近日的《信报》及其他报章，他在深入地分析研究包玉刚寻求招商局合作的动机和背景。

袁庚觉得，包玉刚以"世界船王"的身份，急于求见和访问我一个部门，且再三请求合作，实不寻常。据船舶经纪部经理方强工的分析，包玉刚对其近年定造的过多的船舶正在加紧设法"找出路"与"卸包袱"，这个推论，有一定的可信性。另一潜在目的是，包玉刚此举，希望借重招商局进一步巩固和提高他作为香港和外资财团与中国打交道的"龙头"地位。在香港，虽然九龙仓股票最近被人为地哄抬至88元，但距他的收购价还很远，他需要炒作一些概念与题材推动股票走高。

要是船王肯投资蛇口的话，哪怕是一个小小的合作……想到这里，袁庚摇了摇头，自嘲地笑了笑。

1963年开业的香港文华酒店耸立在港岛中环干诺道5号的临海大街上，可以饱览维多利亚港美景。这栋著名的五星级酒店一向被视为"中环地标"，成为国际级知名人士——其中就包括文莱国王，美国前总统尼克松、福特，英国首相撒切尔夫人以及"赌王"何鸿燊二代，九巴创始人雷亮二代——所青睐的酒店。

8月以来，船王包玉刚一直试图在这家酒店宴请袁庚，尽快促成与招商局的合作。他通过集团副主席李伯忠转告袁庚，他还有很多话要说。最后，双方议定在文华酒店的粤菜馆文华厅会面。

8月29日中午，袁庚、方强工、陆汝明、汪柏永和朱士秀，一同走进文华厅的一间大型包房。

"嘿，进来，"早在包房内恭候的包玉刚老朋友似的招招手说，"请坐。"

宾主按中国传统方式，围着古色古香的圆形红木餐桌就座，袁庚作为上宾

151

被安排在上手，包玉刚作陪。主方除包玉刚外，还有副主席李伯忠、包玉刚的内弟黄均乾和董事潘裕国。闲谈几句后，袁庚一改往日客套应付的策略，主动发话说："我们前来赴宴是为了和你们合作，"接着又补上一句，"能和船王合作，招商局全体同仁不胜荣幸。"

交谈中，袁庚重申对两艘6万吨油轮有兴趣，可作进一步的技术性和商务性商谈。对两艘3.8万吨成品油轮，由于不合我方需要，须与有关单位研究后再作答复。关于与九龙仓合作的问题，希望包先生向香港交涉换取适当的岸边地皮以资兴建新码头及仓库。

当侍应生送上法国红酒时，包玉刚举杯敬酒："袁先生，我们环球集团很高兴听到你的答复。"他笑起来，看着方强工说，"那就有劳方先生了。"他用手势强调话题的重要性，吩咐环球公司执行董事潘裕国说，"下星期与方先生约时间谈。"

"还有，"包玉刚强调3.8万吨成品油轮标准很高，既可装成品油，又可装原油，这方面的合作也希望招商局予以考虑。

袁庚并不是一个慷公家之慨，大包大揽的人，对不适宜合作的项目再一次委婉而坚决地予以谢绝。包玉刚立即适可而止，转而谈起国际航运业的整体状况，诉说这些年环球航运集团在海上如何躲过险风恶浪、叱咤风云的历程，听起来真是惊心动魄，令人不胜感慨。在此之前，就袁庚看来，包玉刚是个爱国的、善于把握时机的特精明的资本家，现在，袁庚认准他是一个真汉子。

在全球航运长期低迷的局势下，包玉刚能创造出如此辉煌的业绩，不愧是英雄。

望着谈兴正浓的包玉刚，袁庚微微一笑，大有惺惺相惜之感。你包大人有了难处，竟然半句也不吐露出来，也是够鬼的。好了，我们就精诚合作吧！如果说，先前愿意与环球合作，还只是商场上逐利之举，现在，此刻，袁庚的感觉是在帮朋友一把，为朋友两肋插刀。

袁庚的党性原则很强，虽然想以朋友之情去帮助包玉刚，却也设置了一条底线：那就是以不损害国家利益为前提。如此一来，双方合作条款的谈判异常艰难。包玉刚认为，袁庚过于精明，让环球的胜算太小，因而始终没有答应招商局的条件，但双方合作的大门始终没有关闭。

正如袁庚所认定的，包玉刚不愧是条汉子。虽然没有招商局在事实上的支援，但在风风雨雨中，居然挺了过来，让袁庚为之赞赏不已，这也是令招商局长久回味的话题。

六、南景树的回访

袁庚是在1979年7月间在大阪会晤大阪造船厂社长南景树先生的。随后，南景树访问中国，先后与新港船厂、江南造船厂（后为沪东船厂）开展合作。1980年9月中旬，他专程赴港拜会袁庚，并执意要在下榻的酒店宴请袁庚。夜间，维多利亚港灯火璀璨，袁庚和南景树坐在酒店餐厅的露台餐桌旁聊天，叙旧。翻译李炳盛坐在两人之间。夜色浓浓，餐桌上淡黄色的烛火闪烁，阵阵微风吹过，盆栽的棕榈、酒瓶椰与散尾葵簌簌作响。

经过一年时间的积淀，两人俨然成为一对无话不谈的老友。谈及大阪和新港两船厂的合作项目，南景树喜上眉梢，表示将尽一切力量帮助新港船厂搞好建设，使它成为一家中等规模的优秀船厂。他已根据袁庚的建议，安排新港船厂工人去大阪船厂实习与交流，第一批实习人员将于今年12月结业回国。

月光给露台洒满清幽的光辉，两人侃侃而谈，愈说愈兴奋愈亲切。

两日后，在袁庚举行的回请晚宴上，南景树对袁庚说："我10月中旬将会再度访华，希望拜会交通部官员，然后前往新港船厂参观。若交通部领导不在北京，我就不准备去了。"

"是否需要我代为转达？"袁庚总是善解人意。

"那再好不过了。"南景树说，"我们想再参观新港船厂，深入了解船厂存在的关键问题，并听听船厂领导的意见与要求，以便更有效地帮助解决问题。"

"我一定将南先生的美意转达给交通部。"袁庚的回答永远得体大方。

当晚，袁庚在与南景树辞别之后，写下一封给交通部彭德清副部长的信件。

彭副部长：

　　附上大阪造船社长南景树先生访问的简报请过目。大阪南景树先生
是日本仅次于松下的民族资本家，长期以来对中国较友好，去年他表示
愿意无条件接受我交通部40名见习生在他们厂见习（已开始实施第一批
10人），以后又倡议与新港船厂结为姊妹厂。这次来港对我提及想再度
参观新港船厂，并极希望在10月间能拜会您，届时如能抽空，我意最好
一见，或以新港船厂或水工局名义邀请他来访，简报并信抄新港船厂、
水工局。如何处之请指示，以便进一步促进中日造船业之间的互相交流
学习。

　　敬礼！

1980年9月25日

　　当袁庚在信尾署名之后，推开纱门走到了阳台上，一弯斑驳的骨色弦月依旧
挂在墨黑的天空。他站在户外，仰望月亮，想的是，不知南景树是否也在望月？

　　就在这一年10月，南景树拜会了交通部领导。翌年年底，在袁庚的力荐之
下，交通部聘请南景树为顾问。这时，南景树已经免费为天津新港船厂培训技术
人员三批之多。日后，南景树和袁庚的友谊延宕多年，直至南景树谢世。

七、"时间就是金钱，效率就是生命"

　　袁庚总觉得时间不够用，许多工作都还来不及去做，转眼间便到了1981年年
初。新年新气象，在蛇口1.3平方公里工地上，已有4000余名工人、近20个工种
同时施工，开始呈现一片热气腾腾的兴旺景象。工业区内投资设厂的已有10家，
总投资额达到33540万港元。然而，这离袁庚走工业化之路的宏伟蓝图还相差太
远。他很清楚，地平好了，外商一天不来投产，土地只能晒太阳，长野草，变成
可怕的荒地。最可怕的是，支付银行的利息可是一大笔每天都在增长的数额啊！

恰恰是在这个往前冲的时刻，国家提出"经济调整"。

这时候，挂在袁庚嘴边上的话，就是"如履薄冰，如临深渊"。蛇口，看上去热热闹闹，平安无事。但是，在这块没有"现成饭"可吃、国内没有样板可以借鉴的工业区，来不得半点松懈，必须打起十二分精神来进行开创性的工作。要使工业区能同毗邻的香港元朗、大埔的工业区相匹敌，对外资具有吸引力，要让外商从自己的腰包里掏出钱来就不能不花力气，创造一个良好、诱人的投资环境。

2月25日，袁庚率员赶至广东省政府，向广东省与深圳市领导人任仲夷、刘田夫、王全国、吴南生、梁湘，及交通部副部长王西萍，汇报了工业区建设的进展情况，提出了当前亟须解决的几个问题。

在这次会上，大家经过讨论后决定：蛇口工业区用于本区生产、建设进口的机械设备、车辆、原材料、半成品、职工生活部分必需品以及出口产品、半成品，均予免税；在工业区内销售的烟、酒给予减税进口；将蛇口工业区用铁丝网围起来，区内对经由香港进出蛇口工业区的外商开放；同时，办理外籍人士的签证，今后不用经过深圳市审批，由省公安厅从深圳市的签证处抽调2—4人，派往工业区。此外，企业管理权下放，实行企业独立自主地经营管理；工业区在行政上归深圳市领导。

座谈会上，袁庚原本悬着的一颗心逐渐放了下来。广东省委是支持他的！省委第一书记任仲夷鼓励袁庚大胆探索，说：我们一定要把特区搞好，使中央放心，使有疑问的人逐渐减少，使持不同意见的人逐步统一认识。各部门对建设特区都要采取积极的态度，只要能办到的，有利于特区建设、符合经济特区管理条例精神的，都要多开绿灯。把特区搞好了，就有说服力，比空讲政治口号作用大。他强调指出，蛇口工业区建设是快的，要注意总结蛇口特区的建设经验。省委一定大力支持，有问题只要省委能办到的一定帮助解决。属于中央解决的，我们共同向中央请示。

开春以来，一直在工地、工区、工程以及进度、预算、调拨等事务性工作中忙得昏天黑地的袁庚，始终没有忘却精神层面上的东西，总是在寻找、思考、发现最能体现当下蛇口人精神风貌的警句或者格言，捕捉蛇口改革开放的精魂，或者说在归纳、总结、提炼最能表达领导意愿和客观规律的口号一类的东西。3月下旬，在香港的袁庚提议召开工业区干部会议，商定与日方合作的事宜。第二天，他坐船赶到蛇口，波翻浪涌中，他的思绪也在起伏跌宕。船体擦着海面飞驶，浪头赶过来，又迅猛地退回去，拍打过来的海水溅起白沫，转瞬被抛到了船后。水流千转不回头。流水似光阴，光阴似流水，真的，日子过得真快，流水般地掠过再也不肯回头。就在这个时候，袁庚暗夜中的思绪突然开了一扇窗，漏出太阳、月亮的光，他摸出一张32开的白纸，掏出圆珠笔，趴在起伏颠簸的舷窗边，在纸头上写写画画，看了看，又调整了几个字，然后很郑重地递给梁鸿坤、招商局资料室的日文翻译李炳盛。看看吧，我这是十月怀胎，一朝分娩。

"怎么样？还可以吧？"他指指刚写下的几句口号，急切地希望他捕捉住的思想火花能够得到下属的理解和赞赏，又像一个小学生呈交考卷后眼巴巴地盼望老师当场给一个高分。他不知道，这些口号中的前两句在日后竟然成为影响当代中国思维观念的最杰出的代表作之一。

这几句口号是："时间就是金钱，效率就是生命。顾客就是皇帝，安全就是法律。"

梁、李二人都认为这几句话提得不错，确实能把蛇口工业区的精神概括起来，也体现了工业区的任务、责任和要求，但也担心口号属于上层建筑的精细活，中央从来就强调不得乱提口号，他们这一级别的领导能不能提，有没有什么政治风险，都需要慎重考虑。

因袁庚在香港、蛇口两头奔波，工业区领导班子开会，一般都由常务副总指挥刘清林主持，如果袁庚在蛇口参加会议的话，刘清林照例谦让一番。今天上午的会，已经过了9时半开会的时间，刘清林看看袁庚，不知说什么才能切入正题。"今天开会是袁董昨天在香港提议召集的，看来这个会应该请袁董来主持。今天怎么个开法呢？我也不知道！"他面带微笑，"袁董，还是你来主持吧！"

袁庚摆摆手："工业区的事情平素都是你在管，还是你来主持吧！"

刘清林停顿了一下，顺势说："好吧，开会吧，先请袁董讲话。"

袁庚一开口，就离原定的与日方合作的议题足足有十万八千里。

"工业区要搞一点精神上的东西，不能老在沙滩上搞点建设。没有精神上的东西是不行的。现在精神文明的东西很多，上个月，国家提倡'五讲四美'。那个东西虽然不错，但我认为，我们得搞一点有蛇口特点的东西，现在社会上的大话很多，我不想搞大话。"

他从深铁灰色的西裤口袋里摸出一张32开的白纸，展开来说："我在船上写了几句话，和梁鸿坤、李炳盛他们聊了聊，想搞点精神文明上的东西，起一点凝聚力和号召力的作用。你们听听，提提意见。"

袁庚用急促的声音念完四句口号，在四周悄悄的议论声中，重提起华益铝厂日本人拼命的故事，他所经历的"香港第一课"："买楼的时候，香港人为了算利息，车子不熄火，力争在下班之前10分钟拿支票送进银行，这两天的利息有多少钱呢？因为时间就是钱嘛。小时候，我们读书都读过一句话——'一寸光阴一寸金，寸金难买寸光阴。'所以说，时间就是金钱。此外，效率也很重要，一个企业没有效率，企业就不能生存，效率就是一个企业的生命啊。"他挥了一下胳膊，强调他所说的重要性。今天，这四句口号，看起来是福至心灵，偶尔得之，却是创建工业区以后长期积累、长期思考的结果，他自信是正确的，能起到暮鼓晨钟的作用。他接着说，"香港美丽华大酒店的杨老板是怎么做生意的？他一个大老板，恭恭敬敬地站在门口迎候客人，每进来一位客人，他就给人家鞠一个躬。而我们呢，我们的营业员你不买东西就给你脸色看。过去，我们中国还有句话叫：老百姓是做官人的衣食父母。所以，顾客很重要，是我们的皇帝啊。"

解说第四句的时候，袁庚重重地叹了口气："国内办事不太重视安全，事故多，出了事故领导同志不用负责任，一个健全的法治社会不是这样的，出了事情，要坐牢，警察局要抓人的，我想安全很重要，想把安全提到法律的高度来认识，'安全就是法律'。"

袁庚话音刚落，副总指挥杜庭瑞便开了腔："你这个思想很新的，在内地却不能这样啊。内地一杯茶，一根烟，磨磨蹭蹭大半天。那个东西，唉，是不行的，好，你提的这个，对工业区提高办事效率，少拖拉有好处。"

"好！"许智明附和道，"袁董，你这几句话站得高。"

梁鸿坤、孙绍先、刘清林一一发表了赞同的意见。

办公室主任熊秉权提出了自己的看法："袁董，'时间就是金钱'与'效率就是生命'，我认为都不错。但是，顾客是皇帝这一句嘛，我们是共产党啊，怎么可能说顾客就是皇帝呢？"

片刻缄默过后，袁庚调转了话题，开始商议与日本合作的问题。

会后，袁庚一行离开了蛇口。走之前，他叮嘱许智明落实口号上墙的事。之后，许智明找了自己的老友——旅游文化服务公司的总经理邹富民，商议将前两句口号做成广告牌，公开亮出去。一个星期后，邹富民布置美工在一块三合板上，用红漆写上"时间就是金钱，效率就是生命"两句话，竖立在指挥部几栋楼房前面。不幸的是，这块木板问世不过两三天，许多人还没有看到，就被当地农民拆掉当柴火烧了。

过了大半年，袁庚去园坛庙培训中心讲课，再次谈到四句口号，他那激昂而富有感染力的话语将培训班学员的心再次燃亮。11月底，他的几句口号正式登场亮相，在蛇口最热闹的商业街，也就是在华苑酒家门前的小广场上，竖起一块标语牌，牌子并不大，亦不气派，比一人稍高一点。标语牌上书："时间就是金钱，效率就是生命！事事有人管，人人有事管！"

这块牌子许多人注意到了，也议论开了。

到了翌年春天，一场针对改革开放的非议不期而至。3月28日，谷牧一行视察蛇口，乘车看到"时间就是金钱，效率就是生命"的标语牌，谷牧一边看一边念，袁庚说："写这标语时，我就准备戴帽子了，有人说这是资本主义的口号。"听到这话，谷牧笑了。就在这个月，上海某报公开刊登《旧中国租界的由来》。面对如此严峻的形势，为了不牵扯到谷牧，袁庚再三考虑，还是私下授意让人将这块牌子悄悄拆除掉。

又过了一年多，1983年8月间，周为民就任工业区宣传处副处长，他很想再做一块这个口号牌，为此，专门请示了管委会副主任王今贵。

"我觉得这个口号没有什么错吧？"王今贵用的虽然是反问句，持的却是肯定的态度。周为民接了这一"招"，立即布置制作标语牌。不到一个星期，由宣传处制作的大型巨幅标语牌"时间就是金钱,效率就是生命",以极其醒目与娇艳的姿态矗立在港务公司的门前。

袁庚踏上蛇口港码头,发现这块新标语牌时,停下来看了一眼,并没有追问是谁擅做主张又打出这两句敏感的口号,只觉得心头一热,分明感到工业区干部的心都是相通的,大家劲往一处使,为了国富民强都在抢时间,争效率。让他欣慰的是,这块牌子重新沐浴在阳光下、海风中,也说明政治环境相对地宽松起来了。

"时间就是金钱,效率就是生命。"

袁庚嘴里念念有词。

他相信,这是晨钟暮鼓,是铜琶铁板。蛇口人正以全新的观念与光阴赛跑,在用生命锻造辉煌。

对这两句口号,袁庚思摸着,什么时候中央最高层领导视察蛇口,让他点个头,表个态。嗬,那就真是东风吹,军号响,战旗飘飘了!

八、坚辞深圳市市长之职

2005年8月间,我想方设法联系上了任仲夷的秘书,向他说明我正在为袁庚写传,希望安排我采访任老。任老秘书说:"这几天不行呀,任老身体不好住院了,等他出院后告诉他吧!要他说袁庚,他可能会接受你的采访。"

等了几个月,没有等到他出院,却等来了噩耗:原中共中央顾问委员会委员、中共广东省委第一书记、广东省军区第一政委,敬爱的任老因病于2005年11月15日在广州与世长辞,享年92岁。

任仲夷比袁庚年长三岁,生于1914年,河北威县人。在国民党统治和白色恐怖的年代,毅然参加中国共产党,从抗战胜利到新中国成立以后,长期担任地方领导职务。"文革"中被打成"三反"分子,惨遭批斗。他戴高帽被批斗的照片登在报上，当时，袁庚在北京，还没有坐大牢，就把报上的照片剪贴下来，当做生命的疼痛、民族的耻辱一直保存到今天。

1980年10月，任仲夷任广东省委第一书记兼省军区第一政委。他思想解放，开拓创新，大胆探索，勇于实践，为推动广东的改革开放和在全国先行一步做出了重要贡献。袁庚很欣赏和尊重任仲夷，为有这样优秀的领导干部主政广东，感到荣幸。

任仲夷到广东履新的第二个月，1980年11月20日，即与省委书记吴南生、广州市委书记梁灵光和湖南省委第一书记毛致用等在深圳市委书记张勋甫的陪同下视察了蛇口工业区。

"嘿，蛇口搞得真不错。"蛇口工业区敢于把陈规陋习踩在脚下的开创精神，使67岁的任仲夷很激动，对蛇口工业区的建设速度和工作效率做了高度评价。他说："你们就是要这样，根据中央的指示，大胆地搞，闯出一条搞特区的路子来。"

这次视察，袁庚的精明能干给任仲夷留下了很深的印象。12月间，谷牧向任仲夷交代要抓蛇口，要他亲自解决蛇口那里的问题。在他多次检查和指导蛇口工作中，在多次正面接触后，加深了对袁庚的信任感。

1981年4月间，任仲夷又一次视察蛇口，此时，比袁庚小一两岁的梁湘刚出任深圳市委第一书记和市长，因考虑到梁湘一个人肩挑双担，实在搞不过来，所以想再找个能力强的人做市长，就想到了袁庚。任仲夷亲自找他谈话，袁庚以"能力有限，难当重任"为由推托。任仲夷认为他过度谦虚，在经过必要的组织程序后，拟任命袁庚为广东省副省长、深圳市市长并报告中组部。

举荐得到了中组部部长宋任穷的支持，任命书不久即将下达。

到了6月中旬，任仲夷趁到深圳检查工作之机，当面告诉袁庚要把他从招商局调走，袁庚思索了十多分钟，独自向任仲夷提了一个像他这样组织纪律性强的老干部所不该提的"弱智"问题："任书记，我去当深圳市市长，是特区的负责人，行政上还是要听省里的吗？"

袁庚的那对招风耳朵支棱起来。他在静等下文。

这样不懂规矩的话是怎样出笼的呢？事后袁庚检讨起来，无非是个性及其位置所造成的。

袁庚个性率直，甚至喜欢挥洒个性，做人做事都不希望束手束脚。参加革命工作以来，消磨了许多个性，但不论官大官小，愿意也喜欢独当一面，他说这叫担当责任，不喜欢有太多的官员在他头上吆东喝西，指手画脚。

有趣的是，在他的任职表上，很少担任正职，头上挥之不去的是一个"副"字。虽然是个副职，在他上头要么没有正职，要么直接听命于部长。他在中调部的时候，有几次任务就是直接对周恩来总理负责。到了交通部，往往由叶飞部长指挥。他任香港招商局常务副董事长，董事长一直由鞭长莫及的部长兼任，实际运作大权在他袁庚手上，何况他在蛇口搞的是"试管"，往往直接听从党中央、国务院的指令。不论担任什么领导职务，他希望自主权越多越好，权力越大越好。

"那你当然要听我们的啦，要听省里的话。政府的序列都是如此。"任仲夷据实相告。

袁庚摊开双手，做无奈状："我不能丢下蛇口不管啊！"

"深圳的地盘更大呀，你可以在一个崭新的岗位里实现理想。"任仲夷笑着拍拍袁庚的肩膀，"你要是不同意，自己找宋部长说去，任命即将下达广东省委，他很关心此事。"

考虑了几天后，袁庚做出坚守蛇口的决定：哪儿也不去，就是要在蛇口这个小小的弹丸之地搞点试验，干出点名堂来。他给几个副手打了电话，几分钟后，王今贵、丁传作与陈金星来到了他的办公室。

"那么，我们现在怎么办？"袁庚说明省委调他走的原委，向几个搞工程的副手们请教，"借你们的脑袋用用。"他头一句问话中的"我们"，谁都听得出来是指说话的本人。这是官场的惯例，往往会用"我们"来指代"我"。

几个副手对袁庚出任深圳市市长的意见完全一致："老九不能走！"蛇口工业区八字还没有一撇，不能没有袁庚。经历了张振声辞职的风波，危难中的蛇口再也经受不住任何变故了。"袁董，你不能走啊！"王今贵说。袁庚若出任市长，成了地方长官，交通部直属的招商局蛇口工业区他就不便过问了。

"我们该怎么办？"丁传作问。

"你们别担心，"袁庚轻吁一口气，"解铃还需系铃人，我自己解决。"

72个小时后，返回香港的袁庚在香港启德机场登机飞往北京，去推辞一个高升的机会。

当天傍晚，袁庚已经躺在北京家中的沙发上，顺手从书架上拿出一本鲁迅的书来读。远处隐约传来刚刚解禁的《乡恋》的旋律，袁庚无心欣赏，一直坐立不宁。

有开门声。儿子袁中印从交通部科技情报所下班回来了。

"中印，"袁庚吞了吞口水，有种不安的感觉，"这是我入党以来，第一次没有听党的安排，不服从组织分配。"他感觉到痛苦在心底升腾。"可是，让我去当深圳市市长我可能更加痛苦，跟广东省的关系没办法处理，跟深圳的关系也处理不了，我还没有去，就看见了矛盾。大家的发展方向都不一样，我搞的是工业区，深圳看重的是贸易与第三产业……"

"不管怎么样，你升了副部级了。"中印试图帮助父亲肯定这次升迁，但听起来显得空洞无力，"那你的蛇口怎么办？"

"很多很多问题，很难处理。"

"你到底怎么想？"中印担心父亲是假谦虚，口头说不想去，一旦肯定不能去又后悔不迭。他不希望老头子为这个事后悔。

"我不想去当市长，"袁庚回答说，"我只想在蛇口干出成绩来。"

"你当然不要去啦！"中印鼓励父亲按自己的想法办事。"你去找领导好好谈一谈，表达自己不去的决心，相信他们会理解你的。"袁庚藏着一些话没告诉儿子，那就是可能出现的政治风险。袁庚觉得深圳市的地盘相对太大，不好掌控。总之，他心中没底。他只想好好地在蛇口工业区这块2平方公里的土地上干下去，万一干不好，对于中国960万平方公里的土地来说，不过是九牛一毛，不会造成太大的影响。再说，到明年他已经64岁了，在政府体制内干，也许干不了两三年就叫他挪窝，也不知挪到什么地方去，反正离他心中的"夏威夷"是越来越远了。

此外，他还担心与梁湘的合作问题。梁湘是一员改革的闯将，袁庚也认为，从理论上说，两人携手是珠联璧合的美事。但是，两人对改革的思路不同，而袁庚一旦认为是正确的必然一条道走到黑，不撞南墙不回头，也就是说，固执得可以。这势必影响团结，引起不必要的矛盾、冲突。事实上，他不赞成梁湘的某些做法，两个月后他还在给赵紫阳总理的信中，专门谈到了对深圳的一些看法：如特区范围过大过宽，不易管理，海外财团开发特区并非上佳之选等问题。

当袁庚走进中组部部长宋任穷的办公室时，心中的歉疚不仅没有减轻，反而加深了。因为招商局仅为局级单位，从交通部外事局副局长调任香港招商局任副董事长，充其量不过为正局级。这次官升副部，我还坚决推辞，旁人会怎么说呢？

袁庚认识宋任穷也没有几年，70年代中期在中组部招待所，他陪曾生前去看望过刚从监狱释放的宋任穷。因为为自己的平反问题，他还写过信给宋任穷。这次拜会宋部长，虽然气氛融洽，但袁庚努力解释了半天，仿佛也没有说明白，明显地感觉到底气不足。"宋部长，请相信我，"他最后说，"你就让我在蛇口好好干一番事业吧。"

宋任穷终于同意了，他让袁庚按组织原则再找任仲夷谈一谈。

第二天下午，袁庚坐在广东省委第一书记任仲夷的办公室里，开始谈他自己出任深圳市市长的利弊得失，花了30分钟时间。

任仲夷被深深地打动了，自他就任辽宁省、广东省最高领导以来，从未见过对到手的升官机会不为所动的下属。"好吧，老袁，我理解了，也投降了。"任仲夷以一句玩笑话结束了这个话题。

后来的交谈还持续了20分钟。这时候说的不是个人问题，谈的是深圳经济特区，谈的是蛇口工业区，谈的是变革过程中人们观念的适应与不适应。

九、报端始见"蛇口方式"

4月间，面朝大海的蛇口，春暖花开。

1981年4月14日，国务院副总理万里视察蛇口工业区。陪同他的是已经提升为交通部部长的彭德清，铁道兵政委吕正操，国家经委副主任郭洪涛，头年10月上任的广东省委第一书记任仲夷以及省特区办主任吴南生、深圳市委书记梁湘等人。

听取了袁庚一个多小时的汇报后，万里很高兴地说："你们干得很好，就照这样干。"

任仲夷指出："工业区的成败，将取决于（目前开发的）这1平方公里的土地。"

彭德清的脸上也露出了赞许的神情，他对袁庚的印象更加深刻，进一步理解了袁庚的追求目标，比从前更多地看到了袁庚的实质性内涵。他微笑着鼓励袁庚说："人怕出名猪怕壮。你们务必谦虚谨慎，戒骄戒躁，凡事要多思考，多斟酌。总之，对你们希望很大，要求不小，信心很高，大有可为。"

副总理的肯定，省委书记与部长的支持，在相当程度上减轻了袁庚思想上的重荷，但并没有消弭他内心的焦虑。他焦虑的是，工业区招商引资的起色还不大。在这种情况下，领导越关心越支持，他越感到压力大，也就越诚惶诚恐。

中央与地方支持，建设者奋力拼搏，到了5月，工业区的"五通一平"第一期工程基本完工。在通航方面，600米长的顺岸式货运码头全部竣工，并投入使用。经国务院批准，已向外籍船舶开放。一条8公里长、8.5米宽的专用沥青公路，由港区码头通往南头，已与地方公路干线网相连接，改善了蛇口至深圳的公路行车条件。一条14公里长的管道引来了西丽水库的淡水。一个日供水量2万立方米的自来水厂，预计于6月底建成，供应标准食水。一条30公里长的高压线路，已接通深圳市的供电网；一座总容量9万千瓦的变电站，已部分建成，并正常供电。一套引进美国的微波通信系统可于7月间安装完毕，并提供使用。此外，五、六湾区挖山填海，已平整土地100万平方米。客运方面，可以从蛇口乘坐水翼船直达香港，仅需时40分钟。

即便如此，袁庚仍旧心事重重。

5月下旬，正是"岭南万户皆春色"的时节，新华社记者官策与张洪斌专程赶至蛇口，点名要采访工业区的最高指挥官。这时候，蛇口工业区已得到通知，交通部以（81）交人字1016号文批复招商局，同意将蛇口工业区建设指挥部更名为"广东省深圳特区招商局蛇口工业区管理委员会"，为局级（地师级）单位，既指挥工业区基础建设，又行使工业区红线范围内的行政管理职能。

袁庚早晨刚赶回香港招商局开会，许智明及时转告了记者执意要采访他的要求。考虑到袁庚年纪大，舟车劳顿，他建议让其他在蛇口的负责同志接待记者。袁庚说，不，还是去吧。下午3点，他又从香港赶回蛇口，向记者如实相告蛇口的困境，自己的担忧与压力，还有他理想中蛇口的前景。他谈兴很浓，采访变成了他的"专题报告"。他的睿智赢得了新华社记者的好感，他的理想与抱负让他们的热血沸腾起来。

袁庚诱导性地追问他们："两位记者，蛇口工业区是不是国内第一个出口加工区？"

"是，当之无愧第一个。"

"那么，蛇口工业区与现在我国的经济环境和体制吻合吗？"

"肯定不吻合。在某种意义上讲，真有点对着干的味道。要不然怎么叫特区？中央要在这里实行特殊政策。"

"所以说，"引领着年轻人一步一步逼近自己思索、求解的答案，这位被采访对象露出会心的微笑，"蛇口工业区从呱呱坠地的那天起，就注定了不能安分守己。事情也是如此，如果蛇口工业区是个'排排坐，吃果果'的乖孩子，那他就不可能出世，也不可能活下去。出生了，要活下去，并且要活得好，靠什么？"

"靠改革，另走一条路！"

"对啦，靠改革！可以说，蛇口工业区与改革有着不解之缘。这并不是我们有多么高明，有什么远见，说穿了，这是由我们独特的生存方式和经济地位决定的。至于日后人们可能会说，我们是中国改革开放的先行者，那可真是高抬了我们，充其量，我们不过是无意间在客观上扮演了这个角色……"

一个月后，6月16日，新华社播发了官策与张洪斌撰写的新闻——《蛇口工业区建设速度快》：

广东省深圳经济特区招商局蛇口工业区以特有的经营方式，用不到两年时间，在一片荒芜的海滩上，完成了整个工业区的基础工程和公用设施的建设，开始了一系列工厂企业的建设。蛇口的经营方式引起了人们的广泛的注意，人们称之为"蛇口方式"，意思是指它摆脱了企业变成行政机关附属物的"政企不分"状态，充分发挥企业自主权，运用经济办法进行建设……蛇口工业区的建设能够迅速发展的原因，除了国家从各方面支持以外，首先，重要的在于招商局拥有经营独立的自主权，又有雄厚的资金，在建设中既能独立决断，又有主动精神。一些较大的项目，招商局可以根据企业的需要和特区政策的规定，独立拍板成交，不需层层请示，往返周折。招商局在蛇口设置的机构层次简单，办事敏捷灵活，讲求经济效率。这里不是一个行政组织，也不附属于某一个行政机构，它独立负责，自负盈亏，最后对国家负责。其次，蛇口工业区的经营管理，完全采取经济办法。所有的工程建设都实行招标的办法，并且同承包单位订有奖罚合同，这就大大提高了经济效果。蛇口工业区实行按劳分配原则，多劳多得，调动工人的积极性。采取这些经济办法，使蛇口工业区赢得了速度。"蛇口方式"在我国经济生活中，是一个新的萌芽。实践将证明，它在我们的经济改革中会打开人们的思路，引起人们的思考。

当天，《人民日报》全文刊载了这篇新华社电讯稿，指出："蛇口方式已引起人们广泛注意。"中央人民广播电台外语播音时又将"方式"译为"Model"（模式）。

三天后，袁庚回到蛇口临时指挥部办公室，许智明乐呵呵地指着桌上的一份报纸——6月16日《人民日报》说："袁董，这份报纸是我找深圳朋友要来的，看上去，我们真的干得不错嘛！"

"唉，说你胖你就喘呀，那说你瘦，岂不是要数肋骨了？"袁庚笑笑，他也想不到这回竟然歪打正着，向记者诉说工业区的难处，反倒让记者们帮了一把。

应该好好总结总结。袁庚望着墙上的日历，回想从1979年年初选定蛇口为加工基地，到现在，1981年6月新华社、《人民日报》肯定"蛇口方式"，这中间走了两年半的路程，风风雨雨，辛辛苦苦，都不用说，重要的是，看看有什么经验或者体会。他根据近年工业区会议上谈论的要点，参照新华社两位记者的报道，归纳出蛇口工业区建设中的五点体会：（一）从"五通一平"基础工程做起；（二）用经济手段和科学技术从事经营管理，按经济规律办事；（三）内外结合、以香港招商局发展部支援工业区；（四）加强领导，精简机构，政企分开，有职有权；（五）敢于和善于运用资金及银行贷款。

8月，尽管工业区的招商引资一度停滞不前，"蛇口方式"却获得了赵紫阳总理的肯定。

8月14日下午，赵紫阳总理在广东省委第一书记任仲夷等同志的陪同下，视察了蛇口工业区，并听取了招商局副董事长袁庚同志两个小时的详细汇报。袁庚在汇报中介绍了蛇口工业区的建设概况，并着重汇报了建设过程中的五点体会。

次日上午，赵紫阳又来到了蛇口，登上微波通信楼，纵目四望，工业区全貌尽收眼底，情绪很高。赵再三对袁嘱咐：今后你们办企业，官商一定要分开，官办官的事，商办商的事，做官的不要插手干预企业，企业要发挥潜力，自己办更多的事业。

在微波通信楼前，赵紫阳高兴地和大家一起照相留念。他询问了其中哪些是招商局的同志，并一一和他们握手致意。在照相时，赵对袁庚说：经济改革要由你们这里做起。袁说：新华社6月16日电讯报道蛇口工业区的建设情况时，把工业区的经验誉为"蛇口方式"，中央人民广播电台外文报道时又将"方式"译为Model。我们真是愧不敢当！

赵紫阳说：就叫"蛇口方式"吧。

赵紫阳肯定蛇口工业区的消息飞速从蛇口传到香港招商局，让远洋公司老总张振声郁闷了好些天，喝了不少闷酒。他私下里和几位老友嘀咕说："假使我还在蛇口的话，那么，总理表扬的人，就应该是我了。"

此时，距离他离职仅一年零五个月。

到了9月份，国家计委向中央书记处汇报工作，赵紫阳多次在插话中提到要学习"蛇口方式"。与此同时，国家建委向中央书记处汇报工作，赵紫阳也插话说："要把施工企业搞活，要学习蛇口方式！"他要建委在唐山召开全国施工企业政治工作会议时请蛇口派人到会讲一讲。为此，计委和建委有关部门多次致电蛇口工业区，索要蛇口方式的文字材料。

袁庚在香港接到国家进出口委员会的电话，希望蛇口工业区写一个"蛇口方式"的汇报材料，他将这个任务交给朱士秀去完成。

在这一时期，蛇口经验大都沿用新华社记者提出的"蛇口方式"的说法，直到1981年年底和1982年年初，在报章杂志上，一般才称之为"蛇口模式"。"蛇口模式"与"深圳速度""苏南模式""温州模式"等切合各地实际的运作经验，为中国坚持和扩大改革开放，为中国逐步迈向小康构建和谐社会，留下了不可磨灭的历史印记，具有标杆和旗帜的意义。

十、江泽民替蛇口小店写报告

中建公司董事长陈惠娟女士，是最早到蛇口投资的港商之一，1981年在蛇口投资创办当时中国唯一的外币购物商场——蛇口购物中心。翌年的6月28日，购物中心开业，并在短期内取得良好业绩。后来，陈惠娟在其购物中心的原址上，建起了一座33层高的"海景广场"。2005年3月，在这座大厦的6楼办公室里，陈惠娟接受了我的访问。这一年，她已经65岁了。

"我现在还记得，老人家问我，假如你一天就卖一瓶汽水，你干不干？"陈惠娟的声音很柔，带着浓重的潮汕口音。她的肤色白皙，五官秀美，老蛇口人都不叫她陈老板，而随袁庚的口气叫她"马太同志"。

我静静地听着"马太同志"说那些过去的事情。

"我告诉他，我干！"陈惠娟的口气像从前一样坚定，她笑着说，"老爷子那样说，肯定有他的理由。我只有相信他，事实上，我一直都很信任他。"

"还有，你知道吗，别看我的购物中心小，一开始还批不下来，是江总书记亲自给谷牧写的专题报告才批下来的哩！"陈惠娟忆及往事，一脸骄傲。

几天后，袁庚对我说出当年的实情："那个时候，没有几个人愿意来蛇口噢，好多人都是给我面子来的，或者说，是被我骗来的。"他"嘿嘿"地笑着，脸上闪烁着孩童般促狭而淘气的神情。

蛇口最初招商，重点是放在工业项目上，不久袁庚也开始盘算其他项目。他认为，至少对一个工业区来说，工业是基础，无工不稳，但是，无商不活。要把蛇口搞旺，除了工业之外，要旺就得搞旅游，或者请港人来开店，搞成一个小小的购物天堂，从而走活蛇口这盘棋。但令人遗憾的是，无人鼓掌，响应者寥寥。都说香港人重利，袁庚心里也清楚，就算不重利，也得算算成本是否能收得回来。

他又想到了那两口子，马灿洪与陈惠娟。两口子原在澳门开一间小小的旅行社，前几年来香港发展，无人帮衬，生意做得很艰难。现在，两口子帮梁鸿坤的发展部替蛇口采购一些生活必需品。袁庚心里清楚，香港成功的商界人士，是看不上目前在蛇口的这点小生意的。他决定找他们谈谈，动员一下，看看这对夫妻会不会去蛇口发展。

1980年1月的第三个星期三的早上，袁庚正在全盘考虑蛇口工业区的发展，马灿洪和他的妻子陈惠娟已经找到他办公室的门口来了。袁庚伸出大手握住马灿洪的手摇了一摇："快进来，外面冷。"他有所不知的是，马灿洪夫妇两人坐公共大巴到中环香港招商局大厦一路上所花的时间比平时多得多，倒不是因为塞车的缘故，而是犹犹豫豫，多次反悔，几次下车说要打道回府，停停复停停。最后，他们决定不去蛇口试水，一路上商量如何措辞，既不会引起袁庚的任何不快，又能表达他们不愿意投资蛇口的缘由。

"袁董，"陈惠娟在马灿洪的示意下，开始表达自己的忧虑，"我们听您的话，要我们去开发蛇口旅游，我们公司一大帮人去蛇口看了看，都是——"她盯着大理石地面，心里盘算着怎么说出口。

"都是荒山野岭是不是？"袁庚把她吞吞吐吐想说而不便说的话抖了出来。

陈惠娟嘿嘿笑着："这……我们还是做回小生意吧，这半年来，我们受招商局发展部委托，在香港为蛇口采购运送生活必需品。可是，旅游，我们……"

"现在的蛇口可能冷清了一点，但是，将来一定会有大的发展。"袁庚将他们拉到办公室右边的墙旁，上面是工业区的五年规划图。他指着靠近指挥部附近的一个空白地带说，"你们看到这里了吧，这就是蛇口未来的商业中心，你们在蛇口可以负责百货工作嘛，可以搞服务业嘛，不光可以开商店，还可以开眼镜店、洗衣房、面包店……"

"在蛇口开一个小商店？"陈惠娟接了一句嘴。

"马太，我希望你们开一个商店，"袁庚接着陈惠娟的话头说，"你们不是已经采购了半年多货品了吗？肯定知道蛇口人要什么东西。可以先开一个小商店，不要急，慢慢来，我只想问，假如一天卖一瓶汽水，你干不干？"

陈惠娟看着面前的袁庚笑起来，她以为他在开玩笑，但他的表情严肃而诚挚。事实上，他们见面并不多，是由潮州老乡介绍认识的，陈惠娟和丈夫一样，都很尊重袁庚。她和丈夫在路上商量好推托的话，被袁庚一番鼓动后便风吹云散了，几乎不假思索地说："我干。"她看了看丈夫鼓励的眼神，坚定地对袁庚说，"你叫我一天卖一瓶汽水，可以。我坚持半年，假如半年后仍然是一天卖一瓶汽水，我就回香港。"

"你们会坚持下来的，我相信。"袁庚热切的目光透过23楼的窗外，一片迷蒙的远山遮挡处，那是他心爱的海湾蛇口，"你们到那里肯定会大展宏图，那里有的是机会啊！"

袁庚是土生土长的客家人，客家人是汉族中古老而又独特的一个支系。日本学者高木精藏在《日本人笔下的客家》一书中说："客家是一个充满经济细胞和经营头脑的族群，未来亚洲的经济将垄断在客家人手里。"且不管这句惊人之语究竟是否属实，也不论袁庚是否真正具有经济头脑，反正，他是十分看好"马太"的，也许正是因为这一点，才激起陈惠娟去蛇口拼搏的欲望。反正，在与袁庚交谈当中，在她的血管里正汹涌着潮汕人"爱拼才会赢"的激情。

"我们去。"她又补充了一句。

在世间，要办好一桩事，人们念叨的"一帆风顺"只是美丽的愿望，"万事开头难"才是残酷的现实。陈惠娟奔赴蛇口创办购物中心，是国内第一家中外合资经营进出口商品并收取外汇的商店，国家相关部门对其如何进行管理和规范，并无先例可循，也就斟酌再三，批复不下来。

为了拿到这个"第一"，袁庚再一次承担了巨大的风险，多次嘱咐发展部尽力争取有关方面的支持与协调。由于涉及大量物品的进口，更涉及进口物品的关税，海关不同意。袁庚派人在广东省经济特区管理委员会会议上进行汇报，一时也得不到答复。

这时，除了"购物中心"迟迟不能开办之外，蛇口到香港的海路也由于诸多原因无法通航，袁庚几乎是在走投无路的情况下，指使梁鸿坤找到新华社香港分社的记者黄斌元反映情况。这是他的惯用手法——借助新闻舆论的力量达到他造势的目的。

1981年10月16日新华通讯社的《国内动态清样》（第2492期）上刊登了一篇名为《深圳蛇口特区建设在两个问题上遇到困难》的文章，反映蛇口工业区建设遇到的蛇口"购物中心"不能开办和蛇口—香港之间不能通航的两个问题，使中央及省委关于特区建设的指示无法落实。

10月24日，国务院进出口管理委员会副主任江泽民，继一年前帮助蛇口研究解决工业区建设中碰到的四个"卡脖子"问题之后，再一次帮助蛇口解困，他亲笔给国务院副总理谷牧写了一份专题报告，妥善地提出了解决意见。

谷牧副总理：

《国内动态清样》第2492期反映深圳蛇口特区建设中的两个问题，经与王润生、王斗光同志商议，并向蛇口建设指挥部了解了情况。解决意见如下：

一、蛇口"购物中心"开办问题。中发（1981）27号文件规定："除烟、酒按最低税率减半征税、少数物品照章征税外，其他均免征关

171

税。特区运往内地的货物、物品，应按一般进口的规定办理。在分界线未建好之前，按海关暂行办法执行。"蛇口指挥部称：蛇口第二道防线正在加紧建设。海关反映：两年来对蛇口区内职工早已免税进口了电视机等物品，而"购物中心"进口的货物，凡持有外币的即可选购，实际上扩大了供应对象，在小二线未建成前，会促使区外人员拥入蛇口无法控制。我们同意海关的意见，"购物中心"应待小二线建成后再考虑开业，以利贯彻"外松内紧，前松后紧"的方针执行。并已告知蛇口指挥部，尽快将蛇口工业区的小二线建好。

二、蛇口港口对客轮开放问题，今年9月26日国务院办公厅[81]国办函字75号文件已批准蛇口口岸对客轮开放。蛇口指挥部认为联检设施条件均已具备，只待海关派人进驻即可开放。海关则反映，文件刚下达，九龙海关目前人员尚不敷应用，立即开放还有问题。现经协商，初步定于11月15日派人进驻，最迟不超过11月20日开放。

特此报告，妥否请示。

江泽民

1981年10月24日

在谷牧与万里的过问下，11月12日，国家进出口管理委员会致函广东省经济特区管理委员会《关于蛇口工业区"购物中心"及港口开放问题的处理意见》（〈81〉进出综字第061号），袁庚所挂念的两大问题终于得到了明确的答复。经过半年多的筹备，购物中心选择了一个吉庆的日子顺利开业。

多次视察蛇口、时刻关注蛇口的江泽民，在1981年期间，就对蛇口工业区对中国改革开放所做的贡献，给予了高度的评价。

1981年11月23日，国家进出口管理委员会副主任江泽民受国务院委托，在五届人大第二十一次会议上作"关于授权广东省、福建省人民代表大会及其常务委员会制定各省的经济特区单行经济法规决定"的说明时，举了蛇口工业区的例子。他说："这里值得特别介绍的是：由交通部招商局经营开发的蛇口工业区，在各特区的建设中一直处于领先地位。"他在介绍蛇口的基本经验后指出，"蛇口的管理方式，为改革现行管理体制提供了有益的经验。"

新建的购物中心位于太子路右侧的旷野上，是一座用水泥建造的占地200多平方米的单层建筑物，楼高绝不超过4米，像一只巨大的白色螃蟹笨拙地趴伏在现今南海酒店以北几百米的地方。

1982年6月28日上午8时30分，袁庚悄悄地走到准备开业的购物中心门前。这时候，门外早已排起了长长的队伍，估计有四五百人之多。袁庚望了望商场门外耐心排队等待购物的人，再一次得意地笑了。他静静地望着商场门外的长龙，再一次感到把经济搞上去的紧迫性。"四人帮"把国民经济带到了崩溃的边缘，物资短缺，商品匮乏，虽然这一两年全国大干"四化"，积极发展商品经济，但还是不能满足国人的需要。马太他们把香港商品运到这里来卖，哈哈，会挤破门的哟。

袁庚离开购物中心，大步走向指挥部办公室。

9时整，按照潮汕人的开业风俗，在放完喜庆的鞭炮后，马灿洪刚指挥员工将中心大门拉开，人们便蜂拥而入，开始了罕见的疯狂大抢购。

商店大门口的玻璃被拥挤的人群挤破了。

"我要两台乐声牌电视机。"

"我要一台。"

"我要一台日立冰箱和一条三五牌香烟。"

…………

玻璃柜台后面，陈惠娟有种失重的感觉。她瞟了一眼丈夫和他的表哥，他们也同样惊喜若狂，同样全神贯注。

打烊的时候，几乎所有的人都疲惫不堪，收银小姐收钱最后都收到手软。绝大多数商品被抢购一空，乐声牌彩电一共售出150台。

"老婆，猜猜，我们今天的营业额是多少？"马灿洪声音发颤，他几乎不等她开口就揭开了底牌，"50万，厉害吧？"

"的确如此。"陈惠娟笑得很灿烂，牙齿白得耀眼。

表哥把目光移开，早已后悔不迭。陈惠娟曾动员他入资购物中心，他到蛇口考察后，死活不肯同意："那么穷的地方怎么能去开商店呢？"

"怎么样，我让你们一天卖一瓶汽水，这个回报值得吧！"袁庚进来的时候，两口子正和员工一起从后面的临时仓库里往商店搬第二天待售的货品。

"袁董，快，快，喝一瓶汽水吧！"陈惠娟想起当初袁庚激励她的话语，心里为能有这样一位忘年交而暗自庆幸。

"我还是那句话，蛇口一定可以办成一个理想家园。"袁庚自信地表白。他有近乎猫科动物的洞察力，令人不得不佩服。他看着他们，笑容像雏菊一样在他长满皱纹的脸上漾开。"马先生，马太太，不信，你们等着瞧吧！"

"我们信了啦！"马太频频点头。

袁庚把在蛇口开设购物中心，作为改善蛇口投资环境的硬件之一。他心里很清楚，蛇口要对外商具有吸引力就必须改善环境和管理。他要求各个部门主动、热情地为外商服务，为外商投资大开绿灯。要求整个工业区与招商局全体人员投注十二分的热情与精力来面对外来投资者。为此，他讲过一句在当时很右的话："投资者赚钱，就是招商局的成功，投资者赔钱，就是招商局的失败！"

1983年一天，袁庚恰好与陈惠娟先后到达码头上，准备乘船赴香港。陈惠娟主动向袁庚打了声招呼，只见袁庚吸了吸鼻子，皱起了眉头，并不怎么理她。她正诧异间，闻到了码头上洗手间飘来刺鼻的氨水味。袁庚对她说："你有事先上船吧，我不走了。"他让秘书韩明光立即通知有关人员到这个洗手间里来开现场会。会上，他让有关部门立即整改，再次强调工业区的一切都要和国际标准"接轨"。

袁庚异常严肃地说："上洗手间，不用眼睛去找，而是用鼻子去找，其卫生状况，可想而知！吃喝拉撒睡，每件事对于蛇口都是生死攸关的。一个小小的洗手间我们都搞不好，工业区凭什么树立形象，吸引外商前来投资？"

在20世纪80年代初期，袁庚致力于招商引资，推动工业的现代化，就是想提供更多的就业机会，让老百姓的荷包鼓起来。周末的一天，马太与丈夫跟随"老头子"到蛇口镇的老街四处转悠，听到了袁庚的狂想曲，深感震撼。袁庚是这样说的："当我有一天看到蛇口每家每户都有一辆汽车时，我就死也瞑目了。"这是1982年的冬天。也许是从中嗅到了商机，也许是出于一种投桃报李的忠诚，马太从此开始涉足汽车销售代理行业。

袁庚和马太之间的交往具有典型的袁庚特色：袁庚选择了一个积极努力的商人，并且给予强大的支持，希望能有示范效应。马太也因有袁庚的支持而如虎添翼，双方都得到了各自需要的东西。对马太来说，转战蛇口是幸运的，购物中心开张才5天，就全部收回了50万元港币的投资，第一年的利润近千万元。马太在蛇口的商战中逐渐成熟与成长，有了一家年利润额逾两三千万元港币的商店。对于袁庚来说，马太的购物中心是蛇口棋盘中一枚小小的棋子，这是他扶持的诸多项目中的一个。他就是想把蛇口办成一个理想中的小小海港城镇。

日后，马太转行兼做汽车代理生意，生意照例红火。在思考成立一间商贸公司时，请袁庚为公司起名。袁庚在沉思冥想一两天后，强调应该使用"中建"作为公司的名称。"马太，你们到内地来，是为了支持中国建设的，就叫'中建'吧！"及至马太在香港注册成功后，才发现与国内建筑行业赫赫有名的中建公司同名，不禁有些惴惴不安。袁庚却照例摆摆手，潇洒地一笑："不怕的，我们就混在里头，混在里头也不差的啦！"

十一、"超级富豪团"不是扶贫团

与马太投资零售百货不同的是，创办工业企业是长期性投资，投入大，回收期长，加上蛇口毫无工业基础，需要从耗费巨大的基础工程做起。如何更快、更有效地招商引资，将蛇口现有的工业做大做强，尽可能快速收回投资，成了袁庚的首要任务。

1981年9月上旬，发展公司总经理梁鸿坤向他汇报说，中华总商会出面组织了一个"超级富豪团"将造访蛇口。

袁庚用掌根摩挲着下巴，点了点头说："看来，经过我们报纸的宣传，这些有钱佬也坐不住了，想到蛇口看一看。另外，他们也想看看，我们搞不搞得起来！"他搔了搔头皮，这一年，辛劳过度，他脱发脱得厉害，后脑勺上有三五撮头发脱得很显眼，他经常跟部下讲，这是头发们在"集体退役"。

"中华总商会会长王宽诚说，李嘉诚、霍英东、冯景禧也来，还有胡应湘……"梁鸿坤干脆掰开手指算起来，"会长还让我问你什么时候合适去蛇口，叫我们安排一下。"

"这些人的顾虑和想法还是很多的，我们不要期望太大，"袁庚没有梁鸿坤那么兴奋，从大班椅上站了起来，"但是，他们来我们应该热情欢迎，做好接待工作，这是一件大事啊，你要认真对待，不能出差错。"说到这里，他忽然想起了什么，又重重地坐在大班椅上。"先不忙，你转告王会长，请他静候我们一个月，等我们的安排。"当即，安排梁鸿坤着手解决往返蛇口的通航问题。

两天以后，已经过了中午12点半，袁庚从香港赶至蛇口，大踏步地走进指挥部第5栋小楼，这是总工程师室的办公室。副总指挥兼总工程师室主任杜庭瑞不在，副主任孙绍先正端着碗吃饭。

"小孙，找你谈点急事！"

孙绍先赶紧把碗放下了。

"哎，你别放，我在你旁边，你一边吃我一边谈。"袁庚将黑色手提包放在孙绍先的办公桌上，"小孙，你给我办件事情好不好？"

"袁董，你要办什么事？只要我能办得到。"

袁庚态度和蔼，口气却不容置疑："这不是你能不能办到的，你一定要办！我们现在动员了香港一批有钱人来看一看工业区，我也正想请他们帮我们造造声势，扩大影响。可是，怎么来呢？从市区来的话，那条路不好走，只好从海上直接过来，但是，我们可以爬舷梯从蛇口的老渔民码头上岸，那些有钱佬可不行啊！这个问题你要给我想个办法解决。你还得在码头旁给我搞一个洗手间，他们中有的人可能会带夫人来，如果连洗手间都没有的话，我，太没有面子了！"

孙绍先立即接嘴道："袁董，放心，我给你挣点面子。"

"只有一个月！"

"什么？"孙绍先几乎跳了起来，"一个月？太急了！"

袁庚轻轻地喘了口气。"没有办法了，你想办法。一个月。"说完，拎包，走人，穿过孙绍先的办公室，往门后的指挥部食堂吃饭去了。

四天后，袁庚在香港招商局23楼办公室接到了孙绍先的电话。

"袁董，你交代的任务，我有可能给你完成。"

袁庚一听这话就火了，"怎么叫有可能？"他啪的一声挂了电话。那一瞬间，他几乎控制不住自己的情绪。什么叫有可能，这么大的事情只是有可能，他不能容忍手下人干事仅仅只是"有可能"。他是一位有霸气的领导，性格中有一种柔软的坚硬。

半分钟后，孙绍先又来了电话，小心翼翼地赔着笑说："袁董，你干吗挂我的电话呀？"

袁庚又气又急，嚷起来："不是有可能，就是要完成。"

电话那头的孙绍先不慌不忙地换了一副笃定的语气，汇报说："我买了打捞局的一条万吨旧船，计划一半做防波堤，一半做客运码头。还买了一条小拖船，做个趸船码头，22天之后不仅全部到位，还像模像样地架设完工。"

"一万吨的旧船？小孙，你要花多少钱哪？"袁庚只关心钱数。"旧船也得上千万呀！"

孙绍先笑起来："袁董，一条旧船里面的机器都掏空了，只是一个船架子，只花了33万元。加工费5万元。引桥与趸船4万元。我还在码头的西南面修了一个工业区最豪华的厕所，6万元。总共48万元。袁董，怎么样？"

袁庚两眼一亮："小孙，照你说的办吧，越快越好！"

仅花了22天时间突击赶工的工业区临时客运码头看上去已完全没有"临时"的寒碜感。作为临时防波堤的大船已被一分为二，搁在引桥的西南与东南方向，船身是稍微深一些的蓝色，类似湖蓝色。引桥、趸船漆成养眼的天蓝色。袁庚在引桥上来回走了两三遍，很满意地对着孙绍先笑了。

"小孙，没想到你还有这一手啊！"他转向副总指挥杜庭瑞，"你赶紧落实一个富豪团休息和座谈的地方！"当时，直到1982年夏季之前，工业区找不出一个像样的可供开会的礼堂和会议室。

　　最后，他指示梁鸿坤："你尽快召集招商局办公室、总务处开一个联席会议，专门商讨接待工作，我也去参加。"

　　这个联席会议陆续开了几次，最后一次是现场会，在停泊在香港中环码头附近的"海燕八号"上召开。袁庚参加了这次会议，提议尽快将"海燕八号"简单"装修"一下，为接送富豪团做好准备。他敦促招商局总务科将塑料窗帘换成高雅大方的米色条纹形暗花窗帘，每张椅子添加紧急订购的布垫，船舱里铺上小块塑胶拼接起来的塑胶地毯。这次联席会议花费了他几乎整个上午的时间。他叮嘱梁鸿坤道："记住，找一个最有经验的船长。"

　　在他的授意下，发展部在中环老字号的酒楼订购了26元港币一份的盒饭，大部分是烧鹅、叉烧和卤鸭的三拼饭，还准备了奶茶、咖啡、可乐等冷热饮料以及车厘子、火龙果、美国甜橙等时令鲜果，在惠康超市买好了一次性的水杯和纸巾。那些质地精良、图案新潮的纸杯，用了一次就扔掉，即便到了20多年后的今天，在内地许多地方，仍旧是奢侈品。招商局没有专用码头，"海燕八号"只准停靠在招商局附近的临时码头，为了方便富豪们登船和返港，袁庚布置招商局知会香港海事局，为"海燕八号"申领了当日在皇后码头泊岸的特许证。

　　在筹备接待的一个月里，袁庚常说："工作再细一点，那帮阔佬的钱是不好赚的，他们一个个鬼精得很！"

　　10月下旬一个凉爽的中午，晴空高远，秋意渐浓，袁庚陪同富豪团大款从香港横过海面抵达蛇口。"海燕八号"刚刚靠岸，袁庚从富豪团中分身而出，第一个走上趸船，迈向天蓝色的引桥，来了一个年轻人一般敏捷的转身，驻足，鼓掌，以东道主的身份欢迎香港富豪团。矮个子梁鸿坤笑嘻嘻地引领着王宽诚、李嘉诚、霍英东等人一一走过引桥，踏上了临时码头刚刚修筑好的水泥地面。在码头旁开了一个简短的欢迎会。

袁庚的欢迎辞只是一个申明："今天主要请各位来帮助我一下，看看哪个地方搞得不好，请大家指点指点。香港招商局在蛇口搞的这个工业区，今天，丑媳妇总算见公婆了！"

中华总商会会长王宽诚接过话来说："承蒙招商局发展部和袁老总的多次邀请，我们今天总算来了，来看看蛇口的建设，也看看在这里能不能找到一个发展机会。"

在大家的推举下，李嘉诚发言，他礼貌地看着袁庚，微笑着点了点头，"大家好，我们也是来学习的，这是一个新事物。袁老总在香港招商局的酒会上说，招商局要发展，今天，我们来看一看，还真是发展了，我们来看看怎么个发展法。"

"大家先看看，有个印象再说！"袁庚插话道。

轮到霍英东了。他用手一指袁庚说："我和袁老总相识多年，以前只知道他是军人，不知他会做生意。今天，我就来实地参观一下，看看袁老总的生意如何。"

大家哄地一笑。

午餐之前，在港务公司那间食堂内，袁庚先简述了工业区的缘起，李先念的画圈和中央领导人的集体支持。然后，开始步入正题，极其谦虚地告白："我们在这里搞了两年多，发现没有什么成绩，起色也不太大，但是，我们的想法还是蛮大的。我下面介绍一个矮个子给大家认识一下，大家别看他矮，工业区的建设与规划都掌握在他的手上。"他指着孙绍先给大家认识，接着说，"让孙工程师给大家汇报一下，讲一讲蛇口未来的发展。"

当孙绍先详述港口事宜之后，霍英东提问："这个地方水这么浅，香港水那么深，招商局为什么不在香港发展港口？"

袁庚解释说："水浅可以挖深啊，是不是？招商局当然也要在香港发展港口，招商局先在蛇口搞港口，两者相辅相成。"

"山那么秃，将来搞起来，海边的风大不大？"

有意思的问题。袁庚说："绿化，蛇口工业区将致力于荒山野岭的绿化工作，10年、20年之后就变样了。"实际上，到了1983年，工业区全面进入绿化种树阶段。1983年的5月，工业区曾创下10天种树一万棵的纪录。

袁庚只让来宾们提了一两个问题便提议吃饭。饭后，他陪着王宽诚、李嘉诚、霍英东等人坐在自己的奔驰房车上，其余的来宾分坐了两辆大巴士，沿着工业区仅有的几条路，转了一圈就算是参观完毕。这个时候，工业区可供展示的地方实在不多。

富豪团一行回到码头准备返港，在码头四周看了看，会长王宽诚突然对袁庚说："袁董，码头这个地方很不错，大家让我问问，能不能划一块蛇口码头，让我们经营，行不行？"

这样说来，他们看上蛇口工业区了，想到这里，袁庚内心一阵激动。"码头我们已经开始搞了，你们投资可以，但是，来经营很难哪！"他建议道，"你们再考虑一下，看看还有什么别的投资项目，蛇口欢迎你们投资！"

赴蛇口实地考察之后，胡应湘单独来过蛇口，希望合作建设港口，袁庚并没有答应。会长王宽诚致电梁鸿坤，他和霍英东几个人商议在蛇口合作开一间大酒店。要求招商局为他抵押贷款，梁鸿坤说，招商局不同意为他担保。电话那头，王宽诚沉吟片刻，立即说没事，他已经决定，捐赠一辆巴士给蛇口。梁鸿坤当即表示感谢。不料，到手的是一辆即将报废的车。

在一次会议上，有人提出富豪团来蛇口光说不练，工业区没有捞到一个项目，有些得不偿失。袁庚这些天来心情一直不好，虎着脸对那人说："你以为一个访问，就让这帮超级富豪团变身扶贫团？"朝人家发火干什么？袁庚意识到自己有些失态，立即放缓语调说，"我说过，他们鬼精得很。"

梁鸿坤向袁庚请示对王宽诚所送车辆的处理意见，憋了一肚子气的袁庚不忘幽他一默："不要辜负了人家的一片好心，我主张物尽其用，巴士不能跑运输，你将它摆在工业区的大门口，来个实物展览，见到香港人就介绍：'这是王会长送的！'"

袁庚说这话时，紧绷着脸，话音刚落，立即引起哄堂大笑，袁庚也随着众人畅快淋漓地欢笑不已，宣泄了一番。

那辆车，果真在工业区大门口摆放了一段时间，梁鸿坤遇见香港人就会说这辆车是王会长送的。

十二、"大不了再回到秦城去！"

"为了防后方，我就得横着站，不能正对敌人，而且瞻前顾后，格外费力。"[1]

袁庚十分喜欢鲁迅的这段话，常对别人说，他老是横站，瞻前顾后，格外费神费力。

然而，袁庚必须率队冲锋陷阵，而且都是攻坚战，也就无法"横站"，无法"防后方"。

事实是，暗地里告他的人不在少数，也不是短时期、一阵子，而是不屈不挠，无穷无尽。

这些告状者，并不都是使坏的人，很多人是在旧体制内呆惯了，旧传统束缚得太紧了，一旦袁庚敢越雷池一步，也就免不了说三道四。

改革开放初期，深圳市及其蛇口工业区，头顶"经济特区"的光环，表面上风光无限，但是，作为一个与现存的经济秩序和运行体制迥然不同的"怪胎"，一个几乎与整个中国人固有观念与逻辑对立的反叛体，必然会让拓荒牛们一边埋头拉犁，一边还要瞟瞟暗地里随时可能落下来的鞭影……

对袁庚来说，1981年注定是多灾多难的一年。他在10月初便病倒了，急性胰腺炎，这是他自五年半牢狱之灾后的首次发病。10月30日上午，国务院副总理薄一波视察蛇口工业区，袁庚正躺在广州市人民医院内科病床上打点滴。事后，许智明专程赴广州向他报告薄一波视察的细节。薄一波对蛇口工业区倍加赞赏，逐一询问了22个合资或独资项目的具体内容，还用笔仔细记下了工业区指挥部所设的3个室和12个专业公司的名称。他对工业区大胆改革，将政企分开，实行"官办官事，商办商事"，实事求是地设置办事机构的做法十分赞赏。他向梁鸿坤说："你们的做法是一种改革，很好。"

最后，薄一波说："你们用短短两年多的时间，搞到这样的规模，签订了

---

① 《致杨霁云信（1934年12月18日）》，《鲁迅全集》第12卷，人民文学出版社1981年版，第606页。

这样多的合资（独资）企业，有这样多的工厂，我听了很高兴。我听了你们的介绍，很满意。我们到深圳看过，他们的成绩也很大，就是工厂少一些，有也是来料加工、补偿贸易的。而你们是合资（独资）的，几个大厂（钢铁、铝材、集装箱）招商局都占有50%股份，这个方向对，有特点，完全是我们控制下办的特区。"

袁庚出院后继续在香港招商局和蛇口工业区两头跑，瞻前顾后地忙。这一年，他更多的是在蛇口坐镇指挥。

又到了年尾了。袁庚又一次在"人造荒地"上徜徉。

工业区从1979年7月开始平整土地，截至1981年12月底，可供建筑厂房和其他建筑物之用的土地还有74万平方米。也就是说，有74万平方米的土地因无人问津，平整出来的土地又成了荒地，长满了高矮不一的杂草。

1981年年底，在招商局发展部的年度总结汇报中，对外招商引资的数目为零，梁鸿坤和他的部下集体吃了"鸭蛋"。袁庚在荒地杂草间乱走，辨认出了灯芯草、金钱草，还有狗尾草。他想起抗日战争时，他采过金钱草为侦察员活血消肿。如今，这帮野草霸道得很哩！面对花钱造出来的一大片荒地，就像面对花血本培养出来的闺女长期待嫁，等啊等啊，等到青春不再，容颜老去……

12月1日，袁庚从香港赶到蛇口，忙了一天，一大堆事情还没有处理完，到了晚上，在蛇口留宿，和梁鸿坤、许智明三人挤住在临时招待所的一间房子里。所谓的临时招待所紧挨着袁庚的指挥小楼，是铁皮房的二层建筑。这一年的冬天特别寒冷，朔风在蛇口还没有种上行道树的空旷荒野里呼啸，在门外肆意穿行。

子夜时分，三人还没有丝毫的睡意。

"小梁啊，现在谈成了几个？"袁庚希望他们平时"瞒产"，但到年底这个时候，也该告诉他了。

梁鸿坤耍赖装睡，就是不想回答这个问题。整整一年，发展部全体员工不知道陪了多少拨客人造访蛇口，一路上，不仅要赔着笑脸解释招商条例，下船了，还要小心地拎着一大堆饭盒，那是替客人准备的午餐，是从香港茶餐厅买的15元港币一份的盒饭。在介绍蛇口情况时，发展部的人往往说得口干舌燥，唾沫星子飞溅，客人当面答应会仔细研究、认真考虑，往往一回到香港便如泥牛入海再无消息。

"咳。"袁庚咳嗽了一声。

"现在……"梁鸿坤嗫嚅着，"今年年初到现在为止，一个也没有。"

黑暗中，他听见袁庚轻轻的叹息声。

"袁董，现在土地都在晒太阳啊！"许智明更是睡不着，翻了个身，嘟囔着。

袁庚清了清嗓子，把责任全揽在自己身上："嗯，我想，你们放心，"他沉吟片刻后说，"老许和小梁啊，没有人来投资，工厂办不了，追究下来，我会负总责的。大不了，了不得，回到秦城去。"说到秦城的时候，胸腔里升起了一种悲壮的情愫。

"我们也都有份哪，到时，你去我们也要去啦。"许智明急了，从窄窄的简易席梦思床上跳了起来。

"我也去，我们一同去。"梁鸿坤一个翻身坐在床前。

"你们去干什么？你们去说什么东西？"袁庚在黑暗中不知不觉地提高了声调，"不关你们的事情。"

"大不了就丢官，也算干了一场革命了！"许智明愤愤地说。

"唉，不要了，都是我一个人负责，你们就不要管那么多了。"袁庚支起身子，将咖啡色的毛毯往上拉了拉，倚墙而坐。

"这里什么也没有，怎么来呀？穷乡僻壤的地方……"梁鸿坤想起招商时，商人们的牢骚和不满，不觉发出了声，"要完善的话，起码还要两三年。"

许智明将心比心地说："拿我，我也不会来呀。"接着，又补充了一句，"打死我，我也不会来的。"

袁庚叹口气，有一刻觉得自己的五脏六腑都缩成了一团。昏暗中，空气都显得苦涩。我们是在夜间穿行吗？袁庚想，走夜路，没有目标，没有信念，不是永远也走不到头吗？袁庚侧着头喊："喂，我说两位，你们太悲观了吧？"

"悲观，"许智明胖乎乎的，天性直率而热情，对着袁庚叫了起来，"袁董，换了你，你会来吗？悲观？悲观还算好一点啊！你来吗？"

灯光下，梁鸿坤看见袁庚低着头，呼吸声急促而粗重，唯恐老头子血压升高手冰凉，赶紧和稀泥："招商招不到，也没有关系，大不了说服内地的工厂搬过来……"话一离嘴，他就后悔，这不过是自己安慰自己罢了。

"搬到这里？"许智明又翻了个身，"真是比搬到三线还惨哪！我又不是没有试过搬三线厂，搬迁到内地的三线厂都好过搬迁到这里。"

"小梁，你想一想办法吧，你找人谈谈行不行？再找一找？"袁庚的口气很软，几乎是哀求的语气。在得到梁鸿坤的明确答复后，64岁的袁庚打了个响亮的呵欠说，"算啦，你们早点睡吧，明早还要工作呢！"

这个夜晚，袁庚辗转反侧，一夜无眠。他听见梁鸿坤翻身的声音，知道他也没有睡好。体胖心宽的许智明整夜也没有呼噜声，一定是无法入眠吧！袁庚思忖道，虽然赵紫阳肯定了蛇口工业区，讨伐"租界"的风浪并没有平息。香港的跨国财团与外资隔着深圳湾20余海里的距离，依旧在观望，等待，不肯轻挪贵步。

最近一段时期，他一直在研究控股比例问题。当前，中国政府和跨国公司还处于一种相互试探的过程。中国政府基本上不允许外资在华独自经营企业，对外商直接投资的形式和金额都有严格的限制。虽然颁布了《中外合资合营企业法》，对合资、合作企业都表现出明显而热情的鼓励倾向，但对外方的股权比例仍严格管制，其比例不得超过50%。

他知道控股权是一个坎，一个涉及政治上走什么道路的敏感话题。

事实上，关于外资企业控股权的问题，直到2001年中国加入WTO后，才在部分行业中被允许占有较大的比重，但在金融等少数行业仍被严控。一直以来，袁庚和蛇口工业区从未吸引到国际大型财团，其原因也是因为没有给予他们控股权。袁庚从来就是以一个政治家的职责与幻想家的热情在创办企业。虽然他的做法与现行体制有许多背离之处，却一直不想也不敢离经叛道。他很谨慎，多年来在控制权上坚持不让外商独大。他认为，这不是什么经济数字，而是政治问题，是共产党也是社会主义应有的规矩。

在袁庚手边的一份资料中，1980年，北京、天津、广东、浙江、福建、山东六省、市共开办了21家外资企业，超过半数以上仅为投资几十万元人民币的小企业。想到这里，袁庚就觉得不管怎么说他都是个幸运儿。迄今为止，蛇口工业区毕竟引进了24个项目，项目投资额为5亿港元。暗夜里，他看到荒原上开出的花朵，那是引资过来的24支新苗，在蛇口竞献芳菲……这就是弹丸之地的蛇口啊！

南中国海的海面上，晚潮起起落落，敲打着夜眠者的无眠。很晚了，隔床梁鸿坤匀称的呼吸声和许智明的鼾声，搅拌着墙上时钟的走动。昏暗中，袁庚继续琢磨梁宪的一番话。梁宪是学法国文学的，在招商局搞情报研究。袁庚曾经和他一起探讨工业区的内部管理与招商引资等问题。袁庚说，我们是社会主义国家的工业区，有一些坎是不能跨越的，工业区只能在夹缝中求生存，在如临深渊中求发展。梁宪认为，工业区必须转变观念，建议现有的13个直属公司不应以赚钱为主，而要以服务为主，要使工业区各种服务形式并存，并提高效率和质量，使落户蛇口的企业能降低成本。还可以搞些个体经济来补充工业区的生活服务。关于内联方式，梁宪主张内联与外引并举，在目前外引不景气的情况下，可以把目光更多地放在内联上……

是的，梁宪的看法和他是如此接近！

天已经拂晓了。最后一批繁星消逝在浅灰色的天空中，远处传来基建施工的作业声和运货大卡车的喇叭声，深圳湾的海面上正腾起层层白色的雾霭。

"起床啦！老许、小梁，我们看地去！"袁庚拍着床沿，对着他的两位大将吆喝着。"看完地，小梁和我一同回香港，再找人谈一谈。老许呢，你再跑跑赤湾，看看孙绍先的探测工作干得怎么样了！"

十三、"港督替你们做宣传！"

在蛇口工业区知音难觅的初创时期，袁庚抱着"东方不亮西方亮，黑了南方有北方"的心态，在一份宽慰和豁达中，以积极进取的精神，广泛地寻求支持者和合作者。

1981年12月30日上午，香港第25任港督麦理浩趁圣诞与元旦之间的空当，应邀访问深圳经济特区。这位曾在1979年、1980年两度访问内地，提出"经济合作，双方受益"主张的苏格兰人，是在位时间最长的一位港督，此番访问深圳经济特区，第一站访问了招商局蛇口工业区。

上午，袁庚和新华社香港分社副总编辑谭干陪同麦理浩乘飞翔船赴蛇口，随行人员有政务司钟逸杰、政治顾问麦若彬等四人。

飞翔船上，港督麦理浩就香港港口挤塞等问题，随意与袁庚等人交谈。钟逸杰问袁庚，招商局是否会改变在大揽角建货运码头的计划，袁庚没有正面回复，当着港督的面，把关键问题挑明来说："我是个企业者，要打经济算盘。如果你们要高地租的话，我看投资下去是很难收回的。"麦理浩立即表示："这个问题可以考虑。"船过踏石角，袁庚与谭干向麦理浩介绍为什么要在蛇口建立工业区，麦理浩说他早就希望访问蛇口了。上午9时30分，飞翔船抵达上个月才落成的蛇口客运码头。麦理浩一行受到深圳市市长梁湘、副市长周鼎以及许智明等人的欢迎。

随后，麦理浩等人登上微波通信楼，远眺工业区全景。麦理浩双手一摊，"哦，MY GOD！"随后，用流利的中文表达了他的心情，"真是百闻不如一见，我确实很受感动，我真羡慕你们有这么多的土地可供工业发展。"

袁庚眉毛一挑，不无得意地说："今年初，你的助手钟逸杰先生和魏得巍先生访问这里时，也说过同样的话，不过，钟逸杰先生用的词不是'羡慕'，而是'吃醋'。"

钟逸杰在一旁微笑，连连点头。

袁庚指点山下美景，对麦理浩说："麦先生，内地和香港紧密合作，可以互相促进彼此的繁荣和安定。"

麦理浩笑吟吟地回答："我们在路上也谈过这个问题。香港水（指金钱）多，你们土地多，将是最理想的合作伙伴。"

袁庚补充道："蛇口还有一个好处，就是环境没有受到污染。我们开始建设就注意到发展工业会带来的问题，我们每天都在化验海水、空气，正以较大的投资兴建污水处理厂，把工业废水、生活污水处理和净化后，再排入海里。"

"对！"麦理浩两眼一亮，"不久前，我和任仲夷先生专门谈论了这个问题，要共同保持后海湾不受污染。"

午宴之前，在南山宾馆的招待厅里，港督自始至终聚精会神地听完了工业区建设指挥部副总指挥许智明有关工业区建设情况的介绍，评价道："根据我们的经验，蛇口的建设速度是快的，建设规划很有专业水平。祝贺你们取得的成绩。"他转向钟逸杰问，"蛇口的建设速度与香港比较怎样？"

"香港若和蛇口比，"钟逸杰思忖了一会儿说，"两年零四个月要达到蛇口这样的规模，要付出很大努力才行，因为蛇口有些条件比香港好。"

梁湘朝港督麦理浩点点头，他的语气也十分肯定："深圳市目前的做法是学蛇口的，也是从'五通一平'基础工程做起。"

此时，麦理浩歪着头和钟逸杰用英文小声倾谈，片刻之后，麦理浩用中文坦率地对袁庚说："在香港，要完成目前蛇口这样的规划，也要四年半的时间，而你们只用了两年多的时间。"

华苑酒家设在南山宾馆的底层，开业未满一年，是由港人投资打理的蛇口第一家粤菜馆，引进港式海鲜酒家的敞开式销售海鲜模式，接待客运通航后乘坐飞翔船前来蛇口的香港旅游团。华苑的菜牌上最贵的一席海鲜价格为人民币600元。普通席约为188元至288元不等。

袁庚招待港督的午宴只有两席，每席的费用约400元，从龙虾、石斑鱼到九节虾、海参，应有尽有，袁庚还让酒家总经理陈建安准备了英国产的红葡萄酒。

午宴祝酒时，袁庚站了起来，看着和他同龄的港督说："我和我的同事们正致力于一项事业，就是为促进特区与香港之间的经济繁荣、互相合作做出微薄的贡献。钟逸杰先生今年初来访时说，蛇口工业区的发展对香港大有好处，我补充一句，就是对彼此都有好处，谁也离不开谁。"

袁庚将酒杯举得高过自己的眉际，对麦理浩说："港督先生，9年多来，你在香港做了令人羡慕的工作，这是有目共睹的。我相信你这次访问将进一步促进经济特区和香港之间的合作和两地的共同繁荣，使人们对前途增加信心。"

麦理浩端起酒杯，说了一番让袁庚感动的话："两年前，在你们工业区开始建设时，有人怀疑你们是否能建设起来，现在你们已经用事实做出了证明。我要向这些怀疑派介绍这里的情况，改变他们的怀疑态度。"说完，麦理浩将杯中酒一饮而尽，像一个地道的中国男人一样。

席间，麦理浩很八卦地询问起蛇口和深圳市的关系，袁庚和梁湘费力解释了半天。他忽然促狭地一笑："在我们英国，有一种布谷鸟，她自己不做窠，看见鹌鹑作窠生蛋，她也挤进去生蛋，最后，她把鹌鹑挤走了。"说完，他自顾自地哈哈大笑起来。

袁庚也笑，他指着梁湘说："他是我们的'父母官'，不会出这样的问题。"

梁湘笑声响亮："我们绝不做布谷鸟。"

若干年后，有媒体称梁湘和袁庚为深圳改革时期的"并立双雄"，命运戏剧性地把两个脾气同样刚烈、志向同样宏大、智慧和胸襟难分上下的人紧紧地捆绑在同一块土地上。两人既是"同一战壕里的战友"，又是中央部委与地方政府利益博弈、彼此竞争的绝佳"对手"。1981年的这一年，是他们异常短暂的"蜜月期"。两三年后，诸多因素最终导致他们渐呈疏远。事实上，他们的思路不同，"手法与套路"各不相同，他们在矛盾中不停地较量了多年，多场官司频繁开打，每每惊动广东省与中央。直到1986年5月，李灏接替了梁湘的市委书记职务，袁梁之战才无疾而终。

"那么，"麦理浩在幽了袁庚与梁湘一默后，话题切入正题，"可否让一些英国人，我的意思是，那些不是香港人的英国人来蛇口访问？"

袁庚旋即点头："随时欢迎，除了外交人员、新闻记者要事先办理签证之外，其他人士可在蛇口码头签证。"

麦理浩直率地批评袁庚："你们对外宣传得不够，许多人都不知道你们的建设进展情况。"

袁庚承认宣传得不够，解释说："我们要先做后说，要取得成功，还有待于努力。"

"不过，现在是你们对外宣传的时候了，我将为你们做宣传！"麦理浩把逻辑重音放在"为你们"三个字上。

袁庚笑得很开心，指着许智明对麦理浩说："那么，我们的许智明先生将付给你宣传费！"

翌日中午1时20分，麦理浩结束了对深圳的访问，经文锦渡返港。在文锦渡边检站，麦理浩对香港新闻记者发表谈话，讲述访问蛇口与深圳的印象。

"本人目睹蛇口以一种颇为不同的方式发展，而这明显是经过非常周详的计划，并且看来正在迅速地发展。我也亲眼看到深圳广大地区有旅游及工业的发展，当然，它们零散分布，不像蛇口般集中，所以得到的印象并不相同，虽然如此，但总的说来，我所见到的，都使我留下非常良好的印象。"

1982年1月4日，麦理浩访问蛇口的第5天，袁庚收到了麦理浩的致谢函。

招商局副董事长袁庚先生：
　　上周，本人与钟逸杰先生、麦若彬先生联袂访问蛇口工业区，承蒙阁下妥善安排，且拨冗自香港相偕同行，吾人谨致深切谢意。此行又得以在南山宾馆品尝美食，至今难以忘怀！深信该菜馆定将吸引不少香港人！
　　本人深庆得此良机，畅游蛇口；目睹当地在短期内有此成就，不禁折服。本人亦曾对阁下提及，蛇口工业区之成就同时使中国与香港受惠。本人定当竭尽所能，鼓励香港之投资者致力促进该地之未来发展。

麦理浩　谨启

1982年1月4日

继麦理浩访问蛇口后，香港舆论以及工商界人士对特区的反映越来越好。仅仅半个月，香港厂商来招商局谈判拟在蛇口投资设厂者就达十余家，其中有香港世家利铭泽、广联集团董事长郑庆飞、泰中友协副主席黄南荣等头面人物，有探盘想法的人很多。要求近期亲去蛇口访问的有汇丰银行董事长沈弼、渣打银行总经理白朗等人。

港九居民群众性组织街坊联谊会也纷纷组织旅行团到蛇口工业区访问参观。香港市民说：港督都去访问了蛇口，还说蛇口的确建设得不错，我们应该去看一看！

半个月来，香港到蛇口的飞翔船经常客满，船票供不应求，以致招商局的工作人员要去蛇口也往往买不到船票。

袁庚看完招商局第36期简报上登载的上述内容，不由得"嘿嘿"地笑出了声。他晃了晃手中的简报，对梁宪说："看看！还是港督厉害！"

第五章　建设时代的"黄埔军校"

第五章　建设时代的"黄埔军校"

一、有钱有地，就是没人！

组建蛇口工业区建设指挥部，所需人员最初只能从招商局内部解决，这对编制本就紧缺的招商局来说是道难题。在中央驻港澳工作机构召开的相关会议上，决定指挥部设立7个组，编制为25人。直到1979年上半年，工业区指挥部专职干部包括张振声、许智明在内仅有5人，加上临时调来的，也没有几个人。在一次指挥部全体人员的聚餐会上，袁庚对许智明自嘲："工业区自己的管理干部满打满算还没有超过一桌人！"

20世纪80年代初，中国的人事管理制度还是计划经济下的统调统分，完全由国家统一安排，国家干部和技术人员不能自由流动，基本上是"死水一潭"。蛇口工业区每需要一个干部，都要得到上级主管单位交通部的许可与支持，由交通部从部属单位抽调。若想从别的系统或单位寻求支援，那可真是这山放了那山拦，重重阻隔重重关。

还是在1979年春节过后，在袁庚多次要求下，交通部从部属单位先后调来了一批干部和技术人员支援蛇口，这批人员政审很严格，像对待出国干部那样，需具备两个条件：不仅是技术型干部，还必须作风正派。这是考虑到蛇口地处边陲地带，本地人外逃成风，剩下的多为妇女孩童，唯恐借调来的干部作风不好，惹出绯闻。这批从交通部系统来的干部议定借调一年，计有陈金星、王今贵、邹富明、丁传作等。这批专业型干部迅速壮大了蛇口的力量，在各自的岗位上干得风生水起，让袁庚看到了希望。

美中不足的是，这一批借调或调任的干部、技术管理人员及职工，都是根据蛇口工业区后勤服务基地的思路配备，仅仅限于水务与交通方面，远不能满足一个综合型工业区的发展建设需要。袁庚很清楚，创办外向型工业区，除了需要专业技术型的干部之外，一个开放型的工业区需要大量有真才实学、能开拓创新的管理型干部，需要一大批思想好、作风正、能吃苦并善于与外商打交道的各种类型的人才。

袁庚未雨绸缪，不断地争取交通部支持，以求输送合乎他要求的干部。从1979年5月至次年年初，半年内他打了6次报告给交通部，举出实际的情况，要求上面格外垂顾，但收效甚微。一方面，借调来的干部，有的缺乏专业知识，不适应工业区的要求，有的没有长远打算，许多人把蛇口当作过路凉亭。另一方面，少数具有专业知识、能力较强的干部，原单位还隔三差五地催着要他们回去。

1980年1月25日，就在交通部副部长郭建视察蛇口后三日，交通部科技司司长高原和交通部科技情报所所长冈森、研究员林鸿慈一行三人造访香港招商局。袁庚和高原私交甚笃，意气相投，是缘于两人在交通部时上下班共用一辆小车。高原带队赴港，是来了解国外交通科技发展情况的。当晚，袁庚借士诺道上一家普通海鲜餐馆尽地主之谊。席间，谈到蛇口，老人激动得很，诚心邀请他们一定去蛇口看一看。袁庚打趣地说："诸位是部里的要员，下去体恤民情如何？"

翌日清晨，袁庚陪同三人从佐敦道码头出发，上午10时左右到达蛇口。沿途带他们参观了基础工程建设后，马不停蹄地爬上大南山山腰。

眺望着蓝天下一片宁静的海湾，袁庚心中有说不出的熨帖和安慰，他献宝般指点脚下四方，告诉他们，这就是蛇口工业区，他要在这里建设一个开放式的城镇，突破封闭，走向世界。"老高，怎么样？这个地方漂亮吧？"

烈日当空，高原眯缝起眼睛点了点头。沉吟半晌后说了一句："老袁，这个地方好啊！可是，你是有钱、有地，就是没人。"

一语中的。高，老兄实在是高。

袁庚立即摊开双手做无奈状："说得好啊！我们办这个工业区，向外招商，若没有一批熟悉资本主义生产和经营制度的经理层人才，人家怎会前来设厂呀？"他捋了捋头发，顿了顿，"我们这里就是缺人——"他将目光转向冈森和林鸿慈，"冈所长，你们情报所去年2月份搞了一个干部培训班，两年制的，我儿子就在这个班上学习呢。"

"袁董，你的意思是——"冈森的问话刚刚挑了个头，就被高原的话打断了："冈所长，你太太不是在中国人民大学企业管理系当教授吗？正好帮帮老袁！"

"没问题。只要袁董开口。"冈森是个热心肠的人，他是1938年参加革命的老干部，资历极老。

袁庚双手叉腰，站在平稳的山石上，近乎白色的阳光刺得他睁不开眼睛。他感慨地说："蛇口有地，也有钱，人才奇缺。我总在想，能不能冲破'干部私有制'，在全国范围内招聘一些有志之士，再用最新的办法来培训这批人才。比如说，办一个培训班，培养自己需要的企业管理型人才。"

高原笑着用手指戳戳袁庚的手臂，再指指冈森说："老袁，你的想法很好，找冈所长帮忙，他们情报所有这个培训能力。"

袁庚说："这就是我拜托你们来蛇口看一看的真实原因。"

冈森扬起下颚指指站在一旁的林鸿慈，向袁庚热情地推荐："老袁，你找林鸿慈吧，他是1943年上海圣约翰大学化学系毕业的，前年在人民交通出版社出了一本《英汉港口航道工程字典》，是个大才子呢。放心，我们情报所全力支持你们，要人出人，要力出力。"

袁庚转头看看林鸿慈："老林，怎么样？你过来吧！在蛇口办一个培训班，蛇口一定不会亏待你的，怎么样？"

林鸿慈比袁庚小3岁，从昨日见面至今不到24小时，袁庚谈起蛇口如数家珍，给他的感觉像个狂热的传教士，这份狂热激发了林鸿慈。他几乎未假思索便应承了袁庚的请求。

下山的时候，袁庚的脚步十分轻松。

二、"把内地那一边的东西统统抛弃掉!"

工业区的人笑称,部里调来的干部都是"空降兵"。

自1979年下半年至1980年年初,每隔个把星期,就有交通部从五湖四海抽调来的新干部"空降"蛇口。为什么"从天而降"?因为,他们的到来总是袁庚最后一个才知道。当然,不是下属们刻意不给袁庚打招呼,而是往往忘记汇报。工业区建设之初,任务繁杂、千头万绪,工作汇报难免挂一漏万。在蛇口建设初期,有一条不成文的规矩:新干部到相关科室报到后,比他先来的"老干部"(可能仅仅比他们早来三两天),通常会发一双雨靴给他,再将他领到工地上,让他们看看,能干什么就干些什么吧!此时的蛇口,正经历着一场百年不遇的开发与建设,就像打着一场永远也打不完的无厘头的乱仗,谁也不知道谁要干什么,哪里有事你就到哪里去吧!

1980年3月7日,春节刚过,33岁的河南兵乔胜利从广州远洋公司人事处调入蛇口工业区。这时,距离他从海军舰队转业地方并接手人事工作还不满8个月。

袁庚听到又有新手加盟,且是搞人事工作的新手,已是一周后的3月14日下午。上午,招商局与香港森发实业有限公司在律师楼签订了在蛇口合资兴办华美钢铁有限公司的协议。中午,袁庚做东请了一顿饭。饭后,他就拉着梁鸿坤过海来到蛇口。

副总指挥许智明赶到码头接他们。汇报到最后时说,有个叫乔胜利的后生仔,原在广州远洋分管人事工作,这次被交通部抽调过来才7天,问袁庚要不要见一见?

"搞人事工作的?填补空白了,好啊,"袁庚立即决定,"老许,那我晚上就不回香港了。"

> 36岁便被袁庚一把推至前台,任职蛇口工业区党委副书记的乔胜利,如今已是迈过花甲之年的老头。2005年8月,25年后的深圳炎夏,

凉爽宜人的品尚品咖啡厅里，随着乔胜利的动情讲述，我的眼前，徐徐展开一幅年轻仔与袁庚的忘年交画面。是的，那夜回肠荡气，那夜心潮澎湃，在那个"听了4个小时仍旧听不懂"的暗夜里，33岁的河南兵彻底地被63岁的客家人袁庚所征服。

当年，乔胜利手拎一只煤油炉，背着一只跟随他11年、边角已经磨损得辨识不清颜色的军用大背包，几乎是"稀里糊涂"地被交通部指派到蛇口工业区的。他从未料到，自己这个来自海军南海舰队干部部任免科的年轻仔，日后将成为蛇口工业区党委副书记。

香港中瑞机械工程有限公司替工业区临时搭建的简易招待所里，充斥着新建筑闷闷的气息，这是两层铁皮房中的一间，室内的四壁皆为深灰色的镀锌铁皮。这栋房屋坐落在工业区临时指挥部的对面。房内两张崭新的单人木床中间夹着一张床头柜，一盏国内不易见到的漂亮台灯，一对木沙发配着茶几。袁庚接过脚步很轻的服务员送过来的一杯英国立顿红茶，轻轻地啜了一口，微笑地望着乔胜利。这次交通部总算支持了他一把，一口气抽调了四五位干部过来。眼前的这位河南小伙子是这些人中最年轻的。

"你就是乔胜利？"袁庚盯着乔胜利，有点明知故问的味道，当作这场谈话的开场白。

"我就是乔胜利。"乔胜利微笑了。他在万山群岛的海军部队服役11年，对眼前的这位指挥官有种莫名的亲切感，就差没有回答"是"！再补充一个敬礼了。

"我今天来找你聊聊天。"袁庚用眼光扫射了一下室内的环境，再聚焦在乔胜利身上，"你来到蛇口工业区，也就是说，你走到了大陆的这一边，你要把内地那一边的东西统统抛弃掉。"

"得了，袁董，你这样讲年轻人肯定听不懂的。"许智明轻声地嘀咕。这位副总指挥向在座的其余两人笑了笑。这两位，一位是3年后由乔胜利亲自批文同意下海的职工方金水，一位是赶来采访袁庚的南方日报社深圳记者站站长李通波。

"袁董，你说的东西，我听不明白……"乔胜利忽然有些慌乱，不知道领导

196

在说些什么。"为什么走到了这一边，要把那一边的东西放弃掉？"尽管他心中认为，领导的意见永远是对的。他注意到袁庚也同样在观察他。

"小乔，"袁庚语气渐呈温软，解释道，"我看了你的全部档案。你过去在海军是做干部工作的，到了广州远洋也是做人事工作。"袁庚略一停顿，看见许智明点了点头。"我的意思是，你要把过去做人事工作的经验放弃，用一种新的方式、新的思维来干好你的本职工作。"乔胜利仔细听着，他希望将领导所有的话都记在心里。袁庚说："我先给你讲一讲历史吧，招商局的历史有108年。李鸿章就是招商局最早的创始人，曾经有过辉煌。但是，由于清朝政府和国民党的腐败，招商局一直走下坡路，几乎把所有的船都卖光了，差不多要解体了。到了全国解放时，只剩下13条船在香港。到去年年底，三中全会开会的时候，总资产只有1亿3000万，一条船也没有了。"

乔胜利深吸了口气，烟瘾犯了。茶几上白瓷烟缸用洁净坦白地告诉他，对面的领导不抽烟，他当然也不敢造次。

"小乔，我知道你是党员。富国强民之道共产党搞了几十年没有解决。所以，我们要在这个巴掌大的小地方，创建一个崭新的海港城市，一方面要学习西方科学的管理和先进的技术，另一方面要避免钻进它的死胡同。所以，我们要进行全面的开放和探索，走出一条新的路子。"

乔胜利似懂非懂地点点头。

"喝点水吧！袁董。"许智明将续过水的茶杯递给袁庚。说实话，他欣赏袁庚带有煽动性的说话方式。

如果说在5分钟之前，乔胜利那颗被袁庚形容为一张"白纸"的脑袋，还在对正在发生的一切感到困惑的话，那么，此刻，他的脑子开始飞速运转。袁庚的话像重锤一样敲击着他的神经，这让他兴奋、惶惑，更多的是对日后他所待的这个半岛和即将扑面而来的变革产生了一丝憧憬与期待。

"小乔，"袁庚进一步说，"我为什么这么急着和你对话呢？因为你最年轻，今年才33岁。对于我和许指挥这个年纪的老人来说，时间并不多了。蛇口最终是属于年轻人的。"袁庚看了看方金水和李通波，"蛇口需要你们这群人共同奋斗。现在中央政府给了我们一点权力，我们希望凭这一点权力，在这里进行一场冒险的改革。这场改革中，首先要进行的就是干部体制上的改革。这就和小乔你有关了！"

"袁董，我可以干什么呢？"

"你是交通局调来的干部，调到蛇口当然也做人事工作。要干一番大事，人才是前进的基石。'夫财用不足，国非贫，人才不竟之谓贫。'我们可以考虑用一用香港的招聘经验，通过考试向全国招聘人才，改变干部队伍落后的状况。在劳动体制、用人制度上，我们要坚决杜绝后门，招工必须经过考试体检，合格的签半年试用合同。我还希望从内地调进的干部，不论其原来级别、职务如何，一律冻结在本人档案中，只作为基本工资参考。我们的干部与经理统统实行聘任制，任期一年。我希望你把自己的档案、别人的档案全部锁在保险柜里，把内地的那一套统统忘掉……"

与其说这是一次聊天，不如说是一场长达4个小时的小型报告会。1980年春天，在中国干部体制领域仍是死板一块时，袁庚已经有了一整套关于干部体制改革的设想与思路。这一番谈话，是袁庚在任用干部之前的例牌——"洗脑"。他急需将蛇口的整体思路灌输给准备接班的年轻人。

3个月后，乔胜利被任命为工业区人事处科员、劳动服务公司副经理，具体工作就是从全国范围内选调干部，再输送到工业区的所属各个公司，包括工业区本身全资直属企业和管理机构所需要的干部。日后，他还任职培训中心支部书记。蛇口工业区的干部招聘与培训，以及人事制度的改革均由他贯彻执行。

三、"剑桥大学建造多大的桥？"

为了办好蛇口工业区，交通部从部属系统内抽调了几位老同志辅佐袁庚。袁庚心里很清楚，这批工农出身的老干部都是好同志，也个个有根基，有背景，他们身上或多或少地带有过于浓烈的计划体制的烙印。肯定地说，他们不仅难以接受此时袁庚的做派，对袁庚日后所进行的一系列的改革举措，更是难以理解。

毋庸讳言，这些干部中，有些人还肩负着监视袁庚的重任。上头也是好心，他们担心袁庚偏离社会主义轨道，复辟资本主义，给党和人民造成巨大的损失。为了防微杜渐，必须加强看管。所以，对待袁庚，既要帮他，又要防他。这后一点，袁庚长时间被蒙在鼓里。

发生在老干部身上的几个著名笑话，很让蛇口人难堪。

第一个笑话：有蛇口的老干部询问来访的美国朋友说："英国人说英语，你们美国人说美语吗？"

第二个笑话：英国剑桥大学访问团访问蛇口，老干部问道："你们建（剑）桥大学，主要建造多大的桥？"

第三个笑话：将"高尔夫球"说成是"高级球"。

第四个笑话：在谷牧参加的一个会议上，有老干部谈到自己刚去了一趟香港，看到那边的情况后，思想上彻底转过弯了。"不是180度的转弯！"他强调道。

谷牧笑问他转弯转了多少度了。

老干部很肯定地说："至少是360度。"

谷牧亦笑：同志，你转到哪里去了？！

老干部也笑了起来，但他根本不知道众人为什么发笑，不知道自己转了360度又转回来了。

这几个笑话，袁庚并没有亲耳听到，是同事反映上来的，让他感到一丝悲哀。他在蛇口工业区大会小会上不止一次谈及这些笑话，说实话，他不是为了嘴皮过瘾，而是希望多次敲打有助于所有干部改善与提高自身的素质。

被逼无奈，袁庚渴望着能够打破"干部私有制"——在全国范围内招聘干部，搜罗贤才，丰富与壮大蛇口工业区的干部队伍。

时机来了。

1980年3月26日，谷牧副总理在广州召开的"广东福建两省汇报会"讲话谈到蛇口用人问题时，提出了一个崭新的概念"择优招雇聘请"。他指出：现在需要解决的问题，比如技术力量的劳动指标可以不受限制，按实际需要，择优招雇聘请。在劳动管理上，采取一些新的管理制度，都像内地那样搞人海战术不行。

谷牧朝刘田夫以及深圳市、招商局的同志看了看，强调说："你们要把蛇口工业区先办好，就可以取得一些经验。"

谷牧的着眼点不仅是蛇口，而是全国，他希望蛇口提供有益的经验，为全国的人事制度改革提供借鉴和参考。

听到这里，袁庚大胆地插话，向领导陈述困难："我们要求中央、广东省加强领导，帮助解决一些问题，否则那里（指蛇口）就要卡住了。"

后来，谷牧总结性地说："我看，劳动指标和技术力量，可以允许他们登报招考，条件符合要求的录用，不符合的不要，另作其他安排。总之，一定要把蛇口工业区先办好，从中摸索一些经验。"

羊城，春光明媚。听到谷牧的这番话，袁庚的心头暖洋洋的。

根据袁庚官场办事经验，要办成一件事，尤其是没有现成文本可以作为依据的改革之举，领导上口头指示都不牢靠，应该尽量争取书面承诺，即便没有"红头文件"，也应该弄个白纸黑字的批示，方便招商局贯彻执行。两天后的3月28日，袁庚就工业区罗致人才问题，写信给谷牧，寻求书面支持。

谷牧同志：

关于蛇口工业区自营、合营企业所需之中方专家（包括董事长）、工程师、技师、懂外文的财务会计等专门人才的罗致问题，根据您三月二十六日讲话"可以登报招聘、招考，不合格的不要；录用后违反劳动纪律、经教育不改、最后达不到要求的可以解雇"。我们对此完全拥护。这样做不仅可挑选真才，开风气之先，而且可杜绝后门、用人公允。此外是否要加上一条，即对各应聘应考专业人才，其所在单位在其本人自愿原则下应予支持鼓励，不要加以为难。上述人数不多，不致影响各企业、单位，而对蛇口工业区则是极大支持，使新生事物得以迅速成长。以上如无不当，望批转和通报有关单位为盼。

袁 庚
3月28日

当天，谷牧在自己的名字上画了一个圈，并批示：

> 我同意。据此同有关方面交涉。各方均应支持你们。
>
> 3月28日

拿到尚方宝剑，袁庚开始跃跃欲试了。

七、八月间，在深圳，摊个鸡蛋放在街面上，都会被白炽的太阳晒熟。酷暑中，8月8日，江泽民率领工作组到蛇口工业区检查工作，了解情况。袁庚等人又谈到了工业区的人才问题。对此，江泽民提出了原则性的意见：如何解决各合营新建工厂所需的技术人才，确是个大问题。这个问题省特区管理委员会要研究，要帮助解决，要认真贯彻谷牧副总理关于公开招聘技术人员的批示；同有关单位合营，由他们配备新建厂所需的技术人才，也是一条路子。

9月24日，受谷牧委托奔赴蛇口调查研究的中国社会科学院工业经济研究所副所长薛葆鼎、周叔莲等8人，在和蛇口部分领导举行的座谈会上，同样也考虑到了棘手的人才问题。他们说：人才要很重视。我们同意通过国内联合加上招聘、招考的办法解决。你们明年就有一批厂投产，要提前做好生产准备工作。在我们国家，一般要提前一年做好生产准备工作。第一个五年计划引进苏联156个项目，一般人员都在建厂投产前半年就成套配齐到国内同类厂培训。人才问题，尤其是经济分析人才、工程技术人员、管理人员，还有律师，都是不可少的，要成套配齐培养。这项工作深圳目前还谈不上，你们应该解决，我们回去后给你们呼吁。经济分析很重要，不能光看设计图，一定要讲经济核算。

到这年年底，自从在荒山野岭创办蛇口工业区以来，已先后有国务院副总理王震、谷牧，全国人大常委会委员长叶剑英先后视察蛇口，叶剑英还题写了"香港招商局蛇口工业区"的题词。有了中央领导的肯定，交通部以及广东省、深圳市的支持，袁庚着手谋划如何打破"干部私有制"。

袁庚的第一步棋是"冻结"。在10月中旬，袁庚指示乔胜利给交通部发了一份紧急电报，提出"对非专业人员、分配的大专生和一般行政干部，一律停止调进"蛇口工业区。这一步很明智。交通部如果继续"隔山打炮"，不断派一些非专业人员和干部过来，不仅让这批人员学非所用，造成人才浪费，更严重的是让刚刚起步的工业区很快染上"人浮于事""不干事的人专管干事的人"一类的怪病，造成"血管"堵塞，使不能用的人调不出去，能用的人又调不进来，新鲜血液都堵在工业区大门之外。

第二步是"造势"。1981年1月19日，在工业区的年终办公会议上，人才问题成为重点议题。袁庚说："今后的人才怎么来，真正能调来的还是少数，人家培养好的人，不可能给你，所以只有进行人才投资，可以在《南方日报》报道一下，招聘大学毕业生。招来的大学生先放到工业区的工厂里，然后再放到外面学习半年到一年，要学管理、学技术。要下决心培养一批新人，100多人，两三年后就能成为班组长，再从中挑选一批35岁以下的送到国外去学习，到日本去学管理。以后行政人员都应该到香港去看看。工业区的青年干部、工人都应该学点外语，要开办这类夜校，与企业的需要结合起来进行考核，水平高的，可以提高工资。人才投资，指挥部要有专人抓这项工作，从三方面去培训：一是英语，二是配合工业区企业的发展需要，三是先进的企业管理知识。人才投资一定要重视。"

袁庚说完这些话，目光迅速地在几个老指挥的脸上扫了扫，希望他们能够支持他。事实上，他很自信，但更多的时候，他渴望得到同僚们的理解和支持。

所谓"造势"，就是设法借助新闻界的力量，把蛇口"择优招雇聘请"的舆论造出去，让外界了解蛇口正在实施人事制度的改革。同时，在内部广而告之，让工业区指挥部上下都有紧迫感、危机感，认识到提高自身知识水平与业务能力的重要性。

在谈到干部必须提高自身素质的时候，袁庚往往会提及前面所说的"剑桥建多大的桥"等几个笑话，作为教训。他是恨铁不成钢。

然而，袁庚在复述这些笑话的时候，不太注意场合和对象，而且多次讲，伤害了个别闹笑话的老同志。这样一来，就有人说袁庚不太厚道，过于尖刻。

第三步就是"招聘"。工业区派员持谷牧副总理的批示，奔赴北京、上海、武汉、广州等地，采取组织推荐、自荐、公开登报招考等办法，经过笔试、口试、组织考察等关卡，将一批立志献身特区事业的人才罗致到了蛇口。

然后是，马不停蹄地进行培训。

四、"问问红线女唱的是什么戏？"

袁庚明白得很，苏联战后有计划地把老干部送到大学去学习深造，所以苏联的经济与技术在世界上有一席之地。新中国呢？我们的大批干部只上了"阶级斗争"大学，用那一套手法搞科学抓生产显然行不通。要开办一个外向型的工业区，一定要进行人才投资，用经济知识、管理知识武装人才的大脑，将人才塑成可用之才。

这一年春天，袁庚提出一个办理企业管理干部培训班的思路：由香港招商局出面，委托交通部情报所办培训班，一个学员一年由工业区交600块钱。1981年4月20日，林鸿慈应袁庚之邀来蛇口筹办企业管理干部培训班。

林鸿慈对开班提出的建议是：1.培训目标：掌握企业管理知识，有中等英语水平，具备独立工作能力；2.人员：年龄在40岁左右，有一定的英语基础，大学（或具有同等学力）理工科毕业；3.培训时间：约1年；4.培训内容：从适应国际发展趋势考虑，企业管理课包括生产、销售、技术、物资、人事、财务、金融、法律和政治经济学等课程。他的想法，与袁庚的设想不谋而合。

1981年8月16—17日，蛇口工业区首次在武汉长江航运局的海员俱乐部张榜招考干部。两天的时间，近50位应聘者共应试三门考题，一门为英文，一门为国际知识。最后一日上午的考试是写一篇论文，是袁庚出的题目：《试论我国对外改革开放》。

事实证明，在交通部系统内部发布招考消息，消息面狭窄，导致准予招收的合格考生较少。小范围内的招聘无法达到广纳贤才的目的，林鸿慈着急了，他和一同从交通部科技情报所借调来的夏顺炎商量，决意依照袁庚的意思，在广州登报搞一次大规模的公开招聘。之所以选择广州作为招生大本营，原因异常简单，工业区需要一大批懂粤语、能和港商打交道的人才。他对袁庚立下了军令状，培训班必须在10月20日开学。

9月17—18日连续两天，《广州日报》上刊登了同一则招生简章，这是日后被誉为中国第一份人才招聘简章，是蛇口工业区在辗转湖北武汉招聘干部收效不如意后，在《广州日报》刊登的一份意蕴深长的招生简章，标志着袁庚和他的蛇口工业区全面展开了招聘及其培训人才的艰辛之旅。

招生简章内容如下：

为适应我区建设发展需要，经上级批准，拟在广州招收一批有志于企业管理的技术人才，进行企业管理、外贸业务和商业英语等知识的培训，为期一年。结业后，由我区统一分配到区内各企业工作。

凡符合下述条件的职工均可报考：1. 坚持四项基本原则，道德品质好，谈吐及待人接物坚持"五讲四美"；2. 大专院校理工和财经专业毕业，有一定的实际工作经验；3. 具有初等英语基础；4. 有一定的社会知识和中文水平；5. 年龄在45岁以下，身体健康。

招生简章规定报考者须持本单位介绍信和免冠照，于9月17—28日，到广州沙面北街67号培训班招生办公室报名。月末，工业区亦借这个地方开设考场。这是一次全新的尝试与改革，招聘消息见报后报名者甚众，仅广州一个点报考人数逾600名，有资格参加应试者为230人。

2005年12月，圣诞节前夕，距离深圳187公里之遥的广州市。

比袁庚年长一岁的梁灵光，穿着深咖啡色的厚毛衣，被司机用轮椅推着，我立即迎上前去。这位广东省老省长身患重症，被固定在一个狭小空间内动弹不得。当我提起袁庚，他眼中笑意盎然，思绪飞扬。他右手轻颤，口齿不甚清楚地对我说："袁庚，袁庚是一位改革家，好，好同志啊！"

他喘着气，有些疲惫地和我谈起袁庚。谈话时，他多次被剧烈的咳嗽打断，他忍着身体的不适，坚持告诉我那些在他记忆甬道里留存的有关袁庚的讯息。我实在于心不忍，几次想中断采访，他还是要说下去。

我相信，这些话题令他兴奋异常，回忆让他的目光温暖。应该说，谈起袁庚，就是谈起那一段艰涩而辉煌的岁月。那时，他们是胼手胝足的战友，并肩对抗一股股彻骨的寒流……

梁灵光，1980年11月从国家轻工业部部长之职调任广东工作，历任广东省委书记兼广州市委第一书记、市长，广东省省长。在任广东省省长期间（1982—1985）主管深圳、珠海、汕头经济特区的创办工作。

"那时，我看，看，袁庚太累了，就请他来从化温泉度假。"梁老啜嚅着，眼神瞬间清亮，"可惜呀，他人反而，没有，休息好，吃多了一点东西，犯了病，好险哪……"

他像个犯了错的孩子似的笑了，继而引发一阵咳嗽。大约5分钟后，他问我："袁庚有没有告诉过你，他生病的事情……"

他说，他曾和任仲夷一起去看他，敦促医院极力抢救，还操持了一整套疗救计划。他们都不希望他过早离开。"他是个干事的，好领导啊！"

就在我拜访梁老两个月后，翌年，2006年2月25日，梁灵光因病在广州逝世，享年90岁。

袁庚晚年被一场疾病猝不及防地击倒，是发生在1981年10月1日国庆节的事情。他应梁灵光之邀，偕夫人汪宗谦一同赴从化温泉进行短期疗养。当晚，突发急性胰腺炎。如果不是及时抢救的话，再晚半个小时，他相信自己一定与老战友黄作梅在天堂相会了。事实是，蛇口工业区英文人才短缺，连日来，他竟然梦到过他。黄作梅是他的亲密战友，英文绝棒，抗战末期，他想拜作梅为师学英文，内战硝烟一起，哪有时间学习？新中国成立后，亦不能遂心，再后来作梅离开人世，学英文便成了他心底的痛了。

袁庚实在太累了。他愿意到从化来，原本想泡泡温泉，休整一下忙碌不堪的身体。他给自己规定的休假期仅为一个星期。现在，医生说，他至少要一个月才能治愈。事实上，他连治病带休养共花费了一个半月，消耗掉如此多的时间让他很心疼。

这一年，是他和他的蛇口初具风采的一年。近几个月以来，"蛇口方式""蛇口模式"的报道见之于报章，给了他莫大的鼓励。他正准备甩膀大干时，却遭遇了病魔的阻击。

下午2时，袁庚躺在中山医院住院部一个干部单间里，梁鸿坤、林鸿慈和汪宗谦三人谁也没有说话，每个人都以各自特殊的方式焦虑着。梁鸿坤坐立不安，他从广州家中带来的冬虫夏草煲老鸭汤还冒着热气。林鸿慈手中拿着一大堆招聘材料，正思考着要不要给袁董过目。汪宗谦不知道是否应该阻止丈夫在病榻上办公。

"老梁，你别愁眉苦脸的，我一时半刻还死不了。"袁庚略显沙哑的嗓音打破沉寂，转头看着林鸿慈，"你们上个月招人还顺利吗？"

"袁董，你好好养病吧，别的事情不用管。"梁鸿坤有些急了，额头上沁出汗珠。他内心五味杂陈，喉骨一滑，将底下的话咽了回去。他本想坦白地请求袁庚千万保重，在香港闲散经年，好不容易来了一个能够带领大家干事的人，千万别"出师未捷身先死"啊！

"老林，招人要紧，你说说你遇上的困难吧。"

汪宗谦看了一眼丈夫，制止的话无法说出口。她懂得丈夫的心思，那是一种变相的复仇。他铁了心要把五年半监狱的时光补回来的啊！除了卖命工作别无他求。她起身走向阳台，让出病房来，方便丈夫谈论公事。这是她的老习惯了。她离开京城，跟随丈夫在招商局资料室管理资料，与丈夫同在一个单位，却绝不过问、打听、介入丈夫的工作。

林鸿慈将手中的材料摊开："袁董，这次招聘报名的人较多。根据你上个月的建议，我们将集中在广州进行考试。近期准备出考题，你有什么建议？"

袁庚的双眸瞬间明亮起来，干部招考的消息如同一剂极有效的强心针。他强撑着把身体往上抬了抬："老林啊，除了要求专业知识过关外，我觉得，还要有宽阔的视野、丰厚的知识，对了，你给他们出些时事题。"

"百科类的知识可以吗？"

"当然，还要范围广一点，比如说体育方面，你不妨出一道题目：贝利是什么人？"说完这句话，袁庚狡黠地笑了起来，"再问问他们，红线女唱的是什么戏剧？"

"她唱的是什么剧？"林鸿慈睁大双目，疑疑惑惑。他从北京调过来，对红线女的名字十分陌生。

"哈哈，是粤剧。"其实，袁庚的文艺细胞并不多，最爱听的就是红线女唱的整出《文姬归汉》。他爱听的，汪宗谦偏不喜欢。每当他沉湎其中，汪宗谦只有从房间里逃到外面去。

"袁董，这次报名的人，什么人都有。有个年纪较大的，叫黄守廉，16岁考进西北工学院，23岁时坐了7年牢……"

"什么原因坐牢？"

"他在采油厂提出一个革新方案，后来，发生了事故，造成了一定的经济损失，被戴了'反革命、破坏生产'的帽子，判刑13年，最后被减为7年。"

"我们招人除了看知识之外，还要看为人，老林，他是为了革新图变而坐的牢。我看，只要他考试过关，别的不重要，可以破格。"袁庚思索片刻后谈了个人意见。

两个月后，44岁的黄守廉被蛇口工业区破格录取，培训班毕业后，分配至蛇口中集当副老总，50岁入党，52岁任中集副总，60岁退休返聘任集团高级顾问、党委副书记。

瞬间的决定，有时甚至是别人做出的瞬间决定，往往会改变我们的一生。

袁庚醒来的时候已是傍晚，都市里华灯初上。窗外，与住院部隔着一堵薄墙的小街上，归家人行色匆匆。他搔了搔头皮，大脑皮层里，下午与林鸿慈商讨培训班的记忆元素虽然鲜活，但隔着疾病与小憩的背景多少黯淡了一些。

病房里没有开灯，街灯殷勤地将南国高大的木棉枝丫斑驳地透射在墙上，像一幅疏淡的水墨山水画。袁庚的眼睛费力地适应着病房的幽暗。看见梁鸿坤蜷在门边的沙发上假寐，妻子不见踪影。

"袁董，你终于醒啦！"霍然之间，梁鸿坤从沙发上跃身而起，走至病床前询问道。

"你汪大姐呢？"

"她出门买一点东西去了。我留下来看护你。"

袁庚示意梁鸿坤开灯，用双手将上身撑起来，倚靠在床头。这次疾病严重妨碍了他的工作，他的内心多少有些懊恼。"快，回去吃饭吧！"他摆了摆左手，青筋暴露的手背上满是打点滴的针眼。他看了看右手，也是一样。

"不，我等汪大姐回来再走。"梁鸿坤关切地瞅着袁庚。这一年，他的家还安在广州，在香港，他是个老资格的"单身贵族"。

"走吧，我能行。"袁庚深深地吸了口气。

一阵短暂的静默，梁鸿坤意识到袁庚正沉浸在思虑中，也就不愿挪步，不敢乱动，唯恐打搅了他。当他抬起头颅，恢复说话时，口气变得相当艰涩、凝重。

"小梁，我这次动了大手术，也不知道恢复得怎样。万一有所不测，你千万要记住，要向交通部坚定地表明把工业区进行到底的态度，一定要下定决心，和许智明、梁宪及其他人将蛇口工业区继续搞下去……"

"老天，不会的，袁董！"梁鸿坤像个孩童似的叫起来。

"你听我说，蛇口工业区是中央特批的，现在，好不容易干到这个样子，我真怕万一……"袁庚咽了咽口水，艰难地说，"我记得刚才林鸿慈告诉我说，他这次看中的人，很多原单位都不肯放，他们并不理解这场冲破体制束缚的尝试的意义。谷牧希望我们拿出经验来，我当然想在蛇口搞一个样板、一个试点，真正有了经验，才有可能辐射全国。我们在蛇口搞四化建设，面临的是有100多年发展历史的成熟的资本主义的挑战，我们要敢于较量，在较量中前进，否则我们就有可能失败……"

梁鸿坤点了点头："嗯。"

"所以，小梁，我拜托你，我万一不行了，你一定要和许智明他们一起将蛇口搞好！"

"袁董，你千万别想太多，你会好起来的，只要好好养病。"梁鸿坤的语调动容，他透过一条窗帘间的细缝，看见汪宗谦的身影出现在走廊上，赶紧对袁庚说："袁董，别说了，大姐回来了。"

袁庚赶紧重新和衣睡下，他对梁鸿坤会心地苦笑了一下，就像那些偷偷藏住糖果罐的孩子会用笑容泄露秘密一样。"小梁，这些事情，千万别告诉大姐。"

"当然！"

隔壁病友开着录音机，邓丽君刚刚神清气爽地唱完《何日君再来》，现在正放送《小城故事》。袁庚在心里跟着风靡大陆的台湾女歌星邓丽君默唱着："小城故事多，充满喜和乐，若是你到小城来，收获特别多……"他的眼前，再一次出现了蛇口的风景，那是他心目中的夏威夷啊！

要是一旦病好，就立马杀回蛇口，抓紧时间，给培训班的那帮孩子洗脑上课……

五、捅开"干部私有制"

到了11月，袁庚仍是动弹不得，只得遵从医嘱，既来之则安之，卧榻静养。

他心里也很清楚，这3年来，为开发蛇口奔波劳累，从未真正地休息过一天，这次罹患恶疾是对他这把老骨头过度透支的"惩罚"。身困广州的无奈与心向蛇口的执拗，引来心灵上一阵又一阵的强烈冲突。他晚年的梦园，他的心魂所系，他的光荣与梦想，他每离开一回就增加一分眷恋的伊甸园，就是——蛇口。就是在梦中，他也念叨着蛇口的芳名。

此刻，他还牵挂着那些培训班学员的到岗情况，毕竟，他们是他理想蓝图的未来描绘者。让他在病榻上也无法安心的是，老林他们的培训班已经选定了50多个学员，林鸿慈、夏顺炎，还有劳动服务公司副总经理乔胜利奔走于大江南北，到各单位请求支援，通过组织手续商调这批学员进入蛇口。由于人手不够，林鸿慈把刚刚报到3天的学员陈矢健也拉进来，参与招生工作。几个人奔波忙碌了两个月，原定60多个人目前才要到30人。

袁庚表示，虽然人数不理想，一定要照原计划按时开学，边上课边等学员到齐。

11月12日上午8时30分，从蛇口赶至广州的林鸿慈与夏顺炎一同走进广东省人民医院三楼病房，袁庚刚刚打上点滴。两人同往常一样落座在黑色单人皮革沙发上，向躺在病床上的袁庚汇报。汪宗谦泡了两杯今夏新焙单枞绿茶，搁在茶几上，不放心地望望袁庚青筋裸露的手背，默默揣度点滴下落的缓慢速度，觉得差不多，便把袁庚肩头的棉被拉上来掖紧一些，这才走出病房，到外面找护士打探丈夫的病情去了。在茶香袅袅中，林鸿慈向袁庚汇报了开学以来的新情况，顺便提及开学后还没有赶到的4个学员情况。林鸿慈说，王朝梁，41岁，交通部长江航运局科研所工程师，西北工业大学飞机系飞机专业毕业，江苏无锡人。英文不错，专业颇佳，与原单位领导交恶，原单位就是不答应放人。

袁庚蹙起眉头："小王是不是党员？"

林鸿慈摇摇头："不是。"

"不是党员可能好办一些。不知道他有没有胆量，开个头。那里不肯调，就辞职，我这里收！"袁庚习惯性地瞄瞄窗外，像是打探周遭环境，"我想，最多就是人家去告状。最好告到国务院。我就想有一两个同志来开这个先例。告到国务院，我们就把这个同志的情况报上去。中央领导会支持我们。新华社社长曾涛同志就希望我们能捅开'干部私有制'。现在人才浪费问题太严重。人才在本单位不能充分发挥作用，又不让人家调走。这种视干部为囊中私物的状况不打破，人才流动不起来，你们说，我们国家'四化'搞得起来吗？"

汪宗谦在门口探出个头来，望了望正在打点滴的袁庚。袁庚也注意到妻子探询的目光，示意输液正常，这一瓶还没打完，请她放心，然后转向夏、林二人问："你们说，是不是？"

一番煽风点火的话说得林鸿慈与夏顺炎点头称是，心潮难平。

实际上，等他们告辞之后，袁庚的心情也不能平静。这个"干部私有制"你怎么捅开？目前，他唯一能做的，就是寄厚望于那些敢于冲破旧体制的热血男儿，就是静等有人如他所期望的那样，争当"东风第一枝"，勇做"出头鸟"。

与其在原单位学非所用，无所事事，窝窝囊囊，庸庸碌碌，挨整受气过一辈子，还不如冲破禁锢，打破常规，不管有没有个人档案，不管有没有调出手续，加盟蛇口工业区，在改革开放的前沿阵地实现个人理想和人生价值。蛇口不拘一格求人才，蛇口欢迎各路英豪！

做人，就是要做血性男儿。

汪宗谦轻手轻脚走进来，发觉谈公事的同志走了。袁庚还仰起头瞪起眼睛望天花板，在那里想心事。500毫升的葡萄糖已经输了两个多小时，还在缓慢地滴，她坐在床边，在袁庚手背上针头前的血管上轻轻地抚摸，劝说道："休息吧。"

终于出院了！

袁庚与汪宗谦返回香港伊丽莎白大厦的寓所，袁庚在家继续调养。11月29日，出院不到一个星期，老两口来到蛇口，与久未谋面的儿子中印见面。中印几天前赴海南、广州出差，转道蛇口来探望父母。

大半年未见面的父子俩像朋友似的聊天，袁庚兴致勃勃地谈起蛇口，他的诸多改革、愿望、理想以及与现实的差距。这种有关蛇口的聊天几乎成了袁庚松弛紧绷的神经、恢复体力的一剂良药。每到这时，他的脸上总挂着灿然的微笑。

聆听父亲的宏大理念与蛇口的未来蓝图，中印心潮跌宕起伏无法自已。一种强烈的过去不曾有过的情感体验冲撞着他年轻的心扉，父亲的所作所为得到了他思想上极大的认同。从某种程度上说，中印的冲动绝对比父亲来得强烈，年轻人比父辈更想改变中国的现状，希望中国快快变革。

望着父亲久病初愈后清癯瘦削的脸庞，中印的心开始一阵阵抽紧："你的病到底怎么样了？"袁庚笑笑，轻描淡写地打着马虎眼，汪宗谦唠叨着，讲述着袁庚这回病得不轻。从父亲的谈话中，中印得知老爷子在蛇口孤掌难鸣。对于试办特区，对于要不要对外开放、对内改革，中央高层有不同的看法，甚至意见分歧。加上干部间的互相牵制，交通部不停地派副总指挥来给袁庚当助手，名义上是堂而皇之地加强领导，事实上，给袁庚造成左右掣肘的态势，削弱总指挥的大权，个别领导也希望形成架空袁庚的局面。

211

对于招商局以及蛇口工业区指挥部两套领导班子，袁庚早就想进行必要的调整，以便增加凝聚力，提高战斗力。但是，谈何容易！每一个人的背后似乎都是山高水深有背景，你动一个试试！

袁中印望着已经64岁的父亲，心中升腾起一股支持和援助老爷子的强烈愿望。人寿无多，岁月无情，不能再分开了。他要留下来，离父母近一些，以实际行动支援父辈所从事的开创性的事业。

"爸，我会过来工作，我们单位刚刚接了你们的企业培训班，我们的领导冈森让我过来帮忙。"中印看着父亲说。当然，还有一句潜台词他不好意思说，他在交通部科技情报所做水运文摘的编辑，工作按部就班，平淡无奇，有时改错一个字，常常被作者骂得灰头土脸。此刻，父亲的蛇口，这片洋溢着青春与朝气的热土便成了他梦中的芳草地。

"如果是因为工作关系调动，那就好！我代表蛇口欢迎你。"父亲和他互相击掌。

袁庚这一辈子与儿女们聚少离多，中印也到蛇口工作，父子见面、交流的机会应该多了吧？汪宗谦望着一老一少击掌说笑，脸上的皱纹像菊花般绽放。

六、"我把大家骗来了！"

按原定计划，蛇口工业区第一期企业管理培训班于10月20日正式开学，由于招徕人才极端困难，培训班是边上课边迎接学员陆续报到的。最迟报到的学员是王朝梁，到了第二年4月，他才调入蛇口，从他走进工业区的招聘考场到正式成为蛇口一员花费了9个月的时间。这批学员共48人，全是理工科大专院校毕业又有一定实际工作经验的青壮年，有英语基础，懂粤语，绝大多数为广东人，1966年前后的毕业生各占一半。

培训班开学将近50天后，1981年12月8日举行开学典礼。开学典礼之所以推迟到这个时候，是因为学员大部分到齐了。还有，袁庚说过，他要参加开学典礼，这是件大事，有些话想同学员们进行交流。他在出院稍事休养后，便赶来参加开学典礼。

照例是比预定的时间早了几分钟，袁庚健步如飞地走进圆坛庙那间废弃的旧军营，掌声和笑脸像潮水一样迅即将他包围。

三张课桌拼成的一张长条形讲台，黑板上方挂着一块红底白字的"招商局蛇口工业区企业管理干部培训班开学典礼"的条幅。学员们绝大多数穿着蓝色中山装。他在人群中发现了陈矢苏，本期培训班甲班的班长。当他们的目光对接时，他朝年轻人咧嘴一笑。上个月，林鸿慈将学员写的几篇《试论中国对外改革开放》的论文带给袁庚看，袁庚挑了两篇论文的作者在病房里见面，陈矢苏是其中之一。

"同学们！同志们！"主持开学典礼的副总指挥刘清林介绍袁庚的话还没有说完，袁庚就霍地站了起来，亮开了大嗓门。他不搞开场白那一套，非常直白地说："我对不起诸位了，我把大家骗来了！"

他的话就像往会场里干净利落地投了一颗手榴弹。他一贯嗓音嘶哑，但不乏洪亮。他看着眼前学员们的惊诧样，就知道自己已经给这帮三四十岁的孩子留下了难忘的印记。他就是想达到这个目的。在他的个人词条里，他信奉"语不惊人死不休"。

40多位学员的目光闪烁不定，犹犹豫豫地看着这位上了年岁的领导者，一下子被炸蒙了，一个个大气都不敢出，不相信一个有文化的大活人竟然被这老头骗了？

他稍微收敛了一下语气，接着说："是我把你们骗上贼船了，你们到这里来办蛇口工业区，成不成功我没有把握啊。要是成功了我们都没有话说，要是失败了，放心，我领头，我们一起跳海去！"

课堂里爆发出一阵议论声和惊诧声。

"我想告诉诸位的是，我的户口还在北京，我失败了还可以回北京。现在，你们调入了蛇口工业区，你们的户口来了这里，假如失败了，你们是没有退路的！这就需要你们背水一战。"

他加重了语气："这里是我们蛇口工业区的'黄埔军校'，是催生现代化管理人才的加温器。孙中山先生曾在黄埔军校门前写过'不革命者不入此门'，我

213

们这里是'不改革者不入此门'。"

原来如此！36岁的谭筑熙扑哧一声笑了。他歪着头，听着这位袁总指挥讲话，觉得十分新鲜。他1969年毕业于合肥工业大学机械工程系，分配在四川绵阳某军工厂当技术员，8年后调回老家广州市物资公司生产科工作，听过不下20位领导发言讲话，但面前这位领导在开学典礼上的祝贺词倒是独辟蹊径，新鲜有力。谭筑熙和所有同学都像葵花向阳般被这位阳光老头所吸引。

袁庚的讲话直截了当，还有点刺耳，但像是一副清凉剂。他必须将自己创建蛇口工业区的目的及意义灌输给这帮孩子，这些人将会是他日后的希望。学孙中山，办黄埔军校，培养工业区自己的干部，现在，是时候了。

"请注意，"袁庚告诉大家，"我这就要和你们谈一谈蛇口工业区了。"

蛇口工业区，他接着说，是一个先例。他谈到了李先念那天挥笔勾勒蛇口的蓝图，十一届三中全会的意义，对岸的香港，偷渡，"政治边防"与他脑海中的"经济边防"。"当然，我们要在靠近香港的这么一小块地方，搞一系列的改革。我认为，只要齐心协力，同舟共济，就不会失败。我们要努力将经济建设抓上去，将蛇口建设成为一个美好的海港小城。你们会发现，越来越多的人会向往蛇口，奔赴蛇口，那时，你们就是一个功臣，一个蛇口早期的建设者，这是多么光荣的事情，就算要做出牺牲，需要跳海的话，我认为，你们也值得。"

袁庚的讲话简明扼要，提到了一系列的改革，诸如住房改革、工资制度改革、基建工程改革等，引起了全体学员的兴趣。

"我已经把蛇口工业区的未来告诉了你们，"袁庚说，"现在我想给你们出点主意。"他忽然笑了起来，一改刚才的严肃。"我希望从现在起给你们填鸭，用知识将你们喂饱。我们要学习的东西太多了，你们要珍惜时光啊！一定要好好学习，努力用功，用知识储备你们的大脑与心灵，因为，蛇口工业区的建设正等待着你们！"

一番话激起一阵经久不息的掌声。

"最后，我要说说培训班的来历。"袁庚笑了，笑容在脸上舒展开来，真诚而动容，"蛇口需要不带束缚、不带计划经济头脑烙印的人才。一开始交通部要派干部来，叫我给截停了。我是个'冒险家'，又从全国各地罗致了你们一批小'冒险家'！所以，你们将是中国第一届经济管理班级的学员，更有趣的是，这是一个企业办的经济管理班。"他顿了顿，右手扬起一个"袁庚"式的手势，"因为，我们下定决心，要在这个小小地方，进行一系列的改革，杀出一条血路来。"

甲班班长陈矢苏和弟弟陈矢健对望了一眼，双方都读出了对方眼睛里的火焰。兄弟俩是东纵战士陈昶的儿子，听说袁庚在蛇口搞试验，哥哥便说服弟弟一同奔赴蛇口。此刻，不光是兄弟俩，全场学员都被袁庚的一席话所折服。袁中印是这一期的旁听学员，头一次听老爸作报告，也鼓掌叫好。不是念一遍秘书写的讲话稿，既不打官腔也不说套话，说得人心里热乎乎的。此刻，所有的眼睛激动而信任地看着这个老头。这是一堂带着煽动性、充溢着激情的开学致辞。这个叫袁庚的老头子，像一把烈焰，点燃了40多颗心灵中的火种。

下午，袁庚充当导游，带着培训班学员乘大客车绕南山转了一圈。

站在华益铝厂的厂门前，袁庚举个大喇叭，像个演说家那样激情盎然。

"我为什么要带大家到这里下车看一看呢？你们看，这个5000多平方米的厂房，27个日本人用了23天的时间盖了起来。日本人争分夺秒，杆子没竖直就往上爬，等杆子竖直了，人也爬到了上头。下雨了，工地上没有一个中国人，27个日本人却一个也不少，这帮日本人，用毛巾擦把脸，不让雨水糊住眼继续干。我们想赚他们一些生活开支，他们带来两个日本女人，带了两台大洗衣机，下班衣服自己洗，吃饭用自己带的红萝卜。这是一种什么精神？"

他不等学员们回答，接着说："有人说，你给我一天200元钱，我也能这么干，爬杆子比日本人还快。他问我同意不同意这种看法。我说：我同意。我们干了30年社会主义，'文化大革命'背了十年语录，结果是什么？多劳就应该多得，这个问题你们以后的学习当中会遇到，会有讨论的，人没有精神不行，精神没有物质基础也不行。"

一行人走走看看，听袁庚继续在现场上课。"看那个烟囱，投标时日本人投4万元，40天完成，我们国内没有一家机构投得过他们。我觉得很奇怪，烟囱不是个太难的活儿，我们国内的施工队告诉我，烟囱的模具要到武汉去做，做完了拉来又不知什么时候了。日本人有模具公司，一个电报说明型号规格，下订单，规定的时间就送到蛇口了。"

"我到日本去了好几次，感受到日本人的危机感和拼命精神。有个同志跟我说：日本不富就没有天理了，中国不穷也没有天理了。我们要干'四化'，没有日本人的那种精神，我们没法干成'四化'！"

热烈的掌声中，袁庚意犹未尽，又挥起大喇叭："同学们，快上车，我再带你们四处看一看，快！"

七、"你放毒，我消毒！"

1982年，这是一个百废待兴、激情飞扬的年代。

这一年的3月，深圳经济特区与客商签订的各类协议项目已达600多项，引进各种设备6000多台（套），投资数额20多亿港元。至此，深圳的开发建设正大规模地全面展开。

在罗湖，杂草丛生的山头被铲掉了大半，搬走了40万立方米的泥土，填平了30万平方米的建筑用地。根据深圳建设的整体规划，这里将建成特区内繁华的服务中心，有40多栋高层建筑。

在距离罗湖30公里的蛇口工业区，已基本建成基础工程。工业区的重心也从抓"五通一平"基础工程，转到以抓工厂建设和经营管理为主上来。工业区形成"以工业为主，以出口外销为主"的经营方针。在这一年的招商局年度总结里，一些数字令人欣喜。至1982年年底，外引、内联的投资项目，已获致协议的有42项，总投资额达6亿港元，已投产或开业的19项。工业区参股的企业达21家，投资总额1亿多港元。

就在这一年，卓有远见的袁庚致力于给培训班的学员全面洗脑，以期用市场经济的思维方式来替代传统的计划经济的思维方式。

在第一期培训班的培训要求和课程安排上，经袁庚和林鸿慈等人商量，强调对学员进行三中全会以来党的方针政策以及特区经济政策、外事工作纪律等的正面教育，安排了60课时。

培训班的课程还有：政治经济学概论，企业管理课程（经营管理、生产管理、质量管理、经济管理、外国企业管理、市场学、财务管理等），外贸实务，英语，英文打字，汉语写作能力，中文书法，广州话，汽车驾驶与摩托车驾驶以及专题讲座。

袁庚强调中文书法是传统文化的组成部分，要求学员在结业时，中文书写能达到比较熟练、整齐、美观的水平。

为了尽快缩短与世界发达国家的差距，袁庚对研究部梁宪指示：工业区应不惜血本，多方恭请香港及国外专家和研究机构的学者举办讲座，给培训班学员讲授最新知识。

在第一期培训班学员的印象里，最出格的专题讲座来自加拿大教授江绍伦的"放毒"。这一期培训班学员有一半是"文革"前毕业的大学生，思想上束缚较多；即便在日后的第二期培训班，多数刚出校门、并未有太多思想桎梏的年轻学员听来，江教授的言论仍是"大逆不道"的。袁庚敢请他来授课，简直就是"冒天下之大不韪"。

2005年初夏，鹤发童颜的江绍伦教授偕夫人到蛇口度假，特意拜访比他年长17岁的袁庚。

20世纪80年代初那段激昂的岁月，在两位老人的共同回忆中一页一页地复活起来。

"蛇口是我在国内第一次讲心理学的地方。那时，我不知道，国内从朝鲜战争后就没有心理学了，仅有米丘林所谓的心理学和巴普洛夫的心理学。培训班的学员们认定心理学是唯心的东西，是一面白旗，不明白如何被奉为教材。"江绍伦说，"而我，是完全不了解国内的环境。"

"现在在蛇口，讲起江教授的名字无人不识啊！"袁庚对江绍伦

217

竖起大拇指，以一种半开玩笑的口吻说，"在当时相当封闭的思想状态下，听到江教授的讲课，所有的人都'哇'地叫起来。很震撼的！"

一旁的袁中印频频点头。当时，他听江绍伦讲课有"醍醐灌顶"的感觉。"我学会了降低人的期望值。"袁中印说，每逢他外出招聘培训班学员，都会告诉他们蛇口的艰苦与不足，并"煽动"他们的改革情愫。"这就是江教授的心理学在企业管理上的运用。"

江绍伦告辞前，向袁庚提了一个多年来埋藏在心底的问题："袁董，我现在仍佩服你的眼光，你当时有勇气，敢聘请我来蛇口，让我来讲课，给封闭的意识形态开一扇窗，透透气。"他笑着反问袁庚，"你读了那么多本书，也那么清楚国外的环境，为什么你自己不给他们讲一讲呢？"

九旬老人袁庚卖个关子，微笑不语。

许久后，袁中印给我揭开了这个谜底：袁庚要用江绍伦的嘴讲出他不能讲的话来，要用国外教授的思维来开启国内铁板一块的理念。

其实，20多年前，袁庚就自揭谜底了。1984年6月8日在沿海部分开放城市经济研讨会上的发言中，袁庚解释自己为什么要请江绍伦来"放毒"：

"三年多以前，我们花钱从外面请了一位叫江绍伦的教授进来讲企业管理心理学，放毒，当时引起了很大震动。谷牧同志事前跟他讲，你放开讲好了，放了毒我给你消毒。那天他还是战战兢兢，没有畅所欲言。否则他还可以讲很多反动的东西。这有什么奇怪呢？我们把国外的教授、所谓心理学的权威请来，让大家接触一下。现在我们不是大批大批派人到外国去留学，不也是去听人家讲这些东西吗？如果我们认为请这些教授进来讲一讲，是一种污染，那么我们就没有必要派留学生出去。总之，如果思想不解放，很多具体问题都无从谈起。"

1982年5月中旬的一个午后，南国炎热的初夏。海虹油漆厂可容纳五六十人的食堂，两台三菱空调发出特有的嗡嗡声。海虹油漆厂与中集厂的食堂，因为有空调的缘故，成了培训班在炎夏举办讲座的绝佳地点。

袁庚盯着加拿大教授江绍伦，像一个虔诚的学生。

江绍伦教授站在桌前讲第一节课——《心理学》，他抬头看着眼前距离他一米开外的学生，看到了坐在第一排袁庚鼓励的目光。在他开始讲课的时候，他没有书，没有文件夹，甚至没有笔记本。这段时间，他为了中韩建交往返汉城与北京，乘便到蛇口与学员见面，被袁庚拉来给培训班讲课。

"在我正式讲课之前，我想首先问一问诸位，谁会唱一首歌，就是那首《东方红》？"他停了几秒钟，自顾自地哼唱起来："东方红，太阳升，中国出了个毛泽东，他为人民谋幸福，呼儿嘿哟，他是人民的大救星……"江绍伦的目光在每一个学员的脸上扫过，看见他们脸上都露出了困惑不解的神色。又不是声乐老师，还没开课就先唱起歌来？既唱得不准，更没有多少感情。

"我知道，你们都会唱《东方红》这首歌。他是人民的大救星，他为人民谋幸福。什么是幸福呢？幸福的感觉就是个人的期待与现实之比较。你们都知道'忆苦思甜'吧？所谓的'忆苦'就是降低你的期望值，使你在'期望值'与'现实'之比较中感到日子过得很好。《东方红》这首歌的作用其实是骗人的，为了降低你们的期望值，让你们在生活水平低下之时，才会感觉到幸福……"

江绍伦说完这句话，忽然觉得有些不妥，苦笑着看着袁庚说："袁董，我这样讲课，不会把我抓起来吧？"

袁庚挥了挥手："江教授，你放心地讲。你放毒，我就来给你消毒。"

江绍伦点点头，又继续讲课："换句话说吧，在《国际歌》里面，唱的却是从来就没有救世主。这两个东西是矛盾的……"

一阵骚动不期而至，一些学员开始交头接耳。袁庚回头望着全场学员，注意到一半人开始坐立不安，另一半人沉默不语。

接着，江绍伦概括性地介绍他的讲课计划，袁庚开始做起了笔记。

"所以，我要告诉诸位，心理学是研究人和行为的学科，在西方社会以人为本的活动中得到重用，如教育、医疗、工商业、军事、政府组织等，甚至早期的电脑研究，因为模拟大脑活动，都以心理学为基础。

"人之所以成为万物之灵，是因为他在求生的同时，照顾满足多个更高层次的欲求，包括完善自我，对于真善美的无限空间做出幻想，以及探索生与死的意义。这些超越生存需要的欲求不但构成人的基本需要，而且决定个体的信心和进取动机，塑造其行为。所以，举例说，管理者为求提高工人的生产效率和保证产品质量，必须安排一个富有高度安全感的工作场地，并容留自己和创新的空间，让工人能够从工作中满足各层次的欲求，增强动力……"

话音未落，全场响起一阵更为激烈的骚动，有的学员干脆敲起桌椅的边沿表示惊诧与不满。江绍伦再次感到心窝发紧，手心出汗，将目光投向袁庚求援。

"来，我来替江教授说几句。"袁庚大步跨向讲台，转过身与江绍伦并肩站立在一起，向学员们微笑致意，"江教授是加拿大多伦多大学心理学教授，博士，国务院港澳办聘任的港事顾问，世界和平奖颁授协会审裁员，资历与学养无可挑剔。我们蛇口工业区将江教授请来，就是请他来给你们'洗脑'，给你们'放毒'的。"

袁庚的目光再次横扫了一遍在座的莘莘学子，希望学员能理解他的良苦用心。他顿了顿，继续说道："我想引用两句古诗与大家共勉——泰山之所以能高是因其不择沙石而起，黄河之所以壮深是因其不选溪泽而流①。中国要走向世界，首先要做到的是以广阔的胸怀去接纳讯息，善于接受一切有用的外来事物，不以片面意识自我束缚。海纳百川，应该是胸怀壮志而聪敏过人的中国青年必备的品质。我希望同学们放心听课，大胆发问，"他放缓了语速，想告诉学员们，你们年纪也不小了，应该有是非判断能力了，也应该有免疫力了，但说出的话只有八个字，"做一个合格的学员。"

"江教授，请您继续吧！"袁庚回到自己的座位上，笑着扬起手臂。落座后，袁庚的思绪越过蛇口，飞向距离蛇口40多公里的大鹏城，飞向40多年前的沧桑岁月。那时，袁庚还叫欧阳汝山，那一年，他22岁，在大鹏区立第一小学当校长，还在区立一小办了一个夜校，团结了一批失学青年。由于言论大胆激进，受到校董事会的攻击。10个月后，因有人告密身份暴露，欧阳汝山不得不投奔东纵

---

① 袁庚的记忆有误。原文是古代散文，见唐代李斯《谏逐客书》："泰山不让土壤，故能成其大；河海不择细流，故能就其深。"

游击队。那时候，哪有学习的机会啊！现在，三四十岁的人都能在这里听课，真是太幸福了！

八、乍暖还寒

紧张工作的人们会有一种抱怨，那就是时间过得太快。白驹过隙，转眼间就到了1982年春节。蛇口工业区指挥部因陋就简，举办了一个简朴而隆重的辞旧迎新活动，让大家痛痛快快地过了一个年。狗年春节，袁庚的心情不错。10天前，也就是1982年1月14日，工业区印发了根据袁庚思路整理的1982年工作要点。要点指出：1982年工业区的任务从主要抓基础工程建设转到主要抓工厂、宿舍建设和经营管理。工业区的工作方针是："继续坚决贯彻中央关于特区建设所确定的方针、政策，进一步解放思想，积极引进，内外结合，工商结合，狠抓管理，稳步前进，千方百计使已引进的项目顺利投产，使中外投资者（特别是第一期投资者）获得合理合法利润。"

袁庚希望狗年旺旺旺，不仅让投资者赚钱，各方都赚钱，大家发财。

很快，袁庚的心情由晴转阴。乍暖还寒时节，山雨欲来风满楼啊！

中央新闻单位驻深圳的记者悄悄告诉袁庚：去年年底，有一个中央调查组在深圳进行秘密调查，所为何来，谁也不知。不久，袁庚从北京传来的消息得知，这个调查组在年初向中央呈送了一份调查报告，具体内容不清楚，但可以肯定的是，这份材料痛陈改革开放中的种种问题，对深圳经济特区极为不利。

副总指挥许智明也住水湾头，与袁庚是上下楼邻居。他主动过来给袁庚拜年，然后相互交换"情报"。分析的结果是，沿海地区出现走私活动，中央采取严厉措施，打击走私贩私等严重违法活动是十分必要的。但是，有人喜欢把经济问题和政治联系起来，有人会把改革开放中出现的问题全都归罪于改革开放，前者是阶级斗争无限上纲，后者很可能把刚刚打开的国门又重新关上。一想到这两个层面，两个老头切身感受到"倒春寒"的厉害。

年后不久，2月5日与2月9日，中共中央政治局委员王震、全国人大常委会副

221

委员长廖承志与中共中央政治局候补委员、全国人大常委会副委员长赛福鼎·艾则孜先后视察蛇口工业区。正当袁庚因中央领导同志的视察而坚信改革开放的政策不会变的时候，突然听说中央把任仲夷、刘田夫召进北京。2月下旬，中央书记处在北京召开广东福建两省座谈会。对广东对外开放出现的一些问题，中央进行了严厉的批评。

　　1982年春天那场开放之初的插曲，对广东、深圳、蛇口在政治上的压力究竟有多大？20多年后，在网络与纸质媒体上才逐渐有了接近真相的报道。

　　新华社高级记者杨继绳在《筚路蓝缕第一步》的文章中披露：

　　先是中央纪律检查委员会对广东进行检查。接着中央把广东的省委第一书记任仲夷、省长刘田夫3次召进北京，中央政治局常委和广东的领导干部面对面地交谈。福建省委领导人也被召进了北京。1982年2月21—23日，中央书记处在北京召开了广东福建两省座谈会。中央及地方负责人共68人出席了会议。座谈纪要以中共中央文件下发各地。

　　……一位中央领导在两省座谈会上的一个插话中强调："我认为，对反走私贩私的活动不能孤立地看。应该看成是我们全国在政治上、经济上、文化上面临着一场资本主义思想腐蚀与社会主义思想反腐蚀的严重斗争当中的一个重要环节。"从几十年奉行的阶级斗争观点来看，这些话是有道理的。但是，处于开放前沿的干部感到十分紧张。10多年后，广东省一位老干部向作者回忆说："当时听到这段话，使我背心发凉。"

　　使广东人感到更大压力的是，这个文件有一个附件：《旧中国租界的由来》。那位领导同志在座谈会上解释说："书记处研究室编的《旧中国租界的由来》这个材料，值得看一下，也可以发下去。那些外国租界，本来不是条约明文规定的，而是稀里糊涂地上了外国人的当，愈陷愈深，最后成了'国中之国'。这对我们，特别是现在搞特区的地方，很有教育意义。"另有领导在这个附件上批示：此件发全国各省市。对于经济特区，要警惕这类问题。这就使人们把经济特区和过去的租界联系起来了。①

2004年8月间，广东省委机关报《南方日报》在纪念邓小平百年诞辰中，约请广东省老领导回忆小平同志视察南方。谈到改革开放之初，一切都还在摸索当中，特区的发展遭受着众多的非议，任仲夷感慨万分地说："有人说我们是租界。"他向记者讲述道——

"在两省会议上，有的同志把广东的问题讲得很尖锐，但都是出于好意，都是为了把广东的工作切实做好。但有的同志在表达的言词上，难免有某些不宜对下和对外传达的话。譬如说：'这场斗争，是资产阶级又一次向我们的猖狂进攻。'有的说：'广东这样发展下去，不出3个月就得垮台。'有的甚至说：'宁可让业务上受损失，也要把这场斗争进行到底！'两省座谈会结束，我回广州没几天，胡耀邦亲自给我打来电话说，中央书记处将两省会议情况向中央政治局常委作了汇报，政治局常委以为广东的同志思想还不通（我明白主要是说我），还有些问题没'讲清楚'，很不放心，还是请你来北京一趟。因此，还要我再度进京。我提出请刘田夫同志一起去，耀邦同意了。第二天，我和田夫同志再度赴京。当晚8时许，耀邦等领导接见了我们，一直谈话到深夜。

"最后，耀邦对我说：仲夷同志，你给中央政治局写个自我检查好不好？我说：当然可以，我到广东工作才一年多，时间虽短，缺点还是有的。这是我参加革命以来，唯一一次向中央做检讨。"②

任仲夷顶住压力，稳住阵脚，果断地提出了坚持打击经济犯罪不动摇，坚持改革开放不动摇，主张对外更加开放，对内更加搞活，对下更加放权。创造性地提出"越活越管，越管越活"和"排污不排外"的方针，极力支持和保护吴南

---

① 《南风窗》杂志，2005年4月号上半月。
② 任仲夷：《我唯一一次向中央做检讨》，转引自《南方日报》2004年8月17日《任仲夷、梁灵光忆小平》。

生、梁湘、袁庚等一大批处于改革开放前沿阵地的领导干部。

改革开放伊始，袁庚与其他改革家一样，是很注意政治风向的。在袁庚看来，1982年清明前后，总是春寒料峭。

3月，上海某报公开刊登《旧中国租界的由来》一文，影射经济特区把土地有偿提供给外商使用有变成旧中国租界之嫌。一时间，京城媒体纷纷以突出版面刊载此文。

4月，某报又在《读史札记》栏刊登《痛哉！〈租地章程〉》的文章。指责引进外资，开发经济特区实行土地有偿使用是搞变相"租界"，是给海外资本家提供剥削我国劳动人民的独立王国。

香港某报发表《十二评深圳》，也乘机火上浇油，恶意攻击深圳经济特区。一时间，广东在全国的形象一落千丈。

就在这股旷日持久的"租界风波"还未平息之时，另一股强劲的龙卷风又飞旋而下。

早在1980年，党中央41号文件就做出了"特区主要是实行市场调节"的重大决策。到了1982年，北京忽然发出一份《情况通报》，强调"我国进行社会主义现代化建设必须坚持以计划经济为主、市场调节为辅"，"计划经济的观点还要宣传，想摆脱计划经济的倾向值得注意"，说"强调计划经济，不强调不行"。4月22日—5月5日，北京专门为"强调计划经济"给深圳开了一次会议。

这场风雨，从两个方面紧逼深圳经济特区：在政治上，是"变相租界论"，在经济上，是"市场调节过头论"。

处在旋涡中心的袁庚，在从"耳顺"抵达"从心所欲"的航行途中，已经走到了"开弓没有回头箭"的地步。他是个打破砂锅问到底的人，有些所谓理论上的问题，越是扯不清楚，他越想去扯清楚，只是扯来扯去，把自己都扯糊涂了。这年头，不干事的专整干事的，空谈指责实干，仿佛成了中国的一大"特色"。袁庚只想干点事，只想抓紧有限的生命，在有生之年把蛇口搞出个样子来，对党、对人民也对自己有个交代。我在这里干事，人家偏要说事，怎么办？袁庚的态度很坚决：我干我的，你说你的，反正老夫已经"豁"出去了！

在中央书记处会议上，谷牧坚决不同意《旧中国租界的由来》作为中央文件的附件。一个月之后，3月28日，谷牧再次视察深圳，以行动表示对经济特区的支持。

3月29日上午，袁庚在深圳新园招待所向谷牧汇报蛇口工业区的工作。当汇报到招聘人才时，谷牧问道："有没有遇到抵制的？"

袁庚点点头说："有，有的应考者考试得分高、条件又好，这样的'尖子人物'原单位就是不放，所以招聘也是困难的。最近，我们想从清华、交通等大学中招聘一些应届毕业生或研究生。"汇报到这里，袁庚从公文包里取出一沓打印纸，搁在膝盖上，继续汇报说，"我们将送上一个关于请中央组织部支持我们解决各种专业人员，包括招聘蛇口工业区区长和副区长的报告，请谷牧同志批一下。"

袁庚边说边起身将一沓公文材料送到谷牧手上。袁庚是个很精明的老头，从来不打无准备的仗，在得知谷牧将视察深圳、蛇口之前，预先谋划好了如何借谷牧视察的时机解决紧迫的问题，事先组织人手拟了需要呈送的报告。

这份《报告》前附有一封袁庚写给谷牧和中组部长宋任穷的信。

请谷牧同志阅后报
宋任穷同志：

　　　我不揣冒昧地写这封信给您，并派工业区副总指挥刘清林、工业区
　　劳动服务公司乔胜利同志携同《报告》一份及有关材料前来汇报，请指
　　定负责同志赐见，并予指示。

袁　庚

1982年3月29日

招商局蛇口工业区致中央组织部关于请求解决各种专业人员的报告如下：

中央组织部：

招商局蛇口工业区建设两年多来，在挫折和困难中前进，已初具规模，目前急需一批年轻的有志之士、有识之士参加市政建设和企业管理工作，否则工业区的事业，难以为继。据统计1982年度共需各种专业人员220人，其中包括业务水平能胜任工业区区长（市长）、副区长（副市长）的人员各1人，第二期企业管理培训班学员40人（详见附表）。

从工业区的特定环境与条件出发，所需人员不仅要求思想觉悟高，工作能力强，专业知识丰富，并要求具有一定外语水平。根据我区两年多来的经验，上述各类专业人员在交通部系统内调派有一定的专业局限性，难以满足要求，因此直接越级请求中央组织部破例支持。对上述专业人员的罗致，建议由中组部支持，我区派人协助，在有关省、市、院校实行招考招聘。

事属初创，如困难甚多，是否可在清华大学、北京外贸学院、中央财经大学和上海交通大学、复旦大学的研究生、应届毕业生中进行招考招聘，也可由中组部及上述院校负责推荐。

以上是否妥当，请批示。

招商局

招商局蛇口工业区

1982年3月28日

谷牧当即干脆利落地表明了个人的态度：

任穷同志：这是选人用人的一个新的路数，我看应当支持特区继续试行，请酌。

谷 牧

1982年3月29日

袁庚凭借"争取领导支持"的策略，再一次拿到了谷牧副总理关于继续试行选人用人新路数的批示，即刻委派刘清林、乔胜利带着谷牧副总理的批示件面呈中组部。乔胜利进京之前，袁庚详细交代他，应该在中组部找什么人、说什么样的话，遇到某种情况又应该如何处理，一一向他面授机宜。

在中组部干部调配局，刘清林、乔胜利如实汇报说，我们蛇口工业区如何缺人，业务面相对比较单一的交通部不能够调配齐全蛇口所需要的各方面的人才，地方或其他部委所属人才因干部管理权限问题，蛇口又无法调进，所以，请求中组部同意我们蛇口在全国范围内招聘干部。

调配局负责同志听完汇报，看了看谷牧副总理与宋任穷部长的批示，明确地告诉他们："这不可能，没有这个先例。"

"这……"乔胜利抛出袁庚传授的"锦囊妙计"说，"那我只有在《人民日报》上刊登启事，向全国招聘干部了。"

"不行！"负责同志严词反对，"每个人都是有组织的，你这样搞怎么行？"

经过研究，中组部干部调配局最终还是同意了蛇口工业区的请求，支持蛇口从各地商调人才，除边远地区与贫困地区外，允许工业区在全国13个城市招兵买马。为此，中组部调配局为蛇口工业区开具了13张组织介绍信。

北京、上海、湖北、四川省(市)委组织部、机械工业部、轻工业部、教育部干部、人事司(局)：

　　广东省深圳市蛇口工业区近年来发展很快，但行政管理干部和专业技术干部比较缺乏，请求从内地商调。中央领导同志批示应予支持。请根据本单位干部实际情况，尽量予以推荐人选。调干中的具体事宜，请按照有关精神酌情商定。现介绍深圳市蛇口工业区刘清林、乔胜利同志前去你处面谈，请接洽、协助。

中共中央组织部干部调配局

1982年4月28日

虽然介绍信使用的是"从内地商调"的温和字眼，因出自干部管理的权威部门，极具"组织"作用，各地为蛇口工业区调用干部纷纷开绿灯，到了1983年秋天，全国各地100多位干部汇聚蛇口，开始了他们个人与蛇口工业区的同频共振。

九、大力支持　不加干预

2005年10月，一个多少有点阴冷的浅秋午后，离职休养已10年之久的原交通部部长李清和他的夫人赵若男，在北京的寓所里，接受了我的专访。这是一次令人心情愉悦的回忆盛典。一个月前，85岁高龄的李清受中组部邀请，作为60名抗战老兵代表之一，在9月3日天安门广场前举办的中国人民抗日战争暨世界反法西斯战争胜利60周年大型纪念活动上，接受了少先队员敬献的鲜花。

李清，一位"三八式"老干部，于1952年春调回交通部，此后一直为新中国的交通事业殚精竭虑。1979年后先后出任交通部副部长、部长、党组书记与顾问等职。谈及23年前任职交通部部长对袁庚支持的初衷，李清淡定一笑："袁庚能独立思考，人又能干，不支持他支持谁呀？"

1982年4月，李清出任交通部部长，同月，面对锐意改革的属下袁庚和他的蛇口，他提出了"大力支持，不予干预"的八字方针。（据袁庚、孙绍先的回忆是"不加干预"）其时，对于部属企业的蛇口工业区来说，来自交通部各司局的钳制和管束，条条框框的影响，多少牵绊了改革者前行的脚步。李清此举的用意，就是特区需要特事特办，交通部应竭力避免过多干涉。

对于无时无刻不在抵御着彻骨孤寒的袁庚来说，这是在恶劣的改革生态环境中最果断淳朴的一种支持。

临出门时，李清的夫人赵若男拿出一封珍藏多年的信件——1982年5月间，袁庚写给李清书信的真迹。允许我复印并公开发表。23年的岁月漂白，袁庚的笔迹依然墨浓字厚。

李清部长：

　　蒙您四日晚热情指示，特别是对招商局事业倾全力的支持，感人肺腑，使我在交班之前更不敢保身惜命，以期无愧晚节，发挥余热。

　　今日下午江波同志来谈及今日上午您与他谈及他个人今后工作问题，根据他本人意向，我大为赞同，请您进一步裁夺，是否可以委任之以招商副总（列周吉同志之后），分管工业区南山、近海两公司及石油后勤工作航队的建立等方面工作，这样也好为我今明年引退做出安排……

　　令我惊讶的是，就在这一年，在23年前，当蛇口工业区正像海平线下方的朝阳，顷刻间就要喷薄而出的关键时刻，当破晓时分的蛇口工业区被无端地与黑夜时代的租界扯在一起的严峻时刻，袁庚就有及早抽身的念头吗？

1982年4月的蛇口，尽管遭到上海、北京有关媒体的横加指责，处于"台风眼"中的蛇口当事人，看上去都还太平无事。

上午，刚上班，副总指挥刘清林拿了一份刚签收到的交通部政治部干部处文件给袁庚看。这份文件严格规定局级干部任职年龄不得超过55岁。这一年，袁庚65岁，刘清林也57岁了，他们两人是一、二把手，都是早过了退休线的人。袁庚看了看文件，苦笑着摇了摇头。

刘清林也是20世纪30年代参加革命的老干部，1956年任长江航运局上海分局党委书记，后任长航局革委会主任，1980年年底由交通部调任蛇口工业区建设指挥部，任副总指挥与党委副书记。他翻了翻文件，眯缝起眼睛望着袁庚说："袁董，你退我就退，要退大家一起退。"

你在将我军哩，老伙计！

袁庚略微迟疑了一下，接嘴说："好，我们一言为定！"

说完，两人一同走进指挥部会议室，准确地表述，是走进管委会会议室。当蛇口工业区建设指挥部已更名为蛇口工业区管理委员会，总指挥、副总指挥都改称主任、副主任之后，蛇口人包括袁庚自己，对原先的老指挥们，仍习惯性地沿用老名称，一直沿用到现在。是他们念旧？是他们对革命战争年代的军事体制有着太多的情感？

这天的会议，是经理、助理工程师一级的干部会议，议题是由刘清林传达上级关于干部"四化"与社会主义现代化的论述。

在这次干部会议上，袁庚没有传达刘清林刚给他的交通部干部处的文件。

"老九"不能走！袁庚打定主意，他还不能走。蛇口的改革前路艰险，充满了未知数。当自己开创的工业区前途未卜的时刻，他不想甩手而退。他是个很执拗的人，看准了改革开放的蛇口大有前途，非要搞成功不可，在闯出新路后才功成身退。他知道，长江后浪推前浪，世上新人超旧人，这是普遍规则。他只希望交通部能宽容时日，给他一点时间，在找到了能够放心交班的人之后，他才回家去"坐看云起"。也就在这时候，他开始思考干部接班人问题，希望工业区能够有自主权，能够让工业区自己选择对工业区未来负责的干部。说实话，他很想把几个老指挥换掉，让一帮和他一样有雄心壮志的年轻人走上前台。他的改革需要一帮能抛洒热血的血性男儿！

近一年，袁庚与几个副总指挥经常发生争执，在香港航委会上，也常拍桌子和人吵架。他的压力很大，内心异常痛苦。当乔胜利遭遇工作压力考虑调走时，袁庚十分恼火，授意梁宪找他严肃地谈话。根据袁庚的指令，梁宪对乔胜利很不客气地说："你想当逃兵吗？"

这让乔胜利吓出一身冷汗。

干部会议行至中途，袁庚发现孙绍先轻轻推门进来。三天前，孙绍先飞赴北京交通部汇报有关港口问题，不知道他在京城听到了什么风声？袁庚对坐在门边不远的孙绍先点了点头，使了个眼色，先行一步走出了会议室，在外面等他过来汇报。

两分钟后，他和孙绍先顺着海边漫步。

"这次你去北京汇报赤湾的事情，交通部有什么意见？"袁庚看着孙绍先，眼神有探究的意味。

"我回深圳的头天，李清部长叫我传达一句话，部长说：蛇口的事情，你回去跟袁庚讲一讲，部里是'大力支持，不加干预'。"孙绍先有些兴奋地说。

"你觉得这句话是什么意思？"袁庚问孙绍先，眼睛眯拢起来，如同画家虚起目光以便集中目力能够更清楚地去逼近光与影的真相。说实话，对这八个字，他有点摸不着头脑，需要好好想想。

孙绍先急了。共事这些年来，他已经摸到了袁庚的脾气。他对部里的方针沉吟不语，说明他有个人的见解。在风声鹤唳的态势下，部里明确表示支持蛇口，在蛇口工作的同志应该感到庆幸。他紧走几步，跟上袁庚，追问道："'大力支持，不加干预'，这句话不好吗？"

袁庚依旧不吭声，孙绍先不知袁庚到底在想什么，也就越想知道老头在打什么肚皮官司。两人顺着指挥部门前的一条小马路，一直往东走，走到这条长达1000米的马路尽头，又折返回来。途中，孙绍先再次传达李清的旨意，袁庚还是不置可否。

深圳4月，鸟语花香，气候宜人。袁庚走着走着，突然反问孙绍先："你怎么看？"

孙绍先说觉得好。

袁庚说："你从两个方面，用两分法进行分析，好不好？"

"部里放手让我们干，责任全让我们自己担了。"孙绍先仿佛醒悟过来。

"奇怪，政治上的风险部里从来都不负责，都是我负责。"袁庚深喘了一口气，"'不加干预'的意思是出了事情不是部里的，找我负责。"

"那是。这个，工程上的事情是我的，出了事情找的是我。"孙绍先只能以这种方式宽袁庚的心，知道他已经够不容易了。当然，孙绍先在部里多少有点根基，他已习惯了每干两三个月就上北京汇报一次，听听调子，看看风向，他比袁庚更善于保护自己。

孙绍先继续说："袁董，工程上，只要部里支持，我就放手干了。"

231

"这还用说吗？"袁庚加重了语气，"我两年前就这样跟你说的，你负责就是了。"

那边，会议已经结束，袁庚也准备回办公室。孙绍先想想，觉得还是应该提醒袁庚要从好的方面去理解八字方针。

袁庚笑了起来："当然，就是要从积极方面理解'大力支持，不加干预'，不该干预的不让他们干预，该干预的还是要请部里干预，积极干预也是一种大力支持嘛！"

孙绍先说："虽说不加干预，我想，不管出了什么事情，我们还是要汇报的。"

袁庚非常赞同："对，越放手越要汇报。"

十、骑着单车上清华

5月初，袁庚领着江波等人飞往北京，向交通部汇报近来的工作。

五四青年节这天是星期二，晚上，袁庚向部长李清详细汇报了蛇口接班人培养、选用的种种情况，请求宽以时日，让他在蛇口草创时期把各项基础工作搞得更扎实一些，以便让年轻一点的同志顺利接班。他说，他对李清"大力支持，不加干预"的方针，表示感谢。

李清是通情达理的老同志，对袁庚出于公心的考虑，他完全理解并给予支持。

在1982年，全国老百姓开始感受到改革开放、搞活经济所带来的实惠，大多数家庭的腰包鼓了，购买力越来越强。在蛇口，"马太"购物中心的电子手表、彩色电视机、双喇叭收录机、电冰箱以及工业区小卖部的三五牌香烟、进口打火机、电风扇等货品总是供不应求。交通部同志到蛇口检查工作，甚至出差广州也要绕到深圳来，用外汇券购买家用电器，或者找工业区同志帮忙购买带回京城。

孙绍先告诉袁庚，一些副总指挥瞒着他直接到小卖部拿走录音机、电风扇，送给前来检查工作的交通部干部。袁庚听了，一笑置之："送点小礼物，也是应该的。"

孙绍先认为这是不正之风，便把情况捅到了李清那里。

当晚，李清问道："听说部里同志到蛇口去要东西？"

袁庚认为蛇口已经今非昔比了，1980年就盈利了6万元，这个成绩是各方支持、帮助的结果，应该也有能力对各方略表谢意。

袁庚是一个注重人情世故的老头子，即便那些副手瞒着他做，他也不以为然。

但是，什么都有个度，过了这个度，做得太离谱，袁庚也会大光其火的。

就在上京前半个多月的时候，蛇口管委会下属一家地产公司在南山脚下盖了几栋小别墅，每套八室一厅，议定卖给工业区的各个指挥，每套只售1万元。几个副总指挥都同意了这笔买卖。袁庚知道了，也不开会统一思想，也不个别谈心提高认识，而是以他特有的方式进行处理。他找了该地产公司老总与多位指挥在场的场合，当众放出话来道："1万块钱买八室一厅？这么便宜的房子！我全要了，有多少套我要多少套！"

刚刚还是满堂欢笑，刹那间变得鸦雀无声，有的副总指挥立即低下头去，不敢看他。结果是，卖的不敢卖，买的不敢买。不久，蛇口工业区成立了一家南山开发公司，买下这些价廉物美的小楼成为新公司的办公楼。

对于李清对部里同志下到蛇口要东西的询问，袁庚笑笑，回答说："送点小礼品，也是人之常情。"

李清说不行，他会以部里的名义做出规定，禁止任何人在蛇口工业区购买紧俏商品，严厉禁止交通部干部下基层收受礼品。李清说，这样做，也是对工业区的一种支持，让袁庚感到心头一热。

袁庚赴京公干，一般住在香港招商局驻京办事处。此外，就是回他原在中调部西苑南二院的家中。袁庚夫妇调离中调部以后，中调部还为他留着原先的住房，直到1989年他主动搬离西苑。5月5日晚间，袁庚在西苑家中，给李清写了一封在上一节所说到的信笺，对部长的关怀再次表示谢忱，并再次提到工业区的人事安排，请部长"裁夺"。

在招商局驻京办，袁庚让前些时候一直在京招调人才的乔胜利汇报情况，翻看清华大学人才的档案材料，对一个叫顾立基的大学生产生了浓厚的兴趣。

顾立基是"老三届"学生，34岁，今年夏天毕业。袁庚对他感兴趣的原因主要有两点，一是他发起成立了清华大学学生经济管理爱好者协会，二是在去年参与竞选海淀区人大代表，成为当年全国高校在校学生中唯一一位区人大代表。

袁庚决定到清华园去见他，也带有考察的意思。办事处主任询问他哪天去，准备调辆车给他。袁庚摆摆手。他决定不坐小轿车，改骑单车。他对乔胜利说，坐着小车去有点居高临下的味道。骑辆单车去看望学生，会让人感到亲切。

5月9日，星期天，风和日丽。

清晨，洒水车刚刚在路面上留下水迹，袁庚骑一辆英国产的三枪牌自行车，从颐和园附近的西苑出发，前往清华大学。他的坐骑，是1959年用自己的出国指标买的进口自行车。在袁庚的内心深处，特别偏好进口货。他认为国外发达国家的工业产品，一般都具有质量好、性能优、外形美的特点。可不是吗？这辆三枪自行车，虽然已经用了多年，在首都潮水般的自行车方阵里，依旧显得卓尔不群。

大女儿尼亚骑一辆凤凰女式车跟在他后面。上了年纪的老爸单枪匹马在首都车河里游荡，她不放心，她要充当保镖。

骑了约摸20分钟的自行车，袁庚的头上已沁出细密的汗珠。尼亚掏出浅咖啡色的手绢递给父亲："爸，你为什么不要辆车呢？"

这样会平等一些。你懂吗？袁庚没有回答尼亚，看了看手表，催促道："快，不然那孩子不知钻哪儿去了。"

星期天早晨8时整。校园里阒静无声。根据档案上的地址，他们找到了顾立基宿舍，爬上楼梯，袁庚先是用手将了将已经花白的头发，扯了扯骑车时弄皱的卡其布外衣，然后轻轻地叩响了宿舍门。远处似乎正在施工建楼，电锯声如蜜蜂振翅一般低低传来，他又轻叩了两下门。

"请问找谁？"一位青年打开门，他个子不高，眉清目秀，声音沉稳。

"我是袁庚，是前些日子在你们清华招聘学生的香港招商局负责人，找顾立基同学。"

"哦——"青年有些惊讶，"我就是。"

"这是我女儿尼亚，她不放心我骑自行车，一定要陪我来，其实，骑车半个小时，倒是很锻炼身体。"袁庚现出笑意，"同学们还在睡觉吧？要不，我们到楼下谈谈？"

顾立基给袁庚的印象很不错。3个人在路边的水泥长椅上坐下来，随意交谈。

"小顾，清华大学学生经济管理爱好者协会是你发起的？听说会员占了全校本科生与研究生的1/3？"

顾立基骄傲地笑了："现在会员已经超过1000人了。"

袁庚又问："你为什么会成立这个组织？你对经济管理有兴趣？"

"我觉得，中国目前需要管理型人才，虽然我是学机械的，我也主动旁听了企业管理系研究生的全部课程。"顾立基觉得面前的老人和善而智慧，愿意谈出自己的看法。他特别回答了大学生参政议政对制度建设的意义。

接着，袁庚转变了谈话的内容，直指关键问题。他常常这么做。"来蛇口吧，我们已经有了企业管理干部培训班，我称之为蛇口的黄埔军校，就是要培养大批的管理型人才。"

"去年就听说过蛇口，但……"顾立基知道有人对特区指责不断，近日又出现"租界"的说法，再者，无论是上海原单位还是家中的老母和妻子，都希望他学成返沪，"我得花些时间说服家人。"

"多长？"袁庚的问话很急切，连他自己都不知道为什么。"如果你到了蛇口，你就会爱上那个地方。"一说起蛇口，袁庚就像在谈论自己的心爱的儿女一般，目光里激情在闪耀，"你会有用武之地的。我们将在蛇口继续进行一系列的改革试验。小平同志一针见血地指出，不改革就没有社会主义现代化。我要说，不改革，中国就没有出路。"

说到这里，袁庚站了起来，面对着顾立基："中国的现行体制，像一筐螃蟹，你钳住我，我夹住你，谁也动不了，蛇口呢，仅有2平方多公里，相对于全国960万平方公里来说，不足挂齿。假如我们改革成功了，对全国就有很大的意义。万一失败了，不过是九牛一毛，无伤大局。蛇口的改革，我们必须尽最大的努力……"

袁庚挥动着手臂说："我们老了，时间不多了，蛇口和中国改革的希望寄托在你们年轻人身上，我希望，有越来越多的年轻人加盟蛇口。蛇口永远欢迎一切志同道合者！……"话说到这个时候，双方都明白，他们所说的改革已经不只是经济领域、经济层面了。在政治气候乍暖还寒的时候，谈论如何变革社会现实，让两代人都感到思想的可贵、坚韧的重要。

此刻，袁庚很兴奋，顾立基则很亢奋，全身每个肌纹每个细胞都在燃烧，都在沸腾。他感觉自己有些眩晕。他当即拿定主意，跟随袁庚，加盟蛇口。尼亚再一次将手绢递给父亲擦汗，也感觉有一团心火在静静地燃烧。

余昌民是袁庚在清华的又一个发现。与他交谈不到10分钟，袁庚便"怂恿"他奔赴蛇口。余昌民1970年毕业于清华电机系自动化专业，后来成为母校首届企业管理系硕士研究生，次年被派往日本专门研究企业管理。

余昌民加盟蛇口遇到了强大阻力。校方对于潜心栽培的苗子自然不愿拱手让给他人，系里坚持要他留校任教。

要不到余昌民，袁庚只好打道回府。但他"贼心不死"。1983年3月，袁庚邀请清华大学校长刘达到蛇口调研，企业管理系主任派余昌民随行。系里希望"一箭双雕"：希望校长说服余昌民留校任教，并出面解决余妻的北京户口问题。

为了要到余昌民，袁庚几乎使出浑身解数。他与余昌民"内外合击"。在陪同刘达参观蛇口时，袁庚一再要求刘达放人。他这样的话说了不止一次："刘达同志，我们迫切需要企业管理的专业人才，请把小余同志给我们吧。"

诚心感动了刘达。是年7月，余昌民夫妇一同调入蛇口。袁庚给刘达写了一封感谢信：

> 关于小余之事，同志们对你大公无私精神至为赞佩。清华失一小余，无妨大局，蛇口得之，如虎添翼——看清华桃李满天下，工业区将受其惠。

这封袁庚亲笔信后来由刘达转送给了余昌民，余昌民一直珍藏至今。

对于人才，袁庚希望"韩信点兵，多多益善"。到了1985年，袁庚即提议赴美国和加拿大招聘学成的自费留学生到工业区工作，开辟人才来源的新渠道。2月26日，由招商局人事部李启其带队，与梁宪、虞德海三人同赴美国的旧金山、洛杉矶、纽约、加拿大多伦多、温哥华等7个城市，走访多所大学与留学生的宿舍，与140多名留学生接触，迈开了从国外招聘人才的第一步。

"一个人也没有招聘来，留学生那时不愿意回国。"梁宪后来很懊丧地回忆道，"老头子的想法太超前了。这应该是国内企业首次赴国外招聘人才。"

回到1982年5月，北京石榴花红似火。在清华大学学生会组织的见面会上，乔胜利陪同袁庚与300多位应届毕业生倾心交谈，袁庚的激情感染了清华学子。他坦率地告诉大家："蛇口刚刚起步，很荒凉，工作很艰苦。"但他把蛇口的未来描绘得特别好，最后，在点燃了同学们的理想火焰后，还不忘调侃一句，"现在来蛇口，正是时候，不信，10年后的蛇口，你们要进来的时候，就像你们今天户口想进北京一样困难。"然而，乔胜利却暗自替袁董捏了把汗，蛇口"到处都是烂土堆啊"！

袁庚的狂言竟然成了现实：10年后的1992年，工业区第九期培训班举行开学典礼。这一期培训班共有学员39人，是从全国14个省、市的8077名报名者中选拔出来的。8077人中仅录取39名，录取率仅为0.48%，可谓"千军万马过独木桥"。每届培训班开学典礼必到，每次必侃侃而谈的袁庚，在工业区最后一期，也就是这期培训班继续勉励年轻人说，"为了建设一个经济繁荣，技术先进的外向型、革新型的现代化工业区"，我们必须"实现知识更新，造就一支掌握现代科学技术，热心于改革的干部队伍"。他希望学员们"珍惜现在，展望未来，世界终究是你们的"。

2005年5月，蛇口，充满南国风情的时节。

我陪袁庚缓缓走到现今的鲸山别墅，也就是当年的培训中心所在地园坛庙看了看。

霸王椰树下，老人迎风而立。看得出来，他心中正奔涌着万千感慨。我怕惊扰他的思绪，什么也不敢说，什么也不敢问。许久，只听见他把刚才已经告诉过我的话，又念念叨叨地说了一遍："这里原先是——黄——埔——军——校——"

第六章 赤湾之痒

第六章　赤湾之痒

一、赤湾是幸运的

稍有地理常识的人都知道，香港和广东所面对的海域是南中国海，又叫中国南海。

南中国海，富饶、美丽、壮观的辽阔水域。

南海素有"第二个波斯湾"之称，是世界油气资源富集地区之一。

1978年年底，世界第二大石油出口国伊朗政局动荡，1980年又爆发"两伊战争"，引发第二次石油危机，成为20世纪70年代末西方经济全面衰退的诱因。

嗅觉特别灵敏的日本，早在1978年7月就与越南协议合作开发南海石油。目前，日本不仅侵犯我东海石油资源，从日本帝国石油公司网站提供的天然气田示意图可以证实，他们也侵犯了我国南海的传统海疆线。

然而，中国开发南海石油的步履十分缓慢，直到20世纪80年代初，中国才开始将获取能源的目光战略性地从陆地转向海域，从渤海移至南海。1980年7月，国家石油工业部的规划报告才提出进行南海石油开发。在这前后，世界上老牌石油勘探开发商如雪佛龙、BP、阿莫科、壳牌、菲力普斯、阿吉普、德士古等和一些中小石油商相继被吸引到南海，10多个国家和地区的30多家石油公司集体痴迷于南中国海。

在石油工业部南海石油的规划图上，湛江、三亚、流沙港、汕头、上海、连云港与塘沽，都是新建与扩建岸上石油基地的可供选择之处。同时，可选择的地方，还有香港地区与新加坡。香港为了抢占头筹，1980年2月22—23日，英、美、日、西德以及香港等15个国家和地区的财团和石油开发专家130人，云集香港富丽华酒店，召开"香港与华南能源开发之关系"的国际性研讨会，研讨如何利用香港成为中国南海石油开发的后勤基地。

香港一动，袁庚也随之而动。

这次研讨会由一家石油杂志主办，主旨在为香港和国际财团进入南海石油开发的后勤服务领域制造舆论，试探与我合作的可能性。国内没有派出代表，作为驻港机构，研讨会一召开，袁庚立即派出三名专业人士出席会议，了解动向，掌握情报。那天，袁庚在招商局主持会议，会前，接到香港新鸿基主席冯景禧打来的电话，告诉他有这么一个会议，袁庚立即想到了海湾那边的蛇口。蛇口工业区，已经定为招商局的后方基地，能不能同时也是南海石油的岸上后勤基地呢？袁庚暗自摇头：癞蛤蟆想吃天鹅肉，荒山野岭的蛇口能被石油工业部看中吗？机会往往会眷顾有准备的人，还是先派人去探个究竟，早做准备吧！

梁宪被袁庚派去参加研讨会，令他诧异的是，研讨会的主体是香港，却不时有人提及蛇口。蛇口开发还不到一年，竟然引起与会者不同程度的关注和兴趣。汇丰银行执行董事牟诗礼，在报告中就提及蛇口工业区建设深水港一事，会后有10多名与会者专程前往蛇口参观。会议一结束，梁宪便把会议内容详告了袁庚，这让袁庚大喜过望，嘱他尽快写出简报，上报交通部及有关部门。梁宪挑灯夜战，第二天早上拿出"香港和华南能源发展的关系"研讨会简报，袁庚及时编入招商局《情况反映》（1980年第3期），向上呈送。

为了落实后勤基地，石油工业部高层的目光，从塘沽至湛江、三亚等沿海地域来回巡视，拿在手中的棋子还没有落在棋盘上。这样一来，规划中的地点彼此间迅速形成竞争局面。

开发南海石油，有许多需要解决的问题。1980年7月26日与8月2日，国家计委先约请25个有关部门，就石油工业部开发海上石油问题进行讨论落实。人们的议论再一次落在石油基地的规划上，这时，交通部水运规划设计院院长王大勇会同计委交通局局长张振和，首次提出利用香港招商局蛇口工业区的设施作为我国南海石油开发后勤基地之一的建议，石油工业部认为可以考虑。

王大勇在两年前曾经率领一个名义上的三人"技术小组"进入香港招商局，实际在暗中调查袁庚。短短10天的暗访，他被调查对象所折服，觉得一个在"文革"中挨整的老人，迸发晚年所有激情，只为了招商局，为了新生的蛇口工业区，是非常可贵的。对这样一个有事业心、责任心的老头，收集和放大他的缺点、错误，绝不是王大勇的性格。他想，应该帮助袁庚，把石油工业部的项目拿到手，蛇口就会如虎添翼。

8月3日，王大勇写了一份报告给交通部副部长郭建，详细介绍了石油工业部的这次会议，并提出对策：组织力量在蛇口地区进行建设前期的勘察工作，使蛇口工业区具有一定的竞争能力。

未隔两天，远在香港的袁庚便获悉了这个讯息。蛇口工业区仍在"五通一平"，看上去起色不大，兴建石油基地似乎是天大的奢望，但他对蛇口有信心。3个月后，1980年11月10日，石油工业部副部长、中国石油公司副总经理秦文采率领代表团外出考察回国途经香港，专程到招商局座谈，正式告知袁庚，国家计委拟选蛇口工业区作为南海油田后方基地之一。

翌日，由港澳工委主持，秦副部长率领的代表团与驻港各大中资机构代表探讨香港和蛇口工业区作为南海油田后勤基地的可能性，会上意见不一。不少人对刚刚起步的蛇口缺乏信心。袁庚所能做的，只是强调蛇口是新生婴儿，具备生生不息的力量。袁庚反复表态："在我国开发南海油田的宏伟事业中，蛇口工业区完全应该、也有可能做出应有的贡献。"

值得庆幸的是，袁庚的观点获得了东江纵队老战友，时任新华社香港分社副社长、港澳工委负责人叶峰的赞同。叶峰在最后总结时再三强调，我们要立志利用开发南海油田来发展内地，从这个层面上出发，蛇口作为油田基地是很好的，一定要列入规划。

送走了秦副部长，袁庚思谋如何让蛇口在石油工业部众多的选择中脱颖而出。一步实际行动胜过一打计划纲领，他着手组织人手撰写报告，于11月27日用急件报告交通部，继续表明蛇口工业区在南海油田开发中，应该也有可能做出贡献，建议部党组成立包含招商局成员在内的小组，与石油工业部洽谈，邀请石油工业部提出可行性报告，前来实地考察。

袁庚心里很清楚，他的蛇口还孱弱不堪，不足担负千斤重担。他力争港英政府能将香港大揽角地段划给招商局，将买下的友联船厂迁到青衣岛，并建了两个泊位。他的胃口并不大，仅想争取与香港分食一块大蛋糕而已。几经讨论，石油工业部并无意让石油基地落户蛇口，他们的第一选择是新加坡，依次为香港、三亚、湛江。

王大勇在提出蛇口作为石油基地的建议之后，于1981年1月11—24日，应美国舒宾公司的邀请，偕李德山、孙绍先与张维荣三人，带着南海石油基地规划中的问题，专程赴香港进行考察，初步探摸了香港作为南海石油后勤基地的潜力，也考虑到在香港建码头地租昂贵，成本很高。

在香港招商局会议室，袁庚听取考察小组的情况汇报。当听到他们准备充分利用香港招商局在香港和蛇口工业区的设施，作为开发南海石油后勤基地的建议时，袁庚压抑住心头的喜悦，用一种官场上的做派，拍了拍王大勇的肩膀说："你们这次是来考察的，你们自己考虑吧。"

"其他地方都在拼命争哩。"王大勇有些急了，他是真心替袁庚的蛇口着想啊。他以为袁庚不知晓作为后勤基地的社会意义与经济意义，在袁庚与招商局副总经理郭玉骏陪着他们从香港吸水门至蛇口赤湾的水路上，在对赤湾进行实地考察之际，王大勇沿途宣传开发南海石油的诸多好处，投资200亿回收100亿，前景十分诱人。说着说着，袁庚终于按捺不住透露自己想与香港分一杯羹的"野心"，拜托王大院长在部里为蛇口多提建设性的意见，蛇口将风光无限。

叶飞与郭建非常支持蛇口工业区争取石油基地落户，并有所动作。3月中旬，委派已经多次组织日、美、法等国有关石油基地技术交流会的孙绍先赴蛇口西侧的赤湾，并拨款18万元开展前期工作，为蛇口工业区作为石油基地创造条件。

袁庚跟孙绍先和许智明去看波浪光测的那一天，是三月暖春天，是他第二次踏足赤湾。

头一次是他与王大勇的考察小组同来，爬上一座山坳，在沙滩上发现半埋在沙砾中的古船遗骸，估计这里曾是古代航道的一个码头。

太阳照在头上，三人在人迹罕至的山道上走走停停。袁庚穿着深灰色的夹克和黑色西裤，兴致勃勃地走在前头，阳光下，他的眼睛眯缝得厉害。被他远远甩在身后的，是比他小6岁的许智明和小14岁的孙绍先。

前些天，袁庚看完了孙绍先收集来的资料，了解到赤湾一带在明朝时期就有人居住，曾经是深水港，有一段繁华时光。据《新安县志》记载：赤湾"为全广门户""进出珠江口船舶必经之地"。明末清初后，历经战乱，港口年久失修。据说，孙中山制定建国方略时，赤湾是建设南方大港的所在地。新中国成立后，为建设华南对外贸易港口，交通部曾在这里进行过多次探测。如今，赤湾仅有28户渔民，大多住在山坳里，和外界的隔绝程度令人吃惊。

小径忽然宽阔起来，然后是下坡路，路旁是齐膝高的野草和灌木丛，袁庚埋头向前走着，随着一声响亮的狗叫，在他身后的孙绍先大叫："袁董，小心！前面有狗。"

袁庚满不在乎地笑笑，打了个响亮的唿哨，一条高大而健壮的黄狗闪电般从天而降，他向它扬手打招呼，黄狗转眼间化敌为友，愉快地在他的身边打转转。孙绍先揪着的心这才放下来。"我在越南养过一条大狼狗。"袁庚摸了摸黄狗的头，"狗是通人性的。"

"平日里，这条狗叫得厉害，现在为什么不叫了？"孙绍先多次深入赤湾勘察，认识这条大黄狗，每回看到它总有点怕怕的。

"小孙，我坐牢时，关得很难受，后来，我和蚂蚁交上了朋友，有一个奇妙的发现，"袁庚用手撩开挡道的灌木枝条说，"我常用剩下的米饭或窝窝头喂蚂蚁，这些小生命从来不在现场啃吃，总是努力地搬运，排着长长的队伍往窝里送。"他歇了口气，站定，继续说，"我发现，人和动物往往有共通之处，蚂蚁大公无私，狗是通晓人性。"

许智明走过去也爱怜地摸了摸黄狗的头："这条狗和我家的小黄狗长得太像了！"他叹了口气，想到自己最初来蛇口时，渔民们送给他一条小黄狗。这条狗温驯可爱，忠心耿耿，伴着他在荒山野岭度过了一年半的时光，突然间，小黄失踪了。有渔民告诉他，黄狗被工地上的民工勒死后煮吃了，这让他伤心了许久。

5分钟后，三人来到惠阳县（地区）的水文观测站，可以看到对面的外伶仃岛与大铲岛，西边是珠江口，东边便是香港。香港至广州的气垫船都从这里经过，船笛声悠扬而深远，与不时往来的机帆船的发动机声相呼相应。

赤湾左炮台脚下的水文站是用乱石块砌成的老式房子，门前有一块开阔的场地，场地边沿被一排密林围得严严实实，平房背后，七八棵菠萝树、杨桃树与番石榴树蓊蓊郁郁。孙绍先和住在站里的一家人打过招呼，就带着袁庚、许智明来到海边。

"袁董，我想把基地搞在这里，在这里设一个波浪观测站。"孙绍先将双手平伸向前，闭眼屏气，"赤湾这里一直风平浪静，我准备开始测波浪。从上海运来浮筒，安装设备，就可以干了。"他用巴掌扇了扇风，"筹备到8月份，正可以赶上在台风期观测波浪，正式观测为两年。你们看，左右炮台，环抱着赤湾，再修点工程，这里面肯定风平浪静。"

"看来，确实不错。"许智明是随孙绍先第二次来到水文站。

"小孙，你的意思是，这里真的具备了作为石油基地的可能？"袁庚需要真正答案。

"当然。南头，包括赤湾曾被交通部的'六五'计划规划为珠江口的深水港区，赤湾可用于建港的岸线为1.5公里，距岸边300—800米处，水深为负10米。"孙绍先如数家珍地补充说，"我曾经来过赤湾选址。大港需要水深，这点赤湾符合，石油基地的风浪情况要好，我也认为这里没问题，只是需要数据测算。因为，距离南海油田500海里的范围之地，都是可选择石油基地的地方。"

"蛇口呢？"许智明问，"为什么不把石油基地放在蛇口？"

"赤湾左边作石油基地，右边搞深水港，既可保持蛇口海岸线的完整性，又可借基地扩大蛇口工业区的范围。"孙绍先并没有直接回答许智明的问题，笑着对袁庚和许智明说，"我不想因为搞石油基地破坏你们蛇口这块宝地啊。"

"真不错，是个好主意。"袁庚的视线迅速扫向眼前，这个叫赤湾的小渔村孤零零地深藏在蛇口的西部，就像一条休眠期的深海苏眉。

"如果真让干赤湾的话，小孙，你来干吧？！"袁庚转眼迎向孙绍先，目光中有征询的意味。

"我当然希望那样。"孙绍先笑了。他认为，这位香港招商局常务副董事长的话并不可信，他不过只是为了将自己一军。袁董怎么会把这么大的任务交给他呢？

4个月后，7月中旬，交通部以〔81〕交政字1444号文，通知香港招商局和招商局蛇口工业区建设指挥部：由交通部水运规划设计院派技术工作组驻蛇口工业区，作为蛇口工业区建设指挥部总工程师室，协助指挥部作好技术工作。组长杜庭瑞任指挥部副总指挥兼总工程师室主任，副组长孙绍先任总工程师室副主任。

日后，来自工业区内部的民间说法是，这个工作组还有一个任务是"监督"袁庚的。这个为了建设蛇口而由交通部正式派驻的工作组，被蒙上了一层神秘的色彩。

7月4日上午，袁庚与许智明一同来到总工程室副主任孙绍先办公室。"小孙哪，建一个万吨级的泊位要多少钱？"袁庚劈头就问。这4个月，前来工业区投资设厂的人数锐减，他急于给蛇口找一条出路。自蛇口工业区挂牌运作以来，政治上风雨难测，走工业化之路又差强人意，在干部会议上，袁庚不止一次地给工业区干部敲警钟：蛇口仅有海水与淤泥，干不成事业，大家只有喝海水吃沙子。他反复强调，干部家属能不来的就不要来，我们干部吃苦受累倒也罢了，千万不要把家眷拉来陪你吃苦！

"土建、水工约3000万元，机电设备约2000万元，一共5000万吧！"孙绍先当即答复。

话题围绕着赤湾展开，袁庚的眼睛盯着他说，"你是建港专家啦，说说看，怎么搞最合适？"

"第一要投资，第二要解决土地，第三，剩下的技术，我来解决。"孙绍先说，"如果是交通部来建港，国家征地画个圈，地方政府就得服从，这很好办！我常干这种事情。如果让招商局来搞的话，"他看看袁董，嗫口不言，他在心里说这太难了，他顿了许久又说，"钱从何来？租地、买地不仅花钱多，还不容易解决。"

"那是真不容易。"袁庚苦笑着接话，"不过，把深圳拉过来，可能会好些？"

孙绍先立即建议，"赤湾只有28户人家，几乎是不毛之地，给深圳市一些股份，他们一定干。同时，把石油工业部也拉进来，搞一个石油基地，搞在左炮台这一边，那边搞深水港。石油工业部一进来就有任务，有收入，就可以养港。"

"不错。"许智明笑了，"小孙，你的想法很有创见。"

"好办法。"袁庚转脸看着许智明，"老许，你去找深圳开发公司总经理孙凯峰联系。"

"好。"许智明答复得很爽快。

袁庚笑起来，那是一种呈现温暖质地的笑容。他用双手揽着两位支持者的肩膀说，"我的建议是，你们两个人明天就上北京，快去快回。"

"这么快？"孙绍先愣住了。

"把你们的想法给交通部透透气，探探风向。"他说，然后转向老战友许智明，"老许，别忘了，到石油工业部去好好宣传我们蛇口！"

翌日下午4时整，许智明和孙绍先在交通部计划司只待了30分钟，就搞清了"规矩"。原来，合作开发港口，不需要国家资金，可省却许多麻烦。"你们这只是个设想，深圳市、石油工业部怎样想？明确了再说吧。"送他们出门时，计划司司长李天桂积极建议他们尽快动手。两人立即赶到石油工业部，距离下班仅有20分钟。袁庚曾在香港做东请秦文采副部长吃过饭。秦文采见到许智明很高兴，听他不停地宣传蛇口，乐呵呵地说："我们一定派工作组去蛇口。你们什么时候回去？记得代我问袁董好！"

在回到香港招商局北京办事处的公共汽车上，孙绍先问："许指挥，你觉得这个办事效率怎么样？"

"天哪，快赶上蛇口速度了。"许智明压低声音兴奋地说。

第三天回到蛇口，两人赶在第一时间向袁庚汇报。袁庚叮嘱他们："石油工业部来了人，你们负责接待，要热情，他们要什么条件，只要能办的，一定满足他们。"

如果说，当初香港召开研讨会，袁庚受到启发，也想让蛇口成为南海石油开发的岸上基地，只是福至心灵的电光石火般的一闪，那么，在秦文采承诺派出工作组之后，在多次咨询建港专家的意见之后，痴想转为实干，袁庚和他的领导班子形成了把赤湾建成南海石油后勤基地的明确意向，扎扎实实地开始地质钻探，修通公路，收集水文、气象资料等各项准备工作。

二、与梁湘的短暂"蜜月"

在许智明、孙绍先奉袁庚之命前往交通部、石油工业部汇报把赤湾建成南海石油基地的意向后，恰逢国务院总理赵紫阳视察深圳和蛇口。晚上，袁庚给赵紫阳写了一封信，由工业区机要通信员连夜将信送到深圳迎宾馆赵紫阳下榻处。袁庚在信中陈述了三条意见。第一条讲的是深圳经济特区过大、过宽，有"告状"之嫌。第二条，对赵紫阳提出的是否可由外面财团组成开发公司负责开发我们特区问题，袁庚认为"这样做对我们不一定有利"，主张"我国在港三大机构（中行、华润、招商）取代'外资开发者'的角色"。第三条汇报的是赤湾建港问题：

三、与蛇口工业区毗邻的赤湾，是一个可以开发的深水良港，国务院曾考虑过，交通部和省也多次商量过，问题是投资的资金来源问题。我建议如果国务院批准招商局直属单位的利润（约占全部上缴利润之十分之一）再来一个五年不上缴，我们愿意承担开发三个万吨泊位的深水港，然后逐步拓大。目前，蛇口工业区公路已开通至赤湾，正在收集水文资料、气象资料，并开始钻探，为进一步作经济论证和可行性报告做准备。4月间万里同志来蛇口视察时我曾建议过，仲夷、田夫是支持的。

248

1949年10月，任两广纵队炮
兵团团长时的袁庚。这一年
年底，他率部队攻打大铲
岛、小铲岛与伶仃岛，参与
解放了蛇口等周边地区。

20世纪50年代初，袁庚出国护照上的证件标准
照。就在这本护照上，他误将袁更的"更"字写
成了"庚"。从此，"袁更"便成了"袁庚"。

1950年5月，袁庚离境前往越南，成为秘密援越情报小组成员，兼任胡志明炮兵与情报顾问。这两张照片都是情报小组部分成员在广西北海火车站候车时的合影。

1951年在越南前线，袁庚（中着白衣最高者）与越南游击队员们合影。

1974年年初，袁庚出狱后与妻子汪宗谦在北京颐和园合影。

袁庚全家福。1980年春节，离家50多年后，袁庚第一次回到老家大鹏水贝村，与家人合影。

1980年春节，袁庚巧遇海湾村疍民屈椿华。31年前的深秋，两广纵队炮兵团长袁庚带领部队攻打大铲岛，屈椿华驾驶船只运送部队。打完仗后，袁庚给屈椿华开具了放行条，还送给他一包美国香烟。

1978年11月1日，招商局董事、总经理金石假香港富丽华酒店举行盛大招待会，介绍袁庚与中外人士见面。袁庚眼尖，一眼认出了香港影星石慧。

1979年春，袁庚抓住机遇，开始买船抓航运。这是袁庚（左二）在香港富丽华酒店的买船签约仪式上。

1978年年底，袁庚（左一背影）偕张振声（右一）等人赴蛇口公社考察。

1979年年初，袁庚和梁鸿坤在蛇口海滩上。

1981年3月30日这一天，袁庚很忙碌，华美钢铁有限公司、华建联营企业有限公司、江辉游艇厂同一天在蛇口破土动工。袁庚一连赶了三个开工典礼。

1981年春天，袁庚提出开办企业管理干部培训班的思路。在第一期培训班的开业典礼上，袁庚实话实说："对不起诸位，我把大家骗来了！"

1981年4月17日，环球航运集团主席包玉刚（左二）访问蛇口工业区。

1981年12月30日上午，香港第25任总督麦理浩（右）应邀访问深圳经济特区，第一站来到蛇口。他对蛇口的发展很羡慕，指出袁庚对外宣传得不够，并表示："港督将为你做宣传！"袁庚指着许智明对港督说："我们的许智明先生将付给你宣传费！"

在袁庚的工业之梦中，办一个像模像样的集装箱厂，始终是他考虑的目标之一。中国国际海运集装箱股份有限公司是北欧国家第一个投资中国内地的"先锋"项目。1982年9月22日，由招商局与丹麦宝隆洋行合资经营的中国国际海运集装箱股份有限公司正式投产。图为袁庚在典礼上致欢迎辞。

袁庚与洛克维兹先生（丹麦宝隆洋行香港分行总经理）等人在中国国际海运集装箱股份有限公司的动工仪式上。

1982年4月9日，前美国大通银行董事长大卫·洛克菲勒（右一）到工业区访问。

1983年1月26日，蛇口工业区第一个学术团体"蛇口工业区企业管理协会"举行成立大会，大会推举袁庚为协会名誉会长。

1983年4月24日，袁庚在蛇口工业区党委、管委会领导班子的就职典礼上表演"脱口秀"。

在工业区办公大楼建成之前，也就是在1983年7月之前，工业区的全体干部扩大会议，都是借用劳动服务公司的大食堂召开的。那时，没有音响设备，袁庚总是举着一个扩音器讲话。

1983年8月，蛇口工业区制作的第三块"时间就是金钱，效率就是生命"的口号牌，竖立在港务公司的大门边。前两块口号牌的命运不济，一块被农民当柴火烧了，另一块由于形势不好，袁庚私下授意让人将牌子拆掉了。

1984年，蛇口工业区党委、管委会首次举行年度信任投票。袁庚说："我们当领导的一定要靠群众的监督，就是这样让群众投票，群众对干部还是惧怕三分的。"

1984年，袁庚成为那个时代耀眼的政治明星。这是袁庚在向来访者介绍蛇口的经验。

1984年10月，香港和黄旗下的百佳超市在蛇口开设第一家中外合资的超级市场，成为首家登陆内地的外资零售商。图为袁庚（左二）在开业剪彩仪式上。

袁庚夫妇。

第二天上午，赵紫阳到达蛇口工业区，一下车就对袁庚说：你昨晚给我的信所提的三条意见，我和仲夷同志等商量过，我同意你后两条。赵说：我同意你提的关于招商局直属系统再来一个五年不上缴利润，由你们负责开发赤湾深水港的意见，但要让深圳加点股。赵又说：建成以后，作为企业来经营管理，其他方面不要插手。袁答可以协商。①

开发赤湾深水港的意见获赵紫阳口头同意后，袁庚立即布置孙绍先第二次专程赴京，向交通部、石油工业部汇报赵紫阳同意赤湾建港。孙绍先到达交通部后，部里表示，袁庚已有电话汇报，部有关部门正在研究落实中。石油工业部听说赵紫阳意见后，表示尽快来蛇口看看。

为了早日让石油基地落户赤湾，袁庚根据赵紫阳"要让深圳加点股"的意见精神，决定去拜访梁湘。

9月7日晚7时45分，当袁庚等人走进市委附近通心岭新村梁湘家那栋二层小楼底层时，梁湘正在接一个工作电话。"来，先请坐。"梁湘捂住话筒邀请袁庚等人进入客厅，接着讲了不到两分钟便挂了电话，热情泡茶招呼袁庚等人，拿出香港带来的四洲糖果招待来客。

坐在梁湘家底层约60平方米的客厅里，袁庚将许智明、梁鸿坤一一介绍给梁湘，相互寒暄致意。

"深圳最近怎么样啊？"袁庚的嗓音有点沙哑。

"有一些项目。"梁湘出任中共深圳市委第一书记和深圳市市长，担任全世界最大面积的经济特区党政一把手，在边陲小镇走前人没有走过的路，在极其困难的情况下开展工作，他清楚袁庚所指的"怎么样"是什么意思，看着袁庚也问，"蛇口有项目没有？"

袁庚端起泡着铁观音的茶杯啜了一口："谈了不少。"事实上，这一年，蛇口的招商引资全面停滞。深圳市刚建区一年，所遇到的困难更大。但是，在袁庚看来，深圳市既无商业，又无工业，它的财富来源，一是靠"卖地"，二是依赖"贷款"，三是依托中央各部委"对口赏赐"。这三项收入不仅极不可靠而且入

---

① 参见《香港招商局简报》第25期，1981年8月19日。

不敷出。之所以如此，袁庚认为，与特区过大有关。上个月，在他给赵紫阳的信中，已经陈述了这个意见。

许、梁两位大将多次跟随袁庚出入谈判场所，知道袁庚与人过招的套路，先是直指对方的痛处和痒处，然后把绣球抛了过去。果然，袁庚放下茶杯，抬高声调，微笑着说："市长，我们现在谈一个最大的项目，希望我们合作来干，怎么样？"

"行啊，什么项目啊？"梁湘不知道对方抛的是什么球？

"我们得到信息，南海石油是一个200亿的大项目，中央很重视南海石油开发，想通过开发回收资金100亿美金……"

"100亿？还是美金？"梁湘以为自己听错了。

袁庚详细介绍了一番南海石油的开发情况。他是一个煽动力极强的人，说得梁湘几乎坐不住了，兴致盎然地问："好啊，怎么跟你合作啊？"

"我们经过调查研究，觉得蛇口旁边的赤湾很合适，那个地方很封闭，不到2平方公里。假如把这个地方批下来，我们一块干好不好？"

梁湘问："有没有老百姓啊？"

许智明说："有28户人家，一条山路与外界连接。"

"还有什么别的东西？"梁湘转过头看着袁庚。当看到袁庚摇摇头后，他直截了当地表明了自己的态度，"问题不大嘛，你不是就需要这么一点地吗？好办！我觉得这个事情可以定下来。"

在与梁湘会晤的前后，袁庚陷入了双重悖论。他一方面认为"深圳特区不宜过大"，另一方面却希望蛇口工业区搞大；一方面批评深圳"卖地"，另一方面又向深圳要地。后来，他与梁湘闹矛盾，就是与他多次要地有关。袁庚没有想过，如果深圳不是这样大，会轻易地拿出赤湾来吗？

袁庚又和梁湘商定了一些细节，比如说先组成一个以招商局为主，深圳来参加的联合发展公司；充分利用蛇口现有的设施，再建一个码头；综合利用；欢迎投资，等等。

"是的，非常好，"梁湘在送袁庚一行出门时说，"让我们精诚合作来共同做好这件事。"

2006年夏天，我将本章打印出来送呈袁庚审阅。不久，打印稿被袁中印送回，有数处需要修订或核实的地方。在"袁庚陷入了一种悖论。他一方面认为'特区不宜过大'"下面画了一条黑线，袁中印批了一行字："这是袁庚的'错误'，可以放大来写。"我除了将"一种悖论"改为"双重悖论"，在"特区不宜过大"前面加上"深圳"二字外，这一节文字还是送审前的样子，也就是说并没有"放大来写"。

一个月后，袁庚主持召开了赤湾开发公司第二次筹备会议，确定了筹备小组的顾问为许智明，组长为孙绍先。正式确定在赤湾一带布置南海石油基地，筹备费用由蛇口工业区垫付。筹备组刚刚成立，袁庚立即指派许智明与孙绍先赴京向交通部汇报开发赤湾设想，争取交通部支持。汇报要点是：初期建5000吨与10000吨的泊位各一个，投资1亿元，远景发展万吨至10万吨泊位共14至15个。

交通部鼎力支持蛇口工业区筹建赤湾深水港的建议。1981年10月21日，交通部部长彭德清在呈谷牧并报赵紫阳《关于建设赤湾港的报告》中提出：

　　黄埔港现有港区已无发展余地，南头（包括赤湾）地区规划为珠江口的深水港区，设想近期建设50000吨级以下泊位，远期可以研究建设更大吨级的码头；为了适应蛇口工业区、深圳特区和珠江下游出口加工工业的发展，我们拟将南头港区的建设，采取统一规划、分期实施、由小到大、逐步发展的方针，先建赤湾，以后根据情况再决定建南头。赤湾建设拟先开工建设万吨级泊位两个，力争1985年前建成投产，初步估算约需投资一亿元。根据赵总理指示精神，我部香港招商局利润十年不上交的原则，加上之前国务院批定五年总共十五年不上交，以此作为投资，由我部进行筹建解决。码头建成后属交通部体制，由蛇口工业区经营。

三、"要袁庚同志用蛇口的办法搞。"

几个月后，令袁庚朝思暮想甚至夜不成寐的赤湾建港终于有了眉目。

12月16日，国家进出口管委会副主任江泽民电话传达国务院总理赵紫阳和副总理康世恩关于赤湾深水码头建设问题的批示。赵紫阳说："赤湾深水码头，要招商局负责，要袁庚同志用蛇口的办法搞，交通部应支持。赤湾码头要配合南海石油基地的建设，要争取把南海石油基地设在我们境内，不能让香港抢去了。"康世恩说："赤湾码头一定要保证南海油田基地的需要。"

袁庚心中升腾起一种久违的冲动，机会来了，蛇口转折的机会来了，这个机会就是赤湾的开发，我们即刻就要扼住命运的咽喉！他嘱托孙绍先等人准备相关材料，尽快召开赤湾开发座谈会，把地方上的各路神仙请过来，形成共识，抓紧时间，上报石油工业部，把项目争取到手。

12月24日，袁庚陪同省长刘田夫和市长梁湘视察蛇口工业区，下午便把这些地方行政长官请到工业区那间最大的会议室，参加蛇口工业区召开的赤湾开发专题座谈会。走进会议室时，已经有五六十位与会者就座。袁庚用眼光扫了扫孙绍先，意思是，你敞开思路讲，千万不要受限制。只见孙绍先默默地点了点头。

袁庚简略地汇报了蛇口工业区的建设情况，然后，指指孙绍先说，"下面，由工业区总工程师室副主任孙绍先同志详细汇报赤湾开发公司筹备小组前段工作的情况以及开发赤湾的设想。"

孙绍先汇报说，以赤湾湾顶为界，左边搞石油基地，右边作深水港。赤湾为深水港，弥补了黄埔港的不足。"如果先建一个5000吨级码头，可以在1985年前，每年为深圳承担30万吨货运任务。"孙绍先用征询的目光环顾四周。

梁湘颔首微笑，说："深圳特区建设，仅今年就需运来各类物资230至240万吨，由于运输紧张，实际只运进110万吨，造成某些物资供应紧张与涨价，明年，单水泥一项就要运进40万吨，"他呷了一口茶水说，"总之，运量是很大的。"

刘田夫表示同意："开发赤湾要从长远来看，从全省来看，黄埔港起黄埔港的作用，赤湾码头起赤湾码头的作用。"

听到这里，袁庚心里原有的几块石头有两块石头落了地。他早叮嘱过孙绍先，汇报中要摆出充足的理由，一定要让广东省看到，赤湾港的建成不会和黄埔港抢货源。要让深圳市明白，兴建赤湾港对深圳经济特区有百利而无一弊。

孙绍先进一步说："谈到开发赤湾建码头，一是按特区需要，二要发展3万吨级以上的码头，以弥补黄埔港因航道不能进3万吨以上船舶的不足。"

"这是对头的。"刘田夫很感兴趣。

"这样做既经济合理，又不冲击黄埔港的货源。"孙绍先再次强调与现有港口的关系。

刘田夫激动地站了起来，对袁庚摆摆手："你们不要担心货源。"

"现在强调保护竞争，不是保护落后。"梁湘看得很深刻，"要按经济规律办事。"

孙绍先看了一眼袁庚，他正背靠长椅，仰头看天，微闭双眼，这是他在思考问题时的招牌动作。孙绍先接着汇报："建两个万吨级码头需要1亿元。"袁庚微睁双眼，目光落在省市领导身上。

"钱不多。"刘田夫表示。

"可是，单搞码头，投资是收不回来的。"孙绍先加重了语气。

"没错，单纯经营码头50年也收不回。"袁庚立即接过话来，面对着省市领导，声音略微放大了些，"所有国家都是如此。据说日本要45年才能收回。西德汉堡还在争论是港养市，还是市养港的问题，是先有市还是先有港，也就是先有鸡蛋，还是先有鸡的问题。"他翻了翻随身携带的小本子，上面满是纠结一团的数字与符号，别人肯定看不懂。"实际上，这就是说，一定要从综合利用来考虑。港口的效益，要从对整个社会产生的效益来着眼，目光仅仅停留在港口的直接收入上是远远不够的。要以土地养港，通过搞土地开发来建设港口。"

"对，所以，深圳市以土地入股，解决赤湾港的土地问题。"梁湘快人快语，把袁庚想说的话公而告之。袁庚笑了。对，市长大人，我就是想你拿出地来。

袁庚再次看了一眼手中的小本子，继续道："关于开发赤湾，我与梁湘同志

253

一起交换了意见，初步议定了五条原则。"

"是的！"梁湘的话干脆利落。五条原则是：一是组成一个以招商局为主，深圳来参加的联合开发公司；二是充分利用蛇口现有设施（水、电和通信等），如果从头再搞，增加1亿元也不行；三是先建一个5000吨和两个万吨级泊位的码头，边建设、边使用、边回收、边扩大；四是综合利用，全面发展，经营其他项目支援港口建设；五是欢迎有关部门（石油工业部）和外商投资，港口建设要为南海石油基地服务。

刘田夫的态度十分明确："我的意思是，让我们好好考虑，做好前期工作，准备迎接石油工业部考察。"

四、股份制"放飞"赤湾

袁庚自认为是一个沉得住气的人，但是，从动议开发赤湾到如今，几乎用去了一整年时间，只听楼梯响不见人下来，石油工业部就是不来人，让袁庚等得焦灼不安。他内心焦躁，是因为从他打听的情报来看，石油工业部有不少人并不愿将石油基地放蛇口，希望放在新加坡或是香港地区，于公来说可以赚取外汇，可以快速掌握最先进的科技情报，于私来看也可常借离境之机外出转悠一番。即便不放在境外，也是放在三亚或是湛江，没有人会对蛇口这个寂寂无闻的小渔村感兴趣。尽管已经有赵紫阳的口头批示，省里与市里也都赞成，袁庚怕的是夜长梦多，敦促许智明与孙绍先差不多每月跑一趟北京，反复邀请石油工业部尽快来人商讨或是考察，石油工业部的官员们每次都回答得很爽快，但每次都杳无音讯。

1981年末的最后几天，袁庚觉得自己人微言轻，招商局庙小菩萨不灵，不得不搅扰省领导，请广东省委书记任仲夷和省长刘田夫联名给石油工业部发了一封邀请函，欢迎石油工业部派员尽快考察蛇口工业区。

来了，终于来了。

1982年1月7日，在内部思想统一后，石油工业部各司的司长与规划院、设计院院长终于驾临蛇口。

这个时候的蛇口，已经被称为"特区中的特区"了。外地人进入深圳经济特区，需要当地公安机关开具的"中华人民共和国边境通行证"；来到蛇口，工业区外面又有一道铁丝网相围，在现今的东滨路口有一道关卡，凭"蛇口工业区通行证"才能走进去。

石油工业部与广东省领导放眼看去，蛇口工业区内除了几个正在施工的工地之外，大部分地段还是平整以后的"荒地"，野草在肆意蔓延。袁庚领着部、省领导，兴致勃勃地边走边看，指点开工的工地，如数家传的珍宝。从蛇口到赤湾只能步行，骑自行车也只能骑到"二湾"（现今浮法玻璃厂东端），然后扛着自行车从左炮台的山口翻山过去。在京城、省城进出都是小车代步的领导同志，今日由袁庚陪着走山路，听他沿途指点风景，倒也不觉得路远劳累，不知不觉便进入了赤湾地界。

讲述的盛宴不是近景，而是规划中的远景。在一行人的眼前，赤湾应了一个"赤"字，"赤条条来去真干净"，荒山野岭，没有水、电、通信和公路。然而，在袁庚和孙绍先的讲述中，远景是那样的磅礴、实在、迷人，得到了徒步实地踏勘的部、省领导们的首肯。

下边的节目自然是坐下来谈。经过一整天的座谈，国家石油工业部副部长张文彬与刘田夫、梁湘等人，在"关于建设赤湾港为南海石油勘探开发服务问题"的8个重要方面达成一致意见。在讨论过程中，当石油工业部领导明确表示建设赤湾港的意见之后，石油工业部下属一些公司希望把初具规模的五湾拿过去使用，口气很横，冲着袁庚说，很好，你们五湾码头腹地，我们全要了！

袁庚摊开双手说，行呀，签个协议，一手交钱，一手交货，兄弟无情，六亲不认！

后来，这些话传来传去，传言说招商局臭了，说招商局就是为了赚钱。袁庚感觉比窦娥还冤。他反驳道，如果中国人都不赚钱，那么我们这个国家就完蛋了，吃大锅饭嘛！这些钱是我的吗？我能带走吗？我们不过就是想在这里闯出一条按经济规律办事的路子来，看行不行？他特别反对"一平二调"。

但是，到了座谈会表态阶段，袁庚改变了口气。他知道，小不忍则乱大谋。

牌在人家手上，真来个六亲不认，说不定就错失良机！他讲话时语调沉着，说了说蛇口工业区为了石油基地落户赤湾所做出的巨大努力。最后，他站了起来，把两手叉开搭在桌子上："我承诺，把工业区的五湾码头，也就是600米顺岸码头作为临时基地给石油工业部先用起来，依靠蛇口，利用现有蛇口工业区的设施，全面规划，统筹安排，从小到大，边建设，边使用，边回收，边扩大。总之，为了蛇口的明天，为了石油基地，我和蛇口人将竭尽全力。"

说到这里，他嗓音竟有些哽咽，有些动情。坐在不远处的孙绍先将目光从袁庚身上移到了天花板上。他知道在这个时候，自己和袁庚已经无价可讲。他会继续支持他，再一次成为他的坚强后盾。

会议闭幕前，梁湘用了5分钟的时间向来宾表示深圳市将大力支持石油基地的建设。"我们和招商局是一致的，我们把赤湾这一块土地送给石油工业部。"他很睿智，用了一个浸透人情味的字眼"送"，实际上，连石油工业部的人都知道，一个大方的"送"字背后包含了无限的商机。

在赤湾深水港的发展历史上，这是一次极为重要的会议。会议形成了《关于建设赤湾港为南海石油勘探开发服务专题座谈会纪要》。这个《纪要》由孙绍先、唐振华起草，袁庚修改，石油工业部、广东省、深圳市、招商局四方讨论定稿。1月11日，刘田夫、张文彬、梁湘、袁庚四人联名以《纪要》为附件，起草了《关于建设赤湾港的报告》，不久获国务院批准。至此，经历了整整一年半的主动争取，四处游说，各方努力，终于尘埃落定。赤湾深水港的建设开始走上正轨。

　　袁庚的高级智囊梁宪，多次婉拒我登门拜访，2005年7月，终于接受了我的采访。

　　"没有人、没有作品可以全面反映出袁庚的精神面貌与轨迹。"他坐在中集集团顾问的大班台上，目光躲在镜片后面不断打量我，透露出严重的不信任。我已经熟悉了这类目光，真是的，一个小女子有何能耐，敢去写袁庚？不自量力！

　　不是我有什么高招，中国刚刚开始改革开放的那些日子，是激情燃烧的岁月，只要我能把艰苦创业年代人们的记忆点燃，坐在采访机前的可敬的长者们，话语就是不会干涸的长流水。

事实上，当梁宪终于顺着记忆的通道回溯而上时，他的目光开始清晰明亮起来。我们谈起了南海石油。

这个不苟言笑的小老头露出难得的笑容。他说："在那个年代，南海石油救了蛇口一命。1981年，我们几乎耽误了整整一年。我记得在1981年年底，袁庚听说中央有人认为南海不要搞得太大，要收一收，急得连饭都吃不下。"

梁宪，20世纪60年代毕业于广州中山大学法语系，主攻法国文学，后成为交通部科技情报研究所研究员，1979年6月赴香港招商局资料室工作。袁庚十分赏识他，把他作为高参幕僚，几次推荐他担任招商局发展部副经理，因他不是中共党员，没被批准。自1979年进入蛇口工业区后，他协助推行研究策划和干部培训，曾任工业区管委会委员，董事会董事，培训中心主任。1985年调回招商局集团，任行政部副总经理、研究部总经理；现任中集集团顾问。

约访梁宪两天后，袁庚对我谈及南海石油基地，用了"冲破重围"这个很有张力的字眼。对他来说，在23年前，一片计划经济的坚硬土壤中，要奋力冲破体制的困围，让企业振翅高飞，需要何等的智慧与勇气！

1982年的春节，袁庚是在北京西苑中调部的宿舍里度过的。他到北京过年，是想探探京城的风声。狗年春节，他没有狗鼻子，不能嗅出风向。他只是想，无论如何，改革开放是不会错的，发展经济是不会有罪的。他想的是，已经顾及不到那么多了，现在的心思是如何把蛇口，把赤湾真正建设好。

招商局员工家在内地的，都从香港回内地老家过年。杜廷瑞与孙绍先等人回北京与家人团聚，初一大家相邀来到袁庚家拜年，告辞的时候，袁庚把孙绍先单独留了下来。当客厅里只剩下他们二人时，袁庚说："你留下吧，帮我把赤湾和蛇口工业区的建设搞好。工程建设方面，你全权负责。"

这个时候的孙绍先有一个特殊身份，是交通部驻蛇口工业区工作组副组长，人事关系还在交通部。袁庚的意思很明白，希望他离开京城去蛇口落户。孙绍先爽快地回答道："好，跟着您干！"

春节过后，负责赤湾港口建设的南山开发公司筹备小组成立，孙绍先任副组长，组长是袁庚非常倚重的开明、开放的许智明。筹备组有6个人，办公、住宿地点在蛇口工业区的龟山上，用餐则要步行到山下海边的集体食堂去解决。许、孙两人配合默契，在他们的指挥、调度之下，赤湾港与石油基地规范布局的勘探、科研、设计、施工准备等各项工作，有条不紊地全面铺展开来。

当袁庚不再为赤湾项目及其勘测操心以后，开始操心的是赤湾港的运作模式。

袁庚看着办公桌对面的许智明、梁鸿坤与梁宪，坦率地亮出设想，公开借用他们的大脑。"我一直在想开发赤湾的方式，"他说，"在蛇口，工业区是全资国营的，事事都要请示汇报，这是没有办法的事。蛇口镇是集体所有制，我们管不着。这次开发赤湾，能不能来个更有效的方式？参照外头用得好的方式？"

"外头的方式？"许智明眨了眨眼睛，呼出一口长气，"外头的好多方式都很好，可是，那不是国内的计划经济体制啊！"他是个爽快人，可爱的大炮筒子。蛇口工业区经营与建设才两年多时间，他这个"外向型"的副总指挥，一次又一次尝尽了行政干预的"苦果"。从发四分钱的超产奖金到修公路、委派干部，总有一只"无形的手"控制着想干点实事的你。

梁鸿坤慢慢领会袁庚的意图，抛出的问题既现实又尖锐："计划经济体制是社会主义的，其他经济体制是什么主义呢？"他环视了一下与会者，突然间意识到，每次袁庚小范围地找人讨论问题，只能找到他们这几个人。他们是袁庚绝对的拥趸。这说明袁庚的行动还没有被更多的人所认知，赞成与支持者并不多，想到这里，梁鸿坤只能在内心里苦笑。

轮到梁宪发言了，袁庚的脸上掠过一丝微笑，满怀期望地看着这位"军师"："你说说，怎么搞？"

"什么是'外头用得好的方式'？"梁宪反问出题的袁庚，"外头经营管理得好的企业便是股份制企业。上市公司固然是股份制的，非上市公司也大都是股份制的，连一些家族式企业，往往也搞成股份制，兄弟姊妹入股。"

"是啊，我知道是股份制。对我们来说，问题在于：是谁跟谁搞股份制？"袁庚那双历尽沧桑的眼睛，随时都在观察动静，追根究底。"你们知道，我们办特区，引进外资，可以和外商搞股份制。建集装箱厂，我们就跟丹麦宝隆洋行搞股份制，各占50%的股份。但是，迄今为止，国家还没有明确主张国营企业跟国营企业搞股份制……"袁庚的目光直勾勾地盯着前方，前方的窗外是维多利亚海港澄碧的海水。仿佛受圣灵启迪一般，他猛然转向梁鸿坤："都是国字号的，这种股份制，还不是社会主义吗？"

看见梁鸿坤默默点头，袁庚情绪愈发高涨："既然这样，我们胆子是否可以再大一些？搞一个以国营企业为主的股份制公司！"他望望三个表情各不相同的人，继续说，"这次，中央领导要我们招商局负责组建公司开发赤湾，本来我们是可以按工业区这样搞成全资国营的，但确实弊端太多。况且，我们财力不够。这次中银、华润都挺积极，连深圳都要加上一份。石油系统的有关公司就更不用说了。众人凑钱总比独立支撑要好……"

梁宪望着足足比他高一头半的袁庚，频频点头，由衷的笑容在他的脸上蔓延开来。他补充道："这样一来，整个企业都是国营的，但由不同的股东组成，出资者不同，站的角度也不一样。中银出资贷款，华润购买设备，招商局就是搞招商引资……袁董，这个主意真不错。"

"不错，不错，袁董，反正是特事特办嘛！"许智明也投了赞成票。梁鸿坤也认为不妨一试。

"在我们蛇口，有国营独资的，有以国营企业为主的股份化的，也有集体所有制的，孰优孰劣，都来试一下。我们这个地方小，搞成功了让经济学家总结去，搞失败了也没有什么大不了。"袁庚的声音不知何时已经提高了，就像在开干部大会，他向他的下属们灌输他的设想一样。事实上，对他来说，蛇口的成功与否，并不在于盖起多少高楼大厦，赚了多少真金白银，而在于对经济改革，对企业改革能否起个导引、示范或者典型作用。他身体上每一个细胞都兴奋起来，他又将再一次冲破束缚的樊笼，困囿手脚的锁链又一次被挣脱了，他的赤湾将飞得越来越高。"就这样去干吧。"他说。

1982年，在中国，国有企业（当时通常叫国营企业）的改革还远没有提上议事日程，国企只是在进行扩大企业自主权的试点，或对部分工厂企业实行利润包干的"经济责任制"。那时，叫得最响的一个字就是"包"字。对国企实行股份制改革，无论是理论还是实践，都没有多少人去碰触。五年后，也就是1986年年底，中国国有大中型企业才开始了自己的"股份制试点"的艰难历程。

事实上，在策划组建南山股份制公司的进程中，袁庚遭遇了一个小小难题，清一色的国有股份公司，不好享受中外合资企业的税务优惠，袁庚基于策略上的考虑将香港商人黄振辉拉进来参股。

在如何组建南山公司的问题上，最漂亮的一招来自招商局的自动放弃控股权。袁庚的这一招实则意义深远，不仅博得所有股东的满堂彩，还为企业松绑，为企业飞翔创造了良好的条件。在当时的国情体制下，任何一方控股，都意味着少不了来自那一方的不利于企业正常运作的行政干预，实质与国有独资企业并无两样。"南山开发公司的做法，符合国家后来推行的现代企业制度'产权清晰、权责明确、政企分开、管理科学'的原则。"梁宪后来解读道。这一点，实事求是地说，当初的策划者袁庚的思路并没有这样清晰、明确。他是"摸着石头过河"，或者说"打铁无样，边学边像"。

五、省钱，对股东负责！

从上午9时踏进蛇口指挥部办公室，袁庚当即对秘书韩明光宣布，他要在办公室待上一整天思考问题，不要放任何人进来打扰他。这是一种比较罕见的现象，除了坐镇香港招商局，他一有空就跑蛇口，一到蛇口就喜欢东颠西跑下工地，是一个闲不住的领导。这天上午，刚任袁庚专职秘书的韩明光为袁庚推挡了不少于五次的约见活动。中午时分，眼见午餐时间已过，韩明光只有把袁庚最喜欢享用的粤菜冬菇鸡腿、菜脯煎蛋和一小碗米饭送到总指挥的办公桌上，提醒他该喂肚皮了。袁庚从沉思中醒来，撩开眼皮看了看饭菜，鼻翼翕了翕，提不起食欲。打电话到筹备办公室找孙绍先，接听电话的陈永忠说孙总与许指挥一同去检查波浪光测去了，他只得放下电话，怔怔地呆坐在座椅上。

下午约摸两点半的时候，袁庚吃了两粒比利时榛子夹心巧克力充饥。这是他香港朋友送给他的手信^①。他并不是一个酷爱零食的男人，但无法抵御雪糕的软糯与巧克力的浓香，这两样零食几乎成了他的佐食佳品。当然，他最爱的是酒心巧克力。也许因为过敏不能沾酒，唯有酒心巧克力能够带给他一种特殊的愉悦。

两天前，交通部水运规划设计院提出的可行性研究报告表明：利用右炮台有利地形，向外延伸，修筑突堤，外侧挡浪，内侧靠船，比较可行，造价需要1.5亿元人民币。

由于利用了蛇口工业区的诸多设施和便利，比起一般深水港的建设，这个造价已相当经济了。然而，对于刚成立不久的自筹资金、自负盈亏的南山开发公司来说，自然难堪重负。

袁庚开始在房间踱步，再一次有了"如临深渊，如履薄冰"的感觉。4年前开发蛇口工业区，他"重债在身，如负千斤"。当年，中央给招商局一次可动用500万美元的权力，看上去可以呼风唤雨，恰恰也是一种压力，给了主谋者袁庚一份沉重的责任。开发和建设蛇口的钱并不是来自国家无偿拨款，而是来自香港银行的借贷。他在使用这个权力的时候，并没有"一掷千金，面不改色"的气派，反倒是战战兢兢，小心翼翼。在一些大一点的项目上，对其可行性、经济效益和偿还能力的研究，常常使他和他的下属们彻夜难眠，甚至搅扰得半夜惊醒，一身冷汗。

袁庚清楚，在香港当一位企业家十分不易。在商海的风雨变幻中，处处杀

----

① 香港人对礼物的别称。

机四伏。在这个时候，香港各大银行愿意向招商局提供贷款，借他们的钱不需要走后门，批条子，找关系，但这种钱不是"人民公社"的，必须连本带利一起偿还。借债还钱如同杀人偿命，是一条铁的定律。公司亏本还不了账，不仅信用扫地，倾家荡产，甚至还要承担法律责任。

袁庚身处香港，见证了香港谢利源金铺、妙丽、佳宁与海托公司破产的诸多实例。香港谢利源金铺已有80年历史，妙丽集团曾经到深圳来投资，这批企业都曾财源广进、莺歌燕舞，但一旦经营不善，顷刻间阴沟里翻船，有的老板吞服150片安眠药自杀，有的带着眷属亡命天涯不知所终。一条条指点江山的汉子，转眼的工夫便一个个轰然倒下，甚至付出了生命的代价。

袁庚也深深知道，社会主义不同于资本主义。在香港还不起高额贷款当然要拿身家性命去偿还。在内地，搞垮了一个国营企业可以拍拍屁股走人，损失了几千万几个亿照样易地做官，甚至升官大吉。因为是"交学费"，理所当然地全民买单。一年来，不少地方和企业，包括雨后春笋般冒出来的皮包公司，利用放权的机会，为了一地、一企业的利益以及个人私利，争先恐后地争投资、争贷款、争外汇，拼命增加固定资产，扩大基建规模，不计后果地提高福利。袁庚认定，这些单位的负责人之所以敢大肆扔钱，是因为只负责用，不负责还，只负责投资，不负责收回，对金钱的亏蚀与信用的损失不必承担任何经济与法律的责任。压根就不会像香港老板那样一旦破产就要妻离子散，甚至以自己的生命去填补。袁庚没有这样的好命，招商局借的是香港银行的钱，必须承担一切可能的后果。南山开发公司从不同的企业拿钱，一共有六大股东。他必须对六大股东负责。

作为南山开发公司的头头，面对1.5亿元的投资，不是港币，而是人民币，感到头疼是很正常的（当时，1港币兑0.33元人民币）。太沉重的负担！一定要集思广益，将投资降下来。

下班前20分钟，孙绍先和许智明在得到消息后赶到了袁庚办公室。袁庚愁眉不展，将桌上的报告书递给两位说："老许，小孙，你们先看看，造价高得离谱！"他的大嗓门底气很足，将孙绍先吓了一跳。

孙绍先看了这份报告书后，不得不承认水规院的造价是相当经济的。

"1.5亿元人民币，将来怎么回收？"袁庚很不客气地反问，好像这个造价是孙绍先提出的，"多久才能回收啊！"

孙绍先紧皱着眉头，好像在沉思。他轻声说："我，我要想想，袁董。"

"这么多钱，哪里找？"袁庚重复道，用手使劲地搔了搔头皮，好像那里埋伏着千万只令他心烦的小蚂蚁。"就看你的了。一定要想办法，千方百计，把投资降下来。"

时光静静流逝。

孙绍先的脑子里涌现出赤湾沿岸的画面，灵光一闪，孙绍先冲口而出地说："袁董，你要给我一些时间。"他想起多次在赤湾沿岸踱步，稀疏中偶见砂痕，假如水下的质地为砂源的话，这恐怕就是一条经济岸线了。"我想挪个地方，现在不知道是在哪里，我要勘探一段时间。如果能达到目的的话，可能能省一大笔钱。"

"多久？"袁庚在房间里来回走着，手里拿了两块巧克力，递了一块给孙绍先，一块给了许智明。也就是在这个时候，在下班吃晚饭的时候，他感到饥饿袭来。

"一个月！"

"好，我等你一个月。"

次日，孙绍先召集四航局钻探队和筹备组其余4人，在赤湾沿岸召开现场办公会。他在沿岸画了166个钻孔，探索砂源与风化岩的埋藏标高，对钻探队长交代："每钻一孔，立即将资料送给我！"

钻到第80个孔时，孙绍先深受鼓舞。经确认，在赤湾湾顶附近，水下有8—10米厚的粗砂层，为良好的基础层，宜兴建码头。天公作美，港池内未发现成片突出的风化岩，更不见暗礁。

孙绍先和水规院的工程师又加了一个星期的班，将码头方案改在赤湾湾顶。选定湾顶200米岸线，兴建万吨级泊位。整个工程的造价，有效控制在1亿元港币之内，也就是人民币3000多万元以内。相比造价1.5亿元人民币，节省了1个多亿元人民币。

孙绍先紧追慢赶了一个月之后，在一个晴朗的午后，从赤湾归来立即将好消息电告袁庚。10分钟后，袁庚即从工业区办公大厦赶到了龟山上的筹备组办公室。

"我祝贺你们，祝贺你们。老许，小孙。你们为我解决了最大的难题。"袁庚满面红光，神采飞扬，他双手抱拳，连连向各位拱手道谢。

在详细汇报完方案后，顾问许智明、组长孙绍先和筹备组组员孟庆森、钟丁友等人，把摊在地板上的规划图卷起来，伸直身子腼腆地笑，袁庚的感谢几乎有点让他们不好意思了。

"马上干，别耽误时间。一定要赶在明年的'五一'节完工。"袁庚说，"好好干，让石油工业部放心。"

石油工业部对蛇口工业区兴建南海石油基地的条件近似于苛刻。他们不出钱，你蛇口工业区必须先垫付，并且还要做出承诺，永久性的港口必须在1983年5月1日建成；在建成港口之前，石油工业部需要一个临时基地。为了供停靠三用工作船，这个临时码头还要加2米水深。

条件严苛，时间紧迫，袁庚以饱满的热忱率领将士投入赤湾港的建设。"我们一定要好好干，让石油工业部放心。"这是他常挂在嘴边的话。

六、谷牧："到北京找国务院解决。"

3月28日下午，谷牧第三次视察蛇口工业区，梁湘等深圳市领导陪同视察，袁庚在汇报过程中，已经感觉到和深圳市的关系非常微妙了。

当谷牧询问合资、独资的形式及投资贷款情况时，问道有没有把土地作为股份入股？梁湘说深圳有将土地作价入股的。袁庚说，蛇口基本上没有这种情况。

袁庚汇报说，去年工业区回收资金中，地租、出售别墅及工业大厦是最大一项收入，梁湘与吴南生立即同时说道，"你们（工业区）还没有向深圳市交地租。"袁庚心里的火焰一下子就蹿了上来,他耐着性子提醒二位说,这是有协议的,蛇口工业区与深圳市的内部协议已经有规定,我们按协议办事。如果要付地租,蛇口的市政建设、学校、医院等,市里都得管,口岸单位的费用也要市里来负担。谷牧只得出面解围,对梁湘说,你们不够高姿态,应该按协议来办。

条条与块块历来存在着摩擦和碰撞,矛盾是难免的。袁庚现在最担心的是半路上杀出来的香港华泰水泥厂。不久前,正当赤湾港建设前期工作全面展开之际,赤湾地面上突然冒出来一个华泰水泥制品厂。这家水泥厂是深圳市特区发展公司引进的港资企业,是在市里拿的地。你这边在争分夺秒地测量、钻探,他那边在挑灯夜战打桩、施工,抢建厂房。水泥厂的兴建无疑破坏了赤湾港的整体规划,谁批的地?谁同意的项目?袁庚十分恼火。当着谷牧的面他没有说华泰的事,他不想开罪"父母官"。

请走赤湾地面上半途中杀出来的程咬金,是他当前的重中之重。4月9日,他还在香港伊丽莎白大厦的"别墅"里,第二天上午即刻赶回蛇口,与深圳经济特区发展公司总经理孙凯峰一同到蛇口码头接粤海公司副总经理许耀兴,准备上赤湾实地调查,商讨华泰厂的搬迁问题。下午,袁庚赶到市区来,参加由市长梁湘主持的华泰厂搬迁问题座谈会。

下午,当袁庚走进市政府大楼,穿过长廊走向会议室时,距离约定座谈时间还有5分钟。"战斗开始了。"袁庚心想,瞬即又觉得用这个比喻来形容这场座谈并不贴切。袁庚在门口停了停,深吸了一口气,放松了一下全身的肌肉。然后,浅浅一笑,走进会议室。

"下午好。"他说道,和梁湘、副市长周鼎、罗昌仁一一打过招呼。座谈会伊始,袁庚就不再打官腔,说客套话了。"关于华泰水泥厂的问题,"袁庚加快了语速,"我觉得要尽快解决!"

"可是,"孙凯峰不安地叹了口气,"袁董,据我们了解,华泰厂的计划投资总额为港币4000万,机械设备的价值900万。目前已进场400多万设备,连同已付工厂费、厂房搭架、码头打桩,设计300根已打了25根,合计已花费港币2000万。如果要赔偿的话,估计不下港币2000万,资方才肯接受。"

"让华泰搞下去，究竟影响多大？"马鲁手里拿着一叠华泰水泥厂的资料问，他是特区发展公司董事长。

袁庚皱起眉头："这样说吧，根据华泰厂的总设计，厂方、码头占地面积43160平方米；码头货物通过量每年100万吨，这两项都占到赤湾土地与码头通过量的相当比重。"他是一个对数字天生敏感的人，几乎对数字有过目不忘的本领。

马鲁提出一个建议，可否改变赤湾港口码头的整体设计和公路走向？日后是否可以再把华泰小码头包进去？

袁庚气得牙齿都要咬碎了。他不能想象到底有什么理由能让这家水泥厂坏掉整个赤湾地区的科学规划。他看了一眼一言不发的梁湘，把怒火暂时压了下去，沉着地加以强调："赤湾深水港的建设是百年大计，方案已报国务院批准了。地理和自然条件很理想的一个港口，中间给插上一刀破坏了整体，对今后的建设和使用将带来诸多隐患。"他心头一缩，口气更狠了点，"现在中外人士看后无不表示惋惜，将来子孙后代也会骂我们的。"

激烈的讨论迅速展开，声浪与烟浪左冲右突。袁庚自从1963年戒烟后，再也没有抽过，是一个坚忍而有毅力的男人，现在，在市政府的会议室里，被二手烟熏得头昏脑涨。在烟熏火燎中，大家最后达成一致意见：通过许耀兴联络华泰主要负责股东，尽快协商解决。袁庚清楚，现今的关键是赔偿问题，要价2000万港币，数目不小，恐怕羽翼未丰的南山开发公司董事会难以通过。

还好，会议时间不算太长，一个半小时，袁庚看了看表，准备告辞回蛇口。

在会议结束前，马鲁突然旧话重提："袁董，市长们几次催促要向蛇口工业区收取土地使用费，每年400万港币，两年800万，你看，该怎么办？"

刹那间，会议室出现令人不舒服的沉默。

仿佛经典悬疑片，蓦地，会议室里所有要员们都转过脸看着袁庚，看他如何接招、应对；袁庚却不吭声紧盯着梁湘，梁湘也不说话，缓缓抬起头望望袁大指挥。在缺乏语言沟通的室内，烟雾缭绕得更加肆无忌惮。

袁庚用手掌在鼻子前挥挥，驱赶恼人的烟雾。沉默不是最好的方式，必须挑开话题。他想，这是一个适合阐明观点的场合。他说："大家要遵守协议。按原来的内部协议，如要我们交土地使用费，那么，工业区的征地费用及学校、医院等市政公共设施一概应由省、市负责。现在，省里没有执行上述协议，一切市政建设费用均由招商局支付，不仅如此，边检、海关等联检单位的费用也是由我们垫支。这样子的话……"

袁庚向前欠欠身子，看着马鲁，把球踢回给他，然后直视着梁湘说："若要修改协议也可以，这个问题，梁湘市长陪任仲夷书记访港时明确向我表示，省市经济若有困难不给蛇口补助，也不收地租，已经当面说清了。希望今后不要再提了，不要给我们制造困难。"他想搬出3月28日谷牧"应该按协议来办"的话来压压马鲁，提醒梁湘，但没有说，只是瞟了一眼梁湘。

梁湘赶紧插话："要同舟共济。"

"现在，还有一件事，袁董，"周鼎转过话题，"南山开发公司只限开发赤湾石油基地那块，不应搞大了，不然深圳市还有多少地方可以开发？！"

"有327.5平方公里嘛，怎么没多少地可供开发？"袁庚反驳道。

梁湘也同袁庚一样承受着很大的压力，甚至树大招风，压力更大。作为一市之长，他不能不从全市的角度来分析和看待问题。袁庚见他点点头，以为市长同意他的话，不料梁湘说："是的，搞那么大没有必要，周鼎的意见对，不能那么大。"

袁庚只有据理力争了，话语十分尖锐，"怎么？把南山半岛划入南山开发公司是去年梁湘同志创议提出的，报了中央，现在你们又推翻原来的创议？如果只准开发0.6平方公里，那么，投资数以亿计，每一平方米的投资平均值就增大了，谁也难以收回！你们可以占大股，你们也可以不出钱，但要让我们先连本带利地还清贷款，赚了钱再分吧？对吧？你占90%都可以！"袁庚停了停，脸上的微笑像被狂风卷走的薄云，露出阴郁的底色，"但我肯定，一百年你也拿不到一个铜板。"

言来语去说个不停，整个会议室的气氛焦躁不安。袁庚不清楚事情是怎么走到这一步的，有些情绪低落。他说："南山开发公司股东多了，各有各的想法，办事难了。单搞码头港口，不搞别的综合性开发，是要赔大本的，这个账大家都明白。深圳市到现在据说投资2.7亿元人民币，三倍于蛇口投资，什么时候能收回，你们心里有数,你我心里都有数。"袁庚怒火难捺。"总之,"他几乎有点咆哮起来,"市里想占多少股就给多少股,赚到钱再按股分成,深圳市可以不出钱!"

周鼎咕哝了几句,也不再说了。面对袁庚的坚持,在座的方方面面也没有当场坚持要收地租的意思。

下午5点,座谈会未达成任何共识,不得不休会,袁庚与梁湘在市政府大门口握手告别。

"我对刚发生的事情很抱歉。"梁湘以政治家的大度说,"我希望我们能同舟共济渡难关。"

我对你已经没有信心了,市长大人,你让我很失望。袁庚点点头:"梁市长,你知道,这也是我最希望的。"

一连几天,袁庚心绪不宁。快要举行第一届董事会了,摆在南山开发公司董事长袁庚面前的还是一大堆尚未解决的问题。

石油工业部计划和广东省联合成立广东省南海石油开发服务公司,在深圳成立深圳分公司,沿用湛江的石油基地模式,将南海石油的后勤人员安顿到那里。客观上,把年幼的赤湾的饭碗抢走了一部分。

还有土地问题。深圳市原先同意给6平方公里的土地开发赤湾,后改口变成0.6平方公里。还有,在赤湾开发区内,来自香港的华泰水泥厂正在风风火火地赶建。

袁庚还看到,8家股东只集资1亿元港币,按当时的汇率,仅相当于人民币3000多万元。资金缺口很大,必须仰赖借贷。多数情况下,港口经营的利润一般都低于银行贷款利率,开发赤湾将极有可能出现利不抵债的严重后果。

开发赤湾的建设资金、港口货源、基建材料等均未列入国家计划,融资、货源、建材都完全依靠自己去解决。何况,还要负担整个地区的公用设施和口岸联检部门的基本建设。俗话说,背靠大树好乘凉,赤湾港依靠哪棵树呢?

袁庚时常找许智明、孙绍先议论困难,商讨对策。许智明告诉袁庚,工业区有人认为把工业区搞好就行了,何苦捉个虱子放在自家头上,冒那么大的风险去搞什么赤湾？袁庚问老许怎么看，老许说开发赤湾是为了扶持、救助蛇口工业区，不搞不行。袁庚说对。还有，他说，他看中海里的石油。我们内地的石油能开采多少年？中国这样大一个国家，又在大力发展经济，对石油资源的认识一定要有前瞻性，未雨绸缪，至关重要。日本人对中国海洋石油资源垂涎三尺，不是早就伸手了吗？袁庚认定，中国迟早是要向海洋进军的，我们先把石油基地搞好，即便自己受一点经济损失，不要紧，也是为国家做牺牲。有了稳固的石油基地"后方"，一定会有胜利的"前方"。

现在的问题是，赤湾建设身陷泥泞，董事会还没有成立，主要工作都压在招商局身上，仅靠招商局又解决不了问题。他交代许智明，把相关材料准备好，找新华社记者谈谈。"还是老办法，"袁庚伸出指头朝上，指指办公室的铁皮屋顶，"向上捅。"

当袁庚接到国务院开会的通知，会议的议题是"关于解决南山（赤湾石油基地）开发公司当前存在的几个问题"时，他还以为自己在做白日梦，不敢相信这是事实。他向许智明等副总指挥交代了一下当前的几项工作，立即飞往北京。

5月21日下午2时半，袁庚赶到国务院第三会议室参加会议。他和国务院副秘书长马洪、广东省特区管委会主任吴南生、副主任秦文俊一一打过招呼后，找个靠边的座位坐下。他看到梁湘、副秘书长邹尔康也坐在桌旁，主动朝他们点头致意。他坐下来，小心翼翼地，大气都不敢出，因为，这一切简直令人难以置信。

3时整，国务院副总理谷牧，走进国务院第三会议室，来自交通部、石油工业部、国家经委、国务院办公厅特区办公室以及深圳市委市政府和告状人袁庚等15位相关人员已经会集在那里。这是一次极为特殊的会议——国务院破天荒地仅仅为一个企业排忧解难而兴师动众召开会议。

会议一开始，谷牧首先在会上传达了赵紫阳关心赤湾石油基地建设的情况及有关批示。谷牧说，最近新华社记者写了一封信给赵总理，说赤湾石油基地困难重重，赵总理看后立即批示："请谷牧同志主持仲裁，该拍板就拍板，及时解决，争取时间十分重要。"

269

谷牧翻了翻桌前的一堆资料说："今天请大家来开这个会，要求是和大家一起商量，解决南山（赤湾石油基地）开发公司当前存在的问题，我相信没有什么拍不了板的。现在国际上有一种舆论，认为我们对南海油田的开发认识不足。香港地区、新加坡都想从中分享利益。如果我们几方继续这样扯不完的皮，影响就更坏，到时开发南海石油的利益真会被人分享掉了。据说原来南山公司要开发的地皮是6平方公里，现在周鼎同志说只给0.6平方公里，秦文采同志说没有6平方公里是不行的。关于在赤湾开发区内的华泰水泥制品厂搬迁问题，今年二月赵总理已做了批示，决定要该厂搬走，为什么现在还解决不了？另外，石油基地为什么非要放到特区内不可？这些问题都请大家摆出来研究解决。"

讨论开始了。关于开发地皮是6平方公里还是0.6平方公里的问题，广东省和深圳市负责人都认为这个问题一直没有明确定下来。袁庚申辩说，希望省市领导能够坚持"港地结合，以地养港"的原则，维持原先开发6平方公里的约定。梁湘立即表示不可能，不同意。袁庚想当着领导和众人的面问问市长同志，你对我许诺"同舟共济渡难关"言犹在耳，现在却来釜底抽薪吗？但他忍住了，不再吱声，还是小心翼翼为好。沉默中，他感觉到众人朝向他的目光，还是决定说几句，拿出一个态度来。"好的，"袁庚举起一只手说，"投资建设港口，要是没有广阔的腹地，就无法回收建港的大量投资；如果国家不拿出钱，光靠我们企业贷款，谁也不能担负这样大的投资。"从这一刻起，袁庚因梁湘改变地皮面积的约定而对深圳市的怨气越积越深了。

谁都能感觉到袁庚话里所包含的那份忧愤和无奈，也就没有人接他的话。眼看会议陷入沉闷之中，谷牧更换了一个话题："说说华泰水泥吧！"

石油工业部外事局副局长唐振华摇了摇头说："2月9日，深圳市还给该厂发了'开工许可证'。"

"我们曾多次交涉，"袁庚真是无可奈何，"始终得不到解决。"

梁湘说："要华泰水泥厂停工搬迁，我们是同意的，但要赔偿资方的损失，由于谈到损失就没有人表态，因而就不能将此事落实下来。"

谷牧点点头，指了指梁湘说："深圳市发这个'开工许可证'发得不对，这要批评。"他将目光移向袁庚，"要资方搬迁当然要赔偿，袁庚同志你为什么不表态？"

袁庚大声回答道："南山公司的董事会还没有正式成立，况且华泰资方提出要赔偿款项约2000万元港币，这样大的数目，谁敢表这个态？！"

谷牧环视了一下会议室，定下调子："对这个问题，今天要做出决定。首先，下决心要让华泰水泥厂将建厂工作停下来，不能再进行施工了；第二，南山公司要尽快和华泰水泥厂谈判，清算账目，给予该厂合理的赔偿。"他停了一下，接着说，"赔偿多少由袁庚同志拍板。这两条就这样定了，大家有没有别的意见？"

在场人士都没有提出异议。

会议结束前，袁庚提出南山开发公司领导归口管理问题。这家公司由各路神仙组成，归哪个部或省、市领导都有困难，对干部的任免也有困难。

吴南生强调南山公司主要负责人应该由省委任命。

"对，"梁湘随声附和道，"这一点我同意。此外，公司各部门经理由董事会任命报深圳市备案。"

谷牧最后一锤定音："同意这个意见，但公司一级领导人要报国务院备案。"他再次指了指袁庚说，"总之，要按'蛇口方式'来办，南山公司是一个经济实体，一定要官商分开，党的领导归省、市特区党委领导，你袁庚有最大的自主权，中央各部不要去干预，但违反政策犯了法则另当别论。有些问题能定下来的就应该拍板。"仿佛预感到袁庚必然会遭遇麻烦，谷牧留下一句话给袁庚及其各路"诸侯"：

"与省、市发生矛盾和纠纷解决不了时，就到北京找国务院解决。"

七、万里说：你大胆去闯吧！

一个多月以后，1982年7月5日，国务院副总理万里约袁庚谈话，国务院办公厅秘书长杜星恒在座。事后不久，"万办"给招商局寄送一份万里同志接见袁庚的《谈话纪要》。这份《纪要》现存于招商局档案馆，馆藏号是82317号文件。

万里同志：我今天找你来，主要想了解一下为南海石油开发服务的基地和蛇口工业区建设的情况。

袁庚同志汇报了南山基地建设的情况（大意）：这个基地是由几家公司集资建设的，现在进展得很好。水、电、通信是利用蛇口工业区的，万吨级码头已经开工，明年5月份可以建成。美国石油大王洛克菲勒去看了以后说：没想到你们在这里能搞这么好的基地。

万里同志：英国的北海油田基地，搞了一个十万人的城市。你们能不能闯出一条路子来？我们有很多有利的条件，南海石油开发，两三百个亿，搞好服务，可以赚回很多钱，要想办法不让香港把钱赚去。你能不能作为更大一点，紫阳同志支持你，我也支持你，你可以大干。你们的条件比湛江好。

袁庚同志继续汇报：只要计委不干预，财政不收税，可以不要国家投资把基地搞起来……外国人一怕我们政策多变，二怕我们行政干预，三怕我们政出多门，不知谁说了算……我们那设了个指挥部，下设办公室、总工程师室、总会计师室。干部量才使用，不讲资历，工人要经过考核，工资相当于内地的2.6倍，住房由房地产公司经营，谁要用房，自己去租。

万里同志：这个办法对，总工程师室，就是总监督室，这样做就对了。紫阳同志说你是个"实干家""冒险家"，我给你起个名字叫"敢闯的人"。紫阳同志在抓体制改革，最近我在考虑人事制度、工资制度、劳动制度、教育制度等四个制度的改革，不改"四化"没有希望，我们现在都是吃大锅饭。我今天找你，给你鼓鼓劲，你去闯嘛，闯出个路子来，闯错了也不要紧，有错误赶快改就是了，失败是成功之母，也没有什么好失败的。

袁庚同志说：现在的问题是政出多门，大家看到有利可得，都要来搞，中央能统一起来就好了。对外应该统一，各家都分别跟外国人去谈不行。

万里同志：对我们来说这是个新的东西，怎么统法？中央各部都去搞不行，省里统行不行？（袁答：行！）光靠石油工业部一家怕也不行，要把各方面的力量组织起来，统一对外。

袁庚同志谈到现在是几个部门管，实际上又管又不管。

万里同志：不管倒好，你可以大胆去搞，没有紧箍咒。

袁庚同志谈了对建设特区的一些看法：特区不能搞得太大，应该前面搞活，后面卡严。深圳特区太大，不搞工业，搞房地产和消费品加工业，变成消费城市，越搞越被动。

万里同志：你的观点是对的，搞消费城市，背个大包袱。你们蛇口可以创个工业特区的典型。

袁庚同志：万里同志很忙，我就不多耽误你的时间了。

万里同志：我今天就是给你鼓鼓劲，你大胆去闯吧！要注意总结经验，闯出新路子，搞工业，就是要有那么一股子劲才行！

八、中央说"按袁庚的思路办"

深圳赤晓工程公司总经理陈永忠是1982年2月刚从学校毕业分配到蛇口工业区的，不久就参加南山开发公司筹备小组工作，是现今南山集团的"元老"。

他刊发在南山开发公司主办的《赤湾》杂志2005年10月特刊上的《饮水思源与时俱进》一文，属于当事人的讲述，相关内容摘录如下：

筹备小组的工作自始至终是在袁董（中国南山集团员工对袁庚的尊称）的领导和关心下进行的，他多次出席筹备小组会议，听取工作汇报并帮助解决难题。许指挥（中国南山集团员工对许智明的尊称）亲力亲为，不停地为筹建中的重大问题忙碌奔波，常常以蛇口工业区副总指挥的名义协调蛇口工业区各有关部门，对筹建期间的工作给予大力协助和支持。孙绍先总工程师负责筹建组的工程技术工作，由于他同时又是蛇口工业区的总工程师，工作也特别繁忙，基本上是每天上午在山下的蛇口工业区总工程师室办公，下午到山上的筹备组召集工程技术人员布置工作和处理问题，忙的时候常常利用晚上时间同大家一道研究工作，他常对大家说的一句口头禅是：要适应这里的工作，这里没有8小时工作制的概念。

1982年6月14日，南山开发公司成立，定名为"中国南山开发股份有限公司"，负责全权开发、经营赤湾港。袁庚任董事长兼总经理，孙绍先任总工程师室主任，黄小抗任办公室主任。公司办公地点仍然在筹建小组所在地（蛇口龟山）。

袁庚的创举、中央的试点

在当时有一种比较流行的说法：中国南山开发股份有限公司是"袁庚的创举、中央的试点"。说创举是因为南山开发公司当时是全国第一家中外合资的股份制公司，袁庚要在蛇口工业区"国有企业＋政府职能"这种开发模式之外，另外寻求一种与国际惯例接轨的先进的企业体制，这在中国是前无古人的全新试验，是对中国几十年传统企业体制的首次突破，在20年前中国刚刚开始改革开放的初期，这是极具胆识和勇气的惊世之举。袁董的创举后来得到了当时中央领导的肯定和支持，记得曾有中央领导同志视察蛇口工业区和赤湾之时，对随行的中央各部委和广东省、深圳市的领导打招呼：南山开发公司的事情按袁庚的思路办，你们都不要插手干预。从此有了南山开发公司是"中央的试点"这一说。事实上，南山开发公司成立后的最初几年，中央领导确实是非常重视赤湾的。胡耀邦、赵紫阳、万里等都曾到赤湾视察过。当时有一种说法：中央领导只要到广东就一定会来深圳，来深圳就一定会来蛇口，来蛇口就一定会来赤湾。此话在当时确实是一点不假。当时的南山开发公司的所有员工，虽然工作艰苦，但却都有一种自豪感和荣誉感。

可以这么说，没有袁董就没有"中国南山开发股份有限公司"。袁董作为中国改革开放历史上的一代风云人物，对南山开发公司的贡献是巨大而深远的。我认为至少体现在两个方面：一是为南山开发公司注入了最优良的"基因"；二是在他退位之时为南山开发公司挑选了最优秀的承前启后的当家人傅育宁博士。

九、"要钱没有，要命有一条！"

1982年7月15日，由6家中外公司组成的中国南山开发股份有限公司经国务院批准正式成立。南山开发公司第一届董事会于当日召开，袁庚被推举为董事长兼总经理。这样一来，袁庚头上已经有三顶"官帽"了：香港招商局常务副董事长（在他担任此职一直到卸任的14年当中，在他上面的董事长总是由部长或副部长兼任）、蛇口工业区建设指挥部总指挥（1983年4月间为蛇口工业区党委书记、蛇口工业区管理委员会主任）、中国南山开发公司董事长兼总经理。虽说这第三顶帽子是股份制企业的老板，算不上官职，但参股的六家公司除一家属外资外都是国企，且需经国务院批准，说是"官帽"也不为过。

经国务院批准成立的南山开发公司，全权开发赤湾，在国内首次以企业集资的方式，兴建并经营以外贸及华南地区交通运输为主的综合性、多功能深水港，同时经营为海上石油勘探开发服务的石油后勤基地以及相关的加工工业。

在重振招商局、开发蛇口、建设赤湾的过程中，袁庚及其招商局、蛇口工业区、南山开发公司遇到过许多麻烦和困难，当政治压力稍微缓解一些之后，经济压力便日益让袁庚的一把老骨头如牛负重，步履维艰。8月9日，中国海洋石油总公司、招商局、中国南海石油联合服务总公司共同召开会议，就充分利用蛇口工业区码头等设施作为赤湾石油基地过渡问题进行协商。石油总公司代表秦文采介绍了南海石油招标的进展情况，强调利用蛇口工业区作为石油基地过渡性措施的必要性。袁庚先是说，利用工业区过渡，以保证能及时为南海石油服务，是国务院已定方针，也是工业区的光荣。然后，话锋一转，强调工业区是一个自筹资金、自负盈亏的经济实体，所以在处理有关关系方面，均应以经济规律为依据。他之所以这样说，怕的是"一平二调"的"共产"风。他奉行生意场上"一手交钱，一手交货"的原则，但当讨论到工业区向外提供码头、堆场、仓库、办公室、水、电、装卸设施以及生活设施的收费问题时，他又明确表示，对于外商，工业区收取的租用价格一般低于新加坡，对于国内经营的企业还将给予优惠。

多年来，广东省、深圳市，对交通部下属的蛇口工业区的重视、支持和呵护，常让袁庚铭记于心。

早在1981年10月22日下午，中共广东省委第一书记任仲夷、广东省副省长曾定石、深圳市市长梁湘等在新华社香港分社副社长叶峰的陪同下，到招商局访问、座谈，任仲夷高度评价招商局是在港企业第一个带头拿出那么大的人力、物力来参加特区建设的，称赞他们"先带头"。任仲夷深知条条与块块之间的微妙关系，就招商局（条条）在深圳市（块块）地面上赚钱之后，代表省委（块块）做出依旧"放水养鱼"的承诺："有些人怕将来企业发展了，赚了钱，会被地方吃掉，不会的。你们可以放心，但是要抽税，抽了税地方也不拿走，还用于发展特区。"梁湘当即表示："肯定地讲，你们赚了钱我们不会拿走，抽的税也不拿走，留给你们用于建设工作，但是深圳市穷，没钱补贴你们。"

可以说，一段时期以来，袁庚对梁湘的印象是不错的，也是很尊敬他的。但是，自从4月10日在市政府办公室的那次座谈会之后，他对梁湘的好感便荡然无存了。

到了8月间，也就是距4月10日座谈会之后的4个月，深圳市都没有来过问蛇口地租的事，孙绍先、梁鸿坤等人以为深圳市已经理解了他们的难处，终于放他们一马了。袁庚并没有这样乐观，他说：利之所驱，天下哪里会有这么容易放手的事呢？在他主持下，8月11日，以蛇口工业区管理委员会的名义，就工业区税收问题绕开深圳市，直接向广东省经济特区管理委员会呈交报告。报告反映，为了适应工业区的生产和职工生活的需要，工业区在市政建设和社会福利等方面，已投入了大量资金，兴建连接广深公路的专用公路8公里，给排水管线14公里，区内道路11公里，还有园林绿化、污水处理、医院、学校、幼儿园、娱乐中心等公共设施正在建设中，另外边防、公安、海关、环卫等行政管理费用亦由工业区垫支。报告特别提到去年（1981年）10月22日任仲夷、梁湘的口头承诺。报告因而提出：工业区内各企业按照国家税法规定应交的各种税款，是否暂由工业区代收（指派专人计征，专户专储，专款专用），以支付公共事业建设的开支，并在一定时间内（3年或5年）与深圳市政府结算。

袁庚没有得到省特区管委会的批示，却在10月5日等来了深圳市税务局的一纸公文，通知蛇口工业区所属的企业、公司包括外资企业应于10月20日前办理税务登记和纳税申报。通知云："蛇口工业区的税收，是否留给工业区用于建设配套开支，这是属于税收收入再分配的问题，请工业区请示市人民政府定，在没有确定之前仍应按章纳税。"

袁庚接到这个通知，恰巧听人说深圳经济特区是用国家各部委、全国各省市大力支持的巨资堆起来的大先进典型，比照寅吃卯粮、找米下锅、拆东墙补西墙的蛇口工业区，心理极不平衡。在袁庚看来，蛇口的市政建设深圳市一文钱不出，全要工业区负担，那么，税款当然要留下来搞市政建设。就这样，一方要交，一方不给，公说公有理，婆说婆有理，蛇口工业区与深圳市的矛盾、纠纷有愈演愈烈之势。

深圳市方面为了敦促蛇口工业区按章纳税，多次邀请袁庚等负责人进行协商，袁庚不愿用一张老脸去迎合梁湘等领导人，叫许智明代他去开会，并让许智明捎一句话给深圳市领导："要钱没有，要命有一条！"

在与深圳市就税收问题的交涉中，袁庚连善用的外交辞令都不用了，搬出升斗小民惯用的市井俗话，宣泄心中的不满与气闷。这句近似无赖的话，迅速在蛇口工业区、在招商局、在深圳市内不胫而走。

这句话，竟然传到中央高层那里去了。

袁庚在接到深圳市税务局的通知后，意识到蛇口工业区税收问题要想绕过深圳市是不可能的，请了"秀才"与会计就税收问题以蛇口工业区管理委员会之名向深圳市人民政府进行书面汇报，内容与8月11日递交给省特区管理委员会报告是一样的，更加强调说："蛇口工业区是在一片荒山海滩上建设起来的，市政建设的费用很高，到1982年11月底，已达9000多万港元，而这方面的费用还会与日俱增，仅1983年的计划就需再耗费1400多万港元。"报告有意提醒道，"国外的出口加工区市政建设费用大多都是由国家统一投资和补贴，我国的四个经济特区这方面的投资亦多由上级拨款和从地方税收（关税）留成中解决。"报告说，"考虑到我工业区三年来开发建设投入资金的情况，我们一直恳切地请求，将蛇口工业区内各企业征收的税金作为工业区市政建设费用的补偿，以'取之于民，用之于工业区'建设。"

这份书面汇报是1982年12月18日发出的。就在这一天，中共中央政治局委员胡乔木在梁湘、周鼎等陪同下视察蛇口工业区。袁庚这天原本在蛇口的，却让许智明去汇报，自己跑到赤湾工地去了。他除了避而不见梁湘之外，也有意离胡乔木远一点。这个时候，他已经知道，《旧中国租界的由来》作为附件在中央召开的广东、福建座谈会上下发，是有背景的。这个背景来自党内笔杆子胡乔木。袁庚心里有点发怵，不知道他到"租界"来有何用意，能躲就躲远一点。

这就苦了许智明。他壮起胆子向胡乔木等领导汇报了工业区及赤湾港口建设情况，请胡乔木观看了《招商局蛇口工业区在建设中》电视录像。胡乔木的态度看上去很和善，许智明渐渐放下心来。

许智明介绍职工生活区建设和医院、学校、幼儿园等的建设，转而面对梁湘说感谢深圳市委的支持，希望继续得到市委的支持。

梁湘当即插话，对胡乔木说："他们不交税，我们一个钱也没有收到。"

许智明担心胡乔木对招商局和工业区有误解，立即加以解释说："税是要交的，但市政建设深圳市一文钱不出，全要由工业区负担，因此税款要留下搞市政建设。"

交通部顾问潘琪接着说："这场官司还没有扯清楚，袁庚讲过要钱没有，要命有一条。"

潘琪话音刚落，胡乔木笑了。

梁湘在这个时候立即说："这个账我们以后慢慢算，先把规划搞好，把工业区建设好。"

潘琪是勇敢的，用纸条向胡乔木提出四个问题，其中一个问题是："特区是什么性质？"

胡乔木表示："特区恐怕不能是社会主义的，不然的话，全国都可以办特区了，与社会主义应该有区别。"

梁湘问："那经济特区是什么性质的？"

胡乔木说："应该是国家资本主义，列宁的文献上有记载，但还没有这样实践过，我们划出一小块地方试一下。社会主义制度下还允许个体经济，这是社会主义领导下的资本主义。"

梁湘说："这么说，我们在发展资本主义，是走资本主义道路的当权派喽！"大家都笑了。

胡乔木接着说："你们当然是社会主义的，你们叫社会主义领导下的资本主义。你是什么，你烧成灰也是共产党员。"

梁湘问："这能不能公开发表？"

胡乔木答："公开还是不公开，要看有没有必要，需要时再讲，不需要去讲什么……"

晚上，许智明找到袁庚，把白天汇报的情况一一说给袁庚听。他庆幸袁庚没有在汇报现场，按袁庚的脾气，一定会在胡乔木面前与梁湘打嘴皮子仗的。袁庚已经顾不上说梁湘了，一再追问胡乔木的态度，听着听着，袁庚紧锁的眉头舒展了一些。

1982年11月初，赤湾港第一个万吨级泊位开锤打桩。

赤湾，向现代化海港真正跨出了雄阔的一步。

第七章 谁在动干部的"权杖"？

第七章　谁在动干部的"权杖"?

自2005年秋天以来，袁庚的记忆力时好时坏，身体大不如前。袁庚一生特立独行，是个要强的汉子。即便到了晚年，他也很少对外界说出"像是快不行了"，或者是"感觉不太好"之类的泄气话。甚至在他的按摩医生面前，都不说自己身体的真实状况。事实上，出生于1917年4月的老人，那副身躯历经88年的雨雪风霜，已经相当地苍老了。医生无数次地建议老人使用拐杖，儿女也早已备妥，他却一次都不愿碰。到了晚年，也就是自1992年他75岁离休回家颐养天年，在他功成身退赋闲休养，这纷争的世界舞台没有他什么事之后，他却越来越注意自己的公众形象。他不能容忍自己借助拐杖的形象出现在街坊及其当年同事的面前。在他家附近的太子路上，袁老那张标准"马脸"下的身架，说不上硬朗，更不能说是风中残烛，为绝大多数的当代蛇口人所熟悉。

袁老离家必须经过一个椭圆形状的露天楼梯，楼梯很陡，即便身子摇晃，颤颤巍巍，旁人看了都为他捏一把汗，他就是不借重拐杖，自个儿上上下下。当他被医生诊断为"骨质疏松"，需要静养之后，他每天还是要趁家人与保姆不注意时偷偷溜出来，或是在附近的街巷转一转，或是拿着冰箱里的蒙牛"随变"冰淇淋，有时是各种牌子的巧克力，分发给在院子里玩耍的孩子们。后来，只要袁老的身影一出现，孩子们便发一声喊，一拥而上，仿佛海滨花园住宅区孩子们的盛大节日。再后来，前来领取冰淇淋的邻里，逐渐扩大至保姆军团。

当然，这种自我游荡与放任也带来了严重"恶果"——2005年一整年，他就摔了五次跤，最严重的一次，他跌落在海滨花园楼梯旁长满单瓣扶桑的树丛中，胳膊和大腿上出现多处淤血与红肿。静养几天后，他主动向家人做"检讨"，为了自嘲，嘿嘿一笑，称自己为"老摔哥"！

我去探望袁老的时间，也相隔得越来越长。年近90高龄的袁老，需要安静地休养。袁中印告诉我，只要家中有人来访，他肯定是打起十二分精神，认真接待每一位来客，尽可能完整地回答每一个问题。而每一次集中精力的接待，都是在不自觉地消耗他的生命。

所以，当客人离开后，他又会对家人发脾气，或者说，在家人面前"撒娇"。

晚年的袁庚，即便脑子"生锈"了，也能使每一位来访者感受到老人的超凡风采。他平易近人，没有丝毫架子，浑身散发出独有的个人魅力。

他是聪明而得体的，面对来宾的发问，有些事情记不清了，便会如实相告："你去问别人吧，我的脑子坏了。"

在袁中印写给我的一封长信中，谈到了对袁庚一生产生过重大影响的两个人。

对他有影响的人主要是曾生。他多次讲过他是在曾生影响下在东江纵队越干越出色的。还有一个人是邹韬奋。东纵这批小知识分子组成的队伍，在抗日战争中组织营救了中国一批大知识分子，其中就有邹。在掩护他们撤退途中，他深深地为邹的人格魅力所折服。长途行军之后疲乏不堪，其他"大知"们均形态放浪地休息，唯有邹，虽不能如士兵一样帮助做饭、挑水等等，却善解人意，平等待人，甚至保持端庄的仪态坐着，决不斜躺歪倚。他十分敬重这位"大知"（几十年后终于在蛇口接待这位"大知"的后人邹家华）并从他身上学到了一些东西，对他日后在外交场合颇有益处，也使他在待人接物中格外的平易近人。

为了防止袁老再次摔跤，家人决定给卫生间地板以及浴缸加上防滑瓷砖,并将浴缸改建成坐式。为此,全家人声称带他回大鹏老家看看,将袁庚"骗"出家门。儿子中印负责照顾父母,小夏则指挥一帮工人趁他不在时紧急赶工。到了下午4时,袁庚急于回家休息,中印还在大鹏城"磨蹭",袁庚认为儿女不理解他,又一次大发雷霆。这位老人在外人面前往往是和蔼可亲的,十分容易相处,但是,当他面对自己家人的时候,却往往狂怒不已。

这就是袁庚!一位度过惊涛骇浪之后长者的晚年。

"壮心与身退,老病随年侵。"(唐·王维《送韦大夫东京留守》)

一个习惯于创造性地执行党中央指示,然后转身发号施令要别人不折不扣执行的人,成为一个老小孩一样处处依赖别人的人,应该说,袁老的内心是难以言说的。

进入2006年初春,袁庚被迫放弃了出门随便走走的习惯,甚至连最喜爱的麻将也不太触碰了。在大部分的日子里,他躺在二楼的床上看当日的5份报纸,喝少量的茶。吃饭的时候,他便下到底楼,客厅里总是充斥着新鲜百合花的芳香,窗户总是开着的,向着海湾,面对香港。

我去看他的时候,照例先给他一个电话,得到允许后才启程。当我还在途中,他就端坐在客厅里等我。听我天南海北地聊一通时事,然后,他忽然诡秘地一笑,问我:"小涂,你最近又去哪里调查我啦?"

我会掰着指头,告诉他我采访了谁谁谁,他们的评价与态度又是如何。

"你呀,写我?不要浪费你自己的青春!"

"我,已经没有青春了,所以,无所谓浪费不浪费的。"我耍赖。

"我告诉你,你正在做一件没有意义的事情,你一个年轻人,没有必要为我一个老头子浪费青春啊!"袁老的车轱辘话又开始了。

"我还浪费得起。"这是我愿意做的一件事情,我已经坚持两年了,当然不会轻易放弃。

我的坚持令袁老无可奈何。片刻,他又呵呵一笑,脸上闪现一丝神秘说："我在1983年的春天，也在坚持一件事情，结果得罪了'左邻右舍'。"

我愕然，他的思维如此清晰可辨，哪里有像他所说的老年痴呆症前期迹象？

他指的是干部制度改革吗？

一、部级调查大员

1982年12月8日上午，工业区第一期培训班开学典礼的周年纪念日。袁庚陪同交通部顾问潘琪来到了圆坛庙。

8时25分，两人从皇冠3.0黑色轿车里钻出来，走到圆坛庙培训中心的门口。快步绕过几棵石栗和小叶榕树，来到教室门外的小院里。米粒大的白灰色石沙，在阳光下晶莹闪亮，一群鸽子，在四周树丛与房檐上"咕咕"乱唱。

圆坛庙旧军营原为两排砖瓦房，边防部队早已撤离，废弃的旧营房看上去破旧不堪，工业区两年前新建的三栋平房透出一丝粗犷而朴素的气息。这块占地面积约为2500平方米的山坡地，两年前就被辟为工业区的培训中心，成为蛇口人尽皆知的"黄埔军校"。如今，中心已"出炉"了两届培训班，一个是两个月的短期财会培训班，另一个就是被称为"黄埔军校"一期的企业管理干部培训班。

当袁庚领着潘琦走进一间用教室改建的会议室时，来自一期培训班的14个同学和第二期培训班的全体学员已经会集在那里。在交流中，一期培训班的老同学逐个发了言，从各自不同的角度反映参加工作后的苦恼和碰到的问题。

袁庚出神聆听，面色严峻。会议室突然静了下来，不少人扭头望着他。大家要说的话都说完了，想听听"总指挥"高瞻远瞩的指导性意见，至少想从领导那里得到鼓励。袁庚喝了一口酽酽的绿茶，面色严肃地开了腔，说的竟然是泼冷水的话："办工业区已经超出了一个企业所能承受的能力。招商局办蛇口是一种冒险，我反复说过，它有失败的可能。"

紧挨着袁庚而坐的潘琪已经65岁了，他在37岁那年便任交通部副部长，分管公路，现任交通部顾问。在交通部干部眼里，潘琪是一个工作作风踏实，能深入基层的好领导，《人民日报》曾刊登过他微服私访改善铁道交通情况的事迹。上个月他受交通部委派到蛇口蹲点，任务一是帮助招商局所属蛇口工业区总结特区经济建设经验，二来为工业区开发管理信息系统，提高企业的经营管理水平。他觉得袁庚的话一点也没有夸张。他在蛇口工业区蹲点的时间越长，越是觉得蛇口困难重重。

袁庚主要说的是如何与外商合作，搞好合资企业，再一个问题是工业区的管理问题。谈到经济特区靠什么吸引外资的问题，他总结道："一是方便的工作条件和环境，也就是'五通一平'；二是免税；三是廉价的劳动力；四是优良的管理。我认为，蛇口在一与二方面没有优势，四则是纯粹的劣势，三是略有优势又为我们工人工作效率低所抵消。因此，蛇口要对外商具有吸引力就必须改善管理，是否有高水平的管理是蛇口工业区是否有前途的决定性因素。"

他继续说道："目前，我们的管理中存在着不适应的情况：一是我们的体制，尤其是人事制度，严重妨碍了工业区的工作；二是旧的思想观念；三是我们干部的管理水平。举例说，蛇口的航运公司去年亏损180万，因为两个主要领导人完全外行，后来，我们给广东省委打报告，把两人调走，今年公司赢利，一下就赚了300万。"

"说白了，工业区的生死存亡，就取决于工业区的改革，这种改革包括人事制度的改革、体制的改革和工资的改革等等。不改革工业区就没有出路。我希望你们，一期和二期的培训班学员，为工业区的改革效力，这些改革大部分明年上半年就会陆续出台。"

"还有一个作业交给你们。"袁庚向前靠了一下，"目前，我国的中外合资企业没有一个取得成功的。有许多人对合资经营提出了疑问。我也十分吃惊，为什么竟没有一处能够成功？究竟是什么原因？这显然不是一个特殊性的问题，而是带普遍性的问题。希望你们拿出想法和办法，帮我解答这个问题。"

散会后，在潘琪的提议下，袁庚和潘琪顺着山路走下山。路上，两人边走边聊天。半个月前，潘副部长经交通部、外交部联名报告国务院批准，突然高调前来蛇口工业区，还带来了七八位助手蹲点。在袁庚看来，与其说是前来调研，不如说是"监督"更为恰当。交谈刚开始，袁庚就筑起戒备和防御的心理堤防，一言不发。潘部长，有什么你就直说吧！你瞒不过我的，你不就是奉命来"看管"我的吗？

实际上，袁庚并不清楚潘琪此番前来的真实含义。他派了梁宪给潘部长当"助手"，这是"反侦察"的一种手段。两天前，梁宪告诉他，据他的摸底与了解，潘琪是值得信任的。"袁董，对他敞开心扉对你没有任何坏处！"

"老袁，我有一大堆问题要问。"潘琪在一棵石栗树下停了下来，告诉袁庚，他是带着任务来的，上面交给他的问题就是看看工业区究竟能否办下去。他没有说的是，在当前的政治气候下，交通部里有人说蛇口不要再搞下去了。他下来不到半个月，已经有一大堆疑问垒结在心。今天，既然说开了，他很想知道处在漩涡中心的当事人的想法："蛇口好像有一大堆问题，但是，我还不太清楚究竟是什么问题。老袁，工业区如果要办下去的话，你认为阻碍它的最大的问题是什么？"

"最大的问题，政策上的事不去说，我是相信改革开放的大政是不会动摇的。在工业区内部，关键的症结是干部。"他想说"干部是决定因素"一类的话，突然想起老许遭遇的麻烦，便有意在领导面前把问题摊开来，"今年，许智明批准他的一个亲戚到香港去，后来，发现此人和一点经济问题有牵连，其他指挥揪住他这点不放。现在，经招商局查明，许智明确实不知道这些事情，没什么问题。我觉得这无非是有人想借机会整他。"然后，话题一转，又回到干部问题上来，"我们本来打算向部里要一个人下来当副总指挥，此人有点小问题，但工作能力很强，本来已定下派到蛇口当指挥的，交通部有人反对就没来成……"

"那么，你认为蛇口的前途如何？"潘琪接着问。

"我认为前景不错。"袁庚的脸上漾过一丝微笑，"随着南海石油开发工作加快，蛇口将进入一个新的发展时期。"

这就是袁庚，刚刚在"黄埔军校"说蛇口有失败的可能，此刻，单独与北京来的调查大员谈心的时候，偏偏放出前途是光明的宽心话来。他是一个乐观主义者、理想主义者。

287

"潘部长，"袁庚一边问一边踱着步，"你是不是也听到什么风声了？"

潘琪停住脚步，沉默一会儿后说："老袁，我刚刚调查了一个星期，倒还真是听到了一些抱怨——有人认为这里的干部水平低，各方面管理不力，人浮于事；群众情绪普遍不稳定，都有暂时的观念。再加上，资本家血腥剥削，香港职员待遇过高，和内地职工的差距太大，还有人说凯达厂是'野麦岭式的管理方式'……"

"是啊，还是那句话，要提高工业区的整体管理水平，就需要有一批懂得管理的干部走上领导岗位。此外，蛇口工业区的'苛捐杂税'使外商胆战心惊，这也需要懂行的干部好好筹划……"

"看来，还是要解决干部的思想观念问题。"潘琪很赞同袁庚的看法，"搞市场经济，就要按市场经济规律办，毕竟和计划体制那一套不同………"

袁庚得到了鼓励，继续诉说他的苦恼："现在，老指挥们的思想有些僵化，观念太老，很难和他们沟通，新同志还不能走上工作岗位……潘部长，不瞒您说，每次我一离开蛇口，我的思路就得不到贯彻，人走茶凉，唯一就是乔胜利还能坚持原则，在一些问题上坚决站在我这一边。当然，许智明是我的老战友，他也是积极支持我的……"

"老袁，你估计这个问题什么时候能解决？"

袁庚的回答是："我想，三个月到半年吧！"

然而，靠什么解决？怎样解决？袁庚心里一点底都没有哩！

皇冠3.0载着袁庚和潘琪，在驶向潘琪暂住的水湾头石头建筑的小楼途中，袁庚再次向潘琪诉说他内心的忧虑、工业区的现状与未来的走向。他强调，大量的事实证明，蛇口工业区的前途是光明的。但是要走向光明之途，仅有经济改革是不够的，没有政治体制的改革，没有干部体制的改革，没有民主、自由、平等的诉求，改革不可能完善，也不可能持久……

"潘部长，从现在开始，蛇口工业区向你全面敞开大门，你想找什么人谈话，想找什么资料，工业区——提供，你会发现，走工业区的这条路是对的！"

"很有朝气，这是我对工业区的第一印象。"

"慢慢来，不要急，你最好遍访工业区的每一个人，每一家工厂，每一间直属公司，相信你会得出好的结论。"

"我这次来蛇口蹲点，一开始是抱着怀疑的态度，现在，好像不是那么简单了……"

听到潘琪这番话，袁庚变得轻松许多。谢谢你，潘琪同志！让我们一起来化解猜疑，消除隔膜，为实现"四化"目标真正心手相携。

"据我了解，在1986年前，至少有七八个调查袁庚的工作组在香港、蛇口活动。仅在1983年上半年，就有两个调查组驾到。"

2006年3月7日，深圳华润万象城四楼的露天咖啡座里，孙绍先又一次对我"爆料"。作为最早参与秘密调查袁庚的人，他用一种温和的神情来评价这类调查。他还透露，交通部顾问潘琪1982年11月抵达蛇口，另一位在职的副部长陶琦则是在蛇口码头塌方后一个星期赶至工业区。

"袁庚一开始不爱搭理他们，我和王今贵一直在中间斡旋，陶琦完全由我对付，对潘琪我一个星期招待一两次。"

交通部派到招商局或蛇口工业区的调查组、工作组，有公开的，也有秘密的，绝大多数是为了帮助招商局与蛇口，当然也有因其他目的而来的。由于多年的政治运动，广大干部与群众对这一类的调查组都心怀恐惧，一个个避之唯恐不及。袁庚对公开来的调查组，表面策略是敬而远之，同时在暗中尽量争取支持者和同盟军，以扩大生存空间。对秘密调查他的人，袁庚毫无招架之功，只得由他去就是了。

后来，我从梁宪那里了解到，潘琪一开始的确是"忧心忡忡"而来，代表了那个特殊年代众多怀疑的目光。不过，回忆往事，梁宪很得意："到了最后，蛇口工业区铁的事实说明了一切。老头子（袁庚）又把这局给扳过来了。"

值得庆幸的是，1983年下来的这两个工作组先后工作了半年，最后都帮了袁庚的大忙：两个调查组最后都对工业区持肯定与支持的态度。

潘琪经过半年多的蹲点工作，就工业区建设存在问题和解决意见、建议写了一份《蛇口工业区目前亟待解决的问题》调查报告，呈送交通部。1983年5月11日，交通部将潘琪报告作为附件，以《关于蛇口工业区目前存在的问题的报告》为题上报国务院，请国务院批示。

2006年1月，在招商局档案馆，我找到了一份存档的调查报告——《蛇口工业区目前亟待解决的问题》，现摘录如下：

蛇口工业区该不该办？能不能办好？我带着这个在北京时经常听到不同意见的问题，从去年11月起在蛇口蹲点。大量事实证明：蛇口工业区应该办，而且能够办好。那种担心特区会"香港化"，会变成"租界"以及称招商局建设蛇口工业区是"不务正业"等等论调，都是没有根据的。

现在的问题是，工业区怎样才能办得更好？怎么才能使这个起步最早并已打下相当基础的工业区展翅飞翔，为实现党的十二大制定的战略目标做出更大的贡献？

我认为：要做到这一点，当务之急是要在提高认识、统一思想的基础上，加快改革的步伐，特别是要解除给蛇口工业区的种种牵掣和束缚，做到事权集中，充分发挥工业区各方面的优势。

潘琪在报告了工业区大胆尝试的各项改革和试办4年来取得的成绩后，用具体的例子列举了工业区在条条、块块、体制方面遇到的困境。指出工业区面对的最突出的问题是：在工业区内的外事、公安、边防、税务、海关、银行、邮电等部门各行其是，无法协调统一，严重束缚了工业区的迅速发展。为了迅速有效地解决这些问题，调查报告提出了大量建议，供交通部和国务院领导参考。

二、胡耀邦视察与袁庚借东风

袁庚在耐心地寻找一个最佳的契机。

他是个急性子，但在政治上却相当稳健。由于干部制度改革必然会触动许多人的既得利益，他深知性急吃不得热豆腐，所以一方面广造舆论，一方面向上反映，以期获得中央高层的支持。他耐着性子，在等待那个民意诉求与中央首肯两相契合的时间之点。正如他后来对一位记者所说的那样："比如民主选举吧，我是在条件相对成熟之后才下手的。"

也就在1983年的初春，袁庚的改革旅程出现了一个出人意料的加速器，它对未来影响的深远性是当时无法预想的。

2月的第八天，上午8时45分，严寒中，袁庚裹紧纯黑呢大衣，沿着山路向圆坛庙旧军营的培训中心走去，并肩而行的有许智明和乔胜利。他们已经得到通知了，明天，2月9日上午，胡耀邦总书记将来蛇口视察。袁庚和两位高参一路上仔细讨论了需要布置的一些事情，袁庚亲自圈定了15人作为代表迎接总书记。昨晚下班前，他沿着总书记将要视察的路线走了一遍，稍晚些时候，去了一趟华苑酒家，与酒家商量，把合乎胡耀邦口味的菜谱定了下来。

半个小时后，在第二期培训班课堂门口，乔胜利和正用英文讲授《外贸书信》课的朱一逸老师打过招呼，说明情况后，培训班一正二副的三位班长走了出来。他们是赵勇、周为民与顾立基。

"你们好！"袁庚面带微笑地说，"明天胡耀邦同志要来蛇口，我要将蛇口的一些干部介绍给他，也想把你们培训班的班长、副班长介绍给他。你们明天有什么话都可以说，不要像我上次说的那些人那样，怕上级。我跟你们先打个招呼。"

班长赵勇思忖片刻，看了看袁庚，又看了看他身后的两员高参，举起一只手说："可不可以提问题？"

"明天吗？"袁庚说，"当然可以。"

赵勇说，明天提什么问题他还要和周为民等人讨论一下。

袁庚说："蛇口的关键问题还是领导班子问题。我在前不久成立的企业管理协会成立会上讲了，有些干部就是怕上级不怕群众。我从码头下来马上有人帮着提东西，海关检查也不要了，好个八面威风。为什么讨好我？讨好上级有利嘛！敢于得罪群众，就是不敢得罪领导，这种人能领导改革吗？"

对袁庚的这番话，在场的人已经听过多遍了。在他们看来，袁庚是对的，或许他的言论有点偏激。但是，袁庚会在总书记面前说这番话吗？

1983年2月9日上午9时50分，中共中央总书记胡耀邦、中央书记处候补书记郝建秀、团中央第一书记王兆国以及中央和国务院有关部门负责人李鹏、甘子玉、周杰等人，在广东省、深圳市负责同志任仲夷、刘田夫、吴南生、梁湘等人的陪同下，来到了蛇口工业区。

袁庚陪着胡耀邦一行登上微波楼俯瞰了工业区全景，向总书记作了简要介绍。袁庚说，前年8月，紫阳同志来蛇口视察时指示"要用蛇口的方法来开发赤湾"，赤湾南海石油基地开工半年了，问总书记是不是一起去看看。胡耀邦说："好，一起去！"

蛇口人自筹资金，打通了自蛇口抵达赤湾海边的路。袁庚领着胡耀邦等一行沿着新开的路驱车到了赤湾左炮台前面，眺望赤湾海面。袁庚在说新之前先讲古，向胡耀邦介绍左炮台是鸦片战争期间中国人打响第一炮的号炮，现已作为历史遗产加以保护。接着，汇报赤湾开发情况，回答了胡耀邦所关心的关于赤湾港的泊位、挖泥、回淤等问题。

胡耀邦望着赤湾工地，思绪飞得很远，说："上海港有发展前途，虽然受黄浦江的限制，但可以向外发展，例如发展乍浦。"

袁庚说："乍浦就是孙中山建国方略上所说的东方大港。"

胡耀邦笑笑："你们这里将来就是南方大港了。"

上午11时，一行人进入龟山别墅观看《建设中的蛇口工业区》的电视录像。录像片一结束，任仲夷立即鼓掌，胡耀邦也鼓了掌。工业区办公室主任熊秉权向中央、省、市领导递送了书面汇报提纲。这时，全场静了下来，袁庚开始了他的汇报，照例是没有讲稿。

"今天，中央不少单位的领导都来了，这对特区是最大的支持和鼓舞。刚才的电视录像是在吴南生同志倡议和组织下由珠江电影制片厂摄制的，虽然已是'明日黄花'，但反映了工业区开始时走过的脚印。"袁庚环顾了一下周围的领导说，"蛇口工业区现在已成为一个小型海港工业城市雏形，现在人口大约是一万，准备发展为五万，希望建成100个工厂。现在已签订协议的42个项目中有27个是工厂，这27个工厂有些在国内来看，设备技术还是比较先进的，可参阅印发的汇报提纲。我们对世界各国的一些先进管理方法，无论是日本的，还是欧美的，各种各样流派都择优引进。"

袁庚略微向前倾了一下身子，继续说："例如在建筑方面，西班牙式、哥特式、中西合璧式的都有，目的是把别人的长处兼收并蓄吸收进来做一个比较，使我们这个花岗岩的脑袋稍微开窍一点。我们也学资本家的长处。在这里每投下一分钱，就开始考虑怎么回收问题，国家允许我们从招商局利润中留成十分之一，每年大约是3500万港币投资到这儿来，提成只限5年。这个决定，是1978年10月12日，中央五位主席画了圈的。给企业一个这样的权利，在国内还是首创。到去年年底为止，总共从利润中提成了1.7亿元港币，也就是5800万元人民币。甘子玉同志在这儿，这个数字是瞒不住他的。"

国家计委副主任甘子玉点头笑了笑。

袁庚说："其他资金是靠银行贷款，有些银行给了我们优惠条件。三年半来，'五通一平'及公共设施总投资为8900万元人民币，今年预算还要加上5400万元人民币左右，就是4.29亿元港币，可以把整个工业区的基础工程搞好。这样，我们就可以向世界上的投资者夸口，到这里来建厂，一旦选定厂址，就可以在50米以内保证通电、通水、通电话，接通污水处理。这对外资就有了吸引力。

"我们的方针是以工业为主、出口为主，交通运输、港口、旅游、购物中心、餐厅、海鲜酒家等等都要相应地围绕工业发展而发展，为工业服务。只有工业发展了，其他各行各业才能综合发展，整个工业区就会繁荣，我们不想搞成一个消费城市。"

袁庚顿了顿，接着汇报："国务院允许我们拿出十分之一利润5年不上交，到今年年底，也就是12月31号到期了，再没有资金来源了，也就是说利润留成全部就没有了，大概是1.75亿元多一点。甘子玉同志，你最会算账，我讲的是港币。"

"我们很清楚。"甘子玉说。

"除此之外欠下的全部债务，要由我们自己来承担偿还，我刚才在路上给耀邦同志讲了，如果搞不好，我们死了，就要牵累我后面的第二代、第三代的接班人来还债。"袁庚指着培训班的赵勇、周为民与顾立基等人，并把他们一一介绍给胡耀邦。

胡耀邦问周为民："多大了？"

周为民回答说："30岁。"

胡耀邦说："前几天有一个电视，名叫《状元谱》，上面有句话，'长江后浪推前浪，英雄出自少年郎。'大概你们就是少年郎吧！"

袁庚接着说："现在接待大家的这座别墅，是工业区最豪华的地方，不是我们自己盖的，我们也没有这么多钱来盖楼堂馆所，是资本家拿钱盖的，共盖了两栋，分给了我们这一幢，我们没有花一分钱。"

胡耀邦幽默一笑，"见面分一半，这叫做三丁抽一，五丁抽二嘛，三幢抽一，五幢抽二嘛。"

总书记风趣而幽默的话语，引来一阵笑声。

袁庚继续说："因为没有要经委、计委画圈，财政部拨款，银行拿钱，所以他们也就不插手管了。

"这是咱们说好了的，有言在先，所以就甩手不管了。"甘子玉插话说。

袁庚说："我们这里有五个婆婆：香港航委，是我们香港机构的顶头上司，虽然我是常委；父母官是梁湘同志；上面还有省特区管理委员会吴南生同志；还有交通部；最高层是谷牧同志主管的国务院特区办。五个婆婆，谁都管，但谁也不全管。"

胡耀邦风趣地接了一句嘴："五通一平嘛。"在场的人哄地笑了起来。

袁庚的脸上绽出笑容，他想起万里的支持，心中一阵温暖。"去年7月，我见到万里同志时，我告诉他这个情况，他讲得很好，他说：'你们在矛盾中发展，在夹缝中生存，很好嘛。'我们是想在这两平方多公里的地方探索一下，在改革方面能不能搞个试点，在这个地方冒点风险（出了问题）影响不大。这里仅两平方多公里，对全国来说，真是'九牛一毛'，应该网开一面，让它做探索、尝试。对我们国家来说，搞好搞坏不是举足轻重的，但也有些影响。因此，近年来，这里罗致了一批'冒险家'，现在这些同志（指第二期企业管理培训班），已算是第二批了，有的放弃北京、上海户口到这个天涯海角来，大家知道原来在北京、上海工作的人，是不会轻易下决心到这里来的。"

　　"进这里的户口也不容易。"任仲夷补充道。

　　袁庚点了点头，继续说："有人说这儿的工资高、吸引人，但并不完全如此。工资是高一些，但房租也很贵，在国内来讲是最贵的了。住三房一厅，大约每月房租50元。"

　　谈到工资，胡耀邦问顾立基，"少年郎，你们收入多少？"

　　顾立基赶紧站起来回答："我的全部收入算起来是113.5元。"

　　胡耀邦继续问："房租扣多少？"

　　"我们在培训班，住学生宿舍。"

　　潘琪插话说："他们尚未分配房子，不用交房租，单身职工房租、水、电大约每月20元。"

　　胡耀邦算了算，又问："还有八九十元呢？"

　　"伙食费要用掉40多元。"顾立基答。

　　胡耀邦微笑着看着顾立基："还剩下40元，买衣服穿吧？"

　　顾立基说："剩下的钱主要买书。"

　　在龟山别墅的会议室里，气氛异常活跃，袁庚接着向总书记汇报，"我们常说，在经济问题上是兄弟无情，六亲不认。"

　　"说好听一点，是搞经济核算嘛！"甘子玉把袁庚直白朴实的话翻成现行的经济术语。

袁庚点了点头，接着汇报他所致力进行的企业人事制度改革。"三年零五个月来，这里的干部主要是自由招聘来的，人事制度方面作了些改革。"

甘子玉又插了一句话："是分配来的，还是闹情绪来的？"

袁庚回顾了这些年来的情况："1980年8月，我们给交通部发了一个紧急电报，对非专业人员、分配的大专生和一般行政人员一律停止调进。中组部支持我们在全国进行直接招考，省委、特区管委也很支持。前年，广东、武汉、北京有800多人报名投考，录取了50多名，但是录取后有十几个尖子所属单位不放。"

"从今年开始，"甘子玉打断袁庚的话说，"有四家大学试点，不统一分配，直接和使用单位挂钩，如清华、上海交大、西安交大等院校，你们可直接去要，那里有好的。"

袁庚说："这是件大好事，过去考了进来，单位党委书记就是不放，怎么办？我跟考生们说：你敢不敢跟你们党委书记说，老子不干了，辞职了，我要到蛇口去！他们说，那么我老婆孩子怎么办？住房、党票、饭票怎么办？我说我给你包了。组织关系我们负责给你们接上，组织部对我们是支持的。但是到现在为止，没有一个党员敢于向所在单位领导说：我不干了，就是要到蛇口去！"

任仲夷担心他说出什么出格的话来，立即给予修正和引导："一切听从党的安排嘛！"

胡耀邦听着袁庚挥洒自如的讲述，脸上的笑容一直绽放着。袁庚接过任仲夷的话头继续说着，情绪也激昂起来："从这个方面来说，当然也说明我们党是一个坚强的威信很高的党。耀邦同志1月20日在全国职工思想政治工作会议上的讲话，真是讲到我们心里去了。关于改革问题，现在就是要搞全面改革。康有为、梁启超、孙中山这些人都是搞改革的，但从历史上看，凡是搞改革的人，都没有好下场，最早是2000多年前的商鞅变法，最后落得五马分尸。任仲夷同志在路上说，他去年也差点被五马分尸了。"

任仲夷笑着自我调侃："不是五马分尸，是五马分飞了。"

袁庚停顿了一下，此刻，他的思维异常活跃。"王安石呢？王安石也没有好下场。康有为只是搞君主立宪，改良主义，结果七君子（被）杀了头。"

总书记微笑着纠正道："是六君子。"

"现在我们的改革，"袁庚脸上充溢着自信的神情，"我想不会落得前人这样的下场，我们是在党的总书记领导下进行的，是不会有问题的吧！"他顿了顿，加大了音量，"我们值得冒这个险！"

胡耀邦此刻也激动得站了起来，挥了挥手，提醒眼前这位锐意改革的急先锋："过去的改革是下层少数人去改，领导者统治者是压制的。现在不同了，我们领导者是带头号召和督促下面去改，现在和过去根本不同嘛！"

袁庚点点头继续他的汇报。这时，他知道，离他期望的契机愈来愈近了。

"我们改革搞了五条，是八一年工作的总结，反映我们前面是怎么走过来的。现在又一年多了，又有些新的尝试……我们这里改革有一个很好的条件，大家看看印发的汇报提纲中有些素材。"他不再说话，他给了一点时间让大家看清楚提纲上他想说的数字。

在这一年，袁庚在自己的"试验田"里所要进行的改革已经不仅仅是经济体制问题，而是最敏感、最能触动既得利益者权益、打破领导职务终身制、领导干部从任命制走向选举制等政治体制改革的深层次问题。3年前，1980年8月下旬，袁庚读到了8月18日邓小平在政治局扩大会议上所做的题为《党和国家领导制度的改革》的极其重要的讲话，当他读到"从党和国家的领导制度、干部制度方面来说，主要的弊端就是官僚主义现象，权力过分集中的现象，家长制现象，干部领导职务终身制现象和形形色色的特权现象""如果不坚决改革现行制度中的弊端，过去出现的一些严重问题就有可能重新出现"等论述时，感慨中央与地方都想到一块儿去了。他长期在体制内工作和生活，对"现行制度中的弊端"有切身之痛，对政治体制改革有相当清醒的认识。

袁庚在领导蛇口变革中，经济体制改革每前进一步，都深深感到政治体制改革的必要性。他当然不会知道，3年后，1986年6月28日，邓小平在中央政治局常委会上说："要考虑一下政治体制改革问题……只搞经济体制改革，不搞政治体制改革，经济体制改革也搞不通，因为首先遇到人的障碍。"1986年11月9日，邓小平会见日本首相中曾根康弘时说："政治体制改革，我们还没有理出个头绪来。……今天能说的，是肯定政治体制改革的必要性和紧迫性。过去我们没有这方面的经验，还是要摸索前进。"袁庚在蛇口，怎样改革？上面没有红头文件，左右没有现成经验，袁庚及其志同道合的同事们虽然有了一些设想，但每个人都明白，在干部体制上进行改革无疑是在"太岁头上动土"，容不得半点闪失。他们希望找到一个支点，将板结的干部制度撬得松动起来，或者说借一阵东风，把僵硬的干部体制吹得活跃而有生机。

现在，总书记就坐在我面前，此时不说更待何时？

袁庚说："我们工业区现有职工共3071人，平均年龄才22.2岁，党团员占24.5%，工业区干部队伍中，高中、中专、大专以上文化程度的占85%，据暨南大学一位教师讲，这个比例比暨大教职员工比例还高些。工人当中，初中、高中各占一半。我们这里成立了各种群众团体，如企业管理协会、摄影爱好者协会、业余文娱队、合唱团、各种球队，人际关系加强了，社会交往加深了。"袁庚停下来，看看胡耀邦，"所以，我们在写一个报告，准备在领导班子组成问题上，搞一个较大的改革。例如管理委员会委员是否可以采取直接的、公开的投票选举。"

"你们这里条件具备嘛！"甘子玉插了一句。

袁庚受到鼓舞，扬起他的招牌手势——右手在空中划了划，坚定地说：在条件未完全成熟之前，先搞一个平均年龄为44.5岁的领导班子，而且一定要在4月份办完这件事，全部是专家、高中以上文化程度的，来代替年纪大一点文化又比较低的同志。"这当中要做大量的思想工作，"他停了一下，"这样做和中央精神是一致的。"

胡耀邦点头同意，袁庚感觉到，他的目光中尽是鼓励和赞许。

"我们感到，我们的干部是不太怕群众的，"袁庚说，"他们只怕顶头上司，怕上司不喜欢，就当不成官。"他用食指戳戳自己以强调语气，"就我这个小小的头头来说，我每来蛇口一上码头，前呼后拥的，下面的同志唯恐照顾不周。有时自己不清醒，就会忘乎所以，久而久之就不怕群众，不怕下级，因为下级群众撤不了我的职。我只怕交通部怕顶头上司，只有他们才能撤我的职。"

胡耀邦环顾随行的官员们说："这把你们都包括在内了。"

"所以，"袁庚继续亮出他的闪亮观点，"群众监督干部、群众有权选举和罢免干部，这至关重要。"他终于说出了积压在心底的想法。他顿了顿，见在座的领导没有谁打断他的话，于是继续说下去，"这里搞个改革试点，是否可以每半年群众投一次信任票，工业区全体群众，全体职工对管委会，有过半数不信任，管委会就得改选，个别人有过半数群众投不信任票，他就得下台，重新改选。"他的脸上带着自信的笑容，"这种公开的、直接的、由群众投票选举的领导班子，就会想群众之所想，急群众之所急，就会真正去为群众做点好事。因为群众可以选举他，也可以罢免他。我们有些领导一旦权在手，就有人自动送礼上门，如果头脑不清醒，不能自律，就会忘乎所以。还有些干部自己不懂又装懂，诸如此类。"他说这段话的时候，连自己都能听见语音里有着浓烈的"噼噼啪啪"的火药味儿。最后，袁庚抬头看着胡耀邦，"如果群众有权选举和监督干部，我相信可以改变一下干部的结构和干部的作风。我们想做一个不算太小的改革，准备冒一点风险。"

"好！好嘛！"胡耀邦兴奋得连连点头。

"总书记说了'好'，我们就记录在案，马上打报告这样做！"袁庚鼓着巴掌，激动得站了起来。他的声调高扬，嗓音更沙哑了。

胡耀邦也高兴地站起来，清了清嗓子说："我们历史上有个著名的戏剧家叫关汉卿，在哪一出戏里我忘记了，讽刺官僚主义者，他不敢骂台上的官，只敢骂戏台前堂上的鼓。有一段唱词上说：'一棵大树腹中空，两头都是皮儿绷，每天上堂敲三下，卟咚卟咚又卟咚。'就是不懂不懂又不懂嘛！"

全场顿时一片笑声，气氛融洽而热烈。

袁庚也笑了，当然，是笑得最灿烂的一个。他的改革建议得到了总书记的支持，这一点，让他感觉很欣慰。他摸了摸自己的肚子说："现在，我们肚子也在咚咚作响，就请各位领导吃饭、休息吧！"

午饭时分，在华苑酒家底层大厅里，曾生、潘琪与袁庚和胡耀邦边吃边谈，袁庚不放过任何一个机会，抓紧向胡耀邦汇报。这一次，他谈到了"婆婆"多的问题："办特区很关键的问题是事权集中，不然是很困难的，工业区应当拥有像香港总督一样的权力。港督只对英国女王负责，对英国宪法负责，英国所有的大臣来香港都不能指手画脚。梁湘同志应该拥有这样的权力，把外事、公安、边防、税收、海关、银行、外汇等条条，都纳入市委或管委会内，当各条条业务上有不同意见时，可提供一条热线，随时让他们向国务院主管部门请示。在国务院未裁决之前，仍要服从和执行管委会的决定。这个管委会是对国务院负责，有原则错误撤职查办就是了。"

尽管袁庚对征他税的梁湘满肚子都是意见，但在总书记面前，他还是为梁湘"争权"。只是，先前是说深圳市委和蛇口管委会，说到后来，只是管委会了。

"关于这个问题，我很早就觉察到了，而且也专门讲过这个问题。"胡耀邦说，"但这个问题，必须要与整个经济体制改革联系起来，首先从中央各部门、各省、各市改革，主要还要从思想上解决问题。今年搞改革，明年搞思想整顿、整党。"

袁庚抓紧吃饭的间隙，继续陈述个人见解："中央五十号文件的原则是很正确的，我们完全拥护，但这只是个原则，如何具体落实是不容易解决的，在特区没有具体立法的情况下，一定要事权集中，如能做到事权集中，不违背根本大法，不受条条干扰，经过三五年的时间，我们的发展速度一定能比香港快。"

离开蛇口港之前，胡耀邦对任仲夷等人说："要用你们这个方法，把我们国家这样好的海岸线很好地利用起来。沿海一带城市，像汕头、厦门，都要学蛇口这样，用蛇口的办法去搞，可以搞活一点。"

甘子玉临别时挥了挥手："看了蛇口很高兴，我们一定尽全力支持你们。"

送走胡耀邦，在早春的料峭寒风中，袁庚的心中暖融如春。这个64岁的老头子正被乔胜利、梁鸿坤、梁宪、孙绍先等一同参加接待的15位干部簇拥着，谈笑着，沿着海岸线走向远处的指挥部办公室。

热热闹闹中，袁庚扭头问走在他身后的赵勇和周为民，你们几个"少年郎"和王兆国谈了些什么？在袁庚陪同胡耀邦视察时，王兆国和蛇口工业区团委彭顺生、培训班顾立基、赵勇、周为民等人进行了交谈。

赵勇边走边向袁庚说：王兆国好几次谈到，胡耀邦这次走一路讲了一路的改革。特别强调改革的一个重要方面，就是要把知识分子提拔到领导岗位上来。毛主席在1939年就说过，没有知识分子参加，中国革命就不可能胜利。现在搞现代化建设更应该靠知识分子。万里与耀邦同志都说：不让专家、专业人员、知识分子进入领导班子，中国就没有希望。

"中央还准备用一年的时间造这个舆论哩。"周为民插话说，"王兆国说大学生党员的比例太少，甚至比解放前地下党都少，要重视在知识分子中发展党员。"

"袁董，"乔胜利提高了音量，他历来就是一个大嗓门，声音中很有得意的味道，"我给王兆国同志汇报了干部培训。王说，这个办法很高明，总书记最近说过一句话：干部培训3年可以管用30年。"

"还有呢，"顾立基笑了，"你们都忘了一点，王书记看到我们几个都穿着中山装，他就说：胡耀邦同志曾经说过，跳舞可以注意一些，但服装一定要搞好。衣装是人的仪表，反映人的精神面貌，何况特区还比内地特殊一些，日本人说妇女的服装是城市的橱窗，其实男子的服装何尝不是如此呢……"

"嘿嘿！那是希望你们穿西装，要你们在服装上进行改革！"袁庚笑了起来，停下脚步，目光在下属干部的脸上一一扫过，"真是的，我怎么就没有发现你们这一帮老土呢？"他笑着摇摇头，命令道，"以后，凡是重大的场合，你们都给我穿上西装啊！"

后来，13个月后，邓小平视察深圳经济特区，亲临蛇口工业区。随同采访的记者发现，深圳市的负责同志都穿中山装，蛇口工业区领导班子成员一个个都西装革履。

三、一场特殊的民意测验

获得胡耀邦的"御批"后，袁庚就迫不及待地开始行动了。

在胡耀邦视察的翌日下午，袁庚让乔胜利出面召集十多个中层干部开了一个小范围的会议。乔胜利只通知了王今贵、熊秉权、邹富明、陈金星、孙绍先、梁宪、梁鸿坤、虞德海等人，却没有通知四个老指挥——刘清林、郭日凤、许智明和杜庭瑞。在新老交替的时刻，袁庚不让四位"老将"出面，这个安排让乔胜利大感意外，也让与会的中层干部莫名惊诧。在指挥部的小会议室，袁庚情绪高昂地传达了胡耀邦视察蛇口的情况。他说，总书记视察工业区时，大家都听见了，他批准了工业区可以采取直接的公开投票制度，现在我们就来做这件事情。"这次推荐干部，老指挥就不用推荐了。"袁庚的目光在每一位参会者的脸上扫过，只能说他用心良苦，希望借助眼前这批中坚力量来个"长江后浪推前浪"。"我们的做法是和中央的精神一致的，邓小平同志提出，争取做到干部的'四化'——"他掰着指头算了起来，"革命化、年轻化、知识化与专业化。这对工业区的长远发展有利。"

不到20分钟的会议，基本上是袁庚在唱独角戏。他适时地结束了会议。他相信，他已经把他意图用民主的方式产生新一届领导班子的设想传递给了这帮中坚力量。

又过了两天，2月12日下午，袁庚召集工业区副经理、工程师、党支委以上级别的干部开会，这一次，老指挥们照例到场，而且坐在前排。工业区此时还没有可以容纳130位干部的大会议室，每逢开大会必须借用工业区劳动服务公司的食堂，一间由葵叶与青竹搭建的大草棚。每回开会，干部们三三两两地挤坐在条凳上，一张条凳上最多可挤坐三人。

"同志们，"袁庚站在草棚中央，目光从身边几位老指挥历经沧桑、犹如菊花绽放的脸上扫过，转而望着底下百多张年轻的脸庞，"今年冬，蛇口工业区建区三周年了，工作的重点逐步由基本建设转到工厂建设和经营管理上来，原有的机构——建设指挥部和临时党委难以继续承担领导一个创新的社会系统工程的复杂任务。我们应该用一个什么机构来代替建设指挥部呢？根据国外出口加工区的经验，合理的方案是建立一个事权集中的管理委员会，这是容易选择的。问题是，这样一个管理委员会的成员如何产生？"袁庚顿了顿，清了清嗓子说，"我们是沿袭过去最省事的办法，由组织部门和主管部门提出名单经上一级党委批准呢，还是相信大多数的干部和群众，由他们用无记名、直接投票民主选举产生出来呢？"

他换了一个姿势站立，表情变得严肃起来，"对前一种做法，我们是熟悉而又有经验的。但是，我们注意到那种由上而下的任命制，容易使干部滋生'人身依附'的观念。我曾经对胡耀邦同志说过，我虽然不是什么大官，但每回从香港回来的时候，也总有一些人在码头上等待，怕有什么照顾不周之处。为什么？因为在许多同志的头脑里，有一种只怕官不怕民的观念。他们不知道对领导干部前呼后拥的做法，其结果就会把干部和人民隔离开来，这是最危险的。"

他打着手势，强调语气："我们向胡耀邦汇报了将对新一届的管理委员会进行民主选举，他连说了两个好，我们今天就来落实这个指示！"

此语一出，底下一阵骚动，顿时响起一片议论声。

袁庚打了一个手势，议论声戛然而止，偌大的草棚里鸦雀无声。他接着说："只有唯才是举，唯才是用，把那些有坚强事业心和高度责任感，作风正派，不谋私利，懂技术，会管理，有组织能力，敢于改革，能打开局面的人，不断地提拔到领导岗位上来，蛇口才会呈现一派生机，"他稍作停顿，目光在全场逡巡，充满信任和期待，"请诸位推荐你们心目中的干部。"然后，他晃了晃手上白色的普通公文便笺纸，10厘米×8厘米的规格，大声强调说："请在这张白纸上写上名字！"

袁庚话音未落，乔胜利和李启其就站了起来，兵分两路，向散落在条凳上的130位干部分发白纸。李启其是招商局人事部经理，是专程前来蛇口参与这项民主推荐或者说是民意测验工作的。

大胆地行使你神圣的民主权利！

袁庚没有写纸条，静静地望着正在白纸条上推荐心目中好干部的130名干部。关于民主推荐、民意测验，他已经鼓噪了一段时日了，可是谁也没有经历过这种阵势，一旦拿起笔，面对空白的公文便笺纸，不少人竟然犹豫、惶惑，不知所措。袁庚在心里继续喊道："这是你的自由，拿出你的眼力来，你认为谁能胜任你就写谁！"

有人交头接耳地议论，有人用衣袖挡住别人眼角的余光，在暗地里行使权利，有人迟迟疑疑，左顾右盼，有人沉思默想后大笔一挥而就……

民意推荐结束后，李启其将百多张白色便笺纸装进随身带来的公文包，陪同袁庚返回香港招商局。

回到香港，李启其清点民意测验中干部推荐的票数，将票数最多的前7名列出一份清单，送交袁庚等招商局领导。也许是巧合，也许招商局党组织考察、预定的人选真正反映了民意，这份名单与组织部门预选名单惊人的一致。按照这份名单，如果顺利的话，一批较高文化程度的青年干部将进入蛇口工业区管委会。

这让袁庚很兴奋也很为难。

袁庚的目光在名单中各人的名字上缓慢移动，与他原先暗中考察的名单进行校正、重合。哈哈，正合吾意。这几个中青年干部朝气蓬勃的面孔，像默片时代的电影，在他眼前定格，移开，又一张，定格，移开，又一张……

乔胜利，南海舰队干部部的年轻仔。背着旧军用大背包，提着一只小煤油炉子赶往蛇口。

王今贵，毕业于天津大学水利工程系。上海第三航运局技术科科长，1979年7月25日被借调至蛇口，担任蛇口工业区工程科科长。

熊秉权，办事认真，为人直率。有很强的党性原则和工作能力。

熊秉权最终选择蛇口依山傍海的半山听涛居作为养老的福地，而不是以深圳市老检察长的身份居住在深圳的某个区域，这一点，和袁庚离休后选择的居住地有异曲同工之妙。道理很简单，他说："在蛇口工作整10年，是我一生中干得最痛快，也是最有意义的10年。"

在我着手开始采访之时，袁老就曾提议让我最先采访熊秉权。"他是我的对立面，我认为，你写一个人的传记，应该从他的对立面开始，你就会知道我的许多缺点和丑事了！"袁老慨然一笑，云淡风轻。

初次约访74岁的熊老，只见他态度和蔼，性情直率，谈锋甚健。"我是1981年2月12日来到蛇口的，是第76位落户者。"那一年春节前夕，时任湛江港党委常委、政治部副主任的熊秉权赴京参加交通部"北京企业管理研究班"刚结业，组织上便派他来蛇口工作。他拿出当年在北京即将奔赴蛇口之前，给远在老家的妻子写的四句话给我看："生来平民愿，坎坷几十载。年华已东去，学梅报春来。"

谈及袁庚，熊秉权笑而不答。他转身拿出一篇新闻稿，是2002年《蛇口消息报》上刊载的一篇文章，题目为《春天的故事——专访蛇口工业区开拓者之一的熊秉权老人》：

"当年，熊秉权主要分管财务、行政等工作。1983年4月初，他任蛇口工业区管委会副主任。他说，袁庚同志是蛇口的代表，他为中国改革开放做出了重要贡献。在蛇口，没人能取代袁庚。我主要是在他的领导下做一些具体的日常管理工作。"

谈到最后，他话锋一转："我这个人一生有个优点，就是办事认真，说干就干。我也有个毛病，就是原则性太强，灵活性太少。为人直率，与人共事，沟通不够。"熊老笑谈当年，如过眼云烟，"但总体上来看，在蛇口10年间，我们在工作上大方向还是一致的。"

虞德海，工人子弟，贫寒家庭出身。武汉水运工程学院本科生。1979年年底到蛇口。中外合资企业——蛇口中宏制氧厂厂长。整天骑辆破旧自行车上下班，工人们称他为"贫民厂长"。他上任的第一年春节，制氧厂有八个科室给他送红包，他全都拒收。他说："廉政不抓，一盘散沙；腐败不除，民心不服。"难得的是，他深知现存体制的弊端。前不久在蛇口龟山别墅，谷牧邀请中外合资企业的经理们座谈经营中存在的问题。虞德海等人反映海关、边检等口岸部门有意或无意对产品出口造成了一些不必要的障碍。谷牧表示回到北京，让海关总署派个工作组来处理。虞德海立即说这样做不妥，工作组来了只会令海关、边检反感，工作组走后情况会更糟。谷牧问他有什么高招，虞说："能否把海关、边检党的关系调归蛇口工业区管？这也是我和袁庚的一个设想。"谷牧怔了一下，说："你这个'小青年'，真不简单。"谷牧对虞的"高招"没有表态，实际上，上边没有派工作组下来，海关、边检党的关系也没有调归蛇口工业区管理。虞德海能够看出问题症结，班子中需要这类明白人。

孙绍先，技术骨干，很不错的。再不能重复外行领导内行的荒唐故事了。

梁鸿坤，机灵的小个子。

陈金星，客家男人。大胆、泼辣甚至是有些霸道的工作作风，在土地征用、购买中为工业区建功立业。

梁宪，谋臣。谋士。任何领导机构里都不可或缺的秀才。

…………

刘清林、郭日凤、许智明、杜庭瑞，四位老指挥。这些人也有数量不等的选票。但都没有进入前七名。为蛇口工业区前期建设出力流汗的老指挥们，将要离开第一线指挥岗位。风风雨雨中，并肩走过了四五年，袁庚也舍不得他们离开。现在，他要考虑的是，如何才能做通思想工作，让这几个与他在蛇口最艰难时期并肩作战打开局面的副手们心甘情愿交出手中的"权杖"，把年轻一代扶上马？

　　非常有趣而蹊跷的是，我找了很长一段时间，都没有找到李启其整理出来的那份名单。

　　招商局档案馆的资料是非常齐全的，偏偏没有这份资料。

　　问遍蛇口工业区新老交替中的当事人，没有一个人接触到这份名单。

　　之所以蹊跷，是因为在当时，不论是在招商局还是在工业区，不论是袁庚还是其他领导同志，都没有在任何相应场合以及相应的范围内公布过这次民意测验的结果。人们记忆深刻的是：袁庚笑意盎然，宣布"民选"结果与组织预选名单一致，强调过四个老指挥"榜上无名"。

不公布民意结果，不知是袁庚的疏忽，还是他老人家有意为之。

这样一来，这份名单就有不同的"版本"在民间流传。

这样一来，袁庚至少在两个方面授人以柄，遭到攻击：

一是"虚假民主"。不管在当时还是23年后，都有人说他"玩弄民主""强奸民意"，在长官意志的外面贴上"民主"的标签。袁庚在头两天十几个人的中层干部会上，强调不用推荐老指挥，到民意测验时，他却没有这样说，而且四位老指挥都在座，那么，必定有人推荐了老同志。这次民意测验后，有个别老指挥控告他排挤、压制老干部。更多的人对我说，像许智明这样人品好、改革意识坚定、作风硬、工作能力强，是袁庚的老战友、老同事，与袁庚关系协调得好的老指挥，他们是投了他的票的，断定他榜上有名。袁庚之所以不公布"民选"名单，是为了便于率先把老许同志"拉下马"。

二是"压制民主"。有个别提拔进入管委会的中年干部，一直认定自己获得的票数是全工业区之最，甚至言之凿凿地说他的票数超过了袁庚，所以老头子为了个人面子封锁了这份名单。也有人认为自己的呼声很高，票数很多，袁庚不公布结果，是为了把自己在班子中的排名强行往后挪，让"民主选举"变了味，压制了新秀，挫伤了精英。

2006年7月末，经过多方联络，我电话采访到了安居北京的李启其。

71岁的李启其原为交通部组织部三处的副处长，1981年，派驻香港任职招商局人事部副总经理。1986年调回交通部工作直至退休。他是见证并参与袁庚当年干部体制改革的一个重要的亲历者。

谈到1983年民意测验票数这一敏感话题时，李启其不以为然地表示："这个票数没有必要公布，只是组织上考察一下民意，供领导研究确定时做参考。"他的记忆在多年后依然鲜活而饱满，他指出，这种民意测验是不能脱离当时的历史环境的，是试探性的一小步，即便如此，这种民意测验在全国尚属首例，是民主进程中一次勇敢的尝试。票数的高低，并不能说明太大的问题。"就是搞民意测验，袁庚也是冒着极大的风险的，非常困难。不过，值得庆幸的是，我记得，民意测验的结果与我多次上蛇口考察青年干部的名单惊人地相似。"

多年后，他还啧啧有声地赞叹："惊人地相似啊！"

李启其反复对我交代那个刻在他记忆罗盘上的场景：48岁的李启其从香港坐船到蛇口参加民意测验会，名单封存在他那个叫不出名字的黑色人造革皮包内。接着，香港的工作日，当场取出，验票，上报票数与名单给招商局办公室。袁庚始终没有在场。

关于人们对袁庚的种种猜测，他的口气很坚决："袁庚历来不会注重自己多少票，他不关心这个，他的目的很简单，要将群众信任的年轻干部选拔到日常的领导岗位上来。"

四、五湾码头塌方事件

民意测验后不久，1983年的春节悄然而至。这一年的春节，袁庚和家人是在蛇口工业区水湾头公寓B5座301室度过的。袁庚没有偕夫人回北京，他在蛇口安了新家。条件好了，干部们有住房了，他来往蛇口也就不用再住冷冰冰的招待所了。大年初二，他从蛇口赴广州参加广东省的党代会。

这一年的开春，套用广东人的说法，对袁庚来说就是"开年不顺"。

2月24日凌晨1时35分，大年初二，蛇口码头突然发生坍塌，滑入海中。准确的表述是，五湾码头14号系船桩与17号系船桩之间长约60米岸壁倒塌入海。两端各波及长度20米左右的岸壁出现裂缝。塌方纵深自码头前沿至门机后轨靠海侧约11米处。好在这一天码头空置，原定靠岸的一艘日本货轮下午才抵达，没有造成人员伤亡和其他损失。

听到这个消息，袁庚立即向大会请了假，急匆匆从广州赶返蛇口。他先到一片狼藉的码头看了看，询问负责此项工作的杜庭瑞指挥和孙绍先何时赶回，办公室副主任余为平回答说："孙工他们拍来电报说，买好了下午两点整从北京飞广州的机票。"

"小余,你上趟广州,把他们给我接回来。"袁庚吩咐道,语气十分急促。

晚饭后,杜、孙两人还没有来,袁庚实在放心不下,约上住在他家楼上——401的许智明一同去码头附近看看。昨日连夜暴雨,一路泥泞难行,码头近海处一片漆黑,什么也看不见,袁庚和许智明站在暗夜中。正在兴建中的码头突然倒塌,蛇口人怎样向石油工业部领导交代?这个临时基地说好了今年5月1日前交付使用的,现在还能不能遵守承诺?天寒风急,袁庚穿得不多,许智明怕心急火燎的袁庚染上感冒,劝说袁庚回家,等孙绍先他们来了再作商议。袁庚回到家更是坐立不安,挨到9时,再也待不住了,收拾盥洗用具,穿上黑呢大衣,带了一本文学书籍,急匆匆地搬到设在石头房子内的临时招待所去住。他想,只要赶回来的两位工程负责人一到,时间再晚,也可以连夜商量对策。

晚上11时30分,袁庚坐在临时招待所的客厅里,等候杜庭瑞和孙绍先的到来。他很喜欢张洁写的长篇小说《沉重的翅膀》,平时断断续续地读了一些,一直没有时间读完,今晚好不容易看完了。等到两位工程师风尘仆仆地冲进他的房间,他喜出望外地迎了上去:"赶过来啦?"

"袁董啊,我们一听到消息就马上买票,赶回来了。"孙绍先说。面对袁庚,他看起来就像是面对行刑队。

袁庚抬起一只手,招呼两位进屋,说:"坐,坐下。"

"你们看,各界对工业区的看法稍好一点……突然一下子就塌了个码头,你们看,这个事情怎么办?"袁庚的语气突然变得不那么轻松,脸上的笑容无影无踪。

屋内寂静得令人压抑,孙绍先几乎能听到杜指挥出汗的声音。

"这个事情啊,我和杜指挥刚才一同去看了看码头,做了些分析和研究,"孙绍先低头看一眼笔记,"这个事情啊,不难,我们很快可以修复的。"

袁庚飞快地瞟了一眼孙绍先:"啊?你有什么好主意吗?"

孙绍先的口气很肯定:"袁董,石油工业部不是要我们加深码头吗?原本我们的方案也是往外推,就是在外面再修一个码头,现在塌了方,不如在外面再来一道岸线。"

袁庚转脸问杜指挥："老杜，你有什么好主意？"

杜庭瑞很有信心地回答："按小孙的意见办，我看可行。"

"好吧，"得到能够尽快修复的回答，袁庚稍感安慰，他那颗悬在半空的心终于放了下来，"两位那么辛苦，当天就赶过来，年假都没有过完，真应该表扬。事故已经发生了，不要追究什么人的责任，也不要怪谁了，只要把事情处理好就可以了。"

天快亮了，孙绍先离开招待所，走在回家的路上也没有缓过劲来。袁庚对杜庭瑞和孙绍先没有当面责问"你们怎么搞的"。实际上，在出现了那么大的纰漏后，领导完全有理由这样批评项目责任人。袁庚没有责备孙绍先，孙绍先的心里反而更难受。

六天后的下午，香港保力公司钻透了坍塌码头的抛石基床，取出了下卧残存的软泥，分析了事故的原因。由于软泥未尽，在挖泥超深的动力作用下，造成码头塌滑。袁庚毫不客气地说，承担这项工程的四航局与广州航道局两个施工单位都扯不脱干系。

"问题不大吧？"刚下飞机的陶琦关切地问。他是交通部副部长，交通部收到袁庚关于塌方事故的报告后，派他前来督促工业区解决码头塌方问题。有消息说，他还有一项任务，就是前来调查袁庚和他的工业区的。袁庚派孙绍先去接机并陪同他从机场直接赶到五湾码头塌方现场。

"他们怎么说？"袁庚迫不及待地问施工单位的态度。

"他们都不承认。其实，一个是多挖了2米超深。一个是软泥未挖尽就抛石奠基。两个都该打五十大板。"孙绍先说得有理有据。

他们走到码头的时候，袁庚突然拍了拍孙绍先的肩膀说："码头修复的事情，要尽快搞起来。"他看着陶琦，陶琦赞同地点了点头。

"袁董，这个要花钱的，谁拿呀？"孙绍先有些犯愁。

"一共要花多少钱？"

"大致算了算，大约要180万。"

"塌方60米，就要180万？"袁庚不解地问。

"太多了吧？！"陶琦说。

"不是，只塌了60米，但我们的码头要搞200米长……"

"小孙，这样吧。你让他们一家赔偿60万元，剩下的60万元，由我们自己解决。三家分摊的话，可以减轻压力。"袁庚语气中透出几分急迫，"我的意思是，一分钟也不能耽误，赶紧修复码头，争取按时完工。"

只有自己吃点亏了！没办法，袁庚不想因为赔偿扯皮而耽误兴建顺岸码头的时间，这个码头要赶在1983年5月1日前建成，他可是在石油工业部高层面前立下了军令状的。

15年后，孙绍先在一篇《建设"生命线"》的回忆文章中，谈到了这次重大塌方事故背后的袁庚：

"时逢春节，疏浚单位的领导从广州赶到深圳慰问，亲自上船督战。冲天干劲，可想而知。不幸挖过了头，超深约2米……这个重大事故，不仅震动了交通部、石油工业部，也震动了……幸亏香港报纸手下留情，没有在显著部位亮相。袁董大将风度，没有半点责难，只是叮嘱查清原因，迅速修复。但是，我们的心情是十分沉重的。因为，那时对蛇口来说，真是一波未平，他波又兴。赤湾码头施工遇到了困难，既要沉着面对哗然而起的'蛇口能否建码头，能否建石油基地'等舆论，更要扎实工作，用实际行动消除石油工业部的担心。"

3月15日上午，国务委员康世恩在深圳新园招待所八幢接见袁庚，寒暄过后，就问起了塌方的事情。康世恩面带疑惑地问道："老袁，前些天，你们那个地方塌了码头，你跟石油工业部的事情还搞得成吗？"他盯着袁庚看了好一会儿，然后看了看陪同在座的南海石油联合服务总公司陈李中、南山开发公司的许智明、海洋石油总公司唐振华、南海石油东部公司金世望等人，继续说道，"这个事情是国家的重点，只能搞好，不能搞坏。要知道，南海石油在国家的位置很重，你们无论如何也要把它建成。"

袁庚笑着说道："这个事不难，我们很快就能修复好，不会耽误石油工业部的，我向你保证。"

康世恩放心了："那就好啊，你说了，不会耽误石油工业部的，不能耽误南海石油基地的建设啊，我就看你们工业区的喽。"

五、许智明："我不退位谁退呢？"

在1983年春天，工业区华苑酒家斜对面的海景餐厅成了蛇口人关注的焦点。这是蛇口工业区新开张的第一家咖啡厅。夹着腌肉的三明治，浮着一层厚厚奶油的卡布奇诺咖啡，用英国立顿红茶包与雀巢炼奶煮出来的奶茶香味吸引着坐着轮渡从香港过蛇口来办事或是看风景的港人，还有大批从深圳涌进工业区的内地参观者。当然，也吸引了经常路过此地的袁庚。

3月1日下午4时30分，袁庚心怀鬼胎请许智明去饮下午茶。当他们出现在西餐厅门口时，餐厅副经理谭筑熙迎出来，袁庚和他打了个招呼后，拉着许智明在大堂里侧的一个僻静餐台旁落座。

"袁董，喝点什么？"谭经理招呼道，他让服务生送来了两份小茶点。"要茶还是咖啡？"在他的印象里，袁庚和指挥部的指挥们经常来西餐厅谈工作。

"奶茶，两杯！"袁庚提议说，许智明点了点头。等谭筑熙的身影转到布帘后面，袁庚最终开始了一场十分艰难的谈话，听得出他很忧虑："肥佬，现在工业区的风气不好，你是知道的，老干部占住了位子，新干部提拔不到岗位上来。"

许智明点了点头，表情严肃："老袁，你的意思是……"

"肥佬，你知道，胡耀邦这次来，我专门给他汇报了这个问题，你们都听见了！蛇口要兴旺，要发达，就要靠有知识有文化的年轻干部，我不是说你这个老干部不行了，而是，干部制度改革迫在眉睫。"他端起谭筑熙亲自送上来的奶茶喝了一口，觉得不够甜，又放了一匙糖，然后，望着许智明，将那些在他的心底反复掂量了许久的话，缓慢而痛苦地吐出来，"肥佬，我知道这样好委屈你，但是，工业区的指挥中，你的年龄最大……如果你……"

312

许智明起初不大明白，渐渐地，他从袁庚那真诚的眼神和吞吞吐吐的话语中，意识到袁庚正希望他做出一些类似牺牲、类似让贤的举动来。

"老袁，你希望我做什么？"正在吃一块精致小茶点的许智明被噎住了，他喝了一口奶茶，缓了一口气，"你不是在开玩笑吧？"

"我不是在开玩笑，我几乎花费了半年时间来思考和研究。"

许智明瞪大了眼睛，一个劲地摇头："你可别告诉我，希望我带头让贤，退居二线。"

我早就意料到你会做出这样的反应，这很正常，换成是我，我的反应比你更强烈。看着这个从1979年5月起，就为创建蛇口工业区奔波劳碌、任劳任怨地工作，从不叫苦叫累，从不计较个人得失，患有冠心病、糖尿病的老战友，袁庚心中某个柔软的角落忽然被什么坚硬利器划了一下。

"肥佬，我知道，这样对你不公平。但是……"袁庚抬眼看着许智明，心有愧疚地说："我会给你保留顾问的头衔，你还是华美钢厂的董事长，所有的工资待遇都不变，其他的指挥也一样……我们都老了，必须让能闯能干的年轻人站到前台来。我也是能带就带他们几年，我的时间也已经不多了……"

许智明觉得浑身的汗毛都竖了起来，简直无法相信自己的耳朵："老袁，你不是在做梦吧？！"他疑惑地看着比自己年长6岁的老战友，直到袁庚点了点头。

许智明沉默了好一会儿，空气中飘浮着咖啡的香味，许智明觉得那味道真是苦涩啊。不知道过了多久，码头上响起了一阵悠扬的汽笛声。

许智明挪开视线，望着大堂的某个角落，缓缓地说："我先是跟张振声，后是跟着你，荒山野地里干，好难好难啊！工业区好不容易有了个样子，你叫我，叫我退！……"他低下头，看着自己的手掌，一阵从未有过的委屈和落寞掠过心头，他深吸了一口气说："从我个人的主观意愿来说，我真的不愿意退，但是，为了蛇口，为了你和我共同的事业，我，我……"

"你相信我，肥佬，"袁庚轻声说，目光异常坚定，"蛇口必须实行一系列改革，只有改革干部制度，蛇口这条船才不会翻啊！我最近一直在思考如何改。从内地调来的干部到工业区后自动取消原有职级，根据工作需要重新聘用。聘请的干部任期一年，聘书上明确规定续聘条件，任职期满，不符合条件就不再聘了。有些干部在任职期间，虽然没犯什么错误，也没有造成什么损失，但他的工作没有明显的成绩，不能打开本企业的新局面，就是不称职，这种干部也不能续聘，这种做法将彻底改变干部能上不能下的职务终身制。"

"老袁，你别担心。"许智明终于明白了袁庚首先拿他开刀，把他手中工业区的"权杖"拿掉的良苦用心，"只要我带头让位下台，其他的老指挥也只得让贤，我的资历和影响摆在那里嘛！"袁庚听到这里，长舒了一口气。终于达到谈话的目的了！其实，袁庚内心是不想让这位在工业区受人爱戴的老指挥提前退休的。没有办法，没有办法啊。他之所以动员老许先退，目的就是让其他老指挥无话可说，一个一个把位子让出来。为了大局，不得不"牺牲"老战友。"但是，他们会不会闹，会不会在背后搞点小动作，我不知道，你是在冒险，老袁，你听我说，我们是在冒险。"

袁庚勉强地笑了。许智明决定退了，却还在担忧他主动退位后的余震、余波问题，他真是一个顾全大局的好同志啊！袁庚心头一热，已经被这位好搭档的胸怀折服了。

服务生端来一小支烛台，红色的蜡烛发出暖融融的微光。袁庚略带伤感地望着西餐厅的窗外，注视着码头边阳春三月的恬淡黄昏，客轮、游人与四周的建筑物都笼罩在一层薄雾中。袁庚的目光移进室内，遇见许智明探究的眼睛，立即扯开去，从玻璃窗的反射中看着坐在他对面的老战友，袁庚觉得这一两个小时的会晤，时间过得很慢很慢。为了某种目的，他把老战友送上了"祭坛"，真是愧对出生入死、甘苦与共的战友加兄弟啊！许智明刚坐下来的时候，以为是约他来商议新老班子交替的事，脸上的神情很恬淡。当得知要他带头退下去的时候，袁庚从他脸上读出的是惊愕、惊疑、惊诧，接下来是惶惑、郁闷、烦乱，再下去是抱屈、怅惘、无可奈何。到现在，胖脸上虽然还有郁闷，但也有宽容、大度。望着玻璃窗里许智明的神情，袁庚心中陡然升腾起一股无比的幸福感，感激一路上有这么好的战友相伴相携，勇敢地对共同的事业做出一种承担。

过了几分钟，许智明发觉袁庚盯着玻璃窗不知在想什么，俯身向前，拍了拍袁庚的肩膀："怎么样？你没事吧？"

"嗯，还行。"袁庚低下头去。不是你问我"没事吧？"是应该我询问你"没事吧？"我的老许啊！

许智明恢复了往日的神采，举起咖啡杯与袁庚桌上的杯子一碰："放心，你会成功的。老袁，只要我们的方向是对的，没有理由不会成功。"

袁庚看到许智明的嘴角掠过一丝恬静的微笑，玻璃窗里的他也张嘴笑了起来。

开发蛇口，因缘际会，袁庚与东纵老战友许智明保持了一生的友情。

2006年3月底，青青世界的农庄，我应邀参加了许智明幺女的50岁生日派对。席间，许智明的几个子女怀着对父亲偶像般的怀念，畅谈了父亲生前的点滴往事。那日午后的阳光耀眼，在青青的枝头上跳跃。

回忆缤纷而令人伤感。

作为袁庚在蛇口工业区最得力的助手，许智明的勇于负责、敢于承担、从不计较个人得失，给予了改革者袁庚最大的支持。

4月3日，我收到了现居香港的许智明三儿子许国威的来信，他说：

…………

父亲是曾生麾下的副官。解放后，虽然一南一北不在同一个系统工作，但父亲仍与曾司令长期保有联系。"文革"后期，曾生同志重新出来工作，调入北京后，父母与曾司令的来往就更加密切，他们每隔一段时间都会到曾司令家中看望老首长。据我母亲和姐姐的回忆，大约是在1978年11月间，父母看望曾司令（时任交通部第一副部长），正是在曾部长家里，第一次从老首长口中获悉经中央批准，香港招商局在经营上要向多元化的方向发展，正酝酿在邻近香港的广东省沿海地区建一个出口加工区，而在香港招商局主持工作的常务副董事长，恰是父亲东江纵队的老战友袁庚。父亲闻讯自然心动。而曾部长作为招商局董事长，此时，也正在悉心挑选一个能补袁庚不足的副手，协助袁庚打好这个酝酿中的工业区攻坚战。

父亲解放后长期在机械工业部担任领导工作，有着丰富的筹建、管理大型现代工业企业的实践经验和极强的组织能力；他生于香港、长于香港，曾长期在香港、广东生活和工作，熟知广东、香港的风土人情，讲得一口标准而流利的普通话、广东话和客家话，又有着长期从事外贸、外事的工作经验，而这些都是开发工业区所需要的。曾司令十分了解我父亲，认定他就是出任袁庚副手最合适的人选，我父亲落入曾部长的视线，司令点将，我父亲慨然应命。1978年12月，我父亲经中组部调入交通部后，他就知道他唯一的任务就是协助袁庚抓好工业区的开发建设。曾司令对他说：任务艰巨，是场硬仗，你没有退路，只能成功，不能失败！

为了打好这场攻坚战，利用办理护照、等签证的空当，我父亲于1979年3月期间，自费到深圳（宝安）实地考察。他站在山头上，面对已选做工业区厂址的蛇口穷乡僻壤，他对自己晚年放弃北京相对平静而舒适的工作、生活，即将只身南下，在眼前这片边陲荒野做开荒牛、拓荒者，他没有后悔，没有退缩，而是心存感激，充满斗志。对于一个投身革命50多年，怀着赤子之心报效祖国，而又长期在政治上得不到应有信任，伤透了心的海外赤子来说，没有什么比组织上的信任来得更珍贵，更暖人心！

1979年5月，父亲正式出任蛇口工业区建设指挥部副总指挥，成为袁庚最得力的助手。父亲对袁董不计个人荣辱，义无反顾地支持，不仅仅是因为个人友谊和战友之情，更多的是源自对党的事业的共同追求和对改革开放的一种承担，其中也饱含着对党和对老首长（曾司令）信任的报答！创建的过程异常艰难，斗争也远比预期的更为惨烈，所幸的是父亲终能不辱使命，没有辜负曾司令的重托。

袁庚是条硬汉，但他也有感情细腻的一面。1997年3月间，父亲去世后，他特意前往太平间探视老战友的遗体遗容；是晚又夜不能寐，为老战友亲拟挽联：

弹雨枪林　转战东江　留得峥嵘岁月

披荆斩棘　谱写南山　无负璀璨年华

　　为老战友尽最后的心意，送老战友最后一程，足见战友情深。父亲与袁董共事多年，其间或许袁董对父亲有过不公，但我想，袁董当时一定有他的苦衷。人应该多一些谅解，对袁董，母亲及我们一直都心存感激！

　　…………

　　两天后的一个下午，在龟山的南山开发公司办公室，孙绍先拿出一卷工程图纸请许智明签字："许指挥，这是一个很紧急的合同，关于赤湾码头的竣工验收计划，你看看，签个字。"

　　许智明向后退缩了一下，摆摆手说："我都没有权了，马上要退位了，你干吗来找我签字？"

　　孙绍先愣住了，片刻才缓过神来，将信将疑地问："不会吧？"

　　"交通部都快下文了。"

　　"邓小平还是顾问委员会的呢，我可从来都是在你的指挥下工作的，"孙绍先一时不知道怎么说下去了。但是，他想说点什么来宽宽这位老指挥的心。"不管是现在，还是以后，到时候我都会请示你的。"

　　"唉，老袁自己不退，要我们把位置让出来给你们。"面对孙绍先，许智明把不方便在袁庚面前说的话，打开闸门放了出来，眼里充满了复杂的感情，"他找我谈了一两个小时的话。最后——"他声调高扬地说，"我还是——同意！"

　　孙绍先吃惊地睁大了双眼。

　　"我想来想去，我要不退，他怎么能说服他们，让那几位老指挥退呢？杜指挥倒是不愁，他反正是可以回北京工作的。但是，蛇口的事业，革命事业，总要有一个人带头，总要有人牺牲的。"许智明说到这里，内心涌起一股浓浓的悲壮情怀。不管怎么说，这块土地上所代表的一切，对他这位即将退位的老指挥来

317

说，很快就将不承担任何领导责任了。但是，这块土地的繁荣与昌盛，是他和袁庚共同的愿望，他们都是生于斯，长于斯，对这块土地怀有深厚情感的客家人，都希望这块试验田里的果实茁壮成长。

他冲着孙绍先笑笑说："年轻人，还是你来签吧，我来给你们当顾问就行了。对了，"许智明搔了搔头皮，喃喃自语道，"我还有个招商局办公室主任的位置，不知道老袁给我保留没有。"

孙绍先心中一怔，看着许智明，想说出真相，但很快意识到此刻什么也不能说。许智明一门心思都放在蛇口工业区，而在那边，招商局办公室主任一职，袁庚老早就让朱士秀顶上去了。到了21日，在交通部政治部下发的《关于蛇口工业区领导班子调整配备的通知》中，就有"免去许智明的招商局办公室副主任的职务"一条。

做通许智明的工作后，袁庚又分别找了刘清林、郭日凤和杜庭瑞三位老指挥谈话。杜庭瑞倒是很爽快地答应了，他是借调干部，正可调回原单位水利规划设计院，继续当他的总工程师。剩下的两位老指挥，工作做得很艰难。最终，他们也以大局为重，同意了袁庚的安排。

袁庚雷厉风行，在排除了四位老指挥退位的障碍之后，找新上任的同志谈谈话，计划开一个干部大会，在大会上宣布新班子名单，会后，向交通部党组上报名单，备案。

3月4日夜晚，劳动服务公司的草棚食堂。工业区干部大会。

"今天是一个重要的日子。"袁庚说，"请大家热烈欢迎香港招商局的副总经理郭玉骏给我们主持会议。"他看了看站在他身旁的郭玉骏，并朝他点点头。袁庚用眼角的余光扫视着会场，没有发现刘清林与郭日凤的身影。他看见许智明像以往那样，坐在第一排，心中泛起一阵暖意。

会上，袁庚激情满怀地作了调整工业区领导班子的动员。他宣读了"交通部党组[82]交党字第29号文件"关于搞好领导班子建设的要求。接着，招商局人事部经理李启其宣了管理委员会新班子与党委新班子的成员名单。

会议结束前，讲到权力与地位的变化对人的影响时，袁庚给大家讲了一则他亲身经历的心态变化：

"我刚从监狱出来在家闲待着时，每天骑自行车到颐和园，那时，汽车从身边经过，一股热烟飘过，行人赶紧躲开。我当时心里老想，这段路要是没有汽车该多好！后来工作了，每天部里派车接送，8点上班，汽车被自行车挡着，司机直按喇叭，汽车还是走不快。我心想，这条路要是没有自行车该多好啊！为什么变得这么快？我想到这一点真觉得有点可怕……"

"屁股坐的垫子变了，思想也跟着变，这是一个值得深思的问题。"袁庚的语调变得深沉起来，"现在我们掌权了，倘若不能严于律己，就有可能被权力所腐蚀。到那时，干部就不再是人民的公仆，而成了骑在人民头上的老爷了。"

袁庚不忘提醒大家："诸位要擦亮眼睛，看清楚工业区台上的干部。"这句话集中反映了袁庚多年来的一个理念——群众如果无权来监督并罢免不称职的干部，就谈不上真正的民主；而没有民主的政治生活，绝不会健康、和谐。

一个多月来，袁庚逢会就讲，掌了权，地位发生了变化，谁违背群众的意志，群众就有权抛弃他。对干部的作风建设，袁庚认为非抓不可，否则，年龄结构与知识结构虽然合理了，办事拖沓、不负责任的恶习还会在新的机构中萌生。他到刚成立两个月的企业管理者协会上讲话，希望协会办成"压力集团"，有权把蛇口工业区的"民意"公开出来，形成舆论来监督领导。被推为协会名誉会长的袁庚认为："所谓'压力集团'者，施放出一种力量的团体之谓也，企协要反映民意，或者唱点'对台戏'。因为我们一些手中有权的人脑袋容易热烘烘，所以要吹些'冷风'，使他们清醒，能够较客观地审时度势，用好权力。"

从这个设想出发，日后，袁庚一直支持蛇口工业区群众所自发组织起来的多个协会与学会，像企业管理者协会、翻译工作者协会、会计工作者协会等等。众声喧哗，众神狂欢，不同的学会集纳着不同层面的人，较易反映和收集不同层面的声音，有利于各种声音充分而流畅地表达，从而有利于让掌握权力的部门做出更顺乎民情民意的决策。

袁庚所做的这一切，用他对许智明交心的话来说是："留下的时间不多了，我们这一辈人要为蛇口的未来负责。"

3月9日，袁庚指示招商局办公室向交通部党组提交了一份《关于调整蛇口工业区领导班子的报告》。

中共交通部党组：

　　蛇口工业区现有的领导班子是从1979年组建的。几年来，在深圳市、广东省及交通部的领导下，带领工业区广大职工，认真贯彻执行中央对特区建设的各项方针、政策，在初创工业区，矛盾突出，困难重重的情况下，做了大量工作，是有成绩的。但是，根据中央关于领导班子实行"四化"的要求，工业区的领导班子存在不少问题：年龄偏大，知识偏少，文化偏低，个别身体不好，极不适应蛇口工业区发展的需要，我们按照交通部党组[82]交党字第29号文件关于搞好领导班子建设的要求，对新班子人选进行广泛群众调查、民意测验，工业区临时党委和航委多次讨论审核，然后又征求各支部、各企业干部意见，并征得深圳市委同意，新领导班子拟调整如下：

　　党委班子拟设书记一人，副书记一人，委员三人，建议由下列同志组成：

　　党委书记：袁庚（暂兼）

　　党委副书记：乔胜利。

　　党委委员：王今贵、熊秉权、虞德海。（均不脱产）

　　行政班子拟设管委会主任一人，副主任二人，委员四人，建议由下列同志组成：

　　管委会主任：袁庚（暂兼）

　　管委会副主任：王今贵、熊秉权。

　　管委会委员：孙绍先、梁鸿坤、陈金星、梁宪。（均不脱产）

　　顾问小组：刘清林、郭日凤、许智明。

杜庭瑞同志根据其本人意见，拟回水规院工作，不再任命，在未调回水规院前，仍专职抓总工程师室的工作。

以上方案系根据"四化要求"，党企分工，力求精简的原则考虑的。

我们还设想，今后工业区领导班子的产生，必须在党的领导下实行更广泛的民主选举和监督，改变过去任命制的做法，每届任职三年，连选可连任，任期内进行定期或不定期的民意测验，对于不称职的成员，可随时罢免。以上改革设想，已经胡耀邦同志在视察蛇口工作时口头赞许。

以上报告当否，请予审批。

招商局轮船股份有限公司董事会办公室
一九八三年三月九日

六、就职典礼

在交通部批复招商局关于蛇口班子报告之后，4月3日下午，在香港的袁庚偕同郭玉骏、张振声乘坐当天最后一班船赶赴蛇口，以便参加第二天蛇口工业区新班子正式成立的会议。还是在上午的时候，袁庚就让朱士秀通知香港远洋公司总经理张振声去蛇口，作为工业区第一代的垦荒牛，袁庚希望张振声能到场助兴，更希望他去看一看曾经耗费他不少心血的工业区。张振声放下手边的工作就来了，这让袁庚很欣慰。

翌日上午的会议是经理、经理助理以上的干部会，宣布正式改"建设指挥部"为"管理委员会"，同时宣布新的党委、管委会领导班子的组成。这届新班子成员具有大学文化程度者由原来的20%上升为55%，平均年龄46.2岁，比原来下降12.5岁，党委会、管委员主要正副职由5人减为4人。郭玉骏宣读了交通部3月21日[83]交政组字126号文件，接着，袁庚上台讲了话。他说："这是新班子上台的第二次露脸，先在小范围内宣布，而后与全体职工见面，并将发表施政纲领。半年后，要进行公开、直接的信任投票。这里的第一代班子是难做的。张振声是这里的开山老祖，他也来参加我们这个会。"这时，会场上响起一片掌声。

"部规定班子年龄不超过55岁，要求特区先走一步。我兼主任及书记，是暂时的。我们希望新班子能很快成熟起来。老班子要给新班子创造条件，让他们很快地接手工作。我想客观规律是无法改变的，孔夫子若不死，哪容得我们这些人？新老交替是客观需要，这也是老生常谈。若要把这个班子的年龄降下去，要靠新一代接班人上来，我们应由衷地高兴。"

"另外，我想谈谈这个（部通知）文件的背景。民意测验是没有候选人的，结果却很集中。这些人是大家通过民意测验产生出来的。我们应不断地创新，在这块土地上作试点。班子中5位是工程师。在十三中全会前，谁敢相信一个四十几岁的人爬在所有老家伙之上？要论资排辈都不知要排到什么时候。这是一个新的气象，是可喜的。我们在微波楼种树，后人能乘凉。"

"三年来，前人在此辛勤劳动，开辟了这样一个局面，应肯定他们的成绩。老班子成员也表示要支持新班子的工作，不干扰他们的工作。"他微笑地看着许智明，看着刘清林与郭日凤，他瞥见许智明正注视着他，那眼神温和而善良，让他又觉得心底被什么东西碰了一下。"昨天新老班子开会时，退居二线的老同志都发了言，表示对新班子要全力支持，对工作决不干扰。我宣布，老班子退居二线当顾问。郭日凤担任安全委员会主任、游艇厂董事长；刘清林为南山贸易公司董事长，许智明担任华美钢厂的董事长。"

他说着站起身，带头鼓掌："现在，让我们欢迎老指挥再给我们讲一讲，来，我们用热烈的掌声欢迎他们上来——"

满场的掌声响起来，刘清林第一个走上台。他满脸笑容，一连说了三个拥护。他说："我拥护交通部的决定，我拥护刚刚宣布的新班子的名单，我拥护蛇口工业区新班子，我要尽一切力量，支持新班子的工作。"

刘清林说完后，杜庭瑞、郭日凤也热情洋溢地表态支持新班子，对工作决不干扰。

许智明是最后一个走上台前的，他看了看面前一张张年轻的面庞，万千感慨涌上心头，"我很高兴，"他有一张俊朗而敦厚的脸，现在，这张脸上洋溢着丰沛的激情，"我相信，年轻干部走上前台，蛇口工业区的明天会更好。我们会一如既往地支持新班子的工作，"他顿了顿，看了一眼袁庚，目光中尽是信任与支持，"我们有理由相信，在新鲜血液的推动下，蛇口工业区的前景更美好。因为，这是我们的土地，是我们共同的事业！谢谢大家。"

话音甫落，袁庚带头鼓掌。

在强调了党委与管委会需要明确分工，企业与党务必须分开之后，袁庚宣布了王今贵、熊秉权、孙绍先、梁宪等新锐的内部分工，他强调，这次新老班子交接，要在现机构的基础上进行，党委和管委已有明确分工，党委不要干预管委会的日常工作。"新班子能否把工作做好，一看效率，二看有无创新精神，新班子要特别注意搞好在党的原则基础上的团结，工作上有不同意见是正常的，没有公开意见就会一潭死水，但绝不允许拉帮结派，搞小团体，小动作，当面一套，背后一套。大家应兢兢业业地工作，如临深渊，如履薄冰，小心翼翼，把问题想得更周到一些，把工作做得更好一些。"

最后，袁庚请香港远洋的张振声讲话，再一次提醒诸位："他是这里的开山老祖。"

张振声应声而起，心头刹那间百感交集。他的语速并不快，却字字句句充满深情："有机会参加这个会，很高兴。这个地方是袁庚派我来任总指挥的。开发之初，就发现这里有70多具尸体……我在这里抓了'五通一平'，后于1980年3月离开这里回了香港远洋。几年来，我看着工业区发展和繁荣起来。如今，老一辈退居二线，新一辈上来，完全是应该的。我相信，新一代的班子将根据董事长的指示，使这个地方更加繁荣与发展。我们当时未看到这里新的前景，"他顿了顿，又说，"所以，祝愿新班子把眼光放远一点。"

他咽下了一句想说的话，瞥了袁庚一眼。袁庚向他微笑着点了点头，是的，我知道，你想说的是——新班子的同志无论如何都不要打退堂鼓。

第八章 桃花源里可耕田？

第八章 桃花源里可耕田？

一、新桃花源

工业区内新建的四栋标准厂房成了太子路上一道亮丽的风景，到了4月底，西边的两栋楼已经名花有主，其中一栋租给了凯达玩具厂。靠近东边的两栋还在加班加点进行外墙内饰装修。这批标准厂房是国内最早建造的标准厂房。每一栋楼的总面积为16000平方米，共四层，每层面积为4000平方米，都是按照香港标准厂房的图纸设计建造的。这批厂房先后共建了10栋，由华侨周义中的华建联营企业有限公司与工业区地产公司联合开发。

四栋厂房最东边的一栋大厦叫华兴大厦，刚刚租给了华丝公司，新班子的就职典礼临时借用这座大厦二楼的一个角落举行。

在这层楼的其余三个角落上，堆满了刚运来还未拆封的机器设备。此时，在偌大的工业区内，仅有这批刚建成的标准厂房是唯一能容纳400名干部开大会的地方。

4月24日，星期天。上午7时30分之前，袁庚早早来到了华兴大厦二楼，新就职的党委会与管委会所有成员也都提前到场了。党委委员、管委会副主任熊秉权指挥工人调节喇叭的音量，会场上播放的《黄河大合唱》钢琴协奏曲雄浑激越，撩人心魄。管委会办公室副主任余为平、管委会委员孙绍先以及一些干部在摆放着刚刚运到的长条凳，委员梁宪和陈金星指挥工作人员往墙上挂巨幅条幅。红色

326

条幅上是白色繁体字："蛇口工业区党委、管委会就职典礼"。

袁庚注意到珠影制片厂电视部主任朱义坤正和两个助手在调试摄像机。自从拍摄了《建设中的蛇口工业区》，朱义坤就长期蹲点在蛇口拍摄纪录片。乔胜利倚靠在会场的另一角，默念着代表工业区党委、管委会的工作报告。看得出他很紧张，连袁庚走到他的身后也没有觉察。

"小乔，放轻松，不要那么大的压力。"袁庚嘱咐道。

"是，袁董。"乔胜利的内心多少有些不安。宣讲新班子的施政纲领并不是件轻松的事，光是这份报告他就改了不止一次。他记得第一次拿给袁庚看时，袁庚就在报告上批了字：如果作为工作汇报是可以的，（1）没有提缺点和不足，（2）今后（工作走向）也未谈到，（3）还有经验教训。

乔胜利特意到二期培训班走了一遭，找到副班长周为民替他改稿。4天前，他还专门去培训班试讲了一遍。袁庚希望他做一次漂亮的"脱口秀"，但他承认自己不是那块料。见他有些懊丧，袁庚笑着说了一个故事："有一个美国小伙子，有严重的口吃。为了改变形象，他常常对着镜子练习讲话，逼迫自己不停地讲，直到镜子被唾沫星子完全糊住，看不清自己的脸为止。后来，他当上了美国的总统。"

乔胜利在话筒前坐下来。人们的目光集中在这个年仅36岁的年轻人身上。这次民主选举，他的票数较高。他不仅进入了领导班子，而且担任了"副班长"。

有人不解地嘀咕："他还不错，就是缺了张文凭！"

"难道没有大学文凭的人，就只能坐冷板凳吗？"袁庚的语调变得深沉起来，"你们不要盯着我。不错，我是很重用有文凭的才子，不然就不会三番五次跑北大、走清华。不过，请各位注意：这次投票，大多数有文凭的才子看中谁？就是看中他——我们的人事劳动服务公司副经理乔胜利同志。有文凭的看中没文凭的，这里面的道理难道不值得大家好好反思吗？"

此刻，乔胜利低头看着手中的就职演说报告，喉咙一阵发紧……

他在报告的开篇列举了工业区的基本情况和几年来取得的成绩，接着迅速扫

327

了一眼在场的几位老指挥，"这里，我们还要向工业区早期的拓荒者，那些为工业区做出过卓越贡献的人们以及在这一过程中肩负领导责任，现在又退居二线的老同志、老一代表示衷心的感谢和敬意。蛇口工业区的后来者们是不会忘记他们的功绩的！"

袁庚的压轴讲话，带给工业区干部更多的信心与欣喜。正是上午10时差5分，天气是温和的，阳光透过标准厂房的玻璃窗射进来，会场上一片透亮。袁庚穿着白色的长袖衬衣，袖子挽起了一半，黑蓝色的西裤裤线笔挺，配一双他很少穿的黑色皮鞋，有型有款。日后，在管委会成员的集体回忆中，那一天的袁庚看上去极年轻，染了黑发后的脸庞精神焕发，长脸上洋溢着对理想的执著与狂热。

讲话中，他又一次回忆起不久前在胡耀邦视察时，他在汇报中谈到希望在蛇口搞一个民主选举的试点，得到了胡的首肯。他还讲了那个著名的"屁股指挥脑袋"的故事，也就是骑车与坐车不同的心境转换。他指出，新班子许诺到1985年要达到的十大指标是不容易的，期望新班子和大家一起，同心同德，艰苦奋斗去实现它。同时，他希望全体员工对新班子的工作进行认真的监督、检查。

袁庚清晰地亮出了自己的观点："工业区每一个职工，每一个团体都有权随时向新班子成员提出质询，新班子成员有义务随时答复群众的质询。"

最后，袁庚号召新班子全体成员"不要辜负大家的选票"，和全体员工一起，戒骄戒躁，艰苦奋斗，共同努力把工业区建设成为具有社会主义的"高度物质文明、高度精神文明、高度民主的新的桃花源。"

真是神来之笔，"桃花源"！我就希望未来的蛇口是真正的桃花源。

当然，他也觉得乔胜利的说法很实在——建设一个以工业为主的综合性的经济区。他们一老一少，说法一虚一实，但前景是一致的。

大会司仪、管委会办公室副主任余为平宣布散会后，袁庚并未立即离去，他又给新班子成员开了一个小会，布置了诸多工作，提出了一些建议。他饶有兴致地看着这些人，9个，笑着说："看上去船是不会翻了，新班子的确比老班子有朝气了，但是，这条船能否开快开好，就看你们的了！"

22年之后，又是人间四月天。袁庚寓所。

"以今天的目光进行审视，你梦中的'桃花源'实现了吗？"一天的采访告终，我收拾起录音笔和采访本，问起了民意测评后经上级审批所产生的蛇口工业区年轻的领导班子。

他许久没有回答。老人太累了。我轻手轻脚走出门厅。就在我掩门而出的时候，身后传来他的评价："一半是梦境，一半是现实。"

一老一少又坐了下来，随意闲聊。

我说，这届新班子的文本意义，首先在于它的试验性。毫无疑问，从1983年就处心积虑地打造蛇口工业区新班子，在拉开当代中国人才解放帷幕的第二年，又拉开了中国人事制度改革的帷幕。

袁庚摇摇头。他说他没有这样伟大，蛇口是中国第一支改革开放试管，中央给了他很大的权，而他所做的触动经济体制、政治体制的许多事情自然成为全国第一，但千万不要说"拉开帷幕"这样的大话，愧不敢当。"有些话让别人去说，我不会说，你写传记也不要去说。"袁庚说罢，撑起脑袋，摆摆手。我知道，今天把他折腾得太久了，太累了，我赶紧告辞。

之后的一天，我提到新班子成员中后来成为大贪官的虞德海。袁庚坦率地承认，是他力主让虞德海进入新一届领导班子的，1986年虞德海已是蛇口工业区党委副书记，又是袁庚推荐他到深圳市委去工作，不久担任市委常委兼组织部部长的。1990年，虞德海到南山区独当一面，成为一方"诸侯"，情况开始发生变化。说了这么几句话，袁庚精力很弱，休息许久之后，挑出一些简报材料，让我自己去看。

《南方都市报》2001年2月8日、《深圳晚报》2001年2月9日、《深圳特区报》2001年12月22日、新华社2001年12月22日有关消息说，据深圳市检察院起诉书称，虞德海"利用职务之便"犯罪，是"在1990年10月至1997年12月担任深圳市南山区委书记期间"。深圳市中级人民法院对虞德海以受贿罪和巨额财产来源不明罪，"决定执行无期徒刑，剥夺政治权利终身，并没收个人全部财产"。

《南方日报》2005年5月30日刊发了该报记者贺信与正在服刑的虞德海的对话录。贺信说："袁庚谈到虞德海的结局时，用了'橘生淮南则为橘，橘生淮北则为枳'的典故。袁庚解释说，虞德海在蛇口是一个好干部，但随着他的职位变迁，环境变化，手中的权力却没有受到相应的制约，他就变坏了。绝对的权力使人绝对地腐败。"

以下是贺信与虞的一段对话——

问：袁庚对你曾经是充分肯定的，有没有想过你的行为给他带去的是什么？

答：（没有回答）

问：你怎么看袁庚的评价？

答：（迟疑）根本问题还在自己身上，毕竟还有那么多人和我面临同样的情况，但他们还是好干部。

问：那么在蛇口的时候，同志之间是一种什么关系？

答：可以这么说，在蛇口的同事之间连一斤茶叶的关系也没有。

问：在南山呢？

答：那时候深圳创业已经10多年，很多人对自己的要求都不像过去那么严格了。

《深圳周刊》2001年第31期的一篇署名文章，在剖析虞德海的迷失时，特别提到蛇口的民主监督：

"在蛇口，袁庚率先提出经济体制改革与政治体制改革试验，虞德海全情投入。在选举大会上选民向那些曾有过以权谋私、作风欠佳、工作失误等的候选人提出质询，并要求他们当即回答。会上没有选民向虞德海提出此类问题，可见他当时在选民心中是清正廉洁的，作风正派的，工作是有成效的。"

袁庚见我翻查早些年的简报，颠三倒四地重复这样一句话：在监督、制衡机制缺失的体制内，虞德海人称"南山虎"，想不腐败都难。

袁庚说，他说淮南淮北，没有任何批评深圳市的意思。虞德海不到深圳做官，留在蛇口任职的话，到了1997年蛇口终止体制改革试验之后，在招商局1983年3月9日向交通部呈报的关于"必须在党的领导下实行更广泛的民主选举和监督"，"任期内进行定期或不定期的民意测验"的重大举措只是一纸空文的时候，监督、制约一旦缺位，蛇口有7个官员以腐败罪入狱，那么，虞德海还在的话，那就是8个贪官了。

袁庚在蛇口执拗地打造他的"桃花源"，管委会集体上任不久，立即对直属各室、公司的机构设置进行了大刀阔斧的改革，并在干部的任用上革故鼎新，变委任制为聘用制，为彻底打破干部终身制迈出了艰难的一步。

这次改革，五室、十二个公司共聘用了46名同志任正副主任、经理等职。聘用之前，也沿用了民主推荐、民意测验的形式，下聘书时履行签约合同的形式，任期一年。受聘的46名人员中，具有大学本科学历的有34人，占74%，具有中专以上和大专程度的有12人，占26%，平均年龄43.7岁。

挨到了9月份，原副总指挥刘清林借出差的机会上北京"告状"。他到交通部劳动人事司诉苦说，自己还未到中央规定的60岁退休的年龄，为什么要退居二线呢？司长们个个劝他以大局为重：当顾问有什么不好，照样干工作，工资待遇并没有减少呀！不久，"告状"一事从北京传到袁庚的耳朵里，袁庚说"可以理解"。

事实上，蛇口新老干部有目共睹的是，袁庚从来没有克扣过老指挥，无论是工作还是生活待遇。4个月后，邓小平莅临蛇口，袁庚特意将几位老指挥推至前台。在邓小平接见工业区干部时，由于袁庚的安排，邓小平第一个接见的人便是刘清林，第二个是郭日凤，第三个是许智明，然后，才是新班子的年轻干部们。

二、凝聚人心的地方

就在新一届蛇口工业区领导班子"阵痛"前后，蛇口工业区管理委员会新办公大楼也在人们的期待中节节生长。

袁庚想盖一座新办公楼是蓄念已久的事。

蛇口工业区创建初始，指挥部因陋就简，将蚝民小楼房、铁皮屋、开门开窗的集装箱以及铝合金工棚，当做办公和开会的地方。袁庚刚到香港任职不久，1978年11月，购入新办公大楼，成为招商局重新崛起的象征。现在，在蛇口，虽然工业区还没有丰厚的盈利，但办公的干部队伍随着事业的发展、分工的专业化和缜密化，有日趋庞大之势，接待任务日趋繁重，会议愈来愈多，是到了该考虑起一幢高楼的时候了。

他打定主意后，开始将自己的想法灌输给他的部下们。的确，经历了三年半的苦干与磨难，工业区需要一个门面，一个招牌，抑或说，一个凝聚人心的地方。

袁庚公开亮出自己的想法，是在1982年4月底的一次干部大会上。

"现在看来，石油基地放在蛇口没有问题了。"他以一种极为有力的声音开始说道，"将来这些人来，总得有个地方接待呀。赤湾那边马上就要热火朝天地建设了，蛇口这边也不能落后，我们也得跟上去呀。我想来想去，领导们来参观工业区，到哪里找我们呢？还是那几栋晒蚝的房子？"

袁庚强调说："我们总得有个窝吧？干了这么多年，连个接待人的正规场地都没有，这不像话，该不该办一栋像样的办公楼啊？"

袁庚的动议立即得到了热情的回应，会议决定让孙绍先和工程科长王今贵搞个方案，拟用100万元建一栋五六层的办公大楼。争取在冬天开工，1983年年中交付使用。

明年春夏之间，新楼落成，好啊！袁庚想，这个时候，领导班子换届应该顺利完成了，就让新班子搬进新楼办公，讨个吉利，新面孔新气象！

孙绍先和王今贵在工业区内各处选址，最后，将目标锁定在码头旁的一片空地上。将办公楼盖在这里，让每一个坐船进蛇口的人都能够看到这栋楼。许智明想，他还带着孙绍先、王今贵坐船到海上转了一圈，遥望蛇口，想象和规划未来办公楼在海岸上傲立的雄姿，决定将楼层加高一层，7层。

1982年初冬，工业区大厦破土动工。土建部分花费100多万元。到了翌年3月，大厦土建部分完工后开始装修。装修的标准定为每平方米100多元，大大超出了袁庚当初的预算。这幢楼，选用美国开利公司两套中央空调设备，全部使用铝合金门窗，墙面贴上墙纸，成为20世纪80年代国内最豪华、最漂亮的一栋办公楼。这栋楼的整体建设费用超过240万元。

每次从香港过来，袁庚都会去看看这栋楼。土建时期的大厦灰头土脸，看不出什么端倪，但到了1983年5月底，也就是新一届党委、管委会借用别人楼面的一个角落举行就职典礼过了一个来月的时候，一个阳光晴好的日子里，袁庚第一次有了"惊艳"的感觉。

"如此豪华，超过香港（招商局办公楼）。"他的脸上有掩饰不住的得意。

可是，当袁庚走进一层楼时，他的脸色迅疾阴暗下来。他又快步走上另外几层楼查看，也是如此。每层楼有十多间办公室。每个办公室面积为50平方米左右。刚刚在管理委员会上宣布干部和群众要打成一片，现在又用一个个小房间强行分开？

袁庚惊讶地问："怎么这么多房间？"他的问话让孙绍先和王今贵摸不着头脑。

"不行，"袁庚停顿了一下，略带激动地说："怎么还能像内地一样，一个经理坐在一个办公室里？这怎么能跟群众打成一片？"他看着他的部下，几乎无法控制他的不满，以一种不容置疑的语气批评说："把这些小房间统统给我拆了，全部打通，改成大办公室。一个部门一个大间，所有当官的必须和员工坐在一起，就像香港一样。"

巡视完大楼后，袁庚把管委会办公室副主任余为平叫到一边，交代他把7楼的会议室布置好，随时准备接待中央首长，定制一个工业区的沙盘模型，展现工业区全貌，放在会议室里。

7月1日早晨，袁庚又一次登上办公大楼。小办公室统统没有了，一间间巨大的办公室被半人高的塑胶隔板分割成一个个小小的办公空间，完全仿照香港写字楼的模式，既有一定的个人区域，又有公共的空间，还能彼此照应、监督。他总算满意地点了点头。

当然，他对自己的新办公室也相当满意。这是7楼最东边的一间大办公室，约摸有150平方米，紧挨着7楼会议室。最让人心动的是，办公室面朝大海，十分养眼，令人心旷神怡。

翌日，新大楼的落成典礼在7楼会议室里举行。袁庚对新大楼表示赞誉："这是一栋最豪华、最漂亮的办公大楼。我敢保证，它是中国最现代化的办公楼。"然后，袁庚半开玩笑地说，是他建议将小办公室改成大房间的，原因是要人们互相监督，"谁都可以看到谁，谁偷懒谁打瞌睡，都可以被人监督。"

最后，他对干部们，特别是上任才三个月的两委新成员提出了两点要求："第一，你们搬进这幢大楼，要对得起你们为之服务的百姓。第二，你们要搞得干干净净，要对得起这幢大楼。"

事实上，新大楼的确吸引了众多慕名者来参观，内地众多企业、事业单位竞相仿效，尤其是赞赏官兵一致的工作隔间，也有的上规模、上档次，攀比成风。半年后，来自交通部的风言风语又在蛇口上空飘荡，传至袁庚耳朵里，他"扑哧"一声笑起来，不以为然："我们盖楼没有向交通部要钱，办公间豪华一点，超标一点，这又算什么？"

新大楼除了蛇口工业区主要机构使用外，将大部分租给外国石油公司，也方便了国外投资者。又过了半年，袁庚觉得这个办公楼规模太小，难以施展拳脚，又督促孙绍先设计了一栋40层的办公大楼。他仔细看了看图纸，和部下商讨了半天，因考虑到楼层太高，房间数目太大，可能会导致租售困难，尤其是消防问题不好办，便把这个项目搁置了下来。

三、蛇口可以先行一步！

采访时，有知情人提醒我："你发现没有，谷牧给蛇口工业区的所有批示，几乎都是不隔夜的？"

查阅手边所有资料，果然如此。

袁庚动议开办蛇口工业区，以及工业区的开发建设、经济管理、干部招聘等等，许多方面得到了当时分管特区和对外开放工作的中央书记处书记、国务院副总理（后改任国务委员）谷牧同志的直接关心和有力支持。据不完全统计，为了处理相关问题，谷牧先后视察蛇口达13次之多，对蛇口的开发建设起到了至关重要的作用。

1998年3月，中国青年出版社出版鞠天相《争鸣与启示——袁庚在蛇口纪实》，谷牧欣然为之作序。他在序言中说："我当时在中央书记处和国务院分管经济特区和对外开放，深圳、蛇口是我常去的地方，经常与袁庚等同志研究工作，讨论问题。蛇口工业区的创始、成长与不断壮大的过程，我比较熟悉，我对那里有着深厚的感情。"

谷牧指出："在我国改革开放和现代化建设中，经济特区是'排头兵'。在特区中，深圳发展的速度最快，达到的经济规模最大，功能和作用发挥得最为显著。在深圳特区，蛇口工业区锐意开拓，刻苦实践，一马当先，产生了不少'首创'和'第一'。'时间就是金钱，效率就是生命'这个口号的提出，以及它包含的新观念、新作风，在全国得到广泛认同。'蛇口模式'给人以深刻的启迪。这些，都是不争的历史事实。袁庚这位参加过抗日战争和人民解放战争的老同志，在改革开放中又立了新功。由他牵头的蛇口工业区的建设者和经营者们，在我国新的历史时期，做出了重要贡献。"

1983年4月13日至14日，国务委员谷牧、黄华同志在广东省委书记吴南生陪同下视察蛇口工业区。这是谷牧第四次赴蛇口视察。

4月13日，谷牧和黄华先后视察了雨后春笋般争相生长起来的华益铝厂、海虹油漆厂、凯达玩具厂、集装箱厂、华美钢厂、饲料厂、饼干厂、江辉游艇厂、微波通信站和赤湾港等地。当晚8点整，袁庚白天陪同领导视察之后，召集管委会、党委全体干部开了个碰头会。"诸位，借你们的脑袋用一用。"他抛出了一个思考了许久的想法，"我想让中央放权给我们。但是，以什么名义呢？"他像是在提问，又像是自言自语。

"袁董，这样吧，中央不是强调做试验田嘛，我们争取以点带面，先让中央放权给我们，我们在放权方面做点力所能及的工作。"熊秉权建议道。

袁庚静静地想了一会儿，然后重重地点了点头："老熊，你好好想想，等谷牧来了，你给他汇报。"

4月14日上午，谷牧和黄华两人听取了蛇口工业区和南山开发公司的汇报，对相关的几个问题做出了相应的指示。关于职工的调入、户口的申报和管理问题，谷牧认为还是要控制；关于进出口物资办理海关手续的问题，谷牧表示："你们通过一件事请示，只解决一个问题，能不能通过解决一个问题，解决一个原则性的做法？为什么总要国务院下文？他（海关）不听你的，你也不听他的嘛，事情可以商量着办。以后海关立法了，按法办事，现在你们可以凑几条，提出原则来，两天内办好，下午就着手，在法没有出来之前有个过渡办法。你们蛇口的资信很高，只要不违反国家法令，你（指袁庚）批准就算数，出了问题，有走私的你袁老板负责！"

在谈到和深圳市的关系问题时，谷牧说："蛇口与深圳什么关系？深圳的总督是梁湘，蛇口是深圳特区范围的，但蛇口是试点，可以先行一步，具有相对的独立性、半独立性。你是深圳特区的一部分，要维护深圳特区对外的统一性。但既是试点，先走一步，权力可以适当大一点，不叫另外一个特区，权力要放宽一点，等我去珠海回头给梁湘同志讲一讲。"

那么，蛇口工业区自己是否可以签署去香港考察、学习的通行证呢？谷牧说："这件事我给梁湘同志讲，去香港袁庚同志说了算，袁庚同志应该有这点权，你们对外面情况总算比较了解的，什么人能出去，什么人不能出去你们最清楚，这点省里为什么就不能改革？梁湘有他的难处，他还没有8个权呢。"

不错。蛇口要求授予8个方面的权利，他梁市长还没有哩！袁庚在心里笑道。

涉及敏感的市政开支时，谷牧表示："市政建设要国家投资，国家出不了钱，还要办特区。我们肯定了你们的蛇口方式。对市政费用开支，口岸单位费用垫支以及税收等问题，先记录在案，回去再研究解决。"

对于蛇口正在进行的各项改革，谷牧给予了高度评价，并寄予厚望："特区的改革要跳出国内现行的体制之外，蛇口是试点，现在已经跑到前面去了，你们的企业敢请外国人当经理，你们的物资采购，哪里质量好、价钱便宜，你们就在哪里买，深圳市、内地就不敢。我们的产品要到国际上去竞争，当然不能拿我做试验品；你们的做法活多了，胆子大，没有清规戒律，按经济规律办事；捆住手脚的做法，事情是办不好的，在机构改革上，你们也跑在深圳市前面了。"

谢谢领导的鼓励和支持！你一下来就帮我们解决了这么多问题，但口说无凭，你返回京城，遇到新的麻烦怎么办？

袁庚用目光示意熊秉权开口，按原先商量好的计划，向谷牧提出放权。熊秉权得到暗示和鼓舞，大着胆子提出把蛇口当成下放权力的一个试验点，先行解决当前急需解决的几个问题。"您看看，"熊秉权望望在座的刚进入领导班子的年轻一代，审慎地选择字眼，"我们都是接班人，都不是干坏事的人，您就放心吧！"

谷牧笑道："好，老袁，你们写好报告，等我去珠海回来，我们在船上交接报告。"

"一言为定！"袁庚说。

两天后，谷牧从珠海返回，袁庚携管委会诸多干部到码头迎接，熊秉权将一份蛇口工[83]第58号文《关于当前急需解决的几个问题的请示报告》打印件呈送谷牧，谷牧表示他会交给梁湘的。蛇口提出的不少问题都牵涉到深圳市的权限，需要深圳市先表个态。

蛇口工业区不是"飞地"，它镶嵌在深圳经济特区的版图上，从管辖权限及

337

深圳市全盘布局考虑，蛇口只是深圳棋盘上的一枚棋子，一枚高举改革大旗冲锋陷阵的棋子，一枚即便在全国棋盘上也具有举足轻重地位的棋子。袁庚更多考虑的是蛇口的特殊性，从来不站在深圳市一盘棋的角度上看待蛇口，他说，那是梁湘考虑的事，他嘛，不在其位，不谋其政。

日子一天天地过去，袁庚许久都没有等到深圳市放权的消息。他等不及了，趁出差北京的机会，找谷牧汇报，仍没有太大的起色。好你个梁湘！袁庚对梁湘的怨气是越来越深了。

其实，谷牧一直在为扩大企业自主权的试验反复进行协调。

1983年4月25日，谷牧在广东省委常委会议上，谈到了深圳经济特区与蛇口两者之间的关系，是当月14日对袁庚谈两者关系的进一步阐述和强调。"深圳经济特区还碰到这么一个问题，就是深圳怎样看待蛇口。蛇口只能是深圳特区的一部分，这一点要讲清楚。但是，蛇口有它更特殊的地方，它起步早一点，过去在建设方式上，今天在企业管理上，还有在机构的改革上，它也都走在前面。所以，我说，蛇口是深圳特区的一部分，但它又是各项工作先行一步的。对这个问题，我已要梁湘同志找袁庚同志当面商谈一下。"

好的，袁庚只有耐着性子等下去。

四、赤湾深水港梦幻成真

1983年6月14日，赤湾举行开港典礼。

9点整，袁庚走进码头边南山开发公司临时搭建的接待室，筹备组的所有人都笑眯眯地望着他，南山开发公司的员工们也不停地向他打着招呼。袁庚一直笑着，以至于两颊肌肉开始发酸。是啊！有什么理由不快乐至癫呢？

他朝接待室里面的贵宾室走去，10多平方米的贵宾室空无人影。一个小时后，这里将高朋满座，宾主尽欢。袁庚巡视一番后，又走出贵宾室，在筹备组组长孙绍先旁边的空座上坐下。南山开发公司总工程师刘德豫和田汝耕也傍着他身边坐拢，他们的脸上，洋溢着无法掩饰的快乐。

窗外，细雨初霁，新落成的灰白色的水泥码头上，一艘大货轮装载着中国国际海运集装箱厂生产的50个集装箱，将从赤湾经青岛转运美国。

这艘货轮是多少吨位的呢？袁庚猜测着，左右看看，奇怪呀，所有的人都诡秘地笑着，似乎有点心怀"鬼胎"。

"袁董，"孙绍先终于忍不住了，他决意揭开谜底。"大家让我现在才告诉您。您知道吗，"孙绍先咽了口唾沫，"您眼前的这个码头，能停1.5万吨的大船哪！"

袁庚嗖的一下站了起来："你说什么？"

"袁董，码头200米长，可以停靠1.5万吨到2万吨的货轮啊！"孙绍先又重复了一遍。刘德豫和田汝耕都从座位上站了起来，同时大声说道："袁董，我们已经有了万吨级大港了！"

"啊，你们搞什么阴谋诡计？"灿烂的笑容再次从袁庚脸上漾了出来，他极度兴奋地拽住孙绍先的胳膊问，"你们没有告诉过我啊，你不是说5000吨吗，我对外讲都说5000吨啊！"这就是袁老头。他对具体的工程项目，一旦大政方针定了下来，他就放手让工程技术人员去做，发挥他们的聪明才智，从不干预。

"袁董，建万吨以上的大码头是要报批的啊！小码头你不是可以自己做主了吗？"孙绍先得意地笑笑说，"我现在设计的就是10.5米深啊！"

"为什么不早点说？"

"怕反对的人太多！"

"还有——"袁庚笑起来，眯起一只眼"审讯"孙绍先，"你们花了多少钱？"

"哎呀，"孙绍先笑着大喊冤枉，"袁董，你只给了我们3000万哪，一个子也没多给。"

筹备组和南山开发公司的人带头鼓起掌来。

袁庚将双手伸向孙绍先，使劲地握着他的手，晃了几晃："谢谢你，谢谢你！"他环视着周围的人们，筹备组和南山开发公司的人们，兴奋而激动地说："谢谢大家，这真是美好的一天！"

"请南山开发股份有限公司董事长袁庚和深圳市副市长周鼎剪彩。"当典礼主持人向袁庚发出邀请时，他向周围的人们招了招手，和副市长周鼎登上临时搭建的典礼台，掌声中，两人联袂为赤湾开港正式剪彩。随后，从伸向半空的扒杆上吊下的一串数丈长的鞭炮燃响了，伴随着泊岸的1.6万吨巨轮的笛声，鞭炮足足燃放了10分钟。

　　半小时后，在华苑海鲜酒家的庆祝宴会上，袁庚高举酒杯，向所有参与筹建赤湾港的劳动者和来宾们祝酒。

　　"今天，是个值得纪念的日子。恰好在去年的今天，南山开发公司正式成立。去年的12月，我们蛇口工业区动工兴建赤湾港的第一个万吨级码头，到今年5月基本建成。今天，在纪念南山开发公司成立一周年的日子里，已经可以正式投入使用。记得我们动工时，宣布要在半年建成这个码头，有人说我们是做梦。美国有个电视连续剧，叫《梦幻成真》，那么，今天我们也可以说是梦幻成真了！……我们这个码头建设速度是高的，我没有查过世界年鉴，不知是否有先例。我们所以能够这么快，是由于我们严格按经济规律办事，排除了层层的行政干预……"

　　袁庚望着张张盛开的笑脸，感觉到浑身一阵狂热的激动。"我要感谢许多人，感谢四航局，感谢测绘院，感谢所有为赤湾港的兴建付出过汗水与泪水的人们，别人要三年才能建成的一个万吨级大港，你们一年就成了。这是中国建港史上的奇迹，而蛇口，正是孕育这个奇迹的神奇土地。让我们举杯，为蛇口的明天，干杯！"

　　副市长周鼎也举起了酒杯，笑意盈盈地向所有建设者们表示祝贺和谢意。

　　袁庚破例喝了一小杯意大利香槟。他已经顾不得那么多了。

　　是不是老眼昏花了，人影晃晃的不稳呢？哦，是喝多了，有些飘飘然。

　　翌日上午8时45分，袁庚走进香港招商局大厦23楼的办公室。办公桌上摆着一堆未拆封的信函，其中的一封函件引起了他的注意。两天前，6月13日，珠江电影制片厂摄制的彩色纪录片《招商局蛇口工业区在建设中》，经文化部批准在国内外发行。这时，他想起了朱义坤——为这部电视片耗费心血的摄影师，珠影的电视部部长。这个纪录片他已经看过好多次了，解说词他几乎都能倒背如流。每逢中央领导来蛇口，这个片子都是汇报前必看的，他还听说，这个片子还在中南海与六届人大一次会议上放映过。

袁庚仰面凝视着天花板，好像上面藏有他需要的机密一样。其实，他是在活动脖颈。袁庚患有严重的颈椎病，医生告知他必须定时去做理疗，但由于工作繁忙，他往往"贪污"了理疗的时间。

此时，他的脑袋一刻也没有闲着。如果拍一部《蛇口方式》的纪录片怎么样？《招商局蛇口工业区在建设中》这部片子介绍了蛇口的成果，但没有回答为什么蛇口建设可以达到这种高速度，这部影片就应回答这个问题！想到这里，袁庚兴奋起来，他想，不一定要等蛇口的经验很成熟了再拍，如今跟进宣传一下，对全国的改革也能起点推动作用。

"袁董？"大约9时20分时，电话铃声响了，一个声音说，"我是工业区宣传处处长周为民。"

噢，清华大学的，二期培训班的副班长，刚升任工业区宣传处处长。

周为民从蛇口打来电话说，广东电视台要为六届人大闭幕拍几组镜头，广东选择了蛇口，并指定要拍摄袁庚本人。

袁庚仔细听完后说："最好让乔胜利，或者王今贵去讲讲。我都六十多岁的人了，还能活几年？这几次我回蛇口，从不去找乔胜利，就是让他自己干，不要干什么事都背后有依靠。为什么不可以让广东电视台宣传他？三十几岁的年轻人不宣传，何必宣传六十多岁的老头？"袁庚的话喷涌而出，"现在应该多宣传新班子。你是负责宣传的，要把握住这个方向。"

周为民的声音听上去很为难："袁董，我觉得这是第一次向全国宣传蛇口的电视，是一个很宝贵的机会。"他顿了顿继续说，"电视台已经说了，如换其他人他们就不拍了。"

"你一定再与他们商量一下，能不能换个年轻的上？"袁庚表示，"如果他们仍然坚持，我就回来。"

就在放下电话前，袁庚给周为民布置了一个任务："你找找珠影的朱义坤，告诉他，蛇口工业区请他拍一部《蛇口方式》的影片，不要拍我，要多拍老指挥、新班子和群众。"

五、"出了问题再来找我！"

两天后，6月17日，袁庚不得不回到蛇口接受了广东电视台的专访。

中午，袁庚在华苑酒家宴请广东电视台的三位记者。饭后，袁庚看了看手表，1时20分，便对一直陪同采访的乔胜利说："我去找周为民和顾立基谈一谈，你陪着他们，有什么事情，一个小时后你再找我说吧！"

乔胜利把袁庚送至圆坛庙的干部培训班，又赶回去接待记者。在不足60平方米的会议室里，袁庚找周为民、顾立基聊天。

"你最近怎么样？"袁庚问周为民，"搞宣传工作适不适应啊？"

"袁董，我搞宣传工作有着'天然缺陷'，我太年轻了，可能把握不准工业区的宣传方向。"周为民并不隐瞒他的顾虑。他认为，宣传的力量在于说真话，但是宣传要说真话相当的困难。

袁庚沉默了一会儿，突然问："你查过《辞源》吗？'宣传'一词出于什么？"他顿了顿，又说："我查过，'宣'的本意除宣告、显示外，也有利用的意思，英文'宣传'一词源于'撒谎'，真的！"他转向顾立基："小顾，你干得怎么样？"

"我在办公室副主任的位置上，还需要慢慢学习哩！"顾立基回答道。

袁庚在椅子上挪动了一下，最近他的腰部和后背疼得要命。看来这把老骨头真快不行喽！午后的阳光给会议室洒满金色的光辉，看着蛇口的"新生代"，袁庚的脸上挂满微笑。

"我来看看你们，就是想提醒你们。你们的地位变了，思想不要变，千万不要掉了棱角！"

周为民受到鼓舞，强调工业区的宣传工作要立足于调查研究。"袁董，我最近做了一个计划，近期将工业区内17家合资企业全部走访一次，重点调查集装箱厂、华美钢厂和华益铝厂。两天前，我已到集装箱厂调查过了，与我方的几名主要管理人员个别谈了话。"

周为民汇报说："我看，集装箱厂的矛盾初步看是两个方面：我方干部在心理上对资方人员有抵触；此外，思想保守，管理方法也陈旧。他们认为，资方代表莫斯卡也存在问题，他对中国国情缺乏了解，管理方法不当。"

对这些情况，袁庚并不感到意外。他谈兴正浓，便对周为民与顾立基谈了以下一番话：

在关闭门窗三十年的房子里住惯了，适应了，谁也没有意见。今天一旦打开窗户，透透空气，有人就受不了了，"哈欠"一声，打了一个喷嚏，于是，议论便纷纷来了，大概有这么三种人——

第一种人是痛感原来房子里空气不新鲜，便加以无情地揭露，并身体力行地投入改革的洪流中去；同时对外来的"流毒"保持警惕。第二种人也感到空气不新鲜，但风凉话多，行动少，自然"错误"也少。他们行为的准则往往是三个字：老一套。他们一边享受清新的空气，甚至为鸟语花香而兴奋，一边却挑剔、指责窗外的空气不合格。第三种是一味指责改革，惊呼要把"窗子"关上，并且兴师问罪。对于后一种人好回答，一声喷嚏何必大惊小怪，打开窗子难免会带进伤风病毒，但新鲜空气却更能增强人的抵抗力。再说长期关着"窗子"，人们生起病来难道不是更严重吗？袁庚坦言："问题的严重性恰恰在于第二种。"他思忖片刻后继续道，"不仅人数多，习惯势力大，而且现实生活往往证明他们的逻辑行得通。"

最后，袁庚将话题转到干部队伍的建设上来："我一定要在我活着的时候，使我们的领导人员换新一两次。现在第一批人逐渐地被后来来的人，也就是第一期培训班的同志换下来了。去年，第一期培训班毕业时，把这批人分配到合适的岗位异常困难，对一些人来说简直像挖了他家的祖坟一样，更多的人是感到恐慌。此外，还有办干部轮训班也很困难，工业区内部大家都不同意，我一直被孤立，一直到中央关于干部轮训的文件下达，那还是十分困难……我认为，干部只有不断地更新，才能有事业的发达兴旺。"

2时20分，乔胜利调拨了一辆12座日产丰田车随车来接袁庚，送他到码头搭船。

从圆坛庙到客运码头的路上，乔胜利愁容满面，略带迟疑地看着他的顶头上司。他知道这段路程很短，他得抓紧时间汇报工作。"袁董，据联合医院反映，近几个月来，到医院做人流手术的打工妹在增多，有些人刚做完手术，没得到休息，就上班了，又引起一些新的疾病。你看，我们采取怎样的措施，才能杜绝这种现象发生？"

"这没什么。"袁庚做了手势，"任何人，即使他有天大的本事，也无法杜绝这种事情发生。希望大家都来关心女青年，和她们做朋友，帮助她们、教育她们，除了请她们自重、自爱外，还要告诉她们一些生理卫生知识，请她们注意避孕。"

乔胜利诧异地看着袁庚，手中的铅笔都不知什么时候掉的。那个年代未婚男女发生性行为，那是一种罪过，袁庚却网开一面……

当丰田车抵达港口客运码头前，乔胜利仍然没有结束他的工作汇报。从劳动服务公司经理提升为党委副书记的乔胜利，感觉自己从来没有落到这样智穷计尽的地步。有太多的事情要汇报，太多的工作亟须请示。他还想告诉袁庚，上个星期五晚上召开党委会，到8点钟了，比预定开会的时间晚了半个小时，除了他，其余委员还不见踪影。这个仅有36岁的党委副书记的权威正遭受到挑战与蔑视。能否解决这一摊子的事，他完全没有把握。

"你不许出来，太阳太毒。"袁庚径自打开车门下了车，旋即将车门关上，将乔胜利关在车内。他示意乔胜利摇下车窗，他还要说几句。

"小乔，你刚刚做党委副书记，主持日常工作，我知道，你要向我汇报的事情很多。"站在车门外边，袁庚眯缝着眼睛，目光从香港那边回到小车前，"我每次回蛇口，你都想安排时间，让我听完你的汇报。"

"袁董，我，我必须向你汇报，你同意了我就去做。"乔胜利有些不自然地淡淡一笑。他甚至有些急迫，他的顶头上司要走了，而他的工作……他准备亲自动手处理的几件事，没有一件是使人愉快的。

"别说那么多。"工业区党委书记袁庚直截了当地对他的年轻副手说，"不用汇报了，就去做吧。你认为对的就去做。因为，工业区和群众给了你这种权力。"

袁庚用手擦了擦额头沁出来的汗珠，用一种使乔胜利放心的语气说："你什么时候向我汇报呢？等你出了问题的时候，等你搞不掂的时候，等你要承担责任的时候，你就来找我，责任由我来承担。"末了，袁庚微笑着，以一种父亲般的慈爱低声说道："谁叫我是你的领导呢？"

"可是，我……"乔胜利的胸口像是被什么堵住，他有话就是倒不出来。

"我现在觉得，蛇口已经可以松口气了，不会有太大的变动了。我上午拍了电视，我很高兴的是，蛇口的名声总算也传出去了。当然，不是说没有失败的可能，蛇口若真的失败了，中国真没有什么希望了……"袁庚拍了拍车窗玻璃，语重心长地说，"小乔，为了蛇口，为了我们的事业，你要好好试一试。记住啊！"

袁庚身后的蛇口港玻璃大门悄无声息地关上之后，袁庚依旧强烈地感受到乔胜利在他背后的焦灼目光，他肯定还未缓过劲来。袁庚担心的是，乔胜利对于能否担得起领导的重担，他自己并无把握；自己有没有这种才能，也没有把握。不过，你都应该试一试。当初我们参加革命也是什么都不懂的，在老同志的带领下，在战争实践中，我们才逐步成长起来的。今天有这么好的条件，年轻的同志，为了自己，为了前辈的重托，为什么不放胆一搏呢？

六、工人们的"保护神"

把投资者从境外请进蛇口开厂，按资本主义的管理模式进行管理，保证第一批投资者能够赚到钱，袁庚尽量照顾资方利益以利于发展蛇口的经济，那么，工人呢？工人的权益谁来维护？没有广大劳动者的利益，"桃花源"里是无法"耕田"的。

345

"参照香港和西欧北美国家工厂的办法，尽快成立工会！"

在指挥部内部，袁庚多次商议如何组建工业区工会。他的意见是，这个工会，按全国总工会的要求，基本职能是"维护、教育、参与、建设"，但内地许多基层工会，逐渐变成"文体工会""福利工会"，组织职工进行文娱、体育活动，发放一点物资福利。蛇口的工会，重点还是放在"维护"上，主要是维护工人的权益，否则就没有蛇口的特点。

在袁庚的积极支持下，第一届培训班班长孙邦杰负责筹建蛇口工业区工会。

香港开达实业有限公司独资在蛇口工业区兴办凯达玩具厂，产品远销北美，销路甚佳，订单很多，工期很紧，生产繁忙。全厂1200名员工，绝大部分是年龄在20岁以下的员工。去年，1983年6月3日，凯达玩具厂不顾工人利益，强制工人加班加点，致使晚班女工小白在岗位上昏倒。为此，100多名女工联合起来，为抵制工厂不把工人当人的做法举行集体停工。尚在筹建中的工业区工会很快介入，会同有关部门与厂方进行长达50多天的斗争和协商，迫使厂方接受有利于工人的条款。就在这第一次为工人维权的过程中，1983年7月31日，蛇口工业区工会在风雨中诞生了。

工会成立大会上，袁庚到会祝贺，强调工会是工人自己的组织。他认为，传统的工会模式已难以适应日益复杂的劳资关系和不断增多的劳资纠纷，市场经济呼唤新的工会模式早日形成。蛇口工业区工会必须依据自身特点，高举维护职工合法权益的旗帜，创造性地展开工作。

在袁庚回蛇口接受广东电视台采访的6月中旬，凯达玩具厂资方又惹事了。

"凯达玩具厂又发生了劳资纠纷。玩具厂工人每天都要加班加点，部分工人对长期连续超时加班加点表示不满，多次向工业区工会反映情况。"这天，乔胜利看着袁庚，一脸忧虑地说，"工会和劳动服务公司再次与工厂交涉，要求厂方以工人自愿为原则控制加班加点，并整理出座谈纪要，但厂方不肯签字。当晚，有二三十名女工拒绝加班。第二天，工厂负责人把她们找去逐个谈话，并开除了不肯承认错误的厂业余合唱队负责人郑艳萍……现在，工会还在坚持与厂方对

346

话。"乔胜利递给袁庚一份报告，是凯达厂的工会主席端木默写的情况反映。

袁庚沉吟半晌后坚定地表了态："小乔，我们多次谈过，加班应当是自愿原则，要找资方严肃讲清楚，不准他们胡来。"

"这个……"乔胜利有些犹豫。凯达厂是较早进入蛇口且人数较多的一间大厂，占工业区现有职工总人数的三分之一。港方经理余正统说，当年是袁庚千呼万唤把他们接过来的，扬言袁庚不会为了一位女工而得罪香港开达实业有限公司。

"只要工会和工业区坚持有理有据的说理斗争，做好凯达厂的工作，工人的权益就能够得到保障，小郑也一定能够复工。"袁庚说得够坚决，他在乔胜利带来的报告上签了字，毫不含糊地表示："应立即安排郑艳萍向地方法院提出控诉，传讯余正统！"

袁庚态度明确地站在弱势群体一边，支持打工妹。工业区工会果断地行使正当权益，向凯达玩具厂发出通知：如不改正错误，就诉诸法律。一个月后的7月26日，凯达厂同意郑艳萍复工，并补发了她在停工期间的工资。同意加班加点一天不超过两小时，工人若不愿加班，告知领班或组长即可。

打工妹胜利了！工人们奔走相告。有人说：想不到在电影里看到的工人与资方的斗争故事，竟然就发生在我们身边。

不久，袁庚约见凯达厂的工会主席端木默，听取她关于工会工作的汇报，商讨在新形势下如何保护外资企业里工人的正当权益。他还问到郑艳萍的近况。

1983年年底，作为工业区女工维权的代表人物，郑艳萍被吸纳进工业区工会，专门负责女工维权事宜。

蛇口工业区工会开展了一系列制度创新，提出了调处劳动争议56字方针："以事实为依据，以法律为准绳，坚持原则，严明公正，资方违法不马虎，职工有错不袒护；讲究方法，适可而止，不可有利没有节，不能有理不让人。"有趣的是，1990年6月20日，苏联全苏工会中央理事会副部长基雅什科，带领苏联合资企业工会联合会访华代表团第二次访问蛇口（第一次是1987年）。基雅什科一到北京，就向全总提出要到蛇口。使人惊讶的是，基雅什科居然能背出蛇口工业区工会调处劳动争议56字方针。

1994年5月21日，时任中共中央政治局常委、书记处书记的胡锦涛同志对中华全国总工会送呈的《关于呈报蛇口工业区工会工作调查报告的报告》做出重要批示：

"蛇口工业区工会工作的思路和成效都是好的。组建率和入会率都达到了较高的水平。对目前各地正蓬勃发展的三资企业和特区、开发区的工会组建工作尤其有借鉴意义。"

当年11月，胡锦涛视察了蛇口工业区，对蛇口工业区的工会工作给予了充分肯定。

1995年2月19日，全国总工会"蛇口工业区工会工作模式"理论与实践研讨会在蛇口召开。同年6月20日，全国总工会向全国各地印发了"蛇口工业区工会工作模式调查报告"的通知。通知把蛇口工业区具有开创性的工会工作称之为"蛇口模式"，认为对全国工会工作有着极大的借鉴和指导意义。从此，蛇口工业区工会成了全国总工会直接抓的点和全国总工会在改革开放大潮中树立起来的第一面旗帜。

2005年4月23日。南海酒店黄河厅。袁庚88岁的米寿生日。

蛇口工业区工会主席董海波携工会同仁给袁庚祝寿，工会干部郑艳萍匆匆赴宴。当她推门而入时，袁庚一眼认出了当年那个在凯达厂维权的年轻女工，笑着喊："你是——郑——艳——萍！"

七、谷牧再助蛇口

袁庚等了许久，也没有听到深圳市就那几个问题放权的意思。他趁出差北京的机会，找谷牧汇报，依旧没有得到深圳方面的回应。

职工调入、户籍管理、边防证发放、17种物资进口、企业成立审批以及"事权集中"和"产品内销"等急需解决的诸多问题，有的他已经向谷牧汇报过了，有些问题谷牧口头上答应袁庚有权审批，有的他要向梁湘讲一讲。事实上，不少问题向梁湘通报后，因为权限在国务院或相关部委，深圳市是无权也无力为袁庚开启绿灯的。

在这前后，袁庚思考最多的是政府及其作用。此前多次到国外考察和工作，现今又在香港工作和生活，他看到的是，在一个公民社会或"契约社会"，政府的社会管理是在履行契约规定的权利和义务。民众把国家的公共权利与公共资源委托给政府管理，是民众与政府之间的一种"社会契约"。政府管理不合格，民众（在国外的表述有"纳税人"一说）有重新自由选择的权利。

袁庚掌控蛇口工业区，深知当地边防、海关、工商、税务、公安等国家职能部门对于企业的重要性，但他同时认为，政府部门理应为企业服务，所以，袁庚没有主动向他们伸出过橄榄枝，请有关领导吃个饭，联络一下感情。直到去年8月间，在副总指挥的劝说下，他才"屈尊就驾"，出席蛇口各口岸单位负责同志座谈会，宴请各方神仙。

他在会上说："希望各级政权机构在监督这个地区健康发展的同时，有些地方应该灵活一点，网开一面，才能把特区搞活，尤其在没有具体的特区法之前，我们衷心地希望不要因此而卡死了。"

他说完想想，觉得不够具体，也不深刻，便补充说："蛇口工业区已投资下去的资金，总共是7亿港币左右，我们国家回收了约3个亿港币外汇，主要是建筑工程费，使12000人在此就业，工资比国内其他地方稍高，这有什么不好呢？如果卡得过死，这7个亿投资就危险了，我们国家的威信也受影响。"

袁庚也明白，他说这番话不过是"鸡同鸭讲"，没有多大作用。对蛇口能否网开一面，在座的头头脑脑们是没有这个权力的，他们照既定的程序办事，就像交通部副部长郭建出访回国，只能经北京口岸回来，改道蛇口必定踏不上国土，怪不得具体执行者一样。

他把放权的希望寄托在中央领导身上。

1983年11月，国务委员谷牧在中顾委王一平和省、市负责人李建安、梁湘、周鼎、邹尔康等陪同下第五次视察蛇口工业区。就在袁庚领着谷牧在工业区新办公大楼、新联检楼、五湾石油后勤服务基地专业泊位、赤湾港工地等各处视察的间隙，不停地唠叨着工业区的艰难困境。

要求深圳"松绑"，袁庚本可以主动找梁湘当面谈谈，但他执拗地走他的"上层路线"，在视察间隙中，他向谷牧反映深圳市毫无动静，请领导再催促一下。他深信，在现行体制下，"官大一级压死人"。基层在改革中的种种问题，上边发下话来，中间的"肠梗阻"才好解决。

翌日上午10时至12时，谷牧在深圳新园招待所，单独约见袁庚。

谷牧肯定了蛇口工业区比他4月份来时又有了新的发展。问："上次你在北京谈的问题，有没有进一步获得解决？"

袁庚说："是有一定的进展，但还有一些问题，一时还拖着。前几天市委以梁湘同志为首的领导人听取了工业区党委、管委同志的汇报。当时，我由于参加航委召开的第一次整党会议，没有出席汇报。事后，据知，工业区提出的，也正是谷牧同志所赞成、支持的四个'权'，仍未得到彻底的解决。"

"老袁，你说的是哪四个'权'？"谷牧拿出纸笔来记录。

袁庚说："所谓'四权'，第一是'户口权'，现在工业区每进一个职工，必须报深圳市公安局审批，往往费事失时，许久批不下来。我们工业区进人是十分严格的，直到现在还不到5000人。我们深知人来了，就很难送出去的，所以进人十分小心。第二是发边防证之权，这在全国来说，只要是司、厅、局单位或相当企业，都有权审发边防证，但深圳市对此看得很重，不相信我们有审查能力和资格。第三是17种物资的进口批准权，这个权，原先深圳市和我们一直迫切要求下放，去年中央、省已将权力下放了，深圳市却把上边下放的权力集中到市，每一项进口都要申报市批准，其繁琐的手续的确使人气衰。第四是企业成立的审批权，由市授予工业区注册权。蛇口每一个公司成立，要往返申报多次。直到现在，许多厂、企业开设了，还得不到承认、注册。如明华轮改成的'海上世界'，深圳市服务公司是有股的，也拖到现在还得不到法人地位。以上这四个权本来工业区早就有的，几年来行之有效，对工业区发展起到很大作用。但近一两年来，深圳市逐渐收缩网口，都收回去。上次我在北京向你汇报的正是这四个权。我感到很奇怪,深圳市有少数同志,不知是什么心理,总觉得蛇口工业区是颗眼中砂粒。"

谷牧问:"梁湘同志对这些问题怎么看?"

袁庚说:"梁似乎比较开明,但下面有些同志总是把话传来传去,添油加醋,这是不好的。蛇口是作了一些改革,这是中央领导同志希望我们冒点风险,作为试点、先走一步的。如取消原有干部级别,没有什么局、处、科长;房租取消补贴;出国不许带'大件'回来;干部要经过考试进来;经理实行聘任制,一年为期……由于取消了大锅饭、铁饭碗,触动了官僚主义,也就可能触动一些人的利益。"

袁庚又说:"深圳市已划分为4个行政区,蛇口归入南头区领导,市委已决定南头区派出一个办事处驻蛇口,领导市政。他们说这是有利于蛇口工业区政企分开。"

谷牧颇感意外:"你们不是很早就已经分开了吗?"

袁庚说:"我们从来都主张党、政、企分开的,总的来说,蛇口工业区是一个企业,在这个企业之中的政权形式应有别于一般行政区,因为它是根据企业的需要设置(投资)各种相应的市政建设,这种市政建设的规模、性质是完全为工业企业服务的。从理论上说,它更类似于大企业中的内部行政机构,无论医疗、社会保险、文教卫生、道路、照明、环境保护、绿化、净化,甚至企业内部的治安、风尚等,都应由政府授权这一企业承担相应职能。我相信南头区如派出一个政权代表机构,也不可能和工业区这个大企业协作得更默契。"他再次强调了这个观点,"我们在汇报会上汇报过我们的观点,但市里的态度看来较坚决。我总不明白,为什么不相信我们,我们连这一点自治的能力都没有?我们一直教育干部尊重市、区的领导,我们是市领导下的工业区,我们的公共事业组就是南头区的派出机构,我们一定遵守宪法,遵守地方、省、市的单行法规。我恳切建议,如果对我们不放心,是否可以两年为期?如果我们拆烂污,再把'四权'收回就是了。"

谷牧对蛇口寄予厚望,叮嘱袁庚说:"你们一定要先走一步,取得经验,这

351

对全国特区都有帮助。这一点，中央和我是一再强调的。我准备下午找梁湘谈，时间不够，晚上也可以谈。"

"最好能多留几天，彻底解决这个矛盾为好。"

谷牧计划明天中午启程回广州，然后去海南岛，还有福建。

袁庚拿出手中的一份文件说："正好我带来一份福建省委的文件，关于下放给厦门特区的权，特区和厦门市有同等权力。我早已向中央提出：特区要有个统一领导各条条的权力，条条如有不同意见，可以提供'热线'请中央裁决。这个梦寐以求的'模式'，想不到福建先走一步了。"

袁庚迫不及待地把福建省委闽委（1983）20号文件中自认为精彩的一段念给谷牧听。

谷牧笑了，打趣道："你怎么搞到这个文件？你真是个'老行家'。"所谓"老行家"，指的是情报工作。

袁庚说："我早就洗手不干了，这是福建一位同志送上门的，不知道谷牧同志看过没有？"

"我没有看过，"谷牧沉吟片刻，说，"看来福建省委比较开明开放。"

一个干部在工作中遇到的问题与他所担负、涉足工作的多寡成正比。袁庚趁支持他的谷牧驾临的机会，尽可能多地把问题反映出来，希望得到批评、指正，帮助解决。

袁庚接着诉苦，汇报了赤湾南山公司刚出生就有三个难题：一是口岸向工业区要400多人的编制，要投资1000多万建住房办公楼等，这项原本由政府、海关承担的任务压在蛇口工业区一家企业的头上，简直是要蛇口工业区"自杀"。二是最近南头一带居民上山大肆砍伐25米等高线以上的树林，说这不属南山公司主权，南头区政府对此还没有做出反应，这是上对不起祖宗，下对不起子孙后代的缺德事。三是建防波堤禁止我们取妈湾石，拖延半年，损失巨大。南山公司是有中行、华润参股的公司，如果舍近求远，多投资1000多万元去远方取石块填海，股东会退股的。把这些国营企业都吓跑了，有什么好处？"

谷牧的态度很明确："我觉得应该给你们更大的自主权，我说过多少遍了。"说到这里，谷牧恰巧看见从门口经过的广东省常务副省长李建安，招了招手，请李建安进来。谷牧对他说："袁庚向我汇报了他们和省市的矛盾，我看这个问题应该及早解决，我11号在北京已写过一个条子给梁灵光同志了。"

李建安立即回话："我是临行前一天才看到的，梁批给了我办，其实分工是梁管特区的，我不了解情况。"

袁庚把希望寄托在李副省长身上："现在省的领导同志中，最熟悉情况的恐怕算你了。时间长，资格老，又是常务副省长，这个问题请您解决最合适。"

谷牧告诉李建安："我的条子是说，关于蛇口和深圳市矛盾的问题，先由梁湘同志仲裁解决，解决不了，到梁灵光同志那里，灵光同志也解决不了，然后才到我。现在灵光出国去了，应该由你参加仲裁。"谷牧接着告诉他南山公司目前所面临的难题，强调说："南山问题由袁庚统一指挥，这不是我说的，是总理同志再三交代的，任何人进入南山，都得服从他领导。"

李建安说："南山问题已经解决了。"

袁庚说："是的，董事会组成、股权转让和人事安排等，都已在第四次董事会解决了。"

谷牧表示："要招商局先走一步，给予它更大的权力，是中央同志都同意了的。他们了解情况，有同海外打交道的经验，他们能把这么多外国、港澳厂拉进来，自己搞了一套行之有效的办法，为什么不能放手让他们去搞，创点经验呢？我说过好多次，有些同志就是听不进去。中行、华润好不容易进来了，应该欢迎他们。如果他们也待不下去，怎么争取外资呢？"

谷牧又重复了袁庚所说的四个权和一个派出机构的问题。

李建安说他一直是赞成放手让袁庚他们去干的。

袁庚再次请求："是否可以宽限两年，如果出了纰漏，再收回就是了。总之，招商局很明确这一点，这些事业投资都是国家的，我们从银行贷款部分回收之后，双手奉送给省。"

李建安笑着连连摆手："你送我也不敢要，我们绝没有这个意思。"

谷牧最后表示，今天下午、晚上他会约梁湘同志谈一谈，希望李建安也参加。

袁庚又开始了等待，盼望深圳市进一步放权。

八、"我愿以晚年的政治生命孤注一掷！"

8月4日，站在工业区大厦7楼的办公室窗前看海，袁庚的目光，落在波谲云诡的南海浪潮间。

这个年轻人惹事了！

其实，袁庚很清楚周为民的身世背景。去年8月，周为民夫妇在同学曾新群的引荐下，造访袁庚在北京西苑的宿舍，与刚出差回京的袁庚聊了超过一个半小时，透露了奔赴蛇口创业的心思。曾新群原是交通部的小车司机，恢复高考制度后考取了清华大学，周为民是他的辅导老师。

周为民是清华大学工农兵学员。1976年周恩来总理逝世时，他率先倡导并组织清华学子，前往天安门广场悼念并敬献小白花，后以"反革命罪"被捕入狱。"四人帮"倒台后，胡耀邦指示从天安门"四五"运动的英雄人物中，选拔几位进入团中央委员会，周为民即为其中之一，有幸入选为团中央委员。不久，他被卷入北京"西单民主墙"事件，成为西单民主墙两大主要刊物之一的《北京之春》的主编。民主墙被取缔后，他作过检讨，却始终无法洗脱。就在这个时候，蛇口工业区面向清华招生，周为民趁这个机会换了环境远离京城，另谋生路。

袁庚不假思索地接纳了周为民。在"黄埔军校"二期培训班上，周为民崭露头角。管委会机构成立后，5月，他被选为蛇口工业区的宣传处处长。

7月，为了替宣传处"招兵买马"，周为民给还在北京的两个朋友写信，介绍蛇口目前所进行的民主改革试验。问题就出在这里，那两人原是《北京之春》的副主编。信件被有关部门截获。有关部门认为，周为民观点未变，迅速将周为民的信件转往国务院某部与广东省委。

广东省委一位主要负责人批示：请袁庚同志做好周为民同志的思想转变工作。

风声很快传到袁庚的耳朵里，半个月前，他在北京出差公干，主动会见了鼓吹和参与民主竞选的好几个年轻人，和他们聊了聊，其中就有周为民给他们写过信的那两个朋友。

蛇口既然在进行民主改革试验，他就想听听这些青年人的所思所想，包括了解他们的过激言行，明确他们是在什么地方迷失的，以便让自己在蛇口的民主改革试验中少走弯路。

顺着窗外远眺，可以看到澄碧的海面和远处影影绰绰的港岛高楼。袁庚吁了口气，瞥了一眼办公桌上方的时钟，13时25分，他打了一个电话给周为民，电话没人接，他又给乔胜利挂了过去，通知乔胜利转告周为民，请他务必到他办公室来一趟。

17时25分，距离下班还差5分钟，赴工厂调查刚回来的周为民走进了袁庚的办公室。

周为民想问问袁庚这么着急找他究竟有什么事，是不是看了他上个星期写给他的信不高兴。近来，有些干部对袁庚在干部大会上的讲话不满意，认为袁庚的讲话太啰嗦，尽是旧话重提，缺乏新意，讲话中涉及的问题又太遥远。周为民将他听见的，以书信的形式向袁庚作了汇报。原先尖刻的话语，他在转述中削减了一些锋芒。

袁庚不等周为民开口就说："这次回去，我见了几批年轻人，其中有你的两个朋友×××与××。我还约××见一次，结果没见上。这些年轻人思想活跃，忧国忧民，我觉得不错。当然，他们也有过激的言论。"

袁庚的语速不疾不徐，继续说道："谈到蛇口的民主改革试验，他们劝我不要过激，我说我不要紧，我的历史经得起审查，'四人帮'、康生把我的历史搞得一清二楚了。此外，这些年，我的工作是有目共睹的。"他抬头望望窗外，接着说，"但是，你们就不一样了，你们有些人就会受到公安部门的监控。"他默然片刻，盯着周为民说，"包括你！你们的来往通信等等。我这次想给中央写封信，谈一谈如何对待这批竞选中的青年人，要求中央不要对这些人实行监视和不信任政策，这些人还是想为国家出力的。"

周为民的脑后寒飕飕的，手脚忽然一阵冰冷。他轻轻地说了声："袁董，没有用的。"

"怎么会没有用呢？"袁庚忽然抬高了声调说，"对于你，你没调来之前我已知道得一清二楚了。我们对你是信任的，没有任何歧视。这点你是清楚的。今后，如果有人对你提出异议时，我们会担保说：我们保证他没问题，出了问题你找我！"他拍了拍自己的胸脯。

袁庚加重语气说道："其他我就不用多说了，你要踏踏实实地为党工作，用自己的行动消除一些人的误解和成见。这需要三五年的时间。"他看了一下表，说，"好了，小周，下班了。"

"袁董，谢谢你。"周为民内心漾起一阵温热，他还想说些什么感激的话，但一时搜肠刮肚，竟找不出合适的字眼。临告辞前，袁庚忽然又把他叫住了。他伸出手来和周为民握了握，脸上泛起淡淡的笑意："谢我干什么？我还要谢谢你哪。你的信我收到了。这些年几乎没有人能对我讲这些话，有些人心里有反对意见，也不愿意说。以后，听到这样的话，你还给我写信。我们一言为定，好不好？"

"好的，袁董。"

"爸，我跟××挺谈得来的，我觉得他到宣传组比较合适。"回到家里，儿子中印说。他把一罐从马太购物中心买来的可口可乐放在茶几上，以诚恳的目光盯着他的"老豆"。三天前，他刚刚从北京出差回来，父子俩今日才打了个照面，他有一肚子感触要和父亲分享。在北京时，他也抽空见了父亲交谈过的几个敏感分子，包括周为民那两个朋友。他说的这个"××"，即为其中之一。

他还转告了谷牧办公室的信息：谷牧要找他谈一次。

肯定是和深圳市放权有关，我敢打赌，袁庚想。

"××真的不错！"中印再次强调道。

"不能要！"袁庚摆摆手。

中印和那一帮人的短暂接触使他对蛇口民主改革的前景更加充满了信心。他确信，如果××来蛇口工业区，将把蛇口的宣传搞活。

看来我只能对你说实话了。袁庚迎着儿子热切盼望的目光，冷峻地说："你知道吗？据我的情报，××是公安局的监视对象，他的电话都有人监听。"

中印愣了一下，随后仍旧努力想说服父亲网开一面。但父亲毫不让步。

"我怕惹是非，给工业区带来更多的不利啊。"袁庚话语低沉，蕴含着一股无来由的无名火，火气还不小。"蛇口现在需要的是埋头搞建设。"我不可能将每一位敏感分子都保下来。他想告诉儿子，他老爸个人的能力非常有限。眼前一个周为民已经让他左遮右掩，不亦乐乎了，再弄一个××进蛇口那还了得？他把想说的话咽了下去，拿起茶几上的可口可乐喝了一口，咂着嘴说："太甜了。"

政治是一本很难读懂的大书，明白吗？细佬仔！

"在我写的报告文学《招商集团》里，原本有一章《袁庚通天记》的。袁庚告诉我，还是不捅出去为好，建议我把这一章删除。"75岁的李士非流露出遗憾的神情。做完心脏搭桥手术不到一年，他的身体仍有些虚弱，但谈及袁庚，说起蛇口，他的眼眸里便光芒闪烁，拄着拐杖的双手也显得平稳有力。他的身子骨还很弱，连续不间断地说上几句话便要微微地气喘，即使在空调房子里，也不停地冒着虚汗。

2005年7月，南国盛夏。在广东省作家协会的帮助下，我找到了退休在家的原花城出版社编辑部主任李士非。

"我在他的周围打转。"李士非乐呵呵地回忆和袁庚的相识相知。1984年7月初，他应上海文艺出版社的约稿赴蛇口工业区采写袁庚，"我逮到他周围的几十个人，找到一点机会就谈一点，见缝插针。真正和他见面的时间反倒很少。后来，他的形象渐渐丰满起来了。他的反对者当然有，远没有支持的多。从中央到地方，交通部也有。"

李士非始终记得袁庚和他照面的第一句话："你搞什么阴谋诡计？"

李士非笑了。气氛瞬间融洽起来，"袁董，我搞的完全是阳谋！要写你，采访你。"

袁庚摇摇头说："我有什么好写的？蛇口有好多英雄好汉，写写他们吧！"

1985年，李士非以袁庚为主人公创作的报告文学《热血男儿》刊发在《人民文学》第10期，并获当年中国优秀报告文学奖。翌年，他完成了《招商集团》。1988年7月，他应袁庚之约为蛇口十周年大庆撰写专题稿件。

也就是那个时候，他再一次深入地采访了他的主人公，写下了其中一个章节——《袁庚通天记》，记述袁庚如何顶着三级（中央、省委、市委）组织部的命令坚持使用周为民的故事。当时，中央有领导已经做了批示：没有想到袁庚同志如此糊涂，要坚决稳妥地处理此事，将周为民从特区调离。

就周为民的问题，袁庚以一人之力死死扛着。风声愈来愈紧，他决定以工业区党组织的名义向中央如实反映周为民的情况，请求给年轻人一条出路。

在与周为民个别谈话的20天后，8月24日晚7时，工业区召开每月一次的例行党委扩大会议，会议着重讨论干部当前的思想状况。现在，13个工业区直属公司干部、职工工资已经涨上来了，由于独、合资企业开厂初期，资金不足，尚未赢利，不可能大幅度提高工资。在那里工作的干部经济收入相对要低一些，造成一些人的思想波动。

周为民谈了他最近在几个企业的调查情况，认为这实际上关系到工业区存亡的问题。大家七嘴八舌地讨论，一直谈到10时30分。

袁庚一直没有说话，决定今天的会就开到这里。他喝了一口水，润了润嗓子，近来他的咽喉炎又发了。他说："我以前就有一种担心，担心我们的福利主义会扼杀我们的工业区。我们现在实行的是自杀政策。直属公司的高工资逼得资本家逃走……"他看着大家，原本阴郁的脸上漾开一丝笑意，"很高兴，从前是我一个人讲，现在是你们大家在讲，看来是到解决的时间了。今天开了个头，明天继续讨论。"

会后，他将熊秉权、乔胜利、王今贵三人留下来，开一个临时的党委会议，讨论一下周为民的问题。另一位党委委员虞德海因公出差，离开了蛇口。

袁庚首先介绍了周为民的情况，包括在北京搞民主墙等活动，应该说，除了袁庚与乔胜利之外，熊秉权与王今贵都是第一次知晓此事。袁庚很恳切地说："我希望在座的同志能同意我的观点，我准备给中央写封信，以工业区党委的名义，向中央保证他没有什么问题。我觉得，对年轻人来说，应该以保护为主。"

"董事长，这样……不妥当吧？"熊秉权谨慎地说，他看看王今贵，像是为了获取他的支持。

外号叫"大叔"的王今贵摆了摆手说："我是不赞成的。我想，他到了工业区的这一段我们可以证明，但是，北京的那一段呢？我们是没有办法的。"

"可以看看他在北京的材料，上面写得很清楚。"袁庚一再强调，并把一大沓材料放在桌上。"政治，更要以人为本啊！"

王今贵翻了翻那些材料，心里犯嘀咕，老头子真的昏头了，周为民在北京的事情是推不掉的，搞民主墙，还出杂志，怎么能保证那一段呢？他抬起头看了看袁庚，袁庚正望着他，似乎在等待他的回答。王今贵低下头，目光迅速在材料上跳跃，不久，他点了点头说："从材料上看不出有什么问题。"

看上去，袁庚多少有些失望，他看了看乔胜利，又看了看王今贵和熊秉权。"你们，再想一想，小乔，你看呢？"

熊秉权摇了摇头，他听上去犹疑不安："袁董啊，为了一个干部，冒这么大的风险不值得。"

"我觉得，董事长是对的，我同意他的意见。"乔胜利一贯是坚决拥护袁庚的。"我们不仅要做深入细致的思想工作，还应采取相应的组织措施。我们应该帮助他。"

没有人响应乔胜利的提议。会议室里一阵缄默。

袁庚吁了一口气，像是给自己打个圆场般地解嘲："算了，既然大家不同意，老朽也不必勉强。小乔，我们两个人以个人名义联名给中央写，你看咋样？"

"中，董事长。"乔胜利以河南话作答。

9月，工业区第二期企业管理培训班全体学员分两批赴港考察、见习的指标，并没有留给原准备去的周为民。工业区党委主动取消了周去港考察与见习的机会。

到了10月中旬，袁庚听到一则消息：梁湘在市委会议上点了一炮——"有的单位把《北京之春》的主编调进来了"。这时，全国正发起清理"三种人"运动。梁湘在大会上提及：我们蛇口是新开发区，不要以为是新的开发区，就没有三种人了。譬如，蛇口工业区的周为民。他问："蛇口工业区来人了没有，你们回去把周的问题好好做一个报告。"

为此，市委组织部还正式发了文件。

10月25日，袁庚出差北京。这时，乔胜利与周为民也在北京参加国务院技术经济研究中心召开的经济发展战略讨论会。袁庚私下授意乔胜利单独赴清华面见刘达院长，让刘达为周为民在清华大学的情况作一个说明。遗憾的是，刘达不在北京。

也就是这个时候，袁庚才有了与周为民的私人交往。

11月20日，周为民写了一份《关于创办职工报刊的报告》，乔胜利热情洋溢地表示了支持，并请其他党委成员审阅。党委成员们有的同意画了圈，有的觉得办报易犯错误，不如搞个简报栏，贴贴简报就是了。报告最后转到袁庚手里，他大笔一挥："我举双手赞成。"在经费申请一栏中批注："5200元（经费）恐怕打不住。若聘请编辑，上海某报的一位记者曾毛遂自荐，是否可以考虑。党委成员都画了圈，就照此办理，事不宜迟。"

袁庚的这份批示，日后，诞生了一份在国内极具影响的企业内部报刊，同时，也开了同级报纸点名批评同级党委领导的先河。所说的上海某报记者，就是日后《蛇口消息报》的总编韩耀根。

到了11月底，为了暂避风头，也为了给深圳市一个交代，袁庚再次和周为民谈了一次话。他决定，将周为民暂时调离重要岗位，周本人也希望调出党委部门以便减轻工业区党委的压力。12月5日，工业区党委做出决定，将周为民调往通信公司，搞技术工作，目前还要协助党委调查了解通信公司所存在的矛盾。

当天下午，王今贵陪同周为民去了一趟通信公司，宣布周调入公司从事技术工作，一项临时性的任务是将公司存在的问题调查清楚，向党委汇报。他特别强调："周为民同志到你们这里，不担任任何领导工作。"

9天后，袁庚动议召开党委扩大会议讨论周为民的问题，并就周为民的问题给深圳市委写一封复信。

乔胜利将了解到的有关周的全部情况在扩大会议上作了客观介绍。他说："公安部曾给省公安厅来了一封函，说周在北京西单民主墙时为《北京之春》的主编。公安厅同志有批示，认为应由所在单位党委做转化工作及进行教育。省委三位同志有批示，同意公安厅同志的意见。后来，此件转到深圳市委梁湘书记等常委手里，梁的意见是把周退回原单位。梁叫董事长去看文件。市委希望控制在少数人知道，注意观察，梁书记认为周是'三种人'……周是清华团委副书记，共青团十一届中央委员，清华党委委员。《中国青年》复刊第一期介绍了他悼念周总理、反对'四人帮'、拥护邓小平的事迹，是属于比较出名的人物了。周在前段时间曾把《北京之春》共9期（共出了9期），给我看了看，希望能给他指出有什么问题。"

他看了看在座的人，继续说道："我起草了一个给市委的复信，王主任没表示什么意见，虞德海同志提了些字面上的提法，是修改的意见。熊秉权同志提出了不同看法，认为周的问题不单是思想问题，而是政治性质的问题。"

袁庚接过话头："关于周的问题，大概是六七月份的事情。当时，市委刘波同志要我看文件，我说要回港，没有时间。是否可以委托副书记去看，他说可以，后来，乔胜利去看了。梁湘同志在7月份时，也没有说要求周退回原单位。"

在展开讨论的时候，党委书记袁庚迫不及待地亮出个人观点："对一个同志的处理意见，必须集体讨论与研究，不能一个人说了算，还得与其本人见面。"文化大革命"是有过惨痛教训的……"

他稍微停了一下，会议室突然显得异常沉寂，静悄悄的没有声音。在关于他人政治生命的大事面前，一些人选择了慎重、倾听与分析，力求在政治与良知的天平上求得一致；一些人选择了沉默和绕着走；一些人考虑如何紧跟形势立新功。袁庚用心良苦地继续说："是不是'三种人'，首先要调查研究。即使是也要进行教育，不能轻率地做结论做处理。这个复信必须写清楚，我们是按省的文件批示去执行的。复信上可写：一、自我们知道后一直是按照省委的批示去做

361

的——指定思想水平较高的人去做的。二、培训班全体学员去香港考察——周没有去。（袁亲自找周谈过起码三次，乔起码谈了两次）。三、我同意现在不委以重任，而是放到基层进行考察。但我不同意轻易去给他定'三种人'。梁湘同志和我谈话后，我们马上采取措施，把他放到基层去了。四、据我们所知，《北京之春》的其他人员仍有不少在重要岗位上，这个杂志不属于北京取缔的非法刊物，而是自动停刊的。"

袁庚瞥了一眼天花板，加重了语气说："我们对人的处理应该极慎重，负责。"对周的处理，他的意见是："放到整党后期处理。"

"对！"终于有人接话了，是梁鸿坤。他说："年轻人是有一个认识过程的。省里领导同志已有批示加强教育。我们必须提出来，我们是按省委的意见去办的。"

"对！"袁庚轻轻地喘了口气，说："如果把他退回去，就会让人背一辈子包袱。党的政策有一条是重现实表现嘛，他对有些问题已经认识到了，就成了。抓住一些话就下结论是不成的，"文化大革命"就是这里摘一段，那里摘一段……"

乔胜利、王今贵、熊秉权、陈金星等同志还是只听不说。为了处理一个人，从中央到省到市，三级发下话来，让他们感到很紧张，压力很大，他们想找出一条万全之策来……

没有人发言，袁庚当机立断把责任揽在自己身上。"好吧，"他说道，声音显出有些沙哑了，"就这个问题，我承担这个责任，我和周为民其实非亲非故。应该说，这个青年是有抱负的，但不够成熟是可能的。"

12月19日，工业区组织部向深圳市委常委呈送了周为民同志的情况报告，提出了坚持让他在工业区工作的处理意见。

袁庚相对于体制内那些亦步亦趋的干部来说，仿佛是个"异类"。

作为与袁庚同时代的官员和东纵时期的战友，原深圳市委常委、纪委书记刘波坦言自己比大多数人更多地了解袁庚。他这样来描述他的这位战友不同寻常的思想观念——那是一种"没有束缚的理念，可以称之为大胆而解放"。袁庚是"坐了几年牢房，所以体会深刻"。而在当年，由于不同的观念与地位，在他和袁庚之间"连吵架都不知道吵了多少次了"。

2006年6月初，80岁的刘老和小他一岁的夫人，在通心岭新村阳光透亮的客厅里，接受了我的访谈。

当年震撼人心的"周为民"事件，从另一方面描述了袁庚对手下干部的一种屏风式的抵挡。正如他的儿子中印所说："父亲一直是一座屏风，他的资历让他有足够的理由承担他所愿意承担的风险，哪怕这种风险在别人看来甚至是可怕的。"

刘老坦白地说："我记得有周为民这个人。我们是接到了北京通知的。当时，梁湘同志很坚决，深圳不能要这种人。他希望深圳干净一些，是怕惹麻烦……当年，在袁庚力保周为民的时候，周为民本身没有大的毛病，只是看法上有点不同。

"我和袁庚有着本质上的不同，我搞了一辈子组织工作，上面领导说的话，算数，谁的级别比我高，我就听谁的。而袁庚是不管你的，他不听你这一套。

"我自己有时候也感觉到，我的思想没有袁庚解放，有的时候我很蠢，上面不对了，我也要照做，我一定要这样啊。我是纪委书记，是管组织的部长啊，对组织不服从，就要乱套了。

"我吃亏就吃在搞了一辈子的组织部部长，我没有干过别的事情，到了特区，73岁还在管人。"

袁庚曾经一度成为深圳市委的"对头"。为了维护深圳市大局，刘老多次与袁庚打交道。对这个跟他惹过麻烦的"对手"，几十年以后，尘埃落定的时候，刘老以无比宽阔的胸怀大加赞叹："他是一个很好的老同志，也看得透，比我们都要高明。"我不知道，他说的这个"我们"，指的是当年深圳市领导班子的同志们吗？

几天以后，坐在7楼办公室里的袁庚，接待了广东省委组织部负责同志和深圳市委常委、组织部部长刘波，他们同来蛇口找袁庚谈话，落实有关周为民的批示问题。这时，袁庚对依靠广东本省来解决周为民问题所抱的希望全部粉碎了。

　　"老领导，这个事情还是要办的。"刘波向袁庚说明来意，意思是必须处理周为民，送回原单位。

　　袁庚直截了当地拒绝了："不行，这个事情我已经向任仲夷同志谈过，已经达成协议。"

　　省委组织部负责人不解地摇摇头，近乎严厉地说："现在要落实的是中央领导同志的批示。"按照组织原则来说，这个话已经说得很重，也很到位了。

　　袁庚低声说，声音中透出一股倔强和恼怒，"那，我保留向中央领导上诉的权利吧。"

　　一阵沉默。一场谈话陷入了僵局。

　　袁庚站起来，注视着窗外湛蓝的大海。波光粼粼的海面上，反射过来的阳光刺得他的眼睛生疼。看着平静而宽阔的海面，袁庚紧揪着的心轻轻地放了下来，舒缓而平静。他知道自己将要做的是什么样的选择！

　　刘波焦急地站了起来，摇摇头，又看了袁庚一眼，沉重地说："老领导，我今天不得不劝告你，你要慎重地考虑这个问题！"

　　"我想问诸位一个问题，"当他们各自坐回到原来的位置上以后，袁庚开了腔。双方依然很激动，而且脸都红了。"你们在'文革'期间是否挨过整？我可深知其味。"他想起了过往的岁月，秦城，五年半的牢狱生活，狱中的小蚂蚁，天窗和8平方米的放风间。那些岁月啊，袁庚想起来仍然会感到心痛。那是他一生中最能为国效力、为民干事的美好年纪啊！就是因为诬陷，因为不放心，而被耽误了。他们，市里的和省里的，知道了这些又会怎么样呢？他们能理解他吗？

　　袁庚继续说着，变得焦躁起来："你们怎么能把人的政治生命当做女人的'例假布'一样，说扔就扔了！'文革'中我更有体会，断送了一个人的政治生命，不但他本人，他的家人、亲属，多少人要受到株连！"

　　刘波抬起了头，瞧了瞧激动得身体发抖的袁庚。他的头发比上次见到他的时候变得更加灰白了，两只眼睛一动也不动，凝眸注视着空间的某一个点。

刘波急了，不得不提醒说："老领导，你能负得起这个责任吗？"

袁庚脱口而出："我愿以晚年的政治生命孤注一掷！"

晚餐是二弟媳叶金妹做的。由于大鹏老家的生活环境较为恶劣，袁庚在1982年年初就把二弟媳从大鹏接到了蛇口，让她帮忙料理家务。桌上摆着的一切，都是这个勤勉、能干的客家妇女做的：梅菜扣肉煲、清炒凉瓜、返沙芋头和一小碟子咸菜。满桌子都是袁庚平素爱吃的菜，只是今晚他没有丝毫胃口。

一个月前，妻子刚刚被提升为副科级。这些天来，心情一直不错。听说袁庚为一个人的处理问题而顶撞组织上的人，很替丈夫担忧。她清楚，这属于政治上的问题，说不定比进行经济上的改革所承担的风险要大得多。她嘟哝着劝道："老袁，你是不是不要太坚持了？！"

袁庚忽地放下刚刚拿起的碗筷，稍稍眯起眼睛，严厉地大声说道："我与周为民非亲非故，为什么这样做？你考虑过吗？"

中印瞥了父亲一眼，劝阻道："爸，你跟我妈发什么火呀？"

袁庚微微地颤抖起来，憋了一肚子气，在外面不便发作，这时，趁着儿子的话头索性一股脑儿向老伴倾泻过去："为什么？是为了避免历史悲剧的重演，你坐过牢吗？你知道那种被人剥夺基本做人权利的滋味吗？"

"好，好，你对，但是，也要小心哪！"汪宗谦心疼老袁，轻轻拍了拍饭桌，好像在表示，谈话已经结束。接着，她就沉默下来，不做声了。

深夜。袁庚躺在床上，久久不能入睡。月光透过窗户照到了他的床边。星星在深蓝色的天幕上闪烁。门前院子里的小树枝，应和着五湾海面的涨潮声，发出簌簌的声响。他再一次想起远在北方的秦城牢狱的小囚室，为了提防他自杀，警卫每次都逼迫他向右侧卧，也就是面对牢门侧着睡，以便警卫能透过小小的门洞监视他，确保他还活着。整整五年半，他除了写下厚厚的一沓申诉材料外，几乎丧失了说话能力，甚至不能行走……

往事不堪回首啊！

九、"我跟你没有共同语言！"

袁庚初次见到后来被他戏称为"蚊子别墅"的靠近碧涛苑别墅区尽头的一幢三层小楼时，并没有什么深刻的印象，直到许智明把这个别墅描述成蛇口工业区最豪华的酒店，他才正眼打量着这个地方。应该说，这是蛇口工业区自己兴建的第三家宾馆哩！也正因为如此，在袁庚挑剔的眼眸里，别墅的门面还算开阔与齐整，但里面没有洗手间，没有煤气，也没有电热水器——整栋别墅就像是三列长长的干部宿舍。虽然罩上还算体面的衣衫，还是处处暴露出衬里的寒酸与做工的粗劣。风格的不相宜，给了袁庚不协调的印象。

"肥佬，你搞什么鬼啊？"袁庚反剪双手，劈头就问。他和梁鸿坤、许智明一同站在别墅三层楼的一间窗户前。正是黄昏时分，阳光给海面涂上一层耀眼的金黄。袁庚停下脚步，双手迅速地赶着脚边嗡嗡翻飞的蚊子，不得不发表令人扫兴的意见："这栋楼房蚊子又多，怎么叫别墅？"

许智明咧嘴一笑："我就是这个水平啊，这样子我感觉已经不错了。你别看不怎么样，核电工业部副部长彭仕禄为了开发大亚湾核电站，已经搬进来住了。"

袁庚说："那是人家没地方可去。"

梁鸿坤赶紧出来打圆场说："肥佬，不行啊，再搞一个吧。"他转到各个房间考察了一下别墅的结构，重回许智明身旁说："你最好重新装修布置，每套房间隔出一个洗手间，我到香港给你买几台电热水器来！"

工业化的发展推动了城市化的进程。袁庚在蛇口执拗地走工业之路，经过两三年超常规的发展，这个半岛地区越来越具备当代城市的雏形，只是市政设施如牛负重，楼堂馆所成为"珍稀物种"。自1982年春天伊始，每天进出蛇口的人数逾万人。只有南山宾馆和附近一些简易的住房，约600个床位，没有酒吧，没有娱乐场所，留不住客人，多数外国人和香港人都成为朝至晚归的候鸟——早上来蛇口，晚上回香港。

袁庚已经敏感地意识到留住客人的重要性了。他看了一眼梁鸿坤，试探性地询问他的两位部下："两位老兄，人家如果来我们蛇口旅游，看什么东西呀？我们的工厂？"

许智明不置可否。好不容易建成一个宾馆，没有得到袁庚的首肯，他的心里多少有些不爽。

"要想办法盖一幢真正的五星级酒店，老梁，你要多跑跑，这可是你们发展公司今后的首要任务。"袁庚说。

梁鸿坤突然兴奋起来，一个念头像一颗春日夜空的流星一闪即过。他要抓住它。"我们搞条环球旅游的邮轮到这里，怎么样？搞条旧的，可住又可玩，又快又省！一下子就多了几百个床位，多好。"

许智明瞪圆双眼："真不错，亏你想得出！"

袁庚边下楼边说："这可以哦，你这老兄，能想到这个点子还不错！"他搔了搔头皮，看来，这是一个明智的办法，能在极短的时间内解决蛇口高档床位紧缺之需，"喂，远洋有没有客轮，报废的？"

两位大将面面相觑。

袁庚自问自答道："我记得，那个时候在印度尼西亚接侨的时候，国家买过两条姊妹船，一条叫光华轮，一条叫明华轮……现在不知道怎么样了？我回去问问郭玉骏吧！"袁庚习惯性地仰头看天，脑子里的记忆磁盘迅速地搜寻着……是的，从法国买回来的光华轮，当时的价格是60万元人民币。明华轮的价格也差不多。袁庚四次接侨，他乘坐的那艘光华轮立下过汗马功劳。

晚上，袁庚在蛇口的家中给招商局副总经理郭玉骏打电话，询问光华轮或明华轮的下落。郭玉骏答应早上给他确切消息。翌日早晨，袁庚早早地到了办公室。

不到1分钟，郭玉骏就出现在袁庚的办公室里。他比袁庚大几岁，两人私交甚笃。

"袁董，明华轮报废了好多年了。我昨晚和广远的人算过，这条邮轮是搞国际旅游的，上面所有的设施都是国际化的，有263个房间，606个床位，房间有地毯，还是那种长羊毛的，还有200个船员的房间，还有舞池、酒吧，就是一个现

367

成的宾馆啊！可是——"郭玉骏话锋一转，颇有些为难地对着袁庚诉苦道，"没人要就没有人管，现在一说有人要，都来了，广远要和我们谈条件，价都报出来了。"

"多少？"

"600万！"

"抢钱哪！我看能卖一半就不错了。"袁庚看起来不太舒服。"不就是一堆废铁吗？当废铁卖又卖不到多少钱。"他指示郭玉骏火速赶赴广州与广远分公司谈判。"让他们少要一点钱，废物利用嘛，赚的钱对半分。"

经过近两个月漫长的马拉松谈判，广远迟迟未见表态，袁庚再次指示郭玉骏和广远的上级远洋总公司接洽。最终卖船的价钱也从600万元降到310万元人民币。

远洋总公司与广远分公司要占总股份的50%。袁庚同意报价不同意持股比例，最后，以对方占总股份的三成比例成交。

谈妥后，袁庚委托余为平将明华轮之事——上报广东省与深圳市，得到了吴南生与梁湘的支持。

7月28日，袁庚带着孙绍先、梁宪、梁鸿坤和余为平赶至广州，与广东省谈判南山开发问题。谈判没有成功，袁庚对着几个下属连发感慨："与外国人打交道，我们不怕，怕就怕和国内机构打交道。"

中午，袁庚下榻广州东方宾馆，他没有闲着，主动找上宾馆经理杨献庭商谈在明华轮上办饭店一事。袁庚希望东方宾馆出技术人员，双方联合经营。杨献庭满口答应。日后，由于对方突然要带700人的管理队伍过来，没有达成一致意见，双方合作未果。

8月初，明华轮由交通部四航局从广州黄埔的白鹅潭拖至珠江口，绕过赤湾口，整整拖了20天，月底才抵达蛇口湾外海面。9月初，袁庚致电远洋总公司林祖乙总经理，反复讨价还价，经商榷后，远洋总公司同意该轮由招商局分期付款10年付清，每年8月1日为付款日，每年付款人民币31万元，至1992年付清。

8月18日，第9号强台风在蛇口登陆，持续了17小时，最大风力达11级以上。

暴风雨袭击造成工业区损失达200万元人民币。等台风稍缓一些后，翌日上午，14000吨的明华轮赶了个海潮被拖进赤湾海面。11月23日，明华轮正式坐滩蛇口六湾。经过装修、整修与大面积维修，明华轮花费资金180多万元人民币。在蛇口的靠泊工程费用达人民币200万元人民币。该船每日的维持费用约3000元人民币左右。上有舞厅、吧台与饭店，旅游设施一应俱全。

"海上世界"为中国第一艘由邮轮改装的海上酒店和娱乐中心，是袁庚当年为深圳创下的第一个旅游景点，引领了深圳旅游业的发端。1984年年初，小平欣然为"海上世界"题词，使得这艘邮轮名扬遐迩。在这前后，民间的说法是："不到'海上世界'，不算到了深圳。"

"海上世界"第一任总经理王潮梁，当年43岁正值壮年，如今已是赋闲在家的68岁老人。1981年，袁庚冒险进行干部制度改革，面向全国招聘干部。王潮梁原来所在的研究所迟迟不放人，后经多渠道疏通，王潮梁终于踏足蛇口，成为蛇口工业区招聘引进的第一个干部。多年研究飞机的王潮梁做梦也不曾想到，从空中到海面，自己会掌管一艘大邮轮。

2005年3月暖春，招商局小区最北边的一栋普通干部住房。阳台上，几盆热带植物含苞吐艳。王潮梁沏好酽酽的西湖龙井，陪我聊着当年的往事。

"我记得是1983年11月，我被任命为邮轮总经理，我连像样的酒店都没有见过。哪里知道如何管理'海上世界'？"王潮梁在往事中沉醉。

"想不到，我和袁董的初次谋面，是在一个漆黑的夜里，我和俞琦要赶到船上去开碰头会，在岸边，劈头盖脸地被他骂了一顿。"王潮梁谈及此事，脸上竟漾出一丝幸运的微笑。

在12月的第七天上午，在党委与管委会的联席会议中，"海上世界"董事长王今贵汇报了这艘正式更名为"海上世界"的邮轮将于1984年2月5日春节开业。这个信息几乎令袁庚休克过去。袁庚想不出还有什么理由能够拖延这艘大邮轮的开业。现在，来蛇口指导、参观、交流的中央领导和各部委、省委、市委的领导干部们络绎不绝。5天前，12月1日，国务院副总理田纪云视察蛇口。三天后，蛇口还将迎来福建省访粤代表团。

会上，袁庚很不客气地质问："明华轮究竟什么时间开放？"

他严厉地批评了孙绍先。

最让袁庚心疼的，是明华轮坐滩蛇口的费用，每日3000元人民币啊！

夜晚，袁庚在出席深圳市的一项活动时，满脑子里都是"海上世界"。在乘坐工业区小车返回蛇口的一路颠簸中，袁庚的怒气正盛。他很想控制自己的情绪，但是似乎办不到。

10时20分，车至蛇口。袁庚指挥小车直接冲到了离海上世界最近的坑坑洼洼的土路岸边。

刚坐滩没多久的那艘邮轮矗立在寒夜里，黑黢黢的，像一只被海洋遗弃后扔至岸边的外星人的大玩具。站在岸边的填海石块旁，袁庚觉得仿佛挨了当头一棒，他沮丧地又从上到下看了看那艘大邮轮，没有一点灯火，没有一线生机。袁庚不清楚那帮人怎么搞的，在这个节骨眼上，理应加班加点地维护与维修，却看不到一点追星赶月的火热迹象。

此刻，两个黑影从他右侧边走过，分别打着两只微弱的手电筒，小心翼翼地踩过填海的大石块，朝着邮轮走过去，看样子，是要上船。

袁庚劈头便问："谁是总经理？"

一位年轻的女性指指身旁的中年男人说："袁董，这位就是王总。"

袁庚又问："你准备什么时候开业？"

"按照董事会的决议，2月5日春节开业。"那位叫王潮梁的新晋总经理回答说。

"我跟你没有共同语言！"袁庚吼叫起来，丢下一句狠话，扭头便走。都什么时候了，你们还在闲庭信步！

王潮梁一愣，呆呆的，不知如何应对连模样也没有看清楚的袁庚。与袁大人

370

的第一次正面碰撞，竟然是在这样尴尬与无奈的暗夜中。

袁庚遏制住心底的火气，怒气冲冲地走向海景餐厅。不用回头，他知道那位姓王的家伙正跟在他的屁股后面。走到海景餐厅门口，他转过身，劈头盖脸地嚷道："明华轮坐滩已经半个月了，现场冷冷清清，这样慢吞吞，什么时候能开业？你们要知道，这么大的轮船，停一天要花多少钱，迟一天开业，损失有多大，这都是人民的血汗钱呀！"

袁庚的眼里闪烁着灸人的怒火，下腭肌肉绷得鼓鼓的。

王潮梁脸色苍白，无法争辩，他只负责一项事情——默默地听训。他最想搞清楚的是，老头子究竟给他多少天的期限？

"12月20日，必须开业！"

"是！我保证完成任务。"从未参过一天军的王潮梁竟被老头子逼出一个准军人式的回答。

"你准备怎么开业？"袁庚放缓了口气，声调也降了下来。

王潮梁赶紧从那只劳动服务公司借来的破皮包里掏出一份早就写好的经营方案，递给袁庚。

"好吧，"袁庚将那份经营方案夹在腋下，紧张的气氛缓和下来，"我也听说了，你非常辛苦，日日夜夜在工作，要抓紧呀。"

袁庚到家脱掉外衣，甩手扔到长沙发椅上，像刚打完一场恶仗一样精疲力竭。汪宗谦正等着他。

"你先睡吧，我看完一份报告就睡。"袁庚说着，径自来到书房里，拧亮了从香港带回来的可控光台灯。他将光线稍稍调暗了一些，翻开了"海上世界"的经营报告。

一个半小时后，他在那份经营方案首页的天头地脚边，写下了密密麻麻的批示："这份报告分析基本上是较科学的，但经理部门的思想总想求全，什么都搞好了再开张，因此要推迟至明年二月（春节）开业，我个人认为，不要等什么都具备才开始营业，早点开业，可以逐步改善，逐步练兵。对于客流量估计，不能光看现在的住房率，应看这一两年来，住房率增长是以几何级数增加的。最早南山宾馆（只有60个房），也住不到50%（去年），而今招待所（200床位），太子宾馆也上马了，总数可以达到75%的住房率，以这种速度推算明年下半年明华是可以达到较高的住房率的，至于其他方面收益（往往是很关键的主要的），要逐步上马，如果认为什么都搞得好好的才开业，恐怕永远也不可能十全十美，准备开始前半年亏损。

"人是要有点精神的，把企业成败当成个人的成败，呕心沥血，全力以赴，搞好经营作风，服务一流。哪怕一时赚不了钱，甚至赔钱，也是可以的，谁也没有把握一定赚钱。但有一点我是始终相信的，蛇口工业区需要像明华轮这样一个'海上世界'。这在全局来说是增添蛇口的异彩。对经理部人员我是相信的，应该给予他们更大的自主权，以便于他们群策群力的创新和负责精神。让这些青年人去闯出一条新路子吧。要支持，不要一遇挫折，就泼冷水。但是对于他们一些面对困难束手无策或克服困难的决心和勇气不够，则要加以鼓励、批评。

"明华轮坐滩至今已半月了，一直抓得不紧，没有种紧迫感，现场冷冷清清，船上、地上工程进度慢，互相埋怨，人事部门在调人方面不够有力，董事会有时处于无人拍板。我于7日晚上和船上经理部人员谈了一下，有此感觉，同一天上午管委会上，我批评了孙绍先同志，他承认工程进行得稀稀拉拉，停了几日。"

翌日上午8时55分，这份报告经管委会副主任王今贵审阅后转到了王潮梁的手上。

12月18日，"海上世界"部分客房终于可以对外开放。袁庚带着一帮属下登船检查，表示满意。这艘邮轮当天就接待了第一批客人。站在船舷旁的袁庚看上去心境颇佳，他搭着王潮梁的肩膀，右手戳了戳沿海岸堆积起来的成片淤泥滩："这片地，你给我好好规划规划，把它用起来。"

这一戳，就戳出了一个海滨花园，自1992年离休后袁庚一直在这个花园的一栋连体别墅里住到了2006年3月底。

两天后，1983年12月20日，"海上世界"终于局部开业，迈出了如花似锦绚烂的第一步。

十、"我们到现场去!"

2006年6月,我从有关蛇口资料中查找出1983年12月2日美国《新闻周刊》记者刘美远写的一篇蛇口访问记,发表在1983年12月19日的美国《新闻周刊》上。标题为《蛇口的资本主义道路》。现摘要一部分,录以备考。

没有任何一个地方像蛇口工业区那样把香港式的资本主义与中国的社会主义有机地结合起来。许多当地居民穿着香港牛仔裤,骑着电单车飞奔在蛇口宽阔的大道上,回家后,欣赏香港的电视节目。在一座现代化的8层(应为7层)办公楼里,办公室靠南一边列着外国公司的名号如BP、埃索、西方等石油公司,另一边陈列着宣传处、党委书记办公室等机构。蛇口的唯一接近政治的标语是一块很大的标牌,上面用中文写着"时间就是金钱,效率就是生命",蛇口的官员对他们自己的目标也非常坦率:"外国投资者是为了赚钱,我们也是为了赚钱。"

1984年的新年愈来愈近了,纷繁紊乱的各项工作也愈来愈紧张。12月21日,袁庚不得不从香港赶回蛇口,准备迎接一场艰难的协商、谈判。据管委会副主任王今贵透露,这一回,港务公司的那个悬案不得不解决了。可能,袁董,要你亲自出马才能搞定!

空气清朗的早晨,袁庚从香港中环码头乘坐飞翔船,45分钟便抵达蛇口。1月9日晚,福建省委第一书记项南,省委书记、省长胡平率领福建省访粤代表团一行17人莅临蛇口,陪同他们的是广东省委书记吴南生等人。在交流会上,袁庚高调盛赞了福建省委根据中央指示为开发厦门经济特区所发的一个文件,从这个文件中可以看出,福建省给了厦门特区管委会许多职权。这么多的放权令袁庚很羡慕。他常想,广东省若能给蛇口工业区相似的职权,蛇口工业区一定能够更好地按照中央、省市领导同志的指示,使工业区先行一步的工作做得更好一些。

袁庚决定，要趁着新年拜年，向吴南生催一催那个做法，看看能不能让蛇口仿效一下！

袁庚赶到工业区大厦713会议室，正是上午9时差10分，虽然还没有到开会时间，但所有与会人员已经到齐了。袁庚最恨开会迟到、办事拖拉的人，看见都到了，很高兴，按往常一样，与每个人一一握手。袁庚与会议的另一位主角资方的施先生握手时，意味深长地说了一句："合作愉快！"参加会议的有招商局、蛇口工业区的有关负责人江波、熊秉权、梁鸿坤等，还有华美钢厂董事长许智明和董事会成员。

这次联席会议就是为了解决华美钢厂占地堆放的收费问题。华美钢厂有3000多吨钢铁堆放在五湾码头的露天堆场，已经7个多月，港务公司要追收60万元港币的堆放费，厂方一直拒绝支付，这成为工业区的年终悬案。

"啊，今天是一个重大的日子。"当主持会议的王今贵扯了个头，袁庚便大声唱起了高调。

施先生抬起头，脸上带着微笑，来了个针锋相对，只不过声音小了许多："今天是个麻烦的日子。"他不知道袁庚，这位工业区"教父级"的人物将如何处理这件事情。

"对，是有点麻烦啊！"袁庚应声而起，"工厂是我们合资兴办的，它的兴衰成败，我们有着共同的责任，有问题，我们就要推心置腹地摆到桌面上来。"

施先生立即宽慰地舒了一口气："对。"

袁庚扫视了周围一圈："对华美钢厂投产以来的成绩，大家是肯定的，采用工商联营的办法，营业额达1.3亿港元，做到了盈利。我们要好好地总结经验，看准香港、澳门的市场，出谋划策，千方百计把钢厂搞好，这是我们这次会议的目的。"他给会议重新定下调子，把会议议题从解决经济纠纷变成双方共同维护一致目标，看上去有太极推手的味道，实际上是用心良苦，希望在更多的利益层面上解决目前的实际利益冲突。他说完，朝施先生瞥了一眼。

接着，分管这类工作的王今贵不玩太极拳，公事公办地提出解决悬案的意见。

施先生突然激动起来，当即召来工厂的财务经理和总工程师在会上进行申

374

辩。他们表示，工厂里没有堆场，所以无法提货，不得不压在码头上。

讨论、争辩拖拖拉拉地进行了2小时45分钟。正如袁庚所料，一旦牵涉到金钱，资方老板就会接连不断地说明一些情况，不厌其烦地唠叨，说得坦白一点，就是不愿付钱。

会议出现了令人不舒服的沉默。这时，距离下班时间还差15分钟。

袁庚站了起来，大手一挥："走，我们到现场去！"

五湾码头，浸沐在冬日和暖的阳光中，场地的平整工程基本完成，露天货物堆放得井然有序。此刻，"扬子江"号停靠在深水泊位，钢厂的出口钢材正在装上船。袁庚看得眉开眼笑，不仅为钢厂，更为吞吐有序的港口而兴奋。孙绍先说了，今年港口的吞吐量可达50万吨哩！

一帮人在码头看了看，在快到11时55分的时候，袁庚雷厉风行，又将这一大帮人拉到了华美钢厂。

巨大的露天堆场内，堆放着成品与废品。厂房内，被钢坯塞得满满的。袁庚的目光从露天堆场跳到厂房。他的心里有数了——粗略一看，确实没有场地，但只要加以清理与调整，完全可以清出一片空地来。

袁庚什么也不说，只是看了又高又瘦的施老板一眼。只见他脸色苍白，领带也扯歪了，看起来像一个几乎要崩溃的人——或许真的要崩溃了。施老板是个明白人，这一看，便看出自己的失责，自知理亏，马上答应出一半堆放费。

袁庚笑笑："吃饭时间到了，下午再议吧！"

午饭后，袁庚将华美钢厂的董事长许智明拉到一边，两人探讨一阵之后，一起去做港务局负责人的工作，说明吸引施先生办厂不易，港务公司应该从大局出发，做出适当的让步。

下午会议一开场，施先生便生硬地问道："袁老板，怎么样？"他焦虑地看着袁庚。上午现场考查后，工业区的多数官员都认为是华美钢厂的不是。"你拍板吧，工厂你招商局也有一份的！"施老板的话语里有着极度的不情愿、不耐烦，脸拉得老长。

"事情就是这样，施老板，"袁庚说，钢铁既然是工厂的，怎能长期让它堆放在码头？工厂没有堆场，这完全是管理混乱造成的。当然，袁庚认为，港务公司也没有做好服务工作，你们为什么不催货主提货，任凭这些钢铁长期堆放？难道有堆放费用可收就不用考虑其他的了？袁庚告诉港务公司的代表说："你们应当考虑工业区的全局利益，考虑如何促进生产！"

施老板狐疑地打量着港务公司的代表，他不相信他们竟然会这么做。

不料，港务公司代表连连点头。

"这件事情，是第一次，也是最后一次。"袁庚说，"我的意见，这一次堆放费由招商局代为承担，下不为例，工厂必须尽快将这些钢铁运走。"袁庚再次强调："此外，压船费由厂家全数付清。"

施老板看了看袁庚，又环视了与会的大多数人，站起来连连致谢："谢谢你，袁先生，我心服口服！我们工厂会指定专人负责堆场和运输通道的整理，尽早将货物运走。"

十一、1983年的年终礼物

一年就快过去了，这年终总结报告该怎样写？

回顾即将过去的1983年，袁庚再一次想起许涤新老先生的题词。

那天，是国庆节假期，他领着王今贵、许智明等人赶到罗湖区新园招待所，拜会到访的著名经济学家、全国人大常委会委员、中国社会科学院顾问许涤新和钱俊瑞等专家学者。

许涤新是广东揭阳人，他研究价值规律在社会主义经济中的作用，有显著成果。袁庚十分敬佩。更让袁庚感奋的是，这位老共产党人、老学者在近日赴港考察期间为香港回归祖国所表现出来的原则立场。许涤新、宦乡、钱俊瑞等一行8人是9月6日到达香港的，第四天，邓小平在京接见来访的前英国首相希思时重申，1997年中国一定要在香港恢复行使主权，并强调主权和治权是不可分割的，把英国人继续统治香港的幻梦打碎了。鉴于中英关于香港问题的会谈即将在北京复开，英国继续在港打"民意牌"和"经济牌"，在伦敦、在中立区、在纽约大量抛出港币，在世人面前造成港币贬值是因为中国要收回香港。9月14日，许涤新在座谈会上答记者问："一个政府发行钞票，用会计学的语言来说，那是'负债'，而不是'资产'，更明确地说，那是对人民'负债'（负人民的债）。逻辑很明白，谁发行钞票谁就是负债方，谁就得对人民负责到底。谁发行港币谁就欠港人的债，谁就得对香港人民负责到底。"他希望港英当局采取明智和合作的态度，保持香港的稳定、繁荣。四小时后，当天夜里11点半，港英政府针对许涤新谈话匆忙发表声明，意图推卸责任。许涤新的讲话和港英政府针对这个讲话的声明，第二天见之于报纸杂志和电视，在香港各界引起强烈反应。

"许老一剑封喉！"袁庚在招商局内部讨论香港时局时，对许大为赞赏。

不久，香港大学一位教授宴请考察组全体成员。席间，谈到港人治港，一位杨先生插进来说："到时候可以请联合国来监督投票嘛！"许涤新按捺不住，火起来了，指着杨先生说道："你的皮肤是什么颜色的？你是不是中国人？香港是中国的领土，收回主权是天经地义的，我们完全有能力解决香港的问题，这是我国的内政问题，为什么要请联合国来干涉？！"杨无言以对，表示道歉。

现在，许老等学者到深圳来了，袁庚岂肯放过登门请教的机会。汇报中，袁庚谈了谈招商局在香港以航运为中心，向多元化企业发展的情况，谈了蛇口工业区建设发展的情况、存在的问题和困难。

"我们有很多幻想，想在蛇口建一个新'桃花源'。"袁庚说到这里，喜形于色，像一个满脑子憧憬与幻想的年轻汉子。

许涤新礼貌地一笑。

次日，许涤新视察蛇口工业区、赤湾南海石油服务基地，座谈研究了特区经济与香港关系的一些问题，袁庚觉得收获甚丰。第二天清早临别前，许涤新为蛇口工业区题词：

"'创业艰难百战多'，借陈总句以赠蛇口的同志们，并望在克服困难中稳步前进。"

"创业艰难百战多"！

12月中下旬，中国新闻社香港办事处记者陈江南在蛇口工业区走访港资工厂，工业区办公室副主任余为平推荐他访问华侨周义中，他与招商局合作在蛇口建厂房，各占50%股权。双方合作良好。余称赞周是"最佳合作伙伴"。周义中接受采访时倾诉了对工业区的看法和意见，陈江南整理归纳为5点：

一是见钱眼红。周义中的华建联合企业有限公司与工业区签订了一份兴建8幢厂房的土地合约，由华建在这块土地上建厂，盖好5幢，第6幢正准备开工，香港招商局及蛇口工业区眼见自己盖楼更能赚钱，便打算自己建，后来还是让他建下去。

二是要光明磊落。招商局与内地建筑公司合作，把周义中的图纸拿去，也不打一声招呼，盖了3幢与周一模一样的厂房。周说："这样的事应该大家共同研究，都是中国人，都是为了国家工业化，有什么不好说的？"

三是城市规划。周义中认为，建一个新城市，要有远见。蛇口工业区的马路只有两条行车线行车，从发展观点看，要设计4条行车线。蛇口工业区没有抓总规划的人（或不善于此工作）。

四是尊重知识分子问题。周认为工业区还有的人对知识分子不够尊重。

五是干部问题。周认为，体制问题、干部问题、政策问题，有必要进行改革。香港招商局的干部很开放，内地来的干部却带着框框来蛇口。很多人有这种感觉，就是工业区现在讲正规化，却变成了麻烦化，特别是中层，办事难了，不像以前那样，叫一声可以很容易找到许智明、梁鸿坤、袁庚，现在要找他们，被中间某个部门卡住了，干部应酬多了，一个人走掉，这单位便办不成事。

袁庚看到这个批评材料后，一阵阵耳热心跳，真是良药苦口利于病啊！提起笔写道："此件请立即印发蛇口工业区，一字不改加以传达至干部，看来不仅对周义中夫妇，而且对陈元堪、马太等亦有类似情况。现在讲我们好话的人太多了，欠缺的是挖我们疮疤的，善忘者看了似饮了一顿退烧清凉剂。"他当即打电话感谢陈江南。

这是新闻工作者与客商联手送给蛇口工业区的年终礼物。

"创业艰难百战多"，创业，特别是想创办"新桃花源"，岂止在客观世界里艰难百战，更紧要的是在主观世界里与自己作战，战胜自己。袁庚说，改革，其实就是个人既得权益或传统职权的不断消解或转变，所以才这般艰难。

第九章　明星时代

第九章　明星时代

一、邓小平肯定争议性"口号"

　　泰国归侨余为平在中央调查部广东局干了25年，和直接分管广东情报工作的中调部一局副局长袁庚初识于1961年。在他的记忆中，为打通国外的通道输送情报，袁庚在20世纪60年代中旬来广东检查工作时，提出了一些很独特的想法。"他甚至提出培养红色资本家，用商业手法做掩护。"余为平很赞同袁庚的想法，认为这位副局长很有魄力。"文革"开始不久，袁庚为他独特的想法付出了沉重的代价：广东省调查部"造反派"猛力批判他的大字报铺天盖地。

　　1981年10月，蛇口工业区的接待任务日益加重，袁庚为加强外事接待力量，向广东调查部部长杜长天提出要人，余为平奉命来到蛇口，就任蛇口工业区办公室副主任，专门负责外事接待工作。

　　2006年1月，晚年已定居新西兰的余为平回蛇口度假，应我的请求，向我披露了一些袁庚的"秘密"。

　　"在1984年小平来蛇口的前一天，你知道袁庚干了一件什么事情吗？"

　　78岁的余为平开心地笑了。

　　因一个保守了多年的秘密，他很得意。

1984年1月22日上午9时20分，香港招商局大厦袁庚办公桌上的电话急促地响了起来，是余为平从蛇口打过来的："袁董，邓小平过两天会来深圳视察，听说会来蛇口。"

"这件事情我已经知道了。"袁庚不仅知道，而且将预定视察、参观的线路及早向有关部门作了汇报，并秘密地布置了接待准备工作。"但是，具体什么时间来蛇口还不清楚。"这些天来，他一直处在极度的幸福和极度的忐忑不安之中。他只知道自己是改革开放试验场上的一名考生，不知道他目前的这份蛇口答卷，是否能让总设计师给个"及格"的分数。

"深圳市还不肯透露。"余为平有些焦虑。

"那是因为他们也不确定。"袁庚用肩膀夹住听筒，腾出一只手来在黄色便笺纸上记录下相关要点，叮咛余为平道，"这两天，你到处打听一下具体时间，密切关注'邓大人'什么时候到。今天，给蛇口各有关接待部门通告，做好一级战备。"他翻了翻笔记本，"好吧，一有情况，我就赶回蛇口。"

三天后，1月25日下午2时35分，袁庚再次接到余为平的电话。"袁董，'邓大人'明日上午到。"他说，深圳市委接待处的黄处长透露，首长到了深圳，一路上都没有明确表态。对外口径只是度假。

"知道了，我要出席3点钟一个商会的开幕式剪彩，仪式一完，我即刻赶回来。两个小时后，你通知党委委员和管委会副主任以上干部开会。"袁庚还不忘提醒说，"你把许指挥也叫上。"许智明已改为顾问，袁庚等人还是按老习惯叫他。

1月25日下午4时，袁庚参加完剪彩后，招商局的香港司机马树德飞速将他送至文锦渡口岸，通过陆路过关。他一路上都在冥想着、思忖着，如何在第二天的汇报中，让邓小平全面而精确地了解蛇口工业区。经过整个夏秋两季的劳碌奔波，他晒黑的身板显得十分结实，体重增加到76公斤，他的体重在过去的20年里从未达到过76公斤。

丰田面包车疾驶着穿过深圳市中心，经过深南大道旁正在规划建设中的深圳大学路口时，袁庚瞥见一块竖立的路牌，上面一个箭头往左拐，标明到蛇口工业区8公里。顷刻间，一个出奇制胜的念头，在他的脑海里电光石火般闪烁起来。

步入蛇口地界，马路两旁的店铺与茶餐厅已经开始掌灯了。路上车辆明显稀少。面包车抵达工业区办公大楼门前开阔的底层，至少有七八个干部早就等候在喷水池旁了。袁庚一下车就看到了一脸焦急的乔胜利，问："都知道了吧，明天首长就要来了！我们从哪一块说起？"在干部们的簇拥下，他们一同钻进电梯，迈进7楼会议室。

这是一个相关部门的紧急扩大会议，有许多问题需要落实与安排，而袁庚只有少许摸底的时间，老实说，在路上他已经想好了诸多方面，但他还是希望集思广益。他问："各方面筹备的工作做到哪一步了？"

乔胜利飞快地翻阅着笔记本，告诉袁庚，到目前为止一切还算顺利。"我们大致都安排妥当了。"

"汇报时间只给我们半个小时，地点布置好了吗？"

"没问题。"王今贵回答，"就在这间房间，我们把沙盘再挪到显眼的位置上。"

"中午，就定在'海上世界'吃饭，饭菜准备得怎么样了？"袁庚补充道，"通知厨房准备一两盘辣菜，首长原籍是四川。"

"好！"管委会副主任熊秉权回答得很响亮。

"王潮梁，"袁庚点着海上世界总经理的名字说，"你们的接待任务很重要，中午，首长们要在那里休息一两个小时，你们，只许成功不准失败。"

前天晚上，袁庚突然到"海上世界"检查工作，单独交代王潮梁，做好重大接待任务准备。紧接着，陆续有中央、省、市的保卫人员频繁地上船检查。现在，得知是邓小平要来视察，王潮梁显得异常兴奋，响亮地回答："是！"

"谁能告诉我，小平同志到底能喝多少白酒？"袁庚看了乔胜利一眼，"要落实这个问题，问一问广东省接待办的人，首长到底能喝一杯，还是两杯？"

乔胜利点点头："我已经问好了，医生规定他最多只能喝三杯。"乔胜利的岳父是广东省委专事接待的副秘书长关相应，他已经从老丈人那里了解了小平同志的一些生活习惯和餐饮口味。

"准备让首长上微波山看看，那里的视界开阔，可以看清工业区的全貌。路上清扫的情况如何？干净吗？"

"已检查了两遍。"许智明答道。

袁庚透过老花镜斜视着一本巴掌大的记事簿："看来，准备工作做得不错。现在，你们需要帮我干一件事了。"

所有的眼睛都盯着他，不知他又要玩什么花样。

"通知工程公司连夜加班，埋水泥柱，漆上油漆，用五六米长的铁皮和三脚架，把'时间就是金钱，效率就是生命'的牌子重新做一个，放在从深圳进入蛇口的分界线上。"袁庚的声音中透出一股威严，"我要让首长路过时看到那个标语牌。"

5年来办工业区的这条路到底对不对？"时间就是金钱，效率就是生命"这条口号究竟是对还是错？现在，到了该理清方向，弄明蛇口工业区究竟能走多远的时候了。

"我们要试一试，一定要试试。"袁庚用几乎是耳语的语调说道。

这个决定令所有人都看着袁庚，猜测他哪根神经搭错了线？余为平正在喝一口茶水，差点被噎住。那个争议颇大的口号，省省吧。他摇摇头，老头子真疯了，他难道真的没有听到那些闲言碎语吗？再说，港务公司的大门口不是有一个同样的口号牌吗？首长从微波山上下来或许能看见呢？

"袁董，我能理解你的想法，"许智明说，"还是慎重一点好，你要冒很大的风险。万一……"

"没有万一，有万一也要干。"袁庚打断许智明的话，对余为平交代道："小余，这个任务交给你，你赶紧去落实。明天早晨我要看到标语牌。"

"老许，你这个老顾问，帮我把这件事情办好！"袁庚又对许智明重复了一遍，以往他凡事只交待一遍，这次算是破例了。他挠了挠脑袋，若有所思，"我就是想让小平同志鉴定一下，这个口号到底行不行！"

"好了，耽误了大家的吃饭时间，我请大家吃工作餐。然后，我要逐一检查各个部门的工作。"当参观内容、汇报材料、吃住事宜等一一商量落实后，袁庚最后说。

夜晚9时30分，所有的接待工作一一安排妥当了，散会时，袁庚把乔胜利留了下来。

"我要把你单独介绍给首长同志，你明天看我的眼色行事。"袁庚叮嘱道。他在心里说：小乔，就像鉴定口号一样，有机会也请首长帮我们鉴定接班人！

时间已经是晚上10时多了，袁庚领着乔胜利登上灯火通明的"海上世界"，仔细地检查各项准备工作。这时候船上只有袁庚、乔胜利、王潮梁三个人知道明天将要接待的首长是谁。在研究接待用餐问题时，负责餐饮部的海上世界股份有限公司副总经理赵艳华问："应该准备点什么？"袁庚有针对性地说："老人嘛，新鲜一点，煮烂一点就可以了。"赵艳华又追问道："老人是什么口味，要不要加辣？"袁庚再一次违背了保密原则，脱口而出："要一点。"兴奋中的乔胜利忍不住吐出一个"邓"字，又立即捂住了自己的嘴巴，斜睨着袁庚。袁庚没有批评他，只是会心地一笑。

"可不可以请首长题个词？"王潮梁犹疑着请示。

"这个，呃，这次有规定，不能向领导提出任何要求，包括题词。"袁庚思忖片刻，拿不定主意，"你随机应变吧！"

"好，我先把笔墨准备好！"王潮梁指挥手下人到处寻找砚台与毛笔，一直到午夜1时才从旅游服务公司总经理邹富民的家里借到了一套，连夜在龙凤餐厅主桌旁放了一张写字台，铺上文房四宝。

自蛇口工业区创办、深圳经济特区建立以来，邓小平一直关注着深圳这棵改革开放幼苗的成长与发展。1982年年初，蛇口工业区拟聘请外籍人士当企业经理，遭到一些人的责难。邓小平给予了极大的支持：可以聘请外国人当经理，这不是卖国……明天，明天要向他老人家汇报。

这一晚，袁庚并没有睡好，即便在睡梦中也在反复掂量着如何汇报得既准确又生动，既全面又简洁，既平实又出彩……

清晨5时30分，当余为平被吉普车的喇叭声吵醒时，窗外仅仅呈现了鱼肚白的微光。等许智明的吉普车在水湾头的街边停好，余为平很快就穿戴得整整齐齐地下来了。

"小余，我想，他们应该做完了？！"坐在驾驶室副座上的许智明自问自答。天色尚早，他不忍心叫醒司机，就把自己的二儿子——北方公司发展部经理许国强叫起来当差。在工业区筹建的前几年里，他总是"逼"着二儿子替他开车在工业区转悠，察看。

"那还用说，'时间就是金钱，效率就是生命'嘛！"余为平眺望着车窗外，"要是没有做完，我们可就惨了。"

20分钟后，他们看见了他们想要的东西。在蛇口与深圳的交界处，经过通宵的加班赶工，一块巨大的广告牌迎风伫立，蓝底铁皮板上写了12个白色的巨幅大字："时间就是金钱，效率就是生命"。无论是口号透出的精神底蕴还是醒目的形式上，不说是"绝后"，但绝对是"空前"。

"哈，哈，竖起来了，"许智明兴奋地在寒风中搓着手，"那帮工程公司的人还真不赖。"

"当然啦，他们也赚了加班费。"

"总之，今天老头子肯定高兴啦，不过……万一……"许智明突然打住话头，像是吞食口水一样将嘴边的话咽了回去。

余为平对他做了个鬼脸。是的，他们有同样的担忧。

1984年1月26日上午9时30分，小平同志在中央、省、市负责同志王震、杨尚昆、刘田夫、梁灵光、梁湘等陪同下开始视察蛇口工业区。

"首长来工业区视察，是蛇口工业区全体员工多年的愿望，今天终于盼到了。"在蛇口工业区办公大楼门前，袁庚发表了极其简短的欢迎辞，随即提出要求道："我请求首长和全体接待人员合影留念，以满足全体员工的心愿。"

"可以，可以。"邓小平微笑着答应了。

趁着接待人员排队准备合影的机会，袁庚有意安排刘清林、郭日凤、许智明三位老将依次向前与邓小平同志握手问候，让摄影师为他们分别拍照，三位已退居二线的老同志各自留下了终生难忘的时刻。

小平视察蛇口，摄影记者们拍下的集体照片里面，身穿中山装的是省、市领导，蛇口干部们一律穿西服打领带。

随后，在蛇口工业区办公大楼7楼会议室，袁庚站在工业区全景模型前，向邓小平等人介绍工业区的全貌。此刻，一股奔涌的情怀在袁庚的心中激荡。这个沙盘是4年前工业区为首次赴港招商而制作的全景模型，是微缩版的蛇口工业区。现在，他像一个考生期待老师的点评。

在袁庚的右手边，中共中央政治局常委、中央顾问委员会主任邓小平同志，正含笑地望着袁庚，这位运筹帷幄的智者，此刻，真像一个主考官。

两天前，小平同志抵达深圳，听取了市委书记的汇报，登国商大厦远眺，造访富甲一方的深圳渔民村，参观深圳中航技术进出口公司……一路上只是看，饶有兴致地看，但是还没有明确表态。

得知情报后，袁庚的心情更加忐忑不安。

"1979年，蛇口一片荒滩，路面坑坑洼洼，连厕所和洗脸水都没有。如今道路四通八达，厂房林立，一个现代化工业区已初具规模……"

袁庚对蛇口如数家珍，这里是他的桃花源。"党中央的对外开放政策在蛇口工业区两平方多公里土地上发挥了巨大的威力，建设这样一个工业区，却没有花国家一分钱……"

袁庚瞥了乔胜利一眼，给他使了个眼色，接着说："从1980年下半年开始，招考了一批年轻的理工科毕业的干部，并办了培训班，主要讲两门课：一是经济管理即企业管理，一是英文。英语必须能够阅读和口译，掌握起码的会话。我们现在干部700多人，大专毕业文化程度所占的比例为75%以上。现在我们在办第三期培训班。我们蛇口是知识分子的天下。各个公司的经理、副经理以及各个部门的主要负责人基本上是年轻人。如果没有他们，还是靠那些缺乏文化科学知识而资格又很老的干部是难以打开局面的……"袁庚指着乔胜利说："首长，这就是我们年轻的党委副书记乔胜利同志。"

乔胜利露出腼腆而略带羞涩的笑容，走到小平同志面前，在袁庚的示意下，紧挨着小平同志坐下了。

小平问乔胜利："你是哪个大学毕业的？"

乔胜利的脸腾地红了，他求救似的看着袁庚，他的学历不高，仅是一个高中学历。

袁庚笑着打了个圆场说："首长同志，他是社会大学毕业的。"

小平同志轻轻地"哦"了一声。

袁庚一看小平同志的兴致不高，便给乔胜利使了个眼色，乔胜利迅捷地回到原先的座位上坐好。袁庚立即换了一个关于工业区码头的话题。他指着模型内的码头模型给小平同志一一介绍："工业区的首项最大工程就是建设码头，花了一年时间建成了600米顺岸码头，可停泊3000吨至6000吨的货轮，与香港通航已有两年多时间了。"

小平同志移步窗前观看繁忙的码头，说："你们搞了个港口，很好！"

这是小平莅深后的第一句"很好"。他对港口、码头兴趣正浓，问了一连串的问题："码头夏天能游泳吗？有没有沙滩？你们是怎样搞法的，招标吗？"

面对连珠炮似的问题，袁庚一一细心地做了回答。当他汇报到工业区所有工程建造都是采用投标形式时，不动声色的小平有点激动了。

"这几年来工业区的基本建设资金全靠自筹，其中大部分是贷款，一部分是招商局5年不上缴利润的十分之一。"

杨尚昆笑眯眯地插了一句："他们的好处是一家人说了算，没有人干涉，他们也不希望别人干涉。"

小平同志满意地笑了："怎么，去看一看吧？"他按捺不住地想看看这个新型工业区。

"小平同志，请再给我5分钟。"袁庚大胆地请求道。他动情了，4年，1460天，飞跃的蛇口，创业艰难百战多，作为蛇口工业区第一号人物，袁庚是多么渴望彻底地倾诉啊！

小平同志点点头："没关系，等会儿再看。"

袁庚轻舒了一口气，接下来的汇报，他用了20多分钟的时间，更加充满自信，他希望这份自信能使他的汇报如虎添翼。"创办蛇口工业区之前，这块土地是人口外逃外流的必经之地。自从办了经济特区后，不但制止了人口外流，反而使人才回流，资金回流。工业区创办4年来，由客商独资或合资兴办了74家企业，其中51家已经投产，14家开始盈利……"

袁庚强调："这几年蛇口工业区冒了点风险，进行了一系列改革……如人事劳动制度实行了招聘制和合同制，工业区领导班子实行民主选举和企业经理聘用制。这点改革不知道是成功还是失败？"他顿了顿，再次用目光询问着邓小平。

小平同志再一次微笑点头。

"应该说是成功的，蛇口是深圳经济特区的一个先行点。"深圳市市长梁湘在一旁帮腔。

谢谢！你是好人，袁某错怪你了！

袁庚瞥了一眼梁湘，既有感激又有冰释前嫌的意思。

最后，袁庚抛弃一切顾忌，很激动亦很自然地，右手轻轻按了一下小平同志的手臂，抛出了分量最重的一个问号。

"小平同志，我们提出了一个口号，叫做：时间就是金钱，效率就是生命。不知这提法对不对？"

全场百多人突然寂静无声，大家都屏住呼吸。

"哦，我们在进来的路上看到了，是块标语牌上写的。"小平同志的小女儿毛毛提示说。

"对！"小平同志的语气短促有力。

袁庚终于吁了口气。这个在当时颇具争议性的口号，获得了邓小平的肯定，让人欣慰。

汇报结束时，面对小平同志欣赏的目光，袁庚由衷地露出了激动的笑容。今年春来早！今天，他和他所领导的蛇口工业区获得了小平同志的赞许！

二、告他对邓大人不敬

随后，邓小平一行视察了中外合资的华益铝厂。在轧制铝薄板的机器前，厂长指着一批包装好的产品说，这是准备发运美国的铝薄板。小平走上前去，细细看了木箱上的英文字，又拿起刚冲压出来的圆片称赞说："很薄，很光。"小平参观华益厂，老板们高兴，吃了"定心丸"。工人们也高兴，打消了为外资老板打工的种种顾虑，感到在这里同样是为社会主义中国的富裕添砖加瓦。

稍后，邓小平一行登上微波山，从山顶俯瞰整个蛇口工业区。多年来，袁庚总是把微波山作为工业区的制高点，当做观景台，常常把领导或贵宾领上微波山，让他们从高处鸟瞰蛇口。他相信，从这里往下看，比对着沙盘模型边听讲解边看，更具直观性和煽动性。是的，他注意到风尘仆仆的邓小平一直在凝望着山下的蛇口，在审视着他和所有蛇口人共同填写并将继续写下去的改革开放的试卷。

袁庚从内心涌现出喜悦。他注意到在王今贵边指点工业区全景边介绍厂房、公园、别墅时，小平同志春风拂面，露出了满意的神情。

10时30分，袁庚请邓小平同志等一行到"海上世界"做客。

静静地停泊在蛇口六湾的名为"海上世界"的明华轮，是蛇口人开创的我国第一座以万吨巨轮为主体的海上旅游娱乐中心。

明华轮，原名ANCER VILLA，1962年8月在法国下水，法国总统戴高乐将军亲临剪彩，随后多次乘坐该轮出访国外。这艘由法国设计建造的1.4万吨豪华邮轮，1973年4月被卖给了中国远洋公司，更名为明华轮，承担运送中国援外工程技术人员赴非洲，修建坦赞铁路的任务。1979年5月，廖承志率领中国青年访日代表团乘坐明华轮，遍访东京等各大港口城市，历时50天。几个月后，明华轮投入国际航线的营运。4年内，明华轮跑了368次航程，在世界上，与伊丽莎白号、姊妹号等豪华邮轮齐名。

"海上世界"最初的定位是接待来蛇口考察、投资、参观、旅游的外国人和香港人，须持境外证件才能进入。上有舞厅、吧台与饭店，旅游设施一应俱全。袁庚决定，特殊地方适用特殊政策，为了让外国人留下来，明华轮上不播《东方红》，不挂党委的牌子。有人说，袁庚在这里搞地下党。自去年11月20日局部开业至今，港澳同胞和外国人反映良好。

现在，在预定2月1日全面开业之前，袁庚领着邓小平踏上了明华轮。海上世界股份有限公司总经理王潮梁快步迎了上去。在他的陪同下，在全体员工热烈的掌声中，邓小平、杨尚昆、王震和他们的夫人及省、市领导缓步登上九层楼高的明华轮，被迎进C甲板咖啡厅。在继续听取袁庚汇报的时候，小平很少说话，不时点点头。袁庚从他的神态看出老人家听得很有兴致，受到鼓舞，继续朴素而又不失幽默地介绍蛇口的改革，引起一阵阵的欢声笑语。

听完袁庚如数家珍的脱口秀，大家都有点累了，陪同人员劝小平到"总统房"休息，小平同志心情极好，步出咖啡厅，想登高看看。在邓榕的陪同下，小平来到顶层甲板，在船尾眺望对面的香港新界。海面上有些灰蒙蒙的，近在咫尺的祖国神圣领土看不太清楚，小平若有所思，良久才回过头来。前天，在梁湘的陪同下，他站在国商大厦的阳台上，也是这样久久地凝望着还没有回归祖国怀抱的香港。

稍事休息，王潮梁引领小平同志一行，步下楼梯进入张灯结彩的龙凤餐厅。小平走到餐桌边，转身饶有兴致地欣赏摆放在长桌上的福、禄、寿三星瓷雕像，抬头观看巨大的"福"字，面露慈祥的笑容。

今天是农历小年，"海上世界"员工与小平同志一起过小年。让袁庚高兴的是，小平同志喝了三杯茅台酒。王潮梁问坐在他身旁的邓琳，小平的酒量怎么样，她说："他很少喝酒，看来今天他很高兴。"

袁庚感受到了这种融洽的气氛，估计这时候正是请首长题词的时机，恰巧王潮梁对他耳语请示，袁庚用意明确地说"你看着办"。不一会儿，副总经理赵艳华走到小平身边请求说："请首长为我们题词吧！"

小平立即起身，走向一旁的写字台，拿起毛笔，询问"写什么？"周围的人都看着王潮梁，袁庚也期待地望着他，王潮梁不假思索地脱口而出："海上世界！"小平立即凝神运气，书写了"海上世界"四个苍劲有力的大字。

四周立即响起了热烈的掌声。

按原先的安排，午餐后小憩，请小平在豪华间下榻，他身边的工作人员临时为他选定了一个房间，是廖承志住过的房间，恰巧与戴高乐下榻过的房间隔门相对。

邓小平在"海上世界"逗留了四个多小时。他离开时，闻讯前来的群众拥到船边，希望一睹老人家的风采。群众热烈鼓掌，以深情、尊崇的目光注视着小平乘坐的轿车缓缓地穿过人群，驶向蛇口港码头。

1991年2月18日，周为民陪同潘维明（原上海市委宣传部部长）会见袁庚。

周为民在当天的日记中写道：袁庚谈到有一位刚提拔的管委会副主任向中央告他对邓（小平）大人大不敬，说："工作组（1989年'六四'风波后，上面先后派出四五个工作组到蛇口）查我，我不仅对他们说，而且给他们写了一份书面材料，现在可能还在他们手里。"

所谓对邓小平的不敬，袁庚对我说，那是"莫须有"，所谓欲加之罪，何患无辞。周为民在日记里详细记录了袁庚对潘维明所说的原话："1984年，小平同志到深圳，来蛇口。下午3时多（应该是2时30分——作者注）走出明华轮，当时外边挤满了群众。小平同志上车后，群众围过来，车只能慢行通过。有一些人已趴到车窗上往里看。我当时坐在小平的身旁，中南海警卫局一位姓宋的局长大声命令司机快开。我这时就火了，老百姓想见见邓大人，有什么危险，开快车才危险。我就大声对邓说：小平同志，外面的群众很想见一见你邓大人，而这位宋局长要开快车冲过去，我看是不是请梁湘同志调解一下，解决这个问题。邓榕在旁边说：袁庚真滑头。满车人大笑。梁湘便让司机慢慢开。

"后来，我跟启立同志谈到这件事，我对启立说：瑞典的首相帕尔梅去看电影，在路上中弹被暗杀了，警察赶来从身份证上才知道他是首相。里根总统遭人暗杀后，第21天后伤愈出院，他立即出席了一个公众集会。教皇保罗二世在西班牙遭受暗杀，现在他的身上还留有未取出的子弹，他伤愈后马上出访葡萄牙，警卫让他坐防弹车，他拒绝了，坐着敞篷车接受教民的欢迎，并走到教民中与他们握手亲吻。

"我对启立同志说：我敢说他们都比我怕死，死亡对他们也是一件极其可怕的事情。但是他们知道还有比死亡更可怕的事情，就是脱离了他们的选民，脱离了他们的教民。他们懂得这个道理！我们共产党人自称是代表人民的，与广大群众是鱼水相依的关系，我们反而有时搞不懂这个道理。我建议中央警卫局要改革现行的警卫制度。"

不久，邓小平长子邓朴方来访，对王潮梁说："我父亲多年来没有给任何企业题词，你们是第一家。"

后来，王潮梁在一篇回忆这段经历的文章中感慨地说："'时间就是金钱，效率就是生命'在那时不是挂在嘴上，贴在墙上的口号，而是实实在在的行动准则。"

邓小平视察返京后，不断有媒体记者找王潮梁采访小平同志视察的经过，在疲于应付中，这一年的2月间，经向上级请示后，王潮梁召开了一个新闻发布会，向海内外讲述了他生命中的这4个多小时。之后，各地游客潮水般涌向海上世界。几天后，三八妇女节，各地组织来旅游的游客差点把明华轮压得倾斜过去，只好控制上船的人数确保安全。

"海上世界"成了蛇口辉煌历史的见证，成了深圳人、蛇口人的骄傲。

下午2时30分左右，邓小平乘坐海军舰艇朝着珠海经济特区驶去。袁庚和工业区的职工们在码头上不断向他挥手送行。

望着小平同志的背影，袁庚想起1920年9月11日上午的上海黄浦港，16岁的少年邓小平登上法国邮船"盎特莱蓬"号，前往法国寻求富国强民的真谛。今年，他老人家已经80岁高龄了，在来自法国的明华轮上逗留了4个多小时，是法国邮轮唤起了他少年时负笈远游的记忆吗？袁庚猜想，这位睿智的老人一定是在分析、研究、总结这些天来在深圳视察的情况，思考着如何为中国的改革开放进一步指明航向。总之，这一天，能陪着他老人家视察，我老袁是最幸福的人了。

等到舰艇渐驶渐远，逐渐消失时，兴奋的情绪还未从袁庚的脸上退去。他对着手下的干部们拱手抱拳："干得好，诸位，辛苦了。"

好险哪！对外头衔是蛇口工业区公共关系总经理的余为平轻轻地吁了口气。他看了看许智明，许智明的脸上也是阳光灿烂。袁庚走过来，双手轻揽两位老搭档的肩膀，拍了拍说："老许、小余，这一下，我们站住了。"

他们三人彼此对视着，一个个露出了幸福的微笑。

坐在我对面的余为平回忆起他们三人22年前的微笑，年近80岁的长者笑容如年轻人那样甜美而灿烂。

20多年前，中国刚从"文化大革命"的噩梦中苏醒，在改革开放之初，"金钱"仍被视为"资本主义"，是反动的东西。处在改革开放最前沿的蛇口工业区，公然提出"时间就是金钱，效率就是生命"的口号，让蛇口工业区管理委员会的干部们万分担心。

1984年小平肯定蛇口之前，是蛇口工业区命悬一线的时刻。从1979年以来，每隔一两年的争议都差不多要"摧毁"蛇口。常规的反对派观点认为，袁庚尽搞资产阶级的东西。什么时间就是金钱？钱，钱，钱，一切向钱看，政治挂帅都没有了，怎么搞社会主义呀？

回忆这段往事，余为平十分感慨："袁庚问小平同志口号到底行不行的问题，这是冒着一定的风险的。如果邓小平不肯定，哪怕他只要不做声，别人就可以大做文章了！"

几天以后，1984年2月1日，农历癸亥年猪年除夕这一天，邓小平在广州珠岛宾馆内展纸挥毫，为深圳经济特区题词，将几天来在深圳的考察与思考凝集成一句经典：

深圳的发展和经验证明，我们建立经济特区的政策是正确的。

邓小平

一九八四年一月二十六日

有趣的是，邓小平落款的日期不是当日，而是提前到26日，这一天，他正兴致勃勃地听袁庚讲述蛇口改革开放的历史，让袁庚领着上山（微波山）下海（海上世界）进行视察、参观、眺望……

第二天，干支纪年开始新的轮回，甲子年大年初一，邓小平题词一大早通过广播、电视、《深圳特区报》迅速走进千家万户。袁庚笑着说："这是最好的新年礼物。"

在香港，大年初一上午的黄金时段，香港电视台立即转播这个喜讯，每隔五分钟播放一次。香港招商局的干部员工沸腾了。有人打电话告诉袁庚，在蛇口以及深圳市区有投资项目的香港工商界人士额手相庆。有人笑眯眯地到招商局来拜年，说鼠年抱金鼠了，发财发财！

袁庚相信，在全面推动蛇口工业区向前飞驰方面，没有任何一件事情的重要性超过1984年邓小平视察蛇口。这一年，有关工业区的争论虎头蛇尾地结束了。几天后，在向工业区干部传达小平视察蛇口情况的会上，袁庚直白地说："就像我们在大海上漂浮了很久，突然抓住了救命稻草，小平的到来对我们的意义重大。"

元月26日晚上10时半，袁庚带着乔胜利走进了海景咖啡厅。当服务生在他们面前点燃一盏小小的蜡烛灯时，再一次把袁庚乐观的心情照亮。

"小乔，你干得很出色！"

乔胜利的脸上浮现出微笑。

袁庚用近似安慰的语气继续说："小乔，我有个建议，如果有可能的话，我希望你能去读一读书。两三年后，回来继续为蛇口效力。"

乔胜利一脸惊讶地看着他的老板。天哪，哪有时间啊？

"我一直有个心愿，去大学重新学习学习。但是，参加工作后被派到印度尼西亚，回国后，从事情报工作又没有时间，'文革'又坐了牢。现在，连工作的时间都不够了，"袁庚轻轻地叹了口气说，"要不然，我真想回到学校去读书。"

乔胜利的头垂得更低了。"好的，袁董。"

1985年9月，就在邓小平视察蛇口工业区的一年零8个月后，在袁庚的建议与帮助下，乔胜利全脱产赴北京大学学习经济管理课程。学制两年。为了减轻他的生活负担，袁庚将自己在北京西苑调查部的公寓房借给乔胜利住了两年。

1984年2月24日上午，邓小平返回北京不久，便召集胡耀邦、赵紫阳、万里、杨尚昆、姚依林、胡启立和宋平共7位同志开会。他说："最近，我专门到广东、福建，跑了三个特区，还到宝钢看了看，有了点感性认识，今天找你们谈谈特区的开放政策和怎样进一步开放的问题，请大家讨论一下。"

"我们建立特区，实行开放政策，有个指导思想要明确，就是不是收，而是放。"邓小平兴致勃勃地说，表明了他坚决支持改革开放的决心。

邓小平说：这次我到深圳一看，给我的印象是一片兴旺发达。深圳的建设速度相当快，盖房子几天就是一层，一幢大楼没有多少天就盖起来了。那里的施工队伍还是内地去的，效率高的一个原因是搞了承包制，赏罚分明。深圳的蛇口工业区更快，原因是给了他们一点权力，500万美元以下的开支可以自己做主。他们的口号是"时间就是金钱，效率就是生命"。

最后，邓小平强调：除现在特区之外，可以考虑多开放几个点，增加几个港口城市，如大连，青岛……[①]

这段讲话，后来被编入《邓小平文选》第三卷。

三、王震："你每句话都是尖锐的！"

1984年加盟蛇口的韩耀根回忆当年的袁庚，说他明显地感觉袁老的嗓音沙哑得厉害。"其实，在1983年采访袁庚时，他的嗓音虽然单薄，但并不沙哑。"余为平解释说，"那时（指1984年及以后），他说话要费很大的力气，很不容易。"

3月末的北京，暖意融融。中南海翠柳拂堤，百花争春。

[①]　见《邓小平文选》第3卷，第51页。

根据邓小平2月考察经济特区后提出的"对外开放政策不是收而是放"的意见，经过一个月紧张而又充分的准备，中央书记处和国务院联合召开扩大会议，专题研究开放14个沿海城市问题，会议又名"沿海部分城市座谈会"。据袁庚了解，莅会者有中央政治局委员、书记处书记，还有国家机关43个部委负责人，中央领导23人，再加上沿海有关省市的党政负责人。这次会议规格极高，整个会议历时12天。为了方便党和国家领导人亲临到会，会议场地安排在中南海的怀仁堂。怀仁堂是中央政治局召开会议的场所。十一届三中全会以来，党和国家一系列具有重大战略意义的决策，都是在这里讨论决定的。

袁庚接到参加这次会议的通知很晚，是在会议开幕的前两天，是这次会议唯一的一位企业界代表人物。会场上，他遇到了梁湘，梁湘是有备而来，准备了厚厚的一沓汇报材料。袁庚只是在旅途的间隙中，时不时地在巴掌大的小本子上，列上几条提纲，他没有时间准备像样的发言稿。

3月28日的下午，会议开幕的第一天，袁庚被安排作重点发言。如此重要的会议，在第一天就给袁庚辟出了一大块发言时间。

袁庚看了看怀仁堂会议厅内挤得满满的中央及各地领导，一时间没有讲话。在招商局或者蛇口，面对下属，在一场雄辩滔滔的演说前，他习惯于事先冷冷场，就像铸剑时先用冷水淬一下那样，可是，现在是在中南海，在怀仁堂，他多少有些紧张，有点慌乱。略一停顿后，他开始讲了，思路还是有条不紊。其实，袁庚并没有什么语言方面的天赋，就连普通话的发音也没有掌握好，那种夹带大鹏土话的口音伴随了他的一生。但这一切，对一个极具煽动能力的演说家来说并不是最重要的。袁庚相信，没有人天生就是演说家，完全需要依靠后天训练。1937年，20岁的袁庚回乡后，在原母校新民小学当教员，参加抗日救亡活动，成为沿海青年抗敌后援会的负责人，多次组织宣传剧团到处巡回演出。仅仅一年的时间，就为袁庚日后的绝佳口才奠定了基础。

"当对外实行开放政策，经济特区进入第五个春天的时候，小平同志视察了三个特区，总结了办特区的经验，提出把特区的某些政策运用于部分沿海城市，这将使我国开放政策的实施进入一个新的局面。梁湘同志代表我们作了综合汇报发言，我只从一个侧面，一个局部作一点补充。"

袁庚充溢着激情的开场白，宛如"风乍起，吹皱一池春水"，打破了大厅的宁静。

"1979年1月30日，我们向先念、谷牧同志汇报开发蛇口工业区的构想，先念、谷牧同志听了很感兴趣，要把整个蛇口半岛都划给我们。当时由于思想不够解放，只要了现在2.14平方公里的'弹丸之地'。弹指一挥间，四年半之后，小平同志视察了蛇口工业区，指出'蛇口快的原因是给了他们一点权力'。"袁庚强调说，"事实确是如此。蛇口有多大的权力呢？可以审批500万美元的项目，招商局可以从每年的利润中留1/10左右来投资，而且只限五年，去年已经到期了，总共才5000万元。就这么点权力！我们正是凭这一点权力，在2.14平方公里荒地上进行了冒险的改革尝试。

"首先，是在干部体制上的改革，早期我们的干部都是从交通部政治部抽调来的，时间不长，就发现问题了。我们有的干部科学水平太低，缺乏国际基础常识，不能适应对外开放工作。英国剑桥大学经济考察团来访问，我们有个领导干部问人家：'你们大学是建多大的桥的？'有个领导干部向谷牧同志汇报，为了说明他自己思想解放的变化程度，认为不止是一百八十度，而是三百六十度的转变。有个干部问美国商人说：'英国是讲的英文，美国讲的是什么文？'谷牧同志批评我为什么还用这样的干部。1980年我们开始向中央打报告，要求打破传统办法，要通过考试向全国招聘人才，以改变干部队伍的落后状况。蒙中央组织部大力支持，大开绿灯，我们先后从清华、上海交大、浙大、海运学院等理工大学毕业生、研究生中，经过考试，招聘了一批人才，经过分期培训，加以考察任用。现在蛇口793名干部中，有494人是工程师、大学生、专业技术人员。他们大多通过这一途径从四面八方汇集于蛇口，现在已经成为蛇口的骨干。"

礼堂内响起一阵热烈的掌声，给小心翼翼选择字眼的袁庚以极大的鼓舞——对，我就这样讲下去，心里想什么就说什么，向大家交心。

"干部进入工作岗位以后，也就是进入了大大小小的'权力圈子'，当国家法制不健全的时候，'习俗移人，贤者难免'，有些人就可能滥用权力，以权谋私。这就必须加强人民的民主监督，人民必须有权选举和罢免干部。1983年春，耀邦同志视察蛇口，取得耀邦同志同意，我们在蛇口区试行直接无记名民主选举管委会的办法。群众心中十分亮堂。果然，年轻的有专业知识的有志之士当选，组成了现在的新的领导班子。这个班子平均年龄才44岁。同时规定每年一次信任投票。这样做要冒一定风险，但大家认为只有这样才能把大小干部真正置于群众监督之下，葆其旺盛青春。管委会还定期举行新闻发布会，向群众输送施政讯息，接受质询。看来，时间虽然很短，职工还不习惯，但效果还好。四年来道德风尚、社会秩序良好，至今未发生过一起刑事案件。

"各级领导班子都是年轻人，全体干部平均年龄只有35.4岁。他们最大的缺陷，是对国家体制不熟悉，对办事程序、公文运转，诸如应由谁会签、画圈、上报谁、谁审批之类大多一窍不通。因此，上上下下、左邻右舍的关系，处理往往不够通情达理。我们正注意帮助改进。1980年以来，我们已办了三期干部培训班，请国内外专家学者、教授专讲经济管理和外文。干部们对国内的理论易于接受，对国外学者讲学，初期有排他情绪。三年前加拿大多伦多大学心理学教授来讲课，一开始学员们议论纷纷。休息时学员质问我为什么请资产阶级来散播唯心学说。其实西方世界学者把人类行为学植入经济管理学中，作为一个专门学科来为企业主服务，把'效率'和'满足感'放在经济学中加以考察，有它唯心的一面，也有可资借鉴之处。要有勇气使我们的干部敢于接触一些离经叛道的学说流派，取其之长，弃其所短，开阔视野，洞察世情。第二、三期之后这种现象就不存在了，一种学术上、思想上活跃的局面在蛇口开始形成。"

袁庚确实为他的蛇口感到骄傲。他继续详细地向在座的领导们汇报他的心得：

"其次，在劳动体制、用人制度上，我们坚决杜绝后门，招工必须经过考试、体检，合格的签半年试用合同，期满双方同意再签正式合同。违反厂方制度，教育无效，厂方有权解雇。工人对厂方不满可以自由流动。工资不用行政指令规定，而用劳动市场调节。工厂、企业必须按每一工人800元港币的平均工资额准备，扣除20％社会公积金，其余由工厂、企业发给工人，如果工资少了，工人自然流向工资高的工厂去，蛇口80多个工厂、企业的职工一直是相对稳定的。

"对干部工资逐步进行改革。现行的工资制度是职务工资制为主。从内地调进干部，不论其原来级别、职务如何，都一律冻结在本人档案中，只作为基本工资参考（以后将进一步缩小或取消基本工资）。现行办法是基本工资占30%，职务工资占45%，浮动工资（奖金、企业分红）占25%。管委会下各专业公司干部、经理实行聘请制，任期一年，彻底打破了'铁饭碗'。实行以来，开始有部分人反对，现在看效果很好，有利于增强干部的责任心和进取精神。"

袁庚开始谈到"大锅饭"——也就在这段话中，他说了一个让多数人都感到尖锐的观点。

"我们立志于打破'大锅饭''铁饭碗'的改革，引起过一场争论。（蛇口工业区）创建初期很受日本工人的启发。1980年日本承包商承建蛇口铝材厂，这个厂小平同志参观过，（产品）质量好，外销美国。日本来了27个专家、工人，用了23天，把15000平方米的厂房钢架全部安装好。他们无论刮风、下雨，甚至受伤，从早到晚就像军队战斗一样，场面十分动人。我们曾经在现场召开过干部会议，有人说，要振兴中华非有日本人这种守纪律的拼搏精神不可。有人说，你每天也跟日本人一样发给我一百美元工资，我保证比他们干得更出色。强调人的社会主义觉悟、加强政治思想工作是对的，而另一方面，社会主义应该多劳多得，工资必须按劳分配。我认为，'大锅饭'是使懒惰的人剥削勤奋的人、愚昧者剥削聪明人、没有知识的人剥削有知识的人。蛇口的工资改革是有思想基础的。

"在住房商品化方面，我们认为做得比较成功。蛇口职工人数每年递增一倍以上，住房增长经常跟不上人口增长。我们只有实行住房商品化，才能改变统包统配的被动局面。我们按每平方建筑面积投资数额50年折旧计算，（不算地租和公共设施）出租或分期付款出售给职工，一次（性）付款还可以优惠，平均每平方公尺月租为9角左右。这样职工就可以在他较高的工资收入中自己做出符合自己要求的住房安排。几年来基本上没有发生过争住房的现象。

"在机构精简、因事设人、讲求效率、艰苦层次上我们也做了一些改革。党委会、管委会、外国石油公司在一个大楼办公，外商进来洽谈项目，从土地协议、项目、规模、供水、供电、电信安装、劳动力招聘、职工住房租买，均可以在一楼之内一天之间全部获得解决。取消了午睡，开始有些人反对，现在工作效率大大提高，生活工作节奏都有点紧张，工厂更是如此。日本'三洋'厂进来之后，其管理之严、效率之高，对我们也起了促进作用。许多同志参观过该厂之后说，我国的工厂都办成这样，'四化'就有希望了。我个人认为，在企业管理上可以'以日为师'，要严格管理，同时又对每一个职工的情况、特长了如指掌，对人要做细致的工作。干部以身作则，丝毫不苟。"

袁庚端起桌上的白茶杯喝了口茶，润了润已经"冒烟"的嗓子。

"中央、省、市给了我们一点自主权，我们仅在这点权力范围之内集中了一批有志的年轻人进行改革探索。我向小平同志汇报过，这些改革应是同步进行的。我们的社会主义制度很优越，而我们的各种体制却非常落后，妨碍了生产力的发展，要改革起来真是一部二十四史不知从何说起。蛇口2.14平方公里不是真空地带，有许多我们权力之外的应兴应革事宜，我们是无能为力的。"

接下去，袁庚汇报4年多来蛇口引进资金和回收投资情况，说："预计今年可以回收1亿港币以上。如果市政开支由国家负担，五年就可以全部回收基建投资本息。但现在仍要负担全部市政建设开支。全区码头口岸扩建维修，海关、边防、公安以至文教卫生、污水净化、环境卫生、植树造林、马路照明等市政建设和开支都由企业来负担，1985年以后税收又要拿走，这样就巧妇难为无米之炊了。"他顿了顿，露出一丝勉强的笑容，说："希望中央各部委对这弹丸之地继续给予破格支持，网开一面。"

袁庚谈到蛇口已经"初步建成一个新型的海港工业小城市、南海石油开发的后勤基地"的时候，激情洋溢、声调高昂地说道："在我国来说，她是一个最年轻的（全员平均年龄25.4岁）、最有文化的（干部中大专程度的占75%以上，工人中高中毕业的占51%以上）、工人工资最高（800元港币，已超过澳门工人水平）、没有待业青年的小工业区，她具有中国社会主义的特色。去年12月，联合国跨国公司局局长率领13个国家的考察团来我国考察讲学，最后一站是蛇口。代表团团长在告别时非常激动地说：'我以为我们是来教导你们如何办加工区的，想不到来了一看，反而是你们教育了我们。因为你们具有别的国家所没有的独创一格的特色。我回去将向联合国主管官员报告，推广你们的经验。'美国中央情报局官员、驻广州商务领事叶莺在一个招待会上说：'外国石油公司是最挑剔的，但对蛇口工业区没有抱怨，说明蛇口的工作效率石油公司是满意的。'"

听众们不由自主地鼓起掌来。好不容易等到掌声将息，袁庚开始了他的结束语："我们并不因为各方面的评论而自满，我们深知在我们前面有不少有待克服的困难，改革的尝试探索中有许多缺点和不完善的地方。小平同志的讲话给了我们很大的鼓舞和鞭策，我们将竭智尽忠、悉心以赴，为把工业区办好，摸索出一条路子出来。"

完全的脱口秀，这就是袁庚的本事。他的会议发言时间为1小时45分钟。

袁庚讲完之后，听众随后起立鼓掌达到前所未有的热烈，掌声包围着袁庚，令他竟然有些不知所措。他真希望工业区的同仁们能看到这一切。

袁庚自己觉得，他成为这个时代的风云人物。

事实上，在邓小平南下视察之后，深圳经济特区、三天一层楼的"深圳速度"以及蛇口、"海上世界"、"时间就是金钱，效率就是生命"等名词短语，迅速传遍全国、全世界，一时间到了家喻户晓的地步。袁庚、梁湘迅速成为红遍大江南北的名人。

散会后，国务委员余秋里对袁庚竖起了大拇指说："袁庚你讲得好，干得也好，为共产党争了一口气。"

这天傍晚，国务院副总理王震召见袁庚，他对袁庚的发言给予了极高的评价。他早在1979年12月12日即赴蛇口工业区视察，到这时候已经视察3次了。每一次，他都会为蛇口的巨变而兴奋。

"总理说，你的每一句话都是尖锐的。"王震说。

袁庚笑着搓了搓手，问："有没有过线呀？"

"没有过线。"王震肯定。

"那就好，那就好。"袁庚笑了。

"我有个建议，"王震笑呵呵地看着袁庚，"你这位改革开放的猛将，是不是请我们几个老头子吃一顿饭？"王震说的几个老头子，是指邓小平、王震、杨尚昆、宋任穷和余秋里。

"好！"袁庚欣然应允。

离开王震后，袁庚突然觉得，还漏掉了对蛇口十分关注的谷牧！他决定找个时间单独请谷牧一家吃饭。

稍晚一些时候，中央办公厅两位秘书找到袁庚，拿出袁庚讲话的录音整理件，希望袁庚在个别地方稍加修改以便付梓。本来，会议的讲话都是当天付印，晚间即发给与会者阅读的，但袁庚的讲话稿看上去过分尖锐，秘书处不便定稿。

原来，在谈到实施工资改革、打破"大锅饭"时，袁庚毫不客气地说："'大锅饭'是使懒惰的人剥削勤奋的人、愚昧者剥削聪明人、没有知识的人剥削有知识的人。"会后，有人认为此话过于尖锐。

其实，这类"尖锐"的话，袁庚在蛇口已经讲过多次了。去年5月，广东省劳动局就相关干部劳动制度问题赴蛇口调研，袁庚接待了他们。交谈之中，袁庚把所思所想说了出来："资本主义是有财产的人剥削没财产的人。我们的制度下有没有剥削？有，是懒惰的剥削勤快、能干的。如果是同样的两种剥削，我就选择前者。"

袁庚一席口无遮拦的话，让听者瞠目结舌。

考虑到影响，袁庚还是妥协了，他连夜审稿，将上述那句话改为"勤惰一个样、专业知识高低一个样、贤愚一个样的分配制度，不能叫社会主义的分配制度"。

中央办公厅将袁庚的发言刊登在第七期《简报》上，并附上一个特别说明：请有关领导同志各自决定此件传阅范围。

一位驻港机构的负责人会后在袁庚的发言稿上批示：此件很精彩，建议向处以上同志推荐，是一篇思想解放的教材，是一篇创业的教材，是一篇别具一格的汇报形式的教材，可供我们学习的地方很多。如果我们每个同志都具有报告中的敢于创新的精神，我们的工作便会在短期内面目一新。

四、请五老及家人吃饭

耸立在北京市郊一片麦地上的长城饭店整体呈"Y"字形，外墙饰面全部采用反射片式冷光玻璃，这座"玻璃大厦"犹如一座巨大的水晶宫殿，晶莹光亮。在1984年，日后繁华熙攘的燕莎商业圈还远远没有形成，这家中国第一家五星级饭店看上去雍容华贵、富丽堂皇，与周围灰色、单调的环境格格不入。

4月1日，星期日，刚开张5个月的长城饭店仍在试营业阶段。

下午5时30分，站在长城饭店大堂门外，袁庚看上去精神矍铄、兴致盎然。昨晚，他特意回到中调部西苑宿舍旁那家他熟悉的小理发馆理了发，披上那件穿了三四年的全黑呢大衣，换上了全套黑色西服，内衬白色衬衫。从内心来说，他非常重视这场盛宴。

站在袁庚两旁的是刘田夫和梁湘。袁庚早早地通知了二位，让他们一同过来捧场助兴。他有个小九九，希望能借此机会与父母官梁湘疏通关系，给蛇口工业区行个方便。

"老袁哪，一晃就是5年，当年真想不到，蛇口工业区能发展到今天这个模样！"老省长刘田夫在寒风中抚今追昔，一脸兴奋。

"我还记得最早你担任省革委会副主任，分管全省工业区的建设，那时，你就给了我们巨大的支持呢！"袁庚对刘田夫说着，又扭头看着梁湘，他很希望梁湘能听出他的话外之音——梁书记，也请你继续大力支持蛇口吧！

几天前，就在袁庚发言前，广东省副省长、深圳市委第一书记梁湘也在会上发言，向大家汇报并介绍了深圳这个昔日荒僻的边陲小镇是如何迅速崛起，并成为一座现代化的中等规模城市的。梁湘在会上说，深圳之所以取得这样大的成就，一靠中央赋予特区的特殊政策，对外资、外商有吸引力；二靠跳出现行体制的框框，大胆改革经济体制和管理办法。

"梁书记，你的发言很有创见！"袁庚对梁湘说的是心里话。

梁湘微笑，旋即又摇摇头说："袁董，你的发言极具影响力。"

"你们哪！"刘田夫揽着袁庚和梁湘的双肩说，"在这次大会上，我听得最多的是，深圳及所属蛇口工业区的经验，受到与会者的普遍重视。你们走在最前面，你们的经验具有重要的借鉴意义。"

2006年3月初，89岁的袁庚因前列腺肥大阻塞尿道，引发炎症，紧急入院。

一个星期后，远嫁澳大利亚的袁尼亚回国陪伴父亲。

袁尼亚，袁庚长女，1957年出生于印度尼西亚。高中毕业后考入北京第二外国语学院，专攻法语。毕业后，分配在北京长城饭店任公关部总经理助理。

关于1984年4月的那一场宴请五老的盛宴，22年后，袁尼亚仍很兴奋地回忆起一切细节。她说："我很高兴，能够替父亲做一点力所能及的事情。"

"爸爸。"袁尼亚从饭店走出来，无意中将刘田夫的话打断。她将身后跟着的两人，一一给袁庚做了介绍："来。这位是饭店总经理孙必达；这位是我们公关部总经理露西·布朗女士，她曾经是一位美国记者，是美国达拉斯凯酒店的公关经理。"

袁庚三人一一与对方得体地握手寒暄。

"袁先生，我听说了你的宾客的阵容，我有一个小小的要求——"总经理孙必达热诚地望着袁庚，"本饭店将于两个多月后，也就是6月20日开业。不管是现在的试营业阶段，还是正式开业以后，要请到今天来的贵宾恐怕是天方夜谭的事情。我们希望，这次宴会由长城饭店请客，用你们广东话来说，就是由我们买单。请允许我们这样做！"

袁庚惊喜地看着女儿尼亚，又看了看周围的人。"这样……不太好吧？我们蛇口工业区——"他想说，就让蛇口工业区买单好了，工业区发展到今天，与党和国家老一辈领导人的关心、支持与爱护密不可分；据梁鸿坤与梁宪分析，今年

406

是工业区全面发展的一年，也是历年来投资最大，引进外资最多，经济效益最好的一年，预计全年回收资金可达3000万元，比去年增长14%。

"爸，这是我们两位经理的意思。"女儿尼亚的目光在经理们与父亲之间逡巡，打断了父亲的话，用几乎是央求的语气说，"您就同意了吧。"

"承蒙抬爱，不胜荣幸。"袁庚颔首，微笑。此刻，他心里多少有点受宠若惊，他并不了解长城饭店公共关系部的强大阵容与厚实底蕴。就在28天后，北京长城饭店在其美籍公关部经理的运作下，竟然把美国总统里根的访华答谢宴会，从原定的人民大会堂宴会厅搬到了还在试营业的长城饭店。

在1984年4月，长城饭店新开张的餐厅仅有一楼的法国餐厅，那时，顶层21楼的云台餐厅与二楼的宴会厅还没有开业。这场由袁庚做东，安排在法国餐厅的宴请，原本定在晚上6时30分开宴，实际上拖到7时30分才开始。

这一天的法国大餐，配备了法国最好的波尔多葡萄酒。袁庚破了戒，拎着酒瓶，带着刘田夫和梁湘四处敬酒，不多时就不胜酒力，不仅脸颊通红，而且脚步不稳。守候在一旁的袁尼亚及时而成功地"解救"了父亲，她偷偷地叫餐厅服务生给他换上了红糖水，令袁庚得以体面地支撑大局。

酒酣耳热、觥筹交错之际，袁庚给梁湘敬了一杯真正的葡萄酒。他指指酒杯中的酒说："如假包换哪！"还将杯子递到梁湘鼻子底下，让他鉴定杯中的葡萄酒并未掺假。"市长大人，蛇口工业区发展到今天，多多包涵，多多帮衬。希望大家同心同德，同捞同煲。"他一激动，竟对着梁湘吐出了半生不熟的大鹏客家话。

梁湘笑了，他拍着袁庚的肩膀说："你们要哪些权？我把有关部门召集开会，看看怎么解决这个问题。"

袁庚举杯致意："好，一言为定！由我带队来。"

长达10天的座谈会结束之前，4月6日下午，邓小平、李先念等人来到怀仁堂接见所有与会人员，并与大家合影留念。

中国的改革开放，在这一年的春天，迎来了全面的突破。

4月30日，《沿海部分城市座谈会纪要》出台。纪要郑重建议，进一步开放上海、天津14个沿海港口城市。

5月4日，中共中央和国务院联合发文，同意《纪要》的建议，进一步开放天津、上海、大连、秦皇岛、烟台、青岛、连云港、南通、宁波、温州、福州、广州、湛江、北海14个港口城市。

中国的改革开放从"试点起步"阶段跨入"重点延伸"阶段。

袁庚在1984年迎来了他的67岁生日。他已经从长达4年的政治危机的阴影中走了出来，成为中国最有影响力的改革风云人物之一。

也就在这一年，袁庚迈入他改革生涯中的明星时代。

袁庚4月11日从北京飞抵广州，连夜赶回蛇口，翌日上午便召集蛇口工业区党委、管委会两委委员，各科室主任和各公司正副经理开会，传达刚刚参加的沿海开放城市会议的主要精神。袁庚满脸的倦容还未消褪，嗓音更加嘶哑了，像一块毛了边的玻璃。他还透露陈慕华已同意蛇口作为集装箱厂的生产基地。"我把大家要说的话，都在中央讲了。讲对了显摆大家的功劳，讲错了我个人负责。"他旋即话锋一转，声量也提高了几个分贝，"昨晚，我一夜没有睡好。你们知道是为什么吗？不是因为中央对蛇口的重视，而是——蚊子太多了，我们这里的脏乱差！"他看了看下属们，"大家都在说，学蛇口的经验，我认为，蛇口经验应该作为一条鞭子，狠狠地抽打我们一下，作为我们第二次创业的动力和鞭策。"

大家低头不吭声。

约莫一分钟后，梁宪抬头看了袁庚一眼："水湾头的两口池子，太脏了，要解决一下。"

"是的，"王今贵说，"据说，贸易公司有人对穿中山装的人不礼貌。这个人查出来了没有？我认为，不管是谁来都要以礼相待。"

陈金星说了一些具体问题："环境卫生很重要。墙上不要乱张贴，布告没有地方贴可以指定一个，绿化队绿化完了要将土清扫一下……"

大家叽叽喳喳地议论起来，从各自分管的角度提出了改进意见。

最后总结发言时，袁庚站起来，说："孙中山曾经提出'以俄为师'，我今天提出'以日为师'。为什么要这样做呢？大家看到，日本人不是光靠说的，而是先干的。看看蛇口的三洋就知道了，工厂的环境和生产量都是一流的。关键还是经理以身作则。"他吁了一口气说，"有消息透露，不久后，国务院办公厅将委托深圳市举办'沿海部分城市经济研讨会'。到时候，这些沿海城市的负责人都会到蛇口看一看，他们要来学习蛇口经验。我希望，我们在座的不要给'蛇口经验'丢脸。"

五、黄宗英："袁庚是米开朗琪罗！"

2005年5月4日。青年节。上海。华东医院高干病房。

在这个被著名影星、作家黄宗英喻为我和她的"共同节日"里，我的采访打开了黄宗英封存了23年的关于蛇口那座半岛的记忆。

"如果说，赵丹是大海，令人动荡不安的大海，冯亦代就是一座高山，那么袁庚呢……"话语停顿了，思维卡了壳。

我迫不及待地想要知道结果，全然不顾正靠在病床上的黄宗英已年届83岁。她正眨着眼睛，脑子里的词汇搜索队正缓慢而艰涩地准备跨越一座座理性思维的记忆的暗礁。

"袁庚是雕刻家，是米开朗琪罗，不是理论上的，而是实实在在地雕刻了一个崭新的蛇口工业区……"因为想到一个绝妙的比喻，黄宗英忽抬音量，愉悦地叫了起来。

此时，身穿白底粗蓝条病号服的黄宗英，因为骨折在病床上躺了3个月。她有着跨越年龄的生脆、清甜而青春的嗓音，肤色白皙而透明，深棕色的眼珠子里闪着调皮而聪慧的光芒。

美人迟暮，风韵依然。在这个青年节，是关于袁庚与蛇口的话题让眼前的老人一节一节地年轻起来。

"我是随着国家科委童大林同志去深圳时，认识袁庚的。我第一眼看到他的时候，就觉得国家有希望了。"

1983年11月中旬，从赴蛇口散心，到常驻蛇口立志闯出一番文化体制改革的新天地，再到创办都乐影视公司，最后黯然告别蛇口，黄宗英仅用了两年零一个月。

23年后，对于那个她称为总督的袁庚，仍旧有些莫名的遗憾。"当时，袁庚就差和我说一句话。他应该说：'小妹妹呀，你不要太天真，蛇口这个特区可不是文化特区呀。'他要这么嘱咐我一两句啊，我可能就不会那么狂热。"

由于她所任职的都乐影视公司欠下一笔37.8万美元的巨额债务，她不得不心力交瘁地逃离蛇口。"我没有见袁庚最后一面，就偷偷溜了，是因为我见了他不知道该说些什么。我把他当知己，我会对他哭一场，因为，有的事情现在能说清楚，当时无法厘清。"

回望在蛇口的那段欢笑与眼泪并存、希望与失望同在的日子，黄宗英心有感念。她再三申明离开蛇口并非心存怨恨："在蛇口，我没有赚到钱，人家都说我亏了，我说我在蛇口是大大地赚了。"

按照黄宗英的算法，她在蛇口共花一年半的时间，拍出了近10部专题片、纪录片和歌舞片。这些纪录片与专题片，意义非凡。她很得意地告诉我，她拍下了袁庚行走在沙滩上的脚印。因为，袁庚的脚印是具有历史价值的。

她说，午夜梦回，她常常神游蛇口，立于蛇口碧涛苑的海边。"我常常想起蛇口、想起袁庚来，有首诗：众鸟高飞尽，孤云独去闲……相看两不厌，只有敬亭山。"

临告别时，她认真而刻意地在一张巴掌大的小纸上写下了最后两句诗，托我带给袁老看。

"你知道不知道，我和蛇口是相看两不厌的……"

袁庚来到太子道旁颇具现代建筑特色的碧涛中心时，已是上午8时30分，阳光正好，天气晴朗，天空现出冬季的青蓝色。街上行人稀疏，个个行色匆匆。他们中有一些来蛇口旅游的北方人还竖起了大衣的领子，像在躲避北方独有的严寒。这个地段从严格意义上来讲，被当地人称为五湾之地，从创建工业区起便发生了巨大的变化。以往靠海的海滨，只种了一些稀疏的、常被台风刮倒的黄麻树防风林。现在，这里有几栋高档的、令对岸香港人眼热的别墅，有一个商业中心，有饭馆，也有时装店，不远处还傲然挺立着封顶不久、翌年即将开张迎客的五星级南海酒店。

这是1984年2月的一个周日早晨。袁庚昨晚从香港赶回蛇口参加工业区的一个重要会议，今天挤出了早晨的时间约请黄宗英。在去年11月初见到黄宗英和童大林之时，他便承诺过，要跟这位著名演员、报告文学作家好好聊一聊，一直没有找到时间。

再忙，我也不能食言哪! 想到这，袁庚无奈而疲惫地笑了笑。他在黄宗英的住所周围转了一圈，见毫无动静，便捡起地上的一块小石子，瞄准了一扇紧闭的窗户扔了过去。石子发出清脆的声响。旋即，门开了，传出清亮的女声："谁呀？"

"Lazy bones.（懒骨头。）"袁庚说，"走，我们去饮茶。"

开张迎客才两个多月的南山翠亨屯茶寮此刻正人声鼎沸。这家由香港美丽华酒店有限公司全资附属的港九娱乐有限公司与工业区生活服务公司合资兴建的茶寮，以供应港式早、中、晚茶为其主打特色。茶寮的经理为美丽华酒店老板的大公子杨秉正。在1984年年初，胖乎乎的杨家大公子杨秉正在茶寮试营业期间，亲自端盘子上茶点，热情招呼每一位光临茶寮的食客，将港式服务的亲切与熨帖带给了小小的蛇口，深得袁庚的赏识。袁庚曾多次在干部会上号召工业区服务公司及其下属公司人员学习港商杨秉正的工作态度。

这天早晨，当袁庚与黄宗英步入茶寮大门，杨秉正三步并做两步地从茶寮里冲出来恭迎贵客："袁董，早上好! 你们想吃点什么？"

袁庚拣了一张靠窗的桌子坐下，笑着对杨秉正说："杨先生，你去抓点东西来，要正点的。"他将桌上的一张茶点单和一支铅笔一同递给黄宗英，换了南方普通话说，"你看看，要吃什么，就在上面画个圈。"

"袁董，你就替我做主了吧。这可是你的地盘啊！"黄宗英笑了，她头上戴着的浅棕色绒线帽吸引了许多食客的目光，对襟蓝布上衣洗得微微有些发白，人却活力四射。"袁董，我有一个很好的教英文口语的对象，不知道你敢不敢请？"

"你说谁啊？"

"章含之。我来蛇口前，在北京去了一趟乔家大院。老乔走后，章哭啊哭，痛苦极了。我说：'含之，你不能这么活着，要出来工作。'"黄宗英说到这里，大概也是联想到赵丹走后她内心的惨痛，眼眶慢慢地濡湿了。

袁庚微微一笑，反问道："我为什么不敢请？你去转告她，蛇口欢迎她来参与工作，我们需要像章含之这样的人才！"

有什么不敢的？袁庚可不是孬种！一个月前，袁庚刚刚看完张洁写的《爱，是不能忘记的》及有关批评她的文章，便问梁宪："你认识这个作家吗？把她请到蛇口来，怎么样？"

创办工业区之初，袁庚的设想是工业之城。到这个时候，工业区内工业体系初具规模，袁庚越来越感到文化的影响力，迫切需要一大批文化人。袁庚将服务生刚刚送上来的水晶虾饺与马拉糕推到黄宗英面前，微微一笑："听说，你准备搞一个公司？我觉得，这个主意不错！"

袁庚了解到，赵丹去世后，黄宗英渐渐从悲伤中解脱出来，写了不少好作品。她的报告文学《大雁情》获得了全国报告文学奖，电视报告文学《小木屋》也反响不错。袁庚都一一看过。初到蛇口，正值工业区劳动服务公司与香港某公司合资，成立了宝耀公司生产包装纸箱，黄宗英旋即被聘为义务副经理。这是专门负责此事的梁宪的建议，为的是让她体验生活。事实上，黄宗英经商才能的第一次发挥并不在宝耀公司，而在日本三洋（蛇口）机电公司。这家在蛇口举足轻重的外企亟须打开中国的内销市场。黄宗英跑了一趟北京，拿到了三洋彩色电视机内销3万台的批件。三洋老板感激涕零。黄宗英在蛇口名声大振。

此时，黄宗英决意携笔经商创业。她要尝试"以企业方式办文化"，"以商养文"。

"当然，我要从演员—作家—经理，再由经理—作家—演员，我要让生命的底片第三次曝光！"当杨秉正亲自端着一盘陈村粉过来时，黄宗英用一种如此平静、如此有力、连她自己都感到吃惊的声音说。

"祝贺你！你是蛇口第一个驻扎下来的文化人。"袁庚以茶当酒，举杯齐眉。实际上，蛇口经济改革的模式吸引了大批文化名人。自1983年始，在很长的一段时间内，在报刊的宣传下，或是通过口口相传，甚至在黄宗英的"撺掇"下，大批文化名人不请自到，如画家李苦禅，摄影家华国璋，影星刘晓庆、陈国军、姜文，笑星马季、姜昆、潘长江，导演顾长卫，歌星程琳，等。

"因为，我已经'嫁'给蛇口了。"黄宗英的语调轻松而骄傲。

这一年，法国巴黎华商总会主席刘友煌先生欣赏黄宗英的创业志愿，出资30万法郎，一说是借贷，一说是赠予，总之，这笔钱归黄宗英支配。刘友煌先生委托他在香港的朋友张万均先生替黄宗英代管。黄宗英积极筹备在蛇口和香港设立影视制作公司，基本设想是在蛇口设立一家公司从事影视制作，在香港设立一家公司引进影视设备并为蛇口公司的影视生产打开海外销路。

广西柳州都乐石洞壁画有四个大字：天下都乐。这是赵丹1978年游都乐洞时挥毫写的。"四人帮"被粉碎后，柳州首先邀请赵丹去深入生活和进行创作。

黄宗英从30万法郎中拿出18万法郎，在香港筹建一间影视制作公司，取名"天下"——天下影视制作（香港）有限公司。赵丹的弟子薛靖作为黄宗英指定的在港代理人，任董事长兼总经理。3月24日，黄宗英和蛇口工业区协商，筹建一间合营公司，取名"都乐"——都乐文化娱乐有限公司。

10月2日，袁庚抽身参加新华社香港分社举办的香港各界名流国庆宴会。会上，有人告诉他，影星刘晓庆正满场子找他。这时，刘晓庆主演的《垂帘听政》在港首映，引起轰动。袁庚听说此事后就乐了："这个丫头，挺有性格的。"去年，袁庚看完了刘晓庆的自传《我的路》，对其中的那三句名言颇为赞赏。

原来，刘晓庆对新华社香港分社社长表示，她想做独立制片人，希望有机会独立制片，在文化改革方面有所斩获。但是，在中国独立制片不比国外，即使政策允许也囊中羞涩。国外的独立制片人奉行自己出钱、自己拍片、自己发行的政策，是赔是赚全靠自己。中国的演员再富也无法筹集巨额资金拍片。社长一指刚刚走过来的袁庚说："你要找的'大老板'在这儿！"

袁庚拿着刘晓庆给的剧本《无情的情人》给了梁宪。梁宪花了通宵时间看完了整整10万字的剧本后，很感慨，他向袁庚汇报说，此剧本是中国的"罗密欧与朱丽叶"，一出感人至深的爱情悲剧，拍出来能赚钱哩！袁庚想了想，动了支持文化改革的念头，让梁宪去找梁鸿坤支持支持。这一支持，就支持了50万元人民币，招商局成了《无情的情人》一片的投资方。而在此之前，刘晓庆和陈国军，也就是此片的导演，一同找过梁湘。

1984年10月16日，招商局、都乐公司、香港南方影业公司、珠江电影制片厂与刘晓庆签订了由她主演、独立制片的《无情的情人》协议书。翌年年初，该片杀青。由于有关方面的干预，该片在献映7日后被禁演。

有人说袁庚在婚姻之外另有恋情，直到20世纪90年代也没有发现任何证据。他的闲暇时光在80年代末期都被牢牢地拴在蛇口工业区和招商局实际的工作上。像个真正的革命者一样，工作满足了袁庚灵魂的隐秘需求。

采访中，我和梁宪聊到这个话题，梁宪认为这简直就是诽谤与诬蔑。"后来，有人想整袁董，就说袁和两个女人（指黄宗英和刘晓庆）有关系，简直是无聊透顶。如果说因为拍了《无情的情人》要承担什么责任的话，也就是发展公司承担经济责任，加上我梁宪承担一些责任，与袁没有任何关系。整个过程里面，袁是出于发展文化事业而给予的支持，至于其他的，完全是无稽之谈。"

在1984年秋天，袁庚欣赏黄宗英和刘晓庆在文化体制改革方面的雄心壮志，希望她们在各自的领域内获得成功，同时，希望蛇口在文艺领域方面也能露露脸。到了11月20日晚，袁庚在"海上世界"邀请新华社、光明日报社和来蛇口的文艺工作者开了一个文化工作座谈会，请与会者献计献策，改变蛇口文化工作落后的面貌。座谈中，袁庚说："蛇口不是一切都好，有光明面，也有阴暗面。滚滚洪流中也必然夹杂着泥沙。当然，我也不赞成写那种血淋淋的伤痕文学。"

袁庚问驻蛇口的新华社记者："不久前蛇口工棚发生大火，你们是应该发消息的。怎么没有发？"他指的这场大火，是10月21日下午，工业区四海东工棚区所发生的一次严重火灾，烧伤7人，重伤2人，受灾面积23000多平方米，直接经济损失约200万元。

没有人回答这个问题。

他问都乐文化娱乐公司总经理黄宗英："你们当时在干什么？"

"在附近拍片。"

"你们为什么不把大火的镜头拍进去？"

黄宗英撇撇嘴，没有搭话。她想说点什么，但没有说。

"你们只写好的一面，不写不好的一面，不真实。如果不敢揭露社会的阴暗面，你们就没有尽到自己的责任。"

散会后，已经是晚上10时55分了。袁庚在和黄宗英道别前，询问了都乐公司的经营状况。

"当前，我们是大大地赚了。提高经营管理水平，是个重要的研究课题。在'四化'建设的舞台上，经理是个最有戏的角色……我现在要追求的是当个名副其实的经理。当经理可不是开玩笑呀，我要为国家和投资者的每一美元负责，我设法让它发财。"黄宗英满脑子幻想。她创办都乐公司的本意是拍电影电视，要突破"960万平方公里的国土上唯有电影发行公司一家掌握杀生褒贬之权的怪体制"。对于这个体制，多数的电影制片厂都有切肤之痛。他们都盼望着能自己拍片，自己发行。

"那就不错呀！"袁庚满意地笑了。

黄宗英所说的"赚"，并不是真正意义上的赚钱，而是指她的公司刚刚签订了一批电影电视合同。日后，黄宗英在《蛇口通讯报》的《经理书笺》中写道：

"短短几个月里，我们这家借招商局蛇口工业区一角开办起来的小小影视公司，已经让我国百余名影视工作者多得到一次艺术实践的机会，艺术青春也就多闪光一次——我们大大地'赚'了！！！而且，无论都乐总公司、各子公司将来经济效益高低损益如何，在此项——培植、保护、发挥、伸延艺术青春的账目上，是注定永远不会出现赤字的。"

袁庚那时并没有意识到，这是一位只想讲艺术"效益"，不想讲经济效益，没有风险意识的董事长兼总经理。

12月12日，中共中央政治局委员邓颖超从深圳去珠海，路经蛇口稍作停留。袁庚考虑到周总理一生关怀赵丹夫妇，就特意让黄宗英也一同去看望邓大姐。

上午9时50分，工业区办公大厦前，邓颖超见到前来迎接的黄宗英，显得特别亲切。她握着黄宗英的手说："你在这儿当经理老板了，我一到深圳就问起你。"

袁庚笑了："大姐，您的消息还真灵通。"

黄宗英咯咯地笑起来："大姐，我也真想你呀！"

"你写的文章我都看了，我看到了你生活的足迹和表现。应该这样，像一个共产党员。"邓颖超勉励着黄宗英。

"是呀，我不辜负周总理对我的教导。"黄宗英点点头。

"那是过去了，"邓颖超说，"你现在要为活人服务。"

"请您放心！"

"我一定放心。你在这儿要待多久呀？"邓颖超微笑着问，看了看身旁的袁庚。

袁庚咧嘴一笑，有些得意地说："她现在已经是蛇口人了。"

"是啊，我已经8个月没有回家了。"黄宗英由于连续几日熬夜审片子，声音有些沙哑。"在这里搞了4部电视片。我们公司是蛇口最小的公司，只有12个人的编制，但又是'最大'的公司，因为我们是对社会进行智力投资。"

"你是经理吗？"邓颖超问。

"我还是董事长哩！"黄宗英的两眼炯炯有神，"我只是在学着做，成败在所不惜，只是想为改革而献身。"

邓颖超似乎当时就看出了黄宗英不计后果的潜意识，提醒她说："成败可以不计，但还是要把工作做好。"

黄宗英对邓颖超的提醒似乎并没怎么在意。

此后，袁庚多次遇见黄宗英，想叮嘱她一声"办公司要注意风险啊"，但他没有说。他觉得她是明白人，应该懂得商海的险恶。后来，工业区请王潮梁加盟都乐公司并担任总经理，是想借用王潮梁的经验加强黄宗英抗风险的能力。王潮梁还在"海上世界"当总经理，初次与黄宗英相遇时，也曾善意地提醒过黄宗英。黄宗英听了一笑，用充满诗情画意的语言说："风险是企业舞台上迷人的风光，我当乐而舞之。"她的回答立即赢得了在场人的啧啧赞赏，这句话也成为黄宗英来蛇口后常吟的得意之句。

等黄宗英的都乐公司出了事，袁庚痛心不已，后悔自己当初为什么不直接提醒她。

六、首次信任投票

袁庚打造"新桃花源"，关键是组建一个高效、廉洁、勤政的领导班子。这个领导班子在"民选"的基础上于1983年4月走马上任。一年了，这个班子中的每个成员是不是都能获得"选民"的信任呢？袁庚根据原定计划，决定来一次"民评官""民考官"活动。

在首次对工业区领导成员进行信任投票之前，工业区党委组干处处长虞德海找到管委会副主任王今贵："王主任，我搞干部组织工作多年，有点犹豫。信任投票的结果是要兑现的，信任票不足半数就得下台。"他盯着王今贵，心里实在没底。

听虞德海这么一说，王今贵也不说话。

虞德海建议说："要不，搞个民意测验算了？要不要问问袁董的意见？"

袁庚在香港办公室接到虞德海的电话，询问他干部信任投票可否改为民意测验，袁庚明确地告诉他："不行。说过的事情一定要落实，公开的信任投票一定要搞！一个国家没有民主是不行的，群众无权监督干部和罢免干部，也就没有民主。在外国，政治家演说，群众可以用臭鸡蛋、西红柿扔他，他用雨伞挡着还要讲。你说他的民主是假的，但这一套对巩固资产阶级的统治有用。我们应当实行社会主义民主。中国资产阶级民主革命不彻底，孙中山是想搞民主的，他死得太早，没搞成。我们的革命，许多人来自农村，长期搞的是阶级斗争，没有民主的传统，封建主义的影响倒是很深。中华民族是伟大的，但是历史的包袱太重了。"

3天后，1984年4月22日，袁庚从香港赶到蛇口。这一天，蛇口工业区300多名直属单位的工作人员以及独资、合资企业的中方经理和厂长，对工业区领导机构9位成员进行了一次信任投票。对在工业区担任领导工作的干部来说，破天荒地让群众不记名地给自己个人进行全面考评，把"官管民"的惯例来了一次彻底的颠覆，一个个内心都十五个吊桶打水——七上八下没有谱。袁庚本人心里也没有底。没关系，今天就是火焰山，也是要过群众这一关的。

在这之前，袁庚在传达北京会议精神时，一直没有透露"时间就是金钱，效率就是生命"口号的消息。今天，在投票前，袁庚首先喜滋滋地向干部们透露了邓小平在回京后是如何肯定蛇口口号的，然后，对进一步进行干部制度的改革问题发表了意见。"干部制度的改革旨在摸索一条发扬社会主义民主的新路子，由对领导干部进行民意测验转到定期的信任投票，这是为了更好地让领导干部置身于群众的监督之下，提高干部的素质，更好地领导群众开创特区建设的新局面。"

袁庚意犹未尽，开始谈古论今，"有一则古文这样说：孔子过泰山，有妇人哭于屋角，哭诉说，儿子、丈夫、公公都被老虎咬死了。孔子问她为什么不走，妇人回答说'无苛政'。孔子就说'苛政猛于虎也'。我每次想到这则古文时，就暗暗下定决心，我们要把我们的位置放在群众的监督之下。《基督山伯爵》里主人公要复仇，不是打呀杀呀的那一套，而是给那人最大的权力而不加以监督，让他在腐败中走向灭亡。我们当领导的一定要靠群众的监督。就是这样让群众对干部投票，群众对我们干部还是惧怕三分的。"

参加投票的下属干部共300余人，收回295张信任票，其中82张对两委的工作提出了尖锐、诚恳、有价值的意见。投票结果统计，管委会成员的信任票全部超过半数，袁庚的信任票最多。4月23日，袁庚召开了党委会、管委会全体委员会议，向大家公布了投票结果，要求大家正确对待群众的批评意见，表示将召开一次两委民主生活会，落实整改措施。当晚，招商局副总经理江波在工业区办公大厦会议室召开新闻发布会，公布全部投票结果以及群众在票上提出的批评和建议。有些票上的批评意见很尖锐，如"某某能力低""某某不堪信任"等等。

　　22年后，我在招商局档案馆里找到了亚洲《华尔街日报》特派记者冯强发表在该报1984年5月30日的一篇新闻评述的翻译稿，现将其中题为《引人注目的改革》的章节摘录如下：

　　蛇口的选举过程是最引人注目的改革。工业区分别选举两种类型的领导。在一个选区中，300个党员、当地工厂和政府的领导干部，选举强有力的管委会委员和党委委员。在另一个选区中，在具有6000人的13个直属公司中工作的工人则协助选出工厂经理和副经理。

　　在第一次选举（指1983年的民意测验）后近一年的上个月，9个领导面临着选民第一次对他们的评估。条件很简单：若某个领导得不到超过50%的信任票，他就得下台。王先生（王今贵）轻而易举地赢得再任职的权利，只有4%的选民认为他"不可信任"。王先生其他8个同事也过了关，虽然有些不信任票达12%。

　　蛇口选举制度最明显的结果是：在中国，管委会委员和工厂经理第一次在干部和工人的监督下工作。过去，终身任职的官僚主义者老是产生懒惰虫，因为工作表现对他们的事业影响极小。

　　信任投票的一个好处是：许多选民利用参选的机会对被选的领导人提出批评。有些人提出，管委会委员不愿了解普通工人的情况和需要；有些则抱怨有的干部脾气大。王先生承认说："有些人批评我不够领导资格。"管委会9个人中有1人被人称为"恶霸"。

许多干部和工人把批评的权利看作是一种新的重要的自由的体现。38岁的陈海周说："我们可以对领导的问题发表看法，不用惧怕打击报复。"陈是一名干部，他是制造包装材料的中外合资厂宝耀（蛇口）有限公司的经理。

干部说，批评已经产生了效果。蛇口劳动服务公司经理助理李振南说："过去，有些干部没有意识到自己的缺点；有些则对出现的差错假装看不见，这给工业区带来了损失。"

这种选举制度是否会在中国其他地方推广，现在言之尚早，但它的确已经引起重视。近几个星期中，来自许多沿海城市的领导官员访问了蛇口，询问了这种非传统的做法；上个月，深圳的领导官员说，在今年晚些时候，他们打算让国营工厂的工人选举经理和副经理。

也就在这一天的深夜，党办秘书过永鲁奉袁庚之命，给在上海《世界经济导报》做编委的韩耀根写信。过永鲁是韩耀根的老友，是在韩耀根的"撺掇"下奔赴蛇口的。他在信中切盼韩耀根做好准备，蛇口拟发函借调，希望韩赶紧来蛇口办报。在信的末尾，过永鲁忍不住透露了会上袁庚所说的邓小平对口号做出正面肯定的消息。

资深记者韩耀根很敏感，接到过永鲁托人捎带来的这封书信后，他在4月30日出版的《世界经济导报》头版头条上"抢"先发表了这一全国首家"爆炸性"新闻。

不久，中共中央整党指导委员会发文全国，明确提出把这句口号作为整党中一条重要的指导思想。

"时间就是金钱，效率就是生命！"

是口号，一个振聋发聩的口号。

是行动，在蛇口，一种"人生难得几回搏"的拓荒牛行动。

七、办张小报，用舆论监督干部！

在蛇口办一张小报。这个念头在袁庚的脑海里已经琢磨了两三年。

袁庚的工作简直堆积如山。他不仅要负责香港招商局这一个大摊子，还要管理蛇口工业区以及南山开发公司、赤湾石油基地和其他各类由他挂帅的公司。到1984年，袁庚担任董事长头衔超过30个之多。更为重要的是，他要考虑的是招商局这艘大船的整体航向。一切都几乎压得他喘不过气来。

黄宗英在1984年2月9日的《人民日报》上，发表了一篇题为《云中走笔》的散文，对蛇口、对袁庚有如下的描绘：

袁庚过去、现在挂过、兼过多少职和衔？我说不清。他的一生经历，系列片30集也映不完。我只认他此刻是深圳市招商局蛇口工业区的NO.1（第一号人物，或者用时下通常说法：第一把手）。

蛇口，4年内从一片荒滩建成一座初具规模的工业新城，引得全国议论纷纷，举世瞩目、震惊。跷大拇指也好，挥伤心泪也好，总而言之，蛇口、袁庚，是在当世所谓"第三次浪潮"的浪尖上。

蛇口巨变，这位NO.1花费了多少心血呢？按老袁的话说，正经用在建设上的并非他的全部精力。那么，还有不少的精力用到哪里去了？——此乃当前我国研究经济体制改革众专家和权威人士们正着力研究的重大课题，才浅如我，答不出，也不必我答，上智下明者心中都有数。眼前，我看到的是中央批准建立的这个深圳经济特区里，在减免愚蠢的自耗上，确实具有比别处优惠得多的条件。蛇口工业区的发展效率正在洗雪我们的近耻与前愆，（这）与这位NO.1嘶喊叫关、挡利箭、钻火圈、撑竿跳、击堂鼓……不无关系。

党保国从另一个角度描绘了1984年的袁庚形象。他是袁庚在蛇口工业区的司机之一，"只是每次接送袁董往来香港与深圳之间"。袁庚给司机党保国留下"很随便，不讲究"的印象。党保国给他山东济南老家的人写信说："工业区有两辆皇冠3.0轿车，袁庚却主动提出租给工业区石油公司的老板，第一时间满足他们的需要，自己常常只能坐人货两用车……我真的用人货两用车接过他。他没有专车的概念，赶上什么车用什么车。"

而现在，当务之急是办一张报纸。袁庚的理由有两个。蛇口的名闻遐迩在一定程度上得益于新闻媒体的厚爱，从1981年新华社记者所宣传出来的"蛇口方式"，到两年后《世界经济导报》记者韩耀根所写下的《有胆有识的企业家袁庚》及其一系列文章，所有关于蛇口的新闻报道，不时照亮了世人的眼球，在全国掀起了"蛇口舆论热"和"投奔蛇口热"。袁庚听说，第三期培训班的班长车国保，就是看了韩耀根的文章前来投奔蛇口的。第二个设想是，把报纸办成一面镜子，让干部照照镜子擦擦脸。如果真有一张能够反映民意的报纸，周义中所反映的5个问题就能及时发现，甚至可以避免。袁庚看中的是群众有一个自由言说的平台，有一块百花齐放、众生喧哗的园地。一年前，在海景餐厅，袁庚与韩耀根进行了长达4个小时的倾心交谈，最后，袁庚提出了办一张小报进行舆论监督的大胆设想。韩耀根，42岁的新闻从业者，祖籍浙江的上海人，拍着胸脯说："袁董，我来，你放心，我愿意充当试验品。"

其实，那个时候，袁庚还没有下定决心，竟然推辞说，他个人认为韩耀根不来为好。蛇口办报，深圳市肯定不会批的。没有刊号的报纸就是没有准生证的"黑人"，注定是短命的。

那时，袁庚心里还有一个更深层次的想法不便对韩耀根说破：蛇口前途难测，唯恐连累了想干一番事业的同道中人！

此后，办报的事一直困扰着袁庚。直到小平同志肯定蛇口，袁庚的感觉才慢慢地好起来。为什么不可以办一张小报呢？是的，是办一张报纸的时候了！

袁庚心里很清楚，新闻舆论对蛇口能产生积极的推进作用，同时，民主改革也必须借助舆论的监督作用。此时的袁庚，不仅看重蛇口的经济改革成果，也非常想倚重新闻舆论在干部体制改革、民主建设、精神文明建设等方面帮助蛇口走得更快也更稳一些。

在过永鲁奉命写信邀请韩耀根之后，1984年4月底，袁庚指示工业区办公室主任顾立基利用外出开会之机，绕道上海去拜访韩耀根。"你告诉他，有三条路选择。一是借调过来；二是蛇口工业区与他那家报纸合伙办报；三是鼓动韩耀根在蛇口办一个他们报纸的记者站。"

3天后，顾立基借去合肥开会之机，绕道上海见韩耀根时，得到的答复是在袁庚意料之中——韩耀根只选了第一条路，奔赴蛇口办报。

5月18日傍晚，韩耀根又一次来到蛇口。为了办报事宜，他在整个蛇口工业区到处寻找袁庚。最后，他在上海酒家最靠近窗户的那张圆桌前，逮着了正和乔胜利边谈工作边吃晚饭的袁庚。桌上是三菜一汤：一盘炒鳝丝，一盘青笋炒肉片，一盘炒青菜和一大海碗紫菜蛋花汤。

"小韩，还没吃饭吧？快坐下，"袁庚见到韩耀根后异常兴奋，"赶快吃，趁8点钟开民主会之前的时间，我们还能谈一谈办报的事情。"

三人飞速吃完晚饭，袁庚单独将韩耀根拉到了海景餐厅喝咖啡，他几乎按捺不住内心的激动。"小韩，你要好好准备一下了，蛇口需要你来办一张报纸。"

袁庚啜了一口香滑可口的雀巢咖啡，很乐于和这位有文化的年轻人探讨办报事宜。"说实话，我们要在蛇口办一张报纸，就不能走'筑高楼，打围墙，拉队伍，吃大锅'的那种计划经济体制下的办报路子……"

"可以坚持'三五同仁，小打小闹'嘛！"韩耀根大胆陈述个人意见。

"对！"袁庚思索片刻后说，"我看就叫《蛇口通讯报》吧，不一定小报影响就不大。还有，我并不赞成报纸上报道的所谓'成绩缺点二八开'的看法，问题的关键在于实事求是，不要一说好都是好，一说坏全是坏。说绝了人家不相信。"

韩耀根倾听着，不时地点头、微笑。

"我们讲缺点，揭露阴暗面，是站在热爱改革这一伟大事业的基础之上的，有一种恨铁不成钢的感情。"袁庚说到这里，忽然站了起来，情绪很激动，"小韩哪，我们办报要有父母之心！"

他解释着"父母之心"的意义："你也是个有孩子的父亲了，你知道吗？父母骂孩子有时也会咬牙切齿，但心是好的，是恨铁不成钢啊！"他忽然显得有点恼火，"你知道吗？蛇口最近停电，导致外商纷纷抱怨。我一直在想，是不是召开一个新闻发布会，公开地主动赔偿外商的损失？"

韩耀根会心一笑。

袁庚继续说："最近香港的《信报》就登了一篇关于蛇口的批评文章——《从蛇口华苑酒家看蛇口吃喝》。我们办了一张小报后，我就建议，这样的文章可以转载，还应加一个俏皮一点的编者按，就讲不知是蛇口人吃喝的，还是有人吃喝蛇口人的，反正让大家去深思。"

韩耀根颇受感动，一个多小时的畅谈，与其说眼前的这位长者渴望办一张小报，不如说他意欲制造一个民主而宽松的舆论环境，也许这就是他为蛇口凝聚与吸引人才并推动蛇口从旧的传统体制中逐步走出来的必备条件吧！

八、"袁庚才是真正的霸道啊！"

晚上8时整，就在袁庚与韩耀根交谈不久后，突然间，乌云密布，大雨倾盆。

这天晚上的民主交心会，却是在和风细雨中进行的。

蛇口工业区党委、管委会的两委民主交心会反复讨论一个问题：有什么办法能够让干部真正地置于群众的监督之下？82张意见票——用袁庚的话来说，"中肯，但不尖锐"的群众意见，我们究竟应该如何看待？

袁庚坐直身体后说："梁湘对我有两条意见。一是用人不当，连'三种人'都用。二是对市委的领导不尊重。"他继续说，"我倒觉得，我的问题不是在第一条，但是，在对待市委领导方面，我的工作做得的确很不够。"

不管怎么样，袁庚开了一个自我批评的头。

陈金星搔了搔头皮，脸上挂着一丝苦恼的笑。他摊开了双手说："民意测验说，我的霸道作风要改，但是，前两年我哪有什么霸道啊！袁庚才是真正的霸道啊！说实话，我们是冲出来的。有人劝我做老好人，绕着走，但我不想改，我是有缺点，我没有为自己的事情霸道，我没有要第一排房子。但是，现在有些同志因为我的霸道对我敬而远之，我要改。"

"群众对我提了两条意见：一是能力不够；二是工作的科学性不够。"王今贵没有等陈金星讲完就插嘴道，"我作为第一副主任工作没有主持好。我下面要谈一谈工作上的困惑与存在的问题……"王今贵花了20多分钟，谈了十几个方面的问题，坦诚而动情。

批评与自我批评的情绪蔓延开来，在两委干部中间迅速展开。袁庚静静地听着，偶尔呷一口茶。王今贵的话一完，他就插嘴说："我们的民主生活会一定要把存在的问题说清，如果连这一点都没有，怎么能把我们的民主生活搞好？"

"还有一点，"王今贵继续说，"我希望袁董听意见不要听一面，把另一面的也听听，有时我们的工作好难做的。"

袁庚点了点头："当然可以。"

轮到孙绍先说话了，他看上去多少有些不安。"我有10张不信任票，我要认真检查，我认为，我分管的工程没有做好的，有两件……"

"老孙，这件事情我也有责任，当时很急，不是你一个人犯的错啊！"听到孙绍先说完第一件事，王今贵就有些急了，额头上沁出细密的汗珠。

孙绍先打断了王今贵的话。"对王今贵同志我提出一个意见，工程上的事情不能催，不能要求过快，这是欲速则不达的事情，"他转头注视着袁庚说，"我同样对袁董提这个意见，快了往往质量不够。"

在其他委员说话时，梁鸿坤匆匆记下几个字来表述他接下来要说的意见。不过，在他的印象里，工作刚满一年的蛇口新班子还是值得信赖的，他看不出有什么特别大的问题。轮到他发言时，他还是踌躇了一下。"我说两点。第一点，与大家一起商量研究的工作做得不够。新班子对我的工作很支持，主要是我与大家的沟通不够，今后要加强。第二点，有些工作总觉得要快，所以，某些合同的条款就不严谨，结果就给了我教训了……"

梁鸿坤话如泉涌，他从一个话题到另一个话题，急促而不太连贯地倾诉着。

"最后，我还要给袁庚同志提点意见。现在工业区大局已定，不像从前，那时我们的心情很急躁。现在，工业区已声名远播，袁董的名气已很大，要坐下来好好研究了，有些问题光包着也不行。以前，在压力下大家还比较慎重，现在形势好了，更要注意，不要变成神，变成传记中的人物。"

"这个问题提得不错。"袁庚的语调非常和气，让大家颇感宽慰。听完梁鸿坤的意见后，他转向梁宪说："顺便问一句，你怎么看这个交心会？"

梁宪毫无保留地谈了他的意见。"这类会开得太少、太晚。当时，我们曾经专门讨论过要开这么个会，可一拖就拖了一年。这一点上，党委书记与副书记都有很大的责任。这次暴露出来的问题，以及群众提出的意见，已经影响了我们的工作。我曾听过不少外商对我说：原来班子小的时候，办事比较顺利，但现在你们家大业大了，办事的效率反而低多了……"

他列举了一系列事实来印证效率低的问题，随后进行分析说："我们的效率为什么低呢？是我们的班子之间相互不服气所造成的。你们都看到了这个问题，为什么不去改正呢？一次两次会议都没有解决，我认为主要责任是在乔胜利和两位副主任。是否存在不服气的问题？你们三个意见一致，这个问题早解决了。"

就在他要结束发言时，他谈到了他自己："对了，关于我的工作，说我最大的缺点就是不联系群众，我要说，我不是做群众工作的……"

袁庚提醒他说："你是管委会的政策发言人！"

梁宪说得很尖锐："此外，中央肯定了我们什么？是改革！不是天天迎来送往的。事实上，这一年多来大方向研究太少，你们三个主要负责人都在忙于事务。我们应研究一些发展问题，大的方向问题。"

袁庚带头自我批评，并且让批评他"霸道""不要变成神"的议论泛滥开来，让全体与会人员感到前所未有的融洽与轻松。大家纷纷建言，一场生动活泼而又提出诸多问题的民主生活会并不是民主橱窗的摆设品。

袁庚拿起随身携带的写满只有他自己才认得的鬼画符的小本子，往后靠了一靠，再一次发言。

"梁宪今天的发言比我们党员的水平还要高，讲话讲到了点子上。把我脸上的疤都挖了出来。"他说着，嘴唇上闪过一丝笑意。"我注意到了这一点，个人的作用不能夸大，要注意不要搞成造神论。我记得乔胜利上次也对我提过：'工业区的事情最后还不是老头子点头？'来自干部的这种反应反映了我们的实际情况，大家都有这种反映。有人议论说，我死了，工业区就垮台了。我不希望这样。我想造成这样一个民主的局面，就算我死了，蛇口工业区比现在还要好！"

接下来，他说到新陈代谢的问题，谈到第二代班子应该要比第一代强。他觉得，这次的信任投票如果有两三个人投不上，对建设班子反而有好处。但是，他更希望明年群众仍然信任他们。

他停顿了片刻后说："民主与个人的私欲是完全对立的。我听说，把几个干部调整一下，竟然出现了这么多争议。就像打篮球一样，调换几个队员而已，并不是说球员本身不行了。一个人在一个地方待久了，又没有人监督他，很容易出现问题的。为什么不能动？我说过，假如干部之间合不来，能不能调整一下？再说，多开一点民主生活会，让大家监督他也是有用的。当然，也许不是一次两次能解决的，但是，工作上有分歧吵完就没事，而属于方针路线的就没完。我对工作上的分歧很小心，对方向上的分歧就很沉不住气。"

袁庚再三要求两委领导成员，特别是党员，要认真执行整党决定，做整党的带头人，做继续改革、破除旧习惯势力的带头人，并指出要把这次两委成员思想交锋的情况向干部、群众汇报，接受群众的监督。

袁庚用眼角的余光瞄了一眼腕上的手表，已经是凌晨1时25分了，便说："对这个班子我是很满意的，是可以信任的，遗留下的问题，明天晚上再开一个会看能不能解决。"他晃了晃戴了表的手腕说，"太晚了！诸位辛苦了！"

步出工业区办公大楼，暴雨已经停歇，雨后的空气清新可人。

6月1日，在袁庚的积极倡导下，蛇口工业区正式颁布了《招商局蛇口工业区领导干部考核暂行规定》①，明确列出对领导干部工作的要求，并分别做了具体

---

① 按这个规定进行考核的领导干部是指各公司经理、副经理、助理经理，各处室主任、副主任，各党支部书记、副书记。

的规定，列出了应该做到的事项和不可以做的事项。规定要求：干部到职10个月后，应能明显打开本职工作的局面，总结出做好本职工作的基本经验，使所属部门的经济效益均有所增长，职工收入有所增加，同时制订出本单位的发展规划并向所属职工报告工作。此外，规定还要求干部不得玩忽职守，任职期间如因个人失职导致职工身心严重损伤，经济蒙受较大损失的，坚决追究其责任。

袁庚认为，这些规定应该是继续深化干部体制改革的一个重要组成部分。

九、包玉刚送十二字诀

袁庚开完民主交心通气会的12个小时后，5月19日，中午1时30分，袁庚迎来了老友——"船王"包玉刚，这是他第二次访问蛇口。

招商局办公室主任朱士秀陪同"船王"包玉刚访问蛇口。从香港驶来的快艇靠上码头后，依次走下甲板的为包玉刚的妹夫、环球航运集团副主席李伯忠，包玉刚的女婿、九龙仓有限公司董事总经理吴光正，包玉刚的内弟黄均乾和环球集团董事潘家谬。包玉刚是最后一个踏上码头的。前来迎候的袁庚面露笑容，向他扬起了手。

"欢迎，欢迎！"袁庚笑得合不拢嘴，握住包玉刚的手说，"再一次在蛇口见到你很高兴。"早在3月20日，包玉刚来招商局与袁庚会晤，表示希望能有机会再次访问蛇口，袁庚当即邀请他在方便时再度参观蛇口。一个多月后，也就是在5月上旬，当香港远洋公司宴请包玉刚时，他又一次对远洋公司总经理张振声与副总经理高智明透露，对袁庚的邀请他一直在等待安排。得悉这一讯息后，袁庚敲定了日程，并安排主持对外经济的管委会副主任王今贵与南山开发公司副总经理刘德豫作陪。

"走，我们先看看录像吧！"袁庚做了一个"请"的手势，请包玉刚上"海上世界"大会客厅看《蛇口工业区在前进中》的电视纪录片，这是今年袁庚为来视察的中央领导和来访的贵宾送上的第一道"茶"。

袁庚领着包玉刚来到赤湾港和石油基地，向他介绍，世界上有7个大石油公司都已在蛇口设立办事机构，还有30多家承包公司接踵而至。在南海，目前已钻了8口井，其中6口是干井，2口有油流。接下来的节目是参观三洋电机厂、华益铝厂、华丝厂与华美钢厂。袁庚对工业区的一系列数字倒背如流：至1983年年底，投资累计回收率为22%，大大高于国内银行平均利率，也超过香港市场的浮动利率；预计今年回收资金可达1亿港元；截至今年年底工业区固定资产约为1亿元人民币。

　　稍晚一些时候，袁庚和包玉刚肩并肩地坐在工业区那辆黑色奥迪车的后座里，抵达离兴建中的南海酒店不远处的空地。袁庚指着正在施工的现场告诉包玉刚，这个地方将矗立工业区现阶段最大规模、拥有424间客房和各种现代化设备的豪华五星级酒店。南海酒店的结构工程将于年底封顶，管线的安装已上到6楼，预计明年5月可全部完工，6月可开始营业。

　　"嗨，明年，你就可以入住蛇口的五星级酒店了。"袁庚的心中充满骄傲。

　　黑色奥迪车缓缓驶过海岸边的碧涛苑小别墅片区，这些极具热带风情的小别墅瞬间吸引了包玉刚惊奇的双眼。袁庚略带些得意地指了指这些小房子，话语中有着不容抗拒的感染力："这些别墅是我们按照美国加利福尼亚的别墅形式建造的。你过来吧，到蛇口来安居，可以在这里住！"

　　"好，我就到这里来住。"包玉刚对工业区的巨大变化十分惊讶，"蛇口发展得这么好，真令人惊奇。袁董，有没有这个可能，我也来投资，在蛇口盖一幢大厦？"

　　袁庚笑了，这是笔大买卖。

　　"蛇口热诚欢迎'船王'投资！"

　　这两个同龄人在海上世界享用便宴，亲切交谈。袁庚说着说着，刹住话题，留出大片时间让来客说他想说的话。他知道，"船王"是一个无事不登三宝殿的人，他一定遇到了很大的困难。

　　"我对国际航运业的前景感到悲观，"包玉刚仿佛终于找到了一个可以倾诉的对象，吐露他的忧戚，"去年望今年，今年望明年，仍看不见光明。而船队越大，包袱越重，困难也就越多。"

袁庚连连点头。在最近研究部提供的一系列资料中，袁庚也了解到世界航运业的窘迫。

"我觉得航运业迟迟不能复苏，原因是多方面的——"包玉刚接下去说道，"我分析了三点：第一点是过剩船舶太多，供过于求，短期内难以达到平衡。第二点是1982年建成的船舶多达1500艘、1000余万总吨；1983年新造船订单又达2000余万总吨，大量新船投入营运，抵消了经济复苏对船舶运输增长的需求。第三点——"

袁庚插话："我认为，货源结构已发生变化，科学技术的革新已经出现了钢铁和能源的替代品，钢铁和能源的运输量与生产总值的增长已不再成正比。"

"对，对！"果然是英雄所见略同。

谈完对主业的忧虑，包玉刚继续向袁庚倾诉对国际金融业的忧虑。这一天上午，正好报载美国第七大银行——美国芝加哥伊利诺大陆银行的股票已停止售卖，美国金融界正在进行一项"史无前例的拯救行动"，拟筹集75亿美元巨款给予支援。包玉刚将此看成一个不祥的预兆，担心会引起连锁反应。"巴西、智利与阿根廷都欠下了美国银行的大量借款，阿根廷连利息也还不起，真不知怎么善其后哩。"

"我建议你来蛇口投资，或者，和蛇口合作。"袁庚适时地抛出一个红绣球。他向包玉刚谈到了国内14个沿海城市的开放问题，还谈到国内外经济学者的论断：世界经济发展中心将会转移到亚洲太平洋地区，甚至有人预测未来的黄金地带就在中国沿海。他继续向包玉刚"布道"："很简单，内地幅员辽阔，有大量待开发资源，正处于向上发展时期，市场巨大，在国际性周而复始的经济危机中处于有利地位……"

"可以呀，你有没有什么好项目？"包玉刚点点头，直直地看着袁庚。

袁庚向前靠了一下："有兴趣的话，可以和招商局共同合作搞'第二民航'，打破国营民航的垄断地位。"

"这是一个意向还是一个切实可行的方案？"包玉刚对这个话题颇感兴趣。据他了解，故乡宁波只有一个专用机场，跟不上发展需要。宁波要对外开放，没有机场不行。作为统辖海上的"船王"，他也希望在空中能够占有一席之地。

袁庚讲了"第二民航"的由来。在3月底4月初在北京召开的沿海城市座谈会上，他已经提出了这项方案，由福州、厦门、广州、深圳、珠海、桂林、三亚与海口等城市共同组建，成立南方民航公司或称为第二民航公司。由招商局筹集50%资金，租用737飞机，每次降落收费。服务与空中全部由招商局负责。

"唔，"包玉刚仔细聆听，前景像是很诱人，具体操作细节看上去也很完美，但是他仍然不确定到底要他干什么，"我的职责到底是什么？"

袁庚的脸上绽出笑容。"投资，怎么样？"

包玉刚兴奋起来了。两人"策划于密室"，讨论了计划中可能遗漏掉的一些具体细节。袁庚表示，要为开放改革起一点点作用，但需中国银行、中国保险公司担保，所有承担降落的机场都要承担经济责任。

袁庚注意到包玉刚双眼愈来愈亮了。你呢，作为一个商人，就是想最大限度地实现利润的最大化；我想倚重你，"船王"，携起手来打破政府对某种行业的垄断，为推动社会主义市场经济的发展起一点作用。

夜晚7时，袁庚去码头送包玉刚回香港，包玉刚掏出了一张小纸片。"袁董，我刚刚总结了蛇口的十二字诀，"他大声地念了出来，"思想开朗，大胆突破，经济管理。"

韩耀根正跟在袁庚后面采访，立即将这十二字诀记录了下来。

临行前，包玉刚注视着袁庚，热心地说："袁董，蛇口已具备规模，你放心，蛇口一带动，全国都会跟上来。"

袁庚拱手作揖："包董，托您的福。"

十、谷牧："我请袁庚做顾问！"

6月4日。星期一。五月初五端午节。上午10时20分，袁庚带着乔胜利、王今贵、顾立基等人，在码头上等候从珠海坐船来蛇口的谷牧，再一次与刚刚从市区赶过来的韩耀根不期而遇。韩耀根原本想从深圳赴海南采访，听说谷牧将从珠海过来召开重大会议，也赶到码头迎候谷牧，希望能捞到一些独家新闻。

"袁董，我正准备迎接了谷牧同志后，再去你办公室聊聊呢！"韩耀根面带微笑，朝袁庚走过去。

袁庚点点头："等会再谈。我们要好好谈一谈。"

袁庚和韩耀根在码头等候了20分钟，在10时40分，谷牧乘船抵达蛇口。

"老袁，"谷牧走下甲板时，对袁庚挥着手说，"很高兴再次见到你。蛇口怎么样啦？"

"托您的福，还不错。"袁庚回应道。

"小韩，你也来了？"谷牧看到了袁庚身后的韩耀根。去年，韩特意赶赴海南岛采访正在岛上视察的谷牧。谷牧和他握了握手："你怎么还没走？"

"我在这里等您呢！"韩耀根笑吟吟地说。

不到10分钟，谷牧一行匆匆登上等候在码头外工业区办公大厦门前的3辆面包车，往西丽湖的方向飞驰。昨日，14个沿海开放城市、4个经济特区、海南岛（还未设省）及有关省区市的负责人，陆陆续续抵达深圳西丽湖度假村，准备参加今日上午在度假村大会议室召开的会议。这次会议是决定开放14个沿海城市后，国务院委托深圳市举办的第一期沿海部分开放城市经济研讨会。

"怎么样？到我办公室聊一聊吧？"袁庚在送走谷牧之后，对韩耀根发出了邀请，"谷牧的讲话要到下午，到时再去也不迟。"

袁庚微笑地看着韩耀根："你的事情怎么样了？"他知道韩耀根正为调动的事情发愁，他决定把这点挑明了。"小韩，你放心！上海不放户口，蛇口不要户口；上海单位不放档案，蛇口重新做档案；上海的单位若因你的合理流动而处分你，蛇口对这类处分不予承认。"

韩耀根难以置信地听着。这番话并没有解除韩耀根所有的忧虑，但使他感到欣慰多了。"谢谢你，袁董。"

韩耀根不失时机地提出了两个敏感问题让袁庚回答。当袁庚刚刚回答完，一封挂号信送到了袁庚的案头。

袁庚看了看信封，无奈地笑了笑，就把信件递给了韩耀根。"小韩，我没有带老花镜，你替我读吧，是乔冠华夫人章含之来的信。"4个月前，章含之曾经为找工作来过蛇口，不久就回去了。

韩耀根点了点头，将薄薄的信笺纸抽了出来。袁董还是那么信任人？他极认真地一字一句地读给袁庚听。

乔冠华去世后，不满50岁的章含之生活十分孤独，除了每日独对乔冠华的遗物，整理文稿外，人生已无多大的活动天地了。她听说冯亦代的好友黄宗英在蛇口搞影视文化改革，也想迁居蛇口，并还想把组织关系等一一迁来。但是，由于种种原因，她无法成行了……

听到这里，袁庚自言自语地嘀咕道："王炳南同意的！"

韩耀根继续读着信上的内容。原来，中组部不同意章含之的请求，理由是蛇口隶属香港招商局，而招商局与港澳联系甚密，怕章含之来了之后对外界的影响不好……韩耀根念完信后，停顿了片刻，将信纸按原来的折痕叠好，递还给袁庚。

"岂有此理！"袁庚一字一顿地说，有一种金属撞击般的声音，"工作又不给人安排，人家找到了工作又不放，天下哪有这种道理？！"

袁庚看着对面的韩耀根，灵机一动，说："小韩，你是不是可以把这种情况反映给谷牧的秘书吴光宝？"

在得到韩耀根的肯定答复后，袁庚轻轻地叹了口气。一个才48岁的中年妇女，正值可以为党、为国家干些工作的年龄，却给予她种种的限制。这一切，也许的确是不需要任何理由。

下午的西丽湖大会上，令袁庚始料未及的是，他竟然会成为国务委员谷牧的顾问。

分管开放城市与特区工作的中央书记处书记、国务委员谷牧润了润嗓子，接着就以平稳的语调有板有眼地开始了讲话。

"各位代表：今天上午开始，我们在这里举办'第一期沿海部分开放城市经济研讨会'。"他微微一欠身，"经过了一个上午的形势分析，我在这里给大家做一个总结。沿海城市进一步开放有大量的工作要我们去做，前进中还会遇到各种各样的困难。最困难的问题是我们缺乏经验、缺乏人才。因此，培养人才、培训干部，就成为当前一项十分紧迫的任务。所以，国务院办这个研讨会是很有必要的。希望大家在这里同深圳的同志一起研究和探讨，总结经验，提高工作水平。"

一部分与会者赞赏地点头，更多的与会者正认真地做着记录。

"在改革方面，深圳市狠抓了基本建设管理和改革，施工建设速度可以和香港相比；因地制宜逐步扩大和发展了旅游事业。"谷牧向众人推荐道，"你们到蛇口去看看，那里企业管理、劳动、人事管理等与你们原来脑子里装的不一样。关于体制改革，蛇口搞得很好，学习深圳的经验重点是学习研究蛇口的经验。

"蛇口有个口号叫做'时间就是金钱，效率就是生命'。共产党人为什么把金钱放（看）得那么重要？我们国家要发展，就是有一个积累的问题嘛！你不争分夺秒，为国家多创一点财富，多积累一点，那怎样加快社会主义的发展速度？我觉得这个口号很好。邓小平同志来看了以后很欣赏。干社会主义就是要兢兢业业、争分夺秒。"

会议室又响起一阵表示赞赏的低语声。谷牧等了片刻后，敲敲话筒以引起与会者的注意："我今天正式宣布：中央批准袁庚同志作为我的顾问。每年花2个月时间到14个沿海城市，到4个经济特区和海南岛检查指导工作，你们要研究蛇口，到蛇口听袁庚教授的演讲。"

这一回议论声愈发响亮，过了好几分钟，现场才恢复秩序。与会代表中不少人对袁庚只闻其名未见其人，不少人左顾右盼伸长脖子寻找袁庚。

"请袁庚同志亮个相！"谷牧笑了，朝下面看了看，触及袁庚的眼光，微微地点点头，"袁庚是个老同志，打过游击，搞过地下党，他是香港招商局的领导。对外开放这一条，我没有他的知识多，所以我非请他当顾问不可……"

袁庚被谷牧点将从座位上站了起来，很久之后，才在一片掌声与喧嚣声中坐下。

开完会议，在西丽湖闹哄哄地吃过晚餐后，袁庚回到蛇口那栋"蚊子"别墅。刚进房门，梁鸿坤便推开门走了进来。今天下午，他带领一大批中国石化的要员和美国石油销售公司的高层管理人员在蛇口参观，刚把他们送走。下个月即将签约的这个项目总投资达650万美元，生产销售各种润滑油。

"恭喜你，袁董，"梁鸿坤笑嘻嘻地说，"你都当上了谷牧的顾问了，还不请客？"

袁庚叫苦不迭地说："今天下午，谷牧在会上宣布说，我是他的顾问。我都有点莫名其妙，我什么时候成了他的顾问了？"他苦笑着耸了耸肩，"我知道，他是真心支持我们蛇口啊！"

为了透气，袁庚拉开了房间的落地窗户，和梁鸿坤一道站在3平方米大小的阳台上闲聊。

6月轻柔的海风将一阵阵晚潮气息送到他们面前。

"香港那边怎么样？"袁庚总是心挂两头。

梁鸿坤看了袁庚一眼。"无底洞——老职工说，这样一来，蛇口肯定成了无底洞了。招商局有多少钱都不够贴补的啊，他们心底发慌哩！"

袁庚叹了口气，又重复了那句说了不止一百遍的老话："唉，现在议论得多了，不同的议论、不同的看法，都是正常的。假如没有人议论，才是不正常呢！人家有多少钱都给你，你花钱花得容易，正常吗？这才是不正常呢。现在不正常是对的，是没有办法的事。"他的口气听上去很坚定，没有丝毫商量的余地，"现在的形势是稍微好一点了，我们只有抓紧时间快点弄，让招商局的老职工们再等一等。"

梁鸿坤点了点头，好奇地问袁庚："当顾问有什么感觉？"

"没感觉。"

"袁董，顾问得好也是顾问，顾问得不好可就麻烦了。不如，你建议谷牧同志给你下个文？让人大或是政协肯定一下这个顾问头衔？"

"没想到你还是个官迷啊！"袁庚哈哈大笑起来，"我现在哪儿也不去，什么也不要，我……我就是想把这小块地方建设好。"他轻轻地用近乎耳语的声音说道，"我要在这块地方养老！"

望着一钩新月、灰蓝色的天空和黝黑的大海，袁庚的脸庞上漾起安宁的神态。梁鸿坤永远猜不到袁庚在想什么……他只能感觉到，这员老将所喜欢的并不是眼前这个他能够触摸到的世界，而是他心目中那个没有纷争的、安宁的、美轮美奂的蛇口。在那个桃花源，思想与空气一样是自由的，人与人是平等的，是一个法治的、醉人的社会，整个世界芬芳无比。

6月8日，在蛇口工业区的碧涛中心剧场，袁庚给参加这次研讨会的代表做了3个半小时的发言，介绍了工业区所走过的道路，并为改革开放的紧迫性摇旗呐喊。他的话语散发出个性的光芒，各地代表的好评源源不断地传来。

天津市的代表表示：袁庚讲话不带讲稿，不搞报告，只讲实质性问题，讲的是实际情况，对我们启发很大。袁庚讲话很吸引人。蛇口依托香港招商局，企业办特区，闯出了一条以工业为主的发展之路，是我们学习的典型。

江苏省的代表议论：袁庚同志敢说敢闯，思想很解放。批评"左"的错误很尖锐，学习国外经验很大胆，具有闯将的风度，是个改革的先锋。

大连的代表说：袁书记讲话开门见山，直言不讳，不迁就历史错误，从人民利益出发，甘心冒险，创办特区，使我们看到了中国富强之路。

当然，还有部分代表听了演讲后不甚满足：袁庚同志善于抒发感情，会演讲，只是实际内容还欠缺些。我们要求了解工业区的企业状况、经济效益（税收、地租、利润分成、外汇平衡、产品销售等）。

为了满足中高层领导干部了解蛇口、致力改革开放的需要，光明日报出版社不久正式出版一本由李先念题写书名、全面介绍蛇口工业区经验的专辑——《希望之窗》。该书内部发行高达10万册，书中分量最重的一篇文章，就是袁庚的这篇发言稿——《我们所走过的路》。

十一、章含之：“袁庚顶着三道金牌挽留我！”

2006年2月底。北京西单。史家胡同50号大院。被早春阳光抚慰的梨树、苹果树和枣树在寒风中绽放着新鲜的嫩叶，身着棕黄色圆领羊绒衫、驼色西裤的章含之笑意盈盈地迎我入屋，像欢迎一个不期而遇的老友。

我知道，这一切，都是为了那个叫袁庚的老人。

谈及蛇口，提起袁庚，71岁的章含之恢复了久远的记忆。那是一种像蚂蚁般爬行的，酥痒的，间或又似乎有些疼痛的记忆。在1984年的春夏之交，她的蛇口之行，是那段时期她灰色人生的一抹亮色。

那时，乔冠华离世不久，人情的淡薄与政治上的无助，令她倍感孤苦。没有人再陪着她看下弦月缺，曾经钟爱的四合院像无尽的迷宫，又似一座坟墓，她渴望出逃。乔冠华的老友、翻译家冯亦代建议她去蛇口找黄宗英。那时，黄宗英落户蛇口也不过半年。“你一定要去蛇口，袁董一定要你去，那边有好多事情可以干。”章含之多年后仍然记得黄宗英说话的语调，那是一个热情洋溢、性格本真的作家啊。

章含之没有犹豫，一路风尘后将自己交付蛇口。

“我真的没有想到，我会给袁庚惹麻烦。”对有些往事的回忆像自杀用的子弹一般。章含之泪盈于睫。“我更没有想到，袁庚会顶着三道‘金牌’来挽留我。”

对于蛇口之行，多年后她总结道：在蛇口，袁庚给了我一个机会，一个能够重新发挥自己才华的机会，让我能够重新找回心灵的平衡。

回深圳后，我和袁庚提及此事，袁老淡然一笑，话语中不无遗憾。“她是个才女，本来是可以为蛇口做些事情的……我想顶，恐怕也是顶不住的。”

袁庚第一次在蛇口见到乔冠华的未亡人章含之，是在1984年4月18日晚8时30

437

分前后。在太子宾馆明亮的日光灯照射下，章含之有一张近似于浮肿的脸、布满血丝的眼，以及茫然无助的神情。

他忽然有些心疼她。

袁庚多少和乔冠华还是有些渊源的。1945年，袁庚以上校的身份，奔赴香港与英军上校夏悫谈判，后在香港设立了东江纵队驻香港办事处，担任办事处主任。不久后，袁庚离任，后来东纵办事处成为新华社驻香港分社所在地，社长便是乔冠华。新中国成立后，作为中调部的干部，袁庚多次在重大外交场合与乔冠华照面，两人俨然已是老友，君子之交，淡淡的，却又是温馨的。

"欢迎，欢迎！"袁庚以主人翁的姿态伸出宽大的手掌，"小章，我们这里非常欢迎你。你是个人才，人才嘛，就不能浪费。"

一番爽朗热情的开场，让章含之又惊又喜。惊的是蛇口果然如宗英大姐所说的，空气是自由的；喜的是袁庚的表白，他不是同情你可怜你，施舍你一条出路，他是想发挥你的才干呢！

"袁董……"章含之心一酸，忽然间就说不出话来了。自冠华撒手而去，她已经好久没有舒心过了。女儿洪晃远在美国，她一个人独对乔冠华的遗物，伤痛至极。为了逃避伤心地，她回到上海生母家中栖息，熬了4个月后，在冯亦代的建议下，与黄宗英联系上了，得知袁庚十分欢迎她。她在征得对外友好协会会长王炳南的同意后，以借调的方式迁居到了蛇口。

"袁董，谢谢你。"章含之哽咽着，她很想说"谢谢你收容我"之类的话，但她忍住了。

"哎呀，哭什么呀……"黄宗英从一包港产纸巾中抽出一张递给章含之，"你可以在蛇口干一番大事业呀！"她歪着头看着袁庚，这句话本来就是袁庚说的嘛。

"是的，我们现在很多人才都是浪费的，因为这个政治原因、那个政治原因，浪费了太多的人才。"袁庚说，"人家现在因为政治原因不收的人，我都收，将来呀——"他神秘地眨眨眼睛，脸上有一种近似得意的神情，"将来我蛇口就是中国最多人才的地方。"

章含之心中一暖，几乎是眼泪汪汪地说："袁董，我才48岁，我完全可以做很多事情。"她急切地诉说着，"我别无所求，我要做事情。第一，我在北京是被封锁起来的人，不管蛇口有什么事情，只要我能做的事情，我都做。第二，我在北京已经没有办法生存了，是逃避来的，我没有想到你这个地方这么好。"

"蛇口的发展空间非常大。现在，赤湾那边发现石油了。去年，英国的BP公司首先中标以后，美国西方石油公司和世界最大的石油公司——埃索和壳牌公司又先后中标，南海石油的开发已形成一股猛烈的发展势头。而在这发展中，首先受益的是蛇口。"袁庚说，"我们成立了一个南海油田服务办公室，蛇口需要有个班子来管理这一块。我希望你来这里当主任。"

章含之在袁庚洪亮而沙哑的声音中听到一股涌动的激情。她差点就要被这股激情淹没了。她定了定神说："袁董，石油对我来说，太陌生了。我只懂得芝麻油和花生油，石油，我不懂，也就不敢来当这个主任了。"

章含之只是想逃避，并不想落户蛇口。她一直肩负着为乔冠华记录一些东西的使命，她清楚，她不可能太长时间留驻在蛇口。既然袁庚这么信任我，我更不能不对他负责！

章含之看看袁庚，又转头望望黄宗英，非常坦诚地告白："我对石油搞不懂，我要花很多功夫才能弄懂它、搞懂工业。第二，我不会在这里太长的时间，我感谢你能收留我，我最终还是要回北京的，我……真正想做的事情不在这里。"

袁庚善解人意地说："那行，你帮我培养英语人才。"他给她介绍了圆坛庙培训中心的状况，那里正需要英文教师。

"这个我可以做。"章含之爽快答应了袁庚的请求。"我来帮你建一个很好的培训中心。"

袁庚告诉她："蛇口的未来需要许多和外商打交道的人才。"

"留下来，这就对了。"一直没能插上话的黄宗英用一种清新的、有点像唱歌的声音说道。

第二天早晨8时30分，袁庚到太子宾馆章含之的客房门前等候章含之和黄宗英两位才女，接着，带她们步行到了培训中心，临时任命章含之为培训中心的顾问。他看得出来，章含之的精神和情绪都有了明显的好转。他希望，时间的冲刷能抹平一切。但是，他隐隐地有些担心，具体担心什么，他也说不清楚。

直到半个月后，他所担心的事情全部成了事实。章含之所在的外交部一共来了三次函电，催她回北京。前两次，袁庚都叫手下人以找不到章含之或是工作繁忙为理由，搪塞过去了。第三次，看来他是躲不过去了。函电的口气很严厉，要章含之立即返回北京参加整党活动。据袁庚了解，这时，章含之刚刚在培训中心完成了英文培训计划大纲，她还把组织关系与医疗关系也迁到了蛇口。

袁庚在工业区大厦7楼的办公室，约见了章含之，不得不转告她北京方面一定要她回去的消息。

章含之的神色异常平静，仿佛一切都在她的意料之中。她两只手紧紧地绞在一起，袁庚发现她的指甲都变白了。她轻声地说："他们这么做，我其实很理解。在他们眼里，我跑到这么远的蛇口来，他们不放心。"

"不行！"袁庚叫了起来，"他们简直是……莫名其妙，他们不能这样做，你到这里来，有什么不好？"

"我做了什么？"章含之低声自问自答。

"我还是要顶，他们已经是第三次下令了。但是，我得跟你打个招呼了，我就是不放。这点你得清楚。"袁庚非常愤怒，他已经难以控制自己的情绪了，身体都在微微颤抖。

袁庚接着说："小章，他们没有权力调你，你的组织关系都已经在蛇口了。我完全有理由不放你走。当初，我们向他们要人，是他们同意调过来的，他们不同意我也调不了你。现在，他们回过头来向我们调人，我不同意你也不能走。所以……"他重重地叹了口气，不知深浅地向北京方面赌起气来。"现在，你是我们这里的干部，不归他们管，我就是不让你走！"

"你的这番意思我特别感动。"章含之喃喃道，再也控制不了的泪水慢慢地流过她的面颊。她不无苦涩地说："在这个时候，能够有一个像你这样的领导出来，替我担当这个事情，我真的是特别感动。"她低声说，"正因为这样，我才更不能这样做，我不能把你牵涉在内，这是不公平的，发生在我身上的所有事情，背景都在北京城，也许牵涉了许多高层人士，这些事情……"她突然停下来，用力擦拭着噙满泪水的双眼，看着他说，"你现在应该把你的精力放在建设你的蛇口上，我回去对付他们。这种事情只能由我回去对付，绝不能够把你牵涉进来。"

"我不在乎！"袁庚厉声说，用一种让她放心的语调说，"我经历的事情也多了，'文革'时期，我还坐过牢。这没有什么，只要你愿意留下来，我坚决地把他们顶住。"

"不，不。"章含之赶紧劝止说，"我不能这样做。我没有理由把你牵涉到复杂的政治旋涡里去。听宗英大姐说，你开发蛇口，多么不容易啊……"

他们都不再说话，长时间的沉默。

袁庚走到办公室的窗前看海。心情郁闷的时候，湛蓝的海水便成了他的安慰剂。此刻，阳光正好，海水正蓝。可是，袁庚的心里却比任何时候都要难受，看着垂首坐在沙发上的女人，他再一次为无法留住蛇口急需的人才而感到悲凉与遗憾。

"……袁董，你放心。我先回北京，等解决了问题，我再回来，好不好？"章含之也有些忧伤。

袁庚勉强张开嘴唇道："那你也不着急，你就告诉他们：'我会回来的。'你在这里多住几天，多吊着他们一点。"他用了一个"吊"字，尽管他自己一点也不喜欢这种做法。

"这个事情不要耽误，我会处理好的。"章含之说。

翌日上午，章含之乘坐工业区的面包车赶往广州，当晚，便回到了北京。1个月后，她总算搞清楚了让她回京的原因：中央有3位领导不希望她到邻近香港的蛇口去，怕她将国家机密泄露给香港记者或境外人士。

为了断绝章含之居留蛇口的心思，外交部答应重新给章含之安排工作。章含之拿出杀手锏：我必须回蛇口一趟，证明你们错了，然后我再回来，接受你们重新安排的工作。其实，章含之有个小小愿望：她必须见袁庚一面，让这位长者放心。

袁庚再一次见到章含之时，是在7月中旬的一个傍晚。

"你还行。你斗争胜利了？"袁庚焦急地想知道事情的最终结果。

章含之微笑地看着他，做了一个小小的表示绝望的动作："我也没有完全胜利，因为我不可能长期待在蛇口了。这趟回来，就是想证明一下，我没事。还有，我很感谢你。"

袁庚温和地说："小章，我打听了一下，知道了你的消息。"他对着章含之重重地点了点头，章含之知道，他完全了解了一切。

她耸耸肩膀说："袁董，我和蛇口没有缘分了……"

"我听说了你的一些事情，"袁庚说，"现在暂时只能这样了，将来如果有机会的话，随时欢迎你来蛇口。"他忽然又像想起什么似的说，"既然你来了，就别急着走了，快，帮培训中心完善一下那个具体的计划。"

这一次，章含之又住了半个月。回到北京不久，她出任对外友好协会的常务理事。后来，在20世纪80年代，她一共回过两趟蛇口。在1984年年底和1986年，袁庚要做纪念招商局的英文册子，两次请章含之回来修订英文文稿。

第十章　**山雨欲来**

第十章 山雨欲来

一、袁庚，跳那么高干什么？

2006年5月，73岁的深圳市原副市长周溪舞出版了个人回忆录《亲历深圳工业的崛起》。作为当年分管对外经济工作的深圳市副市长，周老诚意接受了我的采访。我请他谈一谈对袁庚的印象。他想了想，说了以下的观点。

"我认为，在改革开放的大背景下，他的思想是比较解放的，脑子也比较灵活，工作也比较有魄力。但是，在正确处理与深圳的关系问题上，我觉得他非常的自高自大。以我的亲身经历来说，我在佛山工作的时候，很多新工厂进驻到县城，这些工厂领导的水平都比县委书记、县长的水平高。但是，他们都要去拜访县政府的，这叫尊政爱民。因为，在处理关系上来说，毕竟你是企业，人家是县政府啊，人家尊重你，你也要尊重他们啊！你不能说我的资格老，我就不理会你！"

周溪舞向我透露了一个小秘密，此秘密间接地证实了袁庚与梁湘的关系在1984年下半年已彻底破裂。"这一年，梁湘生病了。袁庚带着熊秉权亲自登门看望，梁湘不见，他的秘书陈荣光挡道不给进。"

关于对蛇口的看法，他提了两个要点："第一，你（蛇口）是共产党领导的，我相信你不会弄虚作假。外商我就要认真注意了。第二，就算批（指审批——作者注）得你宽松了一点，你赚了钱，也是共产党赚了钱，所以，我比较放心。除了蛇口，还有华侨城、核电等其他部委单位，我看过文件后基本上就批。这一点，我是很注意的。可能有个别搞不清楚的，会拖一拖时间，但没有一件批文超过3个月。不信你问熊秉权，他认为我还是很支持他们的。但就是这样，袁庚他们还不满意。"周溪舞特意强调说："后来，我才明白，蛇口其实就是想成立小政府。他们不愿意受深圳市的领导，认为是束缚。"

周溪舞指出，蛇口的"要权"之举已经超出深圳市政府的权限范围。"本来，蛇口和市里的关系就不应该紧张。它是招商局的外驻大企业，招商局是中国在海外的企业，大家都是一家人。蛇口呈报的公文，我都很重视，每次都抓紧时间及时批复。但蛇口要求我们把政府应该批复的权力下放给他们自己，我们研究了，但我们没有这个权力，更没有权力宣布蛇口工业区什么文件都不用政府批了。除非得到中央政府的同意。"

"这是决定蛇口前途的大事情，我们去争权，去要权，你们要大胆地讲，重视这件事情，谁都不能当孬种！"

袁庚讲这番话的时候，语气的重音落在"孬种"两个字上，这话让两委会的干部们都觉得滑稽，几乎有点忍俊不禁。袁庚临时召开的这个党委、管委会联席会议，是在6月5日下午3时半开始的。他这番话，就像是一场大战前的紧急总动员。

据袁庚的情报消息，谷牧昨天驾到除了参加国务院委托深圳市举办的"沿海部分城市经济研讨会"外，另一个目的是让深圳市委与蛇口工业区的党委一同研究给蛇口工业区放权的问题。听说，谷牧拿到了国务院总理给他的尚方宝剑——解决蛇口问题，可以先斩后奏。明天，在市政府迎宾馆召开的专题会议将对此做出相关的决定。

"老熊，你上！这次你要大胆地讲。"袁庚盯着熊秉权交代。

"我老是得罪人不方便。我看，袁董，你还是找其他同志去讲吧！"听起来，熊秉权的斗志不高。其实，有一点，袁庚并没有意识到，或者是有意忽略了。两三年来，为了开发蛇口工业区，为了理顺各方关系，他不得不四处"告状"，这就不免得罪了左邻右舍，尤其是深圳市。熊秉权经常代表袁庚去深圳市参加市委会议，为了理顺两者之间的关系，他也没少操心。熊秉权说："找王今贵讲吧，他比较温和，我的脾气不太好。"

"这件事情谁都不能逃脱！"袁庚提高音量强调说，听上去似乎怒气冲冲。

袁庚看了熊秉权一眼，直截了当地说："老熊，你不讲话不行。这项工作是你负责的，你不讲不行。"

熊秉权踌躇了一下，不得不点头答应："好吧，你要我讲我就讲。"

翌日上午9时30分，迎宾馆桃园会议室。窗外，淡粉色的紫荆花盛开。

袁庚带着乔胜利、熊秉权、王今贵、孙绍先和陈金星，推开咖啡色木门，走进会议室。梁湘和副市长周溪舞、周鼎等人已经在那里等候。袁庚知道，这很可能是这段时期他最后一次直接参与这个要权事件。早在4月25日，袁庚就让熊秉权草拟了一份《关于当前急需请求深圳市领导帮助解决的几个问题的报告》报送了深圳市委、市政府，只是一直没有回应。

国务院特区办公室主任何椿霖陪同国务委员谷牧来到会议室。

——落座后，谷牧开宗明义地说："我前后来到深圳和蛇口工业区共7次，这一次时间最长，就是想给蛇口一点独立自主权。"

谷牧表示，蛇口工业区提出的意见，中央已下了决心。当然，有些问题不可能今天提出明天就解决，但蛇口的困难和意见一定能够解决。

袁庚急切地点点头："这个事情一直没有得到解决。现在工业区很困难，外商由于我们审批手续太慢，都想走了，不干了。"看了看坐在身旁的熊秉权，"具体事项，老熊，你说说吧。"

熊秉权知道，必须向市里诸位领导汇报目前蛇口工业区给"卡"得太死而导致的困难了。但他考虑了说话的技巧。他近似于客套地说："我认为，市里总体来讲，比较支持蛇口工业区。但是，工业区蒸蒸日上，外商与企业都发展得很快，如果诸多审批权力下放给我们自己审批，我们就会很快很及时的。现在，对工业区新办企业审批的时间长，而且审批的时间长达两个多月，对外商的影响太大。这个权力能不能放给我们？我们不是要这个权力，是为了蛇口的发展。我们绝对听从深圳市的领导。我们不会干坏事的。"

分管经济工作的副市长周溪舞解释道："老熊，两个多月算什么？按中央文件的规定，还要3个月呢。你们已经可以了。你们那么急，万一批错了怎么办？"

谷牧皱起眉头。"你这个周溪舞，3个多月是放到中央来审批的时间，你们深圳就要花两个月来审批蛇口工业区的企业？"

周溪舞模糊不清地应答了一句什么话。

谷牧说："搞对外经济活动是你经验多还是袁庚经验多？是不是深圳比蛇口工业区高明？为什么蛇口的事一定要拿到你们那里审批？同外面打交道，讲的是高效率。都要经过你们审批，时间就拖得很长。你们不能那样做。你授权给袁庚就行了。"他停了一会，看着深圳市领导们说："你们这些做法，不要说'特事特办，新事新办'，就是在内地也是不允许的。"

    当年受到谷牧批评的周溪舞，在22年后，给我回放了那天会议上和他有关的一切场景，吐出了多年横亘在他心里的话语。

    "谷牧同志批评我之后，我还摸不着头脑哩。好在我们有一个习惯：尊重老领导。谷牧同志在'文革'时期是公交政治部主任，我是佛山市经委主任。他到过佛山，我还接待过他，和他喝过酒。我知道，袁庚的资历也比我老，都是老领导，我尊重他们。我没有反驳他。我记得我说过：'你不用调查研究，我的水平肯定比袁庚低。'

    依旧高大壮实，只是腿脚有些不便的周老淡淡一笑："当时，我有个念头，只是没有说出来：既然那样的话，你就叫人大通过一个法规，发个通知——凡是企业领导的水平超过政府领导的水平的，一律不用政府批了。能那样吗？你如何鉴定两者水平的高低？"

陈金星及时地"添油加醋"："我们蛇口的那块地，深圳市硬批给冶金工业局，从我们这里划了一块地！"

这太能说明问题了！袁庚瞟了一眼谷牧，胡乱地挥着手，越说声音越大："你看看，你看看，他们就这样整我们，从我们工业区内划一块地去搞开发。"他腾地站了起来，"这样的东西能搞吗？"

梁湘冷冷地看了袁庚一眼，斟酌着如何向谷牧解释。他冲着袁庚低声呵斥道："袁庚，这是市委的会议啊！你干啥？你坐下。有意见也要坐下来谈嘛！跳那么高干什么？"

袁庚一愣，舞动的双臂立即规规矩矩地垂放在身体的两侧。自从邓小平视察蛇口之后，自从他成为媒体"明星"以来，没有任何人用这么严厉的口气数落过他。呵呵，是不是我霸道？……他清醒过来，已经意识到了自己的失态，笑着坐下来，用自我调侃的口吻自找台阶自己下，"你看，我就是急，我又跳起来了。"说完，一屁股坐了下去。

谷牧继续批评最先应答的周溪舞，开始指责深圳市领导班子不支持蛇口，忽视蛇口的困难。

面对谷牧的批评，梁湘举起手要求发言，对谷牧的批评不作任何解释说明，只是举起了手要求发言。他看着周溪舞说："我们现在已经搞了几条解决的意见，在周溪舞同志的手上，谷牧同志，你看看，我们准备放点权给他们，我们会妥善解决这个问题的。"

"对，我们会积极配合，解决问题。"周溪舞跟着表态。

谷牧的火气明显地削减了一些："那好吧。我的意见是，蛇口工业区派两个人，深圳市委也派两个人，你们坐下来，好好地商谈一下，由何椿霖主持，把该解决的困难搞一搞。"

此后，从6月7日到9日的夜晚，在特区办主任何椿霖的主持下，由周溪舞代表深圳一方，熊秉权、孙绍先代表蛇口一方，双方进行了有益的商谈。这3天晚上，每次都谈到凌晨1时左右。熊和孙两人回到蛇口，不管多晚，立即向等候消息的袁庚汇报，三人常常讨论、修改至半夜。第二天，熊、孙再拿到市里与有关领导和部门进行协商。

熊秉权自幼丧父，是母亲把他拉扯成人的。就在此时，远在江西的老母逝世，袁庚让他请几天假回家奔丧，最后尽一点孝心。熊说："眼下正是紧要关头，我怎么离得开啊！"自古忠孝难以两全，他留下来了，仅给料理丧事的大姐发了一封沉痛的唁电。那些天，在紧张协商之余，他只能在心底默默地祭奠恩重如山的慈母。

经过3天的协商，艰难谈判，深圳市决定帮助蛇口解决八大难题，其中包括组建蛇口区党委、蛇口管理局扩大工业区自主权问题；关于审批协议和合同问题；关于进口物资审批问题；关于员工调进的审批问题；关于蛇口区直属公司参加汽车客运与货运问题；关于邮电问题；关于赴港通行证件问题；关于蛇口工业区厂企产品在特区内销的问题。这样一来，只有蛇口区党委及区管理局管辖范围及职权问题、公安机关与税务机关等三个问题没有解决，谷牧建议说，到省里开一个书记碰头会，一并解决这些难题。

阳光穿越淡淡晨雾，在深圳通往广州的那条107国道两旁的灌木枝丫间闪烁。6月10日清晨6时30分，袁庚带着熊秉权与孙绍先，乘坐工业区的面包车赶赴广州。

"小孙，会上你要发言，向省里提出蛇口要扩大，我们要38平方公里的土地。"面包车甫一上路，袁庚即对总工程师孙绍先布置任务。早在去年，袁庚就开始为自己在1979年2月没有要整个南头半岛感到后悔，他希望通过这一次扩大蛇口的职权之机，多要一些土地，多一些伸展拳脚的地方。

孙绍先的手里，捏着不久前勘探好的38平方公里的平面图纸。

袁庚深深地吸了口气。要地在深圳市得不到支持，他认为，在广东省几个老常委那里，可能还有一些周旋的余地。

赶到广州时，是上午9时30分。袁庚先在广东省委办公楼内和一些副省级干部寒暄，得到的情报十分不妙：除了任仲夷和刘田夫两人举手赞成之外，广东省其他常委反对蛇口工业区扩大面积。袁庚认定，广东省不希望中央企业在这里发展太大，不愿意中央企业抢去本土典型的风光，尤其是这一年，袁庚早已威风八面，风头出尽。

会议开始前10分钟，袁庚临时变卦，将孙绍先拉到一旁小声说："你不要发言了，我来讲。"

上午10时整，省委第一书记任仲夷主持召开有谷牧、何椿霖参加的省委常委扩大会，讨论扩大蛇口工业区职权问题。除了两位常委出差在外，在家的常委全部参加了会议。

梁湘花了10分钟汇报了深圳市委、市政府《关于解决蛇口工业区几个问题的请示报告》。接着，袁庚站在孙绍先刚刚挂好的蛇口工业区地形图前，感谢省委对蛇口工业区发展的亲切关怀，汇报了蛇口发展的基本情况，陈述了工业区建设目前存在的困难。他指着挂图说："原来，我们有这个想法，想把工业区扩大范围。现在我看来，我们就管好现在的这一块，以南山山顶为界，从妈湾分水岭至后海湾红线，也就是现在的蛇口工业区的范围。二是公安机构领导关系的问题，两块牌子一套人马，双重领导。党、政以工业区为主，业务以市公安局为主。三是通信问题，我的意思搞一个电话公司。"

"蛇口镇我们正在建一个油码头。"梁湘插话说。

袁庚看了梁湘一眼说："码头你们照建，归你们市里经营。"

袁庚讲完话，大家沉寂了一会儿。何椿霖看了看省委常委们，犹豫片刻后，让下面的话没有一丝停顿地奔涌出来："怎么样使特区能放开手脚大干，是谷牧同志几年来一直在思考的问题。让梁湘当总督，在梁湘当总督的前提下，给蛇口相对独立、半独立的自主权，以保持蛇口先行一步的势头，深圳市把应下放的权限都应放给蛇口。深圳已同意蛇口设区，由他们统一规划协调整个区的工作。经过几次商谈，大部分问题都解决了，余留的主要问题是蛇口区的管辖范围。谷牧同志与总理在北京商量的意见是要把南头半岛给蛇口，交袁庚同志去搞。但考虑妈湾一线，市里已作规划，如果划半岛给蛇口，会产生新的矛盾。所以考虑了一个小方案，就是沿分水岭到后海湾红线，包括蛇口镇。关于蛇口镇，我找镇两位领导谈过，他们说镇与工业区在经济上已不可分割，水、电是工业区供的，道路是工业区修的，镇上不少子弟都在工业区工作，是应该划过去，不然就会生出新的矛盾。"

他扫了在座的人一眼："公安机构问题，应该成立了。是两块牌子一套人马。"

任仲夷挥了挥手说："我看，最好是一块牌子一套人马或是两块牌子一套人马。"

何椿霖继续说："治安管理一定要跟上，邮电的问题一定要解决。电报可以设支局解决，电话倒是要成立分局，但市里强调统一经营，这方面也应保持蛇口的相对独立自主权。"

任仲夷微微一笑说："听起来，好像没有多大分歧呢。"

梁湘立即附和道："没有。"他看了袁庚一眼，强调说："市里建的蛇口油码头要归我们使用。"

袁庚点点头，微笑。

任仲夷请谷牧同志讲话。谷牧先呷了一口绿茶，慢慢地开口说话了。"我们都是共产党人，不要隐蔽矛盾。不要说没有矛盾，对你们之间的问题，香港、澳门都是明明白白的，深圳市挤袁，人家说：矛盾很大，积怨很深，这个团结问题没有解决好，不解决对外的影响不好。深圳体制改革必须走在全国全省的前面，从目前来看，深圳跟不上形势的发展，搞不好可能要落在后面。深圳与蛇口本来应该团结好，你们不要表面'哥俩好'，一下去就崩，有思想问题，只能用抓思想教育去解决，重要的是靠梁湘、袁庚从大局出发，正确对待。"

他目光转向袁庚、熊秉权与孙绍先，继续说："袁庚的班子短小精干，内行，对外很有能力，但要注意尊重深圳市委、市政府的领导，不能认为人家不行、老一套，要教育下面的同志处处尊重。"他又盯着梁湘的班子说："梁湘本人没问题，但要知道市领导班子基本上是内地的一套，对人家的态度是：你不听话，就要治你。这是不对的，应该按市场规律办事，用经济手段办事，依法办事。"

在座的双方领导班子成员都点头同意。

谷牧望着他们，"好吧，这次解决了八个问题，很好。但是，为什么要等到

451

我们来，拖了这么久才解决呢？远的不讲，去年11月我与建安同志一致认为要让蛇口成立区，给他们相当于市的权利。结果项目审批还是要送到市里划圈，审来审去要两三个月。前几天我向周溪舞同志说，是你高明还是袁庚高明，你比袁庚的水平还高吗？周说文件规定3个月以内审批，我说你口气好大呀，项目审定在中央要3个月，你们也要3个月，这是什么'特事特办'？"他手指在桌上轻轻敲击着，加重了语气："梁湘同志怎么不能坐车去走一下，去看一下，就通了嘛。蛇口的问题，现在解决了也很好，但问题是不应该等到现在。应该通过这次总结经验，不然将来还会随时发作。不要表面上说没问题，而实际扯皮扯不完。那样对外影响不好。"

空气凝滞了，三菱空调主机工作的声音嗡嗡作响。

谷牧的话题又回到蛇口的管辖范围上来了："我原来主张是划给半岛，放手让他们干，仲夷同志支持他们，总理也说就把那一块地划给蛇口。现在看来小方案易接受，我同意按小方案办，包括蛇口的渔民村，赤湾以分水岭为界。我现在声明，收回给半岛的大方案，同意在小方案上妥协。"

袁庚点点头。谷牧说的都是他的心里话。

谷牧收敛了话锋："今后，不发生矛盾不可能，解决矛盾要靠党的领导，在党的会议上开展批评与自我批评。蛇口要有人参加市委，袁庚参加有困难，可让第一助手或第二助手参加。"

副省长李建安说："问题解决得不错，我赞成。"

林若、吴南生与梁灵光先后表态同意谷牧的意见。

梁湘转向李建安解释说："蛇口成立区我们报了，是省里不批。"

"我查一下，"李建安接着补充说，"省里未批的原因是说不要设那么多区。"

任仲夷说："我原来听说，蛇口成立区，上面还有一层，我说不要这一层。"

来言去语一大堆，最终，省市领导一致同意蛇口设区。

谷牧再次发话了。"省里解决蛇口的问题不得力，我奉劝各位首长整顿你们自己。"

任仲夷走到蛇口的挂图前，说："一、我完全赞成谷牧同志的讲话。二、赞成深圳与蛇口已达成的协议。如还有具体问题，可协商解决。三、我赞成谷牧同志对存在问题的批评。"

谷牧笑笑："不是批评！"

"很好，批评对我们来说，就像阳光和水一样。"任仲夷转向挂图说，"蛇口的问题为什么拖到现在才解决？如果抓得紧一点，应该解决得早一点。省与深圳市都应以整党的精神，吸取教训。深圳也做了大量的工作。他们有个蛇口的模式，应该学学蛇口经验。上次项南来，回福建后，第一讲佛山经验，第二讲蛇口模式，第三讲深圳速度。我们知道，正因为有蛇口的模式，才有了深圳的速度。应该说蛇口为深圳增加了光彩，应该学习蛇口敢于改革的精神。原来，袁庚同志讲改革没什么好下场。在中央支持下的改革，没有什么不好的下场，胜利永远属于勇于改革者。"

梁湘马上表明了自己的态度："我很赞成谷牧、仲夷同志的讲话，保证与蛇口搞好关系，使省委、中央放心。"

轮到袁庚说话了。他面带微笑地说："以前我们汇报少，实在是要检讨。"

"好了。"任仲夷望着梁湘和袁庚这一对"冤家"，抖出一句俏皮话，"哥俩好，一对红。"

下午3时，回程的路上，袁庚问孙绍先："你知道不知道，我今天为什么要这样发言呀？"

"我明白，袁董。"孙绍先会意地点了点头，又说，"我觉得，我们先定好的38平方公里土地，你应该先要一下，要不到再说。"

袁庚凝视着窗外转瞬即逝的田野和新兴的工厂区，心绪在急速翻腾。他心里很清楚，要不到也好，即便要到了，38平方公里的土地，更要累得屁滚尿流，会惹更大的麻烦。这一年他远近闻名，但是，他确认他个人与深圳市的关系已经完全恶化了。

这种恶化是从什么时候开始的？我怎么一点也意识不到？

袁庚搔搔头皮，他根本不知道怎么处理好与梁湘、周溪舞这些领导同志的关系。是我的傲气还是他们身上的旧东西太多了？是我跳得高还是人家压制我？他突然想到，如果听从仲夷书记的意见担任深圳市市长，与梁湘、与蛇口会形成一种什么样的关系？……他不愿多想，也不愿继续自我省察。只是，一路上，反复告诫熊秉权与孙绍先要尊重深圳市领导，要和深圳市搞好关系，他们是"父母官"。

采访中，周溪舞告诉我给蛇口放权后的连锁反应。作为一名记者，我认为，前一个反应是其他部企在搞攀比，没有明确中央让蛇口先行一步的良苦用心。但是，第二个负面反应，我不得不承认，周老的问题很尖锐，说得很深刻。

"后来，广东省委通过了给蛇口放权的31号文件，其实还没有完，为什么呢？深圳市是放权了，成立了蛇口区政府，你自己批自己就行了，但是，这导致了两个结果，让我们很不好办。第一，中央部属企业不止蛇口一个。蛇口是交通部的，华侨城是侨办的。我记得，不久后，侨办主任廖晖来找我，也要给华侨城成立一个区政府。这是1986年以后的事情。我跟廖晖讲，深圳市没权决定这件事情，要报国家民政部批。此外，我认为，这不是解决问题的办法。华侨城的人也承认我非常支持他们，有什么问题解决就算了。廖晖最后也同意了，他说报批也没有关系，但是，成立一个区政府也很麻烦的，只要加强沟通就行了。那时我想，将来核电站也成立一个区政府，南油也成立一个区政府，那不彻底乱套了吗？"

周说："另一个意想不到的结果也来了。蛇口的企业分两种：一种是招商局自营或者与人合作的，一种是外资企业。没过多久，一些蛇口的企业来找我了，要求在市政府批，不放在蛇口批。因为，蛇口对他自己的企业批得更快了，别人的企业卡得更严，速度更低。我说，你那根本不符合国际化社会化生产的经验，不符合改革开放的经验，自己是企业，自己批自己。又是政府又是企业？改革就要改掉政企不分嘛，就像国营企业一样，既是政府又是股东，你为什么不像香港一样依法办事呢？"

1984年7月14日，中共广东省委、广东省人民政府粤发（1984）31号文指出：省委、省政府同意深圳市委、市人民政府《关于解决蛇口工业区几个问题的请示报告》。同意蛇口工业区的范围扩大到以大小南山分水岭至正龙围、后海湾连线以南地区为蛇口管辖区。工业区党的机构称中共蛇口区委员会，行政机构称蛇口区管理局，在深圳市委、市政府的领导下，行使一级地方党组织和行政组织的职能。设立蛇口公安分局，行使其他分局同样的职权。分局受深圳市公安局和区委、管理局双重领导，业务工作以市公安局为主。蛇口港公安局和区分局合为一套人马，统一管理全区的公安工作。同意设立深圳市邮电局蛇口区分局，并建立内部多功能专用通信系统，以解决区内外通信业务的需要。还决定：蛇口工业区派一位主要负责同志参加深圳市委常委，统一研究解决蛇口工业区工作中的一些重大问题。中共蛇口区委和区管理局在重大问题上要注意向深圳市委、市政府报告，市委、市政府要根据"新事新办，特事特办"的原则，给予蛇口区更大的自主权，在不违反国家法律、法令和特区法规的基础上，放手让他们独立自主地解决工作中的问题。

　　8月6日，深圳市委、市政府联合发出《关于成立中共蛇口区委员会、蛇口区管理局的通知》。10月8日，深圳市批准袁庚任蛇口区委书记，江波、乔胜利、王今贵、熊秉权、黄小抗、邓启良任区委委员。

二、玫瑰与猴子

　　1984年5月9日夜晚8时5分，袁庚和梁鸿坤乘海燕八号从蛇口返回香港。

　　黑黢黢的蛇口客运码头如一块巨大的积木，消逝在苍茫的夜色之中。天气不甚理想，海燕八号快艇只好低速前行。袁庚正像一枚钉子钉在甲板上，陷入了沉思。

　　两年前，海燕八号往返蛇口和香港的时间仅需40分钟，现在，船体老化，快艇变慢船，单程一趟就要多20分钟。今年就修了三四次。每逢修理时，梁鸿坤和招商局同仁不得不坐拖头，这样一来，单趟花费的时间起码两三个小时。

远方的夜色与海水相融，仅有船头面前的一小片海域在快艇前灯的照射下发出光亮。必须出门取经了！石油工业部那帮人都催了好几次了！希望按照国外基地的标准来建造石油后勤服务基地。可是，袁庚连基地的仓库要建成什么样子，海上平台是什么模样都不知道！石油工业部再三强调要他们至少去两个地方——新加坡石油基地和英国港口城市阿伯丁。

　　他想起了老朋友郭鹤年的邀请。郭在新加坡的生意不错，两年中已经给他发来了三次邀请函，请他过去看看。还有郑仓满。这两人都是当年在印度尼西亚结识的老伙伴，他们在香港的报刊上看到袁庚的新闻，和他联系上了，多次力邀他造访新加坡。

　　黑暗中，袁庚算了算，今年年初，以招商局牵头的中美合资的浮法玻璃厂开始进入实质性谈判阶段。该厂投资近1亿美元，是中国南方最大的中美合资企业。这个厂将会引进美国PPG工业集团最先进的浮法玻璃生产技术和国际上最先进的玻璃生产设备。4月初，美国PPG集团总裁邀请中方代表赴美考察，并为正式签署合同进行谈判。现在都5月上旬了，看样子，不能再拖了。

　　"老梁啊，你这一两个月收拾一下手头的工作，我们要出一趟远门，出去走一走，看一看了！"

　　梁鸿坤多少感到有些意外："现在来访的人越来越多了，老许那天给我开玩笑说，几乎每天都有一个部长级的人物来参观取经。我们更是夹起尾巴做人，不敢有一点怠慢，不然，他们就会说，小平同志肯定了你们，你们就上天了？"他越说越感到心里没底，这种接待工作比招商引资还要困难。"如果我们出门取经，会不会说我们没有把他们放在眼里？"

　　其实，梁鸿坤的话并非夸张。1984年1月至10月，工业区接待组共接待来访人员为20013人次，其中国外有437批共4690人次。按照这个数字来看，工业区每月接待2000人，每日接待人数为60余人。

　　不去不行了。如果再不动身，以后恐怕更加困难。"我想，中央首长和各省级干部的视察和访问，应该在7月份之前结束了。7—8月份，南方最热的季节，一定不会来人了。我们抽空出门，应该是可以的。"

在与国内外有关方面反复磋商、沟通之后，袁庚一行出外考察访问的日期与行程敲定下来。5、6月间，忙忙碌碌地度过。梁鸿坤、孙绍先、曾南和兼职翻译冯国雄等人紧赶慢赶地忙完了手上的事情，与袁庚一道出访新、英、美、日4国，历时23天，到访新加坡、伦敦、阿伯丁、爱丁堡、纽约、匹兹堡、新奥尔良、休斯敦、旧金山、洛杉矶、东京、大阪、神户等19个城市，平均每天访问一个城市几个工厂，行程自西而东环绕地球一周。在他们出国考察的7月8日至8月1日，除了7月21日广东省委书记林若来检查工作外，袁庚说对了，没有任何一位部级大员莅临蛇口。

袁庚一行5人乘坐加长奔驰从新加坡樟宜国际机场径直驶向香格里拉大饭店。这座命名为"香格里拉"的大饭店取自英国人詹姆士·希尔顿的传奇小说《失落的地平线》——希冀为住客创造一个如小说般完美憩静的世外桃源。大饭店建于1971年，由世界六大糖王之一的郭鹤年与新加坡经济发展局合作建造，日后，该饭店成为亚洲酒店业的翘楚——香格里拉酒店集团的总部。

步入大堂内，袁庚还未来得及多看一眼多利安风格的巨型立柱和大堂落地玻璃窗外15英亩的热带园林景致，就被殷勤的酒店服务生领至总统套房。为了欢迎袁庚，老板郭鹤年早为他预定了位于峡谷翼最高层的总统套房，面积达346平方米，配有私人专属入口和电梯，英国首相撒切尔夫人访新时在此下榻。"总统房"对面的"随从房"同样豪气逼人，袁庚指定梁鸿坤住在"随从房"，其余3人住在峡谷翼的豪华套房里。

夜晚7时，站在峡谷翼总统套房的特大露台上极目四望，新加坡璀璨的灯海夜景一览无遗。夜色中，袁庚看见一个气度不凡的儒商走了进来，一眼认出是20多年未见的老友郭鹤年。郭鹤年特意从国外赶回新加坡与老友会晤，两人此番相见，真是不胜感慨。虽是乡音未改，鬓发已白了啊！

两人寒暄一阵，便坐了下来。在露台中心的巨型豪华餐桌上，郭鹤年准备了极具东南亚风情的丰盛晚餐单独欢迎远道而来的老友。

20多年了，家事国事天下事，要说的东西很多，袁庚只说他的蛇口。中央划圈，工业之路，蛇口模式，胡耀邦批准的民主试验，小平对蛇口工业区的肯定。还有，工业区受到的钳制，招商的困难……袁庚谈了1个多小时，郭鹤年一直不动一箸，认真地听着。

"不管怎么样，这次小平同志来，肯定了我们。"袁庚又开始了他极具魅力的煽动，举杯向郭鹤年敬酒说："你知道，我们蛇口，那么一个小小地方，需要华人与华侨的大力支持。"

"搞创业不是那么容易的，但是，我会支持你。"郭鹤年回答得很爽快，"老袁，你究竟需要什么样的支持？"

袁庚颇感宽慰，用酒杯狠狠地碰了碰郭鹤年的酒杯："我希望你利用你的优势，在蛇口搞一点工业项目。"

"我考虑考虑。"

袁庚和郭鹤年的友谊始于50年代末，在他担任中华人民共和国驻印度尼西亚领事馆领事的时候。其时，郭鹤年已是印尼的著名华商。60年代初，袁庚离开印尼后得知印尼即将排华，立即设法将消息透露给一些华侨商人。郭鹤年很快离开了印尼，避免了巨大损失，在马来西亚与新加坡得到了发展。他对袁庚的"提醒"一直心存感念。

不久后，郭鹤年将他的棕榈油厂正式搬至赤湾。

翌日，袁庚又受到了南洋面粉大王郑仓满的热情款待。和郭鹤年一样，郑家当年也因袁庚的善意提醒而避免了重大损失。听到蛇口开发的消息，郑仓满希望在蛇口兴建面粉厂。由于梁鸿坤已与香港远东面粉厂签约，并约定10年之内，蛇口不能引进第二家面粉厂，所以袁庚婉拒了郑仓满的好意，指示梁鸿坤积极为郑仓满回国兴办企业牵线搭桥。

位于苏格兰东海岸的港口城市阿伯丁始建于1891年，原为渔港、海港与苏格兰的商业中心，因捕捞鲱鱼而闻名。近年来，由于北海油田的开发，这座人口仅20万的小城跃升为欧洲的石油之都。近千家与石油相关的企业蜂拥而入，其中不乏老牌石油公司——英国石油公司和壳牌公司。为了容纳与石油相关的新企业，阿伯丁不惜开辟300多公顷的工业园区，成为名副其实的油田维修和供应业的中心。

在阿伯丁，袁庚在英国石油公司的建议下，马不停蹄地参观了多家与石油相关的企业。他惊讶地看见，昔日的船厂已经转产海上平台，港口的主打业务已转为运送油田设备。在直升机厂，那个全世界最大的直升机厂，袁庚更是大开眼界。每年，乘坐直升机往来海上油田的人员多达几十万！

袁庚参观阿伯丁海洋后勤基地发现，整个港口装卸作业全部采用电脑管理，生产效率很高，随即率员与阿伯丁电脑公司就关于引进电脑对赤湾、五湾港口及仓库实行现代化管理进行会谈。

在海洋博物馆，袁庚沉迷于馆里陈设的北海油田采油平台模型。现代化的勘探采油技术唤醒了千年沉睡的海底油田，为阿伯丁海港带来了前所未有的繁荣。如果赤湾的海上石油基地能蓬勃发展，那么，蛇口是不是可以成为第二个阿伯丁？

阿伯丁吸引袁庚眼球的，还有那美丽的阿伯丁玫瑰。苏格兰的艳红玫瑰也是袁庚企图从阿伯丁拷贝的另一个梦。

阿伯丁历来被誉为欧洲的"玫瑰城"，市中心的联合台地公园遍植玫瑰花，年开10万朵，曾多次在全英玫瑰比赛中夺魁。阿伯丁人还在街道两旁，自家窗台，广泛种植红白两色的硕大玫瑰。成行成势的艳红玫瑰沿着城际公路一路蔓延，像是在阿伯丁铺展一次玫瑰之约，令远道而来的袁庚沉醉，也激发了他一个美丽的设想：把蛇口变成玫瑰之城！

袁庚为这个想法激动不已。"老梁，你要记住，要找机会向他们搞一点玫瑰种子，我们好带回蛇口去种。"

"我不去，"梁鸿坤摇摇头，他感觉这个举动和他们这趟的初衷不符合，"要去你去啦，我反正不去。"梁鸿坤十分肯定地告诉他的老板，"袁董，蛇口那么炎热，气候合适吗？怎么可能种玫瑰？"

"对，"孙绍先也附和着，"要不，在蛇口另找一种花草种种？"

阿伯丁的红白玫瑰已经搅动了袁庚的梦境，他走火入魔了。他发誓要让玫瑰花开满蛇口小城。蓦然间，他想到两位老同事，中调部的刘丹一与刘亚明，他们酷爱玫瑰，潜心研究，同为京城月季花协会的理事，在圈内小有名气。对，回国就去找他们，我就不信蛇口不能成为"玫瑰城"！

在袁庚的设想中，将参考世界上流行的种植方式，在蛇口的街头、空地大面积种植红、黄、白等单色品种玫瑰。此外，家家户户的阳台上都玫瑰盛开，香满蛇口。

年底，袁庚趁回京城公干之机，果真说服两位老头来蛇口栽种玫瑰。在四海宿舍区附近的红沙土岗上（日后四海公园内），开辟了10余亩的玫瑰园，栽种了2万多株玫瑰。随着"玫瑰二刘"的竭力推广，玫瑰开始融入了蛇口人的日常生活，在街头道旁与阳台落户，在码头客运站、工业大道、微波山下、"海上世界"等处，也修筑花坛，形成花带。

两年后，1986年年初，"玫瑰二刘"精心挑选出72盆玫瑰花，代表招商局参加香港北区第十届花展，博得好评。香港无线电视翡翠台先后分4次专题介绍了蛇口的玫瑰，蛇口第一次被冠以"玫瑰城"的雅称。

苏格兰的玫瑰近似浪漫地被袁庚移植到了他的蛇口。

玫瑰成了日后蛇口人生活中芬芳艳丽的一部分。《蛇口通讯报》的文艺版叫做"玫瑰城"，工业区每年的文艺会演冠名为"玫瑰杯"，四海旁新起的一片住宅命名为"玫瑰园"……

这次长途考察途中，最令袁庚感到棘手的，是与美国PPG集团在蛇口合资兴建浮法玻璃厂的会谈。经过3天艰苦而坦率的谈判，双方终于就一系列重大问题达成一致意见，但在专利技术转让费上，双方各据一词，僵持不下。

第四天上午，PPG集团诚意邀请袁庚一行参观了一个对外商限制开放的玻璃工业研究中心和一个新型的浮法玻璃厂。

接着，在1个多小时内，会谈在一系列问题中你争我夺，包括专利转让费、转让年限和转让的限度。会谈的焦点卡在专利技术转让费的百分比率上。

美方坚持要价6%，袁庚还价至4%。会谈至半个小时后，美国主动降价至

5%，袁庚让步到4.5%。直到中午仍然没有达成一致。

午餐会上，全美知名的大匹兹堡商会的200多位会员与PPG集团的职员们一边细嚼慢咽，一边注视着袁庚走到午餐会中央的麦克风前。随即，响起一阵稀落的掌声。

"我们来自中国的蛇口工业区，与PPG谈技术专利问题。谈得不错，还可以，但是哩，专利费很高。"袁庚说，"我们要求减少一点，PPG的老板不同意，要我们再商量商量。"

这一天中午，美国大匹兹堡商会特别为袁庚一行举办了午餐会，并决定聘请袁庚为该会荣誉会员。作为第一个获此殊荣的东方人，袁庚感觉良好。

"要说到专利，我就要和诸位谈一谈中国的历史了。我们的祖先早在千年之前就发明了四大发明——指南针、造纸术、印刷术与火药。但是，我们的祖先将四大发明无条件地贡献给人类，从来就是不要专利费的。你们相信不相信，中国人是猴子蜕化变人中蜕化得最早的，而你们很晚了，比中国人迟了好几个世纪！请问那时候，你们的祖先在哪里？还在树上吧？"袁庚一本正经地看着四周陌生的脸。由于冯国雄的精彩翻译，由于袁庚的风度与气质，商人觉得他很迷人。

商会会员们面面相觑，不知道这位来自东方的老头子脑袋里在想什么。

"不相信，你们把衣服都脱了，看一看，你们胸口有很多毛，不就是脱不干净吗？"他揶揄地说，还用手势在胸前做了一个脱衣的动作，"我打开给你们看一看，我的胸前都没有啦。所以说，现在，全中国人都应该向你们要专利费的，关于四大发明的专利费。"

这时，袁庚转到要解决的正题上来，"招商局在与PPG的合作中，并不是要你们也无条件地出让专利权，只要你们要价合情合理，我们一个钱也不会少给。"

简短的演讲结束后，会场上的气氛异常活跃。PPG的一位高级经理助理通过翻译对梁鸿坤说："你们老总好厉害啊，把我们臭骂一顿，说我们是猴子哩！"

下午，谈判达成协议：4.75%。为期10年。

三、袁顾问访闽

工业区筹办首届业余书画展，请袁庚支持，袁庚说工会活动经费还不够用吗？工会干部说，是想请您拿出作品参展。袁庚一乐：非不为，是无力而为。推辞了之后，他不时念念有词，涂涂画画，完成一幅书法作品，交给工会同志处理。

1984年8月10日，蛇口工业区首届职工业余书画展览开幕，展出作品近百幅，袁庚所填并手书的《念奴娇》一词引人注目。词曰：

微波楼上，雨初晴，水浸苍穹澄碧。极目纵横宇宙小，探手银河可摘。鹰掠浮云，鸥翻怒浪，何惧风雷激。掀天揭地，方显男儿胆识。

梧桐山挹群峰，若游龙，直卷屯门西北。滚滚珠江南入海，洒满伶仃春色，厂舍鳞排，帆樯队列，似神蛇添翼。中华崛起，英雄豪杰辈出。

（时维甲子，序属清明，雨后登蛇口微波楼，有清新感，兴之所至，填念奴娇。格律工否，非所计也，取其义耳。宝安袁庚）

应福建省省长胡平的邀请，袁庚于8月17日至22日前往福建进行为期6天的参观访问。招商局档案馆存档的《招商局简报》第58期，记录了袁庚赴闽参观访问的简况。

（福建）省政府特派交通厅厅长张金华、对外经济贸易委员会副主任魏荔生和特区办主任林铭从福州专程赴厦门迎接并陪同他到各地参观访问。袁抵厦门当晚，正在厦门视察的省委第一书记项南同志和胡平省长即到宾馆会见、宴请并进行了亲切的交谈。项南在详细询问了蛇口工业区的近况后对袁说："这次请你来，主要是希望你到各地看看，多发表些意见，帮助干部开阔眼界，提高认识，加快福建的建设步伐。"袁谦虚地说："主要是来学习你们的宝贵经验。"

袁一行实际上只有4天的紧张日程。重点考察了厦门湖里加工区和马尾经济技术开发区，参观了东渡港、湄州湾、马尾港和马尾造船厂，听取了省、市负责同志的介绍，交流了工作经验。通过这次参观和考察，亲眼看到福建在实行对外开放政策以来短短的3年中已经发生了很大的变化，取得了可喜的成就。袁说，3年前，他陪中央领导同志来厦门时，湖里加工区还是未开垦的一片荒地，但如今许多基础设施都已建设起来，投资环境逐步完善，整个加工区到处大兴土木，呈现一片热气腾腾、蓬蓬勃勃的兴旺景象，反映了党的对外开放政策有力地推动了特区建设的发展。袁又说，马尾经济技术开发区的自然、地理、交通等条件都很好。湄州湾是个世界少有的天然良港。更可喜的是，沿途所见，各级干部都很年轻。福建有这么好的自然条件和这么多立志改革、勇于创新的年轻干部，又有600万海外华侨，只要坚定不移地贯彻执行党的对外开放政策，采取灵活措施，就一定能够实现胡耀邦同志提出的希望："福建要走在'四化'建设的前头。"

福建省委对招商局蛇口工业区的开发和建设经验极为重视。继厦门市委和市政府于8月18日下午邀请袁庚向全市500多名党政机关和企业的干部作关于特区建设的报告之后，福建省委和省政府又在8月21日上午邀请袁在省体育馆向省、市负责人和各部门干部5000人作了报告，并在当天下午再次邀请袁与省委、省政府和各部委办负责干部将近30人进行了座谈。袁在报告中，根据自己在贯彻执行党的对外开放政策和建设蛇口工业区的具体实践和积累的经验，以及最近出国考察的见闻体会，阐述了革命事业心与振兴中华、解放思想与体制改革、干部素质与科学知识、物质文明建设与精神文明建设的关系，着重介绍了5年来招商局的同志怀着一颗振兴中华之心，立志开发蛇口工业区并在建设过程中怎样改革阻碍生产发展的旧体制和旧的管理方法，包括改革现行的干部、工资、住房等制度，打破"铁饭碗"，不吃"大锅饭"的情况，受到听众的关注并引起了强烈的反响。报告会主持者、副省长王一士在总结发言时号召到会全体同志认真学习和领会袁庚同志的报告精神，找出差距，迎头赶上，使福建尽快出现一个振奋人心的局面。

袁还在21日下午的座谈会上对如何发挥福建的优势，搞好对外开放，加速特区建设和边改革、边建设等问题提出了一些个人的意见。他表示完全同意福建的工作重点放在山、海、侨上面，他着重谈了怎样做好华侨工作，吸引华侨回乡投资的问题。他说，福建有600万海外华侨。许多福建华侨很有钱。他们多数是爱国爱乡的，愿为家乡建设贡献力量。目前，菲律宾、印尼、新加坡不是政局不稳，就是经济遇到困难，许多华侨正在考虑转移资金，寻找新的出路。因此，只要我们很好改善海关和边防工作，简化入境手续，守信用，千方百计帮助第一批投资者赚到钱，他们是会回家乡投资的。

四、彩车经过天安门

早在5月中旬，工业区办公室接到深圳市的通知，北京市要组织今年10月1日天安门广场的国庆游行，请深圳市与蛇口工业区分别出一辆彩车，以展示改革开放的新成果。袁庚了解到，蛇口工业区的彩车将是上百部彩车中唯一一部企业彩车，他很兴奋，第二天上午他赶回蛇口，和部下一同商议彩车的制作与包装事宜。

"能不能把口号打上去？"余为平跃跃欲试地建议。

"可是，人家都说我们打的是资产阶级的口号啊！"梁鸿坤调侃道。

袁庚的口气异常坚决："这个口号又没有阶级性的，怎么不能打，难道共产党员就不用争分夺秒地干'四化'了吗？岂有此理！"

9月上旬，在跟随谷牧同志视察14个沿海城市之前，袁庚特意去北京看了看那辆彩车。就在前门前的一块空地上，当这艘船型彩车落入袁庚的眼帘，他的眼里闪过惊喜。彩车是由12吨日野大货车布置而成的。前方竖立着足有11米高的一扇白色大门，象征着中国打开了改革开放的大门，门上面的红色圆珠寓意蛇口为改革开放南大门上的一颗璀璨明珠。中间是工厂的厂房模型与工业区大厦的模型，展示了蛇口工业区以工业为主的指导思想。彩车后面有一座11米高的海上石油钻井平台井架，夹在两者之中的是活动的标语牌，牌的两面分别写着红色大字"时间就是金钱，效率就是生命"，标语牌可以翻动。车裙边写满了蛇口工业区的各类企业的标志和名称，它们有华美钢厂、华益铝厂、中宏制氧厂、中集厂等等。袁庚远看近看，不发一言，然而微笑与赞许，是无法隐藏的。

"你们能保证标语牌在翻动时万无一失吗？"袁庚说，他看着专程抽调来负责这项工程的管委会副主任王今贵和彩车的设计师张小线。

王今贵笑了。"你放心！我保证万无一失。"

这部彩车是委托广州文冲船厂加工制造的，届时将由工业区旅游公司李兆贤驾驶。文冲船厂花了一个月的时间设计制作，然后拆开用两节火车厢运送到北京，送到前门前的一块空地上拼装完成的。

"万一汽车在游行时抛锚了怎么办？"

"模型下还安排了一些人。"王今贵考虑得很周密，"就是抛锚了，扛也要扛着走完全程。"

"再考虑周全一些，这是蛇口工业区的光荣啊，你们要布置得尽量完美、精致！"袁庚叮嘱道。

10月1日，首都举行盛大的庆祝新中国成立35周年阅兵仪式和群众游行，党和国家领导人及首都50万军民参加庆祝活动。国庆游行盛况，通过电视转播传遍长城内外，也传到了香港。袁庚在前一天早早地指示招商局办公室通知全体干部职工届时在会议室一同观看这场现场直播的盛世大游行。

袁庚很兴奋。邓小平在检阅部队后登上天安门城楼发表讲话。当邓小平指出，当前的主要任务，是要对妨碍我们前进的现行经济体制进行有系统地改革的时候，袁庚又回到了年初在蛇口微波山、"海上世界"与老人相融甚欢的情景。他相信，此番改革，已然是风卷红旗过大关了！

游行开始了。从21英寸的乐声牌彩电上，袁庚看到了蛇口的那辆彩车驶来，他拍掌提醒大家说："喂，大家注意了，我们蛇口的彩车过来了，过来了。"

是的，蛇口的彩车，中国改革开放第一家外向型工业区的彩车，正缓缓地经过天安门广场，接受祖国的检阅。艳红的口号牌如此醒目，如此传神！日后，有媒体评述国庆游行说，这个口号引起的反响，仅次于北大师生打出的口号"小平，您好！"。

这个世界和电视机里扩大音量的欢呼声一齐涌向袁庚，填满了他。他内心雀跃，眼角悄悄地濡湿了。

"现在最幸福的人，就是站在观礼台上看典礼的王今贵了！"梁鸿坤不无妒忌地笑着说。

袁庚没有接话，他的脑子一转，又转到了工作上。他摆了摆手，想说点什么，恐怕又是布置工作吧，梁宪、李启其等人紧挨着他坐下。

"对了，我在14个沿海城市走了一圈回来，听说，万里说过一句话，沿海城市今后再不要与内地抢人了。我想，他说这话也是对的，内地也亟须人才嘛。"他扭头看看电视，"现在要考虑的是美国的留学生，我们去一个人做点宣传工作，引进一些人才到我们这里来。或者，可以委托我驻美国大使馆介绍。"他顿了顿，发狠似的说，"我们搞他一百个人过来。"

果然，翌年的2月26日，农历大年初一，在袁庚的提议下，由招商局人事部李启其带队，梁宪、虞德海组成赴美、加招聘人才小组，到美国、加拿大等地招聘人才。3人先后访问了7个城市，历时一个月，走访了多所大学和自费留学生宿舍，与140多名留学生进行了联系和接触，率先开始在全国大量地引进"海归派"。

10月3日夜晚7时整。太子宾馆324房。蛇口工业区党委与管委会联席会议。袁庚提醒部下居安思危，在组建了蛇口区委之后，重新考虑蛇口工业区如何在14个沿海城市开放之后仍然保持新鲜活力的问题。

"先传递个信息。"袁庚打开毛了边的小便笺本说，"日本人对世界各地的投资情况打了个分数。政治安定10分，政策10分，市场容量10分，技术基础8

分，交通运输8分，水电收费8分，合作诚意8分，管理水平8分，责任心5分，原材料5分，税收高低5分，土地5分。现在，据他们评分看来，上海得了78分，天津、大连都是刚及格。在他们眼里，80分以上才有保险系数，我们这里也该冷静冷静了，不要以为我们这里就没有问题了！"

他激动得站了起来，说："14个沿海城市研讨会的主要对象是对着招商局的，将来，招商局与蛇口的关系怎么发展？刚成立的蛇口区管理局和它们的关系怎样发展？"

乔胜利也在考虑这个问题："蛇口工业区已经5年了，随着整个形势的发展我们进入了一个新的发展阶段，是要研究一下怎么处理蛇口和招商局的关系，还有区委、区政府和蛇口工业区的关系。"

大家热切地讨论着，袁庚静静地坐在那里仔细地聆听，一言不发。

在七嘴八舌的讨论中，袁庚得到了启发，更坚定了他一贯的想法："地方政权是为我们的经济实体服务的，如果不是这样来保证它的发展，那就完蛋了，应该是以为经济实体服务为宗旨，不能拿手上的权力卡人，如果政权不为人民服务，那这个政权就是官僚主义的。"

联席会议决定，在区委、区管理局组建阶段，有关政权组建问题全权委托熊秉权处理。蛇口地区的地理名称拟定为"蛇口工业区"；地方政府称"蛇口工业区管理局"；企业名称"招商局蛇口工业区管理委员会"。最后，袁庚说："我们没有什么值得骄傲的东西，还不到唱赞歌的时候，还应该像创建初期那样处于如履薄冰、如临深渊的心境，兢兢业业地工作。"他希望"艰苦奋斗5年，把蛇口建设成为经济发达、技术先进、管理科学、文明昌盛和环境优美的海港城市"。

袁庚、江波等人担任蛇口工业区区委领导的任命，是深圳市委10月8日批复下来的，袁庚头上又多了一顶帽子。这是一顶真正的官帽。蛇口工业区地方上最高的党委一把手。地方党委、地方行政（1984年10月，蛇口工业区管理局正式挂牌）、企业党委、企业行政，在熊秉权任管理局局长之前的这个时候，差不多是袁庚一个人说了算，纵然他有三头六臂，一个人也不能完善既是裁判员又是运动员的角色，在纷纭复杂的各种关系中，在四方八面的权力使用中，势必生成新的矛盾。对他的意见和批评，首先在班子内部，在年轻一代干部身上，悄悄地形成地下的小溪流。

五、在赵紫阳面前与梁湘冷战

1984年11月26日，在陪同赵紫阳总理视察蛇口与深圳时，梁湘与袁庚曾经有一段针尖对麦芒的对话。在招商局档案馆馆藏的资料中，我拿到了一份赵紫阳、梁湘、袁庚三人的谈话记录。

（上午10时20分左右，赵总理一行从珠海行至蛇口码头。赵总理登上码头后与前来迎接的深圳市委书记梁湘，招商局副董事长、蛇口工业区党委书记兼管委会主任袁庚等一行亲切握手。）

总理：这就是蛇口了。

袁庚：是蛇口，您三年零三个月没来了。

总理：上一次是14号来的，这一次是26号。

袁庚：您在这里只能留半个小时，那就先到赤湾去吧。

总理：我下午就给你们出一个题目：外引和内联。不谈别的，就想听听你们对这个问题的看法。经济要搞活，一要搞外引，二要搞内联。但是"外引"搞活了，搞多了，内联要受影响。

梁湘：不会受影响的。

总理：不会吗？那么你讲你的道理，我讲我的道理。我看一发行特区货币，内联肯定要受影响。问题是要处理好。

梁湘：这里是内地的窗口，不会影响内联。

总理：那你下午就讲讲吧。

袁庚：这是有一个痛苦的时期的，但相信可以逐步走上健康的道路。特区货币，二线，一定要搞，否则特区和内地都要受到很大影响。

总理：这个问题由你们来找答案。今天要出的第二个题目：商业承包问题。内地的商业比较麻烦，特别是国营企业。今天不是一般的汇报，是要研究这两个问题。

（车到赤湾，袁庚指着港区介绍。）

袁庚：这就是赤湾了。

总理：噢，这就是赤湾呀！三年多前来时啥都没有。建设得多快呀！石油基地在哪里？

袁庚：这里只是一个部分，码头那边还有另一个部分。

总理：你们知道中山县也搞了一个港口吗？他们那边要开挖，不然要淤积。

袁庚：这些都属于石油基地的作业堆场。

总理：港口有几个泊位？

袁庚：五个。

总理：几个万吨级？

袁庚：两个。

总理：营业了吗？

袁庚：已经营业了。挪威首相来看过。

总理：他给我打电话说，对中国经济发展有深刻的印象。

梁湘：他说这次出访最成功了。

总理：有集装箱码头吗？

袁庚：现在还没有。

总理：将来搞不搞？

袁庚：要看情况发展，算算经济效益……要看经济效益，建了就得营运，不能一面建好了，一面晒太阳——

梁湘：好了，不要现在宣传你的观点了。

袁庚：再外面有五万吨级泊位。

总理：风没有问题吧？那边是什么？

袁庚：内伶仃洋，就是"零丁洋里叹零丁"的那个"零丁洋"。这里可以变成避风港（指防波堤内）。

总理：这儿共投资多少？

袁庚：4500万元人民币，由八家公司合作出资。

总理：管理怎么样？

袁庚：董事会聘请总经理负责，是按您定的开发公司的原则办的。

（车开回左炮台。）

总理：这微波楼有多高？

袁庚：没有多高，就一个小山，让您看看几年来的变化。那里有卫星接收站，可以收到日本、美国等好多国家的同步卫星转播。

这里原是一个炮台，鸦片战争第一炮就是在这里打响的(指左炮台)。

总理：不是在虎门打的吗？

袁庚：这是号炮，鸣炮告警。

总理：噢。这里港口的吞吐量多大？

袁庚：不算石油，合共有200万吨（指蛇口赤湾）。每年将有40万客人从这里通过，去香港、广州、中山、珠海、汕头的客船，都将从这儿起点。赤湾港、蛇口工业区、蛇口镇实际上是三位一体，上面有个区的政府机构。

总理：挪威首相对这儿很关心。他们以前没有来过，否则，对比会更明显……挪威很重视深圳特区。他一下飞机不到广州，先到你们这儿来了。你们的直升机场在哪里？

梁湘：明天您可以经过。

（车至微波楼，总理下了车……转到小山另一面，指着下面的矮房子。）

总理：这也是工厂？

袁庚：是住宅，给老板住的，适应高消费的需要。到明年这里就填满了。

总理：海湾里的水质量怎样？

袁庚：正在控制污水，排水必须要经过污水处理。

总理：明年有休假制了，我就到这里来休假。

袁庚：那就一言为定。

（总理随袁庚走进微波楼，参观卫星电视接收。）

袁庚：这里可以接收日本、澳大利亚等国的电视信息。

总理：很好！是合作的吗？

袁庚：是。现在放您走了，正好11点，时间就是金钱呀。

总理：不然可以多住一天，因为李先念同志要回来，要去接他。

袁庚：现在是意犹未尽呀。

梁湘：您休假最好到这儿来。

总理：是呀！休假来吧。

梁湘：特区货币问题讨论了两次，花了好多时间。

总理：刘鸿儒不是到深圳来了吗？

袁庚：他那个意见分析得很精辟，真正摸到特区的底的是他。

梁湘：他提了一个问题很重要，那就是体制。

总理：现在正在搞银行改革，经济要搞活，金融不改革是不行的。我已经开了三次会了。现在正在起草文件。

（从微波楼坐车下山。）

梁湘：这儿是蛇口的马路。

袁庚：很可怜呀，一个企业承担市政建设，不如国家出钱办有优越性。市政建设与其让企业搞，不如让国家搞。企业负债太重了。

梁湘：不能这么说。

袁庚：我还是那句话，杀人偿命，欠债要还。

总理：蛇口工业区工业用地面积多少平方米？

袁庚：约140万平方米。

总理：整个深圳呢？

梁湘：过去搞了340万平方米，今年250万平方米，大概近600万平方米。

总理：是起飞时期了。哈哈，越搞胆越大。

袁庚：蛇口就剩下这么一点点空地了，其他没有了。

（梁湘提议到深圳大学去看看。）

梁湘：7个月前，小平同志来时还没有房子，现在搞了56000平方米，9月份已经开学了。

总理：你们周期短，这是一大特点。

（车行至蛇口区边上。）

袁庚：到这里是分界线了，楚河汉界呀！

梁湘：蛇口的面积已经比过去翻了一番了，12平方公里了。

袁庚：深圳这么大，有的是土地，何必到这里来挤呢？

梁湘：如果要的话，还可以给你。

（总理一行离开蛇口到深圳大学。）

六、"我们愿意接受实践法庭的审判！"

坐在蛇口爱榕园小区的石凳上，听韩耀根讲那过去的历史，作为一个老报人、老记者，他报道式的讲述带我穿越时光之河，回到现场。

1984年11月中旬，韩耀根终于冲破重重束缚，只身南下，应袁庚之命来蛇口办报。为了给《蛇口通讯报》创刊号组稿，韩耀根参加了11月27日在深圳大学鸣锣开讲的深圳市有关方面"关于深圳经济特区伟大成就"的报告。"我记得，在我听完报告回到蛇口后，袁董刚巧从香港过来，他向我打听深圳市领导的发言都谈了一些什么。我告诉他，深圳市谈的都是好的一面，没有讲到任何缺点。那些经济学家们和我很熟，很挑剔的，散会后，他们说，深圳市讲的什么东西啊！袁董听完我的汇报后说，我知道了，谢谢你，小韩。"

第二天，袁庚在一个全国性的研讨会上，作了一个长篇发言。

"我总觉得，袁董那一天的讲话有和深圳市斗气的味道。"多年后，韩耀根这样评价1984年11月28日袁庚的那场精彩发言。"所有的话，几乎都与深圳市的观点针锋相对。"

　　我再次见到袁庚，提到这次讲话，问他为什么会和深圳市斗气，他说我有吗？随即感慨得很：那一年我六十有七，距"从心所欲，不逾矩"还有3年。成熟是终身修炼也不容易达到的一种境界。

　　在刚刚建成不久的蛇口工业区碧涛中心剧场里，数百名来自香港和全国各地的专家、学者第一次和袁庚近距离接触。他们来这里参加关于"当代香港经济研讨会"。11月28日上午，就是在赵紫阳总理面前春秋笔法说梁湘的两天后，袁庚应邀讲话，一时间成了经济学家们瞩目的焦点。

　　"我在这个讲台上不敢讲什么经验，教训倒是不少。"袁庚皱着眉头，一脸忧戚。我不是个健忘症患者，我始终记得去年底华侨商人对我们蛇口的5条批评意见。"所以，"他顿了顿，用更为有力的声音继续道："今天我要'扬点家丑'，关于蛇口的'家丑'。"

　　碧涛剧场近千平方米，有470个座位。袁庚站在剧场中央，目光扫视着剧场里近300名专家与学者。这些专家、学者正睁大眼睛，惊讶地望着已经破题开场的袁庚。他们是慕名而来的。袁庚带着一丝逆反的奇特心理，最终决定要和昨天举办的深圳经济特区伟大成就报告唱点反调，对他们讲一讲他平素只在蛇口干部中说的、对外人并不太愿意讲的话。

　　空气瞬间停滞了，剧场里寂静无声。袁庚嘶哑的嗓音在偌大的空间肆意穿行。

　　"一是在蛇口上厕所，不要用眼睛找，只要用鼻子闻，闻到臭味便是。"他翕动鼻翼，仿佛置身于他所说的厕所之中，脸上浮现痛苦的神情，"二是蛇口前不久工棚发生火灾，消防队赶到救火，水管里没有水，非常狼狈，驻在蛇口的电视摄制组赶去拍下了部分镜头，却又不敢纳入系列片中去，说是给蛇口脸上抹黑，我说：你这是专门报喜不报忧，报好不报坏，你这是在欺骗你的观众。"他微微地闭上眼睛，仿佛不愿意看见那个拍了火灾并不愿意曝光的电视片一样，"三是不久前，蛇口一辆车子出了事，轮胎辗过，血淋淋一片，死伤各一人，这

473

说明蛇口交通管理不善，有人说香港不是也压死人吗，我说香港500万人，我这里只有1万人，一年压死两人，比例要大大超过香港；四是不久前，蛇口一幢正准备交付使用的楼房，阳台塌下来了，很多人问管委会：我假如正在阳台上种花养鸟，正好被压死了怎么办？你们怎么来负这个责任？"

没有人出声。专家与学者望着袁庚。袁庚紧抿双唇，望着眼前的专家、学者。

这也是蛇口真实的一面啊，我的专家、学者们！

袁庚直面前来取经的专家与学者，顺着他的逻辑推理出一句振聋发聩的结论："这就是蛇口，我们把这两平方公里多一点的地方作为一个试验场所，看看什么叫中国特色的社会主义，看看此路通不通？如果不通，我们在实践法庭面前只好承认我们没有生存的权利！我们愿意接受实践法庭的审判！"

一番扬丑揭短的挑战话语，激起了雷霆般的掌声。

袁庚开始步入正题了。"数年来，我们以这个地方作为试点，从实践开始，不断地摸索，不断地前进，同时也走了不少弯路。在实践中有很多问题我们还没有完全解决，更谈不上条理化或上升为理论。"

他首先便谈及了特区的人口结构和人口素质。"要办好经济特区，人口结构和人口素质是不容忽视的问题。蛇口有个碧涛中心。周围靠海边的地方，都是比较高级的住宅区。开始时有人说，香港的房地产是香港繁荣的大支柱，因此，我们是不是开辟这个地方后，也把房子卖出去，捞他一把，先把蛇口繁荣起来行不行？当时我们是这样想也是这样做的。实践结果才发现，不妥。各位散会之后，可以参观一下前面的那些房子，每幢房子的建筑费用大概20多万元（港币），最初可以卖到50多万或60多万，卖一幢房子可以赚30万，不是很好赚的吗？第一年我们卖了二三十幢房子后，发现情况不对，马上停止了。"他认为，"如果说建设20万人口的住宅，让香港人的老弱病残家属都进来，将来怎样处理？一方面会带来一系列社会问题，粮食，住宅，消防，老人，小孩上学的、去幼儿园的，火葬场，太平间，甚至垃圾处理等等一系列问题。小孩长大以后，你怎样安排就业？不仅仅是社会问题，还有意识形态、社会风气问题。这就说明了由出售土地、出卖房地产，光从事商业牟利所带来的繁荣兴旺是值得斟酌的。"

话已至此，袁庚话锋一转，面露微笑，开始谈一谈他的蛇口人了。

"到上月底，这里已有9700多名职工，其中7000多是直接从事制造业和交通运输业的工人。7000多名产业工人中，高中毕业占53%以上，而小学程度仅占4%；近1000多名干部中，大中专以上占73%。有位暨南大学的同志对我讲，你这里的文化水平平均高于我们学校。干部队伍也是尽量在全国挖人家的'墙脚'，借此机会衷心感谢各省市有关部门的支持。我们这里的干部大多数是理工科毕业。这就使城市的人口结构和素质向合理方向发展，以保证这个城市将来走向现代化，发展成为有知识、有文化、有科学技术的工业区。"

他停顿了一下，飞快地打好了腹稿，他要和大家谈一谈"高层建筑未必可取"的看法了，这是他三个月前，绕地球一圈得出的一个结论，他相信他是对的。

"这里在市政建设方面，在是否要建高层楼房问题上有争论。几十层的楼房，消防问题不是开玩笑的事，我们这里不许盖8层以上的高楼。8层以上的楼，我们还没有高云梯消防设备，水电也有困难。一旦火灾，就像今年马尼拉两次发生的大火，死伤数以百计的人；台湾4个月前一幢40多层的工贸大楼发生火灾，40多人从玻璃窗跳下来死了。没有这样高的云梯嘛！你有直升机来抢救吗？我一直反对盖高层楼房，但很多同志反对我，他们说：'这么好的一块地方都给你袁庚糟蹋了，你为什么不建高层楼房，高层是现代化的象征。'我说：你到纽约去看一下，纽约曼哈顿有100多层高楼，但白人却不愿在曼哈顿住，主要是黑人有色人种住，白人都到新泽西小平房去住。洛杉矶也是一样，整个洛杉矶除了市中心有几幢大楼之外，全市都是平房。我问过洛杉矶蒙特利公园市的市长：你为什么还要盖高楼呢？回答是大企业都集中在市中心，把地皮抢贵了，市中心被迫向空中发展。人类到了这一步是非常悲哀的，也可以说是畸形的。"

接着，他又侃侃而谈有关"特区应以工业为主"的话题。

"房地产不行，搞商业吧，对此这里曾有过一场大的争论，结果导致旧班子垮台，新班子上来了。当时有人认为，特区是最好赚钱的，利用特区来倒买倒卖再好不过；你搞那些钢材、铝材，丁当丁当什么时候才能敲出一个美金来？要是搞彩色电视机、汽车等买卖，一下子就捞进来了。这个我也清楚。从这里出门向右走有个永安商场，沿着西苑酒家向前走，还有个购物中心，这两个地方赚钱赚得有点不好意思了，有个商场，曾经有过一天六七十万元的营业记录。在它的带动下，应运而生的有太子商场、'海上世界'的明华商场、旅游公司的旅游商场，居民区还有什么南山商场。就一万多人口，搞那么多商场干吗呢？而且都是电视机、电冰箱、洗衣机等家用电器，万多人的购买力，有如此惊人？特区有个'特'字，好就好在这个'特'字。这里可以用外币为内地订货，购买那些市场短缺的商品。各位清楚，在福州有一条日立电视机的生产线，可福州人在福州却买不到它生产的福日牌彩电，到我们这里是随时供应无误。那就是把人民币带到这里来黑市兑换港币、兑换券，然后用港币、兑换券在敝境可以买到他们所需的彩电，再倒流回去。不用在台底下，就在菜馆、酒店的桌面上也能用人民币换到港币。现在黑市一块港币换人民币6毛3，一位中央领导同志前天在这里讲："什么6毛3，在广州7毛3。'你说这要命吧！"

谈起蛇口工业区与深圳市之间的恩恩怨怨，现年67岁的原蛇口工业区管委会副主任王今贵感慨犹深。他认为，两者之间失和主要有四条原因。一为梁湘的资历原本就是副省长，级别也比袁庚高，两人本身就有一种暗中较量的意味。二是蛇口在20世纪80年代太过出名，风头上压过了深圳市。所有人来深圳，也都是要来看看蛇口的。这样一来，难免引起深圳市一些同志的不舒服。三是深圳市的办事程序严格按照国内的一套审批程序办，牵扯到很多环节，仅一个环节的审批就需22天。王今贵原先分管工业区的外商投资审批工作，他只审查环保问题与水电问题（指工业区能否负担其水电供应），所有项目批复完不超过一个星期。关于企业是否盈亏，完全是市场调节的问题，蛇口并不多加考虑。例如，1983年日本三洋电机有限公司想在蛇口办厂，派了一个7人的代表团来蛇口。他们估计至少要用一周的时间来谈判商量投资建厂。但双方商谈后，只用了三天时间办理有关投资方面的全部手续，一个半月后，三洋电机(蛇口)有限公司投产。连日本人也对蛇口的效率和速度表示钦佩。

"最重要的一点，袁董老是批评深圳市的做法，把人家惹毛了。"王今贵谈风甚健，思维清晰，记忆犹新。"他除了批评人家的工作作风，还有政策。深圳市最初没有启动资金，没办法发展，中央与省里都不给，财政收入又少，梁湘盖了房子卖给香港人，可以带户口进深圳，袁庚就在大会小会上批评人家，说要注意城市人口的素质。可是，人家也没有办法呀。我们几个（指管委会的几个副主任），也都多次和袁董聊起这个事情，我们还有个靠山招商局，还可以拿点钱，人家到哪里拿去？"

　　王今贵笑谈当年，往事如过眼云烟。"在这一方面，袁董的观点强加于人。他是个急性子，他看见了，觉得不对的，他就要说。"

　　孙绍先也透露了一件事情。"小平来的时候，袁董请小平同志上龙凤厅吃饭，要经过一条走廊，他向小平说了深圳市搞商业与卖房子的问题。刚巧被我听见了。当然，这些话，袁董也在大会小会上说过的，他是担心这种做法将来对深圳市的发展带来不利因素。"

　　关于蛇口与深圳闹矛盾的话题，梁宪发出了这样的感慨："当初（1979年），给中央的报告是一而再、再而三地强调工业的，谷牧与总理也是强调工业的，你不能不承认这个做法在第一个阶段是对的。但是，等到把四个经济特区搞活了，已经意味着全面开放了。所以，在一个特区之内，你搞旅游也可以，贸易也可以，重要的是你不走私，不偷税，你不'黄赌毒'就行了。你可以有不同的看法与观点，但是，这个不同的看法与观点是有偏颇的、不全面的，也不客观的，并没有说明一方对，一方错，只是各有所强调，有所侧重。只是，袁庚在这一点上往往坚持得比较厉害，他就是坚持搞工业，所以，跟深圳市就产生了矛盾，这也是一条汉子啊！"

　　我所采访过的蛇口工业区管理层干部都认为，改革之初，没有现成范本，各地推动经济发展的做法各不相同，应该是允许的。袁庚批评深圳市搞房地产和商业的举措，有他自己的价值判断和评判标准。蛇口干部，包括袁庚本人，看到从20世纪90年代以来，深圳适时地调整产业结构，推动工业园区的发展，大力引进和扶持高新技术产业，走上了可持续发展的道路，表示非常之钦佩。

"香港为什么吸引这么多人？因为它是自由港，世界的购物天堂。除了武器、毒品严禁进口，烟、酒、高级化妆品及某种香料需要打税外，其他琳琅满目的商品都进出自如，不予打税。世界上任何一个国家新发明的商品，首先要拿到香港市场，来试探它的销路和竞争能力。有许多国家甚至补贴出口到香港去竞争。如日本的太阳能计算器跟一张名片那么薄，日本还没有卖，香港铜锣湾就有卖了，而且比日本便宜。我们这里能不能这样做？我说很难。"袁庚在将香港市场与内地进行分析比较之后，又想到内地和特区的经济关系，在阐述"内联外引，发挥优势"的命题后，袁庚说，"一个城市，一开放，就是对外的窗口。小平同志讲，你要引进技术，引进管理，引进知识，最后通过它成为对外开放政策的窗口。小平同志总结这四个窗口，对今后我们建设任何一个开发区，都有很重要的指导意义。当然要解决好内联外引的问题，体制不改革，十二届三中全会精神不贯彻，则是一堆废话！"

改革开放，必须解放思想，敢于突破，袁庚说到这里，竟然批评起理论界来了："我曾经这样想过，在经济体制方面这样大的改革，这样大的突破后，必须在思想上、理论上也要有相应的发展和突破才成。人类社会在发展、在前进，已经产生许多过去未曾有过的飞跃现象。这些飞跃现象，不可能想象当年马克思能预测到。如果拿当年马克思的著作来套用，肯定不能解释现在许多社会现象和问题。当年，马克思在伦敦图书馆里，写成前无古人的伟大著作——《共产党宣言》《资本论》，其基本原理，照耀人类社会永不灭其光辉。这个信念，我们是坚定不渝的。不久前，我和哥伦比亚大学一位经济学教授谈话，他告诉我，他们指定《资本论》是必修课的教材，他认为《资本论》的剩余价值一章仍有其生命力。可见资产阶级学者，也得从马克思的学说中吸取他们认为有用的东西。可是，由于我们的一些同志死抱着书本不放，不正视现实，极力想从马克思当时的著作中寻求解决'一切'问题的方法。因而我们的学说停滞了，使凯恩斯的理论横行了四五十年而不衰。现在托夫勒的《第三次浪潮》、奈斯比特的《大趋势》风靡一时，这种未来学派的理论与预测是值得我们重视的，但更重要的是，我们要大大解放思想，发展丰富我们的共产主义学说。我们党提出了建设具有中国特色的社会主义，三中全会的决定就是一大突破。"

袁庚透露道："我在蛇口，也接触过许许多多的经济学家，他们很喜欢问：你们蛇口工业区是社会主义、资本主义还是国家资本主义？从'老祖宗'处找不到你们这样的'模式'。我往往回答：我也不晓得，让实践去回答吧！或者说，我们愿意接受实践法庭的审判。现在好了，三中全会说个体、集体经济，包括引进的外资，都是社会主义全民所有制有益的补充。这一下好了，问题解决了。"

他看着一张张严肃而认真的面孔，以一串客气话收场："今天浪费了大家不少时间，说的可能是不中听的话，但却是真心话。谢谢各位！"

会议结束得很晚，超出会议预定的就餐时间半个小时。不过，当专家与学者们走出会议室时，袁庚对一件事情深信不疑，那就是痛快！心中的块垒一吐为快！

七、四处"化缘"

国务院办公厅（1986年）4号参阅文件是一篇名为《重债在身　如负千斤——袁庚谈蛇口工业区怎样使用资金》的文章。在这篇参阅文件中，编者还加了一个按语：

按：袁庚同志向我们提出一个非常严肃的问题，那就是借债与还债的关系问题。袁庚同志的借债条件，是先考虑还债，因而也就比较好地解决了用债问题。而有的同志借债不怕大，也敢于拍板，而还债却无人问津，这可能是资金使用效果不佳的一个重要因素。袁庚同志把借债视同千斤担去对待，不轻易借债、借大债，却用大力气去研究用债、发挥效果。这种精神给人启发。现将袁庚的讲话摘要刊载，供参阅。

我们这几年是重债在身、如负千斤的几年。中央给我们一次可动用500万美元的权力，但同时也加给了我们沉重的责任。我们开发和建设蛇口的钱不是国家计委无偿拨的，我们来自国家的唯一财源是招商局（到1983年为止）的1.92亿元。六年来我们在蛇口实际投资折人民币累计共达3.1亿元。那就是说，大部分投资除回收的钱之外是从银行借来的，主要是从香港银行借来的。有的同志很羡慕我们一次可动用500万美元的权力。但说心里话，我们在用这个权的时候，并没有"一掷千金，面不改色"的气派，而是战战兢兢、小心翼翼的。有些大一点的项目，对其可行性、经济效益和偿还能力的研究，常常使我们彻夜难眠，有时甚至会半夜惊醒，一身冷汗，这不是夸张，而是确有其事。

到了8月底，袁庚的危机感愈加强烈，但再怎么危机重重，他也料想不到自己在一夜之间陷入了囊空如洗的境地。

这一年，不管袁庚在外如何风光，如何威风八面，实际上，中央批准的为期五年从招商局的企业利润中部分提成已经到期了，也就是说，国家不再在经济上扶持蛇口了。

然而，近几年招商局以航运为中心，开展多种经营，蛇口工业区坚持"以工业为主，为南海油田开发服务，积极引进，内外结合，综合发展"的方针，香港与蛇口的业务都有了飞速的发展，资金的需求越来越大。

袁庚对自己家庭的柴米油盐账永远也算不清楚（事实上，也从没有管过家里的收支账目），但对招商局的经济状况，他粗略计算，发现共有5处资金缺口：

一、开发蛇口工业区的基础工程建设投资8000万美元（美元与港币的汇率按1∶7.8折算，下同），今年下半年尚需3000万美元，除利用招商局本部五年不上缴的利润及两年半以来所回收之资金外，不足之数需向银行贷款7000万美元。

二、蛇口工业区的投资项目，现有94项，总投资额20亿港元。其中已投产及开业的工商企业已达70余项，我方参与的合资企业，已贷款投资4000万美元，目前还需资金约4000万美元。

三、考虑到香港集装箱运输发展的需要，最近与某航运集团商谈合作兴建集装箱码头问题，如合作成功，约需资金3000万美元。

四、香港招商局属下的明华船务公司贷款买船，已向银行贷款5000万美元。

五、由香港招商局代管的远洋与益丰两家船运公司，近年根据交通部和中远总公司的指令，大量贷款买船造船，船队已由200万吨迅速发展到400万吨，银行贷款额高达5.6亿美元。近年来利率高企，贷款利息负担很重，国际航运业不景气，该两大公司的第二船队连年亏损，举步维艰。

算了一笔账，不算代管的远洋与益丰两家船运公司的账，前四项的资金缺口就需要2.3亿美元。

到了9月1日，袁庚简直是如坐针毡，连夜给赵紫阳总理写了两封信。一封是为香港招商局和蛇口工业区化缘的，他写道：由于香港贷款利率长期高企，利息负担很重（目前优惠利率为14%，银行手续费为0.5%，全年利息高达港币2.6亿元），如能得到国家低息贷款，减轻利息负担，则对我事业更为有利，可以兴办更多的事业。

在另一封为香港远洋和益丰两家船运公司要钱的信上，袁庚坦陈：目前航运危机尚未好转，困难仍大。拟请国家给予低息贷款3亿至5亿美元，以便减轻他们的利息负担，再通过各方面的努力，扭亏为盈。

9月中旬，袁庚以谷牧顾问的身份，再次出访山东等地，并作了几场报告。在这次出行中，他偶遇随同谷牧视察山东的国家计委副主任阎颖，袁庚立马将蛇口急需资金的情况禀报给阎颖，希望能够得到国家计划委员会的支持。

10月9日，袁庚在香港收到了国家计委副主任阎颖的来信。

袁庚同志：

你好！山东之行，有幸听到你生动、富有说服力的报告，受益不浅，今后尚望多多赐教，以增见识。

开发蛇口拟从国内贷款的问题，回京以后，作了了解，并同有关方面商量了此事。鉴于招商局在国内没有直接申请资金的渠道，我们意

481

见，对蛇口用于开发建设的贷款问题，作为专门问题考虑，经请示谷牧同志，他已同意。蛇口如确需从国内解决一些人民币贷款和外汇额度，请写个报告，说明用途和金额。报告可直接写给谷牧同志。

　　　　致

　　敬礼！

阎　颖

1984年10月9日

　　收到阎颖的来信后，袁庚几乎是欣喜若狂，又是十分感动。国家又一次向蛇口伸出援手。10月18日，招商局、蛇口联署给国务委员谷牧呈送了《关于申请拨给外汇额度的报告》。

　　这份报告肯定了蛇口工业区的业绩，表明蛇口工业区在中央特殊政策的关照下，按照经济规律，自筹资金开发，初步形成了一个工业基地和海洋石油服务基地。引进工交企业122项，资金近15亿港元。建成中、小泊位的码头共13个（含赤湾港），今年的吞吐量可达200万吨。有了通往香港、广州、珠海、中山、石岐等地的客运码头，海上客运量达40多万人次，成为深圳经济特区水运交通的枢纽。工业区已有职工1万人（不含赤湾与蛇口镇），直接从事制造业的工人有8000人。重要的是，已有四十几家石油公司和承包商安营扎寨，开始了前沿作业……报告强调，由一个企业开发一个工业区自筹资金若超出一个企业的能力时就往往会贻误时机，影响长远规划建设，从而也影响长远效益和社会主义制度的优越性。例如目前应开发而未开发的土地以及1/2良好岸线尚在沉睡之中。此外，一个企业不可能在高利率的情况下去国际银行冒风险。更有甚者，今年海关代征的工商税又将从工业区收走上千万港元，即使是巧妇也难为无米之炊。因此，为了工业区继续发展的需要，申请国家拨给外汇额度1亿美元，其配套人民币我们自筹一部分，不足部分请银行低息贷款。这部分人民币贷款请国家规定偿还日期，我们一定保证如期本利偿还。这种国家支持的办法对光大公司、华润公司，深圳市和其他开放城市均有先例。为此，袁庚不惜夸下"海口"：如蒙俯允，我们有信心在三至五年之内保证建成一个具有4公里海岸线，大、中、小泊位配套成龙，以工业和石油服务基地为主体的，5万至8万人口屹立于珠江之滨的海港城市，更好地起到经济特区四个窗口作用。

四天后，袁庚又写了两封颇具文言色彩的信件，那是他小时读私塾学尺牍留下的印记，一封写给国家计委副主任阎颖。

阎颖同志：

十月九日大札敬悉。捧读再三，感奋难已。当即遵嘱拟文呈谷牧同志审批，并呈您批阅；如蒙进一步向经、计两委及人民、工商两行代陈悃忱，使之事有所速成，则幸甚幸甚！

别后又是秋风送爽，遥望京华，想风范照人，不胜翘企。

专此敬叩

政祺

袁　庚

十月廿二日

另一封是给谷牧的信。

谷牧同志：

山东一别，鄙吝复生；每诵握发吐哺、天下归心之章，殊多萦想。

顷接阎颖同志大札，感奋难已，特遵嘱拟文专呈您审批。如蒙一字万金，则"珠江滚滚向南流，洒满伶仃春色"也。临书屏息以待，不尽所云；秋凉在迩，时多珍摄。

附上阎颖同志手书过目。如有差遣，愿随时重执鞭蹬（镫）于左右。

专此敬叩

政祺

袁庚顿首

十月廿二日

两天后，谷牧在招商局、蛇口工业区《关于申请拨给外汇额度的报告》上批示：为了开发港口建设，贷款支持是需要的，请吕东、吕学俭同志审批。10月25日吕学俭主任批：请宋平同志、甘子玉同志审批。10月26日，交通部向国家计委报告，同意招商局1984年10月18日的报告，请国家拨给招商局1亿美元的外汇额度并请中国银行支持给予低息贷款解决配套的人民币。

一个月后，11月10日，国家计委函告交通部及国家外汇管理局，同意从国家外汇中拨给招商局外汇额度5000万美元，用于在香港续建码头仓库及进一步开发蛇口工业区。

得知这个消息，袁庚笑了。

八、袁庚VS胡启立："你保上半段，我保下半段！"

袁庚在财政状况好转之后，在1983年推出民主测评、1984年举行信任投票以后，着手运作明春的工业区两委干部民主选举，但在眼下，有许多费神费力的杂务缠身，其中之一是为周为民的政治生涯负责到底。

12月4日傍晚6点钟，袁庚坐在日后被统称为海滨花园的碧海楼302房自家的阳台上，看着日光渐渐远逝。

这栋楼刚建成不久，阳台下是个空空如也的大院子，有一大块还未植好的草坪、四五棵夹竹桃和一两棵樟树。院子外面便是工业区新建的那6栋厂房，凯达厂和华丝厂机器的轰鸣声、打工妹喧嚣的话语声隐隐随着晚风传递过来，有一种令他十分熟稔的亲切感。

夜幕降临，远处厂房的灯光渐次明亮，寒风令袁庚不由得打了个冷战。袁庚再一次想到周为民，他已经为他做了一切力所能及的事情。明天，将是最后一搏。早在3月3日，袁庚曾指示工业区给深圳市委组织部部长写了一封信，并附上工业区给深圳市委常委的一份汇报材料。

次日，中央书记处书记胡启立莅临蛇口视察，他曾经当过清华大学的团委书记，袁庚希望通过这一关系，帮周为民说几句好话。

他离开阳台，走进书房，给乔胜利打了一个电话，叫乔胜利做两件事情：一是今晚带周为民本人面见胡启立的秘书，说清此事的缘由；二是立刻通知在蛇口工作的几个清华毕业生，明天陪陪胡启立。

翌日，中午12时10分，胡启立在深圳市委常委邹尔康的陪同下抵达蛇口工业区。半个小时后，袁庚在"海上世界"中餐厅宴开两桌。在袁庚的缜密计划下，他特意将周为民安排坐在胡启立旁边，袁庚自己则坐在胡启立及清华大学原常务副校长、现国务院副秘书长艾知生之间，陪坐的还有两位清华的毕业生——管委会办公室主任顾立基和工业区团委书记彭顺生，以及即将面世的《蛇口通讯报》的总编辑韩耀根，当然，韩还兼带采访任务。另一张桌子上，也是由清华的毕业生——"海上世界"现任总经理郑奕陪酒。

"现在，从蛇口、赤湾开出的船可以直接到达广州、香港与新加坡了。"袁庚举杯祝酒后，面带微笑地看着胡启立，他很注意讲话的方式，仿佛在随意交谈，实际是在特意营造和谐的氛围，为他随后的话题创造条件。

"蛇口是万商云集呀。"胡启立说，"十二届三中全会之后，改革的形势更好了，你们的压力也小了。过去，别人讲你们坏话，你们能顶住；现在，别人讲你们好话，也要顶住。当别人说你们好得不得了时，你们得敢说：'工业区还有不少问题呀。'总之要做到，压也压不垮，夸也夸不垮。"

"是呀，"袁庚接着汇报道，"现在，蛇口已被批准为一级政府，作为一级政权要起三个作用，即：一要遵照国家法令条例，监督和保证三个经济实体（工业区、赤湾港和蛇口镇）发展经济；二要简政放权，为三个经济实体大开绿灯；三要主动地积极地为三个经济实体提供多方面的服务。书记呀，我们的问题多着呢！"

胡启立点头同意："放权要大量一点，服务要热情一点。四川合并了各个职能局，并把中央各部委在省的50多个机构也撤并了。"

袁庚伸出一只大拇指："这真是功德无量！"

胡启立继续道："机关的权揽得很大，什么都想包下来。你一包，人家就看你有钱，又有饭吃，都靠上来，结果你包也包不动，最后大锅饭成了大锅稀饭。"

众人哈哈大笑。袁庚端起酒杯给艾知生敬酒，他感谢艾知生把人才支援给蛇口工业区。"这杯酒你无论如何是要喝的。"他晃着杯子里的"红酒"，那其实是利宾纳牌葡萄汁兑的水。当然，没有几个人知道这一点。

艾知生站了起来，和袁庚相互致意，然后一饮而尽。他转向大家说："袁庚同志亲自到学校要人，这样重视人才，对我们很有启发。"

大家一边继续议论，一边吃上海菜。袁庚趁机借题发挥说："青年人思想活跃，即使说错话，做错事，我们也要爱护他们。"

胡启立表示同意："我赞成你的看法，我们绝不能把有思想的年轻人视作异端邪说，而把整天喊我们万岁的人捧上天。年轻人有时也会出点格，错了也不要紧，帮助他们总结教训就是了。"

我就等着领导同志说这个话哩。机会真的来了。袁庚看了一眼周为民，示意他站起来，然后，介绍给胡启立："这是你们清华的周为民，原来是《北京之春》的总编辑。"

"哦，我们认识。"胡启立微笑着点点头。

袁庚接着说："后来，他来到工业区工作，干得不错。深圳市的有些领导同志不理解。他们硬是叫他走，说他不适合这里。中央也有领导批示了，这个人要回到原籍。"他盯着胡启立说："我们认为，小周在这里工作得很好，这件事情，您能不能帮我们说说话，澄清一个事实？"

周为民看着胡启立，心已经提到嗓子眼上了。

胡启立已然明白袁庚的意图，欣然点头同意。

袁庚强调说："您是他在清华的老领导，你了解他的那段历史。他在这里的工作情况，我们了解。这样吧，您保他上半段，我保他下半段。我们一同来做这件事情！"

停顿片刻。

胡启立再一次重重地点了点头。他对在座的青年们说："你们做出了贡献，蛇口的改革对全国很有影响。"

1时30分，吃完午饭。在带领胡启立一行去赤湾港等地参观前，袁庚特意放慢了脚步，落在胡启立后面，让周为民走近胡启立。

胡启立握住周为民的手说："小周，希望你在取得成绩时，不要骄傲；有压力时，也不要被压垮。要相信我们党。我们需要一大批立志改革的青年人。你要努力工作，要努力在改革中做出成绩。你自己站住了，领导也好支持你。"

周为民说："好，我会的。"

胡启立接着嘱咐周围的顾立基、彭顺生和郑奕等年轻人努力上进，好好干。"你们这条路走开了，后面的人就会跟上来。"

袁庚认为，如何处理周为民，其实是在考问我们的政治良知。三天后，袁庚对周一事仍旧不放心，指示乔胜利以他们两个人的名义，给胡启立写了一份《关于周为民同志有关情况的调查报告》。在敏感性问题上，空口无凭，必须立字为据。

12月29日上午9时，广东省委办公厅接到了中共中央办公厅秘书局的电话通知：

> 胡启立同志1984年12月17日对袁庚、乔胜利同志1984年12月8日给胡启立同志的《关于周为民同志有关情况的调查报告》上的批示：
>
> 这个调查报告帮助我们全面了解周为民同志的情况，划清了政策界限，提出有信心把周教育好。我看是办了一件好事。
>
> 仲勋同志经常说，对那些立志改革，但因思想偏激说了错话，做了错事的年轻人要着重教育，争取转化，必要时还要等待，不可轻易地把他们划到对立面去。据此，我赞同袁庚、乔胜利同志的报告。妥否，请仲勋同志、谷牧同志审批。
>
> 仲勋、谷牧同志十二月十九日批示同意启立同志的意见；万里同志已圈阅。
>
> 启立同志嘱，请将以上批语速告任仲夷同志，并请仲夷同志转告袁庚、乔胜利同志。

1984年，对67岁的改革闯将袁庚来说，是龙精虎猛的一年，更是风光八面的一年。

到了10月底，袁庚欣喜地看到，由于蛇口工业区的飞跃发展及内地各省市经济合作的迅速扩大，招商局系统的航运业务比重虽然有所缩小，但是，一个多元的、多功能的、拥有附属企业和合资企业150多家、职工18000人的招商局已经今非昔比了。

这一年，招商局直属单位和全资附属单位的利润共达18010万港元（合资、合营企业尚未计算在内）；远洋、益丰两公司第二船队的利润亏损减至21461.4万港元；其他代管单位的利润共达749万港元。

为了加强对招商局下属企业的统一经营管理，更好地协调发展，在和专门搞调查研究的梁宪多次商讨后，袁庚开始酝酿组建招商局集团。

次年，经交通部批准，具有112年历史的企业——香港招商局轮船股份有限公司成立了招商局集团并组成新的董事会。招商局集团由招商局轮船股份有限公司、蛇口工业区、友联船厂有限公司、香港海通有限公司、香港明华船务有限公司、招商局船务企业有限公司、招商局发展有限公司、招商局国际船舶贸易有限公司、招商局仓储运输有限公司、招商工程公司、远东船舶检验社有限公司、华德工程有限公司等十多家骨干企业及约200家全资附属企业与合资联营企业组成。其主要合资联营企业有：南山开发股份有限公司、广东浮法玻璃有限公司、华美钢铁有限公司、中国国际海运集装箱有限公司、华益铝厂有限公司和南海酒店等。

袁庚出任董事会常务副董事长，主持招商局集团董事会的日常工作。

董事会任命江波为招商局集团总经理，王栽兴、郭洪勋、王世桢、袁武为副总经理。

12月31日，上午11时，袁庚从香港赶至蛇口参加工业区办公会议。与前来接他的乔胜利边走边聊工作。办公大楼左侧一个临时性报摊点上，小办公桌上堆满了报纸，韩耀根正和几位年轻人笑吟吟地向往来行人赠送《蛇口通讯报》试刊号。

"小韩，报纸出来啦？"袁庚拿过一张仍散发着油墨清香的四开报纸，扬了扬，"祝贺，祝贺。"

"袁董，这是中国第一张特区基层报啊，今天是她的生日！"韩耀根异常兴奋。蛇口没有印刷条件，报纸委托广州南方日报印刷厂印刷，从26日赴广州到29日晚携2000份报纸返回蛇口，韩耀根整整三天几乎没有合眼。

"大家反应怎么样？"袁庚又问。

乔胜利欲言又止，袁庚用目光示意他有话直说。乔胜利想了想，告诉袁庚说，大家对试刊号上登载的贸易公司总经理沈祖芳的就职演说有反应。有人认为，沈的演说开头一般喜欢抬高自己打击别人，把别人的成绩抹杀了。

韩耀根吁了一口气，无奈地说："听说王今贵主任也把录音带调去了，很快就大白天下了。"

袁庚微微一笑。"报纸，是要登批评稿件的。"他看着韩耀根，希望他能理解他的话语，"登了一个贸易公司总经理的就职演说，职工就觉得受不了，这怎么行？我看，我们的报纸，特别要登批评领导的。"他拍了拍韩耀根的肩膀，强调说："最好登篇批评袁庚的，人们就抢着买了，深圳就抢着买了。"

"这……"韩耀根听得目瞪口呆，他第一次略带怀疑地看着他的领导。

"小韩，可以试试看，不要怕人家批评，没有批评是没有进步的。"袁庚拿着手中的报纸，向办公楼走去。

他叮嘱身旁的乔胜利："备车吧，开会前，我还要先下工地看看……"

1984年最后一天，袁庚在乘车到工地去的路上，心情是蛮舒畅的。

司机打开车载收音机，20世纪80年代初流行的创作歌曲《年轻的朋友来相会》撞击人的耳膜——

　　啊，年轻的朋友们美妙的春光属于谁

　　属于我属于你属于我们八十年代的新一辈

再过二十年我们重相会

伟大的祖国该有多么美……

20年后，老夫望九之年矣，也是"春光多明媚"吗？可惜啊，只是"枯藤老树昏鸦"了。这个冬天就要过去了。近来，他的心情都不错。因为今年的经济形势、政治形势都还好。他记起上个月底，自己在"香港经济研讨会"上酣畅淋漓的发言。他谈到在经济体制方面突破以后，必须在思想上、理论上有所突破。当时，他没有说出来的话是，必须进行政治体制上的改革。中国的现代化，必须在经济发展与政治进步两个方面花大力气才行。他在考虑明春如何开始民主选举与开展舆论监督等问题时，像先前所进行的一切变革那样，充满了理想主义与乐观情绪，并不曾预料到风云激荡所带来的后果。

到了1985年春，袁庚策动民主选举，直接出现了两个他料想不到的后果。第一是，新班子中，他所器重的知识分子型的才俊被群众挑落下马，让他很没有面子，伤心难过了一阵子。第二是，从1984年冬天开始，告袁庚"御状"的信件逐渐增多起来。袁庚再聪明再机敏，也不曾料到，告他状的人中，已经不仅仅是被消解了职权的老同志，反对他最厉害的人来自新班子内部，是他苦心经营的新桃花源中的精英人物，是他在实践中考察、在干部中选拔并推荐掌控实权的年轻的接班人。

感谢辞（代后记）

《袁庚传》拟定以《袁庚前传·情报生涯》《袁庚传·改革现场》和《袁庚后传·蛇口试管》三卷本的篇幅，讲述袁庚先生的个人历史。

《袁庚前传·情报生涯》（1917—1977年），说的是袁庚的前半生。他是个小人物，却与"二战"中日本广岛、长崎的原子弹爆炸案有关联。他还是胡志明主席的情报、炮兵顾问。20世纪60年代初，参与破获台湾特务暗杀赴柬埔寨访问的刘少奇主席的"湘江案"。"文革"爆发后，他被康生惦记着投入秦城监狱五年半，经周恩来亲自过问才获释。

《袁庚传·改革现场》（1978—1984年），主要讲述改革开放头几年的人与事。一个与经济毫不沾边的"特务"，竟然参与中国历史上最为惊天动地的经济体制改革，大胆地尝试包括触动干部任命制等在内的政治体制改革，历史性地成为改革开放大棋盘上的一枚过河卒子。

《袁庚后传·蛇口试管》（1985—2016），讲述袁庚如何从经济体制改革走向政治体制改革的过程，还有他对"民主试验""舆论监督"圣洁性的执着与坚持，政治体制改革中的种种艰辛与风波，一直到他退休后在蛇口的生活。

我选择了中间突破的办法，先从《袁庚传·改革现场》写起。

好了，从2004年冬天到2007年岁暮时分，我终于紧赶慢赶地写完了这一卷。

在第二卷付梓之时，我首先要感谢袁庚先生，感谢他同意小女子为他作传，

491

感谢他抱着老年多病之躯，在长达三年的时光里，时不时地忍受着我长时间采访的"折磨"。

我要感谢原中央调查部、交通部、香港招商局、蛇口工业区、招商局档案馆、中国南山开发（集团）股份有限公司、招商银行、中国平安保险公司、深圳蛇口南海酒店、蛇口华益铝厂有限公司、蛇口工业区培训中心以及香港中建发展有限公司等机构和单位。我要感谢中共深圳市委宣传部、深圳市文联，还有我先后供职的香港《文汇报》与深圳市海天出版社。

我还要感谢袁庚的夫人、子女与水贝村的远亲与同乡。

我要感谢下列156位人士，感谢他们接受我的采访，感谢他们提供当年的文件、简报、会议记录、照片甚至私人日记。能够得到广东省委、深圳市委、招商局以及蛇口工业区老领导和当年改革实践者、参与者们的帮助，是我今生的荣幸。现将这批人士的名单附录于后，这份名单顺序是依据我采访的时间先后进行排列的：

欧阳国财　欧阳金夏　欧阳日耐　欧阳伙生　欧阳建平　欧阳道廉

袁中印　汪宗谦　袁尼亚　袁小夏　欧阳红　周为民　乐俊人

朱士秀　时　清　顾立基　刘清林　韩澄宇　韩耀根　安　健

王潮梁　余昌民　方湘江　孙绍先　王　柏　梁鸿坤　张　平

张跃农　林成荫　林鸿慈　黄作材（黄伟强）李小群　屈椿华

杨天平　秦　燕　毛晓碚　柯　非　郑　奕　朱传贤　谭筑熙

杨　奇　林　华（林传）温观友（铁沙梨）曾　发　王世桢

陈难先　王今贵　刘丹一　蒙　锡　王　作　王晓峰　张敬华

陈达明　陈　越　黄嘉树　雷善儒　朱　霖　肖向前　陈兆原

杨守政　李　清　赵若男　宫瑞华　林　坚　王铿　俞　绮

郑锦平　黄进发　章秉权　过永鲁　武克钢　陈建华　乔胜利

党保国　陈慧娟（马太）韩邦凯　何新明　董海波　郑艳萍

李　华　李　实　刘　虹　文重萍　熊秉权　陈晓峰　黄宗英

492

方　苞　　郝　君　　唐衡之　　程　梅　　周桂民　　高智明　　李　沅

李　桂　　刘德豫　　田汝耕　　顾　群　　曾　源　　陈　慧　　杜襟南

曾德平　　何　太　　李士非　　刘昌汉　　郭洪勋　　江绍伦　　陈矢健

陈矢苏　　卢晓并　　曾兆慧　　朱大绥　　张鸿华　　孙　旺　　钦祥华

车国宝　　司徒眉生（司徒南华）　　廖日华　　余为平　　关　发

郑仙彩　　郑仙妹　　刘瑞芝　　曾　虹　　李炳盛　　谭子青　　孙少虹

刘兴孟　　凌天铎　　游　扬　　袁　靖　　梁灵光　　孙邦杰　　翁满娇

许国强　　许国威　　许国烨　　许丹妮　　郭　英　　张小红　　章含之

郭建新　　耿薇娜　　荆　跃　　陈金星　　马明哲　　袁　武　　黄振超

李清振　　周溪舞　　刘　波　　黄小抗　　冯　莺　　李东明　　王铁锋

赵竟成　　李启其

我还要感谢的，是至今还不肯接受我采访的个别老同志。因了他们，我写作中，更如当年袁庚所说的，"如临深渊，如履薄冰"。

涂俏

2007年12月岁暮

2015年12月岁暮

493

袁庚个人年表

1917年4月23日	原名欧阳汝山，小学毕业证书上改用欧阳珊，入党后改为袁更，解放初在出国护照上误写为袁庚，一直沿用至今。袁庚出生于广东省宝安县大鹏区王母圩水贝村中和里（现深圳市龙岗区大鹏镇水贝村）。父亲欧阳亨，海员。母亲袁燕，家庭妇女。
1923年	6岁　在水贝村私塾读书。
1924年—1925年	7岁至8岁　就读于水贝村松山小学。
1925年—1930年	8岁至13岁　在大鹏区王母圩新民小学读书。小学毕业证书改名为欧阳珊。
1931年	14岁　赴广州远东学校补习。9月，以"会考"第八名的成绩进入广东省广雅一中读书。
1934年	17岁　7月，初中毕业，考入"地政人员养成所"之后回乡完婚。女方名陈碧仙。
1935年	18岁　8月，毕业后分配到南海县石湾第四十测量队当测量员（兼绘图）。
1936年	19岁　8月，考入中央军校广州分校。
1937年	20岁　儿子欧阳天羽出世。 8月，"七七"事变后，军校人心涣散，因对时局失望遂

返回乡下。

9月，应母校大鹏新民小学校长王仲芬之邀，在该小学代课，开始参加抗日救亡活动，成立沿海青年抗敌后援会，被推举为负责人。

1938年	21岁　被新民小学校长王仲芬正式聘为教员。同年，参加大鹏抗日自卫大队。
1939年	22岁　任大鹏区立小学校长。 3月27日，加入中国共产党，为了不连累家人，跟随母亲姓，改名袁更。"更"，意为"更改"。 11月，被调到惠阳抗日游击大队工作。后任军事教员。
1940年	23岁　3月至9月中旬，随惠阳游击大队与东莞大队东移至海陆丰地区，参加黄谭战斗。
1941年	24岁　年初，被惠宝人民抗日游击总队队长曾生派到东莞宝太线开展工作。 7月，与东江纵队队员张常结婚。 年底，开辟一条地下航路，打通了内地与香港新界之间的水上交通要道，为游击队秘密运送药品。
1942年	25岁　3月，调离东莞到大亚湾沿海的护航大队任副大队长。
1944年	27岁　5月，奉命调至东江纵队司令部工作。 6月，曾生临时派袁庚到大鹏半岛统一指挥东江纵队的一支部队和当地税收站。 8月，根据党中央指示，东江纵队成立联络处，袁庚任联络处处长，负责对日军的情报工作。情报组织从4人迅速扩大到200人。
1945年	28岁　9月，被临时授予上校军衔，和黄作梅一起被派往香港，与英方就港九游击队撤离九龙半岛问题进行谈

判。在香港弥敦道设立东江纵队驻港办事处，任职办事处主任。该办事处为新华社香港分社前身。

10月，妻子陈碧仙、父亲欧阳亨、二弟欧阳汝川带着他8岁的儿子欧阳天羽赴港，途中船只爆炸，一家四口遇难。

11月底，被调回东江纵队指挥部。

1946年　29岁　5月，被临时抽调至东江纵队北撤筹备组工作。

6月，随东江纵队北撤至山东烟台。

10月，入华东军政大学学习。

1947年　30岁　5月，结业于华东军政大学。被分配到三野二纵队四师参谋处见习，名义上是参谋处副处长，参与了南麻临朐战役和昌（平）潍（坊）战役。

同年夏天，与张常办理离婚手续。

1948年　31岁　两广纵队成立，任纵队侦察科长，后为作战科长。

9月，参加济南战役。

11月，参加淮海战役。

1949年　32岁　2月—3月，两广纵队成立炮兵团，任炮兵团团长。

9月，两广纵队炮兵团沿湖北、江西，进入粤境，解放了沿海岛屿。

10月，解放大铲岛。

11月，解放三门岛前夕，奉命调至中央军情部参加武官班受训。

1950年　33岁　4月，作为情报与炮兵顾问，奔赴越南援越。后参加越南高平战役。

1951年　34岁　5月，奉调回国。

8月，参加高干班学习，听苏联情报顾问讲课。

1952年　35岁　9月，结束高干班学习，与同机关的汪宗谦结婚。

8月，外派到印度尼西亚雅加达任中华人民共和国驻雅加达领事。

1955年	38岁　2月，儿子袁中印出世。
	4月，周恩来总理赴雅加达参加"亚非会议"期间，负责情报组织工作。
1957年	40岁　大女儿袁尼亚出世。
1959年	42岁　9月，任中央调查部一局二处处长。
1960年	43岁　6月，小女儿袁小夏出世。
1961年	44岁　调任调查部一局副局长。
1963年	46岁　4月，派往柬埔寨，破获国民党暗杀刘少奇的"湘江案"。
1965年8月—1966年5月	47岁—48岁　在河北省定兴县五里窑公社参加"四清"运动。
1966年6月—1967年5月	48岁—49岁　抽调至外办、侨委、外交部、交通部等单位组成的接侨办公室工作，被指派为接侨小组长兼光华轮党委书记，往返印尼接侨。
1967年	50岁　6月，回调查部机关上班，并参加"文革"运动。
1968年	51岁　4月6日，被拘捕，囚禁于秦城监狱。
1973年	56岁　9月30日，在周恩来过问下，被释放回家。
1975年	58岁　10月，恢复工作，调任交通部外事局负责人。
1978年	61岁　6月，受交通部长叶飞委派，赴香港调查两个月，起草了一份《关于充分利用香港招商局问题的请示》报告，经交通部党组讨论后于10月9日上报中共中央和国务院。
	10月，被任命为交通部所属的香港招商局常务副董事长，主持招商局全面工作。
	12月，向叶飞呈报招商局发展计划，提出在广东设立后勤基地。

1979年	62岁 1月31日，中共中央副主席李先念、国务院副总理谷牧接见交通部长彭德清与袁庚，听取关于招商局在广东宝安建立蛇口工业区的汇报。当袁庚汇报到要求在蛇口划出一块地段作为招商局的工业用地时，李先念当即批示："拟同意。请谷牧同志召集有关同志议一下，就照此办理。"

2月，中共中央调查部委员会为袁庚平反并恢复名誉。

1980年	63岁 3月，蛇口工业区建设指挥部改组，袁庚出任总指挥。在蛇口工业区人才问题上实行"择优招雇聘请制"。同月，开始运作开发赤湾。

12月13日，中共中央总书记胡耀邦接见袁庚，听取了袁庚关于建设蛇口工业区5点体会的汇报后，问袁庚要多大权力。

1981年	64岁 4月14日，国务院副总理万里视察蛇口工业区，听取了袁庚的汇报后，很高兴地说："你们干得很好，就照这样干。"

4月29日，丹麦女王在访港的盛大酒会上，接见袁庚。

8月，赵紫阳总理视察蛇口工业区，听取袁庚汇报，肯定"蛇口模式"。

11月，蛇口第一期企业管理干部培训班开学，这个企业干部培训班此后又开办了数期，为工业区培养了大批管理人才，被誉为蛇口的"黄埔军校"。

年末，袁庚在多个场合多次提出"时间就是金钱，效率就是生命"的口号。

1982年	65岁 3月，给中组部长宋任穷写信，提出在有关省、市、院校"招考招聘"所需人才。

6月，袁庚出任中国国际海运集装箱股份有限公司首任董事长。

7月，中国第一家股份制中外合资企业——中国南山开发股份有限公司成立。袁庚被公推为董事长兼总经理。

1983年　66岁　年初，分一住房，从此在香港蛇口两地奔波。在蛇口工业区试行"干部冻结原有级别，实行聘任制"，并对领导干部实行公开的民主选举和信任投票制度。

2月9日，中共中央总书记胡耀邦视察蛇口工业区，袁庚向他汇报了关于直接、公开选举管理委员会委员和每年进行信任投票的设想，胡耀邦点头称好。

4月4日，蛇口工业区正式改"建设指挥部"为"管理委员会"，并宣布新的党委、管委会领导班子组成。袁庚兼任蛇口工业区党委书记与管委会主任。

1984年　67岁　1月26日，在蛇口迎来视察深圳的邓小平、杨尚昆一行，"时间就是金钱，效率就是生命"口号获得邓小平肯定。

4月，在中央书记处扩大会议（又名沿海部分城市座谈会）上做重点发言。国务院副总理王震对袁庚说："总理说，你的每一句话都是尖锐的。"国务委员余秋里说："你为共产党人争了一口气。"会后，中央决定开放14个沿海港口城市。

6月，中央批准袁庚为谷牧同志的顾问。

8月17日，应邀访问福建，作三场报告。

10月8日，经深圳市委批准，袁庚出任蛇口区委书记。

1985年　68岁　2月，袁庚提议，派员赴美国和加拿大招聘学成的自费留学生到工业区工作，以开辟一条人才来源的新渠道。

2月，支持蛇口工业区"机关报"《蛇口通讯报》点名批评自己，并称：除非总编辑没有把握要求审查，党委可以不审查稿件。

4月，蛇口工业区选举第二届管委会领导班子。袁庚得票数第一。

10月，袁庚批准成立全国第一家由企业创办的保险机构——蛇口社会保险公司。1988年3月，经中国人民银行批准，发展成为平安保险公司。

12月25日，袁庚在谷牧主持的特区工作会议上发言。发言的标题是："克服困难，迎接未来"。

1986年	69岁 3月6日，《人民日报》发表袁庚的署名文章《重债在身，如负千斤》。3月26日，创办的南海酒店开业。

5月6日，应香港中文大学中国经济特区资料研究室邀请，在当代亚洲研究中心作题为《蛇口——中国开放改革的试管》的报告。

11月11日，袁庚出席在日本召开的"第二届中日经济讨论会"，并作了题为"中国开放政策和中日经济关系"的长篇讲话。

1987年 70岁 4月8日，袁庚提出创办招商银行的建议获得批准——新中国第一家由企业创办的股份制商业银行招商银行在蛇口工业区举行开业典礼。袁庚在开业典礼上致辞。

4月，袁庚下决心将管委会改为董事会，力图让工业区恢复企业的本来面目。

1988年 1月13日，71岁 一场"青年教育专家与蛇口青年座谈会"引发了日后轰动全国的"蛇口风波"。

8月，《人民日报》组织讨论，在8月6日见报的文章中，袁庚公开表态：在蛇口不许以言治罪。并表示赞赏"我可以不同意你的观点，但我誓死捍卫你发表不同意见的权利"一语。

9月10日，蛇口工业区举行引进工作汇报会。袁庚再一次明确指出："蛇口工业区要转型，要发展知识密集型行业，要搞智能公司、发展智力输出，要发展第三产业，要把建设蛇口港放在第一位，更好地发挥蛇口作用。"

1989年	72岁　2月2日，袁庚在蛇口工业区的干部大会上讲话，希望将蛇口建设成为高智能的社区。

3月29日，蛇口工业区总经理办公室编发内部情况简报，公布了多家石油公司对蛇口投资环境和南油服务工作提出的尖锐批评。袁庚在简报上批示："看了这份简报，真叫人难过，欲哭无泪，难道我们真是这么低能的民族，永远振作不起来吗？建议公开内部丑闻，是起死回生的时候了。"

9月30日，袁庚在纪念蛇口工业区建区10周年的两个酒会上发表演讲，强调坚定不移地探索具有中国特色的社会主义道路。

1993年	75岁　3月，离休，副部级待遇。晚年在蛇口定居。
2003年	86岁　7月，袁庚被香港特区政府授予"金紫荆勋章"。

10月，被上海市人民政府授予"中国改革之星"的称号。

2005年	9月1日，88岁　深圳市委书记李鸿忠向袁庚颁发由党中央、国务院、中央军委制作的中国人民抗日战争胜利60周年纪念章。
2006年	虚岁90　4月23日，大病初愈，应蛇口工业区之邀，乘船游览蛇口海域，察看晚年献身的这片热土，度过九十上寿。
2016年	99岁　1月31日，病逝于深圳蛇口。

我们所走过的路

——袁庚在沿海部分开放城市经济研讨会上的发言

（1984年6月28日）

在北京召开的沿海部分城市座谈会上，我讲了一些想法。现在有些话，还想讲一讲。

我们许多年轻人从四面八方来到蛇口，想在这块只有2.14平方公里的土地上，来探索一下中国经济今后发展的走向、中国社会主义经济和什么是具有中国特色的社会主义。内地有些经济学家来蛇口参观，问我们："你们是社会主义，还是资本主义，或是国家资本主义？"我们都不正面回答这些问题。我们愿意接受实践法庭的审判，同时也要为我们的生存和发展辩护。任何一种事业正确与否，都必须经过实践去验证。实践是检验真理的唯一标准。这是我们党内大家一致的认识。

一

我在70年代后期重新回到了香港工作。当时打开电视一看，几乎每天都有这样的镜头：从内地偷渡过去的，男男女女戴着手铐，都是些年轻力壮的，那种形象叫你看了简直欲哭无泪。所以很多同志看到这里，"叭"地把电视机关上了。有些香港同胞对祖国失去了信心。

几年前，蛇口这块地方荒凉得很。蛇口海湾正是那些外逃者葬身恶浪的地方。这种情景的出现，使我们在香港工作的同志想得很多，大家都想为祖国的富强振作一番。

怎样才能使我们祖国的事业兴旺发达？我们的社会主义应该要比资本主义好的。1979年年初，我们带着开发蛇口的蓝图到北京去向中央汇报。先念和谷牧同志听取了汇报，很感兴趣，允许我们招商局利用自己利润的极小部分，到蛇口开发工业区，同意把蛇口所在的南山半岛全都划给我们。我们那时没有这个胆量，只要了2.14平方公里。当时还没有特区，深圳经济特区是半年后才决定成立的，所以我们是先走了一步。我们这样做，就是上面所讲的爱国主义的动机，想利用这样一块地方将外面的一些管理经验、技术和知识引进来，使我们社会主义的经济建设加快速度。小平同志来后把特区作用总结为四个"窗口"，即技术、知识、管理和对外开放政策的窗口，从世界发展的进程来看，我们感到需要迎头赶上去。否则，我们的后一代对我们这一代人的信心就会丧失。

50年代，我曾到国外工作，那时我们党和国家的威信使战后世界为之瞩目。70年代中期，由于业务上的原因，我又经常到国外去，有机会接触到各国政治和经济的一些情况，看到西方世界和50年代相比，变化非常之大，感到非常惊奇。那时我们有些驻外记者在报上发表文章，先有一个框框，然后去找材料，所以有很多报道是不真实的。他们有些人不敢讲真话。

在我们党取得全国政权之后，美国发动侵朝战争，长期封锁我们，至今巴黎统筹委员会仍然有效，这是由外部强加于我们的封锁。70年代初，我国在联合国恢复了席位，中日、中美相继建交，按理可以把门户开放一点，呼吸外国的新鲜空气。可是林彪、"四人帮"一伙，推行"左"的一套，不让人民了解外部世界。我们在相当长的一段时期中处于闭关自守、自给自足的状态。后来一旦和外界接触，真有"山中方七日，世上几千年"之感。一觉醒来，看到世界发生了变化，发觉别人已开始进入"信息时代"，老一辈深感内疚，年轻人感到蒙受屈辱。这时"振兴中华"的呼声，从人民的心中带着蕴蓄已久的爱国激情喷发出来了。党中央肯定这个口号。党的十一届三中全会提出对外实行开放政策，完全代表了全国人民的意志和利益。人们的思想逐步地从"左"的束缚中解放出来。

在我国历史上，学术和思想最活跃的时期是春秋战国时期。当时社会处于大变革时期，产生了伟大的思想家老子、孔子、孟子以及以后的荀子、韩非子等人。他们著书讲学，互相论战，出现了学术上的"百家争鸣"。我们为什么不可以听一听不同的学术流派的见解呢？我不是要大家去接受他反动的东西。我相信我们有消毒能力。打开窗户，让户外的空气进来，"伤寒菌""霍乱菌"等许多"细菌"都会随之而来。这没有什么可怕。我们现在有"盘尼西林（青霉素）"，有种种"抗生素"。我们现在引进的这些企业也是这样，如"三洋"，就是运用人类行为科学来进行管理。我们在企业管理问题上可不可以学习外国的先进管理经验呢？回答是肯定的。我们蛇口的工厂企业有丹麦、英国等西方国家的，也有东南亚和香港地区的，真是"百花齐放"。在企业管理上，我们可以从中吸取他们有用的东西。

事实上，近些年来世界科学技术已出现令人瞩目的新动向、新变化。就以我们招商局的本行——航运事业来说，近年来出现非常大的衰退。原因是什么？其中之一就是因为钢铁工业已经变成夕阳工业。大家看新闻，有哪个发达国家的钢铁工业正在向上升？炼钢需要大量的矿石和煤。炼一吨钢，需要进口好几吨焦炭、矿砂，然后把炼成的钢铁运到其他国家去。所以，前些年海外运输每年以两位数的速度增长。但到80年代，情况就发生很大的变化了。矿砂、煤炭的运输都大大下降。什么代替了钢铁工业呢？各种轻金属，各种合金轻型金属以及塑料工业等等，有逐渐取代钢铁的趋势，使海上运输不能像过去那样以两位数的速度增长。

过去说一个国家是否先进，用什么衡量呢？用它生产多少钢铁。而现在随着时间的推移，钢铁工业已成了夕阳工业。这个变化的时间并不长，可以说很快。现在可以把精子和卵子放到试管里去受精，还可以放到母体子宫里去培育。将来人造子宫，就完全可以在实验室里实行"造人"。食物、抗生素、激素、疫苗和一些工农业新产品不断推陈出新，生物工程学、遗传工程学出现了。我们的祖先钻木取火，作为第一个能源的发现。这在我国叫燧人氏钻木取火，西方叫普罗米修斯把火种带到人间。人类开始用木柴做燃料，后来用煤、石油，现在开始用铀这种能源。核子工业在世界上将普遍利用。原子分裂产生的能量代替其他能源的时代已经不是很遥远的事情了。开采海底矿藏的海洋工业成了一门新兴工业。令人鼓舞的是信息社会到了。计算机现在已经进入第五代。几年前我看了清华大学的计算机，大得几乎连一个礼堂也装不下，现在可以缩小到比火柴盒大一点。不到20年，出现的第五代的电脑是智力电脑。现在人类正处在以信息为中心的新的技术革命之中。有人说是"第四次产业革命"，有人说是"第三次浪潮"。当然，不论是怎么个说法，它不能够把人类社会的阶级和阶级斗争取消。人类最终要走向这样的世界——世界上所有的财富都属于全民所有，消灭人剥削人的现象，这条道路人类都是要走的。这是马克思100多年前在伦敦图书馆撰写出他那本前无古人的书——《资本论》揭示的真理。当时，学者们众说纷纭，对世界科学日新月异的发展有很多争论。赵紫阳同志在去年10月所做的报告，专门谈了这个问题。他谈到现在已经突破和将要突破的新技术，运用于生产，运用于社会，将带来社会生产力的新的飞跃，相应地会带来社会生产的新变化。这个动向，值得我们重视，需要认真加以研究，并且应当根据我们的实际情况，确定我们在10年、20年的长远规划中，特别在科技规划中，应当采取的经济战略和技术政策。胡耀邦同志也讲过，要求我们广大干部注意研究世界新的技术革命和我们的对策，把握时机，迎头赶上世界新的技术革命，振兴经济，繁荣社会。

我们开始建立特区的时候，有很多争论。这些争论主要来自思想上的一些不同看法。今天仍然有一些不同的看法。当然，从理论上去阐述经济特区的问题，让经济学者们去探讨吧。但是，当我们沿海部分城市开放的时候，我认为要敢于接触世界上发生的各种各样的事情。这就是我讲的第一个问题：我们要进一步解放思想，就必须放眼世界，要建设一个有我们中国特色的社会主义。

二

第二个问题是，要进一步解放思想，就必须从实际出发，坚持实事求是的原则。有的同志到蛇口来参观，想带一个什么"模式"回去。我看他们会失望而归的。因为没有什么固定的模式，即使有，也不能照搬。建国初期我们搬了苏联的模式，就很吃亏，到现在还翻不过身来。1977年我到苏联，发现人家过去那个"模式"也有很大的改变了。一个时期我国流行过"农业学大寨"，学了好一阵子，搞这个"模式"确实很难学，有不少地方学得一塌糊涂。那么你到深圳、蛇口来能拿点什么现成的东西回去呢？我看，要建设一个经济开发区或改造一个旧的经济区，就必须根据自己的特定条件，如地理位置、产业结构、智力资源、资金筹备等等，来摸索自己的"模式"。深圳特区是全国最早建立的经济特区，发展特别快。但是要知道，这里每天从香港进来两万多人，从内地，包括广东来的有3万多人。这里是内地和香港的结合点，每天有6万多人在这个地方进出。如果你在宁波也像在深圳特区这样盖高楼搞房产、搞商业，我想不具备这个条件吧？深圳的地理位置决定了它在这个方面的优势。蛇口靠近港澳，又是一个海港，利用海洋有它的优势。所以要研究深圳和蛇口时，请不要忘记这两个地方有它的特殊的条件。沿海14个城市，大部分我都去过。他们那里有很好的优势，这个优势正是我们蛇口羡慕的，也是求之不得的。他们地方很大，工商企业有基础，而蛇口是一片空白。现在蛇口用的，从人才到原材料很多是来自内地沿海城市的。大连、天津、上海都是我国工业发达的沿海城市，拥有雄厚的人力、物力和财力，所以当中央授予一定的权力，开放起来的时候，定能发挥其优势。

我并不反对借鉴别人的先进经验，只反对那些死教条。深圳、蛇口有没有可学习的地方？当然有某些做法是可以借鉴的。比如，深圳基础工程"七通一平"，而蛇口是"五通一平"，比蛇口先进了一步。搞经济开发区，基础工程是一定要搞的。万丈高楼平地起。要建高楼，首先得把地搞平，还得搞通水、通电、通电讯、通航、通车等"五通"或"七通"。不然，谁愿意到你这里投资办厂，谁愿住你的大楼！在建筑业上，深圳和香港相似，吸收了全世界建筑业的精华，无论是哪一种结构的形式，或者建造一个建筑物的工艺流程，他们都采取各种比较先进的办法。在组织施工方面，他们打破了内地指定由哪一个单位来承建的局面，采用投标的办法。这是一种竞争的办法。我认为，服务行业、旅游业也应下放权力，给他们自主权，让他们自由竞争去。没有竞争，一家独霸是不行的。投标最早是在蛇口实行的，但"发明权"不在蛇口。这是从香港"引进"

的。蛇口的建设速度没有深圳快，至今有些空地还没有填平，主要是因为我们初期对蛇口的经济发展前景的预测不是很清楚。我们招商局是个企业。我们的钱很少部分来自我们这个企业的利润提成，这个数字是很小很小的，大多数资金来自银行有息贷款或者卖方信贷。借钱就要还债，杀人就要偿命。所以钱是不好借的。在对整个经济发展前景的预测还没有把握之前，有些工程我们不敢上马。但等到有了把握之后，又贻误了时机。由于这个原因，蛇口除了一条马路比较直以外，再没有像样的马路，等工业发展起来，感到不能适应时，已经晚了。这个千万不能学。由政府拨款建设一个城市，能充分体现社会主义的优越性。而由一个企业去借钱搞就不同，花每一分钱都要掂一掂分量。晚上睡觉半夜梦里惊醒，浑身大汗。总之我们这里一些规划不足为法，让人家看了贻笑大方。这是由招商局这个企业开发一个地区，对未来发展前景预测心中无数造成的。

但是，我们也有几条可以"吹"一下的。这就是我们按照经济规律办事，运用经济的手段去管理经济，搞活经济。这一条我们基本上是做到了。因为我们本身就是个企业，所以我们和外商打交道是以企业的身份去谈判的。在管理上，不论港口码头，还是我们自己的工厂或外方的工厂，我们都没有用行政的手段去下达指令。我兼工业区党委书记，但是我要到哪个工厂参观，还是要事先打个电话，征得人家的同意。

当然，外方的企业是受我们社会主义国家控制和约束的，是要遵守我国的宪法的。任何一个外国人进来，首先要检查他的护照。他皮包里带什么东西，要登记，要通过检查仪器。要是开着汽车来的，在香港靠左走，在我们这里要靠右走。他用工人必须通过我方签订合同，要遵守我们工会所有有关的规定。他要加班加点得按照我们的规定办，要用一个工人每月一定要支付800元港币工资，并将其中的20%交到我劳动服务公司作为公共福利费。工厂的一切设备和消费设施等要经过我方审查，进来的机器必须经过我方同意……所有这些都是按照我们社会主义的宪法、法律以及具体的协议条文进行管理的。至于厂里的事，人家不犯法，遵守你的法令，你不必去管他。但你如发现他消防设施不可靠，机器运转可能会发生事故，你要大摇大摆进去管。但要是你是省里、中央什么机关来的，要进入人家工厂，人家不准，也没办法。

由于我国以行政手段干预企业的时间太长、太多，人家实在忍无可忍。外国这种情况是罕见的，而我们则认为是理所当然的。共产党领导一切是对的。但我认为这是指党的大政方针政策路线对全局的领导。领导一切，而不是去管一切事物，管到人家车间甚至厕所里去。否则，就不叫行使我们的管理权。如果这样，外国投资者是害怕的。你总要有个法。我遵守你的法律，你就不要来麻烦我，好不好？所以说，我们必须按照经济规律办事，用经济手段去管理经济，不要用行政指令来干预。他们生产什么，条款里有，由他们公司自己去掌握；银行资金如何调度，由银行去监督。

我们蛇口以工业为主。由于南海油田的开发，中央指定蛇口作为一个基地。这是从去年下半年才开始的。现在有几十家石油公司和承包商在这里安营扎寨了。蛇口港码头划出两个泊位、赤湾港划出四个泊位，作为南海油田服务的一个基地。我们蛇口现有50多家工厂，一开始就叫工业区。顾名思义，工业区就是以工业为主。有人要问，那你们搞不搞商业、旅游业？这个商业和旅游业以及其他服务行业，是为工业服务的。它们的发展是和工业区的发展相适应的。我们知道商业非常赚钱。我们这里只有两个大商店，一个叫购物中心，一个叫永安商场。他们每天的营业额和收益占我们全部回收资金的1/4。所以办商业的问题在我们这里曾经发生很大的争论。1981年年初，有人认为该赚钱的你为什么不赚？应该把干部和资金投资进去搞商业。到了1981年11月，这个争论基本上结束了。大家一致拥护以工业为主。商业和旅游业等，只能相应地随着工业的发展而发展。

在发行特区货币问题上，似乎是势在必行的了，否则特区的发展将受到阻碍。在讨论发行特区货币时，有些经济学家问："你们的财政收益怎样？收支是否平衡，外汇是否平衡，有多大漏洞，要补贴多少？补贴多久？这些问题弄不清楚，怎么能发行特区货币！"我说这些问题我不能回答，深圳市也同样回答不了。但是有这么个情况，在全国解放之前，上海也叫"冒险家的乐园"，在整个亚洲来讲，比东京、加尔各答繁荣得多，更不用说香港了。这是一个商业消费城市。但它也有工业，特别是纺织工业和其他轻工业。解放后，我们把这个城市改造了，使它变成了一个工业生产城市。商业消费城市在全国基本不见了。如果有，这就是北京的王府井、上海的南京路。但这是城市里商业比较集中的街道。北京王府井一个新产品摆出来，人们往往排起长队购买。商品没法满足人民的需要。特别是农村，实行责任制后，农民的生活大大改善了，你老动员人家把钱放到银行里去，他不干。他需要消费品，要他满意的商品。在80年代的中国南方，出现一个基本上是商品的消费城市。这就是深圳。这是一个新兴的消费城市。四川的菜式、扬州的点心、广东的小吃等，应有尽有，还有种种样样的楼堂馆所，服务招待非常周到；各种家用电器琳琅满目，当然它还比不上香港。但在国内满足了很多人的需要，所以它的资金回收得很快。深圳市委书记、市长梁湘同志在四个特区汇报工作会议上讲到，深圳收入，第一是税收，主要是商业税收；第二是商业利润，占的比重相当大。为什么不可以发特区货币呢？现在是三种货币同时流通，有港币、人民币、兑换券。70多年前澳门9万人口，葡萄牙就发行货币。他们也没有说究竟收支是否平衡，外汇是否平衡，等等。澳门现有53万人口。澳币和港币一直是挂钩的，相当稳定。在发行特区货币上，有些人就是杞人忧天，叫人无法理解。

另一点就是我们蛇口工业区的产品以外销为主。我们主要的产品大都是外销的，这样可以多挣取外汇。我们还坚持"五不"。什么叫"五不"？就是来料加工我们不干，补偿贸易我们不干，办污染无法处理的工厂不干，等等。我们不敢这样说，但要力争。为什么来料加工和补偿贸易不干？因为来料加工，就是项目定下来以后，他来料你加工，他付给你加工费。产品销路好时，你得拼命给他加工；外面市场情况不好的时候，他就不来了，你就得坐在那里等，工人还不能解散，照样发工资。过些时候市场好了，他又来了。这种办法只能在过去那种公社、大队里干。农闲的时候你来吧，来些布我给你缝上。补偿贸易，就是我进口你的机器，你又出钱盖好厂房，我来用，我生产产品来偿还给你，还清了，以后这个工厂、这机器就属于我的了。凡是世界上任何一种买卖都有一定的行规。这台机器多少钱，银行贷款年息多少、回扣多少，无法查究，你只有用产品逐年逐年偿还。产品市场不好的时候，银行利息照付。机器陈旧的我们不干。机器一定要70年代以后的，老的机器或者是已经用过的我们不让进。那些陈旧的东西，我们有的是，要它干什么！污染总是一定要注意。14个城市开放，一定要注意废水、废气和工业废渣的处理。印染行业和化工行业，有些厂子的废水、污水要是处理厂处理不了，我们不能承担。这个要对子孙后代负责。与我们出口争配额的厂子，我们不干。这很好理解，就是我们不能自己同自己争饭吃。

三

第三个问题，要前进，就必须坚持改革。我们的体制非常落后，阻碍着我们经济的发展。我们蛇口工业区这几年进行了体制上的改革。这个改革包括精简机构、干部制度、用工制度、工资制度、住房制度等等。这些改革是同步进行的。因为，孤立地去搞，哪一个都不容易搞动。我们绝大多数干部来自内地，有些是通过组织介绍来的，搬来内地那套东西，一和外界接触，就不灵了。1979年到1981年上半年，我们蛇口出了好多洋相。英国剑桥大学来人，我们有个干部问人家："你们剑桥大学造多大的桥？"其中有个英国人懂得汉语，他不知该怎么回答才好。谷牧同志来听汇报时，我们有位干部汇报说，他到香港一趟，回来思想解放了，不是一百八十度的转弯，而是三百六十度的转弯。谷牧同志说："同志，转到哪里去了？"还有位干部问美国商人："英国人是讲英语的，你们美国人讲什么话？"真是令人啼笑皆非！不过这不怪我们的干部。解放后我们没有把这批干部送到大学去学习嘛。他们的权力越来越大，而知识相对地越来越少。为什么？科学发展，世界的知识更新越来越快。即使你是6年前的大学毕业生，现在还得努力学习日新月异的新知识。一个日本人告诉我，他6年前大学毕业，现在晚上必须看各种科学杂志，才能使自己的知识跟上时代。你能怪我们这些老干部吗？他们确实吃过苦头，吃过糠，扛过枪，打过仗，档案一查三代贫农，历史上一贯听党的话，又没干过什么偷鸡摸狗的事。想不到晚年，说这不行，那也不行，听了眼泪汪汪的。叫他们受委屈了。我们过去是上阶级斗争大学，用那一套搞科学搞生产是不行的呀！所以1981年8月我们写了个报告给当时中组部的宋任穷同志,说以后有关组织部门别派人来蛇口了,我们自己从各个城市招考人才。中组部支持我们。我们从内地招进了一批理工科大学毕业生和研究生,但没招文科的。现在看来,文科的也得有。我们现在的年轻干部草拟文件,上下左右很不满意。

从1980年下半年开始,我们招进了一批年轻的大专院校理工科毕业的干部,并开了培训班,对他们进一步培训。主要讲两课:一是经济管理即企业管理;二是英文。英语必须能够阅读和口译,起码能会话。我们现在干部是700多人,大专毕业文化程度的占75%以上。我们蛇口是知识分子的天下。各个公司的经理、副经理以及各个部门的主要负责人基本上是知识分子,是年轻人。如果没有他们,还是靠那些缺乏文化科学知识的老同志,是难打开局面的。

干部培训毕业就进入到大大小小的工作岗位。也就是进入到大大小小的权力圈子中去。有了权,在法制不健全的情况下,权力对人往往会起一定副作用。像抽鸦片,抽了会上瘾。现在我们正在整党,整什么呢?以权谋私是重要内容之一。党风所以不正,和这个有重要的关系。有一次,香港有一位"船王"和我开玩笑说:"我们香港人讲的是钱,你们讲的是权。我们之间是一字之差。现在给你10万块钱,你不一定敢要,但是你要权。有权就可以为你的儿女、亲戚多搞几套房子;有权就可以借故游山玩水,到哪里开会,随便开,可以报销;有权就可以批条子。有权什么都有了。对不对?"当然,他这是在开玩笑。他的话不一定对,但我认为在一定程度上反映了我们的某些现实,是值得我们深思的。

在我们蛇口工业区,干部挑选来了,进到各个岗位去了,而这个岗位又要给他自主权。法制不健全,法制又不可能一夜就健全起来,要是他们以权谋私怎么办?我们采取了一个消极的办法,也是不得已的办法,即所有经理都实行聘请,聘期一年。如果他搞歪门邪道,聘期满后就叫他下台,不续聘他了。有人说一年这么短,你怎能把他们的才华发挥出来呢?怎么发挥他的威力呢?你怎么知道在这一年中这个企业就会搞好呢?是有这么个问题。但是最后我们还是决定一年。矫枉过正了一点。经过一年任期之后,工业区党委和管理委员会进行了信任投票,公司经理进行了调整。今年5月份公司经理人员调换了14%。大多数继续任职。调整的这一部分,引起很大的震动。有的说:"我没有犯错误,我干得好好

511

的，为什么把我整下来？"我看，如果是篮球队，在球场比赛就不会发生这个问题。教练说四号下来七号上去，他并不认为四号就不行，或认为七号什么都行。为什么非要你当个经理不可？可见权力这个东西很厉害。要让干部能上能下，变成正常的才好。今天你干这个经理，明天你下来让别人上去，是正常的。但是我们许多人把这看作不正常。把不正常的东西变成正常，这就是改革。这个事做起来很困难，但非做不行。

我们这里取消了职务和级别。即使你在内地是局长，是处长，来到蛇口这个不算数，只能把你这个职务装进你的档案袋里。因为，我们这里没有什么局长、处长的职务。你干什么工作，根据工作需要，量才使用。至于内地定的级别，也放在档案里冻结起来。等到你到别处另有高就的时候，就把你的档案带走，也许那里承认你是个什么"长"和原来的级别。

然而，级别在蛇口还起个参考作用，就是作为定基本工资的依据。如果犯了错误，暂时找不到工作怎么办？基本工资发给你。这占全部工资的35%。此外，40%是职务工资，25%是浮动工资。浮动工资跟企业经营情况和个人表现挂钩。这就是蛇口工业区正在实行的工资改革方案，是过渡的方案，不是最后方案，最后要真正做到多劳多得，彻底搞掉"大锅饭"和平均主义。

任何一种改革都会带来副作用。你不是说劳动力可以自由流动吗？你不是授权给我吗？好，我来"组阁"，你人事部门不要干预。我"组阁"后，再到人事部门登记。这样也容易产生干部彼此之间在用人方面只能在很小的范围进行挑选。人员由他挑选，这个他不要，那个他也不要。怎么办？在法制还很不健全的情况下，人员还必须通过组织部门来统一安排。他安排人，当然要征求他的意见。他说："我自己找了一个人，你为什么不让用，你不相信我吗？"我说相信，但不完全相信，不相信你，就不会聘请你来当经理。但是又不完全相信，需要不断地来考察你，天天要看你的报表，看你营业的情况，看你在群众中的威信如何。"你不是把这个权都交给我了吗？"是交给你了，但不是绝对的。全部交给你，你就负有全部的责任。道理很简单。资本家的企业，他负有绝对的责任，也拥有全部的权利，因为财产是他的。因此他有全部的责任。这个企业破产了，他全家可能要上吊自杀。但是我们的企业是国家的财产，是全民所有制的财产，当责、权、利还不是很分明的时候，不应该给个人绝对的权力。用人必须通过人事部门，因为党的组织部门对整个干部了解情况。这场争论是最近发生的，怎样才能更好地发挥干部的积极性，使他们有责、有权、有利，这个问题我们还没有完全解决。

有这么一件事，我们很受启发。以前蛇口有个总务科长，是位老同志。搞的那个食堂很不像话。还不到4点，他就把食堂的鸡腿装进塑料口袋，骑自行车回家了。至于食堂搞得好不好他不管。我对他说："这个食堂你组织大师傅包下来，变成你的一个企业，水电不收费，赚了钱是你们自己的，你看怎样？"他当场哭丧着脸说："我是共产党员，我怎么能做这样的事情呢！"他是工农干部，没文化。后来送他到文化班去学习，学了6个月出来，他也知道不可能当经理，因为大批学生都上来了。他要求组织上能不能给他停薪留职，他自己去经营一个企业。我说可以，试试看。我们银行还借钱给他。他弄了3个集装箱，改造成3个小房间，办了3个小商店，雇了6个伙计卖汽水、香烟、糖果这些东西，方便旅客。他自己骑着自行车到处跑。他的岳母负责做饭。每个伙计每月工资200元，吃饭不要钱。他白天张罗，晚上与伙计一起盘点。有一天晚上10点多钟，我路过这个小商店，店里灯火通明。他正和两个伙计在那里盘点结账。当时天气还不是很热，但他满头大汗。他一直干到11点。当时我想，过去这个共产党员，不到4点钟就装起鸡腿往家跑，现在也是这个共产党员，卖力到这个程度！他为商品流通、方便旅客、方便群众起了作用，做出了贡献。这个人的变化，值得研究社会主义经济的同志们探讨。我们有很多有才华的人、有本事的人，当他吃"大锅饭"时，无法发挥作用。

从我们祖先算起，我们中国人是很有才华的。四大发明是我们祖先发明的，送到全世界，当时还不要专利权。现在全世界都在利用指南针、火药、纸张和印刷术。我们祖先的才华，如日月生辉，照耀全球。后代获得诺贝尔奖的也有人在。当今世界上有很多重大发明都是华人干出来的。在国外很多大学考试，考得最前面的不少是中国人。据说，世界大富翁中有些是中国人。世界船王有三个在

513

香港，一个赵家，一个董家，一个包家。当我想到这些情况时，实在感慨万千！有一位同志的弟弟在美国学电脑，学得很好。他说，当他学技术的时候感到很好，很愿意学。一旦和同学讨论到社会问题，看到人家的经济发展，物质财富非常丰富，便感到受压。问题在哪里？问题在于需要把我们国家的某些体制很好地改革一下。不改革没有出路。你社会主义有优越性，但完全被体制的落后东西抵消了，全抵消了。我们蛇口工业区之所以要进行这个探索，作冒险的尝试，意义全在这里。

几年来，我们一直在搞"五通一平"，搞怎样引进外资，这些都是"硬件"。不把"软件"搞好不行。什么是"软件"？就是知识，就是体制。在最近开过的中日经济知识交流第四届年会上，日本代表团团长，是日本前首相田中角荣内阁的外务大臣。他非常不客气地说："我们之所以不敢来中国经济特区投资，就是因为你们干部的国际商业知识非常贫乏，没有共同语言。"在国际上商业交往中是有一定的渠道、一定的语言、一定的准则的。这位日本人还谈到，在中国办事得找人画圈，不知道该找谁，找到那个对的很不容易，等画完圆圈，文件签好了，已事过境迁了。

我们的干部体制必须改革。我认为，一个领导班子、领导干部，如果得不到人民的信任，就应该罢免他。去年胡耀邦同志来蛇口视察工作，我向他汇报，想在干部中进行无记名的直接投票选举工业区党委和管理委员会，耀邦同志马上从座位上站起来连声叫好，说"好，好嘛！"。我们就决定在干部范围对领导班子进行直接选举。选举结果和党组织预料的完全一致。新的班子平均年龄44岁。上了年纪的同志大都下去了。这是一个大胆的尝试。我们规定，每年还要举行一次对领导班子的信任投票。今年的信任投票是在4月22日进行的。投票结果80%拥护，不信任票是少数。如果有过半数不信任票，这个班子就得全部下台，重新选举。任何一个委员如果过半数不信任票这个委员就得下来，重新补选。领导班子任期两年，期满重新选举。有一位中央领导同志说我们这样做法有危险，可能是"老好人"得票多。我们说不怕，因为我们这个地区的情况不同，全体职工平均年龄只有24岁多一点，工人队伍高中毕业的占80%，在干部队伍中，大学文化程度的占70%。我们蛇口是一个年轻的有文化的工业区。另外，这几年来，我们一直鼓励成立各种学术团体，如企业管理协会、翻译工作者协会、会计学会等等。这些团体，一方面是学术团体，一方面又是社会"舆论压力团体"，不仅发表学术见解，而且讨论企业大事。他们都希望有一个能够真正代表他们利益的领导班子，不会用派性来投这个票。这里的干部是从四面八方来的，"文化大革命"在人事关系上遗留的问题影响不大。所以在这里实行这样一个改革，现在看来是行得通的。实行这一改革是干部接受群众的监督，接受群众的质询。他们在群众监督之下，官气自然减少。

所有进来的工人都必须经过考试。如果是个人推荐，必须做出保证，这个工人要是在蛇口触犯了刑法，自然由公安部门去管，要是表现不好被开除，推荐人必须负责把他领回原籍。每月从工人工资中拿出20%作为公共福利费，以作退休、救济、工伤和社会福利之用。国家不负责蛇口工人的退休费，这由企业负担。

住房商品化的问题。现在的房屋月租每平方米9角左右。分期付款买房也可以。这里住房增长的速度远远落后于职工增加的速度，但很少发生争房的现象，没有人要求住几个单元的。

进行这些改革之后，蛇口工业区发生了一些可喜的变化。大家更加关心集体。许多人自己掏钱参加业余夜校学习。夜晚，小学、中学的教室灯火通明。许多人踊跃报考大学、函授大学。大家都在努力提高自己的文化科学水平。这里没有待业青年。社会治安和道德风尚，是比较好的。1981年清华大学的刘达同志讲，他来蛇口之前听人说，蛇口工业区简直是要钱不要命（因为蛇口有句口号："时间就是金钱，效率就是生命"），说那个蛇口简直去不得，女的涂着口红，穿着高跟鞋，男的头发胡子根本分不清。后来，他到蛇口来住了几天，走之前我们开了个座谈会。他说："你们这里的社会秩序比北京好，你们这里的青年也是很可爱的。我回去要写个报告为你们辩护。"那是两年前的事了。此后他又来了一次，做了更细致的调查。到目前为止，我们这里还没有发生过恶性刑事案件。现在我们的平均工资已经超过澳门，澳门是600多港币，我们是800多港币，其中包括扣除的20％的公共福利费。能不能在5年之内达到香港的水平？我们在努力。

我认为，沿海14个城市开放后，应考虑开发区人口的结构和质量这两个问题。一个城市如果人口结构质量下降，这个城市是没有前途的。利用沿海城市来开发工业区，最好先搞点试验，摸索一些经验。或者说搞出个样板来，推动老的城市、老的企业的改造。第一步，当"硬件"——"五通一平"、规划蓝图等等搞完之后，就是搞体制改革。事物往往是相互制约的，多项改革应该同步进行。我看应这样来探索。现在香港大学、香港中文大学、浸会学院已经和我们达成了这样一个协议：他们的学生写毕业论文的时候，要我们开方便之门，让他们到我们这里来住，到工厂企业、农村、工人宿舍，进行调查研究，写毕业论文。今年是第三年了，年年如此。美国得克萨斯州的同学会香港分会很多博士、学者，到这里来后，感到非常有兴趣。他们问："这是中国的方向吗？如果是这样，到1997年之后，我们就到你们这边来住好了。"可见我们的事业，对香港同胞也有吸引力，是大有希望的。当然，我们不敢百分之百肯定我们所走的这条路是成功的。我还没有勇气这样讲。因为，困难还很多，有些困难不是一个企业所能够克服的。但我们坚信："路是人走出来的。"这是鲁迅先生的一句名言。我们准备碰得头破血流，也不回头。

四

第一个问题是蛇口的资金来源、回收的渠道和回收的年限。蛇口的资金来源主要来自三个方面：第一，根据国务院发的文件，允许香港招商局自筹，这是很小的一部分。第二，就是招商局本身资金的周转。这是一门学问。在内地理财的同志，他们不一定能想到这个问题，因为我们国家财政体制不同。招商局每天收进来的资金和付出去的相比稍有剩余，就是有进也有出。这是一方面人家委托我们进行中转代理，以及驳船、码头、仓库的收费；另一方面要支付人工、支付船队费用等等。这一收一支里面的资金，你就可以大做文章。比如说：你今天收400万，明天支出也是400万，那么这400万元资金就有一天的时间停留在你那里。如果说要一个星期后再支出，那四七就2800，你手上就可以使用2800万的资金。又比如说内地的货到香港来，到了香港他付五百万给你，请你把这些货托另一条船运到挪威去，等这条船把货运到挪威的时候，才付款给他。那么，这个运费钱就在你手里停留一些日子了。流转资金要通过你的手，你就有运用的机会。如果有一个月的话，一天400万，十天就有4000万，一个月1亿2000万。就这样，天天又收又支，你把这个资金运用好了，那就有大量的钱。等于不用任何利息，你就可以用1亿多。这是第二种用途。

我是5年前到香港的。我到香港的第一课就是买了一座大楼，非常便宜，只花了6180万（港币）。第一次交订金，付支票2000万。那天是星期五，当时讲好星期五下午两点钟，在一个律师楼里交钱。我们开了2000万的支票到律师楼去，卖楼的一方也有好多人来了。楼下有几部汽车停在那里，那些汽车发动机都没有停的。一上去之后，大家办手续交钱，签字。签完字，对方拿着支票，两个人陪着，下去了。一个老板留下和我们谈善后的事。那张支票用车以最快的速度，马上存到银行里去了。因为第二天是星期六。星期六银行关门，星期天也关门。假如说星期五下午3点钟之前不到银行去存入那张支票的话，他要损失2000万元3天的利钱。所以他要求按时把支票交给他。我们财务去了。他回来向我们报告，他说当时那个场面的紧张是很动人的。当然，我们闭起眼睛也能想到，资本家对2000万存在银行里的利息，哪能轻易放过。当时浮动利率是14厘，3天就是几万元的利息。如果是我们国内的同志，那就无所谓了。这张支票就可能会放到办公室的保险柜去。因为，他没有利息这个概念。这就是我的第一课。我接触经济工作，是在5年多以前开始的。一开始我就发现我们国家经济工作毛病之多，简直令人发指！招商局的子公司多的是，一检查发现支票在家里过夜大家根本不当一回事，就是国内理财的那套办公模式。宁愿积压很多资金在那里不动用，而要用钱却到银行里去借，付很高的利息。我们应该研究人家的企业，看看人家是怎么搞的。我就很快把那个财务换掉了，换了一个华东财经学院毕业的来。他来了之后，我就给他讲这个道理。一个星期之内他就能够接受。他说香港理财和国内理财完全是两码事，便立即加以整顿。经过整顿之后，财源滚滚而来。你要想到每天几百万元、几千万元的进和出，你只要稍微利用进出的时间差，这就不得了。资本家总希望他的信用证开出去愈慢愈好，拖一天是一天，这是"时间就是金钱"，不是没有道理的。过去很多人骂我。其实这句话也不是我发明创造的。我国很早就讲"一寸光阴一寸金"。它说得比我还厉害。它不是"时间就是金钱"，而是时间重于金钱！我说了四句话，只写了两句，很胆怯，后面两句我不要了。这两句话是"安全就是法律，顾客就是皇帝"。你说"顾客就是皇帝"，那共产党干啥呢？皇帝面前叩首称臣，得跪在地上。我说这句口号可以不写出去，但必须传达，口头传达下去。那时我正在北京开会，西方石油公司、壳牌石油公司、BP公司三家石油公司告状告到北京去了，说他们的船停靠不了码头。一位副总理把我找去，说"人家告你了"。蛇口港务公司有两个专用码头是给石油公司的，应该留给他们用，一分钟也不应耽误。人家的船没有来的时候，码头空着，有条运水泥的船正好进来，你说让码头空着不用，还是卸水泥？他们让卸水泥。这一卸水泥，石油公司就恼火，就告状："你再这样，老子不干了，老子开到香港去，开到新加坡去。"我马上打长途电话回去，告诉港务公司："现在石油专用码头就是空着，任何人也不能动用；'顾客就是皇帝'，不能有任何辩解。'皇帝'说什么，你就做什么。但，有一条，他只要肯出钱，哈哈！钱多多的，可以。"我在电话中还说："任何人胆敢擅自使用石油专用码头，立即撤职！"后来外国人说："行！还是要告到他们顶头上司那里去才行。"如果不建立这样的观念，工作就很难。以前我们的港口，和顾客有过争吵。这不行。"顾客就是皇帝"，只能这样。这是第二种资金来源。这种资金来源很厉害。现在我们主要靠这种来源。

第三种资金来源是靠卖方的信贷。我们买任何一种东西，采购器材、进口设备，都通过投标，利用各家自由竞争的矛盾，把价格降至最低限度。投标之后，就同那个国家的进出口银行谈判。我可以买，也可以不买。如果买，就看你的条件怎样？用卖方的信贷，在西欧有些可以达到二厘、三厘、五厘的利息。我们本身利润留成不是很多的，一方面充分利用周转的流动资金，一方面就是利用卖方的信贷，低息的卖方贷款。

至于回收的渠道，资金投放下去营运，自然就会回收。现在我们除了建设的道路和其他公共设施不能回收之外，任何生产机构，这几年都已开始回收，回收率在22%左右，比银行利率高。比世界上最高时的美元浮动的利率20%都高。所以我们给中央的报告里讲，单纯从经济角度来讲，开发沿海地区从经济上是划得来的。道理就在这里。港口投资下去，今年就有收益。南山开发公司的深水港，从今年2月开始到现在，不到3个月化肥一进一出6万吨，每吨进一下就7美元，七八56元港币一吨，现在他们已经完成4万吨，如果又再出去，就是8万吨。8万吨还包括两条船的运费等等，这个收入是可观的。码头本身已经开始回收。凡是已经营业的企业、事业单位，像宾馆、旅店、汽车公司、旅游公司、码头、仓库、住房的投资都在逐步回收。我们也搞一点房地产，但很少很少。海滨花园别墅房地产主要是满足企业主、石油公司的外国人及香港的消费者的需要。农村户口是不允许进来的。有位领导同志和我们开玩笑说："我们解放之后打倒资本家，你袁庚又把资本家请进来，而又不允许农民进到这里来住，你这算什么？"剧场24元港币一张票，翠亨村的一个汉堡包港币8元钱……所以说回收的渠道是多种多样的。总之，凡是资金投入下去的营业机构，都陆续开始回收，有些利润了。

关于回收年限。如果工业区所有应该由政府投资的公共设施，都由政府来投资，那么我们五年就可以全部回收。但现在不是这样。这里的学校、幼儿园、环境绿化、污水处理、医院、街道照明、口岸、海关、边防、联检、动植物检疫……所有这些全部由企业来投资。海关、边防的住房、空调、水、电、上班汽车都要我们全包。市政建设的全部也都由企业负担。这样，我们的企业能受得了吗？如果国家把"五通一平"都全部搞好，然后让我来搞个餐馆、娱乐场所，那当然回收很快。1980年的时候，那时还没有人敢进来，我们下属的一个公司进来跟深圳市合作，从日本进口整套的餐厅结构，8个月就在深圳盖起个友谊餐厅，共投资800万元，8个月就全部回收。现在每年都赚不少钱。我说这个钱不要拿出去了，把它投到亚洲大酒店去。这个企业暴发得很厉害。像我这样爱钱的人，都感到手软，这个钱都不敢拿。我们这里有个医院，其规模是按照南海石油开发的要求建的，是第一流的，有16个科，副教授以上有27人，特别是外科最拿手，要维持这样的医院就要很多钱。还有学校、幼儿园、托儿所等。污水处理厂除了要投入千把万下去之外，每年还要60万元来补贴它。这些本来是应该由政府来负担的市政建设，但是，却由企业来负担了。另外一方面是工商税，海关都拿走了。我跟财政部派来的刘局长说："你要把钱都收走不行。钱是没有了，老命有一条，要收就把老命收去吧！"他听了哈哈大笑。

第二个问题是关于引进工业项目的方式。引进项目，一种是我们感到有钱赚的，我们主动和外资合作；另一种是资本家感到不放心，要求我们参加些股本的，我们也干。除了我上面所说的"五不"之外，一般来说，我们不提出苛刻要求。只要产品能外销，我们都欢迎。愿意跟我们合股，我们也搞。一开始外资采取和招商局合股的方式，因为他们没有信心。他们对投旅馆有信心；投娱乐场所有信心；投商业买卖有信心；或者搞旅游、搞运输也有信心。这些行业，他们投资进去之后，很快就可以回收。今天进来，明天营业，就回收。汽车运输是如此，旅馆也一样，只要搞起来了，他马上就可以接待客人，就能拿到钱。到时候如果你共产党要没收，我也赚够了，随时准备应对你政策的变化。要他搞工业上的十多年才能回收的长线项目，那他就要考虑了。现在长线投资签的合同一般是25年。长线投资不同于短线投资，一般来说我们不敢苛刻，也不能苛刻。开始的时候我们采用合资的办法。比如说，我们这三个比较大的上5000万港币以上的企业，一个集装箱厂，一个华益铝厂，一个华美钢厂，这三个厂都是外资进来跟我们合资的，采用什么机器、什么型号，以及怎样生产，怎样外销，包括经济预测、回收期等等都有规定。这三个厂起来之后就带动了别的工厂。为什么有的外商后来敢于投放成亿的资金到蛇口？因为他看到招商局与外商合资的几个企业都很守信用。

第三个问题就是确定工业区项目之前，要进行经济预测和技术分析。完全没有进行经济预测，那就属于盲目投资。我们内地很流行这种风气，只要哪个地方有钱赚，就稀里哗啦要求国家拨款或冲向银行贷款，大家都上去，这就造成国家重复投资很多。我们没有比较完善的经济法令和法规。哪个单位，或者哪个人，他只要有胆量，向银行借到钱，就可以投放下去，即使晒太阳，他可以不受任何处罚，更不会家破人亡。也许投资愈大，各方面后门进来的人可能愈多，他自己就愈方便，"官"也就愈大。到了不可收拾的时候，反正他已离休了，追究不到他身上。所以这样的资金投入就很危险。我们蛇口，国家一个钱也没有给，只是向银行借钱。最便宜的是中国银行，利率四厘二。一个企业假如投入下去的资金回收不回来的话，问题就大了，我们正在上一个玻璃厂，要贷款1亿美元。经济预测要预测得非常准确也难。因为国际市场上真是风云变幻，很难做到非常有把握。如果说任何一个预测都是非常科学的，都百分之百有把握的话，那么所有的资本家早就发财了，就不破产了。经济预测和分析都是相对来讲的，有70%或者80%的把握就不错。我们参考了资本家的一些数据，有些是我们通过电脑终端机向国际资料中心寻求的答案。投资玻璃厂，我们曾经花了很多钱向美国咨询中心提问过这些问题：现在世界上生产浮法玻璃的工厂总共有多少家？它们的位置怎样分布？那个地方的浮法玻璃利润怎么样？目前浮法玻璃的销售市场怎样，将来怎样？今后将有什么新的材料代替它？如果说在亚洲有着这样一个公司的话，它的销售范围将怎么样？生产成本达到什么程度才有竞争力？美国咨询中心给我们答案。但是要付钱。其实这也不是十分有把握。到时你要赔了钱，你要找他："我给你20多万美金，你给了我数据，但我的企业完全破产了。"他会说："对不起，那是以前的事情了。"所以经济预测是不是都可靠，不一定。但大致应该这样：每一项工程上马，都应该仔细地反复地论证，不能马虎。

关于投资环境应该注意哪些问题。交通问题很重要。很多外国人来谈判的时候，第一个问题就是你这里交通是不是方便，通信是否畅通。运输成本是整个产品成本最核心的环节。很多国际商人来，首先看你的码头，你能吞吐多少？运费收多少？厂房离口岸多远？因为首先他要计算成本。第二个就是工人工资每年浮动多少？第三个是工人素质。另外是国家的劳动法。这些就是属于投资环境应该考虑的问题。还有就是政治上的，他们认为我们是多变的，今天说可以这样，明天不许这样。过去有些情况确是如此，难怪人家耿耿于怀。因此，在国际仲裁时，大都选择在瑞典。而我们要求选择在中国，接受中国的仲裁。假如中国仲裁不能解决，那么就选择双方同意的第三国。有些文件上写明是瑞典。现在国际上都采取瑞典的仲裁法。

第四个问题是蛇口工业区怎样来吸引外资，企业怎样起步，盈利水平怎样，企业的技术水平和管理改革的情况怎样？这个问题确实一言难尽。但是有一条是很明确的，就是吸引外资最重要的是守信用。两千多年前我国伟大的哲学家孔夫子就说过："人而无信不知其可也。"一个政府没有信用，一个企业没有信用，同样也是"不知其可也"。所以第一条就是要讲信用。在这方面，招商局以前是很糟糕的，但这几年来慢慢好起来了。凡是我们白纸黑字签过的合同，哪怕是吃亏的，也硬着头皮、咬着牙关顶着上，要执行。近几年来，我们从没撕毁过同人家签了约的合同，所以汇丰银行说："招商局借钱，包括它动用任何形式的各种信贷，第一不用担保，第二不问用途，第三不问年限。"它倡议对我们达成一个双边协议。后来东京银行、三和银行、巴黎银行、加拿大银行知道了，都争相和我们进行业务联系。现在有11家银行跟我们谈判，要仿照汇丰银行和我们订的条款办。但是用人家的钱不容易，你总得要还。他们对我们招商局在香港有多少财产，知道得清清楚楚，你瞒不了。所以，在这里初期投资的很多合同是在香港签的，有香港的法律保护。对待谈判合同不能马虎，一旦决定之后，无论如何，不要撕毁。要是你撕毁一次，以后你就没有办法重新取得人家的信任了。因为香港的企业、外国的企业，彼此都进行大量调查研究，他们深知我们的内情。日本总领事有次请我吃饭。吃饭时，他们拿出一沓相片给我看，说："袁先生，你们蛇口进步很快呀！"我说："你怎么知道？"他说：你看，这个照片是哪一天的。这个是哪一天的。他们在不同的时间，用同样的角度，拍摄一个地方，从图片上看这个地方的变化。他要投资，所以他要研究，研究得非常清楚。他们也知道我们有的工厂，盖是盖好了，但是还没有东西，就问："我请问你，这么多高楼大厦、工厂，在它的容积当中，你用什么东西充实它？"他们很清楚，你空下了几座厂房、大厦，没有人搬进去。只要我们有点咨询活动，他们马上就知道；什么地方签个合同，他们也知道。所以吸引外资，签合同时千万要小心。不小心，上了当也得要执行。这叫"取信于人"。这点很重要。我国有个故事叫做"商鞅变法"。秦国的政府很腐败，人民不相信政府。商鞅就在南门竖了一根木头，说谁把那块木头搬到北门，就给他10两黄金。人们不相信，因为政府讲话从来不算数的，没有人去干。他宣布："给50两。"这时，有个流氓把木头咣当咣当地搬到了北门。许多人跟着去看。到了北门，商鞅当场给了他50两黄金。全国震动了：这个政府说话算数了。接着商鞅就下令：三人在一起开会者，斩！逃避兵役者，斩！布告一出，全国震动。"言出法随"，秦国赖以富强。"取信于人"，这点非常重要。几年来我们一直信守合同。所以在香港，投资者一听我们招商局的名字，就觉得这个机构可以信任。

企业，特别是工业的盈利情况各有不同，有些很好，比如蛇口的油漆厂，第二年就开始盈利，数字相当可观。这个厂不用三年就可以回收，现在准备扩大。有些厂，特别是一些合资厂，即我们和外商共同合作的，有些事还要有一个时期才能适应。集装箱厂就是这样。这个厂是我们与丹麦人合作的，刚刚开工三个月就有人贴出标语："岂料国土又遭践踏。"因为总经理是丹麦人，初期工人有看法，一些干部思想不通，认为他采用西方的一套东西。这个厂目前的生产暂时尚存在一定的困难，但正在改进中。

各个厂的技术和管理，五花八门，有西欧的、有美国的、有日本的、有香港的，等等。我们觉得管理比较好的，还是日本的。日本人的管理确实有一套。去年9月份刮台风时，其他工厂工人都吃不上饭，就是日本三洋厂的工人吃上了饭。老板用密封车，把面包、汽水、牛肉送到宿舍去，送到工人手里，还问长问短。工人看到眼泪都流下来了。他们把每个工人的年龄、生日都打进电脑去。某某工人生日当天，一上班，经理就用红纸包着巧克力向他（她）祝贺生日，祝他（她）身体健康长寿。别看这是小恩小惠，这是行为科学用到企业管理中去的一种体现。他们研究了人的满足感和工作效率的关系。他们有很多图表，很科学，你能说他是唯心的？其实这也是一种思想政治工作。抗日战争、解放战争、抗美援朝我们之所以能够战胜敌人，其中一个重要的原因，就是靠做人工作，"三洋"那个经理确实是以身作则的，8点钟上班，7点45分他就站在厂门口，向工人问好，亲自帮助工人排整自行车。他也不随便开除工人。我们100多人去参观，几乎没有一个工人抬起头来看我们。他为什么能把工人教成这样呢？他们培养工人养成八小时以内严肃工作的良好习惯。对调皮的工人违反厂规，也有办法。第一次指出，第二次说服，第三次就找到车间主任办公室去谈话，征求他对工厂有什么意见，或者有什么建议和倡议。若再犯就专门有人进行"单间教育"，搞到你没有办法，只好自己改正错误，回到生产线上去。他们八个小时的工作，很紧张，工人像士兵一样。很多首长参观了"三洋"厂后说："如果我国的工厂，都能像'三洋'这样，那我们的'四化'就有希望了。"为什么我们有的工人到日本的厂里就这么好，在我们自己的工厂就这么赖，你说这个该怨谁？

有的同志问："蛇口的企业有哪些企业经营上的自主权？出现过什么问题，是怎样得到解决的？"

一般来讲，企业遵守国家的法律、法令，以及协议，企业应有它本身的自主权。经理应有财权、人权和管理权。他批准资金的权限，我们叫"额度"，一般来说比较放宽。他要进行谈判，事后可以报告备案。但国营企业的自主权，是有限度的。因为没有绝对的责任。他亏本，你还能要他赔吗？他赔得起吗？法律上还能追究吗？所以他的权力也只是相对的。不行的，可以批评，也可以调整下来。我们蛇口的13个直属公司就是这样做的。

以上所说，就是我们五年来实践的一些粗浅体会，也可以说是我们所走过的路。路，还得走下去。"路漫漫（其修远）兮，吾将上下而求索。"不对的地方，请批评指正。

谢谢各位！

附录三

本书参考的图书、资料与报刊目录

内部资料

香港招商局档案

蛇口工业区档案

袁庚1968年至1973年间在秦城监狱的交待材料

《蛇口工业区白皮书》（1979—1993）

《蛇口模式》，中华全国总工会政策研究室编，1995年5月

《我说招商局》，胡政主编，2004年6月

《辑录蛇口》，招商局蛇口工业区编辑，2005年

《蛇口通讯报》主编韩耀根日记，1981—1984年

蛇口工业区总工程师孙绍先工作笔记

蛇口工业区宣传处处长周为民日记，1981—1985年

出版物

《希望之窗》，陈禹山，光明日报出版社，1984年

《热血男儿》，李士非，《花城》，1984年第6期

《腾飞时代的明白人》，刘学强，《人民文学》，1984年第11期

《中国共产党的70年》，胡绳主编，中共党史出版社，1991年

《若干重大决策与事件回顾》，薄一波，中共中央党校出版社，1991年

《蛇口古今情》，邹富明、姚平芳，同济大学出版社，1991年1月

《深圳的斯芬克思之谜》，中共深圳市委宣传部写作组，陈秉安、胡戈、梁兆松执笔，海天出版社，1991年12月

《招商史话》，张后铨，中国文史出版社，1992年

《曾生回忆录》，曾生，解放军出版社，1992年2月

《当代中国"乌托邦"——深圳蛇口启示录》，张振方主编，红旗出版社，1994年

《深圳传奇》，倪振良，海天出版社，1994年12月

《招商局史（现代部分）》，王大勇、朱士秀主编，人民交通出版社，1995年11月

《情系南粤——调查报告·论文集》，方苞，广东高等教育出版社，1996年8月

《争议与启示——袁庚在蛇口纪实》，鞠天相，中国青年出版社，1998年3月

《邓小平全纪录》（上、下），李罗力主编，海天出版社，1998年8月

《改变中国命运的41天——中央工作会议、十一届三中全会亲历记》，于光远、王恩茂、任仲夷、李德生等，海天出版社，1998年11月

《徐迟报告文学集·袁庚二三事》，徐迟，山东教育出版社，1998年12月

《见证蛇口》，周祺芳主编，花城出版社，1999年1月

《我们深圳》，黄扬略、王茂亮、张家勇主编，中国言实出版社，2000年10月

《深圳大事记》，深圳市史志办公室，海天出版社，2001年6月

《邓小平文选》第一卷、第二卷、第三卷，人民出版社，2004年、2002年、1993年

《走向现代化——深圳的探索》，白天主编，海天出版社，2004年3月

《袁庚之谜》，陈禹山、陈少京，花城出版社，2005年8月

《广东民俗大典》，蔡东士、叶春生、施爱东主编，广东高等教育出版社，2005年9月

《招商局与近代中国研究》，易惠莉、胡政主编，中国社会科学出版社，2005年11月

《亲历深圳工业经济的崛起》，周溪舞，海天出版社，2006年5月

《纪事——深圳经济特区25年》，刘中国主编，海天出版社，2006年5月

图书在版编目（CIP）数据

袁庚传：改革现场 / 涂俏著. -- 深圳：深圳出版
社, 2016.2 (2025.10重印)
ISBN 978-7-5507-1570-7

Ⅰ.①袁… Ⅱ.①涂… Ⅲ.①袁庚—传记 Ⅳ.
①K827=7

中国国家版本馆CIP数据核字(2023)第042725号

袁庚传·改革现场
YUANGENGZHUAN · GAIGEXIANCHANG

责任编辑　谢　芳
责任技编　梁立新
责任校对　万妮霞
封面题字　诸　彪
封面摄影　张新民

李松璋书籍设计工作室
Tel:86231958　Email:hkdadao@126.com
平面执行：李青华

装帧设计

出版发行　深圳出版社
地　　址　深圳市彩田南路海天综合大厦　　（518033）
网　　址　www.htph.com.cn
订购电话　0755-83460239（邮购、团购）
设计制作　深圳市龙瀚文化传播有限公司　Tel:0755-33133493
印　　刷　深圳市华信图文印务有限公司
开　　本　787mm×1092mm　　1/16
印　　张　35.5
字　　数　500千
版　　次　2016年2月第1版
印　　次　2025年10月第12次
定　　价　78.00元

法律顾问：苑景会律师 502039234@qq.com